心敬連歌

訳注と研究

伊藤伸江
奥田　勲

笠間書院

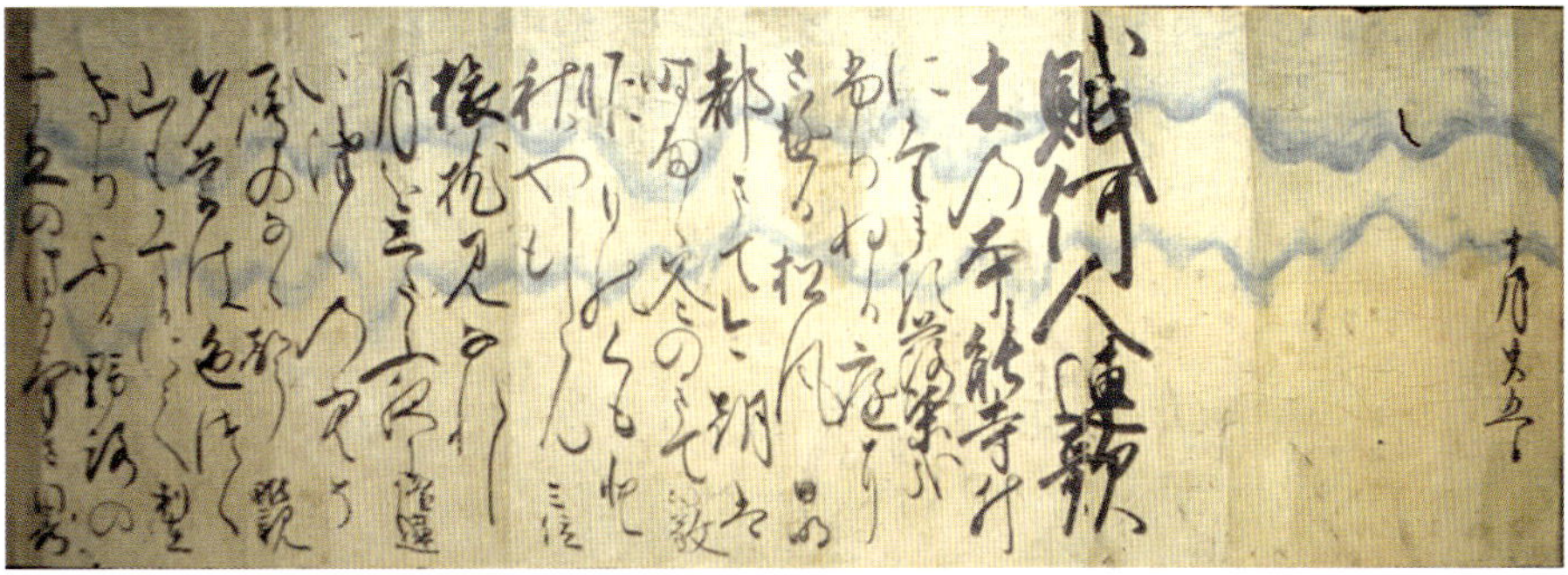

落葉百韻の冒頭部分　本能寺蔵

「洛中洛外図屏風」（歴博甲本）国立歴史民俗博物館所蔵
下方の寺院に竹林が見える。

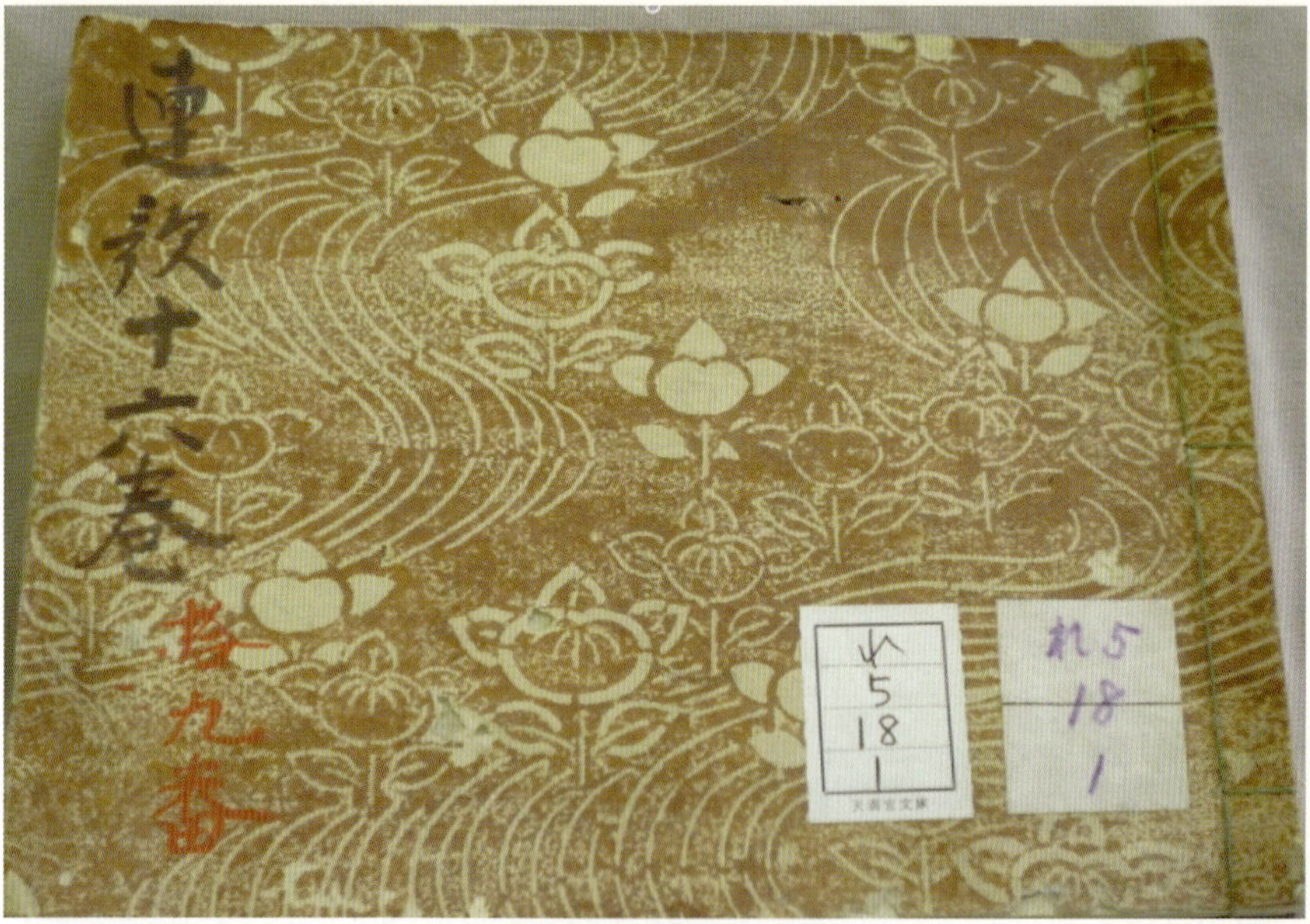

長松本『連歌十六巻』表紙　大阪天満宮蔵

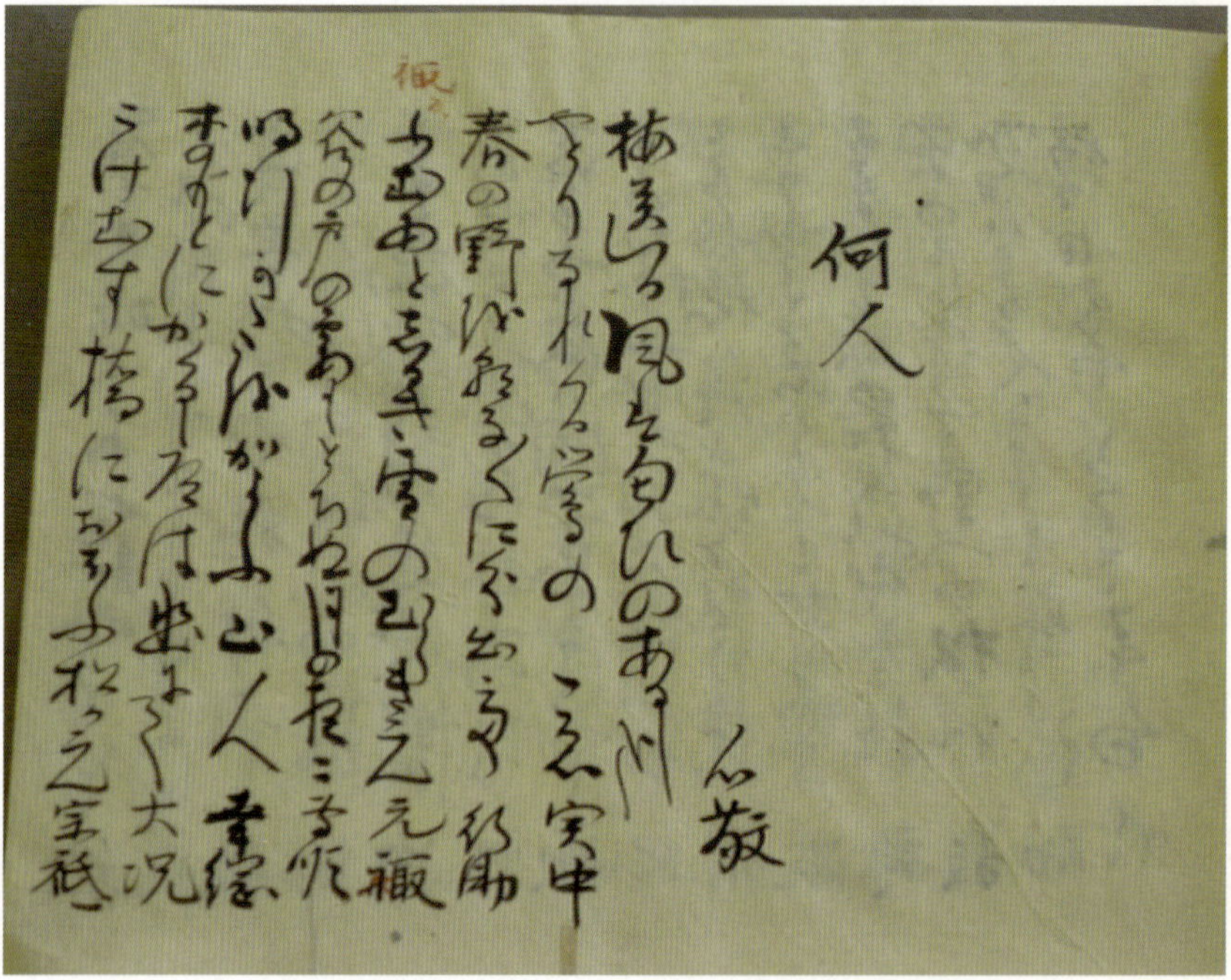

「寛正六年正月十六日何人百韻（長松本）」冒頭　大阪天満宮蔵

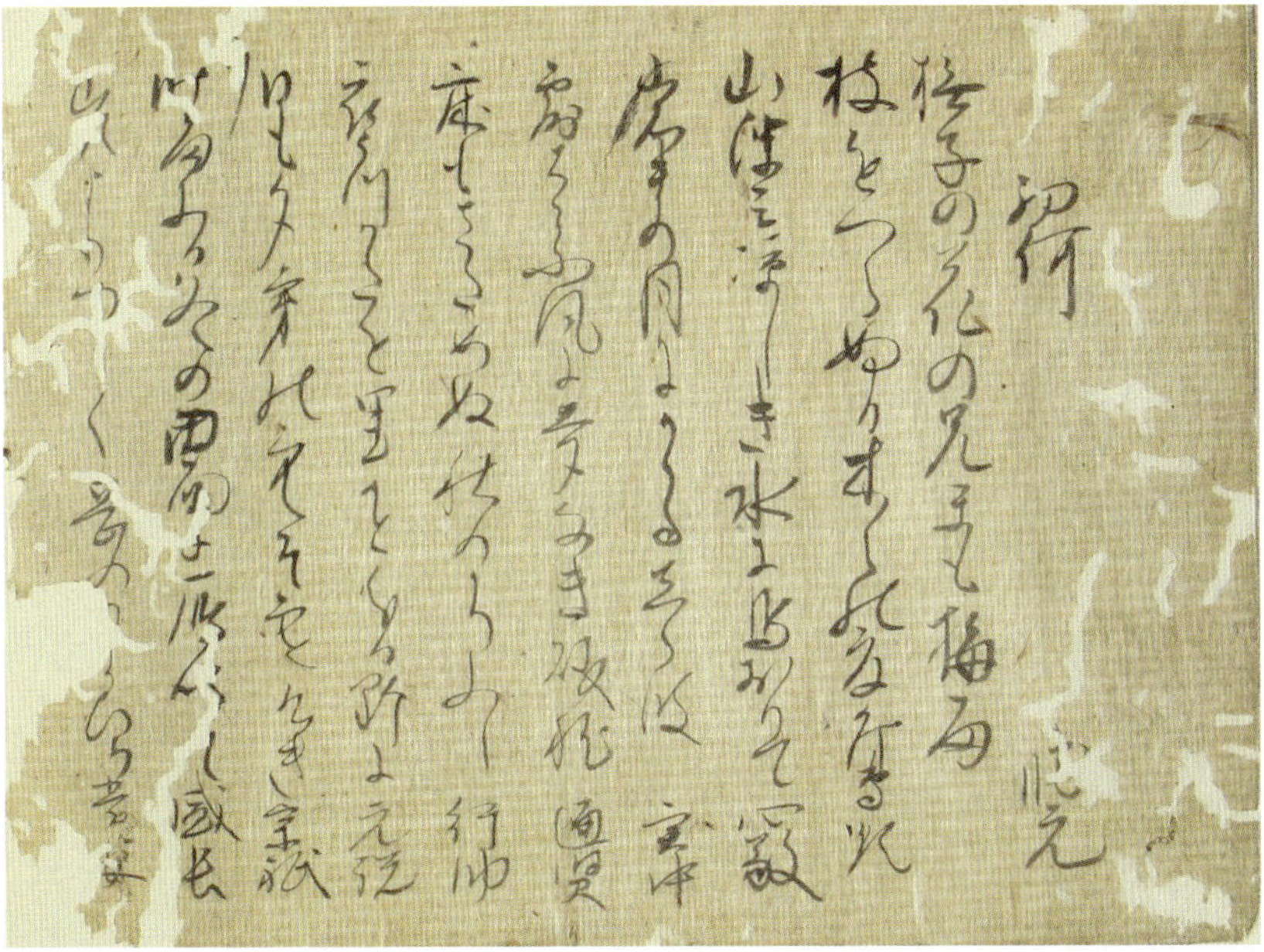

「集連」（伊地知鐵男文庫20-38）　早稲田大学図書館蔵

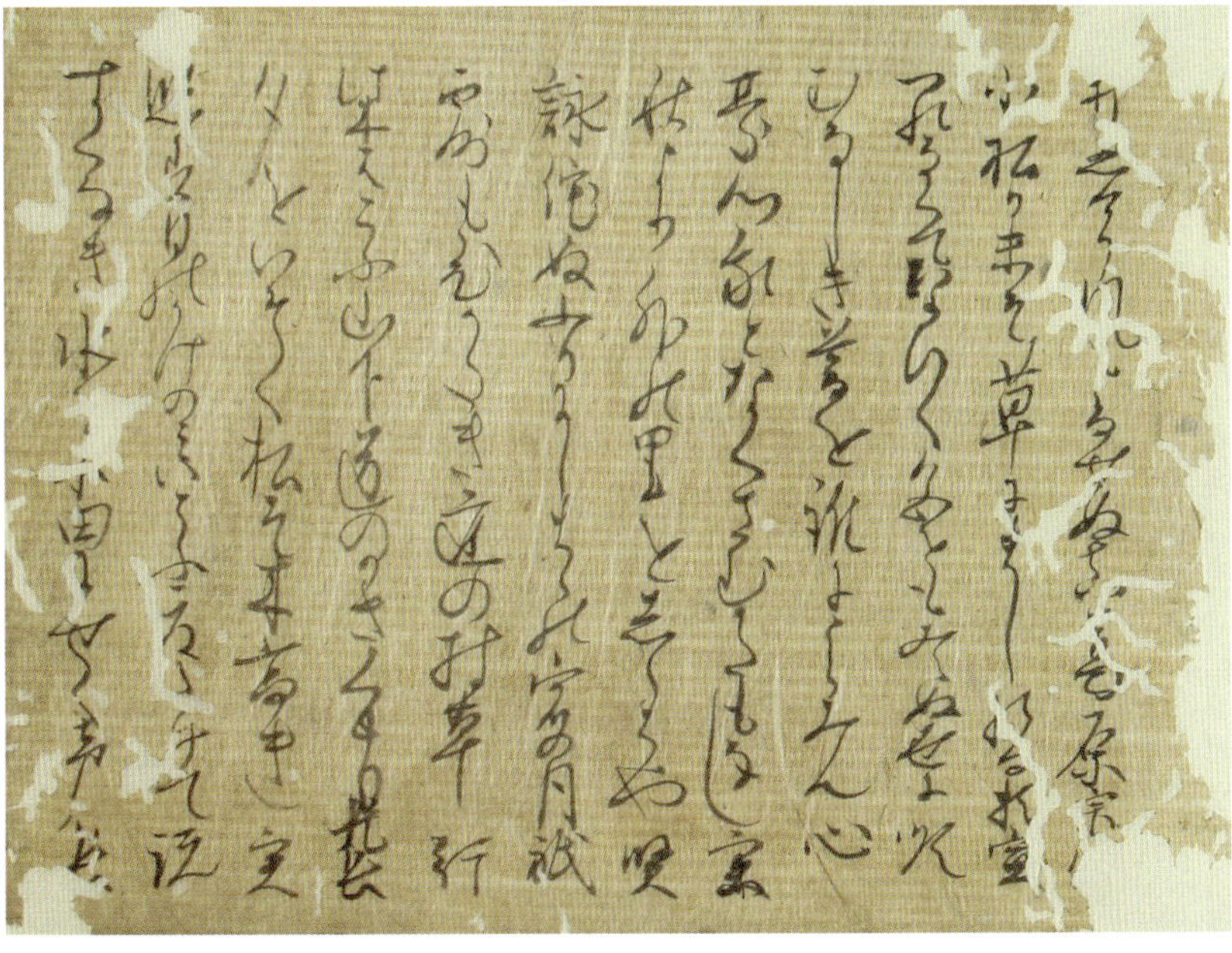

同　上

心敬連歌　訳注と研究

目次

目次

Ⅱ　連歌宗匠心敬論

【凡例】

○本書は、連歌作者心敬の張行した百韻の訳注と、心敬の連歌についての論考から成る。

○第Ⅰ章の三種類の百韻の訳注は、いずれも、伊藤伸江と奥田勲との共同研究の成果であり、両者の意見を合わせ検討し吟味した結果をまとめたものである。また、訳注内に、百韻の進行にあわせた形で、張行の理解のために利する幾つかのコラムを配した。コラムは、42、169、303、332ページが伊藤伸江、23ページが奥田勲の筆になる。

○第Ⅱ章の論考は、伊藤と奥田が訳注を通して考えを深めて行った関心の対象を論じた論文の集成であり、各論考の作者は、第Ⅱ章の1節から4節のⅲまでが、伊藤伸江、4節のⅳが奥田勲である。

I

心敬百韻訳注

——心敬参加百韻三種の注釈と研究

1

落葉百韻

i　落葉百韻　調査報告・翻刻

【日時】平成二十二年五月三十一日（月）午前十時〜午後三時
【場所】本能寺宝物館「大寶殿」三階第二会議室
【調査者】中尾堯・伊藤伸江・奥田勲
【調査書誌】

本調査の対象である『落葉百韻』は、京都の古刹本能寺の所蔵である。古写、巻子本一軸。軸は朱頂黒漆の合わせ軸、軸長二〇・一センチ。八双は竹、紐は根元から取れて存しない。

表紙は、幅二十一・五㎝、天地十八・一㎝。いたみが激しく、一部裂け、切れかかっている。題簽はなく、金銀貼りちらしの装丁をほどこされていたが、銀は焼け、剥落している。表紙左中央下に「大本山本能寺什寳」（昭和十五年八月三十日付）のラベル、中央下に「本能寺文書　寅　11」と書かれた新ラベルが貼られている。この新ラベルの貼付年月日は不明であるが、『本能寺史料』（平成四年〜）の編纂発行のためになされた、藤井学・波多野郁夫両氏を代表とする調査団による調査の際に貼られたものであり、現在はこのラベルの表示番号により整理され管理をされている由である。

表紙左上「一条太閤代」の字が見えるが、それ以外は文字は読み取れない。

見返しも、表紙同様いたみ、金銀貼りちらしの装丁をほどこされていたが、銀は焼け、剥落している。右上に二行文字が見えるが、読解しえない。

中央下部に、はっきりと花押が残る。柔らかい筆であり、公家、法華僧など有力者の花押かと思われるが、不明。袖判であろう。

本紙は、連歌の百韻が書かれた楮紙に裏打ちをほどこした計八紙を貼り、巻子に仕立てている。以下寸法を記す（のりしろは除外する）。

第一紙	紙長　五〇・二cm	天地　十八・一cm
第二紙	紙長　五〇・八cm	天地　十八・一cm
第三紙	紙長　五一・八cm	天地　十八・一cm
第四紙	紙長　五一・九cm	天地　十八・一cm
第五紙	紙長　五一・七cm	天地　十八・一cm
第六紙	紙長　五一・四cm	天地　十八・一cm
第七紙	紙長　五一・八cm	天地　十八・一cm
第八紙	紙長　五一・二cm	天地　十八・一cm

各紙裏の継ぎ目部分には、両紙にまたがるように印が押してあり、その印が第二紙と第三紙、第三紙と第四紙の継ぎ目でずれている。すなわち、
第二紙と第三紙の継ぎ目
第二紙　印高　下から一・九cm

第三紙　印高　下から三・二㎝

第三紙と第四紙の継ぎ目

第三紙　印高　下から三・三㎝

第四紙　印高　下から一・九㎝

である。表装以後のある時点で第三紙が剥落し、補修の際には、落葉百韻懐紙の複製をもう一組以上同時に用意しており、同時進行で製作していた際に別製本用の第三紙がまぎれこんでしまったものであろうか。更に、内容をも念頭に入れれば、第三紙と第四紙は順序が逆に貼り込まれており、百韻の句は第一、二、四、三、五、六、七、八紙の順に並べるのが正しい。

懐紙は表紙、見返しと比較してかなり新しい。懐紙を継いで本文部分を作成する際、表紙は既に存した古代のものを用いたのであろう。懐紙の裏の汚れ具合に相違があり、第一紙が特に汚れ、他はさほどでもないことから、第一紙の裏を表面に重ね置かれていた時期があったものか。

書写された内容は、汚れもなく、連歌懐紙の形式としても整っており、美麗に写されている。が、第一紙、端作は「十月廿五日」のみであり、年次がない。第一紙は他の紙よりもわずかに短いが、これ以上の記載はなく、書写の段階で既に欠けた状態の親本を写したものと思われる。第六紙に一句分の空白があるのも、同様に親本の段階の欠落である。第三、四紙が錯簡であるのは前述の通り。第八紙、句上に付随した注記は、句上と同筆か。句上の後ろに一行、小字にて書き込みがあるが、真ん中よりやや下に「や」が見える以外は読み取れない。本文とは筆跡が違い、すり消した跡が見られるものである。

箱は桐製で、形状はかぶせ蓋、縦二十一・七センチ、横六・六センチ。箱高五・八センチ。箱表中央上部に、打ち付け書にて「一條太閤御発句之懐紙」下部右よりに「日嘉師寄進」下部左よりには、本能寺の所蔵を示すラベルが貼られ、さらに下部に「住」の文字が書かれている。ラベルに隠れて見えないが、「(本能寺常)住」と書かれていたのであろう。所蔵ラベルは、巻子本の表紙同様、昭和十五年八月三十日付の「大本山本能寺什寳」と書かれたものと、日時不明の新ラベル「本能寺史料」が貼られている。

なお、「本能寺」は、正式には「本䏻寺」だが、本書では、特別な場合を除き、「本能寺」で統一した。

『落葉百韻』翻刻

〔初折表〕　十月廿五日

賦何人連歌

1　木の本能寺井
にたまる落葉哉

2　ふりぬる庭に
さゆる松風　日明

3　都まて今朝は
時雨ゝ冬のきて　心敬

4　昨日のくもと
秋や行らん　三位

5　旅枕見なれし
月をしたふ夜に　隆蓮

6　いつくの空そ
鴈のなく聲　毘親

7　夕暮は色つく
山もかすかにて　利在

8　きりふる野路の
すゑのはるけさ　円秀

〔初折裏〕

9　かきくらす雪にや
里もかすむらむ　有実

10　またはつ春は
むめかゝもなし　忠英

11　年寒きこすゑの
花のさきやらて　貞興

12　あらしふく日は
鳥もをとせす　伝芳

13　おく山やあふ人
さへにまれならむ　承成

14　うきをたつきに
世をすつる道　立承

15 あらましにさそはれ
そむる墨の袖　正頼

16 ゆふへの鐘の
なみたとふ聲　心敬

17 暁に月のなる
まて猶まちて　利在

18 たかきぬ〳〵の
秋うらむらむ　隆蓮

19 むしたにも思ひある
夜に鳴よはり　三位

20 むくらのやとに
たへてすむ比　円秀

21 むかしのみたかき
蓬にへたゝりて　伝芳

22 霜の色そふかみの
あはれさ　毘親

［二折表（↓本来二折裏）］

37 いにしへを忘れぬ
山のよるの雨　心敬

38 松ふくかせも
かすみはてけり　立承

39 散花のにほひを
春のなこりにて　日明

40 たちわかれゆく
かりの一こゑ　貞興

41 羽をかはす鳥の
契もある物を　三位

42 おもひをつけん
まほろしもかな　隆蓮

43 来ぬ人やこゝろ
つかひにかはるらむ　有実

44 なくさむ月を
たれかうらむる　毘親

45 秋の夜の老の
ね覚に時雨して　利在

46 いのちの露の
いつかこほれん　心敬

47 狩のこす草葉
はかりの陰なれや　伝芳

48　夏のゝはらの
水のたえ〴〵　立承

49　あつき日は汗も
袖をやつたふらん　忠英

50　やすきかたなき
そはのかけはし　貞興

［二折裏（↓本来二折表）］

23　櫛のはに風も
音する冬の空　心敬

24　たなひく雲や
まよひ行らん　日明

25　夕立の晴ぬる
あとは涼しくて　貞興

26　ひかけもなつの
山のへの露　有実

27　氷室もり宮こに
いつる道すから　忠英

28　とへは名にさへ
たかつなる里　利在

29　またしらぬ旅に
石見の国もうし　立承

30　つまこふ袖も
海となりけり　隆蓮

31　忍ひぬるこゝろの
底はちひろにて　伝芳

32　なきかかたみの
竹のひとむら　心敬

33　朝かほはあした
のほとや開にけん　三位

34　うつろひやすき
秋のひのいろ　円秀

35　ほしかぬる衣は
いかてうちてまし　毘親

36　露もりあかす
草のかり庵　正頼

［三折表］

51　鳥も居ぬ古畑
山の木はかれて　心敬

52 雲の枝より
雪そうちゝる　円秀

53 月さむし桂に
風やしほるらむ　利在

54 とをき川原を
ふけて行比　伝芳

55 うからめや妹かり
いそく夜半の空　隆蓮

56 まつ人なしと
門やさらまし　有実

57 憑つる花も杉立
みねの庵　心敬

58 いつかは春に
あふ坂の山　忠英

59 うくひすも老ぬる
聲はあはれにて　円秀

60 わか身のうへを
わふるとはしれ　三位

61 残るさへはかなき
野への草の露　正頼

62 やとりし月も
むなし明ほの　有実

63 夢かへるかりねの
床の秋の風　隆蓮

64 舟にきく夜の
波はすさまし　毘親

［三折裏］

65 如何なれや縄たく
海士のぬれ衣　利在

66 恋路もひなの
なかちをそ行　心敬

67 忍ふ中よそに
しらぬを便にて　忠英

68 （二行あき）

69 とにかくになみた
ひまなき夕ま暮　日明

70 松に風ふき
猿のなく山　心敬

71 捨身は木かけ
岩かね宿として　毘親

72 むかふもきよく
水にすむ月　伝芳

73 秋かけてあしろを
まもる川の瀬に　利在

74 うす霧しろき
田上の郷　立承

75 衣手にあさけの
霜やまよふらん　隆蓮

76 みち行人の
わくる冬の野　円秀

77 枯てたに《ママ》草の
色もかくろはて　伝芳

78 こゝろのたねそ
さま〳〵にある　有実

［名残折表］

79 さらは又うらみも
はてぬ物おもひ　立承

80 かすむもかなし
しのふ夜の月　心敬

81 春のきてなにゝ
涙のおちぬらむ　伝芳

82 身をしる人は
のとかにもなし　毘親

83 世の中をあすと
憑むはおろかにて　心敬

84 ひかりのかけを
をしみとめはや　有実

85 暮わたる窓より
をちに飛蛍　隆蓮

86 秋風ふくと
竹そよめく　利在

87 うちなひくそのゝ
柳のちりそめて　三位

88 かよへは露の
きゆる道の邊　正頼

89 さを鹿や山の
ふもとを出ぬらむ　貞興

90 田をもるこゐそ
月にきこゆる　毘親

91 さ夜ふかき湊の
舟に人はねて　心敬

92 ひとりある身の
あし火たく影　伝芳

［名残折裏］

93 わつかなる栖を
なとか憑むらむ　円秀

94 軒の木するゐに
巣をかくる鳥　三位

95 開花も去年や
わすれぬ山さくら　利在

96 かすみをこゆる
風のしつけさ　伝芳

97 うちいつる浪に
氷のひまみえて　隆蓮

98 われてもくたる
朝川の月　忠英

99 秋をへむ君か
宮木のかす〳〵に　心敬

100 うてなの露の
玉みかく色　日明

御《一條太閤》一句
日明《本能寺》五　有実七
心敬十四　忠英六
三位《半井》七　貞興六
隆蓮《本能寺日与》九　伝芳十
毘親八　承成一
利在九　立承六
円秀七　正頼四

【備考】
本来の順番である訳注の番号にあわせ、各句に番号を付した。

【落葉百韻】

京都の古刹本能寺には、某年十月二十五日に張行された賦何人百韻（『落葉百韻』）の巻子本が蔵されている。この百韻は、本能寺の第四世日明上人が、心敬を宗匠に迎えて、心敬のみならず歌人正徹とも関係の深い、清水寺、東福寺の僧や畠山氏の被官である武士たちを連衆として張行した連歌であり、その資料的価値の高さから『連歌貴重文献集成　第四集』（昭和五五・勉誠社）に複製が収められたものである。この百韻の注釈を以下に示す。

【凡例】

一、底本は本能寺蔵某年十月二十五日賦何人百韻（『落葉百韻』）である。該本は孤本であるため対校本はない。

一、注釈本文は、読解の便をはかるため、底本を歴史的仮名遣い表記にあらためて清濁を付した。原文は既に翻刻の形で示してあり、適宜参照されたい。注釈本文においては、原文の表記の誤りと考えられる箇所は改め、あて字、異体字、送り仮名は標準的な表記に直して示した。漢字表記が自然である語句に関しては、全体の統一を考えて漢字に直し、難読語句には、校注者が括弧書きで振り仮名を付し、踊り字はすべて開いている。校注者による改訂部分のうち、特記すべきものは、注釈内に付記した。

一、各句には、百韻全体の通し番号を句頭に示し、参考として、各懐紙内でのその句の所在を懐紙の順、表と裏の別、表裏ごとの句の番号で表し、前句を添えた。

一、【語釈】にあげる和歌、連歌例は、後述引用文献による。百韻の読解に有効な際には、先例のみならず後代の作品も例示する場合がある。私に清濁を付し、片仮名など読解に不便な文字は必要に応じ平仮名に改めた。

一、各句には、【式目】【作者】【語釈】【現代語訳】の説明項目を設けると共に、二句一連の連歌の中で句がどのように作用するか、及び独立した一句ではどんな意味を持つかに配慮し【現代語訳】の他に【付合】【一句立】の項目を設けた。さらに必要な場合には、【考察】【補説】【他出文献】の項目も設けた。

※『落葉百韻』の調査にあたり貴重な典籍の閲覧を御許可くださり、また本書への翻刻・写真掲載を御許可くださった大本山本能寺に厚く御礼を申し上げる。また、本能寺への仲介の労をお取りくださった中尾堯立正大学名誉教授にも厚く御礼を申し上げる。

ii　落葉百韻　訳注

（初折　表　一）

一　木《こ》の本能《もとの》寺井にたまる落葉哉

【式目】冬（落葉）　井（水辺・体）　木（植物）　落葉只一、松落葉一（一座三句物）　賦物「落人」（野坂本賦物集）。

【作者】句上に「一條大閤　御一句」とあり、作者は一条兼良。百韻の複製を載せる『連歌貴重文献集成　第四集』における『落葉百韻』の解説（金子金治郎氏）は、「表紙の左側、ラベルの上に当たって、一条大閤代の文字がよめる。〜これは、巻末の句揚に、「一條大閤御一句」と示す兼良の発句に関するもので、木の本能寺《モトノテラ》井にたまる落葉哉の発句が、代作であることを示している。ラベルの蔭か、左側に代作者名を記しているのであろうが、今は読めない。」と述べ、「表紙に記す程であるから、代作者は宗門中の高位の勘能、日与上人あたりかもしれない」と推定し、代作（代作者は不明）とされている。さらに金子氏は、「この懐紙（稿者注　現存巻子本に仕立てた際に落葉百韻が写された懐紙）と、前述の表紙及び見返の間には、古色の点で相違がある。表紙及び見返などの外装は、原巻子本のものを用いたのであろう。」と述べる。外装の「一条太閤代」の文字等については、今後さらなる考究の余地があろうが、今は懐紙の句上に従い、兼良の発句として取り扱う。

一条兼良は、応永九年（一四〇二）生、永享四年（一四三二）摂政・氏長者、文安三年（一四四六）太政大臣、文安四年

（一四〇七）関白、享徳二年（一四五三）准三宮となり、文明五年（一四七三）に出家、文明十三年（一四八一）八十歳で没。学才豊かで、『伊勢物語』、『源氏物語』の注釈などの古典学、有職故実、和歌、連歌の著作を数多く残した。和歌を冷泉持為に学び、正徹にも近しかった。

【語釈】○木の本の―「本の」とそれに続く「寺」の部分に「本能寺」を詠み入れている。掛詞にするために無理な表現をしており、類例は管見に入らない。「木の本」という語句は、桜の木の下に庵を結ぶ出家者を表現した「このもとをすみかとすればおのづからはなみる人となりぬべきかな」（詞花集・雑上・二七六・花山院）や、西行の「このもとの花にこよひはうづもれてあかぬこずゑをおもひあかさん」（山家集・落花・一二四）等によって、桜の木の下を表す春の表現として多く詠まれてきた。落葉を詠む和歌は「わび人のわきてたちよるこの本はたのむかげなくもみぢちりけり」（古今集・秋下・二九二・僧正遍昭）などわずかだが、「木本につもるとみるや山風のふかぬ絶間の落葉なるらん」（続草庵集・落葉・二七〇）、「木のもとの落葉がうへに音信れて昨日の秋をとふしぐれかな」（正徹千首・初冬・五〇〇）のように、頓阿や正徹には豊富に作例が見られる。○寺井―寺の境内にわく清水、または井戸をいう。連歌の作例としては、「くみなるゝ寺井の水のあさごとに／こほりをくだく霜のふる道」（小鴨千句第八百韻・五七／五八・心恵（敬）／専順）この他、「さむき氷にあかを汲む寺／落葉にも松の下井はとぢられて」（小鴨千句第二百韻・九六／九七・思誓／之基）がある。○たまる―和歌の表現で、「たまる」ものは多くは露、霰などで、落葉についていうのは『為尹千首』（「一とほりたまる木の葉にしられけりかきねやこえぬ嵐なるらん」）以後か。○落葉―心敬歌「影清き寺井の水にかた枝さす桐のわか葉の風ぞ涼しき」の自注に「井梧とて井の辺にうふる木なればなり」（芝草句内岩橋下）とあるのを勘案すれば桐の落葉か。鎌倉中期成立の『和漢兼作集』に「籬菊紫残秋色冷　井梧紅脆雨声余」（秋下・山寺即事・八二八・土御門内大臣）、井戸に桐の葉の落ちる情景として「衰桐稿葉落寒井　老菊晩花護故籬」（冬上・初冬即時・九六六・円明寺前関白左大臣）と見られるが、和歌では、桐の若葉が涼しく茂る井戸の景は心敬の作例が早く、連歌に「むす苔深し山の井の水／涼しさは桐の若葉の木のもとに」（壁草・夏・三九一／三九二）があり、『壁草』（有注本）では「梧は井のもとにうふる木也。この井は桐のわかばと付るに候也。」と注している。『連珠合璧集』にも「桐トアラバ、おち葉、井」。肖柏も草庵の井戸の辺に桐を植え、葉の広がりに涼を得ており（『春夢草』二〇七七詞書）、和歌における井戸端の桐の落葉の作例の登場は「くむ人もみえぬ板井の水のうへに桐の葉おつる秋はきにけり」（称名院集・秋・幽棲秋来・四九七）と遅いものの、井戸と桐との近しさはこの句の鑑賞に利する。

【現代語訳】　ここ本能寺では、木の下の寺の井戸に、落葉がたまっていることよ。

【考察】　一条兼良は、当代の文化人として知られ、『新続古今集』の両序のみならず『草根集』、『竹林抄』などの家集、句集の序文を草し、連歌論書『連歌初学抄』、寄合書『連珠合璧集』も著す等和歌・連歌の碩学である。連歌では、主なところでは宝徳三年（一四五一）に『三代集作者百韻』（自邸で興行）、『以呂波百韻』に参加、文明二年（一四七〇）には伊勢国司北畠教具主催の『北畠家連歌合』に判を加えており、また『新撰菟玖波集』には二四句（内発句六句）入集している。

彼の連歌作品は奇抜な秀句仕立てが特色となっている。例えば発句「瓶に挿せ劫を尽くさむ春の花」（新撰菟玖波集・発句上・三六五三）は、「年ふればよはひはおいぬしかはあれど花をし見ればもの思ひもなし」（古今集・春上・五二・藤原良房）を念頭に置きながら「劫」と「甲」、「瓶」と「亀」、「亀甲」の縁をつくっている。また、「誘ひてはいざ桜とや夕嵐」（新撰菟玖波集・発句上・三六六三）は「いざさくら我もちりなむひとさかりありなば人にうきめ見えなむ」（古今集・春下・七七・承均）を踏まえ、「夕」に「言ふ」を掛ける。「本能」を「本の」と読みかえる、当該句までの自由さは他に管見に入らないが、彼の句に存する秀句への強い執着を見ると、この発句の掛詞の用法もうなずけるものがある。なお彼の和歌に関しても、掛詞の修辞や字余りが多い語戯性の強い異色な和歌であるとの考察がある（伊藤敬『室町時代和歌史論』）。

【補説】『雍州府志』巻八古跡門上の「柳の水」の項に「西洞院三条南に在り、元内府織田信雄公之宅の井也」（原漢文を読み下す）とし、「一説に柳の水は元本能寺之旧地、今茶屋中島氏之宅地に在り、然れども今其の井無し」とあるのはこの発句と関連あるか。なお、西洞院三条の辺に、柳水、本能寺の町名が現存する。

発句は代作か

『落葉百韻』の発句は、注釈に示したように、「木の本の寺井」に「本能寺」という寺名を織り込み、作者の本能寺に対する挨拶の気持ちが示されているが、これが一条兼良自身の作ではなくて、本能寺関係者の代作であろうという説が金子金治郎氏によって唱えられて、特に反論もなく今に至っている。しかし、その根拠は薄弱で、むしろ【考察】に記したように、この句の仕立てが、言葉遊びにたけて、かなり強引な掛け言葉などを好んだ兼良らしいとするほうが自然だし、代作ならそこまでの配慮が代作者に可能であったとはむしろ考えにくい。貴顕文人としてのおおらかさと、著書『連珠合璧集』などに示された歌語に対する造詣とセンスは並々なものではない兼良らしい句と考えるのが自然ではないか。さらにひとつだけ挙例すれば、「いつの間に過ぎぬる春ぞ昨日今日」という句に兼良は「渕瀬にうつる岸の山吹」と付けた（新撰菟玖波集・春下）。前句の「昨日今日」にすばやく「世の中は何か常なる飛鳥川昨日の渕ぞ今日は瀬となる」（古今集・雑下）を想起して句を仕立てている。このような例は少ない数ではないのである。

（初折　表　二）木《こ》の本《もとの》能寺井にたまる落葉哉

二　ふりぬる庭にさゆる松風　　日明

【式目】　冬（さゆる）　庭（居所・用）　庭只一、庭の教など云て一（一座二句物）　松風只一、春の風一（吹物、一座二句物）

【作者】　日明。本能寺四世。康正二年（一四五六）に本能寺貫主となる。本百韻にも出座している日与（隆蓮）と共に『本妙寺本能寺両寺法度』などを定め、門流の組織化に尽力した。文明六年（一四七四）九月十一日没。本百韻では脇と挙句など五句を詠む。

【語釈】　**○ふりぬる庭**―「古りぬる宿」の表現は和歌に多いが、「庭」と結んだ例は多くない。「苔ながらふりぬる庭の小萩原朝露かけて誰にみせまし」（草根集・朝萩・応永二十六年一夜百首・一四四）が少ない例の一つ。**○さゆる松風**―身にしみる冷たい松風。「薄こほるうへには雪のふりためて／あられの音もさゆる松風」（看聞日記紙背応永二十六年三月二十九日山何百韻・七／八・庭田重有／田向長資）等の用例がある。

【付合】　発句の、本能寺の井戸に散りたまる落ち葉の景を受けて、葉を散らす冷たい風の吹く古びた庭を描写している。裸木の立つ冬の庭で、緑をわずかに残す松の間を、寒風が吹き過ぎていく。ここまでは実景であろうし、脇の役目から本能寺の庭の枯れさびた風情をめでていることになる。「ふりぬる」の「ふり」に落ち葉が「降る」を掛ける。

【一句立】　古びた庭には、冷え冷えとした松風が吹いている。

【現代語訳】　（前句　ここ本能寺の木の下の井戸には落葉がたまっていることだ。）そして、木の葉が降り落ちる古びた庭には、冷え冷えとした松風が吹いている。

（初折　表　三）ふりぬる庭にさゆる松風

三　**都まで今朝は時雨るる冬のきて**　**心敬**

【式目】 冬（冬のきて）　今朝只一、けさと云て一（一座二句物）　都只一、名所一此内に有べし、旅一（一座三句物）　時雨るる（降物）

【作者】 心敬。応永十三年（一四〇六）〜文明七年（一四七五）。『落葉百韻』の張行時期は、日明上人が本能寺貫主となる康正二年（一四五六）以後、寛正六年（一四六五）までの時期と推定されるが、例えば長禄四年（一四六〇、十二月二十一日に寛正元年に改元）には五十五歳である。宗匠として十六句出詠。

【語釈】 〇**都まで**―都までも。心敬は和歌で「都まで関の東のたび衣空にやつさでかすむ春かな」（心敬集・一〇一・関路早春）と詠み、また『心敬僧都十体和歌』には「都まで袖よしぐれよ夕日影もみぢこきいれてかへるさのやま」（山路紅葉・一六六・麗体）がある。連歌でも「春ともしらじ寒き山陰／都まで薪に残る雪を見て」（吾妻辺云捨・五九／六〇）。この句には「時雨るる」と「きて」の二つの動詞が含まれる。「都まで」がどちらにかかるかによって解釈は変わってくる。前者なら、時雨が山や野などの地域ばかりでなく、都という空間にさえ及んでいることになり、後者なら、冬が都にやってきたということになろう。「まで」の語義の決定は容易でない場合がある。〇**今朝は時雨るる**―和歌に「きえかへりつゆもまだひぬそでのうへにけさはしぐるるそらもわりなし」（後拾遺集・恋二・七〇〇・大納言道綱母）等があるが、例が少ない表現。〇**冬のきて**―冬がきて。「冬の始の心ナラバ、冬のきて」（連珠合璧集）。『新古今集』の祝部成茂歌「冬のきて山もあらはに木のはふり残るまつさへ峰にさびしき」に依る。この表現は、藤原光俊により「ふゆのきてしぐるる時ぞ神なびのもりのこの葉もふりはじめける」（続後撰集・冬・四五八）と「時雨」が詠み添えられ、宗尊親王歌壇や、南朝歌壇に享受され、伏見院ら京極派にも注目された。この百韻と同時期では、正広が非常によく使う。『徒然草』第一四段に、成茂歌が世評と異なり、秀歌であると評されているが、『徒然草』の伝来がこの百韻の文化圏と重なる点から注意してよい。正広も「住吉の松の嵐に冬のきて時雨の声をならべてぞきく」（松下集・初冬時雨・一九一三）のように、好んで時雨と併せて詠み、当該句も同様に時雨を詠んでいる。「秋は暮れぬと時雨降るなり／同じ野の露だにかはる冬のきて」（享徳二年二月四日何人百韻・七〇／七一）、「送り迎ふる山の下庵／秋寒き嵐の末に冬の来て」（新撰菟玖波集・一〇七二／一〇七三・徳大寺実淳）。なお、本百韻第八一句（伝芳）に「春のきて」がある。

【付合】　前句の「さゆる松風」に「時雨」を付けた。「時雨トアラバ、松風」（連珠合璧集）。時雨と松風の取り合わせは伝統的な和歌表現だが、根源には「いまは又ちらでもまがふ時雨かなひとりふり行く庭の松風」（新古今集・冬・五八七・源具親）の世界があり、ここでは発句・脇・第三にかけてこの歌を念頭に置いていることになる。「さゆる」は「冬のきてとほ山おろしさえゆけばやくすみがまのけぶりたつみゆ」（新撰和歌六帖・五八六・衣笠家良）のような、寒風の到来。

【一句立】　都までも今朝は時雨が降る、そんな寒い冬がやってきて。

【現代語訳】　（前句　長い年月がたった庭には身にしみとおる冷たい松風が吹いている。）山ばかりでなく都までも今朝は時雨が降る、そんな寒い冬がめぐってきて。

（初折　表　四）都まで今朝は時雨るる冬のきて

四　昨日の雲と秋や行くらん　　三位

【式目】 秋（秋や行くらん）　雲（聳物、可隔三句物）　昨日（一座一句物・可嫌打越物）

【作者】 半井明茂。応永九年（一四〇二）生、文明十五年（一四八三）七月六日没（八十二歳）。初名は茂成で、明茂と改名している。堯孝の『慕風愚吟集』によれば、例えば応永二十八年（一四二一）に、堯孝は彼の家の月次三首歌会にしばしば出席しており、明茂は若年より和歌の学習に熱心で堯孝と親交があり、正徹とも顔を合わせていた。そうした交友関係の縁から、心敬を師匠とするこの百韻にも参加したか。『公卿補任』によれば、宝徳三年（一四五一）従三位、享徳三年（一四五四）正三位、応仁元年（一四六七）には従二位に叙せられ、応仁二年（一四六八）に出家した。典薬頭。前甲斐守明茂朝臣として宝徳二年の『後崇光院仙洞歌合』等に出詠している。この百韻では兼良を除けば最も身分が高く、七句を詠んでいる。

【語釈】 〇**昨日の雲と**―昨日空にたれこめていた雲のようにあとかたもなく。「昨日の雲」はとらえられないはかないものの象徴。「しぐれにまじるあとの山風／人の身は昨日の雲のはかなくて」（因幡千句第三百韻・四八／四九・紹永／青陽）。「おもひいでよたがかねごとのすゑならむきのふの雲の跡の山かぜ」（新古今集・恋四・一二九四・藤原家隆）を本歌として、心敬は「思ふもむなしかねごとの末」に「契りより昨日の雲は跡みえて」（竹林抄・恋上・七〇七）と付け、それほど消えやすい雲よりもまだあてにならないあの人の言葉と強調している。〇**秋や行くらん**―秋が過ぎて行くのだろうか。「嵐吹嶺の庵りの戸を閉て／見ざりし雲に秋や行らん」（河越千句第五百韻・七／八・道真／満助）。

【付合】 「今朝」と「昨日」、「きて」と「行くらん」が相対している。昨日までの秋の気配は、まるで雲がちりぢりになるかのように跡形も無く消え失せ、今朝は都まで冷えるほどの寒さの冬となった様。秋の終わりの昨日の雲は消え、冬のはじめの今朝には、時雨を降らせる寒い冬の雲が新たにたれこめた。

【一句立】 昨日の空の雲がはかなく散り失せるように、秋も行き過ぎていくのだろうか。

【現代語訳】（前句　今朝は都までも時雨が降る、そんな寒い冬が到来していて。）昨日まで残っていた秋の気配は、昨日の雲が流れ去り消えて行ったように、なくなってしまったのだろう。

（初折　表　五）昨日の雲と秋や行くらん

五　旅枕見なれし月をしたふ夜に　　隆蓮

【式目】 秋（月）　羇旅（旅枕）　夜（夜分）　月只一、恋一、月松などに一　月与月（七句可隔物）
【作者】 隆蓮。本能寺六世権大僧都日与。応永三十三年（一四二六）出生、延徳三年（一四九一）没。寛正六年（一四六五）本興寺に入山、文明六年（一四七四）には本能寺に入山して、両山を兼務した。「博学多才」な「両山中興」と称された（『両山歴譜（日唱本）』）人物であった。和歌や連歌をよくし、『新撰菟玖波集』に十二句入集。この百韻の兼良の発句に日与の句のみで九十九句を付けた『法華要文連歌』を詠んでいる。その他『文明九年正月二十二日何船百韻』に宗祇、利在、立承らと参加、延徳二年（一四九〇）閏八月には、本能寺の自坊で、宗祇らと『連歌七人付句判詞』を競作している。
【語釈】 ○**旅枕**―旅に出てふだんの床でない寝床に旅寝すること。「ならはずよいづくの月ぞ旅枕／都出ればみしあきもなし」（河越千句第一百韻・五／六・印孝／長敏）。○**見なれし月**―見慣れた月。このイメージはしばしば詠まれるが、「見なれし月」の言い回しは管見の限りでは、「五十まで見なれし月のかげのみやうきをわすれぬ友となるらん」（延文百首・月・五四八・法守法親王）の一首しかない。ただ、「都にて見なれしかげはかはらねどしらぬ山路を出づる月かげ」（嘉元百首・旅・一二八四・実覚）がこの句の情景理解に役立とう。連歌においても、「見なれし月」の用例は見あたらないが、「おもひやる宮この月にまくらして／秋のあはれは旅やまさらむ」（表佐千句第八百韻・一七／一八・承世／紹永）が読解の参考になる。○**したふ夜に**―恋しく思う夜に。この言い回しも同様で、「かたぶけばみるだに月をしたふ夜にあらましかばの人ぞ古にし」（孝範集・独惜月・六七）など和歌でも希少な用語。

【付合】　秋の終わりの夜の空のさまを、旅泊にて見上げている様にとりなした。

【一句立】　旅寝して、都で見慣れた月を恋しく思う夜に。

【現代語訳】　（前句　昨日の空にあった雲が散りうせたように、秋も又過ぎ去って行くのだろうか。）長い旅を続けてきて、都で見た月の光を恋しく思いつつ、雲なき空にかかる月を見ている旅寝の夜のうちに。

（初折　表　六）旅枕見なれし月をしたふ夜に

六　いづくの空ぞ鴈の鳴く聲　　毘親

【式目】　秋（鴈）　空空だのめなど云ては此外也（一座四句物）　聲（可嫌打越物（音声に響））　鴈（動物）

【作者】　毘親。『顕伝明名録』には「伊丹左衛門尉」とあり、伊丹の領主摂津氏の一族か（井上宗雄氏推定）。正徹一門及び彼らと親しい歌人たちによる『康正三年九月七日武家歌合』にも心敬、正頼、円秀らと参加しており、尊経閣文庫蔵六冊本『草根集』巻十五の正広の奥書に藤原毘親の名が見え、正広との親しさもわかる。

【語釈】　○**いづくの空ぞ**―どちらの空からなのか。「月きよみ羽うちかはしとぶ雁のこゑ哀なる秋風の空」（拾遺愚草・花月百首・六八四）のように、清明な月の光と、雁の声を秋の景物として組み合わせた歌は多いが、「いづく」と雁の鳴き声と結んだこの言い回しは和歌・連歌に例が少ない。「とほざかる声ばかりして夕ぐれの雲のいづくに雁のなくらん」（続拾遺集・暮天聞雁・二六八・亀山院）、「霧にくれては山もしられず／鳴鴈はいづくの空をわたるらん」（紫野千句第九百韻・六／七・禅厳／春松丸）のように、雲や霧に隔てられて姿が見えない様を思わせる。**○鴈の鳴く聲**—管見では、和歌には「朝霧のよぶかき空に立ちかへり又ややどりを雁の鳴く声」（柏玉集・初雁・七三六）のみ。連歌では「雲ゐのいづく雁の鳴声／深き夜の月は西なる影澄て」（竹林抄・秋・四六三・専順）など。

【付合】 前句の「月」に「鴈の声」を付けた。都をなつかしむ思いからも「雁」は呼びおこされる景物である。「雁トアラバ、都」（連珠合璧集）。

【一句立】 鴈の鳴く声はどちらの空から聞こえてくるのだろう。

【現代語訳】（前句　都で見慣れた月を旅の空に恋しく思い、都のことを慕わしく感じている夜には、）空のどちらからなのだろうか、鴈の鳴く悲しげな声が聞こえてくる。

（初折　表　七）いづくの空ぞ鴈のなく聲

七　夕暮は色づく山もかすかにて　　利在

【式目】 秋（色づく）　夕暮（一座一句物）　山（山類・体）　山与山（可隔五句物）　夕暮（時分）

【作者】 利在。『宝徳四年千句』『文明九年正月二十二日何船百韻』に出座している。

【語釈】 **○色づく山**—紅葉した秋山の様。「今朝きなくかりがねさむみ露ちりていろづく山に秋風ぞふく」（雅有集・三二六・秋）。「色づく山ぞ詠やらるゝ／〳〵松立てる高嶺の月のくらき夜に」（行助句・一〇六九／一〇七〇）。

『連珠合璧集』に「秋の心、色付〈梢　野山　あさぢ　草〉」とある。なお、山と山は可隔五句物であり、この百韻ではそれに従い初折裏十三句目に「奥山」が詠まれる。○**かすかにて**―「色づく山も」とあるところから、「鴈のなく聲」がかすかであるばかりか、山の色もかすかにしか見えないと、音と色とを重ねて表現していることになる。「かすかにて」がこのように使われた例は他に管見に入らない。「玉まつる野の哀なる色／夕昏は松のともし火幽にて」（行助連歌・二二六一／二二六二）。

【付合】「鴈」に「山」をつけ、「聲」に「色」を対する。『連珠合璧集』で「山トアラバ、嶺とも谷とも山類のよりきたれるを付べし。又植物には松櫻、生類には鳥鹿などよし。詞には、たかき・へだつる・こゆるなど付べし」と指示があり、前句の「鴈」とのつながりがわかる。

【一句立】夕暮れ時には、紅葉に色づいた山も、太陽の光が失われると共にかすかに見えるばかりになっていって。

【現代語訳】（前句　どこの空を鴈は鳴き渡っているのだろう。）夕暮れ時には、（どこともわからず聞こえてくる鴈の声がかすかにしか聞こえないだけでなく、）紅葉した山もかすかにしか見えなくなってしまって。

（初折　表　八）夕暮は色づく山もかすかにて

八　霧降る野路の末のはるけさ　円秀

【式目】秋（霧）　霧（聳物・可隔三句物）

【作者】円秀。正徹の友人として『草根集』に頻出する僧。『草根集』（日次本）に、「清水寺平等坊権少僧都円秀」（康正元年正月二十六日条）とある。正徹は享徳から康正、長禄年間にかけて、円秀の月次歌会に定期的に出ていた。『康正三年九月七日武家歌合』に参加。

【語釈】○**霧降る野路**―霧がたれこめている野中の道。「霧降る」は、正徹、正広、心敬らが「霧降る野辺」「霧降る谷」などといった表現で和歌に使用し、『康正三年九月七日武家歌合』では忠英も詠んでおり、この連歌の連衆にとっては親しみ深い表現であった。連歌にも用例は多い。例えば、「芝生がくれの秋の沢水／夕まぐれ霧ふる月に鴫鳴きて」（文安四年八月十九日賦何人百韻・二／三・心恵（敬）／専順）では、夕暮れ時に霧がたれこめ、夕月がうかぶ様子を詠む。聳物同士は可隔三句物であるが、4に「雲」があり、規則に適合する。「霧トアラバ、秋霧　うす霧　朝霧　夕霧　夜霧など云へり」（連珠合璧集）。○**末のはるけさ**―路がはるかに続き、先の方は遠く隔たっていること。「霜をく野べの末のはるけさ／かり残す道はをざゝの枯立て」（飯盛千句第九百韻・一四／一五・快玉／仍景）。

【付合】「色づく」に「霧」、「山」に「野路」をつけた。暗くなってきているのに加え、霧がたれこめてきた、夕暮時の薄暗さを表現した。前句で表現した山の様子に、前方へ続く路を加え、視線が新しい動きをなすようにしている。

【一句立】霧がたれこめている野中の路の先ははるか遠くに続いている。

【現代語訳】（前句　夕暮れ時には、紅葉した山もかすかにしか見えなくて。）霧がたれこめている野路の先ははるかに遠く続いている。

（初折　裏　一）霧降る野路の末のはるけさ

九　かきくらす雪にや里もかすむらむ　有実

【式目】春（かすむ）　雪（降物・一座四句物）　里（居所・体）　居所与居所（可隔三句物）

【作者】有実（未詳）。

【語釈】○かきくらす―空を暗くして降る。「かきくらす雪野にむすぶ草もがな」（芝草句内発句・三九六）。○雪―ここは春の雪。『連歌新式』一座四句物の項には「雪　三用之、此外春雪一似物の雪別段の事也」とある。○かすむらむ―降る雪により視界がさえぎられているからなのか、霞んでいるようである。雪にあたりが霞む歌例は「ながむれば春ならねどもかすみけり雪おろふれると遠きの里」（後鳥羽院御集・冬・六六八）。ここは冴え返るごく早春の景。「立ちかへり又きさらぎの空さえてあまぎる雪にかすむ山のは」（新拾遺集・春上・四七・京極為兼）。

【付合】付句は路の先の遠方の光景。路をたどりゆけばはるか先に里があり、遠方ゆえにはっきりとは見えない様を、雪故に霞んだかとした。見えにくさを「かすむ」と表現することで、この句まで四句続いた秋から、春へと季を転換している。

【一句立】あたりは降る雪のために暗くなり、その雪で里も霞んでみえているのだろうか。

【現代語訳】（前句　霧がたれこめる野路の先は、はるかに遠く里へと続き、）そのあたりは、空を暗くして降る雪によってなのか、かすんでいるように見えているのだ。

（初折　裏　一二）かきくらす雪にや里もかすむらむ

一〇　**まだ初春は梅が香もなし**　　**忠英**

【式目】春（初春）　梅只一、紅梅一、冬木一、青梅一、紅葉一（植物・一座五句物）　はなし上句下句各一　もなし同前

(「もなし」は新式今案までは式目に入らないが、『連歌新式追加並新式今案等』(肖柏追加)で一座二句物となる。)

【作者】 忠英。「正徹弟子、若州住人、井上能登守」(『顕伝明名録』)とある人物か。畠山氏の被官で、井上統英の父、総英の祖父である忠英と考える説もある(米原正義『戦国武士と文芸の研究』)。この人物とすると、「若州住人」は「能州住人」であり、おそらく文安年間(一四四四〜一四四八)に催行された、能登守護畠山氏の一族、畠山義忠(法名賢良)の高野山参詣和歌にもその名が見える(『賢良高野山参詣路次和歌』に正徹、心恵(敬)、正広らと共に出詠)。『康正三年九月七日武家歌合』にも参加。

【語釈】 **○梅が香**—『連珠合璧集』に「春の始の心ナラバ、霞そめたる 残雪〈雪消て 雪間〉初春」、「梅トアラバ、雪」。「春まださえて梅が香もなし／かすまずはなにをなにはのあさぼらけ」(基佐集(静嘉堂文庫本)・一九／二〇)。**○もなし**—専順作『かたはし』は、「はなし」という表現と比較し、より柔らかな耳ざわりを持つ表現であるとして、「もなしと云句は、彼も是もといふ心ならでも、ただ詞の和らぎに、もといふべしと堯孝法印申されき。」と二条派和歌の知識を学んで述べている。ここは専順の言うやわらぎを与える「もなし」であろう。なお、「もなし」という表現は、とりわけ心敬の句に多く見られ、「否定的表現の様式をとってゐても、実は虚無ではなく、むしろ積極的に感動の強さを示す手法」(荒木良雄『心敬』)と注目された。他にも、山根清隆氏(『心敬の表現論』)、湯浅清氏(『心敬の研究』)らの論がある。

【付合】 前句の「雪」に「梅」を付けた。

【一句立】 春の初めの今はまだ、梅の香りもしない。

【現代語訳】 (前句 空を暗くして降る雪によってなのか、里もかすんでいるよう。) かすんで見えてはいても、春の初めの今はまだ、梅の香りもしない。

（初折　裏　三）まだ初春は梅が香もなし

一一　年寒きこずゑの花の咲きやらで　貞興

【式目】　春（花）

【作者】　貞興（未詳）。

【語釈】　○**年寒き**―年の寒い頃。漢語「歳寒」の訓読から生じた語。「歳寒、然後知松柏之後彫也」（論語・子罕第九）とある表現から、「年さむき松の心もあらはれて花さくいろを見する雪かな」（新勅撰集・山野雪朝・四〇九・九条道家）、「年さむき松の色にぞつかへては二ごころなき人もしられん」（寛正百首・歳暮・七〇・心敬）と、厳寒に耐える松の変わりなさを和歌に詠まれた。ここは梅の情景。松・竹・梅を「歳寒三友」、梅を竹や寒菊と共に「歳寒二友」「歳寒二雅」とする故事から、梅の情景にも用いられる。「年さむき松をばいはじ霜雪の先あらはるるむめの一花」（柏玉集・冬・年内早梅・一二三八）。○**花**―一句としては桜であるが、付合では、前句から梅の花となる。○**咲きやらで**―充分に開かないで。満開とならないで。

【付合】　前句の「梅」から「花」をつけ、梅の花がまだ開かない様子を説明した。「年寒き」の時期であるが、前句から、年があらたまって初春になっても寒いことをさすことになる。「はるかにまよふ松のはるかぜ／こえてだにまだ年さむき柴の戸に／雪をいたゞくしづがあはれさ」（葉守千句第十百韻・六四／六五／六六・肖柏／宗般／宗祇）。

【一句立】　厳寒の頃は梢の花もまだ充分に咲ききらないで。

【現代語訳】（前句　この初春はまだ梅の香りもしない。）年が明けても寒さの厳しい時期、梢の梅の花は充分に咲ききらないでいて。

（初折　裏　四）年寒きこずゑの花の咲きやらで

一二　**嵐ふく日は鳥も音せず**　　伝芳

【式目】雑　嵐（一座一句物・吹物）　鳥只一　春一　水鳥、村鳥等之間一、浮寝鳥、夜鳥等は各別物也（動物・一座四句物）

【作者】伝芳。生没年未詳。後に紹芳と称した。『顕伝明名録』によれば、「正徹門弟」であり、東福寺の禅僧であったらしい。和歌では『康正三年九月七日武家歌合』に出詠しており、連歌では、『文安四年五月二十九日何船百韻』で執筆をつとめた。また自撰句集に、専順と心敬の合点が加えられ、心敬の注も付された『紹芳連歌』がある。

【語釈】○**嵐ふく日は**―嵐が吹く日には。ここは前句からは、春の強風の日となる。「世は春の霞の衣きる人も嵐ふく日やぬぎにかる（類題本「ぬぎわかる」）らん」（草根集・霞春衣・七五八〇・享徳元年六月十二日詠）。「嵐吹く日」は連歌にも用例が見当たらないが、例歌は、享徳元年（一四五二）六月十二日に、正徹が清水寺平等坊の円秀のもとで月次歌会に列した際の作であり、表現の参考になる。○**鳥**―『連珠合璧集』に「鳥トアラバ、鳥はもろ〳〵の鳥也。又庭鳥をも鳥といふ。句によりて（かはるべき也）。」と説明される。また「鳥トアラバ、花」。

【付合】前句の「花」に「鳥」を対する。桜の花がなかなか開かない様子に、風が強く鳥もさえずりださない様を並列させて付けた。

【一句立】嵐が吹く日には、鳥も声をたてない。

【現代語訳】（前句　寒い頃には、梢の花も十分には開かない。）嵐が吹く日には鳥もさえずることがない。

（初折　裏　五）嵐ふく日は鳥も音せず

一三　奥山やあふ人さへにまれならむ　承成

【式目】雑　奥山（山類・体）　山与山（可隔五句物）」（参考「奥山　一也。又山の奥と有べし。」（『産衣』））人（人倫）　人倫与人倫（可嫌打越物）

【作者】承成（未詳）。

【語釈】○奥山や…―「おく山の谷のしばはしまれにだにあふ人なしにこひや渡らん」（永享百首・寄橋恋・七八一・一条兼良）と同趣の句。影響下にあるか。↓一四句【付合】。○あふ人さへにまれならむ―ましてや行き会う人までもまれであろう。「さへに」は添加を表し、「加えて～までが」の意。事態、事物をより強調して明示する働きがあり、ここは、鳥が音もしないのに加え、行き会う人までもめったにおらず、ひどく寂しいと、奥山の様を表す。「この頃はいづち行くらん山にすむ山人さへに春をしたひて」（堯孝法印集・山家暮春・一二一）。「まれならん」は、和歌では「うき時としる人さへやまれならんくだり行世の秋の夕暮」（草根集・秋夕・九四八一・康正二年七月七日詠）等で「さへ～まれならむ」と正徹が使っているが、用例に乏しい。

【付合】前句の「嵐」に「（奥）山」を付けた。「嵐トアラバ、山」（連珠合璧集）。

【考察】一一、一二、一三と花もなく、鳥も鳴かず、人もいないと進んでおり、情景の中の事物を捨象する形で句が付けられて行く。花に加え鳥「も」おらず、鳥のみならず人「さへに」まれだと、欠落の状態が激しくなる様を表すために、助詞も注意深く選ばれている。

【一句立】奥深い山の中となると、行き会う人までもめったにいないのだろう。

【現代語訳】（前句　嵐が吹く日には鳥の声もまれにしか聞こえない。）そんな奥深い山の中となると、鳥の気配もめったにせず、まして行き会う人などは、ごくまれにしかいないのであろう。

（初折　裏　六）奥山やあふ人さへにまれならむ

一四　うきをたつきに世を捨つる道　立承

【式目】　述懐（うき・世を捨つる）　世只一浮世〻中の間に一、恋世一　前世後世などに一（一座五句物）　捨世、捨身等捨字（可嫌同懐紙物）

【作者】　立承。和歌では、能登七尾にて行なわれた、畠山義統・義元父子主催『文明十三年三月十八日歌合』（正徹弟子正広判）に出詠、連歌は『文明九年正月二十二日何船百韻』に宗祇、隆蓮、利在らと参加、畠山義統張行の『文明十五年十一月二日何船百韻』にも出詠している。おそらく畠山氏の被官であろう。

【語釈】　○**たつき**─「たつぎ」とも。『日葡辞書』は「Tatçuqui タツギ」と「Tatçuqi タツキ」を項目にあげ、「むしろTatçuqi（たつき）と言う方がまさる」と注する。意味は、あることをするのによい機会。ついで、「説経などして世渡るたつきともせよ」（徒然草第一八八段）と使用されるように、「たつき」は世を渡る手段などに用いられる語だが、出家の機縁の意の用例は管見に入らない。恋の句に用いられた用例としては、「たつきなき夕べを空にうちわびて／さはりをだにもきかばうからじ」（大永年間何路百韻・二五／二六）等があり、それゆえこの句の「世」は、式目上は只の「世」であるが、恋の世の意味をも背後に響かせており、その縁で「たつき」を用いているのであろう。なお、百韻中には、「世」の用例は、他に名残折表五句目に「世の中」が存するのみである。○**世を捨つる**─出家する。「世トアラバ、すつる」「捨身トアラバ、山」（連珠合璧集）。前句の「奥山」から、「世を捨つる」と付けた。述懐は、懐旧・無常も含んで三句まで連続する。

【付合】　表面上は、「奥山」から「世を捨つる」と付くが、前句の「あふ」に恋の雰囲気がある。「あふときばかりうきこともなし／暁の別れをしたひ待ち暮れて」（紫野千句第二百韻・三〇／三一・春松丸／周阿）、「あふ事まれに成やうき中／同世のいのち計はよしなきに」（看聞日記紙背応永三十二年六月二十五日何人百韻・八四／八五・梵祐／綾小路前宰相）等が参考になる。

【一句立】つらいと思う気持ちをきっかけとして、足を踏み入れる出家への道。

【現代語訳】（前句　奥深い山に入れば、行き会う人さえもまれであろうが、私はつらい恋の山路の奥でひどく迷ってしまっていて、あの人に会えることさえ、もはやまずないのだろう。）そんなつらい思いが先立つあまり、あの人との仲を思い切り、世を捨てて踏み入る出家への道であることよ。

（初折　裏　七）うきをたつきに世を捨つる道

一五　あらましにさそはれそむる墨の袖　正頼

【式目】釈教（墨の袖）「釈教の詞。…墨の袖」（梅春抄）

【作者】正頼。句揚の末尾に名を記され、出詠数も四句で執筆についで少なく、連歌に関しては巧者ではない。井上宗雄氏は、『新撰菟玖波集』に二句入集している平正頼（細川高国家人）か、もしくは正頼という名の僧か（正徹の弟子か）と推定する（『康正三年九月七日武家歌合』解説）。正頼の名は、この『落葉百韻』以前には、『享徳千句』（享徳二年（一四五三））、『康正三年八月十三日何路百韻』（一四五七）に見られ、いずれも百韻に三〜四句出句し、『康正三年九月七日武家歌合』に正徹、心敬、正広らの名と共に見られる。この百韻以後は、『明応三年十月晦日何路百韻』（一四九四）、『東山千句』（永正十五年（一五一八））（第六百韻にて発句を詠む）に名が見られるが、これらの詠者は、永正十七年（一五二〇）に没した河原林対馬守正頼である。河原林正頼が、仮に七十歳で没したとすると、生年は享徳初年頃（一四五〇年頃）となる。それゆえ、『落葉百韻』の正頼は河原林正頼とは別人であり、享徳、康正年間頃に名が見える、正徹周辺の人物と思われる。

【語釈】○**あらまし**―そのようにありたいと願う期待。ここは、世のうれわしさから逃れて静かに暮らしたいと願う気持ち。「あらましの心の末はそれながらおもはぬ山にすみぞめの袖」（新続古今集・雑中・一八七四・栄仁親王）。「述懐の心、有増」（連珠合璧集）。「捨ぬべき世やあらましに過すらん／いたづらに聞入相の声」（熊野千句第七百韻・二一／二二・元説／常安）。○**さそはれそむる**―誘われて心が動きはじめ、入りこんでいった。「そむる」の部分、「墨」の縁。「墨染トアラバ、衣袖などにいふべし。又只墨の袖 墨の衣ともいふ。染《そむる》」（連珠合璧集）。○**墨の袖**―墨染の僧衣。「法の師にいま一しほと墨の袖夕にそむるかねの声かな」（松下集・薄暮鐘・九六〇）。なお、『草根集』永享二年十二月三日詠の詞書に「海印寺の僧正、弟子の持宝禅師に華厳宗管首などゆづりて、ひたすら墨の袖のやうになりて、萱ぶきの所作てかたはらにこもりゐられたるよし聞き侍りて、まかりとぶらひし」とあり、「墨の袖」は僧綱と関係がない遁世のありさまをさすか。

【付合】「世を捨つる」に「墨の袖」が付く。

【一句立】世を逃れたいと願う気持ちに心が動かされ、墨染の僧衣をまとう身になった。

【現代語訳】（前句　つらいと思う気持ちをきっかけとして入る、世を捨てる道であることよ。）世を逃れたい気持ちに心が動かされ、墨染の僧衣をまとう身となっていったのだ。

（初折　裏　八）　あらましにさそはれそむる墨の袖

一六　夕べの鐘の涙とふ聲　心敬

【式目】述懐（涙）　夕べ（一座二句物・時分）　鐘只一　入逢一　尺教一　異名一（一座四句物）

【作者】 心敬

【語釈】 ○夕べの鐘―夕暮れ時につく寺院の鐘。「鐘トアラバ、ゆふべ　こゑ」（連珠合璧集）。この言い回しは、一般的な歌語のように思えるが、実は正徹が特に多用する、いわば正徹の特異語句であることは注意してよい。同類の語句で広く用いられる歌語に「入相の鐘」があり、おそらく同義と考えられてきたようだが、正徹は区別していたようである。心敬もその考えをうけついでいるか。「嵐ふく夕の鐘の声おちて松につれなき峯の白雪」（草根集・雪夕鐘・一一六八・永享元年正月十日詠）。「あらましの身に送る哀さ／聞き果てぬ夕の鐘に寝覚して」（竹林抄・雑上・一二四〇・無表記（心敬））。夕べの鐘は、音の中に仏法の教えを内包する。「しづかにて夕の鐘のことはりをきゝいるゝ人や涙おつらん」（草根集・晩鐘・一二五四五・文安四年八月廿七日詠）。「ききしらぬみみにもふれよのりのこゑ／ゆふべのかねにかへるつりふね」（新撰菟玖波集・雑二・二七六〇／二七六一・三條西実隆）。○涙とふ―鐘が聞こえてくることを「とふ」と詠み、鐘が袖の涙を訪れることをいう。和歌においては、袖の涙を訪れる景物は、月や秋風、時雨などであり、鐘は珍しい。○（鐘の）聲―鐘の音。聞いた時に、意味を持って、心情に訴えかけてくるように思われる音を表現する言い方。「鐘の聲」を、訪ねてきて心にある感情を呼びおこす力を持つものとしてとらえている、この感覚は正徹の和歌に感じられ、心敬も継承していることがわかる。「枕とふ暁のかねの声たえてこたへん方もなき思かな」（草根集・暁鐘・一〇二四七・長禄二年二月八日詠）。

【付合】 前句の「墨の袖」から、「袖」に「涙」を付けた。「涙トアラバ、袖衣手」（連珠合璧集）。「墨染の衣の袖は雲なれや涙の雨のたえず降るらん」（拾遺集・哀傷・一二九七・よみ人しらず）。「墨」の黒さから夕暮れの薄暗さを連想し「墨の袖」に「夕」も付けている。「墨染トアラバ、衣袖などにいふべし。又只墨の袖　墨の衣ともいふ。夕」（連珠合璧集）。この句は、前句の言葉と緊密に関係しあった言葉でつくられているが、「涙とふ」と、「とふ」

を使用することで、恋のイメージを暗示する語句を入れている。「恋の心、待　とふ」（連珠合璧集）。次句から句境の変化をうながしたい心敬の配慮であろう。

【一句立】　夕暮れの鐘が泣きぬれている私の耳に聞こえてくる。

【現代語訳】　（前句　世を逃れたい気持ちに心が動かされ、墨染の僧衣をまとう身となっていった。）そんな私なのに、出家をしてもやはり物思う涙にくれている。そうした私の耳に、み仏の教えを伝える夕暮れの鐘の音が訪れ、物思いはさらに深まるのだ。

身分と序列

百韻の流れが懐紙の表裏ごとに身分にも左右されていたことを示すものに、初心者や低い身分の者に対する「懐紙の移りの所、五句のうちをいそぎて分句をつかまつるべし」「初心又は末座の人は五句のうちをはやくつかまつるべし」（梅春抄）という注意がある。これらは、各懐紙のはじめの五句程度までに出句しておくことを促しているものである。確かに『落葉百韻』では、連歌に関しては素人である日明、隆蓮のような法華僧や、貞興（出自不明）などは懐紙の表裏共に早めに出句する傾向が見られる。折が変るごとに、場面はリフレッシュされ、扱いの軽い者から順に句を詠み出だしていき、次第に高位の者、また連歌巧者の句に移っていく仕組みである。芸術性も身分も違う者が同座する連歌ならではの、序列含みの展開なのであった。

（初折　裏　九）夕べの鐘の涙とふ聲

一七　暁に月のなるまで猶待ちて　　利在

【式目】 秋（月）　恋（待ちて）　暁（時分）　光物（月）

【作者】 利在

【語釈】 **○暁に月のなるまで**―月が、暁の様子になるまで。「暁」を「暁の月」をさす語として心敬が使用している下記のような例がある。「袖しほるかりねの夜はの松の風／きぬ〴〵さむみのこるあかつき　別つる跡に、いまだあかつきものこり侍れば、なくなくうちふして、むなしき床の松風、身にしみとをり侍るさまなり」（芝草句内岩橋上）。「暁の月になるまで」が自然な言い方であろうが、前句の「鐘の」に対して「月の」として「ゆふべ」と「暁」、「鐘」と「月」を対にした形であろう。またあるいは「暁」に「明月」（あかつき）と掛けた言葉の遊びもあろうか。「あかつきになる」は、「このよを知るもただ秋のくれ／ほどもなくあかつきになる月をみて」（基佐集（静嘉堂文庫本）・四三五／四三六）。「暁月」（暁に空に見える月）であれば、連歌に用例が多い。なお、「暁」と「月」と、「つき」が重なり同字である。**○猶待ちて**―夕暮れから明け方まで待ち暮らしたことをいう。「わきてゆふべは風ぞ秋なる／うき人の来ぬにつけても猶待て」（菟玖波集・恋上・七九一・救済）。

【付合】 前句の「夕べ」に「暁」で相対した付合。前句の「涙」を恋の涙とし、夕暮れ時に恋人を思い涙しており、さらに、あきらめきれず一晩中待ち、暁時になった様子を詠む。来ない恋人の訪れを待つ夕暮れ時に聞く鐘の音は「たのめてもこぬ人をまつ夕暮に心をつくす入逢のかね」（続千載集・恋三・一二九七・右兵衛督隆長）、待ち続ける様は「こぬ人をかならずまつとなけれども暁がたになりやしぬらん」（金槐集・恋・五一六）。ついに恋人と別れる時間にもなってしまった様は、「待わびてねよとのかねの行末をおもふもかなし衣々のこゑ」（芝草句内岩橋下・兼厭暁恋、心敬集一六六八）。鐘の声に使われた「とふ」が、恋人が来ないさまをきわだたせる。

【一句立】 月が暁の様子になる、そんな頃まで、猶も待っていて。

【現代語訳】（前句 夕暮れの鐘の声が、来ないあの人を思い慕う涙にぬれている私を訪れてくる。）鐘の声は私を訪れても、あの人は姿を見せず、月がもはや暁の月の様となっても、私はむなしくあの人のことを待っていて。

（初折 裏 一〇） 暁に月のなるまで猶待ちて

一八 たがきぬぎぬの秋恨むらむ 隆蓮

【式目】 秋（秋） 恋（きぬぎぬ 恨む）

【作者】 隆蓮

【語釈】 ○**きぬぎぬ**―逢瀬の後、女性のもとから男性が帰ること。「たがきぬぎぬ」は、自分の恋人が心変わりして別の人を訪れて、その人のもとから帰る後朝をいう。用例には「思ひいでよたがきぬぎぬのあかつきもわがまたしのぶ月ぞみゆらむ」（千五百番歌合・恋二・一二五二一・藤原定家）、「うき身ゆゑいそぎし鳥のおなじねをたが衣衣に君かこつらん」（南朝五百番歌合・八七五・花山院長親）がある。なお、定家の歌は「秀逸にはみえ侍らぬうへに、月の字かさなりてはべり、暁は別事なれば、同心病にはあらずや」と酷評されていた歌である。「花にねて誰きぬ〴〵ぞ朝あらし」（心玉集拾遺・一六八一）。○**秋恨むらむ**―「秋」と「飽き」を掛ける。恋人に飽きられたのを恨んでいることだろう。「らむ」は、自分をうらぎった恋人が通う女性が、また同じく恋人に裏切られている状態についての推量。

【付合】 前句の「暁」に「きぬぎぬ」と付けた。「暁トアラバ、衣々」（連珠合璧集）。また、一句の中で「衣」

に「恨」と縁のある語句を用い、「秋」は「飽き」と掛けている。

【一句立】　誰が、秋の後朝の朝の別れの時に、恋人が自分に飽きてしまうだろうことを心配し、苦しんでいるのだろう。逢瀬に感じとった相手の心変わりの兆候への懸念を詠む。「きぬぎぬ」と「秋」を併せ詠む歌に「おもひさへ猶身にしみてきぬぎぬの袂にたへぬ秋風ぞ吹く」（前摂政家歌合嘉吉三年・秋別恋・四一〇・従三位仲方卿）等。

【現代語訳】（前句　来てもくれない恋人を、やはりあきらめきれずに、月が暁の空に浮かぶようになるまで待っていて。）だが、その同じ秋の暁方に、恋人は別の人との後朝の別れをしている。そんな彼のことだから、その彼の浮気相手の女だって、後朝の別れに際して、恋人の心変わりを感じとって、私と同じように恨めしく思っているだろうよ。

（初折　裏　一一）　たがきぬぎぬの秋恨むらむ

一九　虫だにも思ひある夜に鳴きよわり　三位

【式目】　秋（虫）　恋（思ひ）　夜（夜分）　虫（一座一句物）

【作者】　三位

【語釈】　○**虫だにも**―虫でさえも。自分はまして虫よりも。「虫トアラバ、なく　よはりはてたる」（連珠合璧集）。

○**思ひある夜**―「思ひある」という表現は、『伊勢物語』第三段の和歌「思ひあらば葎の宿に寝もしなむひじきものには袖をしつつも」が淵源である。「きく人もおもひあるよのねざめかなむぐらのやどにころもうつこゑ」（雅有集・擣衣・四九一）。「思ひあるねをこそたつれ蛬よるはほたるのもえし草葉に」（草庵集・虫・四七六）。また

「夜」と「世」を掛ける。○**鳴きよわり**―「鳴き」と「泣き」を掛け、虫と我が身をくらべる。「わがごとくなきよわり行く虫の音はあきはつる身や悲しかるらん」(風葉集・秋下・三五九・わたらぬ中の承香殿女御)。

【付合】　前句とあわせ、恋人の心変わりの気配を感じ取ったかのように、夜の内に鳴き弱っていく虫の様子を詠む。「虫だにも」とすることで、悲しみに弱っていく女心を示唆する。

【一句立】　虫でさえ、心配事のある夜には声が弱くなっていくものであって。

【現代語訳】　(前句　今は別の人との後朝の別れをしている、そんな浮気な恋人のことだから、その彼の浮気相手の女だって、後朝の別れに際して、恋人の心変わりを感じとって、私と同じようにうらめしく思っているのだろう。)　虫でさえも、物思う夜に、鳴き声が次第に弱々しくなっていく(まして、虫ならぬわが身は、恋しいあの人の心変わりを思い悩む夜をすごせば、泣きぬれ弱りはてていくのだ)。

(初折　裏　一二)　虫だにも思ひある夜に鳴きよわり

二〇　むぐらの宿にたへてすむころ　　円秀

【式目】　雑(葎)　葎(植物)「葎宿　夕顔宿已上植物也」(連歌新式)

【作者】　円秀

【語釈】　○**むぐらの宿**―葎(むぐら)は、蔓性の雑草。広く生い茂り、叢をつくる。「むぐらの宿」は、むぐらが生い茂った荒れた家。「むぐらのやどはすみうかるべし／おもひある身にさへ秋の月をみて」(菟玖波集・雑一・一一三四・権僧正良瑜)。○**たへてすむ**―こらえながら住む。ここは「葎の宿」の、荒れはてて、人も来ない荒涼とした寂しさに耐えて住む。「たへてすむ心のみちはあるものをとはずはしらじよもぎふのかげ」(雪玉集・幽居・八〇六八）。〇**すむころ**―住んでいる時期。「あきかぜのはやき山べにすむころはとふ事のはもかれはてにけり」（元良親王集・八四）。

【付合】 前句の「思ひある」に「葎の宿」を付けた。「思ひあらば葎の宿に寝もしなむひじきものには袖をしつつも」（伊勢物語第三段）と、「たへてやはおもひありともいかがせむむぐらのやどの秋の夕ぐれ」（新古今集・秋上・三六四・藤原雅経）が本歌となる。「葎の宿に思あると付事、伊勢物語に～」と、『連歌寄合』も付合の根拠にこの二首を指摘する。

【一句立】 葎生い茂る荒れた家に、寂しさをこらえながら住んでいる頃。

【現代語訳】（前句　虫の声さえも、もの思うことある夜には、次第に弱々しくなっていく。まして、私も物思いに泣き濡れ、気持ちが弱ってきている。）葎生い茂る荒れた家に、寂しさをこらえながら住んでいる頃には。

（初折　裏　一三）　むぐらの宿にたへてすむころ

二一　昔のみ高き蓬にへだたりて　伝芳

【式目】 懐旧（昔）　蓬（植物）

【作者】 伝芳

【語釈】 〇**昔のみ**―昔ばかりが。「なさけありしむかしのみ猶忍ばれてながらへまうき世にもふるかな」（新古今集・雑下・一八四二・西行）。〇**蓬**―「高き蓬」は蓬が生い茂り、荒廃したさま。蓬がひどく茂った荒れはてた家は、『源氏物語』蓬生巻の末摘花の邸の描写に見られる。「浅茅は庭の面も見えず、しげき蓬は軒をあらそひて生ひのぼる。葎は西東の御門を閉ぢ籠めたるぞ頼もしけれど」と、浅茅に蓬、葎が邸の荒廃ぶりを表している。

「蓬生の宿」（光源氏一部連歌寄合・蓬生）。蓬の丈が非常に高くなる様は、「こぬ人をおもひたえたる庭のおものよもぎがすゑぞまつにまされる」（新古今集・恋四・一二八七・寂蓮）が、松の背丈よりも高くなると詠み、「待つ」（＝松）よりつらさがまさったことを表現している。

【付合】 前句の「宿」に「蓬」を付ける。「蓬トアラバ、宿よもぎふに」（連珠合璧集）。また、「葎」と「蓬」を対する。

【一句立】 今となっては、高く生い茂った蓬にさえぎられるかのように、往時は遠く隔たっていて。

【現代語訳】（前句　葎生い茂る荒れた家に、我慢して住みつづけている頃には。）往時は、この荒れた家の丈高く茂った蓬にさえぎられるかのように、遠く隔たっていて。

（初折　裏　一四）　昔のみ高き蓬にへだたりて

二二　霜の色そふ髪のあはれさ　　　　毘親

【式目】 冬（霜）　述懐（あはれさ）　霜（降物）

【作者】 毘親

【語釈】 ○**霜の色そふ**―霜のような白い色が加わった。霜のように白くなった乱れ髪のことを「霜蓬老鬢三分白」（和漢朗詠集・菊・白居易）と表現する。「蓬髪」は、蓬が生い茂っているかのように、整わない頭髪のこと。「あさごとのよもぎが色にます鏡我が白髪にむかふ霜かな」（心敬集・朝霜・五九）。

【付合】 前句の「蓬」に「髪」を付けた。「蓬トアラバ、髪」（連珠合璧集）。「髪を付は、蓬の乱れたるは髪に似たり。法花経に、頭髪蓬乱」（連歌寄合）。

【一句立】　霜のような白い色が加わった、我が髪の毛の様子のなんとせつないことよ。

【他出文献】　「霜となりぬる髪の寒けさ／くしのはに風の〔もイ〕音する冬の空」（心玉集・一二四二／一二四三）。『心玉集』では「霜の色そふ」が「霜となりぬる」、「髪のあはれさ」が「髪の寒けさ」となっている。文正元年（一四六六）『心玉集』自撰の際に改めたものであろうか。白髪となってしまった髪の寒々しい様子を表す「霜となりぬる髪のさむけさ」ならば、一句が霜の白のイメージで統一され、より緊密に結びついた表現となる。

【現代語訳】　（前句　昔の様子とは、生い茂った蓬にへだてられて違ってしまった。そんなふうに、我が髪は、昔とはうってかわって衰え、蓬のように乱れて生えていて。）その上、蓬に置く霜のような白い色が加わった髪の毛の様子のなんとせつないことよ。

（二折　表　一）　霜の色そふ髪のあはれさ

二三　櫛のはに風も音する冬の空　　心敬

【式目】　冬（冬）　風（吹物）　風與風（可隔五句物）　空空だのめなど云ては此外也（一座四句物）

【作者】　心敬

【語釈】　○櫛のはに―「歯」に「葉」を掛けている。「櫛」を「玉串」と掛けて「葉」をイメージしての句作か。「櫛トアラバ、はをしげみ」（連珠合璧集）。「櫛の歯」という語句の和歌における用例は、『草根集』と『松下集』に各一例見えるが、非常に珍しい。「くろかみもとりて（類題本「とかで」）日ぞふる櫛のはをひくよりしげき恋のみだれに」（草根集・寄櫛恋・六三二〇・宝徳二年四月九日詠）、「くしのはを心に引きてかよへどもわがてにかくる黒髪もなし」（松下集・寄櫛恋・三〇五三）。だが、いずれも「櫛の歯を引く」という、絶え間のないことを言うことわざを詠みこんで、恋歌をつくりあげており、この句とは趣が違う。毘親の前句は霜で白髪を表現しているゆえに、この句は老人のまばらで整わない髪をすく櫛のイメージである。○**風も音する**—髪が櫛に引っかかり音がするのみならず、風も音をたてる。「櫛の歯」と結びつく「引く」を、風ゆえに「音する」としたのであろう。ここは漢語「櫛風沐雨」（身を風雨にさらし奔走して苦労すること）からの連想もあろうか。『日本書紀』欽明天皇六年冬十一月に「櫛風沐雨、藉草斑荊」（風にかしらけづり雨にゆするあみして、かやをまくらにししばをしきゐにする）と百済での苦を語る。

【付合】 前句の「髪」に「櫛」、「霜」に「冬」を付ける。「冬の心、霜」（連珠合璧集）。

【一句立】 吹く風も櫛の歯の間を吹き通って絶えず音をたてている、そんな寒々しい冬の空よ。

【現代語訳】（前句　霜のように白い色が加わった髪の毛の様子のなんとせつないことよ。）髪が櫛の歯に引っかかり音をたてるのみならず、枯れ葉を吹く風も櫛の歯の間を吹き通って絶えず音をたてている、そんな寒々しい冬の空よ。

（二折　表　一）　櫛のはに風も音する冬の空

二四　たなびく雲やまよひ行くらむ　　日明

【式目】 雑　雲（聳物）

【作者】 日明

【語釈】 ○**たなびく雲**—横に薄くかかる雲。「たなびく」は、前句の「櫛の歯」による諺「櫛の歯を引く」からの連想であろうか。「目さまして鳥鳴きたつさよ風に／たなびく雲ぞ空にわかるゝ」（葉守千句第一百韻・五五／

五六・恵俊／宗恕）。〇**まよひ行くらむ**―「雲トアラバ、まよふ」（連珠合璧集）。「山路いづくと迷ひ行くらん／古郷のなごりとおもふ峰の雲」（紫野千句第八百韻・一四／一五・相阿／真泊）。

【付合】 前句の「風」により、雲が横に流れ、あてどもなく動くさまを詠んだ。

【一句立】 横ざまにかかっている雲は、あてどもなく迷っていくのだろうか。

【現代語訳】（前句　髪が櫛の歯に引っかかり音をたてるのみならず、枯れ葉を吹く風も櫛の歯の間を吹き通って絶えず音をたてている、そんな寒々しい冬の空よ。）風に流れる横雲は、あてどもなく迷っていくのだろうか。

（二折　表　三）　たなびく雲やまよひ行くらむ

二五　夕立の晴れぬるあとは涼しくて　貞興

【式目】 夏（夕立）　夕立（降物・一座一句物）

【作者】 貞興

【語釈】 〇**夕立**―夏の午後に、短時間に激しくふる雨。「すゞしさは夕立はるゝ庭たづみ月をみだしてさ波吹風」（草根集・夏月涼・六一五八・宝徳元年十二月廿一日詠）。「たゞ一頻ゆふだちの雲／入かたは日かげなれども涼しくて」（菟玖波集・夏・二五八・二品法親王）。

【付合】 前句の「雲」に「晴れぬる」とつけ、夕立を降らせた黒雲が散り散りになっていくさまとした。「夕立トアラバ、雲もとまらぬ」（連珠合璧集）。夕立後の清涼感がこの句の焦点。

【一句立】 夕立の晴れた後は、あたりは涼しくなって。

【現代語訳】（前句　空にたなびく雲は、迷い消えていくのだろうか。）夕立の晴れた後は、あたりは涼しくなって。

（二折　表　四）　夕立の晴れぬるあとは涼しくて

二六　ひかげも夏の山の辺の露　　有実

【式目】夏（夏）　日（光物）　露（降物）

【作者】有実

【語釈】○ひかげも夏―「ひかげ」には「日陰」と「日影」両意があるが、前句「晴れぬる」から「日影」、日差しとなる。「いなづまのひかりをそへて夕立の雲のとだえはひかげなりけり」（延文百首・夕立・六三三・尊胤法親王）。「夏」の「な」に「無（し）」を掛けるか。○山の辺の露―「山の辺」は山の近くのあたり。前句に詠まれた「夕立」のなごりの水滴を「露」とした。「露ふかき庭のあさぢに風過ぎてなごりすずしき夕立の空」（続拾遺集・夏・二〇八・藤原為教）。

【付合】夕立が晴れた夏の午後、雨の雫のなごりの露に清涼感を覚えるさま。「夕立トアラバ、草葉に露すがる」（連珠合璧集）。日の差さない山裾には雫が露として残っている、それに気づいた驚き。

【一句立】一句では、夏ではあるが、日の差さない山裾の光景。夏であるのに、日差しがないため、朝露が残る。「日影もしるく夏は来にけり／あふひにや神の心もなびくらむ」（老葉（再編本）・夏・二四五／二四六）。

【現代語訳】（前句　夕立が晴れた後は、あたりは涼しくなって。）あらためて照りつける夏の日差しも山裾のあたりにはなく、夕立の雨の雫のなごりである夕露が残っていて。

(二折　表　五)　ひかげも夏の山の辺の露

二七　氷室守都にいづる道すがら　　　忠英

【式目】 夏(氷室)　氷室(水辺・用)　都(一座三句物)

【作者】 忠英

【語釈】 ○**氷室守**―氷室の番人。氷室は、冬の間に氷を切り出し、夏まで貯蔵しておく貯蔵庫。『八雲御抄』「凍」の条に「氷室は仁徳天皇六十二年五月額田大井彦皇子鬪鶏にかりする時皇子自山上見野有物　其かたち如虚　遣使令見氷也　其時奏後始れり　茅荻をあつく草を其上にふくといへり」と、来歴と形状を説明する。○**都にいづる**―氷室は「山も所も木深き蔭の、日影もささぬ深谷」(謡曲・氷室)につくられた。平安京には、丹波国氷室山や京都の松ヶ崎、北山などの氷室から氷が運ばれた。

【付合】 前句の「山」に「氷室」を付ける。「氷室トアラバ、山」(連珠合璧集)。前句の「ひかげ」は「日影」ととり、山を下りてきて、日差しも夏らしくなった様とする。その上で、前句の「露」は氷室から出した氷が溶けはじめて落ちた水滴と見た。「氷室山いだす氷のしづくかも露ふく野べの風ぞすゞしき」(草根集・氷室風・六九一四・宝徳三年五月廿六日詠)。

【一句立】 氷室守は氷を献上するために、都に出る途中である。

【現代語訳】 (前句　夏であっても日もささない山裾のあたりに、珍しくも宿っている露。)氷室のある山奥は、夏でも涼しいが、都に近づくにつれ、次第に暑くなる。そんな山裾の露は、実は、氷室守が氷を献上するために都に出る道々落とす、氷が溶けはじめた水滴の露なのだ。

（二折　表　六）　氷室守都にいづる道すがら

二八　とへば名にさへたかつなる里　　**利在**

【式目】 雑　高津（名所）　里（居所・体）
【作者】 利在
【語釈】 ○**たかつなる里**―「高津」に「高し」を掛ける。「氷室トアラバ、高津宮〈仁徳天皇を申。氷室の始也〉」（連珠合璧集）。高津宮は仁徳天皇が難波に置いた宮の名称であり、今の大阪市の中央区あたり。二七句**【語釈】**に見たように、仁徳天皇の代に初めて氷室を各地に設営したことが、寄合とされている。
【付合】 前句の「氷室」に「高津」をつける。
【一句立】 高津の里は、尋ねればその名までも高い、ゆかりの里だ。
【現代語訳】（前句　氷室守が都に氷を運ぶ路の途中で）土地の名を尋ねれば、名までも高い、氷室ゆかりの地、高津の里であるよ。

（二折　表　七）　とへば名にさへたかつなる里

二九　まだ知らぬ旅に石見の国もうし　　**立承**

【式目】 羇旅（旅）　石見（名所）
【作者】 立承
【語釈】 ○**まだ知らぬ**―まだ行ったことがなく知らない。「まだしらぬたびの道にぞ出でにける野原篠原人にとひつつ」（堀河百首・旅・一四五八・大江匡房）。○**石見の国**―現在の島根県西部。前句の「高津の里」を石見国に存する「高津」の地として付けた。「石見潟名のみたかつの浦さびて／風ふきしほる松ぞかたぶく」（享徳二年三月十五日何路百韻・七五／七六・忍誓／専順）。石見国高津は、現在の島根県益田市高津町。『正徹物語』に「人丸の木像は、石見国と大和国にあり。石見の高津と云所なり。〜此高津は、人麿の住給ひし所也。万葉に、石見野や高津の山の木間より我ふる袖をいも見つらんか　と云哥は、爰にて読給ひし也。是にて死去有ける也。」と記されており、万葉集歌「石見乃也　高角山之　木際従　我振袖乎　妹見都良武香」（巻二・一三二）の「高角山」（現在の島根県江津市の東方、島星山）はこの益田市高津の山と理解されていたようである。和歌や連歌に「石見国」を詠むものは、この句の他に管見に入らない。「石見潟」を詠む場合は、後に「言は（ず）」を付けたり、副詞の呼応から打消しを呼び込んだりする。「つらけれど人にはいはずいはみがた怨ぞふかき心ひとつに」（拾遺集・恋五・九八〇・よみ人しらず）、「つらしともうしとも何かいはみがたそこにふかめて世をばつくさむ」（耕雲百首・恨恋・七七）。「石見」のみでは、「言は」に続く否定の気持ちは薄くなるように思われるが、ここは「言は（ず）」を掛けると見ておく。「言は（ず）」は前句の「とへば」と呼応し、また前句、付句両方の地名が掛詞として並立する妙をねらう。

【付合】「とへば」と「知らぬ」が対応、「たかつ（高津）」を「石見の国」で受ける。

【一句立】まだ知らない石見国への旅だが、歌聖人麿が亡くなった石見国へ行くのだから、つらい旅とは言わないでおこう。

【現代語訳】（前句　尋ねればその名にまでも高い、高津の里という。）その有名な高津里のある石見国へ旅していくのだから、まだ知らぬ国への旅だが、旅がつらいものだとは言わないのだ。

（二折　表　八）　まだ知らぬ旅に石見の国もうし

三〇　**妻恋ふ袖も海となりけり**　　**隆蓮**

【式目】　恋（妻恋ふ）　袖（衣類）　海（水辺・体）

【作者】　隆蓮

【語釈】　○**妻恋ふ袖**―妻を恋しく思う、その涙が落ちる袖。「妻」は「（衣の）褄」として、袖の縁語。「妻恋ふ」は普通は鹿に用いられる語句であり、人を主体とするのは異例。連歌においても、宗砌と専順の句集にしか用例が見当たらない。「妻こふと秋にしられてなく涙／ありて山田のほに出よとや」（宗砌発句并付句抜書・二六一五／二六一六）。○**袖も海となりけり**―涙で袖が海のようになったことだ。「袖トアラバ、涙」（連珠合璧集）。「入ても苦し恋の山道／見るめなき潜きやせまし袖の海」（竹林抄・恋下・九一二・専順）。

【付合】　万葉集歌「石見乃也　高角山之　木際従　我振袖乎　妹見都良武香（いはみのや　たかつのやまの　このまより　わがふるそでを　いもみつらむか）」（巻二・一三二）から、「石見の国」に「袖」を付けている。『万葉集』では、この歌は「柿本朝臣人麿従石見国別妻上来時歌」であり、妻と別れ上京する際のものである。また、石見の歌枕としては「石見潟」が詠まれるが、「稲見乃海（いなみのうみ）」を「石見の海」とした独自本文の歌「名にたかき石見の海の興つ波ちへにかくれぬやまとしまねは」（玉葉集・旅・一一七八・人丸）が『玉葉集』に見られ、正徹も「からくのみ石見の海のことの葉はかはらぬ礒の松のしほ風」（草根集・寄海恋・四六九七）と詠んでいる。「石見の海の変る浪風／人心浦のあら塩松越えて」（竹林抄・恋下・九二八・心敬）。この連歌は、『心玉集』一三四一、『新撰菟玖波集』二〇五八にも入るが、『竹聞』の項には「恨恋に、みな石見の海をよめり、石見の海のうらみてもとよめり」と注される。「石見潟」の縁語であった「浦見」が縁付けられ、「石見の海」が歌語に加えられていく様がうかがえる。こうした状況から、付句の「海」も前句の「石見の国」と故ある語句となろう。

【一句立】妻を恋しく思う涙が落ちて、私の袖もまるで海のようになってしまった。

【現代語訳】（前句　まだ先の様子もわからない旅に出るのは、石見国だからつらいとは言うまいと思う。）妻を恋しく思う袖には、涙が落ちてたまり、私の袖はまるで海のようになってしまったことよ。

（二折　表　九）妻恋ふ袖も海となりけり

三一　忍びぬる心の底は千尋にて　伝芳

【式目】恋（忍びぬる）

【作者】伝芳

【語釈】○忍びぬる―恋情を押し隠している。○千尋―非常に深いこと。一尋は約一・八メートル。「「君の御髪は我削がむ」とて〜「千尋」と祝ひきこえたまふ」（源氏物語・葵）。深い海の底を千尋の底というが、私があの人を思う心も海程も深いと表現した。本歌「いせのうみのちひろのそこもかぎりあればふかき心を何にたとへん」（古今和歌六帖・うみ・一七五七）。また参考として「いはみがたちひろのそこもたとふればあさきせになる身の恨かな」（六百番歌合・寄海恋・九七四・寂蓮）。

【付合】【語釈】であげた本歌により、「海」に「千尋」を付けた。前句で、涙によって、袖が海ほどおびただしく濡れてしまったとしたのに対し、あの人を思い忍んでいる恋情は、海ほど深く秘めていてと、恋心の大きさを対に仕立てている。

【一句立】　恋しい気持ちを耐え忍んでいる私の心のその底は千尋程の深さであって。

【現代語訳】（前句　別れてきた妻を思い流す涙で、私の袖も海のようにおびただしく濡れ）、恋情を押し隠している心のその底は千尋の海ほどの深さであって。

（二折　表　一〇）　忍びぬる心の底は千尋にて

三二　なきが形見の竹のひとむら　　心敬

【式目】　哀傷（なきが形見）　竹に草木（可嫌打越物）　竹與竹（可隔七句物）　竹（植物）

【作者】　心敬

【語釈】　○なきが形見―亡き人の形見。心敬の句集には、前句ではあるが「形見」という語句を含む句が見られる。「無跡にかたみの石をきざみ置／苔のみ深し山しなのみや」（心玉集・雑・一三九八／一三九九）。○竹のひとむら―勅撰集では『玉葉集』、『風雅集』にのみ現れる表現。竹は人家の周囲にあり、人里の目印となった。『連珠合璧集』では草類に分類される。「人のすむさとにやあらむやまもとのきりよりあまる竹の一むら」（俊光集・霧隔遠村・二四六）。

【付合】　前句の「千尋」に「竹」を付ける。これによって、恋から雑（哀傷）へ句境を転換した。「竹トアラバ、ちいろ」（連珠合璧集）。『伊勢物語』第七九段に、貞数親王誕生の際に、外祖父業平が「わが門に千尋ある影をうゑつれば夏冬たれか隠れざるべき」（広本系、真名本系は「影」ではなく「竹」）と詠んだとの逸話が入り、後の延慶本『平家物語』、『源平盛衰記』等に受け継がれる。七九段に関する正徹流の古注には「昔、稽相と云者、山に入て薪を拾ふに、峯に雪深き所に、鶏の啼声あり。行て見れば、巌窟あり。其中に仙人多く有、薬を合て服す。巌窟の内、曠々として限りなし。一本の竹あり。高き事限りなく、竹葉の間に日月出て赤く、仙人昇て葉に座す。彼竹に薬をかけたり。葉より滴たる露嘗て、皆二得上寿を一、是を、千尋ある陰とも、千尋ある竹共二云々。又、淑庭千丈竹と云事あり。淑庭と云者、仙道を好みし者なり。竹を植ければ、一夜に、千丈生のぼる事あり。かゝる仙境の事を思ひよそへて、此親王の、寿長く栄給はん事を読り。」(伊勢物語奥秘書)と記す。

このような『伊勢物語』の理解を受けて、「千尋の竹」は正徹、正広が詠んでいる。(正広は「千尋のかげ」も詠んでいる。「岩に苔千ひろのかげを君ぞみんさざれにううる庭のささ竹」(松下集・苔巌栽竹・五八〇)「色かへぬ千いろの竹の世〻の門たかき柳もまゆひらく也」(草根集・門柳・二一三六・永享六年二月二〇日詠)。連歌の用例も多くはないが、「今年生の竹ともみへぬ千いろ哉」(園塵第四・二三五〇)、「雲の緑に似たる大空/いづくまで千尋の竹の栄ゆらむ」(明応三年二月聖廟千句第九何田百韻・八四/八五)等が見受けられる。

【一句立】亡き人の形見となってしまった竹が、一むら生えているばかり。

【考察】亡き人の形見の竹ということが極めて具体的で句の進行から浮いているような気がする。ひょっとして本能寺の誰かに対する追悼の句を織り交ぜたか。そのような目でみていくと、『洛中洛外図屏風』(歴博甲本、口絵参照)の本能寺らしき寺には竹林が描かれている。

【現代語訳】(前句　亡き人を慕う思いをおしこめて耐えている私の心は、その底までは千尋の深さにもなってしまっているよ。)そして、あの人の無事を祈り、千尋の高さにまで育てと願われた竹は、今となっては、亡き人の形見の竹となってしまって、一むら生えているばかりなのだ。

（二折　表　一一）　なきが形見の竹のひとむら

三三　　**朝顔はあしたのほどや開《さき》にけん**　　三位

【式目】 秋（朝顔）「秋の心、…槿」（連珠合璧集）　あした（時分）　参考「朝風、朝霜などの朝字懐紙替て四」（新式追加条々又追加）。この百韻は三折裏に「朝け」、名残折に「朝川」がある。

【作者】 三位（半井明茂）

【語釈】 ○**朝顔**―ヒルガオ科の一年生つる草であり、平安初期に中国より渡来した。早朝に花開き、昼にしぼむゆえに、はかないものの象徴とされた。「色かへぬ竹のまがきの朝顔もおのれはあだの花にぞ有りける」（土御門院御集・槿花・五八）。ここの付合では「なき」（人）という言葉が前句にあり、同じ句内に「あした」があることから、人のイメージも揺曳するように思われる。「朝有紅顔誇世路　暮為白骨朽郊原」（和漢朗詠集・無常・七九四・義孝少将）。○**あしたのほどや**―朝のうちなのか。「風もあとなきみねのむらくも／すずしさもあしたのほどと山こえて」（基佐集（静嘉堂文庫本）・三〇五／三〇六）。「昼トアラバ、朝がほのしほるゝ」（連珠合璧集）。○**開にけん**―咲いたのだろう。『万葉集』に見られる（「高円の野辺の秋萩このころの暁露に咲きにけむかも」（巻八・一六〇五・大伴家持））が、和歌、連歌には少なく、古代的な表現。

【付合】 前句「竹」は緑色を変えぬことから、末長さの象徴とめでられる。「色かへぬ松と竹とのすゑの世をいづれひさしと君のみぞ見む」（拾遺集・賀・斎宮内侍・二七五）。前句の、後まで残る「竹」の様を、はかなく枯れた「朝顔」の後に残るとみなした。「竹」はまた「たけ（闌け）」。例えば「おもへば千代も一時の夢／秋は早竹に朝顔咲かゝり」（初瀬千句第六百韻・九四／九五・深心／宰相）で、竹に秋が深まったことを掛けるように、ここも日がのぼりきった様を竹と掛けている。「竹」は籬と関係が深い語であり（「籬トアラバ、竹」（連珠合璧集』）、そこから籬に這う朝顔を連想する場合も多い。「人の世もへだてはあらじけふのひもたけの籬のあさがほの花」（逍遊集・朝観無常・二六五四）。

【一句立】　朝顔は、朝のうちに咲き始めたのだろうか。今はもうしぼんでいることよ。

【現代語訳】　（前句　今は枯れしぼんだ朝顔の花の、まるで形見のようになってしまった竹が、一むら残っていることよ。）人の命同様にはかなくしぼむ朝顔は、朝のうちに咲きはじめたのだろうか。日もたけて空にのぼりきった今はもうしぼんでいる。

（二折　表　一二）　朝顔はあしたのほどや開《さき》にけん

三四　うつろひやすき秋の日の色　円秀

【式目】　秋（秋）　日（光物）

【作者】　円秀

【語釈】　○**うつろひやすき**―変わりやすい。ここは朝顔のしぼみやすさと秋の日差しの変化しやすさを掛けて言う。「つき草の色にさけばや朝がほのうつろひやすき花とみゆらん」（草庵集・六〇五）。「紐とくほども中の衣〳〵／しのゝめの花の朝顔うつろひて」（竹林抄・秋・三四五・専順）。○**秋の日の色**―秋の日の光の様子。元来漢詩文に「日色」という表現があり、新古今時代、和歌にも「日の色」として詠まれるようになり、後に京極派和歌で、一日のうちの光の様子の変化に着目した歌に使用される。ついで正徹がこの表現を使い、夕暮れになっていく光のさまを詠んでいるのは注目されよう。連歌においては十六世紀に数多く出現するが、「秋の日の色」は、この句以外は管見に入らない。「神無月暮れやすき日の色なれば霜の下葉に風もたまらず」（続拾遺集・冬・四〇五・藤原定家）。「朝まだき草に影さす日の色のすさまじきにも秋ぞ暮れぬる」（歌合〈正安元年〜嘉元元年〉・秋朝・中将〈永福門院〉・四）。「すゞしくもゆふづけて行秋の日の色ぞ梢のうすきもみぢば」（草根集・初秋日・七六三五）。「かきよするつなでゆふ縄ときほして／日の色さびしむらのかた岡」（伊庭千句第八百韻・一三／一四・宗長／宗碩）。心敬は「秋の日の影よりよわき老が身や昨日の露のあさがほの花」（心敬集・応仁二年百首・懐旧・二六八）と、老身の弱々しさを秋の弱い日ざしと朝顔とにたとえており、ここの句の進行の理解に益する。

【付合】朝顔の花の枯れやすさと、夕暮れになるのが速く、日差しが早々と弱まっていく秋の日の光の様とを「うつろひやすき」で結んだ。

【一句立】すぐに弱々しくなっていく秋の日ざしのさまよ。

【現代語訳】（前句　朝顔は朝のうちは咲いていたのだろうか。今はもう花を閉じてしまって、盛をすぎていることよ。）それと同じように、秋の日差しも早くも、薄々と弱々しくなっていく。

（二折　表　一三）うつろひやすき秋の日の色

三五　干しかぬる衣はいかでうちてまし　　毘親

【式目】秋（衣、うちて）　衣（衣裳）　衣与衣（七句可隔物）

【作者】毘親

【語釈】○**干しかぬる**―乾かすことができないでいる。「干しかねし袂ははやくくちはてて恋ぞ涙にあらはれにける」（六百番歌合・顕恋・七二三・藤原兼宗）。「しほれてしろき夕顔の露／かけほすか賤が垣ほの麻衣」（宗砌句集・六四三／六四四）。○**うちてまし**―うとうかしら。衣を打つことで、繊維の目をつませてつやを出す。「秋の末の心、きぬた衣打　秋の心、…衣打きぬた」（連珠合璧集）。

【付合】すぐに消えそうになってしまう秋の日を、それゆえにぬれた衣が乾かないととりなした。前句には「うつろふ」「秋（飽き）」と恋の風情も汲むことができ、涙に濡れて乾かないイメージも感じうる。三三から三五、三六まで、朝から夕方、夜、夜明けへと時のイメージもうつる。

【一句立】乾かしきれない衣はどうやって槌で打ったらよいかしら。

【現代語訳】（前句　変わりやすく、すぐに弱くなってしまう秋の日差しの色。）そんなふうだから干しておいても衣が乾かせない。昼の間に乾かしきれない衣は、夜にどうやって打ったらよいのだろう。

（二折　表　一四）干しかぬる衣はいかでうちてまし

三六　露もりあかす草の仮庵　　正頼

【式目】秋（露）　仮庵（居所・体、庵が居所の体であることから推定）　露（降物）

【作者】正頼

【他出文献】「露もりあかす草のかりいほ／いにしへを忘れぬ山のよるの雨」（心玉集一五五八／一五五九）。

【語釈】○**露もり**―露が洩れ落ち。露がしたたり落ちること。「秋にもあかぬあまの橋だて／松の葉もしたに色付露もりて」（寛正四年六月二十三日唐何百韻・七八／七九・心敬／専順）。○**もりあかす**―庵をまもり夜を明かすこと。ここの「もり」は、「露」の語から「洩り」と「守り」の掛詞。「を山田のかりほの廬の秋の露むすぶよりこそもりあかしけれ」（為家集下・秋田・一八三八）。従来和歌では「あきの田にいほさすしづのとまをあらみ月と友にやもりあかすらん」（新古今集・秋上・四三一・左京大夫顕輔）のように「洩る」のは月の光が主であり、露を「洩る」とするのは珍しい。正頼には次のような月の光と雫が「洩る」句があり、三六句に発想が近い。「月ながら木のまを森の雫哉」(小鴨千句追加・発句・正頼)。○**仮庵**—仮につくった庵。「草の仮庵」は草で葺いた仮庵。「草の庵」よりもさらに急ごしらえのため、月の光や露、雨滴が洩れ入る。「袖ぬらすしのの葉草のかりいほに露のやどとふ秋の夜の月」(新千載集・秋上・題しらず・四二五・後西園寺入道前太政大臣)。「夕ぐれの秋のおもひぞかさなれる落葉が下の草のかり庵」(草根集・幽居秋夕・九〇八二・康正元年九月十三日詠)。「かきたえばたゞ身ひとつの思ひかは/雪にかたぶく草のかりいほ」(吾妻辺云捨・冬・四七五/四七六)。

【付合】 前句の「干しかぬる」、即ち衣が乾かせない原因を、粗末な作りの仮庵なので「夜露が洩れ落ちてくるから」とした。また、「露」から恋の涙のイメージも前句同様に感じうる。

【一句立】 一晩中、露がこぼれ落ちるそんなすきまだらけの草葺きの仮庵で、夜をあかすことよ。

【現代語訳】 (前句　乾かしきれない衣はどうやって槌で打ったらよいのだろう。)一晩中露が洩れしたたってきて衣が濡れてしまう、そんなすきまだらけの草の仮庵で、夜を明かすのだ。

(二折　裏　一)　露もりあかす草の仮庵

三七　いにしへを忘れぬ山の夜の雨　　心敬

【式目】 雑　夜分(夜)　雨(降物)　いにしへ(一座一句物)

【作者】 心敬

【語釈】 ○**いにしへを忘れぬ**—昔を忘れない。藤原俊成歌「昔思ふ草の庵の夜の雨に涙なそへそ山時鳥」(新古今集・夏・二〇一)を本歌とし、参考歌に「五月雨におもひこそやれいにしへの草の庵の夜半のさびしさ」(千載集・夏・題しらず・一七七・延久三親王輔仁）が挙げられる。俊成歌が、白居易の詩句（次項（**○山**）参照）を取り、華やかであったわが身の過去を振り返る形で「昔思ふ」と詠じたことから、ここの「いにしへ」は、盛りの頃の自らの様ととらえる見方が一つ成立する。また参考歌の輔仁親王歌も白居易の詩句に想を得て詠まれており、「いにしへ」を、昔、草庵に隠棲した白居易の不遇な境遇の寂しさととらえ、同様に不遇な自分ゆえに、共感を持って思い浮かべているとする見方もできよう。→**【考察】** **○山**―この句は、「蘭省花時錦帳下　廬山雨夜草庵中」（和漢朗詠集・雑・山家・白居易、原典は白氏文集巻十七「廬山草堂、夜雨独宿、寄牛二・李七・庾三十二員外」）を明らかに意識しており、「山」には白居易が隠棲した廬山のイメージを重ねうる。また『枕草子』「山は」には「忘れずの山」がある。**○夜の雨**―「夜雨」は、人の心に深い感情をもたらすもの。正徹歌「くらき夜の窓うつ雨にわが心しづめばうかぶ世ゝの古事」（草根集・巻六・窓雨・五〇八六）、「よるの雨の心のそこにとをる哉ふりにし人や袖ぬらすらん」（草根集・巻六・夜雨・五二一五）など。後者は『東野州聞書』でとりあげられ「まことに深心ありて、よまれたるけしき見ゆ」と推察されている。心敬歌では「しれかしな窓うつ秋のよるの雨夕の桐の葉の落つる時」（権大僧都心敬集・寄桐恋・三二〇）がある。

【付合】 **【語釈】**に挙げた俊成の歌を踏まえ、「草の仮庵」に「夜の雨」を付けた。「草の庵に、～時鳥を付、昔おもふ草の庵のよるの雨に涙なそへそ山ほとゝぎす（新古、夏、俊成）夜雨付（も）此歌也。又は、廬山雨夜草庵中」（連歌寄合）。また、前句の「露」に涙の露を重ねることも可能である。「露トアラバ、涙」（連珠合璧集）。

【一句立】 隠棲していても、昔の我身の栄華を忘れることもできないでいる、そんな山住みの雨の夜。

【現代語訳】 （前句　夜通し露も涙も洩れ落ちる、粗末な草庵の一夜であることよ。）昔を忘れることもできず、物思いに沈んで聞く、山住みの夜の雨の音。

【考察】 草の庵で夜の雨の音を聞く様について、心敬の説を引いていると思われる『新古今集聞書（常縁原撰本）』

では、前掲俊成歌の注釈は「我都に住る時は草庵などはうき事のやうに聞思ひしに、世をのがれてこの草の庵りにすみて夜もすがら雨の音をきくに、心も一しほすみまさりて感情おほし。かゝる面白事の草庵などにあらんとはしらざりし事と思ふおりふし〜古人はいづれも夜るの雨をおもしろき事にいひ侍り」と表現されている。心敬所与本によると推測されている『新古今抜書抄』もこの俊成歌を「此哥感情ふかし。〜たゞ老後に草庵のよるの雨をきゝて、至極断腸する上に、又郭公一声鳴て弥昔のこひしさをもよほすと也。（後略）」と見ている。

（二折　裏　二）　いにしへを忘れぬ山の夜の雨

三八　松吹く風も霞みはてけり　　　　立承

【式目】　春（霞み）　松（植物）　風（吹物）　霞み（聳物）　松風（一座二句物）

【作者】　立承

【語釈】　○**松吹く風**―松を吹く風。「小塩山知らぬ神代はとほけれど松ふく風に昔をぞきく」（新後撰集・神祇・七三四・前左兵衛督教定）。○**霞みはてけり**―すっかり霞んでしまったよ。「松吹く風」までもが霞がかかったように見える、深い霞の様。元来風が静まることで、あたりが霞んでいく光景を詠むことが多く、風に焦点をあてて、霞むと表現するのは珍しい。この表現で、風がのどかであることをも示唆し、春らしくした。「霞トアラバ、風」（連珠合璧集）。

【付合】　夜の雨の情景から、朝に松を吹く風を出し、霞によって新たに春の境地を呼び入れ、歌境の転換をはかった。また、松は長寿を意味し、昔を思わせる素材であり、前句の「いにしへ」に縁を持つ。

【一句立】　松を吹く風までもすっかり霞んでしまったことよ。

【現代語訳】（前句　山住みのこの身は、夜、聞こえる雨の音に、昔の事を忘れられずに思い返してしまうことだ。）そんな物思いを誘う夜の雨も止み、今日は、松を吹く風までも、霞を通って吹いてくるので、すっかりのどかに霞んでしまったことよ。

（二折　裏　三）　松吹く風も霞みはてけり

三九　**散る花のにほひを春のなごりにて　日明**

【式目】　春（花・春のなごり）　花三　懐紙をかふべし、にせ物の花此外に一（一座三句物）　名残只一花などに一（一座二句物）

【作者】　日明

【語釈】　○**散る花のにほひ**―散っていく花の持つ、心にしみるような美しさ。この場合の「にほひ」は、落花がかもし出し、人の心に強く訴えかける美の総合的な表現であると考えられる。「ふりはへていざふるさとの花見むと来しをにほひぞうつろひにける」（古今集・四四一・よみ人しらず）、「明日も来ん今日も日暮らし見つれどもあかぬは花のにほひなりけり」（玉葉集・一六一・藤原伊通）などの例がある。「花トアラバ、～ちる・うつろふ・さかり・身・心など皆花によせある詞也。」（連珠合璧集）。○**春のなごり**―春の終わりを感じさせ、惜春の情を催させる光景。「くれてゆく春のなごりをとめじとやちりしく花をさそふ山かぜ」（延文百首・二二〇・藤原実明女）。

【付合】　前句の「霞」に「春」「花」と関係の深い語句で句を続けた。

【一句立】　散りゆく花の美しさを、春を惜しむなごりの光景としてめでて。

【現代語訳】（変わらぬ松を吹く風もすっかりのどかに霞んでいることよ。）その風に散る花々の、身にしむ美しさを春のなごりの光景としてめでよう。

（二折　裏　四）散る花のにほひを春のなごりにて

四〇　たち別れゆく雁の一声　　貞興

【式目】春（雁）雁春一秋一（動物・一座二句物）

【作者】貞興

【語釈】○たち別れゆく―飛び立ち別れていく。「なびくいなばの峯のしら雲／むれゐつる田のもの雁の立わかれ」（小鴨千句第七百韻・三四／三五・忍誓／専順）。○雁―ここは春の帰雁。「小夜ふかく月はかすみて久方の雲井に遠き雁の一声」（心敬集・深夜帰雁・一一七）。「過るぞ惜しき雁の一声／舟人も棹を忘る丶秋の海」（竹林抄・秋・五二二・心敬）。

【付合】「たち別れゆく」は、本来和歌では、「春霞たちわかれゆく山みちは花こそぬさとちりまがひけれ」（拾遺集・春・七四・よみ人しらず）のように、霞、雲の引きなびく様を多く詠むが、ここは前句の春の終わりの心を受け、春と別れ、雁の飛び立つ様子とつないだ。花が散り、春が去り行く情景に、また雁が飛び去って行く別れの情景を加え、終わりゆく春のさまを見せる付けとなっている。

【一句立】飛び立ち別れて行く雁の群れから、一声、鳴き声が聞こえる。

【現代語訳】（前句　散り行く花の美しい様を春のなごりの光景として、春は別れていき。）飛び去っていく帰雁の群れからは、鳴き声が一声、聞こえてくる。

（二折　裏　五）　たち別れゆく雁の一声

四一　羽をかはす鳥の契もある物を　　三位

【式目】 恋（契）　鳥（動物）

【作者】 三位

【語釈】 **○羽をかはす鳥**―比翼の鳥。比翼の鳥は、元来は、雌雄が常に一体となって飛ぶとされた想像上の鳥。「在天願作比翼鳥　在地願為連理枝」（白氏文集・長恨歌）により、「羽をかはす鳥の契」で、深い契りを結ぶことをいう。「羽をかはす」は和歌・連歌には用例が少ない。「生きての世死にての後の後の世もはねをかはせる鳥となりなむ」（玉葉集・恋三・一五五五・天暦御製）。「後の身も生まれあはばとたのまばや／空飛ぶ鳥や羽かはすらん」（看聞日記紙背応永十五年七月二十三日何船百韻・五一／五二・明尭／（無記名））。「たのめねどひとりはねじの秋の夜に／うらやむ雁のはねかはす声」（葉守千句第七百韻・三三／三四・宗悦／宗般）。

【付合】 前句を孤雁の姿ととらえ、比翼の鳥と対比させた。心敬の『寛正百首』に「世〻かけてならぶ翼を契しや空とぶ鳥のあとのしらくも」（寄鳥恋・八一）という和歌が存し、「長恨歌に、玄宗と楊貴妃のかたらひ侍し、「天に生まれば一の鳥のはねとなり、土に生まれば一の木の枝とならん」と契しも、たゞ空とぶ鳥の跡なしごととなり侍る心をとりて、わが身のうへと契を詠」と自注が付けられている。堅く契った恋もはかなく破れていくさまを、飛び去り消えた鳥の姿にひきつけていく詠み方は、この付合で、雁が飛び去った後の静寂に長恨歌の恋を付ける把握に近く、付合理解の一助となる。なお、既に正徹に次のような類似の発想の和歌があり、心敬が正徹から学んだことをうかがわせる。「跡ぞなきあまとぶ雲に入鳥のはねをかはさん中の契は」（正徹詠草（常徳寺

蔵）・寄鳥絶恋・四七三・永享六年八月四日詠）。

【一句立】　比翼の鳥となって、いつも一緒にいようという約束もあるものなのに。

【現代語訳】（飛び立ち別れて行く雁の一声が聞こえる。）　比翼の鳥となって、いつも一緒にいようという約束もしていたのに、その約束もはかなく破られ、別れて去っていくことよ。

（二折　裏　六）　羽をかはす鳥の契もある物を

四二　思ひをつげんまぼろしもがな　　隆蓮

【式目】　恋（思ひ）

【作者】　隆蓮

【語釈】　○まぼろし―幻術士。長恨歌において、「能く精誠を以て魂魄を致《まね》く」道士が、貴妃の魂を尋ねに仙山に至るが、その道士をいう。「たづねゆくまぼろしもがなつてにても魂のありかをそこと知るべく」（源氏物語・桐壺・桐壺院）。「人に我あはんくすりを尋ねばや／ゆきてとふなるまぼろしもがな」（文安雪千句第十百韻・四五／四六・宗砌／能阿）。「まぼろしトアラバ、たづね行　玉のありか玉のゆくゑとも　空にかよふ」（連珠合璧集）。「まぼろし　夢幻ハ化なる事也。又幻化のたとへならで、まぼろしもがなといへるハ、使のたよりなどをも云と也。」（産衣）。

【付合】　長恨歌の本説取の付合。連理の鳥のたとえから、貴妃の魂を探し求める道士を連想した。前句を、思う人との仲が進展しないさまとし、密かにあの人を恋い慕うばかりでは、あの人はまったく気づいてくれないので、間をむすぶ道士がいてくれたらと夢想する句を付けた。

【一句立】 私の心の思いを告げてくれる幻影がいてほしい。

【現代語訳】 （前句 羽根を交える鳥のように仲良くと約束する誓いもあるのに。）この気持ちをあの人に告げる道士がいてほしいことだ。

（二折 裏 七） 思ひをつげんまぼろしもがな

四三 来ぬ人や心づかひにかはるらむ　有実

【式目】 恋（来ぬ人） 人（人倫） 人倫与人倫（可嫌打越物）

【作者】 有実

【語釈】 ○**来ぬ人**―訪ねてこないあの人。「月よにはこぬ人またるかきくもり雨もふらなむわびつゝもねむ」（古今集・恋・七七五・よみ人しらず）。○**心づかひ**―気持ちをこめて思っていること。また、その思い。『夫木抄』では「使」の下位分類に位置する語であり、自分が訪ねることなく、心の思いだけを使者として相手のもとに遣わすといった意味で使用する。口語的で、和歌・連歌には珍しい語。恋人が手紙さえよこさない冷淡な態度になった悲しみを表現したり、また一方では「使ひ」と掛けるところから、「心づかひ」がしきりに行き来すると、やや俳諧的にも詠む。「人にます心づかひもあるものをたよりなくてふことを告ぐらん」（忠見集・一七八）。「おもひやる心づかひはいとなきを夢に見えずときくがあやしき」（好忠集・四四四、夫木抄一六六三五にも入る）。「ゆきてとふなるまぼろしもがな／面影も心づかひになるかとよ／おもひやれども思かへさず」（文安月千句第十百韻・四六／四七／四八・能阿／頼重／智蘊）。「いつかは文のたよりきかまし／都には心づかひの行かへり」（宝徳四年千句第一百韻・七八／七九・英阿／忍誓）。

【付合】 前句の、自分の気持ちを道士に伝えてもらいたいという願望の意図を、付句で説明している。相手の熱心さの度合が、訪ねることから、ただ思いやることへと弱まってしまったのではという恐れの気持ちを付ける。長恨歌の「まぼろし」から「使ひ」を連想して付けた。

【一句立】 訪ねてきてくれないあの人は、もはや愛がさめて、私のことを気にするといった程度の冷淡な気持ちになってしまったのだろうか。

【現代語訳】（前句　私のこの思いをあの人につげる道士がいてほしいのだ。）　なぜなら、来てくれないあの人は、私への関心が失せて、私のことを気にかけているといった程度の冷淡な気持ちになってしまったのだろうかと思うから。

（二折　裏　八）　来ぬ人や心づかひにかはるらむ

四四　なぐさむ月をたれか恨むる　　毘親

【式目】 恋（恨むる）　秋（月）　月只一、恋一、月松などに一　月與月（可隔七句物）　月（夜分）

【作者】 毘親

【語釈】 ○なぐさむ月―眺めることで心が慰められる月。「うき事もなぐさむ月とおもひしにふけ行く秋はなみだなりけり」（源承和歌口伝・源時清）。恋人が来ないことは恨みに思っても、心を慰めてくれる月は恨む事はないという気持ちである。毘親の句はまだ冷静だが、来ない人を待つ恋のつらさ、せつなさがさらに高まれば、月を見ても心が静まらない状況の句となる。即ち、「来ぬ人を待つとはなくて待つ宵のふけゆく空の月もうらめし」（新古今集・恋四・一二八三・藤原有家）や、また心敬歌に「ながめつつさても忘れぬ涙かな誰がなぐさめと月はなるらん」（寛正百首・七一・寄月恋）とある状況であり、心敬歌には、「人ゆへの涙は、ながめてもわすれ侍らねば、わが身には月もなぐさめならずとかこち侍る也」と自注がある。「なぐさむ月もながめわびぬる／思ふことむねにうかべばかきくらし」（老耳・一八一〇／一八一一）。○**たれか恨むる**—誰が恨もうか。和歌にも連歌にも例の乏しい表現。同意の「たれうらむらん」の例は少なくないのに対し、この「たれかうらむる」の用例はほとんどない。あるいは散文的な語法として和歌・連歌には敬遠されたか。

【付合】「来ぬ人」から「恨むる」と付けた。月は恨みはしないが、あの人を恨むという心情である。

【一句立】心が慰められるはずの月なのだから、恋しい人が来ないといって一体誰が恨めしく思おうか。

【現代語訳】（前句　来てくれないつれない人は、もはや愛がさめて、私のことを気にするといった程度の冷淡な気持ちになってしまったのだろうか。）見れば心が慰められる月だから、恋しい人が訪れてくれないといって、恨めしく思ったりはしようか（あの人のことは恨めしいけれど）。

（二折　裏　九）なぐさむ月をたれか恨むる

四五　秋の夜の老の寝覚に時雨して　利在

【式目】秋（秋・時雨）　夜（夜分）　時雨（降物）　時雨秋冬各一（新式今案では一座二句物。この百韻では、初折表第三句に「時雨る」（冬の時雨）がある。）　老只一鳥木などに一（一座二句物。三折表第九句に「老ぬる声」（うぐひす）がある。）　寝覚に夢（可嫌打越物）

【作者】利在

【語釈】○**老**—老いた身には、一段と月の美しさが慰めとなる。「かすむ夜をならひときけば老が身のなぐさむ月は春のみや見ん」（宗祇集・春月・一二三）。○老の寝覚―年をとると、暁早くに目がさめること。とりわけ秋の長夜には早い目覚めが意識される。「聞きてこそ思ひしらるれ秋の夜の窓打つ雨の老の寝覚は」（為家集・秋雨・五六〇）。「老の寝覚の秋のよな〳〵／我命長きを歎く袖の露」（熊野千句第九百韻・八四／八五・心敬／道賢）。○時雨して―「十月には　時雨」（連理秘抄）と、本来は冬の初めの景物とされているが、『連珠合璧集』「時雨」の項で「露時雨とつゞけ、又秋の詞を入ては秋になる也」とあるように、秋の詞と共に使用して秋の情景となる。また、「時雨トアラバ、ね覚」（連珠合璧集）。「冬きてはしぐればかりぞおとづるるとふ人もなきおいのねざめに」（千五百番歌合・一六七五・丹後）。「千しほになるや涙なるらん／神無月老の寝覚も時雨なり」（菟玖波集・冬・四六八・後宇多院御製）。

【付合】前句の「月」に「時雨」を付け、時雨により月が見えないと説明した。「時雨トアラバ、月を待」（連珠合璧集）。

【一句立】長い秋の夜、年をとったゆえにはやく目覚めたが、時雨が降っていて月も見えなくて。

【現代語訳】（前句　老いの慰めになるはずの月だから、誰が恨むことがあろうか。）秋の長い夜、年寄りの早い寝覚めに月を見ようとした時に時雨が降っていて、月の姿も見えなくても。

（二折　裏　一〇）秋の夜の老の寝覚に時雨して

四六　命の露のいつかこぼれん　心敬

【式目】秋（露）　命只一　虫の命などに一（一座二句物）　露（降物・可隔三句物）

【作者】心敬

【語釈】 ○命の露―「露の命」に同じく、露のようにはかない命をいう。ここは「こぼれん」とのつながりを明確にするため「命の露」と倒置している。ただ、この語句は和歌において用例が非常に少なく、連歌も心敬以後の例がわずかにある程度であり、あえて使用する心敬の創意を見るべきか。「はかなしやあだに命の露消えて野辺にやたれもおくりおかれん」（新続古今集・哀傷・一五八〇・西行）、「とゞまらじたゞさばかりのことの葉にかゝる命の露の玉ゆら」（草根集・久契恋・四三六三）。また、兼載歌「さをしかの命の露ぞ消えやすきともしの影はまだ残る夜に」（閑塵集・照射・九九）があるのは、心敬と兼載のつながりから注目されよう。

【付合】 前句の「老」に「命」を付けた。「命とアラバ、露　老」（連珠合璧集）。また、紅葉を色付かせる「時雨」と「露」の縁、さらに前句の「時雨」によりたまった「露」のイメージからも「時雨」に「露」を付けた。「露トアラバ、草　命　雨之類」、「時雨トアラバ、草葉を染る露」（連珠合璧集）。「此秋も時雨の露と消やらで猶さだめなき身をぞうらむる」（草根集・秋時雨・二五七〇・文安四年十月廿七日詠）。「もみぢ分すていづる木の下／雨やどり時雨の露に立ぬれて」（文安四年五月二十九日何船百韻・三六／三七・親当／心敬）。

【一句立】 露のようなはかない命は、まるで露がこぼれるように、いつ消えてしまうのであろうか。

【現代語訳】（長い秋の夜、年をとって早く目覚めれば、時雨が降っていて。）思えば、この老いた私の命は、いつ時雨によってたまった露のしずくがこぼれるようにはかなく消えていくのであろうか。

（二折　裏　一一）　命の露のいつかこぼれん

四七　刈り残す草葉ばかりの陰なれや　伝芳

【式目】 雑　植物（草葉）

【作者】　伝芳

【語釈】　○刈り残す―刈り取り残している。原文は「狩のこす」であるが「刈り残す」に改めた。「いろになびくは野べの夕ぎり／かりのこす小田の一むら里かけて」（寛正六年正月十六日何人百韻・三〇／三一・行助／宗祇）。○草葉―草の葉。露と縁がある。「露トアラバ、草」（連珠合璧集）。「分けゆかむ草葉の露をかごとにてなほ濡れ衣をかけんとや思ふ」（源氏物語・夕霧・五三一・落葉宮）。葬送の場所の比喩ともなった。→【考察】○ばかり―わずかに～だけ。「軒にさす日かげの下は消えはてて草葉ばかりに残る朝霜」（伏見院御集・霜・一五三七）。

【付合】　前句の「露」に「草葉」を付け、露のこぼれる場所を説明した。命が露がこぼれるように消えていくのは、「草葉」の陰であることも同時に示す。

【一句立】　刈り残した草の葉が少しだけある陰のあたりなのであろうか。

【現代語訳】　（私の命もはかなさという点では露と同じようなものなのだが、そんなはかない命の露は、いつこぼれ落ちることだろうか。）刈り残した草の葉が少しだけ茂る、その陰に落ちるのだろうか。

【考察】　和歌において、比喩的に墓所を表す言葉は「草の原」「草の陰」と「草」のある場所である。「うき身世にやがて消えなば尋ねても草の原をば問はじとぞ思ふ」（源氏物語・花宴・朧月夜内侍）、「夢にさへたちもはなれず露消えし草の陰よりかよふ面影」（風雅集・雑下・二〇一五・安嘉門院四条）。このように「草の陰」は、はかなく消えた露の命の行き場所として詠まれている。これに対して「草葉」は「露」のおきどころとして、「秋風になびく草葉の露よりも消えにし人を何にたとへん」（拾遺集・哀傷・一二八六・村上天皇）、「わが思ふ人は草葉の露なれやかくれば袖のまづしをるらむ」（拾遺集・恋二・七六一・詠み人しらず）のように詠まれ、人をたとえる露の存する場所であるところから、「草の陰」と「草葉の陰」の意味の近似化は必然であった。ただ、歌には「草葉の陰」という表現はまず入らず（『新編国歌大観』、『新編私家集大成』に計三首のみ）、連歌においても管見では一句のみ。ただこの句「草葉の陰をたのむ東路／みぬ国のたまとやならむ身のゆくへ」（応仁二年冬心敬等何木百韻（野坂本）・六二／六三・長牧／心敬）も、『心敬作品集』所収天満宮文庫本では、「草の陰をもたのむ東路／みぬ国の土とやならん身の行ゑ」である。それゆえ、「草葉の陰」で葬送の場を比喩的に表す和歌、連歌はほぼないと見てよいのであるが、この四七句はあきらかに葬送の場を意味している。「草葉の陰」は狂言『靫猿』に見られるなど会話文で使われた表現で、四七句は、連歌へも会話文体をまぎれこませて使ってしまった形であり、心敬らは黙認したのであろう。

（二折　裏　一二）刈り残す草葉ばかりの陰なれや

四八　夏野の原の水のたえだえ　　　　**立承**

【式目】 夏（夏野）　　水（水辺・用）

【作者】 立承

【語釈】 ○**夏野の原**―夏草の茂った野原。草丈が高く、川は埋もれ隠れてしまう。「しげりあふ夏野の原の忘れ水まれにや月の影やどすらん」（澄覚法親王集・夏野月・八六）。「分わぶる夏野の原の草高み／かよふ鹿子の足ぞ弱かる」（行助句集・四七一／四七二）。○**水のたえだえ**―とぎれとぎれに見える水の流れを言う。「結びすてたる水のたえだえ／冬はまた安積の沼のあさ氷」（園塵第一・冬・三九三／三九四）。

【付合】 付句の情景を、前句で謎解きをした形の付合。墓所を暗示する前句から、「草の原」を思い、そこからの連想で「夏野の原」としたか。

【一句立】 夏草の野原を行く水の流れはとぎれとぎれに見えていて。

【現代語訳】 （刈り残した草葉のところだけ、陰に隠れてしまっているのであろうか。）夏草の野原を流れる水の流れはとぎれとぎれに見えている。

（二折　裏　一三） 夏野の原の水のたえだえ

四九　暑き日は汗も袖をやつたふらん　忠英

【式目】 夏（暑き・汗） 袖（衣類）

【作者】 忠英

【語釈】 ○**汗**―「汗」は古典的な歌語ではなく、「わぎもこが汗にそほつるねより髪夏のひるまはうとしとや思ふ」（好忠集・六月中・一六六）のような俳諧的な歌に見られ、また連歌においてもこの語の使用は多くはなく、やはり俳諧的である。ただ、心敬自身の句にもあり、心敬の周辺では詠まれていたようで、この句も心敬は許容したのであろう。「大和路や解文をしのぶ瓜の夫はつをのみひきてあせぞながるる」（拾玉集・夏・二三二八）。「箱根山はしりくだれば湯もと□（にて）／身にあせながしいそぐ旅人」（小鴨千句第四百韻・六三／六四・□（宗砌）／□（心恵））。「登る峠に汗を干す人／夏衣うすゐの山路越えやらで」（竹林抄・夏・二九八・心敬）。「ながるる汗のむつかしの身や／此暮の蚊声みちて風もなし」（行助句集・八二四）。○**つたふ**―水滴は、「たえだえ」「つたふ」と和歌に形容される場合が見られ、ここはその表現の流れをくみ、かつ伝統的な表現をくずしている。「あやめつたふ軒のしづくもたえだえに晴れ間にむかふ五月雨の空」（風雅集・夏・三四七・院冷泉）。「かすむばかりの露のふるみち／たえだえに岩もる水やつたふらん」（河越千句第七百韻・四二／四三・印孝／長敏）。『連珠合璧集』に「あぜトアラバ、つたふ」とあるように、「つたふ」から連想されるのは「あぜ（畦）」であるが、それを汗に転用したか。「わづらはで月には夜もかよひけりとなりへつたふ畦の細道」（山家集・雑・題しらず・九八〇）。

【付合】「たえだえ」「つたふ」流れを「汗」の流れと見た。

【一句立】 暑い日には、畦伝いならぬ、汗も袖を伝って流れるのだろうか。

【現代語訳】（夏草の野原を行く水の流れがとぎれとぎれに見えている。）暑い日には、汗の流れも袖を伝って流れているだろうか。

（二折　裏　一四）　暑き日は汗も袖をやつたふらん

五〇　やすきかたなきそはのかけはし　貞興

【式目】 雑　かけはし（山類・用）　そは（山類・体）

【作者】 貞興

【語釈】 ○**やすきかたなき**―たやすく進む手段がない。「かた」は方法、手段。○**そは（岨）**―山の急斜面、がけになっている所。読みは「Soua（ソワ）。」（日葡辞書）。また、「Souano caqegiuo tqutai yuqu.（岨の碊路を伝ひ行く）絶壁に沿って険しい所や道を通って行く。」（日葡辞書）。○**かけはし（梯）**―けわしいがけ沿いに通行するために、板を棚状にさしかけて造った道。「古畑つくる木曽の山里／五月雨に岨の梯朽ちそひぬ」（熊野千句第四百韻・八八／八九・鶴丸／宗怡）。「朽ちてあやうき岨の梯／旅人も駒引きかへす深山路に（心敬）」（連歌百句付）。「そわトアラバ、かけ路かけはし　はた　たつ木」（連珠合璧集）。

【付合】「たえだえ」という語句を、「つたふ」を媒介に、水の流れる様子から、汗の腕を伝う様子、見えたり見えなくなったりする梯を伝って行く様子と連想して使ったのであろう。「跡とほきそはのかけ路たえだえに霞をつたふ春のやま人」（玉葉集・雑一・入道前太政大臣の家にて山路霞といふ事を読み侍りける・一八四八・三善康衡）。「たえだえトアラバ、かけはし」（連珠合璧集）。前句の「汗」を、断崖を進んでいく恐怖・緊張ゆえの冷や汗ととる。

【一句立】たやすく進む手段がない、けわしい斜面の梯。

【現代語訳】（前句　暑い日には、緊張の余りの冷や汗までも袖をつたっているのだろうか。）簡単に進んでいけるような手立てがない、けわしい斜面の梯を通れば。

（三折　表　一）やすきかたなきそはのかけはし

五一　鳥も居ぬ古畑山の木は枯れて　心敬

【式目】冬（木は枯れて）鳥（動物）山（山類・体）山與山（可隔五句物）山與山之名所（可隔五句物）木與木（可隔五句物）木（植物）

【作者】心敬

【語釈】○鳥も居ぬ―鳥もいない。山中で人声のみならず鳥の声もしないことは、心敬の好んだ寂しさの表現であった。「「思ひたえまたじとすれば鳥だにもこゑせぬ雪のゆふぐれの山」さびしさにたへかね、とはぬ人のいまさらまたれ侍る、たゞ雪の底の夕にたへかねたる感情をいへり。」（芝草句内岩橋下）。「さびしさは花もにほはず鳥もゐず苔にふりたる園の秋風」（草根集・秋園・五八〇五・宝徳元年七月十八日）。なお、やや似た表現として第十二句に「嵐吹く日は鳥も音せず」（伝芳）がある。○**古畑**―山地において、雑穀の輪作に耐え得なくなったので、しばらく放置された畑。充分な時間を経た後、焼き払われあらためて畑となる、焼畑である。「古畑を焼くや煙の年越えてそのまま峰に霞たなびく」（今川氏真詠草・一一七）。中世においては「畑」は木を伐採してその後につくる焼き畑を意味し、屋敷に近接し田地と併称される「畠」とは区別されたという。「畑トアラバ、やく」（連珠合璧集）。また、『連珠合璧集』では「畑」を山類と分類する。次に挙げる西行歌の語句をもとし、十五世紀の連歌にも多く詠まれている語句。「古畑のそはの立木にゐる鳩の友呼ぶ声のすごき夕暮」（新古今集・雑中・一六七四・西行）。「きしをとゞろと波やうつらん／古畑にまかぬ種ある初尾花」（宝徳四年千句第六百韻・六六／六七・宗砌／日晟）。「風うちそよぐ山のかたはら／ふる畑にたてるかれ柴散やらて」（吾妻辺云捨・冬・五五五／五五六）。「砧を遠みひとり打つ音／古畑の麓の村はかすかにて」（竹林抄・雑上・一二二六・心敬）。「深山がくれに鳩の鳴く声／庵むすぶ岨の古畑秋暮れて／風もすさまじ渡る梯」（三島千句第四百韻・五二／五三／五四）。○**古畑山**―和歌、連歌共に他に用例が管見に入らないが、耕す人もなく荒れ果てた焼畑が残っているばかりの山といった意味であろう。○**木は枯れて**―（落葉樹が葉をすべて落として）枯れ木となって。この木は西行歌の「立木」を念頭に置いている。「花橘のうつろへる暮／程もなく枝に霜置く木は枯れて」（河越千句第五百韻・二二／二三・印孝／宗祇）。「かへり水無瀬の宿の古道／山もとの滝もあらはに木は枯れて」（竹林抄・冬・五八三・能阿）。

【付合】『新古今集』一六七四番の西行歌を本歌とし、「そは」に「古畑」、「木」を付ける。「そわトアラバ、かけ路《かけはし》　はた　たつ木」（連珠合璧集）。

【現代語訳】（前句　容易に渡れる様子もない、けわしいがけにある梯のさまだ。）あたりはもはや、鳥もいない荒れた古畑が残るだけの山となっていて、立木も葉を落とし枯れはててしまっていて。

【考察】この句は【語釈】の「古畑」に挙げた西行歌を本歌としている。西行のこの歌は、初心者にとって「おぼろげにてはよみ似せがたき幽玄高妙の真体をそなへり」（耕雲口伝）と評されており、応永期（『耕雲口伝』は応永十五年（一四〇八）成立）に評価が高かったことが知られ、西行歌への関心の高まりもあり連歌に取られていったものであろう。

第五〇句、また当句の例にあげたように、西行歌を本歌とする場合、「古畑」と「岨」等によって付けていくが、加えて「木曽の梯」へも連想していく付け方がなされている。「木曽の梯」、「木曽のかけ路」は「波と見ゆる雪をわけてぞこぎ渡るきそのかけはしそこも見えねば」（山家集・雑・一四三二）「恐ろしや木曽のかけぢの丸木橋ふみみるたびに落ちぬべきかな」（千載集・雑下・一一九五・空人法師）が著名で、これらの歌にある、恐怖を笑いに転換させる俳諧性は「木曽の梯」「木曽のかけ路」を付ける寄合からも感じとれようか。また、古畑に関しても、連歌作者には木曽に存するイメージがあるかもしれない。だが、心敬句は、西行歌の情景から時を経た後、鳥も飛び去り、立木も枯れてしまっている光景を詠んだ。西行は、「すごし」という詞で光景の寂しさを表現しているが、心敬はこうした形容詞は句に持ち込まず、時が経過した後の変化を描く事で光景の寂しさを表さんとしている。また、より広範囲の景を表出することで、前句から視界を広げ、百韻の折り返しである三折の表にふさわしく新たな展開のしやすい付けやすい句とした。なお、この付合を題材に、心敬の本歌取について、第Ⅱ章第2節で詳しく論じている。

（三折　表　一二）　鳥も居ぬ古畑山の木は枯れて

五二　雲の枝より雪ぞうち散る　　円秀

【式目】雪（冬）　枝（植物）　雲（聳物）　雪（降物）　雪如此降物（可隔三句物）　雲如此聳物（可隔三句物）

【作者】円秀

【語釈】○雲の枝―本来は「花の雲」という見立ての表現から、雲のように花が群れ咲いている枝を言う。和歌や連歌には例が少なく、ごくわずかに薄紫の樗の花に使用したようである。「樗散る一むら雲の紫をくだきて落とす野辺の山風」（草根集・樗散・三三九八）。「樗咲く花の梢や雲の枝」（大発句帳・夏・三四三六・紹巴）。ここは雲のように見える枝のさまか。雪がつもってあたかも雲のように見える枝から、雪が花のように降り落ちてくる様子であろうか。「茂りあふ木々さへ雲の枝にして天地わかぬ五月雨の比」（称名院集・五月雨・三七九）。○雪ぞうち散る―雪が散ることよ。「長月のいぶきの山の山颪にこしのみ空の雪ぞうち散る」（春夢草・伊吹山・五四四）。「たまりもあへず雪ぞうち散る／冬ごもり細き松の葉かきたてて」（行助句集・八四／八五）。

【付合】前句の「鳥」から「雲」を、「木」から「枝」を出した。「花は落ちて風に随ひ　鳥は雲に入る」（和漢朗詠集・三月尽・尊敬）。

【一句立】雪がつもって雲のように見える枝から、雪が花のように散り落ちてくることよ。

【現代語訳】（前句　鳥もいない荒れた古畑が残るだけの山では、立木も葉を落として枯れてしまっているけれど。）その枯れ木に雪がつもり、あたかも雲がかかったように見える枝から、雪が花のように散ることよ。

（三折　表　三）雲の枝より雪ぞうち散る

五三　月寒し桂に風やしほるらむ　利在

【式目】冬（月寒し）　月（夜分）　桂（植物）　風（吹物）　月只一、恋一、月松などに一　月与月（可隔七句物）

【作者】 利在

【語釈】 ○**月寒し**—月の光が寒々とさえわたっている。「月寒しとて千鳥鳴くらん／霜氷る袖の川原を帰る夜に」（竹林抄・冬・六一四・心敬）。○**桂**—カツラ科の落葉樹。高木で、春に枝に五ミリほどの小さな赤い花をつける。ここは月の中の桂の木。月の中には桂の木が生えているという中国の伝説に基づく。「さよふけて松のこまよりほのめくは月の桂の枝の影かも」（為忠家後度百首・木間月・三六〇）。「桂トアラバ、月」（連珠合璧集）。○**しほる**—元気がなくなる。ここは「風」が「しほる」と詠まれており、風が穏やかになること、静まること。「吹くからにむべ山風もしほるなりいまはあらしの袖を恨みて」（壬二集・恋・二七〇六）。「吹しほる風もいとはじさやかなる光を花の月の桂に」（邦高親王御詠・月前秋風・一二六九）。

【付合】 前句の、雪を花のように散らしている枝は、実は月の中の桂の木の枝だったのだとなぞときをした付けであろう。「雲居より散りくる雪はひさかたの月の桂の花にやあるらむ」（新勅撰集・冬・四一七・藤原清輔）。

【一句立】 月が寒々と光っている。さぞかしきっと今頃は、月の桂の木に吹く風が静まっているのだろう。

【現代語訳】 （前句　雲のように見える雪の積もった枯れ木の枝からは雪が花のように舞い散っているよ。）と思ったが、寒々と冴え光っている月の中の桂の木の花が散っていたのだろう。さぞや今頃は、その桂の木に吹く風も静まっているだろう。

（三折　表　四）　月寒し桂に風やしほるらむ

五四　遠き川原をふけて行く比　　　　伝芳

【式目】 雑　川原（水辺・体）

【作者】 伝芳
【語釈】 ○ふけて―時間や季節が進行し深まってゆくことを指す。ここでは、夜が深くなって。「ふけて行く秋のおもひもわびはつる涙なすてそでの月かげ」（式子内親王集・秋・一五四）。「ぬばたまの夜のふけゆけば楸生ふる清き川原に千鳥しば鳴く」（万葉集・九二五・山辺赤人、新古今集・冬・六四一に再録。新古今集歌第五句「千鳥鳴くなり」）。
【付合】 前句の月影と桂の木に対し、川原の上に照る月が次第に移り夜がふけていく情景にとりなした。
【一句立】 遠く川原の道をたどって行くが、夜は次第に更けて行く、そんな時。
【現代語訳】 （前句 月が寒く光っている。桂の木に吹く風は、静まっていることだろう。）行く先遠い川原を月が照らし、夜が更けて行く頃には。

（三折 表 五） 遠き川原をふけて行く比

五五 うからめや妹がりいそぐ夜半の空 隆蓮

【式目】 恋（妹） 夜半（夜分） 妹（人倫） 人倫与人倫（可嫌打越物）
【作者】 隆蓮
【語釈】 ○うからめや―意にそぐわないことがあろうか、いやない。「思ひいでじ頼まばこそはうからめどおさふる袖ぞいとどぬれぬる」（六条院宣旨集・うらみ・七九）。「のぼればきゆる月の白雲／帰るさの都の秋はうからめや」（寛正六年十二月十四日何船百韻・五八／五九・賢盛／専順）。○妹がり―恋しい女性のもとへ。万葉語。「露霜に衣手濡れて今だにも妹がり行かな夜は更けぬとも」（万葉集・露に寄する・二二五七）。「思ひかね妹がり行けば冬の夜の川風さむみ千鳥鳴くなり」（拾遺集・冬・二二四・紀貫之）。「道遠み妹がりいそぐその駒に草とりかはんなづみもぞする」（六百番歌合・寄獣恋・一〇六〇・藤原家房）。「妹がり行けば徒歩も憂からず／つれなさのこなたに負くる恋の道」（小鴨千句第六百韻・七〇／七一・宗砌／心敬）。○**夜半の空**―夜の空。夜半は夜のうちで、夜中から暁にかけての時刻を言う。「おほかたの秋もふけゆく夜半の空まつに物うき山のはの月」（右大臣家歌合・夜深待月・四・藤原知家）。

【付合】 前掲『拾遺集』二二四番貫之歌から、前句の「川」に「妹がり」を連想し付け、また「ふけて行く」に「夜」を付けた。「妹がりとアラバ、川風さむみ」（連珠合璧集）。

【一句立】 つらいことなどあろうか、いやない。夜更けの空の下、恋しい女性のもとへ急いでいるのだから。

【現代語訳】（前句　行く先遠い川原のあたり、夜が更けて行く頃。）つらいことなどないよ。夜更けの空の下、恋人のもとへ急ぐのだから。

（三折　表　六）　うからめや妹がりいそぐ夜半の空

五六　待つ人なしと門やさらまし　有実

【式目】 恋（待つ）　人（人倫）　門（居所・体）

【作者】 有実

【語釈】 ○**待つ人なし**―待っていてくれる人がいない。「待つ人なくは誰かとふべき／思はじを思ひ返して慕ふ身に」（竹林抄・恋下・八二九・心敬）。○**門やさらまし**―門のあたりから立ち去ろうか。「いつかさらまし深き柴の戸／とふ人をいとふ山路のあるじにて」（壁草・雑下・二一九一／二一九二）。

【付合】前句を、女性の愛情を信じて彼女のもとに急ぐ男性の幸せな境地を詠んだものとし、付句では、一転して恋人ももはやいなくなってしまった男性の状況を付句とした。

【一句立】待っていてくれる人はいないと門から立ち去ろうか。

【現代語訳】（前句　つらいことなどあろうか、いやない。夜更けの空の下、恋しい女性のもとへ急いでいるならば。）だが、もはや私のことを待っていてくれる人はいない。そのことをかみしめ、恋しい人がかつて住んでいた門の前から立ち去ろうか。

（三折　表　七）待つ人なしと門やさらまし

五七　憑《たのみ》つる花も杉立つ峰の庵　　心敬

【式目】春（花）杉（植物）峰（山類・体）庵（居所・体）庵（一座二句物）花三懐紙をかふべし、にせ物の花此外に一（一座三句物）

【作者】心敬

【語釈】○**憑つる花**―たのみにしていた花。後世の例だが、「頼みつる花さへあだに散りぬるかまれなる人を待つとせしまに」（鈴屋集・寄花恋・一二三二）。○**杉立つ峰**―杉の木が立つ峰。「杉」に「過ぎ」を掛けている。『古今集』九八二番歌が背景にあるが、心敬自身、杉木立の聳える深山の景をよく詠んでいる。若年の修行の地、比叡山を思うか。「わが庵は三輪の山もと恋しくはとぶらひきませ杉立てる門」（古今集・雑下・九八二・詠み人しらず）。「涙の浮かぶ奥山の暮／花はみな杉立つ峰に猿啼きて」（吾妻辺云捨・春・五五／五六）。「ぬれつつも一木をたのむ夕時雨／杉立つ峰に帰る雲鳥」（心敬僧都百句・雑・二三一九）。

【付合】 前句の「待つ」を「松」と掛け、「杉」を相対させた。「門」に「杉」を付ける。「杉立てる宿をぞ人は訪ねける心の松はかひなかりけり」（拾遺集・恋四・八六六・詠み人しらず）。「嵐吹く松をとなりの峰の庵／花と月ともいつまでか見む」（続草庵集・五八〇）。「門トアラバ、松　杉」（連珠合璧集）。「杉トアラバ、門　庵」（連珠合璧集）。一句では、誰かこの花をたよりに訪ねてきてくれるかと頼みにしていた自邸の花を言い、付合では、相手も花も、自分が訪ねていくのを待っていてくれるであろうとあてにしていたのに、相手はいないし、あてにしていた花も散りすぎたということになる。

【一句立】 この花が咲いたら誰か訪ねてきてくれるかと、心頼みにしていた花も散り過ぎ、今は杉が青々と立っている峰の庵の様よ。

【現代語訳】 （待っていてくれる人はいないと門から立ち去ろうか。） 庵の主同様に、自分が訪ねるのを待っていてくれるはずと頼みにしていた花も散り過ぎていて、今は主もいない、杉が青々と立っている峰の庵の様よ。

（三折　表　八） 憑《たのみ》つる花も杉立つ峰の庵

五八　いつかは春に逢坂の山　忠英

【式目】 春（春） 逢坂の山（名所） 山（山類・体）

【作者】 忠英

【語釈】 ○**いつかは春に逢坂**―逢坂の「逢」を春に逢うととりなし、いつかはきっと春に逢いたいとした。「よとともに清水に袖をぬらしつついつかは春に逢坂の関」（隆信集・雑三・八七四）。「わきて見ん老木は花もあはれなり今いくたびか春にあふべき」（山家集・春・九四）。○**逢坂の山**―近江国の歌枕。山城国と近江国の国境にある。「逢」に「逢ふ」を掛けるのが定型。逢坂山は杉林の景が詠まれ、また鶯も詠まれる。「鶯の鳴けどもいまだ降る雪に杉の葉白き逢坂の山」（新古今集・関路鶯・一八・後鳥羽院）。「送りこし月も都に帰るらん杉の葉くらき逢坂の山」（心敬集・関路惜月・一四〇）。「春に今あふ坂山の岩清水木隠れいづる鶯の聲」（最勝四天王院障子和歌・逢坂関近江・二八七・藤原家隆）。

【付合】「杉」に「逢坂の山」を付け、前句の光景を花が終わった後の様とし、次には花の春に逢いたいとした。

【一句立】 いつかは春の時節に逢いたい、そんな逢坂山の光景よ。

【現代語訳】（前句　この花が咲いたら誰か訪ねてきてくれるかと、心頼みにしていた花も、もう散り過ぎ、杉の木が青々と繁っている峰の庵のあたり。）またいつか、盛りの春の時に逢ってみたい、逢坂山の様よ。

（三折　表　九）　いつかは春に逢坂の山

五九　鶯も老いぬる声はあはれにて　　円秀

【式目】 春（鶯）　鶯（動物・一座一句物）

【作者】 円秀

【語釈】 ○**鶯も**—前句が、**【語釈】**に示した西行歌「わきて見ん老木は花もあはれなり今いくたびか春にあふべき」（山家集・春・九四）を念頭に置いて、みずからの恵まれない境遇でも、いつか春にめぐり会えたらという心境を重ね合わせたので、我と同じく「鶯も」と表現したのであろう。ただし、五八を間に置いて、「花も」「鶯も」と並べるのは、打越を嫌う原則の連歌の進行としては好ましいわけではない。○**老いぬる声**—春遅い頃や、初夏になっても鳴いている鶯の声。鶯は早春から秋まで鳴き声が聞かれる。「鳴く音まで猶ものうきは春をへて老その森の鶯の声」（為家集・春社・二二六）。「声あはれなり籠の内の鳥／まなづるを老いぬるまでにてならして」（成立不詳「したみづに」朝何百韻・五四／五五）。○**あはれにて**―「あはれ」は基本的には趣き深い意であるが、この付合では「ものあはれ」の意に移行しているか。「なさけある昔の人はあはれにて見ぬわが友と思はるるかな」（玉葉集・雑五・懐旧の心を・二六一五・伏見院）。

【付合】 五八、五九と「いつかは春に逢（ふ）」「老いぬる」から、述懐の気分が漂い、六〇での句境の転換につながる。

【一句立】 鶯も、盛りの時を過ぎて鳴いている声は、またものあわれに聞えるもので。

【現代語訳】（いつかは盛りの春の時に逢いたい、そんな逢坂山の光景よ。）私と同じで、逢坂山の鶯も、老いて鳴いている声は、ものあわれだ。

（三折　表　十）　鶯も老いぬる声はあはれにて

六〇　我が身の上をわぶるとは知れ　　三位

【式目】 雑　我が身（人倫）

【作者】 三位

【語釈】 ○**我が身の上**―自分の身の上。「わが身の上は我も知られず／かさ重くなれるや雪の積るらん」（園塵第四・冬・七二五）。○**わぶる**―わびしく思うこと。「わぶ」と同意。「立ちかへり泣けども我はしるしなみ思ひわぶれて寝る夜しぞ多き」（万葉集・三七五九・中臣宅守）。普通の語法ならば、「わぶ」を用いて、「わぶとこそ知れ」あたりを使うか。「世の中をわぶる我が身は一つしていかでここらのものを思ふらん」（敦忠集・六二）。「つれづれわぶる人はいかなる心ならん」（徒然草第七五段）。「誰か身を寝覚の月に思ふらん／くれ行秋をわぶる虫の音」（延徳二年九月二十日山何百韻・三五／三六・宗益／重須）。

【付合】 鶯の老声を我が身の上を嘆くさまに転換した。

【一句立】 自分の境涯をわびしく思っていると知りなさい。

【現代語訳】 （前句 鶯も春を経て年老いた声で鳴くのは、ものあわれだ。）それによって、実は老いてしまった我が身を嘆かなければならないのだ。

（三折 表 十一） 我が身の上をわぶるとは知れ

六一 残るさへはかなき野辺の草の露 正頼

【式目】 秋（露） 野辺（一座二句物（連歌新式追加並新式今案等）） 草（植物） 露（降物） 露如此降物（可隔三句物）

【作者】 正頼

【語釈】 ○残るさへ―残っているのさえも。「残るさへ猶ぞさびしきさ夜ふけてかげかすかなる閨の灯」（延文百首・夜灯・二九九二・藤原行輔）。○野辺の草の露―野原の草に置いた露。草の露により、秋を感じる。「今朝の風此夕暮の草の露かはれる色に秋は来にけり」（夫木和歌抄・六帖題・三八五一・藤原為兼）。また露はもともとはかないものの象徴。「露トアラバ、野 草 命」（連珠合璧集）。「影ひろし秋の千里や月の庭／さかきを野辺の百草の露」（小鴨千句第六百韻・発句／脇・専順／心敬）。

【付合】 「我が身の上」を露の境遇とし、説明を加えた。「終に身をやどしはつべき浮き世かは／わが老い末や草

の上露」（寛正六年正月十六日何人百韻・五九／六〇・行助／心敬）。

【一句立】残っているものも、落ちてしまったものと変らぬほどはかない、野辺の草の露。

【現代語訳】（前句 自分の境涯をわびしいと自覚しなければならない。）残っているものでさえ、はかなく今にも消えそうな、野辺の草の露と同じなのだ。


（三折 表 十二） 残るさへはかなき野辺の草の露

六二 やどりし月もむなし明ぼの　有実

【式目】秋（月） 明ぼの（夜分） 月只一、恋一、月松などに一 月与月（可隔七句物）
【作者】有実
【語釈】○やどりし月—露に映りやどった月。「露しげき花の枝ごとに宿りけり野原や月のすみかなるらん」（久安百首・秋・八三九・藤原俊成）。○むなし—ここは月がなくなること。
【付合】付合では、露に映じた月のはかなさを付けた。「世の中を何にたとへむ草の葉の露に宿りて見ゆる月影」（能宣集・二五三）。一句では、空にやどる月であり、大空を「むなしき空」と呼ぶことから、空がむなしいのに加え、明るくなってくれば、月もむなしくなっていくとの意味で「月も」と表現している。「雲はれてむなしき空にすみながらうき世の中をめぐる月かな」（新古今集・釈教・菩薩清涼月、遊於畢竟空・一九五二・寂然法師）。
【一句立】空に宿った月も、空がしらんでくると共に、はかなくむなしく消えていく明け方。
【現代語訳】（前句 残っているものも、落ちてしまったものと変らぬほどはかなく、今にも消えそうな野辺の草の露。）その露に映じた月も、露同様にむなしく消えて行く、そんな夜明け方。

（三折　表　十三）　やどりし月もむなし明ぼの

六三　夢かへる仮寝の床の秋の風　　隆蓮

【式目】秋（秋の風）　夢（夜分）　床（居所・体）　羇旅（仮寝）　「旅の心、…かり枕かりね」（連珠合璧集）

【作者】隆蓮

【語釈】○**夢かへる**―夢が覚めて、夢の中で見た光景が消え去っていくこと。原義では、覚醒と共に夢に登場したものがすべて元の所に帰ってゆくと考えられていたことからの表現。「葛の葉の恨にかへる夢のよをわすれがたみの野べの秋風」（新古今集・雑上・一五六五・皇太后宮大夫俊成女）。「さめて聞く山の嵐もをくらずはひとりや夜半の夢かへるらん」（草根集・山家夢覚・八三二五・享徳二年十一月七日詠）。「葛のはふいがきの松の風こえて／一夜の秋や夢かへるらん」（紫野千句第九百韻・九五／九六・周阿／全誉）。「ともなふ方にたづぞ鳴立つ／夢かへる此夜は明て跡もなし」（表佐千句第一百韻・五〇／五一・承世／甚昭）。「夢トアラバ、かへる　凡夜之詞可付之」（連珠合璧集）。○**仮寝の床**―旅先などで寝る、ふだんと違う床。「仮寝の床は夢も定めず／端近くたのめし宿に待更て」（竹林抄・恋上・七三三・心敬、新撰菟玖波集一四九一／一四九二）。
○**秋の風**―床に吹く夜の秋風は夢を吹きちらすものとされる。「敷たへの枕に残る露はあれど夢をとどめぬ秋の風かな」（師兼千首・枕辺露・三五一）。「見る夢も驚きあへぬ秋の風／枕訪ふ夜の月の寒けさ」（新撰菟玖波集・冬・一一七四／一一七五・菅原在数）。

【付合】「むなし」に「床」を付けた。「里は荒れぬむなしき床のあたりまで身はならはしの秋風ぞ吹く」（新古今集・恋四・あひてあはぬ恋の心を・一三一二・寂蓮）。「床トアラバ、むなしき」（連珠合璧集）。「むなしき床」

からは、恋人が去ってしまった悲しみも感じ取れる。隆蓮の句は、「床」「秋」と下に恋の意味を感じられる語を使っており、六四句から恋に展開することが可能な流れも持った一句であった。
【一句立】 その冷たさに旅寝の夢も覚め、今まで見ていた人も物もすべて帰って行ってしまう、秋風よ。
【現代語訳】（前句　空に宿った月も、空がしらんでくると共に、はかなくむなしく消えていく明け方。）吹きくる風の冷たさに、旅寝の夢も覚めて消えていってしまう、そんな秋の風が吹くことよ。

（三折　表　十四）　夢かへる仮寝の床の秋の風

六四　舟に聞く夜の波はすさまじ　　昆親

【式目】 秋（すさまじ）　舟（水辺・体用之外（新式今案））　波（水辺・用）　夜（夜分）　羇旅（舟）「旅の心、…舟《ふなぢ》」（連珠合璧集）
【作者】 昆親
【語釈】 ○**すさまじ**―寒々しい。冷え冷えする。「秋の心、すさまじ」（連珠合璧集）。「大方秋のさむきをいへる也」（分葉）。また、荒れてものすごいの意味もある。「夢ぞなきいかりおろしてねぬれども舟うつ波のすさまじき夜は」（亜槐集・舟・一一四一）。「秋風を浦の苫屋の旅枕／舟いでがての波はすさまじ」（表佐千句第一百韻・一七／一八・甚昭／専順）。「秋の夜もなかばと鐘や音すらん／舟にねぶれば波もすさまじ」（葉守千句第五百韻・三三／三四・宗長／宗祇）。
【付合】 前句の「仮寝の床」を舟上の床に見て、水辺の景に転換した。前句に漂う恋のイメージを採用しなかったために、秋の五句目となる。次の句は必ず句境の転換を迫られる。

【一句立】　舟に乗っていて聞く夜の波音は寒々としている。

【現代語訳】（秋風が吹きこんできて、寒さに仮寝の床の夢から目覚めると、）その風の強さに、舟に乗っていて聞く夜の波音は、寒々しく聞えてくるのだ。

（三折　裏　一）　舟に聞く夜の波はすさまじ

六五　如何なれや縄たく海士のぬれ衣　利在

【式目】　雑　海士（水辺・用（応安新式）、連珠合璧集では「非体用」）　海士（人倫）

【作者】　利在

【語釈】　○**如何なれや**―どのようであろうか。○**縄たく海士**―縄をたぐりあやつる海人。「たく（綰く）」は、舟等をあやつること。「大船を荒海に漕ぎ出でや船たけ我が見し児らがまみは著しも」（万葉集・一二六六）。「思ひきや鄙の別れにおとろへて海士の縄たきいさりせむとは」（古今集・雑下・九六一・小野篁）。「縄たく海士のさぞな苦しき／息の緒のおのが思ひにむすぼほれ」（行助句集・一八二五／一八二六）。○**ぬれ衣**―潮水で濡れた海士の衣服。「行く年を雄島の海人のぬれ衣重ねて袖に波やかくらむ」（新古今集・海辺歳暮・七〇四・藤原有家）。「うらかけて行く雲の一かた／村雨も運ぶ潮干のぬれ衣」（親当句集・六〇五／六〇六）。「ぬれ（濡れ）」はもちろん涙を含意する。

【付合】　前句の「舟」に「海士」、「波」に「ぬれ衣」と縁ある詞でつないだ。「海人トアラバ、舟、衣」（連珠合璧集）。

【一句立】　縄をあやつり、船をすすめていく海人の衣はいったいどのくらい濡れていることだろう。

【現代語訳】（前句　舟に乗っていて聞く夜の波音が寒々しく聞えてくる。）　縄をあやつり、船をすすめていく海人の、その波にぬれた衣はいったいどのようになっていることだろう。

【考察】　六五句の本歌となる『古今集』九六一番歌の歌語「海士の縄たき」については、『奥儀抄』、『顕注密勘』、『袖中抄』等に言及がある。例えば、『袖中抄』は「顕昭云、あまのなはたきとは、あまの縄てくるといふ詞なり」と述べる。

（三折　裏　二）　如何なれや縄たく海士のぬれ衣

六六　恋路も鄙の長路をぞ行く　心敬

【式目】　恋（恋路）

【作者】　心敬

【語釈】　○**恋路**―恋の行方を道に見立てた語。恋の行方。恋の道。「まだしらぬ恋路に深く入りしより露分衣濡れぬ日はなし」（林葉集・初恋・六六七）。連歌では、宗砌がよく使うゆえ、心敬も対抗して詠み試みたか。「ふけ行沓のをとはかくれず／我こひぢつまづく駒も心あれ」（小鴨千句第一百韻・八二／八三・心恵（心敬）／宗砌）。「稀にも逢はぬ仲の遥けさ／唐土の夢より疎き恋路にて」（新撰菟玖波集・恋中・一七七五／一七七六・一条兼良）。○**鄙の長路**―鄙は都から遠く離れた地方のこと。「ひなとは田舎をいふと侍る。（中略）えびすの境ならねど都遠きほどをば詠めり。」（袖中抄）。鄙の長路は田舎から都への長く遠い道のり。「あまざかる鄙の長路ゆ恋ひくれば明石の門より大和島見ゆ」（万葉集・二五六・柿本人麻呂、新古今集八九九に再出、ただし第三句「漕ぎくれば」）による語句。『万葉集』、『新古今集』、いずれの集の第三句も心敬は知っており、それを縁にして句を作ったか。「まつらめや出でて程ふる都人／鄙の長路の初雪の頃」（宝徳四年千句第七百韻・七一／七二・日晟／宗砌）。「身にとまれ鄙の長路の末までは伝へ聞かれむ恋の風かは」（草根集・恋・一〇五五四・長禄二年十月二十日詠）。

【付合】　六五句【語釈】に掲出した『古今集』九六一番歌により、「縄たく海士」に「鄙」を付けた。海士の「ぬれ衣」を恋の思いに涙で濡れた衣ととり、恋の句に転換した。「縄たく海士」と「鄙の長路」は共に万葉詞ないし古風な用語であり、付合としての対応を考慮したか。なお、「鄙の長路」には前句の「海士」と「鄙の長路」の枕詞の「あまざかる」との同音の縁も考慮されているかもしれない。

【一句立】　恋の行方の道も、田舎から都への道のような、遠くつらい道のりをたどるのだ。

【現代語訳】（前句　縄をあやつり、船をすすめていく海人の、かなわぬ思いの涙の落ちる衣はどれほどぬれそぼっていることだろう。）恋の道も、田舎から都への道のような、遠くつらい道のりをたどるのだ。

（三折　裏　三）　恋路も鄙の長路をぞ行く

六七　忍ぶ仲よそに知らぬを便りにて　　忠英

【式目】　恋（忍ぶ仲）

【作者】　忠英

【語釈】　○**忍ぶ仲**―恋をしていることを人に知られぬよう隠している仲。「分け入らむたつきも知らず忍山しのぶ中には道だにもなし」（菊葉集・寄山恋・一〇五九・菊亭実直）。○**よそに知らぬ**―他の人にはわからない。当人だけがわかっている。「よそにしらぬ人のけしきはさもあらばあれ一人心の月を見るかな」（拾玉集・唯独自明了・二五〇四)。「言ひ出でぬ我が身の憂さのいかばかり/老いのあはれはよそに知らめや」(新撰菟玖波集・雑四・三一三五/三一三六・西園寺実遠)。○**便りにて**—よりどころとして。「霞さへ忍ぶ夕べのたよりにて/たのむとすれど猶も訪ひ来ず」(熊野千句第九百韻・三九/四〇・元説/宗祇)。

【付合】 困難な長い道のりの恋路の例として、光源氏と藤壺の関係のような、人に知られれば終わってしまう忍ぶ恋の間柄をあげる。

【一句立】 人に知られてはならない恋の関係は、他の人に気づかれていないということをよりどころにして続けていくのだ。

【現代語訳】 (前句 恋の道も、田舎から都への道のような、遠くつらい道のりをたどるのだ。) 人に知られてはならない密かな間柄は、自分たちしかその関係を知らないことをよすがとして続けていくわけだから。

(三折 裏 四) 忍ぶ仲よそに知らぬを便りにて

六八 (一句分空白)

(三折 裏 五)

六九 とにかくに涙ひまなき夕ま暮 日明

【式目】 恋(涙) 夕ま暮(時分)

【作者】 日明

【語釈】 ○**とにかくに**—いろいろと。何やかやと。「ただとにかくにあだし世の中/つれなきものこりははてぬ身をわびて」（小鴨千句第七百韻・九六／九七・之好／心敬）。○**ひまなき**―絶え間のない。「見せばやな涙ひまなきわが袖に月は夜な夜なやどるならひを」（永享百首・寄月恋・六九八・後花園天皇）。○**夕ま暮**―夕暮れの、薄暗い時。京極派和歌に取り入れられ、正徹が非常に好んだ語句。「夕ま暮それかと見えし面影もかすむぞかたみ有明の月」（草根集・春恋・四四四四）。

【付合】 前句一句分が懐紙では空白になっており、わからないが、恋の句が連続しているはずである。ここは恋の句の四句目となる。待つ人が来ない夕暮に嘆くさまであろう。

【一句立】 いろいろと心乱れることが多くて、しきりに涙がこぼれる、あたりも薄暗くなってしまった夕暮れ時よ。

【現代語訳】（前句　不明）いろいろと心乱れることが多くて、しきりに涙がこぼれ落ちる、薄暗くなってしまった夕暮れ時よ。

（三折　裏　六）　とにかくに涙ひまなき夕ま暮

七〇　松に風吹き猿の啼く山　　心敬

【式目】 雑　松（植物）　猿只一　ましら一（一座二句物）　猿（非山類）　山（山類・体）　山与山（可隔五句物）

【作者】 心敬

【語釈】 ○**松に風吹き**―心敬は、夕暮れ時の松風は特に感情に訴えるものと詠む。「夕暮れは身にしむ色の松の風誰に憂かれと秋を添ふらん」（心敬集・松風秋近・三七三）。○**猿の啼く**―猿の鳴き声は古来漢詩において心をひきさかれるような寂しい思いをさせるものとされてきた。「巴猿三叫　暁行人の裳を霑す」（和漢朗詠集・猿・

四五七・大江澄明)。「さらぬだに夕さびしき山里に/嵐のそこに猿の鳴く声」(河越千句第四百韻・一一/一二・満助/中雅)。「涙の浮かぶ奥山の暮/花はみな杉立つ峰に猿啼きて」(吾妻辺云捨・春・五五/五六)。正徹は夕暮れの雨に「猿叫ぶ」声を非常によく和歌に用いており、心敬にも影響が及んでいよう。「たへて聞けみやまの鳥と松の風夕べの雨に猿さそふ(『新編国歌大観』本では「さけぶ」)声」(草根集・山家・一一四八・享徳二年三月六日〜九日、日吉社宝前詠百首)。

【付合】恋の前句から「松」(待つ)を出しているが、句境の転換をはかって、「とにかくに」涙が落ちる理由となる哀れな物音を二つ並べて出しただけの形であり、心敬がよくする、具体的な事物を提示するだけで句を構成し、前句の句境を説明する趣向の付合である。

【一句立】松に風が吹き、猿が啼く、そんな物音しかしない、うら寂しい山の中。

【現代語訳】(前句　いろいろと心乱れることが多くて、しきりに涙がこぼれ落ちる、薄暗くなった夕暮れ時。)松に風が吹き、猿が啼く、そんな物音しか聞こえない山の中にいて。

(三折　裏　七)　松に風吹き猿の啼く山

七一　捨つる身は木かげ岩がね宿として　　毘親

【式目】述懐(捨つる身)　宿只一、旅一、やどり此外にあり。鳥のやどり・露のやどりなどの間に又有べし。(一座二句物(連歌新式追加並新式今案等))「述懐の心、…身をすてゝ」(連珠合璧集)

【作者】毘親

【語釈】○**捨つる身**—出家の身。世を捨てた身。「捨る身は木深き陰に庵トて/うき世の月よ見えじ眺めじ」(竹林抄・秋・四六六・専順）。「うらみなき世に今ぞあひぬる／捨る身は君が恵も何かせん」（心玉集・一五一四／一五一五）。○**岩がね**―根を大地におろしたようなごつごつした岩。水辺の情景としても、深山の情景としても詠まれる。『万葉集』に多く見られる万葉詞。『万葉抄』（伝宗祇）は『万葉集』四五番歌を「こもりくのはつせの山は槙たてるあら山みちを岩かねの（已下略之）」と載せている。「岩が根のこごしき山を越えかねて音には泣くとも色に出でめやも」（万葉集・三〇一・長屋王）。「霞しく江には釣をや忘るらん／しづかにねぶる岩がねの床／更る夜に月待かぬる谷の庵」（河越千句第九百韻・八一／八二／八三・心敬／永祥／道真）。

【付合】前句の「山」に「捨つる身」を付けた。「捨身トアラバ、山」（連珠合璧集）。また、「松」からは「木かげ」、「猿」からは「岩がね」が連想される。「奥山の苔の筵の岩枕ふしうくもあるかましら啼くなり」（草根集・古山猿・九六八九・長禄元年一月二十八日詠）。

【一句立】世を捨てたこの身は、木陰やごつごつした岩をすみかとしていて。

【現代語訳】（前句　松には風が吹き、猿が鳴く、そんな物音しか聞こえない、寂しい山の中。）世をすてたこの身は、そのような山の中の木陰やごつごつした岩をすみかとしていて。

（三折　裏　八）　捨つる身は木かげ岩がね宿として

七二　向かふも清く水に澄む月　　**伝芳**

【式目】秋（月）水（水辺・用）月只一、恋一、月松などに一　月与月（可隔七句物）月（夜分）

【作者】伝芳

【語釈】○**向かふ**―あるものに対し、眺めるさま。「雨に向ひて月を恋ひ」（徒然草第一三七段）。「さやけさは誰が住む宿もかはらじと月に向かひて思ひこそやれ」（玉葉集・雑一・一九七三・平重村）。「月に向かふも涙落ちけり／人に添ふ心はかなく夢覚めて」（新撰菟玖波集・恋中・一七六九／一七七〇・寿官法師）。○**水に澄む月**―水面に澄んだ光を映している月。真如の月を観想する月輪観の面影があるか。「誠なき世のならひをも水に澄む月の光にたぐへてぞ見る」（続後拾遺集・釈教・一三〇三・前大僧正良信）。

【付合】「宿」に「月」を付け、水辺の近くに住む世捨て人が、月を見る情景とした。前句の「木かげ」や「岩がね」が水辺の近くの様となる。「宿トアラバ、月」（連珠合璧集）。

【一句立】月に向かえば、月は清らかに照り、水面に澄んだ光を映していることよ。

【現代語訳】（前句　世を捨てた出家のこの身は、木陰やごつごつした岩をすみかとしていて。）そんな住みづらいひどい住処でも、月に相対すると、月は清らかに照り、水面に澄んだ光を映していることよ。

（三折　裏　九）向かふも清く水に澄む月

七三　秋かけて網代を守る川の瀬に　利在

【式目】秋（秋）　川（水辺・体）　瀬（水辺・体）

【作者】利在

【語釈】○**秋かけて**―秋になって。秋になったというので。「ふりにけり時雨は袖に秋かけていひしばかりを待つとせしまに」（新古今集・恋四・一三三四・皇太后宮大夫俊成女）。「声うちしきり松風ぞ吹く／せみの鳴かたつ山里秋かけて」（心玉集・一〇五八／一〇五九）。「かけて」という語句は、「告げて」という語義を持ち、音を発するものが「時を告げて」との意味であり、「〜かけて」という語句を持つ歌には、音を発するものに加え、音を発しないものも次第に詠みこまれてくるようになり、「かけて」の意味が不明確になるにいたった（↓参考文献岩佐氏論文）。利在の句には、例にあげた歌句のような「かけて」とよく使われる音を表わす素材が詠まれていない。また、「網代」は語釈に述べるように晩秋から冬の景物であり、「秋かけて」の語意とはかみあいにくい。○**網代**―川魚を取る仕掛け。川の上流に向け、杭を打ち、竹や柴を組んだ簀（す）を置いて、魚を取る。「網代を守る」とは、夜にかがりをたいて網代を見守ること。「網代」や「網代守」は『連珠合璧集』では「冬の心」に分類されているが、七四句も背景に持つ『拾遺集』一一三三歌（七四句の「田上」例歌参照）によって、心敬の頃には晩秋にも詠まれている。「木を切る音の信楽の里／網代打つ田上川の末の秋」（竹林抄・秋・五二一・智蘊）。「秋さむき田上川の網代守／葦のまろやは露もたまらず」（小鴨千句第四百韻・八三／八四・之好／圭承）。

【**付合**】水面に映る月を網代を守る番人の目に映った景とする。仏教的な観想の世界と殺生の業を対比させたか。

【**一句立**】秋になって、網代の見張りをしている、川の瀬に。

【**現代語訳**】（前句　見ると月は、水面に清く澄んだ光を映していることよ。）秋になって、月の清く映る川瀬で網代を見張っている。

（三折　裏　十）秋かけて網代を守る川の瀬に

七四　薄霧白き田上の郷　　立承

【**式目**】秋（薄霧）　薄霧（聳物）　田上（名所）

【**作者**】立承

【**語釈**】○**田上**―近江国栗太郡、現在の大津市南部にある、瀬田川の東方の地。信楽に源を発する田上川（大戸川）が瀬田川に流れ込む。「月影の田上川に清ければ網代に氷魚のよるも見えけり」（拾遺集・雑秋・一一三三・清原元輔）。「やなくづれ鮎はしる瀬は岩間にて／もる田上の郷の人をと」（顕証院会千句第三百韻・九九／一〇〇・宗砌／圭（盛滋））。

【付合】前句の川を、網代で氷魚を取るのが有名な田上川とした。田上川は田上山の砂を流し出しているため、浅瀬を多く持つ。『堀河百首』にも「網代」の題で田上川が多く詠まれている。「氷魚トアラバ、網代　田上河」（連珠合璧集）。

【一句立】薄霧が白くかかる田上の郷。

【現代語訳】（前句　秋になって、網代の番をしている、その川瀬には、）薄い川霧が白くかかる田上の郷である。

（三折　裏　十二）　薄霧白き田上の郷

七五　衣手にあさけの霜やまよふらん　隆蓮

【式目】冬（霜）　霜（降物）　衣手（衣類）

【作者】隆蓮

【語釈】〇**衣手**―着物の袖。「衣手トアラバ、袖同也」（連珠合璧集）。〇**あさけ**―「朝明け」の約から、朝、夜が明けそめるころ。「秋たちて幾日もあらねばこのねぬる朝けの風は袂さむしも」（万葉集・秋雑・一五五九・安貴王、拾遺集一四一に再録、ただし第二句「いく日もあらねど」第五句「たもとすずしも」）。「水ぐきのをかのやかたにいもとあれと寝ての朝けの霜のふりはも」（古今集・大歌所御歌・一〇七二）。「冬がれの朝けの霜も白妙の袖に色なきま野の萩原」（耕雲千首・原寒草・五三一）。〇**霜やまよふ**―霜があたりがわからなくなるほどひどく降る状況。「霜迷ふ空にしをれしかりがねのかへるつばさに春雨ぞ降る」（新古今集・春上・六三・藤原定家）。「朝まだき峯の梯かすむなり遠方人に霜迷ふらん」（心敬集・橋霜・三九五）。「薄散る夕の原の寒き日に／袖より霜や置まよふらむ」（年次不詳何船百韻「散しえぬ」・二一／二二・心敬／行助）。

【付合】前句の「田上」に地名「田上」の枕詞である「衣手」を付けた。「〜衣手の　田上山の　真木さく　檜のつまでを　もののふの　八十宇治川に　玉藻なす　浮かべ流せれ〜」（万葉集・巻一・五〇・藤原宮の役民が作る歌）。また、ここは「霧」に「霜」を付けている。「霧」に降物は可嫌打越物であるが、この百韻では「霧」と降物が連続することは認められているようである。例えば第八句「霧降る野路の末のはるけさ」には第九句「かきくらす雪にや里もかすむらん」を付けている。

【一句立】着物の袖には、夜明け方の霜がまっ白になるほども多く置いているのだろうか。

【現代語訳】（前句　薄い霧が白くかかっているここ田上の郷。）着物の袖には、夜明けの霜がまっ白になるほどに置いているのであろうか。

（三折　裏　十二）衣手にあさけの霜やまよふらん

七六　道行く人のわくる冬の野　　円秀

【式目】冬（冬の野）　人（人倫）　人倫与人倫（可嫌打越物）

【作者】円秀

【語釈】○**道行く人**—道をたどる人。「夏山の影をしげみやたまぼこの道行く人も立ちどまるらん」（拾遺集・夏・一三〇・紀貫之）。「はなをえに道行人のあふちかな」（法眼専順連謌・一二三五）。○**冬の野**—冬野は朝夕に霜が降りることが詠まれる。「あさまだきまだ霜消えぬ浅茅原冬野の草は末ぞ悲しき」（拾玉集・朝野寒草・三三二五）。「からくれなゐを撫子の色／朝ぼらけ深き冬野の霜解けて」（石山四吟千句第一百韻・三二／三三・大覚寺義俊／紹巴）。

【付合】「衣手」を冬の野の道を行く人のものとして付けた。

【一句立】 道をたどる人がわけて進んでいく冬の野原。

【現代語訳】（前句　着物の袖には、夜明けの霜がまっ白になるほどに置いているのであろうか。）そんなふうに寒そうに、道をたどる人がわけていく冬の野原の様子。

（三折　裏　十三）　道行く人のわくる冬の野

七七　枯れてだに草《ママ》の色もかくろはで　伝芳

【式目】 冬（枯れ）

【作者】 伝芳

【語釈】 ○**枯れてだに**―枯れていてさえ。○**草の色も**―「草葉の色も」であろうか。「草葉の色」は、一般に枯れて茶色になる前の緑色の時期を表現し、春のあざやかな色が詠まれることが多い。「春はいまだ草葉の色もあさみどり霞ぞ深き武蔵野の原」（範宗集・一一六）。「初霧わたる野こそ遠けれ／雁ぞ鳴く草葉の色やかはるらん」（行助句集・一五九／一六〇）。または「草木の色も」か。「心とめて草木の色もながめおかん面影にだに秋や残ると」（玉葉集・秋下・暮秋十首歌たてまつりし時・八三一・京極為兼）。○**かくろはで**―隠れたままでいないで。「隠ろふ」は「隠る」に接尾語「ふ」が接した「隠らふ」の転。「隠ろはで」は『新編国歌大観』、『新編私家集大成』を検しても見えない。「隠ろふ」が否定形として用いられるのは一般的でないのを、あえて用いているのは古雅な趣を出そうとしたのか。「隠ろふ」の例としては「星みゆる夏毛の鹿のかくろひて富士の裾野に繁る高草」（建長八年百番歌合・八六九・衣笠家良）、「あたため酒に指をこそさせ／竹の葉にをしへし宿はかくろひて」（心敬句集苔筵・二二一七／二二一八）。

【付合】枯れて半ば倒れた草には、人の姿も隠れることもないが、草の中にもまだ青い色が残っているとしている。枯れた冬野はうら寂しく、寒々としたものであるが、あえてそこに草の色を見、句境転換の契機とした。

【一句立】枯れていてさえも、草の色も隠れてしまわず、青い色が残っていて。

【現代語訳】（前句　道行く人がわけて進んでいく冬の野原。）その野原は、枯れていてさえも、草の色も、そこをわけ行く人の姿同様に隠れてしまわず、青い色が残っていて。

（三折　裏　十四）枯れてだに草《ママ》の色もかくろはで

七八　心の種ぞさまざまにある　有実

【式目】雑（心の種）

【作者】有実

【語釈】○**心の種**―人間の心中の思い。「やまと歌は人の心を種としてよろづの言の葉とぞなれりける」（古今集仮名序）。「春はまづ人の心を種とてや冬野の草の下にもゆらん」（拾塵集・八八〇・寒草）。「世世朽ちぬ心の種のあひ生はしるや住の江高砂の松」（心敬集・松契齢・三〇二）。○**さまざまに**―いろいろと。「さまざまに千々の草木の種はあれど一つ雨にぞ恵みそめぬる」（玉葉集・釈教・薬草喩品の心を詠ませ給うける・二六四九・崇徳院)。

【付合】 前句の「草」に「種」を付けた。前句の「草」は、心の「種」から生えた、さまざまな思いであると解せる。

【一句立】 人の心の物思いの種はいろいろあるのだ。

【現代語訳】(前句 枯れていてさえも、草の色も隠れてしまわず、青い色が残っている様子であって。) 草の種だけでなく、心の思いの種もいろいろとあるのだ。

(名残折 表 一) 心の種ぞさまざまにある

七九 さらば又恨みもはてぬ物思ひ　立承

【式目】 恋(恨み・物思ひ) 恨み・恨む如此云かへて二句、他准之(一座二句物)

【作者】 立承

【語釈】 ○さらば又―それでまた。そんなふうであるならまた。「さらばまた桜に匂へ梅の花」(大発句帳・春・四〇八・周桂)。○恨みもはてぬ―(あの人の愛情のなさを) いくら恨んでも恨みたりない。「つれなきを恨みもはてぬしののめにとりあへぬまでおどろかすらむ」(源氏物語・帚木・光源氏)。

【付合】「心の種」が「物思ひ」を発現させる。「かくばかりなぐさめ草の種よりもいかで咲くらむ物思ひの花」(なぐさみ草・四三・正徹)。

【一句立】 そんなふうでまた、恨んでも恨みたりない物思いとなる。

【現代語訳】(前句 人の心の物思いの種というのはいろいろあって。) そうするとそれはまた、恨んでも恨みたりない物思いになるのだ。

（名残折　表　一一）　さらば又恨みもはてぬ物思ひ

八〇　霞むも悲ししのぶ夜の月　　心敬

【式目】　春（霞む）・恋（しのぶ）「春の心、月の霞む〈朧とも　三日月　在明　おぼろ〉」（連珠合璧集）　忍ぶ夜（夜分）　月（光物）　月与月（可隔七句物）

【作者】　心敬

【語釈】　○**霞むも悲し**―霞んでいるのも悲しいことだ。月が霞むと、実のない男はそれを口実にやって来ない。「朝ぼらけ霞むもつらし別れてはいつかあはづの船の行末」（心敬集・湖上朝霞・一〇二）と心敬自身の和歌にもあるように、「霞むもつらし」が普通であり、「霞むも悲し」は珍しく、和歌にも連歌にもこの句しか管見に入らない。「霞むもつらし」であるならば、一縷の望みを残した女性の思いとなるが、「霞むも悲し」では、より絶望の程度が強くなり、前句で表現されたはなはだしい恋の悲しみと釣り合いの取れる、あきらめざるを得ない女性の恋の句となる。○**しのぶ夜の月**―あの人を訪ねようとする夜に出ている月。「忍ぶ夜の道さまたげの霞ゆゑそこと知らねば行く空もなし」（基佐集・しのびまどふこひを、かすみによせて・二五八）。「いとふとや思ひをあきやたづぬらむ／あやにくなれや忍ぶ夜の月」（太神宮法楽千句第一百韻・二五／二六・宗長）。

【付合】　「はてぬ」に「霞む」を付ける。前句では、待つ身の女性の悲痛な心情であるが、そこから離れるために、付句では通う側の男性の行動に思いを馳せ、また一句で春の物思いと取れる形にする。一句では、女性を訪ねるのを躊躇する男性の句であり、付合では、男性のそうした行動により、訪ねることができないからあらたに悲しみを誘われる女性の姿を表現する。

【一句立】　春の霞に月が霞んでいるのも悲しいことよ。恋人を訪ねようとする夜の月が霞んでしまって暗いと、恋しい人を訪ねることができない。

【現代語訳】（前句　そんなふうであるならまた、それは待つ側の恨んでも恨みたりない物思いとなる。）春の霞に月が霞んでいるのも悲しいことよ。恋人を訪ねようとする夜の月が霞んでしまって暗いと、それをいいわけに恋しい人は訪ねてこないのだ。

（名残折　表　三）霞むも悲ししのぶ夜の月

八一　春の来て何に涙の落ちぬらむ　　伝芳

【式目】　春（春の来て）　涙与涙（七句可隔物）

【作者】　伝芳

【語釈】　○**春の来て**―春が来て。春の到来により新たに明るい光景が眼前に現出することは、新古今時代の歌人に詠み試みられた。勅撰集では『風雅集』初出であり、後には正広がよく使うが、この句のように春愁の気持ちにより、涙を流すという語句が後に続くのは珍しい。「春の来て梅さくやどのなさけかな月影かをる有明の空」（拾玉集・春・二六〇二）。「我が宿をとふとはなしに春の来て庭にあととある雪のむら消え」（風雅集・雑上・一四一五・夢窓国師）。「春の来て人のたちぬふわざなれば霞の衣ひまやなからん」（松下集・霞春衣・一二六三九）。「なやらふ夜半にとしは暮けり／春の来てひいな遊はよもあらじ」（宝徳四年千句第七百韻・五六／五七・宗砌／賢盛）。なお、「冬のきて」が第三句にある。○**何に**―なんのために。「思はじと思ひとりても立ちかへり何に涙の又こぼるらむ」（文保百首・七八四・西園寺公顕）。

【付合】「霞む」に「春」がつく。付句により、前句の「霞むも」が霞でかすむだけでなく、涙で目がかすんでということになる。前句は、「忍ぶ」を密かに恋慕う感情と捉えると、来ない男性の訪れを待つ女性の句。七九、八〇の恋の風情に重なりつつ離れて、春愁の句に仕立てているか。

【一句立】春がやってきたというのに、どういうわけで涙が落ちるのだろう。

【現代語訳】（前句　春の霞に霞んで見えるだけでなく、涙でかすんで見えるのも悲しいことよ。訪れてくれないあの人を思いながら見る夜の月が。）春がやってきたというのに、どういうわけで涙が落ちるのだろう。それは、つれないあの人を恋い慕っているためなのだ。

（名残折　表　四）春の来て何に涙の落ちぬらむ

八二　身を知る人はのどかにもなし　　昆親

【式目】春（のどか）　身（人倫）　人（人倫）　人倫与人倫（可嫌打越物）

【作者】昆親

【語釈】○**身を知る**―我が身がはかなく取るに足りないありさまであることを知っている。「数々に思ひ思はず問ひがたみ身を知る雨は降りぞまされる」（古今集・恋四・在原業平・七〇五、伊勢物語第一〇七段）より来る詞であり、元来は、恋人に大切に思われていない我が身を痛感し、悲しみに涙する状況を表現する詞。「わすらるる身を知る袖の村雨につれなく山の月はいでけり」（後鳥羽院御集・遇不逢恋・一五八二）。「数ならぬ身を知る袖の涙とも月より外はたれかとふべき」（新後拾遺集・秋下・三八一・法眼慶融）。「身を知る人」は、和歌では二例、連歌では管見では看聞日記紙背連歌に三例とこの一例。「つくづくと日をふるさとの春雨や身を知る人の涙なるらん」(為忠家初度百首・閑中春雨・六九・藤原顕広(俊成))。「霞みては空高からず降雨に／身を知る人や世をいとふらん」(看聞日記紙背応永二十九年三月二十八日何人百韻・一九／二〇・行光／善喜)。応永期には、「身を知る人」は、わが身のはかなさを思い知り、世をすてる気持ちを抱くとの理解がある(「身を知る人」連歌用例)。「身を知る」の意味は、このように恋の意識から離れてきており、それをもとに毘親の句は作られたか。○**のどかにもなし**—穏やかな気持ちでもない。春の気持ちがのどかではないという発想は、花を惜しむ気持ちゆえからと、古来業平歌でよく知られる。「世の中にたえて桜のなかりせば春の心はのどけからまし」(古今集・春上・五三・在原業平、伊勢物語第八二段)。「桜は咲けどのどかにもなし／花よなど風も吹あへずならふらん」(壁草(大阪天満宮文庫本)・一八七／一八八)。

【付合】 前句は一句では春なのに愁いを感じることをいぶかしむ人の気持ちとなり、付句で、愁いを感じることをすなわち「身を知る」こととして、「身を知る」人物の心中を忖度する。「涙」から「身を知る」を出し、春の愁のイメージから付句に「のどか」を出す。

【一句立】 我が身がはかなく取るに足りないと知っている人は、のんびりと世をすごす気持ちでいるわけではない。

【現代語訳】(前句 春がやってきたというのに、どういうわけで涙が落ちるのだろう。) 我が身がはかなく取るに足りないと知っている人は、穏やかな気持ちで世をすごしているわけではない。その悲しみゆえに涙が流れるのだ。

(名残折 表 五) 身を知る人はのどかにもなし

八三　世の中を明日と憑むはおろかにて　心敬

【式目】述懐（世の中）　世只一　浮世世中の間に一　恋世一　前世後世などに一（一座五句物）今日に昨日、明日（可嫌打越物・新式今案）世と浮世世中（可嫌打越物・新式今案）「述懐の心、…世の中」（連珠合璧集）

【作者】心敬

【語釈】○世の中―この世。○明日と憑む―明日があると頼みにする。「このうさに猶ながらふるつれなさは明日とたのめばまたや待たれん」（親子集・恋・三六八）。「明日ありと思ふ心にほだされてけふもむなしく暮しぬるかな」（源承和歌口伝・二八五・源承）。○おろかにて―愚かなことであって。「せめて身を知るとやいはん愚にて世にありふるをなげくこころは」（亜槐集・雑上・一〇九〇）。

【付合】前句の「身を知る」を、いつ死ぬともしれないわが身の上を理解しているととり、無常の世の認識を付ける。「うつつなき身を知る人やつきもせぬ本の命に立ち帰るべき」（他阿上人集・無常・一一五〇）。「のどか」から「世の中」を出した。八一、八二句に流れる春の愁の気持ちから、『伊勢物語』の業平歌を思い、その詞を表に出してつなぐ。「世の中にたえて桜のなかりせば春の心はのどけからまし」（古今集・春上・五三・在原業平、伊勢物語第八二段）。さらに、また「世の中」を「男女の仲」と考えた場合、雨が降りそうなので訪れるのを翌日のばしにしようとする男のイメージを考えることができ、『伊勢物語』第一〇七段の逸話をふまえた付合となる。

【一句立】常ならぬこの世の中を、明日があるからと頼みにしてうかうかとすごすのは愚かなことであって。『徒然草』第一八八段の登蓮法師の逸話や第一八九段を思わせる。「人あまたありける中にて、ある者、「ますほの薄、まそをの薄などいふことあり。渡辺なる聖、此事を伝へ知りたり」と語りけるを、登蓮法師、其座に侍けるが聞きて、雨の降りけるに、「蓑、笠やある。貸し給へ。かの薄の事習ひに、渡辺の聖のがり尋ねまからむ」と言ひけるを、「余りに物騒がし。雨止みてこそ」と人の言ひければ、「むげのことをば仰せらるる物かな。人の命は雨の晴れ間をも待つ物かは。我も死に、聖も失せなば、尋聞きてんや」とて、走り出でて行つつ、習ひ侍にけりと申伝たるこそ、ゆゆしくありがたく覚ゆれ。敏時はすなはち効ありとぞ、論語と云文にも侍なる。此薄をいぶかしく思ひけるやうに、一大事の因縁をぞ思ふべかりける。」（徒然草第一八八段）。「今日は其事をなさむと思へど、あらぬ急ぎ先出で来てまぎれ暮し、待つ人は障りて、頼めぬ人は来り、頼みたる方のことは違ひて、思ひ寄らぬ道ばかりは叶ひぬ。（中略）かねてのあらまし、皆違ひゆくかと思ふに、をのづから違はぬこともあれば、いよ〳〵物は定がたし。不定と心えぬるのみ、まことにて違はず。」（徒然草第一八九段）。

【現代語訳】（前句　わが身が何時どうなるかもわからないということを知っている人は、のんびりともしていない。）常ならぬこの世の中を、明日があるからと頼みにしてうかうかとすごすのは愚かなことであって。

（名残折　表　六）世の中を明日と憑むはおろかにて

八四　光のかげを惜しみとめばや　有実

【式目】　雑　　影に影（可嫌打越物）

【作者】　有実

【語釈】　○**光のかげ**―「光陰」を訓読し、和らげた語。月日、時間。「さもあらばあれとてなどか急ぐらむ／光の陰ぞ人を思はぬ」（竹林抄・雑上・一二三七・心敬）。「惜しむにも光の陰はとどまらで／果てぞ我が身の年の暮なる」（新撰菟玖波集・冬・一二八二／一二八三・近衛政家）。

【付合】　明日があると頼みにすることのおろかさを説く前句に、月日の流れをとどめたいというかなわぬ思いを付けた。前句は常ならぬ世を意識することを説くのに、付句は常ならぬことを変えたいと言う。前句の真意を理解していない付句というべきであろうが、明日を当てに暮らす愚かさを諭す前句に、それならば明日が来ないように時を止めたいものだと諭しに逆らってみせた諧謔の付合とも考えられるか。

【一句立】　月日が過ぎるのを惜しみとどめたいものだ。

【現代語訳】（前句　常ならぬこの世の中を、明日があるからと頼みにしてうかうかとすごすのは愚かなことである。）それならば、過ぎる月日を惜しみとどめたいものだ。

（名残折　表　七）　光のかげを惜しみとめばや

八五　暮れわたる窓よりをちに飛ぶ蛍　隆蓮

【式目】　夏（蛍）夜分（蛍）蛍（一座一句物）窓（居所・体）「夏の心、…蛍」（連珠合璧集（書陵部蔵本））

【作者】　隆蓮

【語釈】　○**暮れわたる**―あたり一面完全に暮れてしまった。この語は、空や海など広々した遠景を詠む語であり、この句で「窓」が続くのは少し違和感がある。勅撰集では『新続古今集』が初出と和歌への登場は遅い。「暮れわたる峯の松原ほのぼのと木のましられて月ぞいざよふ」（新続古今集・雑上・松月幽・一七一五・藤原公綱）。「くれわたる池の水かげ見えそめて蛍も深き思ひにぞ飛ぶ」（続亜槐集・一五七・同（享徳二年）四月廿一日、室町殿太神宮法楽百首御続歌に、蛍知夜）。「旅行く方の暮れわたる空／出がての月に宿とふ野は遠し」（年次不詳何路百韻「白妙の」・四／五・広行／理永）。○**をち**―遠方。近景を通して光が遠方に見える句に「色さびしほのめきのこる入日影／浦より遠の海士のもしほ火」（宝徳四年千句第五百韻・一一／一二・利在／超心）、「床寒げなる雪のむら鳥／風渡る竹より遠の暮るる日に」（竹林抄・雑上・一一二六・能阿）などがある。

【付合】前句の「光」を蛍と見、その影を惜しむとして付けた。「草深き窓の蛍はかげ消えてあくる色ある野辺の白露」（玉葉集・野亭夏朝・三九八・飛鳥井雅有）。

【一句立】とっぷりと暮れた外を窓から見ると、遠くに飛んでいる蛍の光がある。「空夜に窓閑かなり蛍渡って後　深更に軒白し月の明らかなる初め」（和漢朗詠集・夏夜・一五二・白居易）の面影があるか。僧たちは漢詩句の教養を持っていたと考えるべきであろう。

【現代語訳】（前句　すぐに消えるその光を惜しみとどめたいものだ。）とっぷりと暮れた窓から見ると、遠くに光って飛んでいる蛍が見える。

（名残折　表　八）　暮れわたる窓よりをちに飛ぶ蛍

八六　秋風吹くと竹ぞそよめく　利在

【式目】秋（秋風）　竹に草木（可嫌打越物）　竹（植物）

【作者】利在

【語釈】○**秋風吹くと**―「秋風が吹いている」と。『伊勢物語』の和歌「ゆく蛍雲の上までいぬべくは秋風吹くと雁につげこせ」（伊勢物語第四五段、後撰集・秋上・二五一・在原業平）による。秋が来たことを知らせる言葉である。「とぶ蛍光は雲の上ながら秋風吹くとつげのをまくら」（草根集・蛍・一九四〇・永享五年四月七日詠）。○**そよめく**―そよそよと音をたててそよぐ。ここは、竹が「秋風吹く」ということをそよめいて告げる。「人のそよめきて参る気色のありければ」（今昔物語集・巻二七ノ二）。和歌では荻に使われる言葉である。「草葉そよめく五月雨の頃／さ男鹿の渡る野原に日は暮れて」（竹林抄・雑上・一〇九六・宗砌）、「荻のそよめく夏の夕ぐれ／浜風に葦かる舟やさはるらん」（行助句集・四五一／四五二）。

【付合】「蛍」に「秋風」、「窓」に「竹」を付けた。「蛍トアラバ、秋風」（連珠合璧集）。「竹トアラバ、窓」（連珠合璧集）。遠景の蛍の光と、近景の竹の葉音の対比である。両句の関係は、夏の終わりの蛍に、もう秋になって秋風が吹いているよと竹が知らせていることになる。この時、付合での蛍は初秋の蛍となる。「秋の始めの心ナラバ、蛍〈秋の詞を入れて〉」（連珠合璧集）。

【一句立】「秋風が吹いてきたよ。」と、竹がそよそよと告げていることよ。前の句にひきつづき、「風の竹に生る夜窓の間に臥せり　月の松を照らす時台の上に行く」（和漢朗詠集・夏夜・一五一・白居易）の面影がある。

【現代語訳】（前句　とっぷりと暮れた窓から見ると、遠くに飛んでいる蛍の光がある。）「秋風が吹き始めたよ（もう秋がやってきたよ）。」と、竹がそよそよと音を立てて、蛍に告げていることよ。

（名残折　表　九）秋風吹くと竹ぞそよめく

八七　うちなびく園の柳の散りそめて　三位

【式目】秋（散りそめて）園（可嫌打越物・新式今案）柳 只一　青柳一　秋冬の間一（植物・一座二句物）木与木（可隔五句物）園（居所・用）※「庭　そとも已上如此類用也」（応安新式）から、用と推定。

【作者】三位

【語釈】○うちなびく―なびく。「うちなびく柳の糸のわきてまたいかなる風にむすぼほるらむ」（千五百番歌合・

春二・二六四・源通光)。「柳トアラバ、なびく」(連珠合璧集)。○**散りそめて**―散り始めて。「末葉より一むら柳散りそめて／よはく吹くとも風ぞしらるる」(永原千句第九百韻・五三／五四・定秀／紹永)。

【付合】 前句の「竹」に「園」を付ける。「園トアラバ、竹」(連珠合璧集)

【一句立】 風になびく園の柳が散り始めていて。

【現代語訳】 (前句　秋風が吹き始めたことを知らせるように、竹がそよめいている。)その風になびく園の柳は散り始めていて。

(名残折　表　十)うちなびく園の柳の散りそめて

八八　通へば露の消ゆる道の辺　　正頼

【式目】 秋(露)　露(降物)　露如此降物(可隔三句物)

【作者】 正頼

【語釈】 ○**通へば**―繰り返し通る。男性が女性のもとに通う際にも用いる語で、恋の面影が添う語。○**道の辺**―道端。道のほとり。「道の辺の朽木の柳春くればあはれ昔と忍ばれぞする」(新古今集・雑上・柳を・一四四九・菅原道真、新撰朗詠集・春・柳・一〇〇)。「道の辺に清水流るる柳陰しばしとてこそ立ちどまりつれ」(新古今集・夏・二六二・西行)。「などか長くてつらき玉のを／道のべの花を柳や隔つらむ」(行助句集・一五五五／一五五六)「たれかはとはむ霞む山陰／道の辺の柳木深く梅ちりて」(老葉(吉川本)・春・二一／二二)。

【付合】 「柳」に「道の辺」を付け、「散り」の縁から「露」を出した。

【一句立】 通うたびに触れて露がこぼれて消える道のほとり。

【現代語訳】（前句　風になびく園の柳は散りはじめていて。）この道を通っているうちに秋になった。通うたびに触れて露がこぼれて消えるこの道のほとり。

（名残折　表　十一）通へば露の消ゆる道の辺

八九　さを鹿や山のふもとを出でぬらむ　貞興

【式目】秋（さを鹿）　鹿　只一　鹿子一　すがる一（一座三句物）　山（山類・体）　ふもと（山類・体）

【作者】貞興

【語釈】○**さを鹿**―牡鹿。「さをしかのやまよりいづる声はして／わけぬに露はなに乱るらむ」（石山四吟千句第一百韻・二一／二二・大覚寺義俊／三条西公条）。

【付合】前句において、道のほとりの露が消えるとしたのを、鹿が通ったためかと推定の句を付けた。「鹿トアラバ、…通路」（連珠合璧集）。

【一句立】牡鹿が山を降り、もうふもとから出たのだろうか。参考『寛正六年正月十六日何人百韻』訳注の第四一句にて鹿の生態の説明をなしている。

【現代語訳】（前句　鹿が通うたびに、道のほとりの草葉の露がこぼれて消える。この様子では）牡鹿はもう山のふもとから里へ出てきたのだろう。

（名残折　表　十二）　さを鹿や山のふもとを出でぬらむ

九〇　**田をもる声ぞ月に聞こゆる**　**毘親**

【式目】　秋（月）　月（光物）　月与月（可隔七句物）　田与田（可隔七句物）　夜分（月）

【作者】　毘親

【語釈】　○**田をもる声**—田の番をする声。「もる」は秋の田を仮庵をつくって見張ること。「さをしかの秋の草ぶし夜がれしてもる声たかき野田の仮庵」（草根集・巻五・田辺鹿・三六一五）。「もる声」がどのような声か不明だが、田の番人が鹿や猪などを追い払う声であり、「田守のもの追ひたる声、いふかひなく情けなげにうち呼ばひたり」（蜻蛉日記）と、都人には無風流で興ざめなものと感じられていた。「もる声」については、『寛正六年正月十六日何人百韻』の第一三句注にても考察した。

【付合】　鹿が夜、山からふもとに降り、さらに田に入り込んで作物を荒らすため、夜通し田の番をする声がすると付けた。

【一句立】　田の稲を守る声が、月の光の中に聞える。

【現代語訳】　（前句　牡鹿がもう山のふもとを出てきたのだろう。）　月の光の中、稲を荒らす鹿を追い払うためにあげる田の番の声が聞える。

（名残折　表　十三）　田をもる声ぞ月に聞こゆる

九一　**さ夜ふかき湊の舟に人は寝て**　**心敬**

【式目】雑　夜分（さ夜）　湊（水辺・体、一座二句物）　舟（水辺・体用之外（新式今案））　人（人倫）　人倫与人倫（可嫌打越物）

【作者】心敬

【語釈】○**さ夜ふかき**―「さ夜に小字嫌、不得心。さ字やすめ字歟。三更《サヨフケテ》佐夜中山など云、小字あらず。」（私用抄）。○**湊の舟**―河口に停泊している舟。「今日もなほ湊の舟の出でかねて／海士の袖とや波に朽つらむ」（看聞日記紙背応永十五年七月二十三日何船百韻・七一／七二・□／貞成親王）。○**人は寝て**―人は寝ていて。「山里のさやけき月に人は寝て／風や木の葉の衣打つらむ」（竹林抄・秋・四九七・行助）。「しづけき時は心すみぬる／更るまでながむる月に人は寝て」（心玉集・秋・一〇七二／一〇七三）。

【付合】陸の上、田のあたりでは、動物を追い払う声がするが、湊の舟のあたりでは、誰も起きておらず、静かであると、前句と付句とでくっきりと対比している付け。八九、九〇と深山から山の麓、そして里の田へと移動してきた視点が、ここで里を過ぎて河口に到達した。

【一句立】夜更け、河口に停泊している舟の中では、舟人は寝静まっていて。

【現代語訳】（前句　月の光の下、田の番をする声が聞えているが、）そんな夜更けに、河口に泊まっている舟の中では、舟人は寝静まっていて。

（名残折　表　十四）　さ夜ふかき湊の舟に人は寝て

九二　一人ある身の葦火たく影　伝芳

【式目】雑　葦火（水辺）　※『梅春抄』には「藻塩火」が水辺の用とあり、火ということから葦火も水辺の用

か。 葦火に水辺（可嫌打越物・肖柏追加） 影に陰（可嫌打越物）

【作者】 伝芳

【語釈】 ○一人ある身―ひとりぼっちの身。「秋萩の下葉色づく今よりや一人ある人のいねがてにする」（古今集・秋上・二二〇・題知らず・詠み人知らず）。「夕されば人まつむしのなくなへにひとりある身ぞ恋ひまさりける」（古今和歌六帖・まつむし・三九九五・紀貫之）。「草の庵とふべきころの萩咲て／ひとりある身の袖を見せばや」（寛正五年十二月九日何路百韻・三三／三四・専順／頼宣）。○葦火―葦を燃料にして焚く火。「難波人葦火焚く屋のすしてあれど己が妻こそ常めづらしき」（万葉集・二六五一、拾遺集恋四の八八七番に柿本人麻呂詠として入る。第三句「すすたれど」第五句「とこめづらなれ」）。「朝なぎの浦に塩干の雪消えて／葦火たくやと先知らるらん」（小鴨千句第六百韻・四一／四二・日晟／之好）。「霧にしめるか葦火たく影／つくろふはよそめばかりの草の庵」（石山四吟千句第四百韻・九二／九三・大覚寺義俊／三条西公条）。「離れ小島に葦火たく影／飛ぶ蛍行かたもなくさよふけて」（壁草（続群書本）・夏・四五一／四五二）。「水辺のゝき所、蘆火」（連珠合璧集）。

【付合】 湊に停泊している舟では皆寝ているが、岸には一人だけ寝られない人がいるという対比。

【一句立】 一人きりで葦火を焚いている、その光が見えることだ。

【現代語訳】 （前句 夜更け、河口に停泊している舟の中では、舟人は寝静まっていて。） 一人だけが岸辺で葦火を焚いている、その光が見えることだ。

（名残折 裏 一） 一人ある身の葦火たく影

九三 わづかなる栖をなどか憑むらむ 円秀

【式目】雑　栖（居所・体）　栖已上居所に嫌之（可嫌打越物）
【作者】円秀
【語釈】○**わづかなる**―みすぼらしい。「よく方もがな老の来る道／わづかなる家のすまひは門一つ」（宝徳四年千句第七百韻・七八／七九・超心／日晟）。○**憑む**―頼りにする。「誰なれば古き栖をたのむらん／心は老が身にな宿りそ」（竹林抄・雑下・一三七六・心敬）。
【付合】葦火を焚く栖を、『万葉集』二六五一（拾遺集八八七、九二句例歌）から、みすぼらしいと表現した。また、付句で水辺から居所へと句境を転換している。「水辺のゝき所、葦火」（連珠合璧集）。
【一句立】とるにたらないみすぼらしい住居をどうしてそんなふうに頼みに思っているのか。
【現代語訳】（前句　一人きりで葦火を焚いている姿が見えることだ。）葦火を焚かねばならないような、とるにたらないみすぼらしい住居をどうして頼みに思っているのか。

（名残折　裏　二）　わづかなる栖をなどか憑むらむ

九四　軒の木末に巣をかくる鳥　　三位

【式目】春（巣をかくる鳥）　軒（居所・体・一座二句物（肖柏追加））　梢　只一、花とも松とも云かへて一（一座二句物（肖柏追加））　鳥巣春也、水鳥巣夏也、鷹巣も夏也、鶴巣は雑也（可分別物（新式今案））　木末（植物）
【作者】三位
【語釈】○**軒の木末**―軒端にある梢。「遠き山かと思ふむら雲／軒に見し梢も暮るる雨の日に」（竹林抄・雑上・一一二四・心敬）。○**巣をかくる鳥**―巣を掛ける鳥。「巣」は歌語ではない。「浅からずいかなるえにか契らん／

茂る林に巣をかくる鳥」(熊野千句第一百韻・八三／八四・元説／宗怡)。
【付合】 前句のみすぼらしい栖を鳥の巣と解いた付合。軒の梢は、鳥にとっては危険な場所なのに、なぜわざわざそんな所に巣を作るのか、という思いである。「栖」から「軒」へと居所でつなぐ。
【一句立】 軒端の梢に巣を作る鳥。
【現代語訳】 (前句 ちっぽけでみすぼらしい栖をなぜそんなふうにたのみにしているのだろう。) 軒端の梢に巣を作る鳥よ。

(名残折 裏 三) 軒の木末に巣をかくる鳥

九五 開《さ》く花も去年や忘れぬ山桜　　利在

【式目】 山桜(春) 今年に去年(可嫌打越物(新式今案)) 桜 只一、山桜、遅桜など云て一、紅葉一 (一座三句物)
【作者】 利在
【語釈】 ○開《さ》く花も―巣をつくる鳥同様、咲く花も。○去年―美しく咲いていた昨年。「遅くとき時をば言はず山桜去年の盛りに花を待つかな」(嘉元百首・花・一一〇八・小倉実教)。
【付合】 春の花鳥のイメージを利用し、前句の「鳥」から「花」に移る。「花は根に鳥は古巣に帰るなり春のとまりを知る人ぞなき」(千載集・春下・一二二・崇徳院)を念頭に置くが、付合は、春の初めの頃の情景である。春が来て、鳥は昨年と同じ場所に巣を作りはじめたと前句の意を読み取り、では、花よお前はどうか、美しく咲いた去年を忘れずに今年も咲いてくれるかと、開花が遅く、まだ咲いていない山桜に詠みかける。
【一句立】 毎年同じ所で咲く花のはずだけれども、花よ、お前も、去年を忘れてはいないか (今年も去年のように咲くか）、山桜よ。

【現代語訳】（前句　軒端の梢には、鳥が去年を忘れずに再びやってきて巣をかけている。）毎年同じ所に巣を作る鳥と同様、毎年同じ所で咲くはずの花も、去年を忘れないで咲いているか、山桜よ。

（名残折　裏　四）開《さ》く花も去年や忘れぬ山桜

九六　霞をこゆる風の静けさ　伝芳

【式目】春（霞）　霞（聳物・可隔三句物）　風（吹物）

【作者】伝芳

【語釈】○霞をこゆる―霞を越える。和歌、連歌にも非常に珍しい表現で、「風」が霞をこえるという言い方は見あたらない。「信濃路や御坂を登る旅人は霞を越ゆるものにぞありける」（林葉集・春・四一）。「霞トアラバ、風」（連珠合璧集）。○風の静けさ―風の静かなさま。「吉野川ただ花のみや流るらむ／霞の内の風の静けさ」（難波田千句第四百韻・八三／八四・兼載）。

【付合】「花」に「霞」、「風」をつけた。風が霞を乱さないので、霞の向こうに山桜が咲いているかどうかはわからないのである。「花の色は霞にこめて見せずとも香をだに盗め春の山風」（古今集・春上・九一・良岑宗貞）。

【一句立】たちこめた霞をこえる風の穏やかなさまよ。

【現代語訳】（前句　毎年、同じ所に咲く花も、去年を忘れずに咲いているだろうか、山桜よ。霞がたちこめていて、花が見えないのだ。）そして、風も穏やかで、たちこめた霞を乱すことなく越えてくる、そんなありさまよ。

（名残折　裏　五）霞をこゆる風の静けさ

九七　うちいづる浪に氷のひま見えて　隆蓮

【式目】春（氷のひま）浪（水辺・用）氷 只一、つらゝ一、月の氷、涙の氷などに一、霜雪のこほるなどに一（水辺・用）（梅春抄）、一座四句物）

【作者】隆蓮

【語釈】○**うちいづる浪**—湧き出る浪。本歌「谷風にとくる氷のひまごとにうちいづる浪や春の初花」（古今集・春上・一二・源当純）。「鶯誘ふ風ののどけさ／氷解けてうち出づる波の谷の戸に」（新撰菟玖波集・春上・三七／三八・式部卿邦高親王）。○**ひま**—すきま。割れ目。「うちいづる氷のひまのみづや河春日長閑に波や立つらん」（夫木和歌抄・文応元年七社百首、春日・一二五三・藤原為家）。「けぶり立てれば月ぞかすめる／なかなかに氷のひまの水さえて」（行助句集・四七五／四七六）。

【付合】前句の「霞」から付句「ひま」を、また「こゆる」から「浪」を縁で呼び込んだ。「峯はらふ霞のひまにうち出し雲の浪ちる花の山風」（草根集・花随風・享徳三年三月三十日詠）。

【一句立】ほとばしり出てくる浪によって氷の割れ目ができていることがわかる。

【現代語訳】（前句　霞を越えてくる風の静かなことよ。）ほとばしり出る浪によって、暖かくなって今まで水面を閉ざしていた氷に割れ目ができたことがわかって。

（名残折　裏　六）うちいづる浪に氷のひま見えて

九八　われてもくだる朝川の月　　　忠英

【式目】秋（月）　朝月（一座一句物）　川（水辺・体（梅春抄））　月只一、恋一、月松などに一　月与月（可隔七句物）　月（夜分）

【作者】忠英

【語釈】○われてもくだる—河の流れが分かれて流れ落ちる。また、月が欠けることを「われても」に掛ける。「瀬を早み岩にせかるる滝川のわれても末にあはむとぞ思ふ」（詞花集・恋上・二二九・崇徳院）。「よひのまにいでて入りぬる三日月のわれて物思ふ頃にもあるかな」（古今集・雑体・一〇五九・詠み人しらず）。また、川面に映る月影が水流が激しいため割れたように見える、というニュアンスも感じられる。「なかば過ぎ行く春の悲しさ／朝な朝な割れて霞める夜半の月」（竹林抄・春・六六・心敬）。○朝川—朝の川。「浅川」を掛けているか。『万葉集』に長歌「～ももしきの　大宮人は　船並めて　朝川渡り　船競ひ　夕川渡る～」（巻一・三六・吉野宮に幸せる時に、柿本朝臣人麻呂が作る歌（『拾遺集』にも再録））、「人言を繁み言痛み己が世にいまだ渡らぬ朝川渡る」（万葉集・巻二・一一六・但馬皇女）、その他一例があり、いわゆる万葉詞である。『六百番歌合』で「山里は朝川渡る駒の音に瀬々の氷の程を知るかな」（冬朝・五四一・顕昭）と顕昭が使用し、『八雲御抄』巻三枝葉部に載る。今川了俊が正徹に与えた『言塵集』にも「河」の項目に「朝川　夕川　夜川　ひる川」とある。正徹が好んで使用した語。「釣する袖のひたす朝川／さしのぼる小舟は棹も短きに」（熊野千句第四百韻・六〇／六一・心敬／盛長）、「根芹つみつつかへるさの道／あさ川の霞をあらふ波こえて」（心玉集・春・九二八／九二九）。なお、「朝川」については『寛正六年正月十六日何人百韻』の注釈の際、第六七句注にて考察している。

【付合】前句の「氷」から「朝川」を連想する。「山里は朝川渡る駒の音に瀬々の氷の程を知るかな」（六百番歌合・冬朝・五四一・顕昭)。「岩間より出湯と見るや朝川のこほれる水の煙なるらん」(草根集・冬地儀・九二一四・康正元年十二月十六日詠)。付合では、まだ氷がはりつめていない、寒い秋の朝の川の情景となる。

【一句立】 二つの流れに分かれて下っていく朝の川、そこにまだ残って映っている欠けた月よ。

【現代語訳】 (前句 ほとばしり出てくる浪によって氷の割れ目ができていることがわかる。) 二つの流れに分かれて下っていく朝の川、そこにまだ残って映っている欠けた月よ。

(名残折 裏 七) われてもくだる朝川の月

九九 秋をへむ君が宮木の数々に 心敬

【式目】 秋(秋)

【作者】 心敬

【語釈】 ○秋をへむ―秋を送る。和歌、連歌共にこの句しか管見に入らない珍しい表現。普通は「秋を経て」とし、歳月が過ぎ行く事を表現する。「秋をへて遠ざかりゆくいにしへを同じ影なる月に恋ひつつ」(続拾遺集・秋下・三一七・藤原為家)。ここは、「幾秋を経む」の意味で、長く続く未来の時を推量し、祝意を引き出し、挙句へとつなぐ。○宮木―神社や宮殿を造営するための材木を表わす祝意の語。泉の杣山から切り出す。「泉の杣繁き宮木は引くとも絶ゆべからず」(新古今集仮名序)。または、神社や宮殿の庭に生える木々。管見では同時代の連歌で忍誓に二例、心敬自身に一例あり、心敬の句は神社の木々を言う。「心の綱やおもひたゆまん/長き日に今日は宮木を引くらし」(宝徳四年千句第五百韻・四六/四七・賢盛/忍誓)。「心ひく月の宮木は杣もなし/まがきの露ににほふよもぎふ」(小鴨千句第三百韻・発句/脇・忍誓/日晟)。「うさをのこせる心みえけり/古りはへる神の宮木に鳩のゐて」（芝草内連歌合（松平文庫本）・一九九）。○**数々に**―多数。数多く。「数々にながめし人の哀れをも忘れればつらし古き世の月」（心敬集・応仁二年百首・月・二三二）。

【付合】「くだる」に「宮木」を付ける。「くだる」は、宮木が山から切り出され、川を流されて下っていくことをいう。「杣人のくだす宮木も泉川霞みながらぞ春は流るる」（夫木抄・九〇一七・いづみのそま・藤原家隆）と、泉の杣山の木を切り出して川を流して運ぶ光景を詠む歌があり、正徹にも「朝ごとに大内山の宮木をや春の霞もつなで引くらむ」（草根集・九三二五・康正二年三月十二日詠）との山から木を切り出す詠がある。一句では、宮を神仏や霊力あるものの屋とし、本能寺の庭の樹木と解した。

【一句立】　これから先、幾秋も栄えていくであろうあなたの宮、この本能寺の庭には樹木が多く生え繁栄の極みだ。

【現代語訳】（前句　分かれ流れて下って行く朝の川に、まだ映っている欠けた月。）そんな川を、幾秋を送るであろうわが君の宮を造る材木が、流れにそって数多く下っていく。

【考察】　第九九句は、客人から亭主への祝意をこめた呼びかけとなるゆえ、心敬は「宮木」で本能寺の庭園の樹木を表現し、挙句を詠むはずの日明に対して、おそらく眼前の光景であろうその庭園の樹木の数多さをたたえた句を投げかけた。この百韻は、本能寺の庭園にある井戸に、落葉のたまる情景を詠む発句、古くからある庭を吹き過ぎる松風を詠む脇から展開してきたが、その流れは、九九句にいたり、心敬の巧みなさばきによってまた本能寺の庭の光景に戻り、寺の今後の繁栄を予想し讃える挙句につながっていく。

（名残折　裏　八）秋をへむ君が宮木の数々に

一〇〇　うてなの露の玉みがく色　　日明

【式目】秋（露）露（降物・可隔三句物）　玉字似物竝褒美詞等在此中（一座四句物）

【作者】日明

【語釈】○うてな―高殿。また、極楽に往生した者が座る蓮の花の形をした蓮台。「うてなの蓮花ひらけぬる／夏草の中にも露の玉散りて」（紫野千句第四百韻・八二／八三・盛理／相阿）。○玉みがく―玉を磨くように立派に美しくする。

【付合】「秋」に「露」を付け、祝言の意へと導く。また、前句の「宮木の」の部分、「宮城野」を意識させるゆえに、「露」が呼びこまれたこともあるかもしれない。例えば第九九句の例に挙げた小鴨千句第三百韻の脇（日晟）は、小松天満宮本では「まがきの露」であるが、静嘉堂文庫連歌集書本、陽明文庫本、天満宮文庫滋岡長松本では、「真萩の露」である。

【一句立】極楽の蓮台に置いた露が、玉をみがいたような美しい色であることよ。

【現代語訳】（前句　これから先、幾秋も栄えていくであろうあなたの宮、この本能寺を造る材木が数多くあり。）その材木によってつくられるであろうこの本能寺の高殿に置いた露は、極楽の蓮台に置いた露が玉をみがいたような美しい色を添えているのにも似て、非常に美しいのである。

【考察】亭主による第九九句の返答となる挙句。今後末永く栄えるはずの本能寺の高殿の新築を祝う句であろうか。極楽の蓮台のイメージを重ねることにより、本能寺の宗教的な格の高さをも表わしている。

2　寛正六年正月十六日何人百韻

i　寛正六年正月十六日何人百韻　調査報告・翻刻

【日時】　平成二十二年九月二十七日（月）
【場所】　大阪天満宮（大阪市北区天神橋二丁目一番八号）
【調査者】　伊藤伸江・奥田勲
【調査書誌】

『寛正六年正月十六日何人百韻』は、大阪天満宮文庫に長松本、延宗本が収められている。この両本を調査した。

◇長松本（天満宮文庫れ―五―一八）

冊子本一冊。縦一六・〇㎝、横二一・五㎝、袋綴（三ツ目綴）。橋と流れ紋を摺り出した茶表紙。左上に打ち付け書で「連歌十六巻」、その下に朱で「拾九番」と墨書されており、小口には「十九」と墨書の小口書がある。見返しに当該冊子掲載の連歌百韻の目録がある。十六の百韻の発句とその作者が記されており、当該百韻は三番目。一丁表右下に滋岡文庫の朱印。右上に狂歌印「末の世にもしこれを見てよめぬとて思案する人あらは嬉しも」。墨付六十四丁。薄手の楮紙に本文のみが記されている。裏見返しに、草名風の書き方で奥書「文化十一年五月草　長松」を記す。当該百韻は百韻の句及び句上が冊子の九丁〜十二丁に存する。破損等がなく、状態がよいが、冊子の後ろから四つの百韻には虫損が入ってしまっている。なお、この冊子には、十六番目に心敬発句「ころやとき花にあつまのたねもかな」の百韻（寛正七年二月四日何人百韻）も入る。

◇延宗本（天満宮文庫れ—甲—七）

冊子本一冊。縦一六・一㎝、横二四・二㎝、袋綴（四ツ目綴）。縹色表紙。表紙左に打ち付け書にて「連歌千二百句／宗長　政宣　宗祇　宗碩／基佐　肖柏　雪　心敬」と大書。この人名は、目録に示された十二の百韻の発句作者の名である。左上に「七番」とある。中央上部左よりに大阪天満宮文庫旧ラベル「別九六」「貳四壹五號」「全部壹八八冊」が、右下に天満宮文庫新ラベル「甲七一」が貼られ、旧ラベルの下に「1」のスタンプが押されている。見返しには目録が墨書され、右下には岡延宗の朱印がある。目録には十二の百韻の発句とその作者が列挙されている。墨付五十一丁。楮紙。当該百韻は、十二の百韻のうち、後ろから二番目であり、四十三丁表から四十六丁裏に記されている。ただ、百韻の句のみで句上がない。五十一丁目には、「文化十年酉八月　南曲（花押）」と本冊子の記載年月日がある。

なお、この冊子には十一番目、十二番目に心敬発句の百韻が入り、十二番目の心敬発句は「比やとき花にあつまの種もかな」、長松本と同じく寛正七年二月四日何人百韻である。延宗本は、『心敬作品集』（昭和五三・角川書店）に翻刻、解題がある。

両本は、ほぼ同時期に別の筆者により書写され、天満宮におさめられたものであるが、延宗本は句上がない。長松本には句上があり、百韻としての体裁を整えている。また、延宗本は同筆で朱による校合があり、その数も多い。長松本は、親本にすでにあったと思われる訂正を黒で書き加えるのみであり、校合はなされていない。

なお、『連歌総目録』では、両本共に成立年次不明の作品として、発句を見出しとして掲出されている。成立年次が明らかであるので、年次で配列すべきところであり、『連歌総目録』での検索には注意を要する。

『寛正六年正月十六日何人百韻』（長松本）翻刻

何人

初1　梅送る風は匂ひのあるし哉　心敬
2　やとりなれくる鴬のこゑ　実中
3　春の野を朝な〳〵に分出て　行助
4　ふむ《撤カ(朱)》あとしるき雪のむらきえ　元緗
5　谷の戸の霞もとちぬ月の夜に　専順
6　明行かたをかよふ山人　幸綱
7　木のもとにかくるゝ道は幽にて　大況
8　こけむす橋におほふ松かえ　宗祇」
ウ9　岸高く涼しき水の深みとり　宗怡
10　夕の風に舟そよりくる　公範
11　うす霧のゝほれは旅の袖見えて　敬
12　ゆく人つゝく秋の山陰　助
13　もる声の鳥羽田にしけきよはの月　中
14　落るかうへの鴈の一つら　順
15　空にふる露は泪の色ならて　緗
16　ものおもふ身のたくひしらはや　綱
17　とはれね《す》は誰に恨をかたらまし　怡
18　しのふにも名はもるゝ世の中　況
19　すまはたゝ心のおくの山もかな　祇
20　草の戸あらす野への松風　敬
21　故郷はみる人なしと花ちりて　助
22　残る日はやくくるゝ春雨　順」
二23　霞つゝ帰るもしらぬ空のくも　況
24　のとけきなみにきゆる雁金　怡
25　浦つたひゆく〳〵舟の遠さかり　中
26　はしのまちかき勢田《多》の中道　順
27　あふ坂や関をこゆれは夜の明けて　緗
28　杉の葉しろく落る月影　敬
29　神かきやゆふに秋風冷しく　順
30　いろになひくは野辺の夕きり　助
31　かり残す小田の一むら里かけて　祇

32 みなとを深み浪そあれぬる　綱
33 五月雨をみつ汐なれや比良の海　敬
34 柴ほしわふるあまの衣手　助
35 わか方やおもひの煙まさるらん　順
36 こゝろそうはの空にまよへる　緅
」
ウ
37 花かほる夜半に覚えす起出て　敬
38 なにとか春の夢は見えけむ　助
39 宮《本ノママ》は人おもかけ霞むわかれ路に　順
40 朝行月のかゝる遠山　祇
41 里あれや野にやすらはぬ鹿の声　況
42 すきぬる秋ややとりたになき　中
43 袖くたす露も昔もしのふ身に　緅
44 はなたち花の落る雨の日　緅
45 松高き陰ふむ道に風ふきて　祇
46 雲に分入峯のふるてら　順
47 鳥のねも稀にきこゆる山のおく　綱
48 竹のみおるゝ雪のしつけさ　敬
49 しけかりし園の下葉は冬かれて　助
50 みかゆるはかり里は荒けり　中
」
三
51 すてはつる身はもとのみの数ならて　緅
52 とはれむことや今はたのまし　順
53 つゝみ来し契はよそにあらはれて　綱
54 おもひの中にほとはへにけり　助
55 風ませに長雨ふる江の泊舟　祇
56 みきはの松は浪にうかへる　況
57 住よしやのこる西日は杳にて　敬
58 こなたとさすや頼む彼岸　順
59 終に身をやとしはつへき浮世界《カハ歟》　助
60 わかおひすゐや草のうは露　敬
61 はかなしや風まつほとの秋の夢　順
62 いとゝよ寒のおもひねそなき　祇
63 袖をなを月はとへとも人はこて　中
64 すたれやつるゝ古宮のうち　敬
」
ウ
65 つはくらめ出入軒の隙しけく　助
66 みえつかくれつ霞む山もと　緅
67 舟遠き春の朝川日のさして　祇
68 柳にたかく風なひく色　怡
69 木間より一葉の落る秋寒み　中

70 また露のこる冬《本ノマヽ》の夕かけ　敬
71 きり〳〵す垣根をたのむ声はして　順
72 長夜さむみわか床のうへ　順
73 月そうき人は誰とかおしむらん　敬
74 わかれもよそのよこ雲の空　助
75 はる〳〵としらぬさかひに旅立て　祇
76 けふはいつくにやとりからまし　綱
77 花さけは木陰をあまたたとりきぬ　順
78 いさ桜とて枝をたをらん　況
名
79 春もたゝ君かためにやおしからん　敬
80 暮まつほとのなかき日もうし　甁
81 いのちにはあしたの露をたのまめや　祇
82 をさゝかもとのよはのむしの音　怡
83 ねられしな月に風ふくかり枕　助
84 おもひやなる《キ歟》もあきの故郷　順
85 衣うつ音はきけとも主しらて　況
86 袖のうら《浦》はによする夕なみ　敬
87 いつのたか涙よ海と成ぬらん　甁
88 ふるきおもひのはてやあらまし　綱
89 冬枯のむくらの宿のたのみにて　敬
90 こゝろの月になにかさはれる　順
91 いりてこそ広きをもしれ法の道　中
92 をしへの門をさしてたつねむ　助
ウ
93 うかれ行妹かあたりのくるゝ夜に　順
94 森をみつ野のからすとふ声　怡
95 ほと遠きすさきに鷺のあさりして　綱
96 あき更わたり川風そ吹　祇
97 あくるとも月なかなかれそ浪の上　況
98 尾花にかゝる露も散りけり　中
99 朝露のまかきの葛葉いろつきて　敬
100 庭のまさこは幾重なるらん　助

心敬十六　大況　八
実中　十　（朱）摂州慶瑞庵 新ツクハ作者　宗祇十二
行助十三　宗怡　七
元甁　九《甁カ（朱）》　公範　一
専順十六
幸綱　八

【備考】

各句に番号を付し、番号の上に折とその表裏も示した。朱書の文字には（朱）と記している。

【寛正六年正月十六日何人百韻】

大阪天満宮文庫には、寛正六年（一四六五）正月十六日に張行された賦何人百韻の伝本が二本蔵されている。心敬を宗匠に、専順、行助、宗祇という著名な連歌師たちが一堂に会した、充実した華やかな作風の百韻である。金子金治郎氏によって、前年三月に張行されたと推定されている熊野千句(1)は、前管領細川勝元の被官安富民部丞盛長の興行であり、心敬を宗匠とした、連歌史上きわめて重要な催しであったが、その熊野千句に参加した専順、行助、宗祇が、再び同じ心敬を宗匠としてこの百韻に参加し、句作を競いあっている。また、翌文正元年（一四六六）には、応仁の乱前夜の騒乱の京都を宗祇が離れ、さらに翌応仁元年（一四六七）には心敬も東国に逃れ、都での盛んな連歌張行は戦乱により衰える。それゆえ、この百韻は、応仁の乱によって都の連歌が壊滅的な打撃を受ける直前の状況を把握するに適した催しの一つであった。

加えて、応仁の乱以前に、四人の連歌師が一堂に会した百韻連歌の中では、四人がそれぞれ十七句（専順）、十六句（心敬）、十四句（行助）、十一句（宗祇）と数多く出句している百韻(2)で、そのため彼らの連続した出句も多い。それによって、連歌師たちの付合に対する意識がよくうかがえ、宗祇の質問に心敬が答えた『所々返答』第三状の題材にもなった付合も含まれる百韻である。

このような百韻の文学的な価値を高く評価し、訳注を以下に示す。

【注】

（1）金子金治郎『心敬の生活と作品』（昭和五七・桜楓社）

（2）長松本の出句数に従う。

【凡例】

一、底本は、大阪天満宮蔵『寛正六年正月十六日賦何人百韻』（長松本）である。対校本は、大阪天満宮蔵延宗本と、江藤保定著『宗祇の研究』（昭和四一・風間書房）所収野坂元定本（野坂本）である。なお、野坂本原本の閲覧がむずかしい状況であり、野坂本の校異は厳密にはなし得ず、参考にあげる際にはその旨を含んであげている。

一、注釈本文は、読解の便をはかるため、底本を歴史的仮名遣い表記にあらためて清濁を付した。原文は百韻の翻刻に示してあり、適宜参照されたい。原文の表記の誤りと考えられる箇所は改め、あて字、異体字、送り仮名は標準的な表記に直して示した。漢字表記が自然である語句に関しては、全体の統一を考えて漢字に直し、難読語句には、校注者が括弧書きで振り仮名を付し、踊り字はすべて開いている。校注者による改訂部分のうち、特記すべきものは、注釈内に付記した。

一、各句には、百韻全体の通し番号を句頭に示し、参考として、各懐紙内でのその句の所在を懐紙の順、表と裏の別、表裏ごとの句の番号で表し、前句を添えた。

一、【語釈】にあげる和歌、連歌例は、後述引用文献による。百韻の読解に有効な際には、先例のみならず後代の作品も例示する場合がある。私に清濁を付し、片仮名など読解に不便な文字は必要に応じ平仮名に改めた。

一、各句には、【式目】【作者】【語釈】【現代語訳】の説明項目を設けると共に、一句一連の連歌の中で句がどのように作用するか、及び独立した一句ではどんな意味を持つかに配慮し【現代語訳】の他に【付合】【一句立】の項目を設けた。さらに必要な場合には、【考察】【補説】【他出文献】の項目も設けた。

※『寛正六年正月十六日何人百韻』の調査にあたり貴重な典籍の閲覧を御許可くださり、また本書への翻刻・写真掲載を御許可くださった大阪天満宮文庫に厚く御礼を申し上げる。

ii 寛正六年正月十六日何人百韻 訳注

（初折 表 一）

一 **梅送る風は匂ひのあるじかな** **心敬**

【校異】 心敬—心教（野坂本）

【式目】 春（梅） 吹物（風）「月をあるじ 花をあるじ 已上非人倫也」梅只一、紅梅一、冬木一、青梅一、紅葉一（植物・一座五句物） 賦物「送り人」（野坂本賦物集）

【作者】 心敬。応永十三年（一四〇六）〜文明七年（一四七五）。寛正六年（一四六五）には六十歳。宗匠として十六句出詠。

【語釈】 ○**梅送る**—梅がその香を送る。「梅が香もさかひはるかに成りやせん覚むる夢路を送る春風」（下葉集（堯恵）・春・二〇・夜梅）。「ふかぬまぞ袖にもとまる梅が枝の匂や風のあと送るらん」（草根集・梅薫風・六一九七・宝徳二年一月晦日詠）。○**あるじ**—土地や物を持っている人。主人。目を配る人。『拾遺集』の菅原道真歌「東風吹かば匂ひおこせよ梅の花あるじなしとて春を忘るな」から、「梅とアラバ、主」（連珠合璧集）と寄合になっており、「梅」と「あるじ」は関係が深い言葉であるが、ここは、原因といった意味の「あるじ」。

【現代語訳】 梅の花が送る馥郁たる香りを身にしめた春風こそは、梅から匂いを持ち去って、匂いを運ぶ主人となっていることよ。

【他出文献】『芝草句内発句』（本能寺本）に入る。

【考察】例えば、「梅が枝の月を匂ひのあるじにてかすむ色とふ花の春風」（草根集・梅風・長禄元年一月二十三日詠（恩徳院にての歌合））では、梅の枝は、月の光によってさらに匂いたち、馥郁たる香を放っており、その花から霞む月までも訪れて、馥郁たる花の香を持ち運ぶ春風を詠んでいる。「花の春風」は、桜を題材とした歌では、別れて行く、離れて行く花びらを持つ、すなわち花びらを持ち去る春風として使われており、正徹のこの歌では、匂いを持ち去る春風となる。

従来、宿の梅の香りは風を「しるべ」に知るものであり、それによって宿を訪ね、宿のあるじ（人または不在の場合は梅）に会いにいくという発想の歌が多い。「たれかきてあはれとも見むこの宿のあるじに似たる花の老い木を」（公賢集・七四〇）のごとく、咲き誇る梅こそは、宿を輝かせ、訪れたい気持ちにさせる「あるじ」と考えるのである。だが、ここは、梅から宿のあるじを詠みこむのではなく、梅の香りを運ぶ風に「あるじ」を用いたことが珍しい。梅の匂いを身にまとった訪問者である風こそは、梅のイメージをわきたたせる匂いという客を招じ入れた主なのである。心敬は正徹の「梅風」歌のものの見方、捉え方に影響を受けつつ、それをずらしてあらたなシチュエーションを創造した。

発句としては、梅の薫る屋敷に招かれた喜びを込める。梅が送る薫風があたりに満ち、高雅なたたずまいのこの邸に、客として招かれた喜びを述べた。

なお、「梅送る」は以上のように「梅の花の香りを送る」と解したが、このように「梅」だけで梅の花の香りを表すのは他に例を見ないし、「梅」という語が「を」などの助詞を伴っていないので、梅を主語として「梅が送る」と解する余地があることを付記しておく。

（初折　表　二）　梅送る風は匂ひのあるじかな

二　やどりなれくる鶯の声　　実中

【校異】やとり―屋とに（野坂本）

【式目】春（鶯）鶯（一座一句物）やどり（「宿只一、旅一、やどり此外にあり。鳥のやどり・露のやどりなどの間に又有べし。」（一座二句物・肖柏追加））

【作者】実中。この百韻の主催者。摂津国高槻の臨済宗景瑞庵の住侍。他に一座した百韻に、本書訳注iii「撫子の」百韻がある。「撫子の」百韻は細川勝元が発句を詠んだ連歌であり、実中は細川家と関係が深かったのであろう。『新撰菟玖波集』に二句入集しているが、いずれも詠み人しらずの扱いである。

【語釈】○**やどりなれくる**―家にしきりに来る。名詞の「やどり」は、旅先などの一時的な滞在先。野坂本の「宿」ならば、家屋、自宅を示す。「やどり馴る」という形の動詞が使われた例は、遅く「忘れきややどり馴れにし園の梅花も咲きけり谷の鶯」（雪玉集・待鶯・九九）が見える。ここは名詞「やどり」に「なれくる」と動詞を重ねたと考えておく。○**なれくる**―親しげによってくる。歌では鹿に使うことが多い。「ほかもたづねし梅匂ふかげ／鶯のなれくる朝戸静かにて」（出陣千句第一百韻・二／三）。

【付合】発句の「梅」に「鶯」をつけ、「あるじ」から縁のある言葉として「やどり」を詠みだした。「鶯トアラバ、梅」（連珠合璧集）。

【一句立】家に親しげにやってきて鳴くうぐいすの声がきこえる。

【現代語訳】（前句　梅の花の送る、馥郁たる香りを身にしめた春風こそは、あたかも香りを招じ入れた主人のようになっていることよ。）　その主の家に毎年訪れて馴れ親しんで鳴く鶯の声よ。

【考察】「馴れくる」に関して、和歌の用例を見ると、本来は人里離れた場所に生息し、よってこないはずの鹿や鳥が、こちらが山里にあることなどで、例外的にそばにくる場合を詠む。「霧深き山のすみかは軒近くなれくる鳥の声ぞ聞こゆる」（林葉集・秋・五四一・閑居霧深）。連歌で、鴬や鳥に用いた「なれくる」が出てくるのは、一般に永正頃以降。実中の句は早い例となる。春の遅い谷から鴬が出てくる点からみて、この頃には只の野鳥ではなく、特別な鳥である鴬に「なれくる」を用いても、不自然でないと判断されたか。

句の仕立ては、平凡で発句の手の込んだ表現を全く受けていない。この連歌の主催者であるから脇で客の発句を受けなければならないのは当然だが、その意味では無難な仕立てというべきか。脇の「宿」は明らかに実中の坊であるが、心敬の発句の力で、その宿は春風そのものに見立てられている。これは脇の作者の予想しなかったところであろう。

（初折　表　三）　やどりなれくる鴬の声

三　春の野を朝な朝なに分け出でて　　行助

【式目】 春（春の野）　野与野（可隔五句物）

【作者】 行助。応永十二年（一四〇五）～応仁三年（一四六九）。山名氏の家臣であり、出家後は延暦寺東塔の惣持坊に住み、法印権大僧都に至った。連歌七賢の一人。寛正年間に多く心敬と同座している。

【語釈】 ○**朝な朝な**―毎朝。「鴬トアラバ、あさな〳〵」（連珠合璧集）。「野辺ちかくいへゐしせれば鴬の鳴くなる声は朝な朝な聞く」（古今集・春上・一六・詠み人しらず）。○**分け出でて**―鴬が、かきわけるように現れ出て。「鴬は雪の古巣を分け出でてかすむ宮この春に鳴くなり」（伏見院御集・鴬・四八）。

【付合】「鴬」に「朝な朝な」を付けた。『古今集』一六番歌による付合。前句の「やどり」が里を離れた野にあることがわかる。一句としては毎朝毎朝春の野に出て行く、というだけで、目的は語られていない。普通には、春を求めてとなるだろう。

【一句立】春の野を毎朝毎朝分けて出てきて。

【現代語訳】（前句　家に親しげにきて鳴くうぐいすの声がきこえる。）その声は、春になって朝ごとに野を分けて出てきて、私の家の訪れる鴬の声なのだ。

（初折　表　四）春の野を朝な朝なに分け出でて

四　踏む跡しるき雪のむら消え　元軄

【校異】元軄―元説（野坂本）

【式目】春（雪のむら消え）　雪三用之、此外春雪一似物の雪別段の事也（一座四句物）

【作者】元軄　未詳。

【語釈】○**踏む跡**―踏んだ足跡。雪の上を歩いた足跡。「道のべや打ちはらふ袖も踏む跡もゆくゆくやがてうづむ雪かな」（雪玉集・三四一〇・行路雪）。○**雪のむら消え**―雪がまだらに消え残っていること。「うすくこき野辺のみどりの若草に跡までみゆる雪のむら消え」（新古今集・春上・七六・宮内卿）。

【付合】「分け出て」を人が足で踏みしめて出るととらえ、雪解けの柔らかい野原のさまを付けた。

【一句立】踏んだ足跡がはっきり残る、雪がまだらに溶けた雪解けの原。

【現代語訳】（前句　春の野を毎朝毎朝春を求めて歩み出て行く人、その人の）足跡もくっきりと残る、まだらに雪が消え残っている野の様よ。

（初折　表　五）踏む跡しるき雪のむら消え

五　谷の戸の霞もとぢぬ月の夜に　　専順

【式目】 春（霞）夜分（月の夜）春月只一、有明一（一座二句物）月与月（可隔七句物）霞におぼろ（可嫌打越物）霞 霧 雲 煙如此聳物（可隔三句物）谷（山類・体）戸（居所・体）

【作者】 専順。応永十八年（一四一一）～文明八年（一四七六）。六角堂柳本坊の法眼。『新撰菟玖波集』には心敬、宗砌についで百八句入集している。当時の連歌壇の第一人者であり、和歌においては正徹と交流があり、堯孝の教えも受けていた。

【語釈】 ○**谷の戸**―谷の出入り口。「谷の戸をとぢやはてつる鶯のまつに音せで春もすぎぬる」（拾遺集・雑春・一〇六四・藤原道長）。○**霞もとぢぬ**―霞はまだ立っていない。戸との縁で「閉じぬ」とした。「春わかみ霞もとぢぬ柴の戸は松のあらしや猶はらふらむ」（雅世集・戸外春風・六八）。

【付合】 前の句の情景を、雪が溶けはじめた山奥の夜の光景とし、まだ霞の出ていない空の月に照らされて見えるとした。雪が終わり、霞がまだ始まらないその合間に、谷は春に向かい、暖かさを増した空には、月がくっきりと浮かぶのである。春の句が五句続き、ここで春を終えねばならない。句の情景の転換をせまられる場所であり、次の句の作者が付けやすいように、語義豊かな句作をしており、専順の工夫が見られる。

【一句立】 谷の出入り口に、まだ霞もたちこめていない月の夜には。

【現代語訳】（前句　踏んだ足跡もはっきりわかる、まだらな雪の消え残りが見えることだよ、）谷の出入り口に、まだ霞もたちこめていない月の夜には。

（初折　表　六）　谷の戸の霞もとぢぬ月の夜に

六　明け行く方を通ふ山人　　幸綱

【式目】　雑　人倫（山人）　人倫与人倫（可嫌打越物）

【作者】　幸綱。『熊野千句』、『寛正四年三月二十七日何船百韻』作者。細川氏被官か。

【語釈】　○**明け行く**—夜が次第に明けていく。○**通ふ**—ここでは山人が働きに出るために通っていく。「おのづからつま木にかよふ山人の声のみなるる谷陰の庵」（等持院殿百首・八九）。○**山人**—山に住む人。「山人トアラバ、山にすむ人をいふ」（連珠合璧集）。「朝夕に通ふ山人みちたえて峰のときは木雪おもるなり」（宝治百首・積雪・二一六一・道助）。

【一句立】　夜が明けて行く方角を見れば、歩いて行く山の住人がいる。

【現代語訳】　（前句　谷の出入り口に、まだ霞もたちこめていない月の夜のうちに）夜が明けて行く、明るくなっている方を見れば、もうそちらへ歩いて行く山の住人がいることよ。

（初折　表　七）　明け行く方を通ふ山人

七　木の本に隠るる道は幽にて　　大況

【校異】　大況—士阮（野坂本）

【式目】 雑 木に草（可隔三句物） 木与木（可隔五句物）

【作者】 大況 未詳。野坂本の作者士阮は、寛正五年新黒谷花下の百韻など、寛正年間に心敬らと同座した連歌師。

【語釈】 ○**木の本に**―木の根元に。「木のもとにかよひし道は跡もなし花橘の雪の夜の夢」（草根集・夜廬橋・六〇八一・宝徳元年十一月二十九日詠）。「木の本の寺井にたまる落葉哉」（落葉百韻・発句・一条兼良）。○**幽にて**―見えない程で。「あらましは我だに知らぬ末ながら／道かすかなる山のかくれ家」（紫野千句第七百韻・一五／一六・定阿／有長）。「つまきこるてふ道かすかなり／山がつのほかは見えこぬ花咲きて」（壁草（書陵部本）八九／九〇）。

【付合】 明け方でも、木暗いあたりはまだよく見えない。山人の通う山道を、木の下に隠れているあたりは、たどれないほど見えにくい道だとした。山人の気持ちになった付句。

【一句立】 木の下に隠れている道はかすかにしか見えないくらいで。

【現代語訳】（前句 夜が明けていく方角を目指して、歩いて行く山人がいる。）木の下に隠れている道は暗くてかすかにしか見えないくらいで。

（初折 表 八） 木の本に隠るる道は幽にて

八 苔むす橋におほふ松が枝　　宗祇

【式目】 雑 橋只一 御階一 梯一 名所一 浮橋一（一座五句物） 松与松（七句可隔物） 植物（松が枝） 橋（水辺・体用之外（連珠合璧集））

【作者】 宗祇。応永二十八年（一四二一）～文亀二年（一五〇二）。年少のうちに上京、相国寺での禅僧生活の後、宝徳二年（一四五〇）、三十歳頃より連歌の道に入った。寛正六年には四十五歳。宗砌に師事した後、寛正年間に入ると専順に師事し、専門連歌師として京洛の連歌会に出詠しはじめ、この百韻には専順の弟子の連歌師として出詠している。専順没後には心敬に師事、この百韻での出句に関しても、文明二年に『所々返答』第三状で心敬に指導を受けた。

【語釈】 **○苔むす橋**―苔が生えている古びた橋。「槙の板も苔むすばかり成りにけりいく世へぬらむせたの長橋」（新古今集・雑中・一六五六・大江匡房）。「山人の跡みゆるまで谷川の苔むす橋に花ぞちりしく」（草庵集・橋辺花・一一六二）。**○松が枝**―松の枝。「たまきはる命は知らず松が枝を結ぶ心は長くとぞ思ふ」（万葉集・巻六・一〇四三・大伴家持、続古今集・雑下・一七五四にも採録）。「松が枝をおつるも苔のみだればし風のみわたるそはの谷川」（草根集・谷橋・六六〇七・宝徳二年十月二十六日詠）。

【付合】 道がみえにくいとする前句の説明をなした句。道が実は橋の上だったという謎解きの付け方。「松が枝」は前句の「木」の種類を説明し、句境を転じている。雑の三句目であり、次から句境を変えるために素材を多く入れた。

【一句立】 苔の生えた古びた橋の上におおうように広がる松の枝。

【現代語訳】 （前句　木の下に隠れている道は暗くてかすかにしか見えない。）実はここは苔の生えた古びた橋の上で、橋の上には、おおうように広がりかぶさる松の枝があるのだ。

【考察】 『所々返答』第三状に、七・八句と類似の付合についての心敬の注意がある。類句ではあるが、続いて当該百韻の四四、四五の付合についての指摘がなされることからみて、心敬の心覚えによる句の記述であって、実際はこの付合に関しての注意ではないかと考えられる。心敬が挙げるのは「山ふかみ木の下みちはかすかにて

／松がえおほふ苔のふるはし」という付合であり、宗祇の付句に関して、松が枝や苔を捨て、ただ橋のみで付けることで、山深い木の下路は物寂しく表現できると指導している。次に心敬の自身の句「篠かしげ橋に霜ふる山ぢ哉」を例に、水辺の事物を入れずに寂寞たる山路のさまを詠んだと誇っており、心敬としては「橋」を入れたのみでも、次からの句境の展開も可能とする感情《かんせい》あふれる作句を求めていたのであった。（↓四五【考察】）

（初折　裏　一）　苔むす橋におほふ松が枝

九　岸高く涼しき水のふかみどり　　宗怡

【式目】 夏（涼しき）　水（水辺・用）　岸只一　彼岸一　名所一（一座三句物）　涼に冷（可嫌打越物）

【作者】 宗怡。伝未詳。『熊野千句』『北畠家連歌合』などの作者であり、寛正から文明にかけての百韻連歌にその名が見られる連歌師。

【語釈】 〇**岸高く**—川岸は高く。岸は崖とほぼ同義。「岸たかく谷の岩ねをくぐる水末は落ちあふ春の川なみ」（基佐集・二八七）。〇**ふかみどり**—濃い緑色。ここは「深し」を掛ける。「深緑色もかはらぬ松が枝は藤こそ春のしるしなりけれ」（続拾遺集・春下・一四一・後嵯峨院）。「水の色も深緑なる松が崎のどけき陰に千世は経ぬべし」（大嘗会悠紀主基和歌・二六五）。「ふかみどり、中比は五月の季なり。今は雑也。」（梵灯庵袖下集）。

【付合】 「松が枝」に「ふかみどり」を付けた。高い橋からの眺望。松の緑は「常盤なる色ながら、春は緑の色一入まさり、夏はしげる梢に枝をまじへ、秋は下紅葉ことに見所あり。冬はつゐに紅葉ぬおのがみさほゝあらはす。雪の比にもなりぬれば、又たぐひすくなき木立也。」（連珠合璧集）という。八句目から十句目にかけては、橋の上にさしかかる松の枝の緑が、水に映り、また水そのものの色としても受け取られて行く付合の流れであろう。ただ、苔、松、深緑と同色が輻輳するのはいかがか。「関の梢や見えわたるらん／夏を我色に清水の深緑／さ波ながるゝ夕風ぞ吹」（文安月千句第十百韻・八／九／十・正信／宗砌／直清）。

【一句立】 川岸は高くそそりたち、深い水が涼しげに深緑色をして流れている。

【現代語訳】 （前句　苔の生えた古びた橋にはおおように広がる松の枝がのび）、高い川岸の下には、松が映じた深い水が涼しげに深緑色をして流れている。

（初折　裏　二）　岸高く涼しき水のふかみどり

一〇　夕べの風に舟ぞよりくる　公範

【式目】 雑　風（吹物）　舟（水辺・体用之外（新式今案））　夕べ（一座二句物）　夕に春秋の暮（可嫌打越物）夕べ（時分）

【作者】 公範　未詳。

【語釈】 ○夕べ―「ゆふべトアラバ、舟とむる」（連珠合璧集）。○舟ぞよりくる―舟がよってくる。「見ればこずゑに舟ぞよりくる／五月雨のふる河柳水こえて」（老葉（吉川本）・二八〇／二八一・宗祇）。

【付合】 一句としては海の情景とも解せるが、付合では山間の渓谷の趣である。

【一句立】 夕暮れ時の風に舟が近づいてくる。

【現代語訳】 （前句　崖は高く、水は涼しげな深緑色である。）夕暮れになって吹く風で、岸に舟が近づいてくる。

（初折　裏　三）夕べの風に舟ぞよりくる

一一　薄霧ののぼれば旅の袖見えて　心敬

【校異】は―ハ《る》（延宗本）

【式目】秋（薄霧）羇旅（旅）薄霧（聳物・可隔三句物）袖与袖（可隔五句物）袖（衣類）

【作者】心敬

【語釈】○**薄霧ののぼれば**―薄霧がたちのぼると。「立ちのぼる瀬瀬の川霧跡みえて浪にやどれる月のさやけさ」（嘉元百首・霧・一四六・後宇多院）。○**旅の袖**―旅人の衣服、また、旅人をさす。和歌にはまず見られないが、連歌には詠まれ、特に心敬に冬連歌でよく使用される語句。「舟に波ちる住の江の水／旅の袖いかがしき津の雪の暮」（小鴨千句第五百韻・二八／二九・日晟／心敬）。「秋たち冬にうつるかなしさ／霜ぞ置露に別し旅の袖」（河越千句第六百韻・三二／三三・長敏／心敬）。「こほるばかりの水ぞすみぬる／打ちしをれ朝川わたる旅の袖」（応仁元年夏心敬独吟山何百韻・十／十一）。

【付合】前句の夕べを秋の夕暮れ時ととり、霧を付けた。「村雨の露もまだひぬ槙の葉に霧立ちのぼる秋の夕暮」（新古今集・秋下・四九一・寂蓮法師）。船旅の様子とする。

【一句立】薄霧が立ち上り、下の方から晴れていくと、そこには旅人の姿が見えてきて。

【現代語訳】（前句　夕暮れ時の風の中、舟が岸に近づいてくる。）川面の薄霧が上流にのぼって、下流の方から晴れていくと、舟に乗った旅人の姿が見えてきて。

（初折　裏　四）薄霧ののぼれば旅の袖見えて

一二　**行く人つづく秋の山陰**　　　**行助**

【式目】秋（秋の山陰）　人（人倫）　人倫与人倫（可嫌打越物）

【作者】行助

【語釈】○**秋の山陰**―秋の気配を見せている山の陰のあたり。「朝な朝な木葉うつろひ鳴く鹿のことわりしるき秋の山陰」（拾遺愚草・秋鹿・二三四六）。「くれてさびしき秋の山陰／晴やらぬ雲をはなれよ峰の月」（表佐千句第三百韻・七四／七五・承世／続家）。

【付合】前句で薄霧がのぼって行くのに旅人が続いて行くと付けた。五・六句と、情景が近い。

【一句立】行く人の姿がとぎれず続いて行く、いかにも秋になった山の陰あたり。

【現代語訳】（前句　薄霧が山をのぼって行くと、霧が晴れたあたりに旅人の姿が見えて。）霧に続いて、行く人がのぼって行く、秋の気配のする山の陰あたりの様子よ。

（初折　裏　五）行く人つづく秋の山陰

一三　**もる声の鳥羽田にしげき夜半の月**　**実中**

【校異】しげき―しるき（延宗本）　中―玄（野坂本）

【式目】秋（月）　夜半（夜分）　月（光物）　月与月（可隔七句物）　田与田（可隔七句物）

【作者】実中

【語釈】○**もる**―番をする（「守る」）。秋の田を仮庵をつくって見張る。「かりほさす山田の原にもる声のまどほになるは月や見るらん」（朝棟亭歌会・八五・良恵）。「さをしかの秋の草ふし夜かれしてもる声たかき野田の仮庵」（草根集巻五・田辺鹿・三六一五）。「もる声」とはどのような声か、明らかではないが、田の番人が鹿や猪などを追い払う声であり、「田守のもの追ひたる声、いふかひなく情けなげにうち呼ばひたり」（蜻蛉日記）と、都人には無風流で興ざめなものと感じられていた。伝統的な和歌の世界の語句ではない。『落葉百韻』第九〇句に「田をもる声」とあり、注で考察した。○**鳥羽田**―山城国の歌枕。鳥羽あたりの田。「秋の夜は都の南月ぞすむ鳥羽田の面の雲井遥かに」（最勝四天王院障子和歌・鳥羽山城・二四五・藤原有家）。「雁の行く南の空もなつかしく／鳥羽田の月に落つる秋風」（新撰菟玖波集・秋下・八五三／八五四・藤原政行）。○**夜半の月**―夜ふけの月。

【付合】　前句の山陰から鳥羽の田に情景を広げ、時刻も夜ふけとした。鳥羽田の近景に対し、遠景の山陰には旅人の列が見えるとしたのは、夜半の風景として多少無理があるか。

【一句立】　田を守る声が田の面にしきりに聞こえる、そんな鳥羽の田を夜更けの月が照らしている。

【現代語訳】　（前句　行く人の姿が続く秋の山の陰のあたり。）田を守る声が、しきりに田面に聞こえて来て、そんな鳥羽の田を夜更けの月が照らしている。

（初折　裏　六）　もる声の鳥羽田にしげき夜半の月

一四　落つるが上の鴈の一つら　　専順

【式目】　秋（鴈）　鴈春一秋一（一座二句物）　二四句に「雁金」が詠まれている。

【作者】　専順

【語釈】　○**落つる**―雁自身にも、雁の声にも、また月にも使われる語句。「大江山かたぶく月の影さえて鳥羽田の面に落つる雁金」（仙洞句題五十首・月前聞雁・一七〇・慈円、新古今集五〇三にも入る）。「霜冴ゆるかり田の面に月落ちて声すみのぼるかりの一つら」（師兼千首・霜夜残雁・五四五）。○鴈の一つら―雁の一列。勅撰集では『風雅集』に非常に多く詠まれる京極派愛好の句。

【付合】月が沈みかける夜半に、田の上を雁の一群が飛んで行く景とした。【語釈】に出した慈円歌による付合。

【一句立】下りてくる雁のその上には、また雁の一列が飛んでいる。

【現代語訳】（前句　田を見張る声が鳥羽の田にはしきりと聞こえ、夜更けの月が空にかかる。）その夜更けの月が傾き沈んで行く、その上のあたりの空を雁の一列が飛んで行くことよ。

【考察】この句には、前句と「月落つる」という形でつながり、月が傾き落ちて行く上を、雁が飛んで行くという歌一首の形になるという専順の意図がある。なお、宗祇は専順に関して「歌の言葉を以て連歌を付くること、専順などの句に多く候」（長六文）と評しており、専順の句風として和歌を意識している点をあげている。

（初折　裏　七）落つるが上の鴈の一つら

一五　空にふる露は泪の色ならで　元鯫

【校異】鯫―説（野坂本）

【式目】秋（露）露（降物・可隔三句物）涙与涙（可隔七句物）空空だのめなど云ては此外也（一座四句物）

【作者】元鯫

【語釈】○空にふる―空より降り落ちてきてむすぶ。「むなし夜をうらむる空にふる露の月の涙となすぞなぐさむ」（草根集・寄月恋・八六三九・享徳三年七月廿三日詠）。○泪―露を雁の涙と見立てることから「泪」と表現した。「なきわたる雁の涙やおちつらむ物思ふ宿の萩の上の露」（古今集・秋上・よみ人しらず・二二一）。○**泪の色**―紅色。「くれなゐに涙の色もなりにけりかはるは人の心のみかは」（詞花集・恋上・二二〇・源雅光）。

【付合】「鴈」に「泪」を付けた。「鴈トアラバ、涙」（連珠合璧集）。また、「涙トアラバ、露」（連珠合璧集）。

【一句立】 空から降りおりてくる露は泪の色ではなくて。

【現代語訳】（前句 落ちてくるその上には、雁の一列が飛んでいるけれど、）空から降りおりてくる露は泪の色ではなくて。

（初折 裏 八） 空にふる露は泪の色ならで

一六 もの思ふ身のたぐひ知らばや　幸綱

【式目】 恋（もの思ふ） 身（人倫） 人倫与人倫（可嫌打越物）

【作者】 幸綱

【語釈】 ○**たぐひ**―同類。仲間。匹敵するものを言う。「消えかへり物思ふ身のたぐひぞとうきてやまよふむら雲の空」（永享百首・恋・七一六・三條公保）。

【付合】「泪」に「もの思ふ」と続け、恋の句境に転換した。

【一句立】 物思いに沈む私と同じ思いの仲間があったら知りたいものだ。

【現代語訳】（前句 空から降りおりてくる露は雁の泪の紅色ではなくて。）恋にこがれて血の涙を流しているのは私だけのようだ。恋の物思いをしているこの身と同じように、つらい物思いをしている仲間を知りたいものだ。

（初折　裏　九）　もの思ふ身のたぐひ知らばや

一七　とはれずは誰に恨みを語らまし　宗怡

【式目】 恋（とはれず・恨み）　誰（人倫）　うらみ　うらむ如此云かへて二句、他准之（一座二句物）　人倫与人倫（可嫌打越物）

【作者】 宗怡

【語釈】 **○恨み**―身の歎き。訪れてもらえない悲しみをいう。**○語らまし**―語ろうかしら。「つらしとも今朝はたれにかかたらまし見し夜の夢のうつつならずは」（新続古今集・恋四・後朝恋・一三三一・西園寺実氏）。

【付合】 前句の理由を付けた句。

【一句立】 もしも訪ねてもらえないならば、いったい誰にこの身の歎きを語ることができるのだろう。

【現代語訳】 （前句　この身と同じように、つらい物思いをしている仲間を知りたいものだ。）もしも訪ねてもらえないなら、いったい誰にこの身の歎きを語ろうかなあ。（同じようにつらい思いをしている仲間にわかってもらうしかないだろう。）

（初折　裏　一〇）　とはれずは誰に恨みを語らまし

一八　しのぶにも名はもるる世の中　大況

【校異】 況―阮（野坂本）

【式目】 恋（しのぶ）　世只一　浮世ゝ中の間に一恋世一　前世後世などに一（一座五句物）

【作者】大況

【語釈】○**しのぶ**―感情を押し殺して面に出さないこと。○**名**―噂。評判。○**世の中**―二人の間柄。

【付合】前句のつぶやきを説明する。

【一句立】密かにあの人を思っているのに、あの人に私が恋をしているという評判が立ってしまう私たちの仲であることよ。

【現代語訳】（前句　訪ねてもらえないなら、誰に恨めしさを語ろうかしら。）誰にも語らず、こっそりとあの人を思っているのに、恋をしているといううわさが洩れて評判が立つあの人との仲よ。

（初折　裏　一一）　しのぶにも名はもるる世の中

一九　住まばただ心の奥の山もがな　宗祇

【式目】雑　山（山類・体）

【作者】宗祇

【語釈】○**住まば**―「世」に続けた表現。現世に住んでいるならば。前句と続けた際には、隠していても、恋をしているという噂がもれる世の中。○**心の奥の山**―心の奥深くに抱く、俗世を離れ住まう山。「花ならでただ柴の戸をさして思ふ心の奥もみよしのの山」（新古今集・雑中・一六一八・慈円）、「世をそむく山はよし野とききながら心の奥にいつしるべせん」（新後拾遺集・雑上・一三二三・津守量夏）など、心中に吉野のような深山に住む境地を持ちたいという意識が詠まれる。さらにまた、前句の「しのぶ」を陸奥国の歌枕「信夫山」に取れば、「恋ひわびぬ心の奥の忍山露も時雨も色にみせじと」（拾遺愚草・忍恋・二二六〇）のように、思いをひた隠すための山となる。「心の奥の山」を忍山とした用例に「白川やしらぬ関路をけふは見て／こゝろのおくの山ぞかなしき」（河越千句第四百韻・四五／四六・心敬／永祥）。

【付合】「しのぶ」から「心の奥」を連想して付けた。「しのぶ山忍びて通ふ道もがな人の心の奥も見るべく」（伊勢物語第一五段）。「世」に「住まば」と続ける。前句と続けては、恋の思いをそぶりに出さないように忍山が欲しいとの意になり、一句では、俗世を離れた境地を望む意となる。「とはれねば世のうき事も聞こえこずいとふかひある山の奥かな」（新後撰集・雑中・一三七一・前僧正実伊）。

【一句立】俗世に住んでいるならば、ただ心の奥に俗世を離れた山里を持ちたいものだ。

【現代語訳】（前句　こっそりとあの人を思っているのに、恋をしているといううわさが洩れて評判が立つ世の中よ。）そんな世の中に住んでいるなら、ただ、恋をしているそぶりが洩れないように、露にも時雨にも色の変らない忍山が心の奥に欲しいものよ。

（初折　裏　一二）　住まばただ心の奥の山もがな

二〇　草の戸荒らす野辺の松風　　心敬

【式目】雑　松風（一座二句物）　戸（居所・体）　初折表、第五句に「谷の戸」がある。『連歌新式追加並新式今案等』では「戸」は一座四句物となり、「樞・関戸・谷戸などの間に折をかゆべし」とされるが、ここではまだ同じ折に存する。

【作者】心敬

【語釈】○草の戸―草で作った粗末な草庵の戸。「明る朝の野辺の露けさ／草の戸は立出るさへ袖濡れて」（竹林抄・雑上・一二六一・行助)。「草の戸は、山居には不似合なり。生得深山には、柴庵、苔の戸などよし。野には草の庵など似合なり。「盧山雨夜草庵中」とあるは卑下の心なり。深山にても、卑下の心にてはよし。心敬説なり。」(兼載雑談)。○**荒らす**―そこなう。いたませる。「うかれきて峯にぞあかす松風も人なき月の宿をあらすな」(草根集・山家月・一七九七・永享四年八月十五日詠)。○**野辺の松風**―野辺の松を吹く風。「野辺」には「松」「松虫」を続ける場合が多く、「野辺の松風」は和歌の用例が非常に少ない。連歌にも例がわずかであり、「野辺」+「松風」は、特に積極的に組み合わされた用語ではなく、心敬のたまたま用いた造語と言ってもよいか。「桜狩かりねの夢もみし花もまぎれて明くる野辺の松風」(心敬集・春夢・三四〇)。

【付合】「山」に「松風」を付けた。野原のあたりにある粗末な庵で、吹いてくる松風に、山奥を思い、静かな隠遁を夢見る。「松風トアラバ、山」(連珠合璧集)。

【一句立】粗末な草庵の戸をいたませる、野辺を吹く松風。

【現代語訳】(前句 俗世に住んでいるならば、ただ心の奥に俗世を離れた山里を持ちたいものだ。)粗末な草庵の戸をいためつけて悪くする、野辺を吹く松風。

【備考】二〇・二一の付合は、『行助句集』(書陵部本)(一六二九・一六三〇)に入る。

(初折 裏 一三) 草の戸荒らす野辺の松風

二一 **故郷は見る人なしに花散りて　行助**

【校異】と―に(野坂本) 野坂本により訂正。(参考『行助句集』(書陵部本)(一六三〇)には「見る人なしと」とある。)

【式目】春（花）　故郷（述懐（懐旧））　故郷只一名所引合一（一座二句物）　人（人倫）　人倫与人倫（可嫌打越物）
「昔トアラバ、古郷」（連珠合璧集）
【作者】行助
【語釈】○故郷―古い都。昔なじみの場所。前句の「松」に「待つ」を掛け、縁づける。○見る人なしに―見る人がいないままに。「山桜春のかたみにたづぬれば見る人なしに花ぞ散りける」（新勅撰集・春下・一一七・権大納言公実）。
【付合】前句の「荒らす」から、故郷を連想して付けた。「古郷トアラバ、庭あれて　軒あれてなど付べし。」（連珠合璧集）。
【一句立】故郷では、咲いても見る人もいないままに花が散っていき。
【現代語訳】（前句　粗末な草庵の戸をいためつけて悪くする、野辺を吹く松風。）かつて訪れてくれたあの人を待つ、松風吹く故郷。その故郷であの人を待っていても、あの人は来ず、見てくれる人もいないままに桜の花は散っていってしまう。

（初折　裏　一四）　故郷は見る人なしに花散りて

二二　**残る日早く暮るる春雨**　　**専順**

【式目】春（春雨）　春雨（一座一句物（新式今案））　日（光物・可隔三句物）　日与日（可隔五句物）　春雨（降物）
【作者】専順

【語釈】○残る日―暮れ残っている日の光。「残る日を尾上にかけて山本の夕かげ草に降る時雨かな」（草根集・夕時雨・二二一五・永享六年十月五日詠・四〇〇八にも重出）。○暮るる春雨―雨足のこまかい春雨が、夕暮れ時にはけむるようにあたりをいっそう暗くする。暮れるともなく暮れていく春雨の夕方の様。「長き日の暮るるしられでさらに猶かすみぞまさる春雨の空」（題林愚抄・夕春雨・七九七・頓阿）のように、春雨が降っていても、春の日は長く暮れがたいことが詠まれる場合もあるが、ここは春雨によってけむるようにいっそう暗くなった夕暮れ時の様子を詠んでいる。「すがのねの長き日影も春雨のふるをたよりに暮るる空かな」（草庵集・春上・夕春雨・七三）。

【付合】前句で花が散るのに、春雨をつけ加え、春雨のうちに日も暮れる、春まっただ中の一日の終わりの情景とした。前句の「花散りて」と付句の「残る」とのつながりが残花のイメージをただよわせるところ、一四句同様、専順の付け方の工夫か。なお、花に春雨を添えた専順の句に「風静なる花の夕映／春雨の名残ほのかに月出て」（竹林抄・春・五七・専順）がある。

【一句立】残っている日ざしも、春雨にけむる中、いつもより早く暮れていく。

【現代語訳】（前句　故郷では、見てくれる人もいないままに花が散って行き。）花が散った後に残る日の光も、雨に煙り薄暗くかげって、いつもより早く暮れていく、春雨の降る春の長い一日。

（二折　表　一）　残る日早く暮るる春雨

二三　**霞みつつ帰るも知らぬ空の雲**　　**大況**

【校異】況―阮（野坂本）

【式目】　春（霞みつつ）　霞（聳物・可隔三句物）　雲（聳物・可隔三句物）　空空だのめなど云ては此外也（一座四句物）

【作者】　大況

【語釈】　○**霞みつつ**―霞んでいるので。「霞みつつ夕入空を立わかれ春より先にかへる雲かな」（草根集・暮春雲・一〇三三八・長禄二年三月二十九日詠）。○**帰るも知らぬ**―帰って行く方角も分らない。夕暮れ時には雲は山の峯に帰っていき、「夕ゐる雲」となるが、霞で方角が分らない様。「鐘の声思いれとはさそはねど聞ゆる山に雲帰るなり」（草根集・暮山鐘・六二〇六・宝徳二年二月十日詠）。「かつらぎや高間のさくらながむれば夕ゐる雲に春雨ぞ降る」（金槐集・遠山桜・五二）。

【付合】　降るか降らないかわからないほどかすかに煙る春雨の降るさまを「霞みつつ」と表現して付けた。「霞みつつ降るとも見えぬ夕暮の袖にしらるる春雨の露」（嘉元百首・春雨・五〇七・鷹司冬平）。一句では、春霞で霞んでいるさまである。

【一句立】　空が霞んで、雲は帰る方向さえ分らない。

【現代語訳】（前句　残っている日ざしも、春雨にけむる中、いつもより早く暮れていく。）その上、霞んだ空では、雲は山に帰って行く方角も分らない。

【備考】　霞、雲のような聳物同士は、互いに可隔三句物であるが、ここは「霞つつ」と「雲」が一句に同時に詠みこまれており、問題がある。

（二折　表　二）　霞みつつ帰るも知らぬ空の雲

二四　のどけき波に消ゆる雁金　　宗怡

【校異】 怡―沖（野坂本）

【式目】 秋（雁金）　波（水辺・用）　雁春一秋一（一座二句物）

【作者】 宗怡

【語釈】 ○**のどけき波**―のどかな波。「秋の空のどけき波に月さえて神風さむし伊勢の浜荻」（後鳥羽院御集・神祇・二七九・建仁元年三月内宮御百首）。○**消ゆる雁金**―消えて行く雁の姿。雁金は雲や波の向うに消えると詠まれることが多い。「水ぐきの跡もとまらず見ゆるかな波と雲とに消ゆる雁金」（式子内親王集・春・二二〇）。

【付合】 付合は「帰る」に「雁金」を付け、春の帰雁の様とした。前句との関係では春の句となるが、一句では秋。

【一句立】 のどかな波の彼方に消えて行く鴈の姿。

【現代語訳】（前句　霞んでいるので、雲は帰る方向さえ分らない。）雲をあてにせず、春ののどかな海の波間に消えて行く帰鴈の姿がある。

（二折　表　三）　のどけき波に消ゆる雁金

二五　浦づたひゆくゆく舟の遠ざかり　　実中

【式目】 雑　浦（水辺・体）　舟（水辺・体用之外（新式今案））

【作者】 実中

【語釈】 ○浦づたひ—舟で海岸に沿っていくこと。「目覚しなるる秋の夜な夜な／舟もよふ暁月の浦伝ひ」（竹林抄・秋・四二六・心敬）。○ゆくゆく—どんどん。滞りなく。次第に。ここは「ゆく」が「（浦づたひ）行く」と掛詞になる。「漕ぎわかれ行く行く船の跡消えて／渡るも悲しあだし世の中」（新撰菟玖波集・雑五・三二七三／三二七四・後花園院）。なお、「浦づたひゆく」「遠ざかり」を持つ和歌としては「さ夜千鳥浦づたひゆく波の上にかたぶく月も遠ざかりつつ」（続後撰集・冬・四九三・九条良平）がある。

【付合】 水辺を二句続けている。波の彼方に消える雁の飛ぶ方角と、浦々を海岸づたいに行く舟の航路の対比となる。「浦ニハ、浪　舟」（宗祇袖下）。

【一句立】 浦づたいにどんどん進んで行く舟が遠ざかって行って。

【現代語訳】 （前句　のどかな波の彼方に消えて行く鳫の姿。）浦づたいに海岸線を進んで行く舟が次第に遠ざかっていって。

【考察】 『源氏物語』明石巻で、須磨から明石に移った光源氏が紫上に書き送った和歌に「はるかにも思ひやるかな知らざりし浦よりをちに浦づたひして」とあり、二五句には『源氏物語』の面影がある。また『光源氏一部連歌寄合』に「これも此まきにげんじすまよりあかしへうらづたひし給へばあかしのまきといふべし」とあり、「浦づたひ」は明らかに源氏詞である。

（二折　表　四）　浦づたひゆくゆく舟の遠ざかり

二六　橋にまぢかき勢多の中道　　専順

【校異】 はしの―はしに（野坂本）　野坂本により訂正。

【式目】 雑　勢多（名所）　橋只一　御階一　梯一　名所一　浮橋一（一座五句物）　橋（水辺・体用之外（連珠合璧集））

【作者】 専順

【語釈】 ○**勢多**―近江国の歌枕。琵琶湖畔、勢田川の右岸にある。琵琶湖と勢田川の合流点近くには勢田の長橋がかかる。「もち月のこまひきわたす音すなりせたの中道はしもとどろに」（三十六人撰・一三四・平兼盛）。「めぐるや遠きせたの中道／橋板もぬれぬばかりの初時雨」（心敬僧都百句・冬・二二一八／二二一九）。○**中道**―真ん中の道。途中の道。また、恋人同士の間の通路の意味もある。

【付合】 海岸の浦の句から句境を転換し、琵琶湖の湖畔の浦々とした。

【一句立】 勢田の長橋に間近い勢多の中道。

【現代語訳】（前句　浦づたいに次第に船は遠ざかって行って。）勢田の長橋に間近い勢田の中道。

【考察】 長松本は漢字の表記で「中道」と記しているが、「なかみち」「ながみち」いずれも考えられる。「Naca michi ナカミチ（中道）　まん中の道」「Nagamichi　ナガミチ（長道）　長い道」（日葡辞書）。「中道」である場合、和歌では圧倒的に大和国の歌枕である「布留」（現在の奈良県天理市布留附近）と結んで詠まれることが多く、例えば心敬は、恋の意で「中道」を使う場合に、「小篠原かりなる夢の中道も絶てふるのの夜はの秋かぜ」（心敬集・寄夢恋・二五〇）と布留を詠み入れている。だが、「勢多」と「中道」を結んで詠む歌例もわずかながらある。それらの歌例は、望月の駒を主題とした兼盛の和歌が模倣され学ばれているのだが、「長道」「中道」いずれの表記例も持つ。ここは類例は少ないが、「勢多」の「中道」とし、二五句の須磨・明石のイメージから、明石上との仲が始まることを下に響かせたと見る。

(二折　表　五)　橋にまぢかき勢多の中道

二七　逢坂や関をこゆれば夜の明けて　元䨺

【校異】　䨺―説(野坂本)

【式目】　羇旅(関)　逢坂(名所)　関(山類・体)　夜の明けて(時分)

【作者】　元䨺

【語釈】　○**逢坂**―山城国と近江国の国境。逢坂山に関所がおかれた。「逢ふ」と掛ける。「一、相坂の関とすれば山類也。相坂と計は山類を遁(のがる)。」(宗祇袖下)。

【付合】　勢多の中道に、近江の国に入る逢坂の関を付け、勢田の長橋も近い中道を過ぎれば、逢坂の関に近づき、関を越えれば夜も明けて都に近づくとした。二五句からのつながりでは、琵琶湖を舟で東から浦づたいに進んできて、勢田の橋を渡り、逢坂の関をこえるという道筋である。二六、二七句の背後に、二人の仲を示唆する「中道」から、「逢ふ」へという恋の語句のつながりをほのめかしている。「人目のみたえぬなげきの中道やこえん方なき逢坂の関」(雪玉集・寄関恋・七五五一)。「やはせをいづる舟のたび人／乗駒のせたの中道とをくして／日ぞ長きいつか逢ひみん旅の友」(行助句・一三一三／一三一四／一三一五)。(行助句の三句は、滋賀県草津市矢橋から舟で琵琶湖を勢田へ旅する句の流れとなっており、「逢ふ」から「逢坂」を思わせる付合となっている。)

【一句立】　逢坂の関を越えると夜が明けてきて。

【現代語訳】（前句　勢田の長橋が間近い勢田の中道。）逢坂の関を越えると夜が明けてきて。

（二折　表　六）逢坂や関をこゆれば夜の明けて

二八　杉の葉白く落つる月影　　心敬

【式目】秋（月影）影に陰（可嫌打越物）杉（植物）月影（光物）

【作者】心敬

【語釈】○杉の葉白く―月の光に杉の葉が照り返される様。心敬は、月が沈み、月光が消えて、葉が闇に沈む様子も詠む。「送りこし月も都に帰るらん杉の葉くらき逢坂の山」（心敬集・関路惜月・一四〇）。○落つる月影―ふり落ちる月の光。また沈む月影。前句との関係から、「落つる」は低く沈むことも意味する。「明方に夜は成りにけり鳴滝や西の川瀬に落つる月かげ」（為尹千首・滝月・四二一）。「淡路島むかふ汐干にあらはれて／波こすばかり落つる月影」（熊野千句第七百韻・八五／八六・勝元／心敬）。

【付合】前句の「逢坂」に「杉」を付けた。「鶯の鳴けどもいまだ降る雪に杉の葉白き逢坂の山」（新古今集・春上・一八・後鳥羽院）。「杉トアラバ、相坂の関」（連珠合璧集）。前句からは、有明の月の光となる。

【一句立】杉の葉を白く光らせてふりそそぐ月の光が見える。

【現代語訳】（前句　ここ逢坂では、関を越えると、夜が明けてくる。）関のあたりは杉の葉が月光に白く光り、有明の月はもはや沈みかけている。

【考察】杉の葉が白くなるという描写は、後鳥羽院の歌（新古今集・一八）をはじめとして雪や霜、また珍しいところでは散る桜におおわれたさまとして詠まれている。「明わたる横川の雲のたな引て／杉の葉しろき花の山本」（行助句・九九七／九九八）。心敬は、月光が杉の葉にうつろう様に強い関心を抱き、独自に白く照り返す様を詠みいだした。おそらく『徒然草』第一三七段の一節「望月のくまなきを千里のほかまで眺めたるよりも、暁近く成て待ち出でたるが、いと心ふかう、青みたるやうにて、深き山の杉の梢に見えたる、木の間の影、うちしぐれたるむら雲がくれのほど、又なくあはれなり。椎柴、白樫などの、濡れたるやうなる葉の上にきらめきたるこそ、身にしみて、心あらぬ友もがなと、宮こ恋しう覚ゆれ。」を意識していると思われる。心敬は横川、逢坂あたりの山の杉を詠むことが多い。比叡山での修行時代に、深遠な光景に感銘を受けていたものであろうか。

句作の心構え

心敬は『徒然草』を愛読し、『徒然草』の中の教訓を、連歌会でのふるまいの指導に取り入れている。例えば、次のような心敬の教え、「上手の相手になりてする時は、心をわが分よりはひきさげて持つべし。ある碁打のいはく、「上手と打たん時は、勝たむと打つべからず、負けむと打つべからず」といふ。連歌におなじ事也。」（心敬法印庭訓）は、双六を碁と変えてしまっているものの、『徒然草』第一一〇段、「双六の上手と云し人に、その手立を問ひ侍りしかば、「勝たんと打つべからず。負けじと打つべきなり。いづれの手か、とく負けぬべきと案じて、その手を使はずして、一目なりとも遅く負くべき手に就くべし」と言ふ。道を知れる教へ、身を治め、国を保たん道も、又しかなり。」を意識したものであろう。負けまいと念じてなす勝負事同様、よい句を出す連歌上手の相手なら、力まず穏やかに、句をつなぐことを目標にする。心敬のめざす、抑制のきいた一座の姿である。

（二折　表　七）　杉の葉白く落つる月影

二九　**神垣や木綿に秋風冷じく**　　**専順**

【式目】 秋（秋風・冷じく）　神祇（神垣）　秋風只一秋の風一（一座二句物）　涼に冷（可嫌打越物）

【作者】 専順

【語釈】 ○**神垣**―神社の周囲の垣。神社。○**木綿**―楮などの樹皮から繊維をとり、細かく裂いて糸にしたもの。白木綿。幣帛に使用する。○**冷じく**―冷え冷えとした様子。「すさまじは、大方秋のさむきをいへるなり。」（分葉）。「いつのまにかは風かはるらん／結びてし水冷じく秋のきて」（文安月千句第一百韻・五四／五五・玄幸／直清）。

【付合】 「白」に「木綿」を付け白木綿とした。「秋の心、すさまじ」（連珠合璧集）。

【一句立】 神社の神域では、白木綿に吹く秋風が冷え冷えとして。

【現代語訳】（前句　杉の葉を白く光らせてふりそそぐ月の光が見える。）そんな神々しい神社の神域では、白木綿に吹く秋風が冷え冷えとして。

（二折　表　八）　神垣や木綿に秋風冷じく

三〇　**色になびくや野辺の夕霧**　　**行助**

【校異】 は―や（野坂本）、ハ《ャ》（延宗本）　野坂本により訂正。（前句に「神垣や」があるが、語句としては「色になびくや」が自然である。）

【式目】秋（夕霧）　夕霧（聳物・可隔三句物）　夕（時分）
【作者】行助
【語釈】○色になびく―寒々とした暮色をなして流れている様。ここは前句の「秋風」の「冷じく」吹く様子が、霧の広がりをつくり、「色になびく」となる。「山もとの夕けの煙うすくこき色になびくや松の村立」（松下集・薄暮煙・一二四九）。○野辺の夕霧―「うちむれて麓にくだる山人のゆくさきくるる野べの夕霧」（永福門院百番自歌合・一八六）。「白露もあらぬ色にや置迷ふ／むらむらくもる野べの夕霧」（熊野千句第十百韻・六九／七〇・道賢／幸綱）。なお、二〇句に「野辺の松風」があり、「野辺」が重出する。
【付合】「木綿」に「なびく」を付けた。「しらゆふトアラバ、なびく」（連珠合璧集）。前句の秋風により、神域にかかる白木綿もなびき、野辺の白い霧もなびくとした。付句で時刻を夕暮れ時としたことで、白い霧もうす暗さを映し、暮色を見せている。
【一句立】暮色をなしてなびいている野辺の夕霧。
【現代語訳】（前句　神社の神域では、白木綿に吹く秋風が冷え冷えとして。）木綿同様、秋風に寒々とした暮色を見せて白くなびいている野辺の夕霧の様子よ。
（二折　表　九）色になびくや野辺の夕霧
三一　**刈り残す小田の一むら里かけて　宗祇**
【校異】小田―里（野坂本）　里―小田（野坂本）
【式目】秋（刈り残す）　田与田（可隔七句物）　里（居所・体）

【作者】　宗祇

【語釈】　○**刈り残す**―「刈り残す稲葉一むら霜置きて岡辺の道はさをしかの跡」（称名院集・鹿声稀・六一二）。○**小田**―小さな田。○**一むら**―ひとかたまり。ここでは一群の稲。○**里かけて**―里の方にかけて。「きりこむる秋の山べのつま社／さとかけて吹道のつじ風」（小鴨千句第九百韻・六七／六八・忍誓／之基）。

【付合】　前句の野辺の近傍の情景を付けた。付合では、稲穂を刈り残してある部分だけ、霧に透けて色がついているさまとなる。

【一句立】　里にかけて、刈り残した一群の稲が小田に残っている。

【現代語訳】　（前句　残りの稲を透かしてなびいている野辺の霧。）野辺の方から里にかけては、刈り残した一群の稲が小田に残っているので。

（二折　表　一〇）　刈り残す小田の一むら里かけて

三二　**湊を深み波ぞ荒れぬる**　**幸綱**

【式目】　雑　湊（水辺・体）　波（水辺・用）　水辺の体と用を一句の内に用いており、不審。

【作者】　幸綱

【語釈】　○**湊**―河口。河口付近の三角州、低湿地は水田に多く利用されて湊田と呼ばれた。「けふも又浦風あれて湊田につりせぬあまや早苗とるらん」（新拾遺集・夏・二四〇・平宣時）。「塩干の磯屋あらす浪風／行く秋の湊の田づら守り捨てて」（享徳二年宗砌等何路百韻・六二／六三・宗砌／心敬）。

【付合】　付合では、前句の里の情景を、河口近くの湊田の情景と見た。「田トアラバ、湊」（連珠合璧集）。「みるめやよそのもてなやみぐさ／湊田に植ゑをく早苗塩こして」（連歌五百句・五一四／五一五・専順）。

【一句立】河口のあたりの水が深くなって、荒波が立っている。

【現代語訳】（前句　里の方にかけては、刈り残した一群の稲が小田に残っている河口近くの田。）河口のあたりの水位が上がり、天候が悪くなって波が荒れ、刈る事もできなかったままなのだ。

（二折　表　一一）湊を深み波ぞ荒れぬる

三三　**五月雨を満つ汐なれや比良の海　心敬**

【式目】夏（五月雨）　汐（水辺・用）　比良の海（名所）　海（水辺・体）　五月雨只一梅雨一（一座二句物）　塩只一　焼て一　潮一（一座三句物）

【作者】心敬

【語釈】○**満つ汐**—水かさの増した潮。本来琵琶湖には干満はないが、「比良の海」と呼ぶところから、干満のないはずの琵琶湖が、五月雨によってまるで満潮になったよう、という諧謔性を含んだ言い方。「満つ汐の流れひるまもなかりけり浦の湊の五月雨の比」（続拾遺集・五月雨・一八三・藤原為家）。「洲崎をよそに鳥の群立／満汐にあらくなりぬる波の音」（熊野千句第四百韻・四／五・心敬／勝元）。○**比良の海**—比良は近江国の歌枕。今の滋賀県滋賀郡にある、比良山は比叡山の北に連なる山。「比良の海やみなとの春の荒小田に夕浪こえて雁ぞむれゐる」（草根集・湊帰雁・二九一二）。「波荒れにけり比良のうみぎは／風騒ぐみなとに船をひきすてて」（寛正三年正月二十五日何人百韻・七四／七五）。

【付合】波の荒々しさは、比良山から吹きおろす風が吹きつける比良の海だから、湊が深くなっているのは、五月雨の増水のためと付けた。三二句を丁寧に説明し、その意図を明確にして救った、宗匠らしい句。

【一句立】潮の満ち干などない湖のはずなのに、梅雨の雨水をたたえたので、水かさを増しているのであろうか、比良の海は。

【現代語訳】（前句　河口のあたりの水が深くなって、こんなに波が荒れてしまっている。）梅雨の雨水をたたえたので、満潮のように水かさを増しているのであろうか、比良の海は。


（二折　表　一二）五月雨を満つ汐なれや比良の海

三四　柴干しわぶる海人の衣手　　行助

【式目】雑　海人（人倫、水辺・用、『心敬法印庭訓』では体用之外）衣手（衣類）　衣与衣（可隔七句物）　人倫与人倫（可嫌打越物）
【作者】行助
【語釈】○柴干しわぶる―柴をかわかすのに難儀している。柴は、水辺に住む海人にとっても、藻塩を焼いたり、暖を取ったりするために大切なもの。「雲うつる谷は日影やなかるらん／柴干侘る山陰の宿」（初瀬千句第五百韻・七五／七六・宗砌／超心）。○海人の衣手―海人の着物の袖。「比良の海やさざ浪かけてあま人の袖ふきかへす秋の初風」（慕風愚吟集・湖初秋・二三一）。「さぞなさゆらしあまの衣手／寝ぬ人はむべ心ある月の夜に」（親当句集・三九九／四〇〇）。
【付合】五月雨の長雨に、琵琶湖で漁をする海人が柴木を乾かすのに難儀していると付けた。山の情景として詠む柴を湖畔に持ってきた付句。

【一句立】　柴木を干しづらくて困っている海人の衣の袖よ。

【現代語訳】（前句　梅雨の雨水をたたえ、満潮のようになっているのであろうか、比良の海は。）柴木を干しづらくて困っている海人の衣の袖も濡れている。

（二折　表　一三）　柴干しわぶる海人の衣手

三五　わが方や思ひの煙まさるらん　専順

【式目】　恋（思ひ）　煙（聳物・可隔三句物）　思に火可依句躰也（可嫌打越物）

【作者】　専順

【語釈】　○思ひの煙―あの人を思う気持ちを煙にたとえた伝統的表現。「思ひ」に「火」を掛ける。「空に満つ思ひの煙雲ならばながむる人の目にぞ見えまし」（拾遺集・恋五・九七二・少将更衣）。「思トアラバ、煙」（連珠合璧集）。

【付合】　前句の「柴」に「煙」を付け、恋の句に転じた。「柴トアラバ、ほす　煙」（連珠合璧集）。また、濡れた袖から恋の苦しみを含意させた。

【一句立】　私があの人を思う気持ちは火のように燃えさかり、あの人が私を思ってくれる気持ちよりもずっとまさっていることよ。燃え上がった私の気持ちは煙となって目に見えているであろうよ。

【現代語訳】（前句　柴木を干しづらくて困っている海人の衣の袖よ。）　生乾きの柴をくべたので、くすぶって煙が多くあがるように、私のあの人を思う思いの火が、あの人より強く燃えさかって、煙となってひどくあがるように思われることよ。

（二折　表　一四）　わが方や思ひの煙まさるらん

三六　**心ぞうはの空にまよへる**　　　　**元鹹**

【校異】　鹹―説（野坂本）

【式目】　恋（まよへる）　空空だのめなど云ては此外也（一座四句物）

【作者】　元鹹

【語釈】　**○うはの空**―心が落ち着かず、集中できない状態。「うはの空にをしへし杉の梢にも心は見えて秋風ぞ吹く」（心敬集・寄木恋・七九）。

【付合】　「煙」に「空」を付けた。

【一句立】　私の心は、ふらふらと上の空でまよっているようだ。

【現代語訳】　（前句　私があの人を思う気持ちは火のように燃えさかり、あの人が私を思ってくれる気持ちよりもずっとまさっていることよ。燃え上がった私の気持ちは煙となって激しくのぼっている。）そして、私の心は、あてどもなくふらふらと上空でさまよっているようだ。

（二折　裏　一）　心ぞうはの空にまよへる

三七　**花薫る夜半に覚えず起き出でて**　**心敬**

【式目】　春（花）　夜半（夜分）

【作者】　心敬

【語釈】○花薫る―花が匂いやかに美しく咲く。和歌では、明け方のわずかな光の中に見えてくる花の美しさを詠む形をとる。「詠にはたぐひやはあらむ花薫る都の春の曙の空」（菊葉集・都春曙・一一五・後崇光院）。「方敷きかぬる夜半の衣手／花薫る苔の筵に雨落ちて」（竹林抄・一四六・宗砌）。○夜半―夜のうちで、夜中から暁にかけての深夜をいう。○覚えず―意識的でなく。思いもかけず。覚えず起き出だすということは、嗅覚の可能性もあるか。

【付合】前句の心ここにあらずといった様子を、花の艶なる夜更け方、惑い出てしまった境地とした。二折の裏の句となり、句境を一新する、宗匠としての心づかい。

【一句立】花の美しく咲く夜更けに、我知らず花を眺めに起き出して。

【現代語訳】（前句　私の心は、桜の美しさに気を奪われて、ふらふらとさまよっているようだ。）花が美しく咲く夜更けに、我知らず起き出してしまって。

【考察】二折の裏に入り、宗匠としてあらたに句の運びを進展させるために、艶なる春の夜の景を詠み出し、連衆による新しい句境の出句を期待している。

（二折　裏　一）　花薫る夜半に覚えず起き出でて

三八　**なにとか春の夢は見えけむ**　**行助**

【校異】とか《かは》―延宗本

【式目】春（春の夢）　夢与夢（可隔七句物）　夢にうつゝ　寝覚に夢（可嫌打越物）

【作者】行助

【語釈】○**なにとか**―一体どうして。延宗本朱書に依る「なにかは」がより自然な語法ではある。○**春の夢**―春の夜に見る夢。はかなくとらえどころのないものである。「風かよふ寝ざめの袖の花の香に薫るまくらの春の夜の夢」（新古今集・春下・一一二・皇太后宮大夫俊成女）。なお、六一句には「秋の夢」がある。

【付合】「花」に「夢」を付け、おぼろな春の夜の思いを描いた。「夢トアラバ、はかなき　花」（連珠合璧集）。「花の香のかすめる月にあくがれて夢もさだかに見えぬ比かな」（続後拾遺集・春下・一三〇・藤原定家）。

【一句立】一体どうして春の夢は見えていたのであろう。

【現代語訳】（前句　花が美しく咲く夜更けに、我知らず起き出してしまって。）一体どうしておぼろな春の夢は見えたのであろう。

（二折　裏　三）　なにとか春の夢は見えけむ

三九　都人面影霞む別れ路に　　専順

【校異】宮は人《本ノマヽ》―都人（野坂・延宗本）。両本により訂正。

【式目】春（霞む）　恋（面影・別れ路）　面かげにかげ（可嫌打越物）　都人（人倫）　人倫与人倫（可嫌打越物）

【作者】専順

【語釈】○**都人**―都の人。田舎人とは遠く離れた都会に住み、田舎の景物には親しみがなく、めったに田舎を訪ねてこないと形象される。「都人月はへだてぬ面影にならはぬものはさをしかの声」（和歌所影供歌合建仁元年八月・旅月聞鹿・七八・寂蓮）。「山桜咲かばといひし都人／いかにととはぬ日こそ永けれ」（熊野千句第五百韻・三五／三六・元説／専順）。○**面影霞む**―面影がかすんでわからなくなる。「面影のかすめる月ぞやどりける春や昔の袖の涙に」（新古今集・恋二・一一三六・皇太后大夫俊成女）。○**別れ路**―恋人と別れて行く道。また、その別れ。「契をも人はのこさぬ別路に面影ばかり何とまるらむ」（続草庵集・別恋・三六六）。
【付合】「夢」に「面影」を付けた。「面影トアラバ、夢」（連珠合璧集）。付句は、その面影を偲ぶしかなすすべのない、あてにならない都人の恋人を持ってしまった田舎の女性の立場を想定しての句。
【一句立】 都の人の面影も、おぼろに霞み、もうわからなくなった別れ道。
【現代語訳】（前句　一体どうしてはかない春の夢は見ることができたのであろう。）都の人の面影も、おぼろに霞み、もうわからなくなった別れでは、もはや夢も見えるはずはなくなって。

（二折　裏　四）都人面影霞む別れ路に

四〇　朝行く月のかかる遠山　　宗祇

【式目】 秋（月）遠山（山類・体）朝月（一座一句物）朝（時分）
【作者】 宗祇
【語釈】 ○**朝行く**―朝に空を移動する。また、「朝行く」には、明方に出ていってしまう恋人との別れのイメージがある。「ぬばたまのこの夜な明けそあからひく朝行く君を待たば苦しも」（万葉集・巻十一・二三八九、拾遺集・恋二・七一七（人まろ）にも「むばたまのこよひなあけそあけゆかばあさゆく君をまつくるしきに」として採録）。万葉詞としての用法に注目してよいか。さらに、前句の「面影かすむ」では、「月」に、恋人の面影を重ね合わせて恋人を思い、またその月が涙に濡れた袖にやどるという俊成卿女の歌が、思い起こされている。それを思えば、四〇句においても「月」は、恋人の面影を投影したものとなる。

なお、「朝行く月」と続けた言い方は、管見では連歌の用例が浜宮千句まで下る珍しい語句。「いづくにか野べの旅人やどるらん／あさゆく袖にふれるしら雪」（葉守千句第三百韻・二三／二四・肖柏／宗長）。

【付合】「都」に「遠山」を付けた。「遠山トアラバ、都」（連珠合璧集）。「今朝見れば遠山しろしみやこまで風のおくらぬ夜はの初雪」（玉葉集・冬・九五〇・宗尊親王）。

【一句立】朝になっても空を行く月がかかってみえる遠くの山。

【現代語訳】（前句　都の人の面影も、おぼろに霞み、もうわからなくなった別れ道。）朝になっても空を行く月が、遠山にかかっている。あの月のように、あの人は朝になったら私の家を出て行き、遠い山路をたどっているのだ。

（二折　裏　五）　朝行く月のかかる遠山

四一　里あれや野にやすらはぬ鹿の声　大況

【校異】あれや―なれや（野坂本）　況―説（野坂本）

【式目】秋（鹿の声）　鹿只一　鹿の子一　すがる一（一座三句物）　里（居所・体）　野与野（可隔五句物）

【作者】大況

【語釈】○**里あれや**―里があるのだろうか。「里あれやゆふつけ鳥のさかこえて鳴く音聞こゆる夜半の山風」（草根集・遠村鶏・六九〇九・宝徳三年五月十九日詠）。○**鹿の声**―朝方に山に帰る途中の鹿の声。鹿は夜に里におりて来て動きまわり、朝になるとまた戻っていく用心深い動物である。

【付合】「朝行く」に「鹿」を付けた。「秋の野を朝行く鹿の跡もなく思ひし君に逢へる今夜か」（万葉集・巻八・

一六一三・賀茂女王)。

【一句立】 里があるのだろうか。野に止まって休もうとしない鹿の声がする。

【現代語訳】 (前句　朝になっても空を行く月がかかってみえる遠くの山。)里があるのだろうか。山に戻る途中、野に止まって休もうとしない鹿の声がする。

(二折　裏　六) 里あれや野にやすらはぬ鹿の声

四二　過ぎぬる秋ややどりだになき　　実中

【式目】 秋(秋) やどり(「宿只一、旅一、やどり此外にあり。鳥のやどり・露のやどりなどの間に又有べし。」(一座二句物(肖柏追加)))

【作者】 実中

【語釈】 ○過ぎぬる秋―過ぎてしまった秋。「秋」と「飽き」を掛ける。「契りけん程や過ぎぬる秋の野に人松虫の声のたえせぬ」(拾遺集・秋・一八一・よみ人しらず)。○やどり―一時的にとどまる場所。(この百韻では脇句に「やどり」があり、二度目の詠出になる。)

【付合】 前句の「鹿の声」に「過ぎぬる」を続ける。過ぎた秋には、恋のイメージがまつわり、次の四三句での恋句への転換の鍵となっている。

【一句立】 過ぎてしまった秋は、とどまる場所さえもないのか。

【現代語訳】 (前句　里があるからであろうか。野に止まって休もうとしない鹿の声がしている。)その通り過ぎて行く鹿の声同様、時移り、過ぎて行く秋にも、とどまる場所さえないのか。

（二折　裏　七）　過ぎぬる秋ややどりだになき

四三　袖くたす露も昔をしのぶ身に　　宗怡

【校異】 昔も―昔も《を》（延宗本）・昔を（野坂本）　両本により訂正。

【式目】 秋（露）述懐（懐旧）（昔）露（降物・可隔三句物）昔（一座一句物）身（人倫）人倫与人倫（可嫌打越物）袖（衣類）

【作者】 宗怡

【語釈】 ○**袖くたす**―袖を朽ちはてさせてしまう。「一人寝をいく夜かさねてさ筵にかたしく涙袖くたすらむ」（延文百首・寄筵恋・一一八五・洞院公賢）。○**昔をしのぶ**―過去をなつかしく思う。「思ひやれむなしき床をうちはらひ昔をしのぶ袖のしづくを」（千載集・哀傷・五七四・藤原基俊）。

【付合】 秋に「やどり」がないとする前句に、涙の「露」も昔をしのんでつらい思いをしている我が身にはたやすくやどるのにと、対比を意図し付けた。

【一句立】 袖をぬらし朽ち果てさせるほどの涙の露も、昔を恋しく思うこの身に宿る。

【現代語訳】（前句　過ぎていってしまった秋は、とどまる仮の宿さえもなくて。）袖をぬらして朽ち果てさせてしまう涙の露も、昔を恋しく思うこの身に宿るのに。

（二折　裏　八）　袖くたす露も昔をしのぶ身に

四四　花橘の落つる雨の日　　元觚

【校異】觚—説（野坂本）
【式目】夏（花橘）　雨（降物・可隔三句物）　橘（一座一句物）
【作者】元觚
【語釈】○花橘—花の咲いている橘。香りが賞される。「五月雨に花橘の露けさは昔の人の涙なりけり」（洞院摂政家百首・四九六・但馬）。「軒ちかき花橘に雨すぎて露も昔の香ににほひけり」（嘉元百首・盧橘・一〇二三・藤原公顕）。「ほととぎすつれなきうちに又やねん／花橘のうつろへる暮」（河越千句第五百韻・二一／二二・心敬／印孝）。
【付合】「昔」「袖」から「花橘」を呼びこんだ。『伊勢物語』第六〇段の世界を背景にする句であるが、「橘の花散る軒のしのぶ草昔をかけて露ぞこぼるる」（新古今集・夏・二四一・近衛忠良）が表現としては近い。「五月まつ花橘の香をかげば昔の人の袖の香ぞする」（古今集・夏・一三九・よみ人しらず、伊勢物語第六〇段）。「橘トアラバ、昔　五月雨」（連珠合璧集）。
【一句立】昔を思い出させる橘の花が散り落ちる雨の日。
【現代語訳】（前句　袖をぬらし朽ち果てさせる涙の露も落ちて、昔を恋しく思うこの身に置き、）昔を思い出させる橘の花も落ちる、雨降る日。

（二折　裏　九）　花橘の落つる雨の日

四五　松高き影ふむ道に風吹きて　　宗祇

【校異】高き—高み（野坂本）・高き《み》（延宗本）

【式目】 雑 松（植物・可隔七句物） 風（吹物） 道与道（可隔五句物）

【作者】 宗祇

【語釈】 ○**松高き**―松が木高く生え。長い年月の経過を示す表現。十五世紀後半以降、連歌にならって和歌にもわずかに見られるが、例が少ない。「松高き雪の白木綿かすむなり神の御山に春やたつらん」（草根集・立春・七二四七・宝徳三年十二月七日詠）。「せきいれて年ふかからし池水の岩にこけおひ松高きかげ」（雪玉集・池水久澄・二二三一）。「老木さへ花の盛りにあるものを／藤咲きのぼり松高きかげ」（寛正四年三月宗祇独吟何船百韻・九五／九六）。○**影ふむ道**―影を踏んで歩く道。万葉詞ではあるが、用例は少ない。「橘の影踏む道の八衢に物をぞ思ふ妹に逢はずして」（万葉集・巻二・一二五・三方沙弥、玉葉集・恋一・一三二七にも入る）。「御はしのもとの人の沓音／袖にほふ花橘の影ふみて」（宗砌発句竝付句抜書・二〇六七／二〇六八）。「橘トアラバ、かげふむ道」（連珠合璧集）。

【付合】 「橘」に「影ふむ道」、「雨」に「松風」をつけた。「雨降ると吹く松風は聞こゆれど池のみぎははまさらざりけり」（拾遺集・雑上・四五四・紀貫之）。「雨トアラバ、松風」（連珠合璧集）。一句では松の影を踏む。付句で高い松を出すのは、長寿の松が木高くなるほどの長い期間が既に過ぎてしまったことを示す。

【一句立】 松の高い影を踏んでゆく松陰の道に風が吹いて。

【現代語訳】（前句 昔を思い出させる橘の花が落ちる雨の日のよう。）長年の間には、松が木高く育ち、その影を踏んで物思いにふけって歩む松陰の道には、橘の香を運ぶ風が吹き、松籟の音は雨のように耳に届いて。

【考察】 前句は、かつての恋人との間を思い返す句であり、そこには自分の人生の中での遠い昔をふりかえるという時の流れがある。これに対し、付句には、松が木高くなるまでの、より長い時間の流れがあり、悠久の流れの中に、ほんの一瞬、松の陰の道を歩む人生が重なることとなる。「風吹きて」と置かれた句が、その長い時の流れの中を歩む人の持つ時間の短さをきわだたせる。付句は、『万葉集』に語句を借り、いわば『伊勢物語』の世界がイメージさせる懐旧の時間を、悠久の時の中に包み込む、柄の大きな句であった。

『所々返答』第三状には、四四・四五句の付合に関して、心敬が宗祇にあてた指導が書かれている。それによれば、

　　花たちばなのおつる雨の日
　松たかき陰ふむみちは風吹きて

とあそばしつる、橘にかげふむ、雨に松風を寄せ給し、とがなく侍ども、此前句ひとへに余情こぼれ落たる物にて候歟。大かた、

　橘　郭公　鹿　鴈　鐘　擣衣　老　花　桜

などのたぐひ、付合とやらんなどにては、うるはしくは寄るべからず哉。

と述べられ、「橘」に「影ふむ」、「雨」に「松風」を寄せたのは無難であるが、この前句はひたすら詩情あふれる句であり、「橘」は余情をたたえた語句であるから、寄合などでは見事には付けられないと非難している。心敬自身も翌寛正七年二月四日何人百韻で、「露もはらはじ苔の小筵（行助）」に「松高き陰の砌りは秋を経て」と付け、松が高く育つに至るまでの長い年月を意識して「松高き陰」を詠んでおり、この語句により年月の長さを表現しているが、万葉歌の橘から寄合によって恋の気持ちをつなぎつつあらたに松陰の道とした宗祇の発想は、受け入れられていないようである。

　句の流れからすれば、四三・四四句の付合で既になつかしく艶な『伊勢物語』の境地が詠まれており、打越から離れる原則ゆえ、宗祇の句作は特に責められるべきものではない。『所々返答』第三状は後年の指導（文明二年（一四七〇）五月に宗祇に送られている）であるので、心敬は、宗祇の付合のあり方にのみ着目し、橘の句に対す

る付け方の理想を教えたのであろう。

（二折　裏　一〇）　松高き影ふむ道に風吹きて

四六　雲に分け入る峯の古寺　　専順

【式目】　釈教（古寺）　峯（山類・体）　雲（聳物・可隔三句物）　「釈教の詞…古寺」（梅春抄）

【作者】　専順

【語釈】　○雲に分け入る―雲に入って行くかのように上って行く。「宮こ人とはぬもいかがうらむべき雲にわけいるやどのかよひ路」（正治初度百首・山家・一二八九・藤原隆信）。○峯の古寺―峯にある古寺。「見るままに鐘の音とほくなりにけり雲もかさなる峰の古寺」（新続古今集・雑下・二〇一三・飛鳥井雅世）。「更る夜に月待かぬる谷の庵／住まばや秋の峰の古寺」（河越千句第八百韻・八三／八四・道真／宗祇）。

【付合】　前句の「高き」から「峯」を呼びこんだ。松の嵐が吹く山の峰に寺が位置する。「松しほる嵐にしづむ入相の声より高き峰の古寺」（草根集・古寺・一六〇三・永享二年十月十四日詠）。

【一句立】　まるで雲に分け入って行くかのように上って行く峰の古寺。

【現代語訳】　（前句　松が高く生え、その影を踏んで歩んで行く道には、風が吹いていていて。）歩んで行く先には、まるで雲に分け入って行くかのように高く上る峰にある古寺。

（二折　裏　一一）　雲に分け入る峯の古寺

四七　鳥の音も稀に聞こゆる山の奥　　幸綱

【式目】雑　山（山類・体）鳥只一春一水鳥、村鳥等之間一、鳥獣と云て又一、狩場鳥、浮寝鳥、夜鳥等は各別物也（一座四句物〈新式今案〉）

【作者】幸綱

【語釈】○鳥の音—鳥の声。山奥では鳥の音もしないので、静けさ、奥深さの指標となる。「鳥の音も聞こえぬ山にいかでかは雲路をわけて人のかよはむ」（仲文集・一二）。○稀に聞こゆる—稀にしか聞こえてこない。「山にすらまれに聞こゆる鳥なれど里にもきみがあきよりも聞く」（躬恒集・一八二）。○山の奥—山奥。「思ひいる心にみちをまかすれば鳥の音聞かぬ山の奥まで」（正治初度百首・羈旅・九八八・季経）。

【付合】前句の「雲に分け入る」に「鳥」を付けた。「鳥トアラバ、雲にいる」（連珠合璧集）。山奥は、鳥の声もまれな場所であることをいう。「鳥の音はまれなる山の奥にだになをところせく鹿や鳴くらん」（慕風愚吟集・深山鹿・二二四）。

【一句立】ここは、さわがしく聞こえるはずの鳥の声も稀にしか聞こえてこないような山の奥。

【現代語訳】（前句　まるで雲に分け入って行くかのような高い峰を上ったところにある古寺。）騒がしいはずの鳥の声も稀にしか聞こえてこないような山の奥なのだ。

（二折　裏　一二）鳥の音も稀に聞こゆる山の奥

四八　竹のみ折るる雪の静けさ　　心敬

【式目】冬（雪）竹に草木（可嫌打越物）雪三用之、此外春雪一似物の雪別段の事也（一座四句物・降物）竹（植物）

【作者】心敬

【語釈】○**竹のみ折るる**―竹が雪折れする音だけがしている。「竹を打つ音にはあらで雪折にねぶりをさます床の上かな」（松下集・閑中雪・二八五六）。「竹にこと《ママ》ふる声や雪折／寒き日は園のね鳥の驚きて」（行助句集・六九七／六九八）。○**雪の静けさ**―雪に降りこめられて、物音もしない情景。「滝かすかなる雪のしづけさ／水きよき太山の月や深ぬらん」（葉守千句第四百韻・三六／三七・宗悦／宗祇）。

【付合】山奥の静けさは、雪に鳥が姿を隠してしまったゆえとした。「鳥の声松の嵐の音もせず山しづかなる雪の夕ぐれ」（風雅集・山雪・八二六・永福門院）。

【一句立】竹が雪折れする音だけしか聞こえないこの雪の日の静けさよ。

【現代語訳】（前句　ここは、鳥の声も稀にしか聞こえてこない山の奥。）雪に埋もれ、竹が雪折れする音だけしか聞こえない静けさよ。

【考察】山の鳥たちは、ふだんは人の住む庵のあたりには集まってこないが、雪にふりこめられた朝には、居場所の木々を隠されて、庵に集まってくる。「雪降れば軒端をたのむ朝鳥の声ばかりする宿のさびしさ」（草根集・閑中雪・七七五・永享十二年十一月廿七日詠）。心敬は、そんな鳥の習性を観察し、雪に埋もれた山里の静けさ、寂しさを表現しようとする時に、鳥の声を効果的に使っている。「思ひ絶え待たじとすれば鳥だにも声せぬ雪の夕暮れの山」（心敬集・閑中雪・六九）。閑居の雪のさまを詠む一つの形である。なお、雪の日の深山の鳥たちの様子や、竹の雪折れの様子のモチーフは、京極派和歌の系譜につながる。

（二折　裏　一三）　竹のみ折るる雪の静けさ

四九　しげかりし園の下草冬枯れて　　行助

【校異】下葉は―下草（野坂本）・下葉《クサ》ハ（延宗本）　野坂本により訂正。

【式目】冬（冬枯れ）　園（居所・用、「庭　そとも已上如此類用也」（応安新式）から、用と推定。）　下草（植物）

【作者】行助
【語釈】○園の下草―庭園の樹木の陰に生えている草。「下草」は大荒木の森、老蘇の森など、「森」と共に使われることの多い用語である。連歌における「園の下草」の用例は管見では天文年間にまで下る。○冬枯れて―冬になって葉が枯れて。「松陰の古葉も青き色なるに／小篠ぞ残る山の冬枯れ」（看聞日記紙背応永三十一年十月二十六日片何百韻・四七／四八・重有／□）。

【付合】前句の「竹」に「園」を付けた。「園トアラバ、竹」（連珠合璧集）。

【一句立】茂っていた庭園の樹の陰の草は冬枯れてしまって。

【現代語訳】（前句　雪に埋もれ、竹が雪折れする音だけしか聞こえない静けさよ。）茂っていた庭園の木の陰の草は冬枯れてしまって。

【他出文献】行助句集に「竹のみおるゝ雪のしづけさ／しげかりしそのゝ下草冬枯て」（一七六五／一七六六）の形で入る。

（二折　表　一四）　しげかりし園の下草冬枯れて

五〇　みかゆるばかり里は荒れけり　　　実中

【式目】　雑　里（居所・体）

【作者】　実中

【語釈】　○**みかゆる**—見方を変えて見る。見違える。「みかへる」はハ行下二段活用であるが、室町時代からヤ行にも活用したという（日本国語大辞典）。「見変ふ」（ハ行下二段活用）と同等と見て、「見違えるくらいに荒れている」と解しておく。

【付合】　冬枯れの園の様を「里は荒れけり」と表現している。『源氏物語』蓬生の面影があるか。

【一句立】　見違えるほどに里は荒れてしまったことよ。

【現代語訳】　（前句　茂っていた庭園の木の陰の草は冬枯れてしまって。）見違えるほどに里は荒れてしまったことよ。

（三折　表　一）　みかゆるばかり里は荒れけり

五一　捨てはつる身はもとの身の数ならで　　元楓

【校異】　身は—身も（野坂本）　ならて—ならす（野坂本）　楓—説（野坂本）

【式目】　釈教（捨てはつる身）　身（人倫）　人倫与人倫（可嫌打越物）

【作者】　元楓

【語釈】○捨てはつる身―出家をしてすっかり以前と変わってしまった我が身。「捨てはつる身のかくれ家をおもふより外には誰を松虫のこゑ」（耕雲千首・山家虫・八九〇）。○もとの身―昔通りの我が身。『伊勢物語』第四段の古歌の情景を彷彿とさせる表現。「月やあらぬ春や昔の春ならぬわが身ひとつはもとの身にして」（古今集・恋五・七四七・在原業平、伊勢物語第四段）。「さとはあれて月やあらぬと恨みても誰あさぢふに衣うつらむ」（新古今集・秋下・四七八・藤原良経）。○数ならで―数のうちに入らない。「数ならで身をかくれ家はかひもなし／草引すつる古郷の庭」（河越千句第四百韻・四七／四八・宗祇／幾弘）。出家者に対する見方として「法師ばかり羨ましからぬ物はあらじ。「人には木の端のやうに思はるゝよ」と清少納言が書ける、さることぞかし。」（徒然草第一段）がある。

【付合】荒れた里の情景から、『伊勢物語』第四段を思い、さらに出家の身となって一段と変ってしまったとした。

【一句立】出家をしてしまったこの身は、もとの身とくらべても数のうちに入らないことだ。

【現代語訳】（前句　見違えるほどに里は荒れていることよ。）出家をしてしまったこの身は、もとの身とくらべても数のうちに入らず、見違える程のていたらくなのだが、そんな私が見てもひどい荒れようだ。

（三折　表　一二）捨てはつる身はもとの身の数ならで

五二　訪はれんことや今はたのまじ　専順

【校異】たのまし―たえまし（野坂本）

【式目】恋（訪はれん）

【作者】　専順

【語釈】　○**訪はれんこと**―訪れてもらうこと。「このくれもとはれんことはよもぎふの末葉の風の秋のはげしさ」（新続古今集・恋三・一二二三・読人しらず（宗良親王））。○**今はたのまじ**―今は頼みにすまい。「さだめなきひとをわすれてまつくれに／げにあだなりやいまはたのまじ」（応仁二年宗祇独吟百韻・三九／四〇）。

【付合】　出家者ゆえに訪問客もあてにできないとした付合。一句では恋の句。

【一句立】　あの人に訪れてもらえる見込みは、あるだろうか、いやもうあてにはすまい。

【現代語訳】　（前句　出家をしてしまったこの身は、もとの身とくらべても数のうちに入らないのだから、）訪問してもらうようなことは、あるだろうか、ないだろう。もうあてにするまい。

（三折　表　三）訪はれんことや今はたのまじ

五三　つつみ来し契りはよそにあらはれて　幸綱

【式目】　恋（契り）

【作者】　幸綱

【語釈】　○**つつみ来し契り**―隠してきた二人の仲。「なき名ぞといひはてよとやつつみこし契の末は遠ざかるらん」（新続古今集・恋五・忍絶恋・一五三五・二条為遠）。○**よそ**―無関係な所。他人。「なほざりに思ふが中にあらばこそおしはかりてもよそにしられめ」（雪玉集・誰識相念心・三一一一）。

【付合】　前句の思いの理由を付けた。

【一句立】　隠して来た二人の仲は、関係のない所で知られてしまって。

【現代語訳】（前句　あの人に訪れてもらえることは、あるだろうか、いやもうあてにはすまい。）隠して来た二人の仲は、関係のない所で知られてしまったから。

（三折　表　四）つつみ来し契りはよそにあらはれて

五四　思ひのうちに程は経にけり　　行助

【式目】　恋（思ひ）

【作者】　行助

【語釈】　○**思ひのうちに**―思慕し続けるうちに。「程なしやしづやの蚊遣いつまでと思ひのうちにかよふ秋風」（雪玉集・蚊火・七九五）。○**程は経にけり**―時はたってしまった。

【付合】　人目を忍ぶ仲が他人に知られてしまって、逢えないまま、いたずらに時がすぎると付けた。五二・五三の付合からあまり離れていない。

【一句立】　あの人を慕い続けるうちに、時はたってしまったことよ。

【現代語訳】（前句　隠して来た二人の仲は、関係のない所で知られていて会う事もかなわない。）一人あの人を慕い続けるうちに、時はたってしまったことよ。

（三折　表　五）思ひのうちに程は経にけり

五五　風まぜに長雨ふる江の泊り舟　　宗祇

【校異】　ませ―ま□（野坂本）　祇―怡（野坂本）

【式目】　羇旅（泊り舟）　ふる江（水辺・体）・泊り舟（水辺・体用之外（新式今案））　長雨（降物・一座二句物（肖柏追加））　風与風（可隔五句物）　水辺与水辺（可隔五句物）

【作者】　宗祇

【語釈】　○**風まぜ**―雨や雪が風と共に降る様子。風まじり。万葉歌に見られる表現「風交」の『新古今集』や『類聚古集』など次点の訓に基づく語句。「風交ぜに雪はふりつつしかすがに霞たなびきはるは来にけり」（新古今集・春上・八・詠み人しらず、万葉集一八三六歌「風交じり雪は降りつつしかすがに霞たなびき春さりにけり」）。○**長雨ふる江**―長雨の降る、古い入江。「長雨」には、前句の「思ひ」に縁の深い「眺め」を掛け、「古」に「降る」を掛けている。「独のみながめふるやのつまなれば人を忍ぶの草ぞおひける」（古今集・恋五・七六九・貞登）。○**泊り舟**―停泊している舟。この語は、『専順五百句』（四四三）や、『竹林抄』四三二（専順）にも見え、連衆の中で専順がよく使っていたようである。「山風吹けば雨きほふなり／あしそよぐ湊いり江の泊舟」（表佐千句第一百韻・四八／四九・紹永／専順）。

【付合】　恋の句から思い切って情景を転換した句。『古今集』七六九番歌の技巧を転用している。

【一句立】　風まじりに長雨が降り続いている古びた入江には、泊っている舟がいて。

【現代語訳】（前句　一人あの人を慕い続けるうちに、時はたってしまったことよ。）物思いにふけっていれば、風まじりに長雨が降り続く中、古びた入江には、雨のために出立することができずに泊っている舟がいる。

（三折　表　六）風まぜに長雨ふる江の泊り舟

五六　みぎはの松は浪に浮かべる　　大況

【校異】は―そ（野坂本）　況―阮（野坂本）

【式目】雑　松（植物）　みぎは（水辺・体）浪（水辺・用）　三二句同様、水辺の体と用を一句の内に用いており、不審。

【作者】大況

【語釈】○みぎはの松―水際に生えた松。その立地により、水に姿が映り、また根元まで波がうちよせる。「すみそむるすゑの心の見ゆるかなみぎはの松のかげをうつせば」（拾遺集・雑賀・一一七五・藤原公任）。「汀トアラバ、松」（連珠合璧集）。

【付合】長雨の入江に、松の生える海岸べりの情景を加えた。長雨の増水によって松が水没しているかのようである。「入江トアラバ、松」（連珠合璧集）。「長雨に舟まつ小河水こえて」（小鴨千句第十百韻・一九・宗砌）。

【一句立】水際に生えている松はまるで浪に浮かんでいるように見える。

【現代語訳】（前句　風まじりに長雨の降り続く、古びた入江には、動けずに停泊している舟がいて。）水際に生えている松は、増水ゆえに浪に浮かんでいるように見える。

（三折　表　七）みぎはの松は浪に浮かべる

五七　住吉や残る西日ははるかにて　　心敬

【式目】　雑　住吉（名所）　西日（光物・可隔三句物）

【作者】　心敬

【語釈】　○**住吉**―摂津国の歌枕。住吉大社があり、住吉の入江は松の名所であった。○**西日**―西に傾いた日差し。「ならの広葉にまじる松の葉／暑かりし外面の西日かげろひて」（熊野千句第六百韻・六〇／六一・宗祇／専順）。「まことしる道にはこゝろかけもせで／にし日になるをいとふかり人」（河越千句第四百韻・八三／八四・幾弘／心敬）。○**はるかにて**―「杳」（長松本）は遠く奥深い様を表わす。

【付合】　「松」に「住吉」を付け、前句を住吉の松のこととした。「住吉の岸の松が根うち曝し寄せくる波の音のさやけさ」（万葉集・巻七・一一五九）。前句の「松」は「待つ」との掛詞。また、西方浄土が連想される「西日」を使い、次の句での変化を促していく付合となる。「夕日のかげの西の山のはにかくるるを見ても、「日の入給ふ所は、西方浄土にてあんなり。いつかわれらもかしこに生れて、物を思はで過ぐさむずらん。」」（平家物語・祇王）。

【一句立】　ここ住吉では、西の空に残った西日は海のはるか先の方にあって。

【現代語訳】　（前句　住吉の岸の松は、水際にあり、まるで浪の上に浮かんでいるように見える。）西の空に残る西日は、水際近くで、松ならぬ、待ってはいても、はるか遠くへだたっていて。

（三折　表　八）住吉や残る西日ははるかにて

五八　そなたとさすや頼む彼の岸　　専順

【校異】こなた―そなた（野坂本）　野坂本により訂正。

【式目】釈教（彼の岸）　岸只一、名所一、彼岸一（一座三句物（肖柏追加））

【作者】専順

【語釈】○そなた―そちら側。○彼の岸―「彼岸」を訓読したもの。「彼岸」とは、生死の海を渡って到達する煩悩を解脱した悟りの世界。「彼岸にうかべる月の舟よせよ出ては西にゆかぬ夜もなし」（草根集・釈教・六九六六・宝徳三年六月十六日詠）。「をよばぬこゝろなげく彼きし／すみよしや松にことの葉かけ侘て」（芝草内連歌合・二九八六／二九八七）。

【付合】住吉の西ということから、西方浄土である彼岸を付けた。

【一句立】そちらとさす方角こそは、心からすがっている彼岸の方角か。

【現代語訳】（前句　ここ住吉の西の空に残った西日は海のはるか先の方にあり、西方浄土もまた同じく西海のはるか彼方にあるのだ。）　そちらだと指さす方角こそは、往生をとげたいと頼みに思っている彼の岸、彼岸なのか。

（三折　表　九）そなたとさすや頼む彼の岸

五九　終に身をやどしはつべき浮き世かは　行助

【校異】浮世界《カハ歟》―浮世かは（野坂本）・浮世かハ《界》（延宗本）　両本により訂正。

【式目】述懐（浮き世）「述懐の心、うき世」（連珠合璧集）。身（人倫）　世（一座五句物）

世只一　浮世〻中に一　恋世一　前世後世などに一　世与浮世〻中（可嫌打越物（新式今案））　人倫与人倫（可嫌打越物）

【作者】　行助

【語釈】　○やどしはつべき—死ぬまでその中で生活するはずの。「さのみやは葉末にもろき夕露をやどしはてじと萩の下風」（高良玉垂宮神秘書紙背和歌・一四〇・佚名）。○浮き世かは—ああ、なんとつらい世であろうか。「いづくにもかくあさましきうき世かはあなおぼつかなたれにとはまし」（多武峰少将物語・三・愛宮）。

【付合】　「彼の岸」と対比して「浮き世」を付ける。

【一句立】　我が身の最期のその時までも、この身を置いて生きていかねばならない、つらいことばかりの世であるのか。

【現代語訳】　（前句　そちらとさす方角こそは、心からすがっている彼岸の方角なのか。）ああ、それでも最期を迎えるその時まで、この身を、このつらい浮き世に置いて生きて行かねばならないのか。

（三折　表　一〇）終に身をやどしはつべき浮き世かは

六〇　わが老い末や草の上露　　心敬

【式目】　秋（露）　老い（一座二句物）　老只一　鳥木などに一　露（降物・可隔三句物）　草（植物）　草与草（可隔五句物）

【作者】　心敬

【語釈】　○老い末—年をとっていく行末。「かげあらばもれじといひしゆかりまでたのみむなしき松のおい末」（寂身法師集・三二一）。○草の上露—草の上の露。「朝日影いでてぞきゆる吹く風ははらひのこせる草のうは露」

（耕雲千首・朝露・三一九）。ここでは自分の命を、草の上の露のようなもろくはかないものとたとえている。「とにかくに身のつれなさもはかなさも残るひとつの露の上かな」（心敬集・露・二五〇）。

【付合】「やどす」に「露」を付けた。

【一句立】私の老い先などは、草の上の露のようにはかないものなのだ。

【現代語訳】（前句　この世は、死ぬまでこの身を置いて生きて行かねばならない、つらいことばかりの浮き世なのか。）私の老い先など、草の上の露のようにはかないものなのに。

（三折　表　一二）わが老い末や草の上露

六一　はかなしや風待つ程の秋の夢　専順

【式目】秋（秋）　風与風（可隔五句物）　夢与夢（可隔七句物）

【作者】専順

【語釈】○**風待つ程**―露を払い、こぼしてしまう風が吹くのを待つ、短い間。世の中の無常なさまをたとえる。「あけゆけば葉末にのぼる白露の風待つほどやわが身なるらむ」（登蓮法師集・無常・一二五）。また、秋の風は夢を返すもの、床に吹く夜の秋風は夢を吹きちらすものとされる。「敷たへの枕に残る露はあれど夢をとどめぬ秋の風かな」（師兼千首・枕辺露・三五一）。○**秋の夢**―秋の夜の夢。はかなく消えるものの象徴。「絡糸響冷秋夢短」（絡糸響き冷まじうして秋の夢短し）（新撰朗詠集・虫・三一〇・慶滋保胤）。「老いぬればことしばかりや秋の夢いづれの暮か我も別れん」（松下集・暮秋夢・一一三五）。「秋の夢さそはぬ虫は胡蝶にて／結ぶ契の化し野の露」（初瀬千句第九百韻・七五／七六・日晟／生阿）。

【付合】　はかなく短いものとして、露、夢と並べた。
【一句立】　はかないことだよ。風の訪れを待つ、そんな短い間に見る秋の夢は。
【現代語訳】（前句　私の老い先などは、草の上の露のような短いものなのだ。）　はかないことよ、露をこぼす風の訪れを待つわずかな時間のうちに見る秋の夢は。

（三折　表　一二）はかなしや風待つ程の秋の夢

六二　いとど夜寒の思ひ寝ぞなき　宗祇

【式目】　秋（夜寒）　夜寒（一座一句物「秋寒　やゝさむき・夜寒などいづれにても只一なり」（肖柏追加））　恋（思ひ寝）
【作者】　宗祇
【語釈】　○**夜寒**―秋の夜に感じる寒さ。基本的には秋が深まった末の頃の皮膚感覚で詠まれることが多いが、以前よりも寒く、もの寂しく感じた際に使われる言葉である。用例は少ないが、「二月の夜寒の霜や氷るらん」（小鴨千句第七百韻・三六・之好）のような春の例もある。「まどろめばふきおどろかす風の音にいとど夜さむになるをしぞ思ふ」（和泉式部集・六四〇）。「末の秋　一、夜寒　夜寒と続かねば秋にあらず、夜を寒みとは冬なり」（至宝抄）。○**思ひ寝**―恋しい人のことを思いながら寝ること。「我袖の雫や海と成ぬらん／しか《ママ》のまくらの下の思ひね」（顕証院会千句第三百韻・五三／五四・超心／専順）。
【付合】　前句の「風待つ」を恋人の訪れを期待している状況とした。「君待つと我が恋ひ居れば我が屋戸の簾動かし秋の風吹く」（万葉集・巻一・四八八・額田王）。また、前句の「風」から「夜寒」が呼びこまれる（→**【考察】**）。
【一句立】　いちだんと夜寒になってきて寒く寂しく、恋しい人を思いながらの思い寝などできないのだ。

【現代語訳】（前句　あの人の訪れかと秋風が吹くのを待っていた、その短い間に見る秋の夢はなんとはかなかったことよ。）今はもういちだんと夜寒になってきて、寒くて寂しくて、恋しい人を思いながらの思い寝などもできないのだ。

【考察】和歌における「夜寒」は、寂寥感を伴い、「風」「擣衣」といった聴覚的歌材と組み合わされる。また、中世には散文作品も含め、都の外に出て感じる感覚として定着していくようである。「夜寒の風に誘はれ来る空だき物の匂ひも、身にしむ心ちす。寝殿より御堂の廊に通ふ女房の追風用意など、人目なき山里ともいはず、心づかひしたり。」（徒然草第四四段）。

（三折　表　一三）いとど夜寒の思ひ寝ぞなき

六三　袖をなほ月は訪へども人は来で　実中

【式目】秋（月）人（人倫）袖与袖（可隔五句物）袖（衣類）恋（人は来で）人倫与人倫（可嫌打越物）月日星如此光物（可隔三句物）

【作者】実中

【語釈】○月は訪へども―月は訪れてくるけれども。涙のたまった袖に月が映ずることをいう。「袖訪ふ月」と圧縮した表現を正徹、正広が使っている。「露はらふ佐野の渡りの秋風に袖とふ月の宿だにもなし」（松下集・名所秋月・六〇〇詞書内蜷川親世歌）。○人は来で―あの人は来ないで。「月見ばといひしばかりの人は来で槙の戸叩く庭の松風」（新古今集・雑上・一五一九・藤原良経）。

【付合】前句の「夜寒」に「月」をつけた。

【一句立】　月は昔と変わりなく、泣き濡れている私の袖を訪れてくるけれど、待つ人は来ないで。

【現代語訳】（前句　いちだんと夜寒になってきて、恋しい人を思いながらの思い寝などできないのだ。）月は昔と変わりなく、泣き濡れている私の袖を訪れてくるけれど、待っているあの人は来ないで。

（三折　表　一四）袖をなほ月は訪へども人は来で

六四　すだれやつるる古宮の内　　心敬

【式目】　雑　古宮（「宮」は非居所（肖柏追加））　すだれ（居所・用（肖柏追加））
【作者】　心敬
【語釈】　○やつるる―古びてみすぼらしくなる。「かげやどす露のみしげく成りはてて草にやつるる古郷の月」（新古今集・雑中・一六六八・飛鳥井雅経）。○古宮の内―古宮は長い年月が経ち古び、忘れられた宮殿。「古宮と云に、みなせ・おのへ・たかまど・宇治・鳥羽・蓬生の宿をも付也。ひたちの宮の女也。たゞ涙のみ古宮のうち／おもはずに六十の秋をすごしきて　祇　此句の心は、上陽人と云女は、唐の玄宗皇帝の后也。楊貴妃に思かへられて、十六の歳より六十歳まで、上陽宮と云宮に籠て、窓打雨に袖をしぼりし事也。女の思など云に、古宮付たるも此古事也。此外、古宮数をしらず。可尋之」（連歌寄合）。「山人のわくるおのへに萩ちりて／暮ればさびしふる宮のうち」（小鴨千句第六百韻・九五／九六・心敬／之好）。
【付合】　恋人に忘れられた女性の心情から、荒れた宮の内の情景を付ける。
【一句立】　簾がみすぼらしくなった古い宮の中。
【現代語訳】（前句　昔と変わりなく、月は私の袖を訪れてくるけれど、待つ人は来る事はなく。）簾がみすぼらしくなった古い宮の中。

【考察】「古宮」には、聖武天皇の高円の宮以来多くの場所があてはめうる。鳥羽の古宮の例（熊野千句第七百韻六八）、山科の宮に取りなす例（同第九百韻四二／四三）の如くであり、心敬にも、「涙は袖にふる宮のみち／爪木とる尾上と成ぬ里はあれて」の付合に対し、「ひとへに、後鳥羽院の、水無瀬の御跡の哀を、申侍也」との自注がある（芝草（文明本））。心敬は、古宮の情景をよく詠んでおり、「むかしにかはる水くきの跡／古宮の池は草かる野となりて」（心玉集・一五六〇／一五六一）と、あまりに変わりはてたありさまを述べたり、懐旧の思いをこめた情景を「ふりぬる宮ににほふさくら木／春の月破れたるみすにかげふけて」（芝草内連歌合（松平文庫本））と優美に詠んだりもしている。

『連歌寄合』が示す上陽白髪人の故事から古宮をとりなす例など、古宮という言葉は、恋の句に続けて、忘られた薄幸の女性のイメージを宿すこともある。もはや尋ねてこない恋人を思う女性の心情から付けるここの付合は、『源氏物語』蓬生巻の面影もわずかながらあるか。「かくいみじき野ら薮なれども、さすがに寝殿の内ばかりはありし御しつらひ変らず。」「月明かくさし出でたるに見れば、格子二間ばかりあげて、簾動くけしきなり。」（源氏物語・蓬生）。

（三折　裏　一）すだれやつるる古宮の内

六五　つばくらめ出で入る軒の隙しげく　行助

【式目】春（つばくらめ）　軒（居所・体）

【作者】行助

【語釈】○出で入る—出たり入ったりする。「めぐるえのながれ洲崎のはなれやに燕いで入春日のどけし」（草根集・春江・二七五三）。

【付合】古宮の古く朽ちた様子から、つばめの飛び交う様子を付けた。古宮に毎年燕が訪れる様を行助が詠んだものに「春をわすれぬふる宮のうち／おなじ巣に心やかくるつばくらめ」（行助句集・一六三五／一六三六）がある。また、「すだれ」と「つばくらめ」を同時に詠む歌に「つばくらめすだれの外にあまた見えて春日のどけみ人かげもせず」（風雅集・春中・一二九・光厳院）。

【一句立】燕が出たり入ったりする軒はすきまがたくさんあり。

【現代語訳】（前句　古宮の中はすだれがみすぼらしくなっていて、）燕が出たり入ったりする軒にはすきまがたくさんある。

【考察】燕の和歌は、正徹がその生態をよく観察した歌を多く詠む。正徹には「簾外燕」題の歌もあり、簾をかすめ出入りする燕が詠まれている。この題は師兼千首、後花園院御集に各一首ある程度の珍しいものだが、心敬も受け継いでいる。「袖ちかくいりくるつばめをちかたにかへる羽はやきこすの追かぜ」（心敬僧都十躰和歌・簾外燕・二二三三）。

（三折　裏　二）つばくらめ出で入る軒の隙しげく

六六　見えつ隠れつ霞む山本　元䋲

【校異】䋲—説（野坂本）

【式目】春（霞む）　山（山類・体）　霞む（聳物）

【作者】　元鯫
【語釈】　○**見えつ隠れつ**―見えたり隠れたり。「野嶋にかかる波のした草／姫百合のみえつかくれつさく花に」（菟玖波集・夏・二四〇・導誉法師）。○**霞む山本**―「帰る雁つれなく見ゆる有明の月を残して霞む山本」（隣女集・帰雁・二八四）。
【付合】　「出で入る」に「見えつ隠れつ」を対応させた。ここは軒のあたりで燕が見え隠れする様と、霞によって山のふもとのあたりの情景が見え隠れするさまをあわせて表現する。
【一句立】　見えたり隠れたり、山の麓がかすんでいる。
【現代語訳】　（前句　燕が出たり入ったりする軒にはすきまがたくさんあって、）燕の姿が見え隠れし、山の麓には霞がたち、風景が見えたりまた隠れたりしていることよ。

（三折　裏　三）見えつ隠れつ霞む山本

六七　舟遠き春の朝川日のさして　　　宗祇

【式目】　春（春）　日（光物）　舟（水辺・体用之外（新式今案））　朝川（水辺・体）　日与日（可隔五句物）
【作者】　宗祇
【語釈】　○**朝川**―朝の川。ここは「舟遠き」ということから「浅川」を掛けていると見る。「〜吉野の国の花散らふ　秋津の野辺に　宮柱　太敷きませば　ももしきの　大宮人は　船並めて　朝川渡り　船競ひ　夕川渡る〜」（万葉集・巻一・三六・吉野宮に幸せる時に、柿本朝臣人麻呂が作る歌（『拾遺集』にも再録））。「山里は朝川渡る駒の音に瀬々の氷の程を知るかな」（六百番歌合・冬朝・五四一・顕昭）より、冬の朝の凍った川を連想させる言葉でもあり、宗祇は「春の」と断る。

【付合】 付句の「日のさして」は前句「見えつ隠れつ」に続く。山と川の対比をなし、霞が朝の日光に消え行く様と遠くの舟が見え隠れするさまを表現する。

『万葉集』三三六歌の情景を念頭に置けば、前句は吉野山の情景、付句は吉野川の情景となろうか。

【一句立】 舟が遠くに見えている、春の朝の川は浅く、川面に朝日がさしてきて。

【現代語訳】（前句　山の麓には霞がたち、風景が見えたり隠れたりしていることよ。）　舟が遠くに見えている、春の朝の川は浅く、川面に朝日がさしてきて。

【考察】 「朝川」は、**【語釈】**にあげた『万葉集』長歌および、「人言を繁み言痛み己が世にいまだ渡らぬ朝川渡る」（万葉集・巻二・一一六・但馬皇女）、長歌「～生ける者　死ぬといふことに　免れぬ　ものにしあれば～佐保川を　朝川渡り～」（万葉集・巻三・四六〇・七年乙亥、大伴坂上郎女、尼理願の死去しことを悲嘆して作る歌一首）があり、いわゆる万葉詞である。「朝川渡る」は『六百番歌合』で「山里は朝川渡る駒の音に瀬々の氷の程を知るかな」（冬朝・五四一・顕昭）と顕昭が使用し、また清輔の『和歌初学抄』には「朝川」が入り、六条藤家の万葉学の知識であった事が知られる。『八雲御抄』巻三枝葉部には万葉歌による「朝川」「夕川」が載り、その流れから、今川了俊が正徹に与えた『言塵集』にも「河」の項目に「朝河　夕河只も夕河わたりなど〻詠。」と伝わった。「朝川」「夕川」共に『草根集』に詠まれており、特に「朝川」は、正徹が独自に好んで使用した語句である。先の顕昭歌「朝川わたる」は冬季の情景であり、これ以降わずかながらこの表現を用いて冬の歌が散見されていくが、正徹は恋題、冬題を中心にかなり自由に「朝川」の情景を詠み込んだ。彼の歌には、特に水面に立つ水煙を詠み込んだものが多く、そうした「朝川」と「水煙」の組み合わせは『親当句集』にも見られる（「あさ川は水のけふりやかすむらん」（親当句集一九六〇））。なお、歌語としての「朝川」は、正徹以外の歌人には歌例もわずかであり、好まれた言葉ではなかった。正徹も参加した『前摂政家歌合』（嘉吉元年）においては、「朝川」を使用した冷泉持和の歌に、衆議判（判詞は一條兼良執筆）で「朝川万葉より出でたりと申しながら、いたくこのましからぬにや」と批判がなされている。『万葉集』四六〇番歌は挽歌であり、また正徹詠に「朝川の水の煙や恋すてふ人の身なげし思ひなるらん」（草根集・応永二十六年十月日一夜百首・一七二）があり、「朝川」は忌詞であったか。連歌では時代が下るにつれて秋冬の用例に加えて春の用例が見えはじめる。宗祇のこの句もそうした動きの一環であり、春の句であるところが新しい。『万葉集』三六番歌の学習を思うべきか。「釣する袖のひたす朝川／さしのぼる小舟は棹も短きに」（熊野千句第四百韻・六〇／六一・心敬／盛長）、「根芹つみつゝかへるさの道／あさ川の霞をあらふ波こえて」（心玉集・春・九二八／九二九・心敬）など。

（三折　裏　四）舟遠き春の朝川日のさして

六八　柳に高く風なびく色　宗怡

【式目】春（柳）　柳只一　青柳一　秋冬の間一　（一座三句物）　風与風（可隔五句物）

【作者】宗怡

【語釈】○**風なびく**—風になびくの意であろう。「おほかたの秋のなさけの荻のはにいかにせよとて風なびくらん」（正治初度百首・秋・四二一・後鳥羽院）。「柳トアラバ、なびく」（連珠合璧集）。

【付合】「朝川」に「柳」を付けた。「柳トアラバ、川」（連珠合璧集）。

【一句立】柳には高く風が吹き、葉が緑色になびく。

【現代語訳】（前句　舟が遠くに見えている春の朝の川には、朝日がさしてきて。）川べりの柳には高く風が吹き、葉が緑色になびいている。

（三折　裏　五）柳に高く風なびく色

六九　木の間より一葉の落つる秋寒み　実中

【校異】 寒み―ちかみ（野坂本）・寒ミ《近》（延宗本）　六九から七二の句の運びから見て「秋ちかみ」がよりよいか。

【式目】 秋（秋）　木（植物）　木与木（可隔五句物）　葉の字〈草の葉・竹のは等は可隔五句也〉（一座四句物（肖柏追加））

【作者】 実中

【語釈】 ○**木の間**―木々の間。○**一葉**―（特に散り落ちる）一枚の葉。

【付合】 「一葉」は一般には桐の一葉をさすが、ここは前句にある柳の葉が一葉散り落ちたとした。「今朝よりは柳の一葉かつちりておのが木末も秋は知りけり」（沙玉集二・初秋・六八一）。

【一句立】 木々の間から一枚葉が落ちるのにも、秋の寒さが感じられて。

【現代語訳】（前句　川べりの柳には高く風が吹き、葉が緑色になびいている。）木々の間から一枚葉が落ちるのにも、秋の寒さが感じられて。

（三折　裏　六）木の間より一葉の落つる秋寒み

七〇　まだ露残る冬《本ノマヽ》の夕かげ　心敬

【校異】冬《本ノマヽ》—冬（野坂本） ここの本文は「冬の夕かげ」とあり、「冬」が不審であったのであろう、「本ノマヽ」と書き加えられている。本文に従えば、「露」とそぐわない。

【式目】秋（露） 露如此降物（可隔三句物） 夕与夕（可隔五句物） 夕（時分）

【作者】心敬

【語釈】○**夕かげ**—夕方、物にさえぎられ日の光が当たらない場所。または、夕暮れ時の弱い日の光。万葉歌による言葉であるが、この句と次の句の付合の根拠となる『万葉集』二一五九番歌は、いずれの意味とも決め難い。「影草の生ひたるやどの夕影に鳴くこほろぎ（蟋蟀）は聞けど飽かぬかも」（万葉集・巻十・二一五九）。万葉歌においては「朝顔は朝露負ひて咲くといへど夕影にこそ咲き増さりけれ」（万葉集・巻十・二一〇四）、「夕影に来鳴くひぐらしここだくも日ごとに聞けど飽かぬ声かも」（万葉集・巻十・二一五七）の用例は、夕方の日の光がふさわしいであろうかと考えられるので、二一〇四歌の影響下にある「消とまる露こそなけれ槿の夕かげまたぬ花のまがきは」（草根集・籬槿・一五一八・永享二年七月十日詠）、「老はなほ夕かげまたぬ露ながらうつろふはなをはかなくやみん」（宗祇集・槿を・一一五）は、夕暮れ時の日の光の意味となるであろうが、当該句は場所か。熊野千句第七百韻の句「遅日も竹の葉分に移ひて／夕かげとをきふし待の月」（四九／五〇・行助／心敬）は光と思われる例である。なお、万葉詞という点から見ると、六七句の「朝川」同様、季節を冠して使用している点の類似が気になる。

【付合】「落つる」に「露」をつけ、葉は落ちても露は残っていると対比させた。露は元来夕暮れ時を待たない、はかないもの。六〇句と発想は同根。

【一句立】夕暮れ時になっても、まだ露が残っている、冬の夕暮れの寒く日のあたらない場所。

【現代語訳】（前句 木々の間から一枚葉が落ちるのにも、秋の寒さが感じられ、）まだ露が残っている、冬の夕暮れの寒く日のあたらない場所。

（三折　裏　七）まだ露残る冬の《本ノマヽ》夕かげ

七一　きりぎりす垣根をたのむ声はして　専順

【式目】 秋（きりぎりす）　きりぎりす（一座一句物）　垣根（「墻」（居所・体））　音声に響（可嫌打越物）

【作者】 専順

【語釈】 ○**きりぎりす**―現在のコオロギ。「Qiriguirisu. キリギリス（蟋蟀）こおろぎ」（邦訳日葡辞書）。「籬は秋に荒れ残る頃／頼むらし我が床近ききりぎりす」（新撰菟玖波集・秋上・一条冬良・六七六）。○**垣根をたのむ**―垣根を寒さをふせぐ頼みとして。「七月在レ野、八月在レ宇、九月在レ戸、十月蟋蟀入二我牀下一」（毛詩・国風・七月）。初秋（七月）野原にいる蟋蟀は、寒さが厳しくなるにつれ、八月には軒下で鳴き、九月には戸口におり、初冬（十月）になると、床の下にもぐりこんで鳴くという。「うらがるるかやのかきねのきりぎりす夜風をさむみ声弱るなり」（夫木抄・きりぎりす・一五〇〇〇・後一条入道関白）。

【付合】「影草の生ひたるやどの夕影に鳴くこほろぎ（蟋蟀）は聞けど飽かぬかも」（万葉集・巻十・二一五九）により、「夕かげ」に「きりぎりす」を付けた。なお、西本願寺本は蟋蟀に「きりぎりす」の訓を付ける。中世以前には「きりぎりす」と読まれていた。また、既に「我のみやあはれとおもはむきりぎりすなくゆふかげのやまとなでしこ」（古今集・秋上・二四四・素性法師）がある。

【一句立】 きりぎりすが、垣根を寒さからのがれる頼みとして、身をひそめて鳴いている声はしていて。

【現代語訳】（前句　まだ露が残っている、冬の夕暮れの、寒く日のあたらない場所。）きりぎりすが、寒さを防ぐ頼みとして垣根にひそみ、鳴いている声がしていて。

（三折　裏　八）　きりぎりす垣根をたのむ声はして

七二　長き夜寒み我が床の上　専順

【校異】 さむみ―さひし（野坂本）・寒ミ《寂し》（延宗本）　順―祇（野坂本）

【式目】 秋（長き夜）「長夜トアラバ、秋のよ也。冬にも長夜はあるべし。」（連珠合璧集）夜（夜分）床（居所・体）

【作者】 専順

【語釈】 **○床の上**―寒さをしのぐ寝床の意だが、付合では寒さを垣根に避けていたきりぎりすがついに耐えられなくなって、床の上に逃れて来たとする。

【付合】 付合では前句の「きりぎりす」が鳴く時期の、夜寒の様を付けた。「きりぎりす草葉にあらぬわが床のつゆをたづねていかでなくらん」（千五百番歌合・秋二・一二〇二・藤原良経）。

【一句立】 寒い夜長をしのいで寝床の上にいる。

【現代語訳】（前句　きりぎりすが、寒さを避けて垣根に隠れ、鳴いている。）それがついにたえきれず、我が寝床の上に逃れてきた。

【備考】 野坂本の作者名は宗祇であるが、長松本では専順が二句続くことになり不審。また、六九句には「秋寒み」があり、表現も重複する。

（三折　裏　九）　長き夜寒み我が床の上

七三　月ぞ憂き人は誰とか惜しむらん　心敬

【式目】　秋（月）　恋（憂き）　人（人倫）　人倫与人倫（可嫌打越物）　月（光物）　月与月（可隔七句物）

【作者】　心敬

【語釈】　**○月ぞ憂き**―月の恨めしいことよ。心敬は後朝の別れの空に残る月をこう表現することが多い。ただここは、恋人の訪れも得られなかった女性の歎きであり、六三句と似た情景となる。「月ぞうきかたぶくかげをながめずは待つ夜のふくる空もしられじ」（玉葉集・恋二・一四〇六・冷泉為相女）。「暁起きに馴るる夜な夜な／月ぞ憂き幾帰るさに残るらむ」（新撰菟玖波集・恋上・一五八四・心敬）。**○惜しむ**―月の傾くのを惜しみ、また別れを惜しむ。「あけば又秋のなかばもすぎぬべしかたぶく月の惜しきのみかは」（新勅撰集・秋・二六一・藤原定家）。

【付合】　秋の夜長をそのままに、月と恋の心情を重ね、次から恋に完全に転じるきっかけを与えている。

【一句立】　思えば月は恨めしい。私のところに来てはくれないあの人はいったい誰とこの月が傾くのを惜しんでいるのだろう。

【現代語訳】　（前句　秋の長い夜は寒く、独り寝の私の床の上も冷えきっていて。）思えば月は恨めしい。私のところに来てはくれないあの人はいったい誰とこの月が傾くのを惜しんでいるのだろう。

（三折　裏　一〇）　月ぞ憂き人は誰とか惜しむらん

七四　別れもよその横雲の空　　行助

【式目】恋（別れ）　横雲（聳物）　雲如此聳物（可隔三句物）　空空だのめなど云ては此外也（一座四句物）

【作者】行助

【語釈】○別れもよそ―別れも私とは関係ないことで。○横雲の空―雲が横にたなびき流れている空。「横雲の風にわかるる東雲に山とびこゆる初雁の声」（新古今集・秋下・五〇一・西行）や、「春の夜の夢の浮橋とだえして峰にわかるる横雲の空」（新古今集・春上・三八・藤原定家）によって別れの意を含ませることが多い。「暁はゆくへもしらぬ別かな峰の嵐の横雲の空」（続後撰集・後朝恋心・八二七・藤原教実）。

【付合】「月」に「空」、「惜しむ」に「別れ」を縁づけた。「別れもよそ」は、付合では、「後朝の別れも、あの人が来てくれない自分とは関係のない事柄であって」の意となる。

【一句立】私の身の上に起きた別れとは無縁な空の上でも、横雲がたなびいている。

【現代語訳】（前句　思えば月は恨めしい。私のところに来てはくれないあの人、彼はいったい誰とこの月を惜しんでいるのだろう。）　後朝の別れを惜しむことも、あの人が訪ねてくれない私とは関係ないことで、明方の空には、こちらも私と無縁に、横雲がたなびいている。

（三折　裏　一一）　別れもよその横雲の空

七五　はるばると知らぬさかひに旅立ちて　宗祇

【校異】祇―怡（野坂本）

【式目】 羇旅（旅立ちて） 旅与旅（可隔五句物）
【作者】 宗祇
【語釈】 ○**はるばると**―「恋しさに忍びしかどもはるばると旅の空までたづね来にけり」（堀河百首・旅恋・一二二〇・源師頼）。○**知らぬさかひ**―知らない土地。「おもへどもいかにならひしみちなればしらぬさかひにまどふなるらん」（後拾遺集・雑五・一一五七・慶範法師）。「知らぬさかひを知るよしもがな／思ひやる夜はの夢にやみえつらん」（表佐千句第四百韻・八〇／八一・紹永／専順）。
【付合】 前句の「別れ」を旅立ちの別れととりなす。
【一句立】 はるばる遠く知らない土地に旅立って。
【現代語訳】（前句　旅立ちの別れもそ知らぬ顔で、雲が横にたなびいている空の上。） ここからはるばる、知らない土地に旅立っていく。

（三折　裏　一二）　はるばると知らぬさかひに旅立ちて

七六　今日はいづくにやどりからまし　幸綱

【校異】 けふは―とりハ（野坂本）
【式目】 羇旅（やどり） やどり（一座二句物・「宿　只一、旅一、やどり此外に有り。鳥のやどり・露のやどりなどの間に又有べし。」（肖柏追加）） 今日（一座二句物） 今日に昨日、明日（可嫌打越物（新式今案））
【作者】 幸綱
【語釈】 ○**やどりからまし**―宿を借りようかしら。「やどり」を「借る」と詠む和歌は正徹、心敬にごくわずかある程度である。「うきまくら夢もおどろくことなかれ馬屋のおさにやどりかる夜は」（心敬僧都十躰和歌・旅泊夢・二九六）。「やどり」はこの百韻では、脇句、四二句で使用されており、三度目の使用となる。

【付合】旅中、一日歩んだ夕暮れ時に、今夜の宿りに思いをめぐらした形の句をつける。

【一句立】今日はどこに宿を借りようかしら。

【現代語訳】（前句　はるばる遠く知らない土地に旅立って。）今日はどこに宿を借りようかしら。

（三折　裏　一三）　今日はいづくにやどりからまし

七七　花咲けば木陰をあまたたどりきぬ　専順

【式目】春（花）木（植物）木与木（可隔五句物）

【作者】専順

【語釈】○**木陰をあまた**―多くの木の下陰を。花を求めて遠路やってきたことを示す。「行きくれて木の下かげを宿とせば花やこよひのあるじならまし」（平家物語・忠度最期・七七・薩摩守忠度）。「わがならぬ木陰なりとも花しあらばいづれの宿に行きかとまらん」（碧玉集・処処尋花・一五八）。

【付合】「宿トアラバ、花」（連珠合璧集）。花見に訪れ、立ち去り難くて一夜を明かすと前句をとりなす。「若草高き故郷の道／花落て木かげを分る人もなし」（行助連歌・二七七三／二七七四）の付合のように、一転、落花の後は誰も訪ねてこないことになる。

【一句立】桜の花が咲いたので、木陰をたくさんたどってはるばるやってきた。

【現代語訳】（前句　今日はどこに宿をかりようかしら。）桜の花が咲いたので、たくさんの木の陰をたどり、はるかここまでもやってきたのだ。

（三折　裏　一四）　花咲けば木陰をあまたどりきぬ

七八　いざ桜とて枝を手折らん　　大況

【校異】 をーや（野坂本）・を《や》（延宗本）　況ー説（野坂本）

【式目】 春（桜）　桜（植物）

【作者】 大況

【語釈】 ○**いざ桜**ーさあ桜よ。桜への呼びかけ。「いざ桜ちるをつらさにいひなさで梢の外のさかりともみん」（新拾遺集・春下・一五二・藤原基任）を本歌とし、桜に、折られることへの同意を求め、持ち帰り、手みやげとするとしている。「いざ桜我も散りなむひとさかりありなば人にうきめ見えなむ」（古今集・春下・七七・承均法師）、また、「いざ桜散らばありなむひとさかりなれなば憂きめ見えもこそすれ」（伊勢物語・異本歌・二二七）。「はるかなる都のつとの花散て／桜をいざと誘ふ下風」（小鴨千句第二百韻・八七／八八・心敬／専順）。

【付合】 「花」に「桜」、「木陰」に「枝」と内容をより詳しく付ける。

【一句立】 「さあ、桜よ。」と言って、枝を手折ろう。

【現代語訳】 （前句　桜の花が咲いたので、たくさんの木の陰をたどり、はるかここまでもやってきたのだ。）

「さあ、桜よ。（散り残ってみにくくなるまえに手折られなさいよ）」といって枝を手折ろう。

（名残折　表　一）　いざ桜とて枝を手折らん

七九　春もただ君がためには惜しからず　心敬

【校異】や《は》おしからん—は惜からす（野坂本）・や《は》おしからん《て》（延宗本）　野坂本により訂正

【式目】春（春）　恋（君がため）

【作者】心敬

【語釈】○惜しからず—七八が「らん」留めであって、七九が長松本ではまた「らん」で終わるのは不自然である。野坂本は「は惜しからず」とし、延宗本は「は惜しからで」の異文を注記する。ここでは野坂本にしたがっておく。「君がため」とのつながりは「君がため惜しからざりし命さへ長くもがなと思ひけるかな」（後拾遺集・恋二・六六九・藤原義孝）を思わせ、その影響下にあろう。

【付合】さあ桜よ、と云って花盛りの枝を折り取ろう、という前句に、桜を咲かせている春もあなたのためには花の枝を惜しむことはない、と付けた。

「春」と「惜しむ」の取り合わせは、おのずから「惜春」の情に及ぶ。したがって、春の季節が終わることを惜しむ気持ちを含意させての句作りであると同時に、一句としては花の句ではなく、行く春を惜しむ句である。心敬の複雑な句作りの例である。

【一句立】あなたに逢えるまでは惜しいと思わなかった私の命のように今までは惜しいと思わなかった春なのだが、恋しいあなたと逢えてもっと長らえたいと思うようになるのと同様、この桜咲く春という季節に出会えた今は、春が去って行くのを惜しいと思うし、あなたのためにも惜しいと思うようになったことよ。

【現代語訳】（前句　「さあ桜よ」と呼びかけて、盛りの内に枝を折り取ろう。）春もこのしわざをあなたのためなのだから惜しむことはないだろう。

（名残折　表　二）　春もただ君がためには惜しからず

八〇　暮れ待つ程の長き日も憂し　　元［舟＋取］

【校異】　の―の《に》（延宗本）　［舟＋取］―説（野坂本）

【式目】　春（長き日）　恋（憂し）

【作者】　元［舟＋取］

【語釈】　○暮れ待つ程―日の暮れる時を待つ間。「あさぼらけおきつる霜のきえかへり暮れ待つほどの袖を見せばや」（新古今集・恋三・一一八九・花山院）。「暮れ待つか妻こひわたるほとゝぎす」（行助句集・一四三二・夏）。○長き日―夏が近くなり、日照時間が長くなってくるさま。春歌にも夏歌にも使われる。「ながき日をくらせるだにもうき中にたのめぬ月夜など霞むらん」（前摂政家歌合嘉吉三年・春待恋・三五一・丹羽盛長）。「春は音せぬ松のはま風／永日に漕ぬる船の遠くきて」（熊野千句第十百韻・二／三・細川勝元／安富盛長）。

【付合】　一句では恋人の訪れる夜をまちわびる、恋のイメージをも持つ。

【一句立】　日の暮れるのを待つ時に、日が長くなかなか暮れないというのもつらいことだ。

【現代語訳】　（前句　春もただ、あなたのためにだけ、惜しいのではない。私にとっても惜しいのだ。）　暮れるのを待つ時に感じる、長くなった日も、春が終わりそうで私にとってはつらいことなのだ。

（名残折　表　三）　暮れ待つ程の長き日も憂し

八一　命には朝の露をたのまめや　　宗祇

【校異】め―め《す》（延宗本）

【式目】秋（露）述懐（命）命只一虫の命などに一（一座二句物）露如此降物（可隔三句物）

【作者】宗祇

【語釈】○朝の露―朝露。日がのぼれば蒸発する、はかないもの。「はかなきは我が身なりけりあさがほのあしたの露もおきてみてまし」（和泉式部続集・三九四）。露からは命も連想される。「はかなくぞあしたの露の命もてこの世とのみは契置きける」（藤葉集・恋下・六〇四・今出川院近衛）。

【付合】「暮れ」に「朝」を付ける。前句の「暮れ待つ」を、朝に生まれても、夕暮れまで保てないはかない命のさまと取った。「命あるものを見るに、人ばかり久しきはなし。かげろふの夕を待ち、夏の蟬の春秋を知らぬもあるぞかし」（徒然草第七段）。具体的には、朝に生まれ夕べに死ぬとされたかげろふが意識されており、心敬にはかげろう科の昆虫であるひをむしを詠む付合がある。「常なき身をば暮るにもしれ／ひを虫の命かくるを問もせで」（年次不詳何路百韻「白妙の」・八八／八九・永澤／心敬）。

【一句立】命を保つには朝露をたのみとするのだろうか、そんなことはない。

【現代語訳】（前句　日の暮れるのを待つ時に、日が長いのもつらいことだ。）かげろふは、明日の朝露をその命のたのみにして生きながらえているのだろうか、そんなことはない。

（名残折　表　四）　命には朝の露をたのまめや

八二　小笹がもとの夜半の虫の音　　宗怡

【式目】秋（虫の音）小笹（植物）草与草（可隔五句物）夜半（夜分）虫（一座一句物）音声に響（可嫌

打越物）

【作者】　宗怡

【語釈】○**小笹**―小さい笹。「かた岡の朝の露に風過ぎてそよぐ小篠の音の激しさ」（宝治百首・雑・三四七四・少将内侍）。○**夜半**―夜更け過ぎ。「少なくなりぬ夜半の虫の音／今日は山昨日は野べの草枕」（園塵第三・雑下・一五三三／一五三四）。

【付合】「露」から「小笹」「虫」を導き、「命」から「虫」をつけた。「虫トアラバ、命　露」（連珠合璧集）。虫の命も短くはかない。「住み果つべしや露の世中／鳴虫の命も人にあらそひて」（竹林抄・秋・三六八・能阿）。「朝」と「夜半」も対比である。

【一句立】　夜中過ぎ、小笹の根元からは虫の声が聞こえる。

【現代語訳】（前句　はかないその命を保つには朝露をよりどころにしているのだろうか、そうではないが、）夜更けても、小笹の根元からは虫の声が聞こえる。

（名残折　表　五）　小笹がもとの夜半の虫の音

八三　寝られじな月に風吹く仮枕　　行助

【式目】　秋（月）　羇旅（仮枕）「旅トアラバ、かりねかり枕」「宿トアラバ、かり枕」（連珠合璧集）月如此光物（可隔三句物）　月与月（可隔七句物）　風与風（可隔五句物）

【作者】　行助

【語釈】○**寝られじな**―眠れないだろうよ。○**月に風吹く**―月が照る空の下、風が吹く。寝られぬ夜に物思いにふけりながらふりあおぐ光景として詠まれる。「ながめじと思ひしものを浅茅生に風吹く宿の秋の夜の月」（拾遺愚草・二見浦百首・秋・一三九）。「物思ひあれなと月に風吹て／こよひもいまだ音信はせず」（顕証院会千句第七百韻・三一／三二・宗砌／超心）。「いねがての夜寒を誰か侘ぬらむ／松に風吹く月の山里」（竹林抄・秋・四五四・心敬）。○**仮枕**―旅寝をすること。仮（刈り）は、前句「小笹」と縁語。「かり枕小笹が露のおきふしになれて幾夜の有明の月」（玉葉集・旅・一一四九・二品法親王性助）。「夢路をこゆる川波の音／小笹吹く嵐の下の仮枕」（園塵第四・一五四一／一五四二）。

【付合】　虫の音から旅中の泊りの日々を付ける。

【一句立】　寝られないであろうよ、月が出、風が吹いている旅寝では。

【現代語訳】（前句　夜中過ぎ、小笹の根元からは虫の声が聞こえる。）寝られないであろうよ、虫の音に加えて、月が出、風も吹いている旅寝では。

（名残折　表　六）　寝られじな月に風吹く仮枕

八四　思ひや《キ歟》なるも秋の故郷　　専順

【校異】　なる―なに《る》（延宗本）

【式目】　秋（秋）　羇旅（故郷）　故郷只一名所引合一（一座二句物）

【作者】　専順

【語釈】　○**秋の故郷**―人も訪れず、枯れ野の広がる秋の故郷。「昔見し月も涙にくもりけり草にやつるる秋の故郷」（楢葉集・雑三・九三九・仍実法師）。

【付合】「仮枕」に「故郷」を付け、旅の句を続けている。
【一句立】「思ひやなる」の部分が意味不明だが、「思いをはせるのは、寂しく人もいない秋の故郷である。」と解しておく。
【現代語訳】（前句　寝られないであろうよ、月が出、風も吹いている旅寝では。）思いをはせるのも、秋の荒れた故郷なのだ。

（名残折　表　七）　思ひやなる《キ歟》も秋の故郷

八五　衣打つ音は聞けども主知らで　大況

【校異】 況―阮（野坂本）
【式目】 秋（衣打つ）　主（人倫）　音声に響（可嫌打越物）　人倫与人倫（可嫌打越物）
【作者】 大況
【語釈】 ○**衣打つ音**―砧で衣を打って柔らかくする音。○**主知らで**―音の主が誰かわからないで。「牛かふ野中日は暮にけり／とをざかる笛はそれとも主しらで」（三島千句第三百韻・六二／六三・宗祇）。
【付合】 長い旅から「故郷」に戻っても、知る人もなくなっているという意を付す。
【一句立】 衣を打つ砧の音は聞こえるけれど、その音の主はわからない。
【現代語訳】（前句　思うのは、寂しく荒涼とした秋の故郷。）　衣を打つ砧の音は聞こえるけれど、その音の主はわからない。

（名残折　表　八）　衣打つ音は聞けども主知らで

八六　袖の浦わによする夕浪　　心敬

【式目】　雑　袖の浦（名所）　浦（水辺・体）　夕浪（水辺・用）　水辺の体と用を一句の内に用いており、不審。夕風・夕霜の夕字〈可替懐紙〉（一座四句物（肖柏追加））　夕（時分）

【作者】　心敬

【語釈】　○**袖の浦わ**―袖の浦の海岸。袖の浦は出羽国の歌枕。今の山形県酒田市にあり、「浦」を「裏」と掛ける。「Vraua　ウラワ（浦廻）Vra（浦）に同じ。浜辺。詩歌語。」（日葡辞書）。「しほたるる袖のうらわのあま衣さながら月をやどしてや見る」（延文百首・月・二八四八・藤原時光）。○**よする夕浪**―うちよせる夕暮れ時の波。「さくや此花に花さく余所めかなつのぐむ蘆によする夕浪」（松下集・古郷花・二二一一）。

【付合】　「衣」の縁で「袖」を持ってきた。夕浪寄せる日暮れに衣を打つ音を聞く、「海辺擣衣」の情景。夕暮れで暗く、衣を打つ人が誰かわからないとする。「もしほくむ袖の浦風寒ければ干さでも海人や衣打つらん」（新千載集・海辺擣衣・五〇七・藤原宗春）。

【一句立】　袖の浦の海岸には夕波が寄せている。

【現代語訳】（前句　衣を打つ砧の音は聞こえるけれど、その音の主はわからず、）日暮れ時になった袖の浦の岸には夕波が寄せている。

（名残折　表　九）　袖の浦わによする夕浪

八七　いつの誰が涙よ海となりぬらん　元皈

【校異】　皈―説（野坂本）

【式目】　雑　海（水辺・体）

【作者】　元皈

【語釈】　○**涙よ**―「袖トアラバ、浦　涙」（連珠合璧集）。「袖の浦の浪ふきかへす秋風に雲のうへまですずしからなん」（新古今集・雑上・一四九七・中務）。「涙」には恋のイメージも強い。「今朝の月さはりがちなる影もうし／涙よ露よかへるさの道」（心玉集・一二八六／一二八七・心敬）。○**海となりぬ**―海となった。涙が海になるという比喩。歎きの激しさを形容する際に用いられる。「わが袖になどかみるめの生ひざらん涙はふかき海となれども」（沙弥蓮瑜集・忍通書恋・五〇六）。

【付合】　袖の浦の光景の前句に、浦を眺めての疑問を付けた。

【一句立】　いったい何時の誰の涙がたまって海となったのだろうか。

【現代語訳】　（前句　日暮れになって、袖の浦の海岸には夕波が寄せている。）それにしても、いったい何時の誰の涙がたまって海となったのだろうか。

（名残折　表　十）　いつの誰が涙よ海となりぬらん

八八　古き思ひの果てやあらまし　幸綱

【校異】ふるき―ふかき（野坂本）
【式目】雑　思に火可依句体也（可嫌打越物）
【作者】幸綱
【語釈】○**思ひの果て**―物思いの行き着く先。「いまぞしるおもひのはてはよのなかのうきくもにのみまじる物とは」（金葉集二度本・雑下・六二一・平忠盛）。
【付合】「涙」「思ひ」と縁のある言葉で付け、問いに対する答えとした。
【一句立】古くからの思いの行き着く先はあるのかしら。
【現代語訳】（前句　それにしても、いったい何時の誰の涙がたまって海となったのだろうか。）海は古くからの思いの行き着く先でもあるのかしら。

（名残折　表　一一）　古き思ひの果てやあらまし

八九　冬枯れはむぐらの宿をたのみにて　心敬

【校異】冬枯れの―冬かれは（野坂本）　宿の―宿を（野坂本）　野坂本により訂正。
【式目】冬（冬枯れ）　葎宿（植物）
【作者】心敬
【語釈】○**冬枯れ**―冬に草木が枯れる様子。「冬枯れのけしきこそ、秋にはをさをさおとるまじけれ」（徒然草第一九段）。　○**むぐら**―蔓をのばす雑草。荒れた場所を象徴する草。「たへてやは思ひありともいかがせむむぐらの宿の秋の夕ぐれ」（新古今集・秋上・三六四・藤原雅経）。「落つる涙ぞ月にさはれる／霜枯れのむぐらの宿に秋ふけて」（竹林抄・秋・五三八・専順）。○**たのみにて**―期待して。頼りにして。「今来んと言ひしばかりをたのみにていく長月をすぐし来ぬらん」（後鳥羽院御集・久恋・一五五〇）。

【付合】『伊勢物語』第三段から「思ひ」に「むぐらの宿」を付けた。「思ひあらばむぐらの宿に寝もしなむひじきものには袖をしつつも」（伊勢物語第三段）。前句の「思ひの果て」を思いの終わりと取り、思い続けたその末に、むぐらの宿に至るとした。

【一句立】冬枯れの時期には、荒れはてた粗末な宿を頼りとして住んでいて。

【現代語訳】（前句　古くから思い続けた気持ちには終わりがあるかしら。）恋の思いには終わりはなくて、冬枯れの時期には、荒れはてた粗末な宿を頼りとして、あの人を思い続けることだよ。

【備考】第四九句に「しげかりし園の下草冬枯れて」（行助）と「冬枯れて」がある。

（名残折　表　一二）　冬枯れはむぐらの宿をたのみにて

九〇　心の月になにかさはれる　専順

【式目】釈教（心の月）　心月已上非夜也

【作者】専順

【語釈】○**心の月**―心の中で達している仏道の悟り。悟りを開いた心を、曇りない月に例えている。真如の月。「いかでわれ清く曇らぬ身になりて心の月の影を磨かん」（山家集・九〇四）。「にごる世になれば法もやなかるらん／心の月をさしてしらばや」（初瀬千句第六百韻・六九／七〇・宗砌／専順）。○**なにかさはれる**―どうしてさまたげになろうか。

【付合】「宿」に「月」を付けた。「宿トアラバ、月」（連珠合璧集）。また、「むぐらの宿」には、「とふ人もなき宿なれどくる春は八重むぐらにもさはらざりけり」（新勅撰集・春上・八・紀貫之）により、「さはらず」が付く。「律トアラバ、さわ《ママ》らず」（連珠合璧集）。第八九句【語釈】「むぐら」例句に引用した専順の『竹林抄』五三八番句（新撰菟玖波集一〇三九にも入る）が、非常に似た付合であり、参考になる。

【一句立】心中の悟りの思いになにがさまたげとなろうか、いやならない。

【現代語訳】（前句　冬枯れの時期には、荒れた粗末な宿を頼りとして住んでいるが、）　そんなことは、心の中の悟りの思いに何が障りとなろうか、いやならないよ。

（名残折　表　一三）　心の月になにかさはれる

九一　入りてこそ広きをも知れ法の道　実中

【式目】釈教（法の道）

【作者】実中

【語釈】○**法の道**―仏道。「尋ねばやをしへの外を敷島の道は御法の道ならずとも」（雅世集・釈教・六九三）。「言はで下にやつくすことの葉／えぞ知らぬおしへのほかの法の道」（宝徳四年千句第三百韻・二〇／二一・竜忠／宗砌）。

【付合】「心の月」に「法の道」と釈教語を付けた。

【一句立】入り難く、難しく思われる仏道も、入って見れば広くわかりやすい道であることを知るのだ。

【現代語訳】（前句　心中の悟りの思いになにがさまたげとなろうか、いやならない。）狭い道に思える仏道も、入れば広い道であることがわかるのだ。

（名残折　表　一四）　入りてこそ広きをも知れ法の道

九二　教への門をさしてたづねむ　　行助

【式目】　釈教（教への門）

【作者】　行助

【語釈】　○**教への門**―仏道教義の教えの場。○**さして**―めざして。「暮て行舟は音して里もなし／やどりいづくとさして尋ねむ」（葉守千句追加・九／一〇・宗友／恵俊）。「さす」には「指す」以外に「門を鎖す」の義もある。「山めぐれどもうらぞ明ぬる／嶺の寺おもての門はさしこめて」（宗砌句集・六六五／六六六）。

【付合】　釈教の三句目。「たづねむ」で次の句の展開の余地をつくっている。

【一句立】　仏の教えを教える場を目指し、訪ねていこう。

【現代語訳】（前句　入り難く、難しく思われる仏道も、入って見れば広くわかりやすい道であることを知る。）仏の教えを説く場をめざして、訪ね求めていこう。

（名残折　裏　一）　教への門をさしてたづねむ

九三　浮かれ行く妹があたりのくるる夜に　専順

【式目】　恋（妹）　夜（夜分）　妹（人倫）　人倫与人倫（可嫌打越物）

【作者】 専順

【語釈】 ○**浮かれ行く**―浮き立った気分で行く。「よのうきにひとかたならずうかれ行く心さだめよ秋のよのつき」（続後撰集・秋中・三七〇・西行）。○**妹があたり**―妻のいるあたり。「妹があたり我は袖振らむ木の間より出で来る月に雲なたなびき」（万葉集・巻七・一〇八五）。「遠方人に千鳥立つ声／誰かまつ妹があたりを尋ぬらん」（寛正七年二月四日何人百韻・八四／八五・慶俊／専順）。「うかれ行妹があたりは過がたみ／つれなき門にしのびわびぬる」（飯盛千句第九百韻・一七／一八・直盛／玄哉）。

【付合】 前句の「門」から「妹が門」と、「妹」を連想し、句境を変えた。

【一句立】 浮き立つ気持ちで歩き行くことだ、妻の住む家のあたりが、日暮れて暗くなってきた夜になれば。

【現代語訳】 （前句 仏の教えを教える場の門を閉じ、訪ねていこう、）浮き立つ気分で向かう、妻のいる家のあたりが、日暮れてきたそんな夜には。

（名残折 裏 二） 浮かれ行く妹があたりのくるる夜に

九四 森をみづ野の鳥飛ぶ声　　宗怡

【校異】 森―森松（延宗本）

【式目】 雑 みづ野（名所） 鳥（動物）

【作者】 宗怡

【語釈】 ○**みづ野**―美豆野。山城国歌枕。京都市伏見区美豆町から久世郡久御山町にかけての野。「見つ」と掛ける。○**鳥飛ぶ声**―鳴きながら飛んで行く鳥の声。「飛ぶ声」と続けるのは和歌には管見に入らない。「明くるかとうかれがらすの鳴く声に起きいでてみれば月ぞ夜深き」（夫木抄・鳥・一二七二三・京極為兼）。「ゆふ山がらすうかれゆく声／雪高き入江の北の峯さえて」（老葉（吉川本）・六四七／六四八）。「交野のすゑも鳥とぶ声／天の川紅葉の橋やいそぐらむ」（園塵第四・三七九／三八〇）。

【付合】前句の「浮かれ」に「鳥」を付けた。浮かれ鳥とは、月の光りを朝と間違えてねぼけて鳴くカラス。「鳥トアラバ、森　うかれ」（連珠合璧集）。また、前句の「妹があたり」を、『千載集』の頼政歌にならい、美豆野のあたりと取りなしている。「山しろの美豆野の里に妹をおきていくたび淀に舟よばふらん」（千載集・隔河恋・八八七・源頼政）。「妹があたりぞ離れやられぬ／陰深き美豆野の森の雨やどり」（竹林抄・雑下・一二九四・行助）。

【一句立】森を見れば、美豆野の森には、鳴きながら飛んで行く鳥の声がする。

【現代語訳】（前句　浮き立つ気分で向かう妻のいる家のあたりが、日暮れてきた、そんな夜には。）森を見れば、美豆野の森には、ねぼけた鳥が鳴きながら飛んで行く声がする。

（名残折　裏　三）　森をみづ野の鳥飛ぶ声

九五　程遠き洲崎に鷺のあさりして　幸綱

【式目】雑　鷺（動物）　洲崎（水辺・体　新式追加条々に「流洲水辺体也」とある。）

【作者】幸綱

【語釈】○**程遠き**―遠く離れた。○**洲崎**―長く突き出た洲をいう。洲は、海や川に土砂が堆積して水面に姿を現した場所。○**鷺**―サギ。「洲崎を見れば立る白鷺／釣人の蓑も乱れて吹風に」（文安月千句第七百韻・一六／一七・

盛家／生阿）。○あさりして―餌を探して。「あさりして洲崎にたづのむれゐるを風にたちよる波かとぞみる」（為忠家初度百首・洲崎・六六一・藤原忠成）。

【付合】「烏」に「鷺」を相対させ、黒白の対比を出し、「野」に「洲崎」を相対させた。「白鷺にまじる烏のみだれ碁をのれうつたへの浜ぢにぞゐる」（草根集・六四四四・宝徳二年六月廿七日詠）。「碁とアラバ、みだれ　白黒」（連珠合璧集）。前句の森から付句の洲崎へと視線の変化もある。

ここの付合の参考となるものに、「からすのさはぐ森の夕霧／とぶ鷺はいづくにねぐら尋ぬらん／遠き洲崎は人里もなし」（小鴨千句第十百韻・七四／七五／七六・専順／忍誓／心敬）がある。

【一句立】遠くの洲崎には鷺が餌を探している。

【現代語訳】（前句　森を見れば美豆野には烏が飛び鳴き声が聞こえる。）遠くの洲崎の方では、鷺が餌を探している。

【考察】鷺が歌題として勅撰集に取り上げられてくるのは、『玉葉集』、『風雅集』の頃であり、それ以前は漢詩に見られる素材である。「洲崎」は和歌にはごくわずかにしか見られず、鷺も「あさり」する姿は詠まれにくい。ただ正徹が精力的に江に立つ鷺、飛ぶ鷺の姿を詠んでおり、正広も追随しているゆえ、森の烏と洲崎の鷺のとりあわせによる句の進行は、いかにも心敬の参加する時期の百韻らしい。なお、正徹には「河つらの里立別れ山城の美豆野の杜に鷺ぞ群れ入る」（草根集・水郷鷺・八五一五・享徳三年四月十日詠）がある。淀川と桂川にはさまれ、河と森が間近い狭い水郷地帯である美豆野では、鷺も烏も混在していたのであろう。

（名残折　裏　四）　程遠き洲崎に鷺のあさりして

九六　秋ふけわたり川風ぞ吹く　　**宗祇**

【校異】　わたり―わたる（野坂本）

【式目】　秋（秋）　ふけわたり（夜分）　川（水辺・体）

【作者】　宗祇

【語釈】　**○秋ふけわたり**―秋の夜が深まって。「ふけわたる」は、深夜になること。歌では、冷泉為広や、肖柏の歌が早い例。「深渡る秋のしの《ママ》里やあさなけにふくもあらちの山風の声」（為広集Ⅲ・三一九）。連歌でも文明期以後に現れてくるようである。なお、「わたり」を次の「川」とあわせて「渡り川」（三途の川）の意ともなる。

○川風ぞ吹く―川の風が吹く。「露しげきあしまを分て立鷺のみの毛しほるゝ河風ぞ吹く」（紅塵灰集（後土御門院）・鷺・七一五）。「言の葉の通ふばかりを頼む身に／舟呼ぶ夕べ川風ぞ吹く」（新撰菟玖波集・羇旅・二四一二／二四一三・宗砌）。

【付合】　秋の句へ転換し、また時刻も夜分へと変える。

【一句立】　秋の夜が深まり、川風が吹いている。

【現代語訳】　（前句　遠くの洲崎には鷺が餌を探している。）秋の夜が深まり、川風が吹いている。

（名残折　裏　五）　秋ふけわたり川風ぞ吹く

九七　あくるとも月な流れそ波の上　　**大況**

【校異】なかれ―かくれ（野坂本）　況―阮（野坂本）
【式目】秋（月）　波（水辺・用）　あくる（時分）　月（光物）　月与月（可隔七句物）
【作者】大況
【語釈】○**月な流れそ**―月よ、流れてくれるな。「ふけにけり流るる月も川波も清洲に澄める短夜の空」（なぐさみ草）。「たきつせは雪のおもかげたつ波に／やそうぢかはよ月な流れそ」（聖廟法楽千句第四百韻・二七／二八・兼載）。
【付合】夜更けから夜明け方に時を変えて行く。明方の月に対する名残惜しさも込める。
【一句立】夜が明けても、月は波の上にたゆたったままで流れてくれるなよ。
【現代語訳】（前句　秋の夜は更け、川風が吹いている。）このまま夜が明けても、月は波の上にたゆたったままで流れてくれるなよ。

（名残折　裏　六）　あくるとも月な流れそ波の上

九八　尾花にかかる露も散りけり　　実中

【式目】秋（尾花・露）　露如此降物（可隔三句物）　尾花（植物）
【作者】実中
【語釈】○**尾花**―薄の穂。「鶉鳴くまのの入江の浜風に尾花なみよる秋の夕暮」（金葉集・秋・二五四・源俊頼）により、「波」から「尾花」が連想される。「尾花トアラバ、浪よる」（連珠合璧集）。「風わたる尾花が上に散る露を波にくだくる玉かとぞ見る」（正治初度百首・秋・一九四三・二条院讃岐）。「風ふけばまのの入江による波を尾花にかけて露ぞみだるる」（新拾遺集・秋上・三四七・瑒子内親王）。「波こすばかり落る月影／風わたる尾花がもとの露深し」（熊野千句第七百韻・八六／八七・心敬／専順）。

【付合】「波」と「尾花」の縁により、水上から情景を移し、月と同様、夜が明けると消えていく露に思いを馳せて、尾花に降りた朝露が風に散る情景とした。

【一句立】尾花にかかった露も散ったことだ。

【現代語訳】（前句　夜が明けても、月は波の上にたゆたったままで流れてくれるなよ。）尾花にかかった露も散ったことだ。

（名残折　裏　七）尾花にかかる露も散りけり

九九　朝露のまがきの葛葉色づきて　心敬

【式目】秋（朝露）　籬〈只一、霧の籬一〉（一座二句物（肖柏追加））　朝（時分）　葛（植物）　朝露（降物）

【作者】心敬

【語釈】○まがき―竹や柴を編んで作った垣根。○葛―豆科の多年性蔓草。広範囲に繁茂する雑草であり、秋風が吹くと葉が白く裏返り、寒さの厳しくなる頃には色づいていく。「蔦、葛、朝顔、いづれも高からず、さゝやかなる、垣に茂からぬ、よし。」（徒然草第一三九段）。「雁がねの寒く鳴きしゆ水茎の岡の葛葉は色付きにけり」（万葉集・巻十・二二〇八、玉葉集・秋上・五九三（人麿）に再録）。「つゆむすぶ秋はいくかにあらねども岡のくず葉も色付きにけり」（清輔集・紅葉・一七五）。

【付合】秋の風物である「尾花」に「葛」を加え、色づいたさまの句とした。挙句の一句前となり、「籬の葛葉」

は亭主宅の眼前の情景を詠みだしてきたものであろうか。

【一句立】 朝露の降りた垣根の葛の葉は赤く色づいていて。

【現代語訳】 （前句 尾花にかかった露も散ったことだ。） 朝露の降りた垣根の葛の葉は色づいていて。

【備考】 「朝露」は、九八句にも「露」があり、不審。「朝霜」の誤字と考えれば、例えば「霜迷ふ庭の葛原色変へて恨みなれたる風ぞ激しき」（秋篠月清集・六五七）などの古歌の例もあり、「霜とあらば、〈朝霜〉色づく」（連珠合璧集）からも自然であるが、テキストからはその証跡は一切見えない。

（名残折　裏　八）　朝露のまがきの葛葉色づきて

一〇〇　庭のまさごは幾重なるらん　　行助

【校異】 は―や（野坂本）・ハ《の》（延宗本）　なる―しく（野坂本）・なる《しく》（延宗本）

【式目】 雑　庭（居所・用）

【作者】 行助

【語釈】 **○庭のまさご**―庭に敷いた砂。砂が数かぎりなくあることから尽きることない長久の意を表わした。「庭の真砂を朝夕ぞ踏む／君が代に限りも知らず仕へ来て」（新撰菟玖波集・賀・一三一六／一三一七・藤原雅俊朝臣）。「君がへん春の数かな真砂山／わかみどりそふ松ぞ木高き」（所々返答第二状・寛正六年張行（『連歌論集三』頭注推定）百韻・発句／脇・心敬／畠山政長）。

【付合】 「まがき」から「庭」を付け、祝言の意味を「真砂」で出した。発句と同様、亭主宅の眼前の風景をほめたたえる、家ぼめの句。

【一句立】　庭の真砂は、幾重にも重なりどのくらいの数あるのだろう、無限にあり、めでたいことだ。

【現代語訳】（前句　朝露の降りた垣根の葛の葉は色づいていて。）　庭の真砂は、幾重にも重なりどのくらいの数あるのだろう、無限にあり、めでたいことだ。

【考察】　野坂本は「庭の真砂や幾重しくらん」であり、真砂には「しく」がふさわしいか。

3　「撫子の」百韻

i 「撫子の」百韻　調査報告・翻刻

『「撫子の」百韻』調査記録

【日時】平成二十四年七月二十日（金）午前十時半〜午後五時半
　　　平成二十四年八月三十一日（金）午前十時半〜午後四時半

【場所】早稲田大学中央図書館特別資料室

【調査者】伊藤伸江・奥田勲

【調査書誌】

本調査の対象である『「撫子の」百韻』は、早稲田大学中央図書館伊地知鐵男文庫蔵『集連』に収められている。『集連』は、請求記号「文庫二〇 〇〇〇三八」、袋綴写本（横本）、一冊。書誌は『伊地知鐵男文庫目録』(1)に収載百韻の細目も含め詳しく、また早稲田大学資料影印叢書第三十五巻『連歌集（一）』(2)にもあり、早稲田大学中央図書館のホームページにも記載がある。かつ『集連』全巻の影印が早稲田大学資料影印叢書第三十五巻『連歌集（一）』に収録されており、インターネット上でも、画像が、早稲田大学中央図書館のホームページに公開されている。

それゆえ、詳細はそれらに譲りたいが、今回調査した本は、想定される原本の表紙見返し部分から裏表紙見返しまでの全般に補修を施し、新たに表紙を加え製本し直した本である（原表紙のみは別保存）。非常に薄い紙に端を断ち落とした原紙を貼り、真ん中で折って補修製本した形である。見返しに、原装に存したと思われる極めを貼付けている。原本に用いられている原紙は薄褐色、黄土色の二種類の楮紙。また、裏表紙見返しに、後筆で「明治十四年十二月十二日（花押）」の識語があり、現在の形に修補・装丁した日付かと想像されるが、花押については詳細不明である。

『「撫子の」百韻』は、『集連』所収百韻中末尾に位置するもので、一八三丁裏から一八七丁裏までに書かれている。一丁の表、裏に各十二行書。虫損が入り、欠字及び判読しがたい部分が若干存する。なお、この百韻各丁の末尾中央に、丁付の漢数字が入っているのがのぞいている。これは直前の『寛永十四年三月十六日百韻』からの九丁に順に一から九の丁付が入っているものである。補修の際にひとまとめになっている資料の覚えとして記したものであろうか。なお、『集連』のほかの部分には、そのような丁付は見えない。

【注】

（1）『伊地知鐵男文庫目録』（平成四年三月・早稲田大学図書館編集・発行）

（2）早稲田大学資料影印叢書第三十五巻『連歌集（一）』（平成四年十二月・早稲田大学出版部）

伊地知鐵男氏書写『連集』調査記録

【日時】平成二十四年八月三十一日（金）午前十時半〜午後四時半

【場所】早稲田大学中央図書館特別資料室

【調査者】伊藤伸江・奥田勲

【調査書誌】

伊地知鐵男文庫には、昭和十年に伊地知氏が写した九つの百韻の綴られた書『連集』（請求記号「文庫二〇〇〇〇二一」）があり、その中に「伊藤松宇氏蔵本の写し」と記された初何百韻がある。今回、『連集』を閲覧調査したところ、この初何百韻は、内容と数多くある虫損箇所が完全に一致し、『集連』に収められた『「撫子の」百韻』を、伊地知氏が書写したものと判断される。

『連集』は、縦二十四、二cm、横十六、八cmの袋綴写本。表紙は茶（楮紙）で、表紙左上方に朱の直書きにて「連集　宗祇中心」と記載がある。書誌は、『伊地知鐵男文庫目録』に収載百韻の細目を含め述べられており、早稲田大学中央図書館のホームページにも記載がある（ただし、画像は現在のところない。）収載百韻は九種類で、七賢時代の百韻から宗祇の参加した文明期の百韻までを、七海氏蔵本、京大久原文庫本、平松文庫蔵本、石田元季氏本などにより伊地知氏が書写している。これら百韻のうち「松や知る花いくかへり宿の菊」百韻、川越千句第四百韻には昭和十年五月二十七日、同五月二十五日の書写年月日が記されており、「春草は卯の花かきのそとも哉」百韻には、「昭和十年八月一日校了」の記載がある。それゆえ、『集連』は、伊地知氏が、おそらく昭和十年に自ら書写した百韻のうち、宗祇関係の時期の百韻と考えたものを一冊にまとめ作成したノートと考えられる。初何百韻自体には書写時期の記載はなく、末尾に伊地知氏による朱書きで、「伊藤松宇氏所蔵本ニ依ル」と書かれているのみである。

『心敬作品集』（昭和四七・角川書店）解説（山根清隆氏）は、「所在不明の諸本」の項において『「撫子の」百韻』に関して、「舊伊藤松宇氏蔵本」と触れている。『連集』の存在によって、『「撫子の」百韻』は、おそらく昭和十年の時点で伊藤松宇文庫蔵であったことがわかる。その後、何時か不明であるが、松宇の手を離れ、やはり何時か不明だが（昭和四七年以降の可能性もある）、伊地知鐵男氏の蔵となったと思われる。

なお、伊藤松宇は、安政六年（一八五九）生まれで、明治十五年（一八八二）に長野から上京、昭和二十三年（一九四三）

まで生きた。彼の号は、明治八年から一五年が琴聲、一五年から松宇である。[1] これらのことから、『「撫子の」百韻』の入っていた『集連』裏表紙見返しの「明治十四年十二月十二日（花押）」の識語（後筆）は、現在の形に補修した際の識語であろうが、松宇のものではないと思われる。

【注】

（1）『松宇家集』（一九二六・友田泰信堂）所載「松宇年譜」による。

『「撫子の」百韻』翻刻

初何

初1 撫子の花の兄かも梅雨　勝元
2 枝をつらぬる木々の夏かけ　専順
3 山深み涼しき水に鳥おりて　心敬
4 岩まの月にかゝるしら波　実中
5 露はらふ風に夢なき破枕　通賢
6 床もさためぬ秋のかりふし　行助
7 衣うつかたを里かと分る野に　元説
8 日も夕霧の空そ寒けき　宗祇
ウ9 時雨ふる冬の田面に鴈鳴て　盛長
10 嶺よりつゝく岡のかよひち　常安」
11 打しけり風も音せぬ真葛原　宗怡
12 小松か末そ草にましれる　頼宣
13 つれなくてなひく色をもみえぬ世に　順
14 むなしき暮を誰にうらみん　心
15 憂心我となくさむかたもなし　宗
16 秋より外の里をしらはや　賢
17 詠侘ぬふりにしまゝの宿の月　祇
18 露もひかたき庭の村草　行
19 柴はこふ山下道のかきくもり　光長
20 夕をいそく松そ木高き　実
21 照す日のかけのみいとふ夏たけて　説
22 すくなき水□(を)小田にせく声　長」
二23 人そ行湊は塩やかれぬらん　心
24 舟のあらはにあしそよく音　順
25 心にはさはる事なき世を捨て　安
26 すまれはすまんかりの山里　祇
27 かこはしな風にかたふく柴の門　長
28 袖にそうつる明かたの月　行
29 色おしむ秋のはなたの薄衣　順
30 帯たる露の野にむすふ比　心
31 真萩原いつくあれとも朝にて　実

32 夕そつらき花のうつろふ　宗
33 あすまてを春の日かすと思はゝや　頼
34 過こし□《(か)》たはかすむ老か身　心 」
35 □《(古)》郷は□□《(路カ)》もかよはす成にけり　□
36 いかなる夢をおもかけにせん　祇
ウ
37 恨侘ぬるもねられぬさよ更て　説
38 なみたやくもる残るともし火　宗
39 降ぬまも心に聞は雨の音　行
40 すめる太山そ瀧のもとなる　頼
41 石はしる水は軒はに遠からて　安
42 苔の雫の落る甍屋　説
43 生いてぬ朽葉か下の松の種　順
44 おもへは千代の末そ久しき　賢
45 思ひこしはしめもしらぬ秋の月　心
46 夜もあかつき□よりは冷し　宗怡 」
47 山かけの垣□に鹿や来鳴たつ　宗
48 小野てふ里そ谷をかけたる　祇
49 冬こもるけしきもしるく木をきりて　長
50 麻のたもとの雪はらふみゆ　実

三
51 をく露はこほりて落る小篠原　心
52 たまさかにたにいつかとけまし　祇
53 うくつらくたくひはあらし人心　順
54 われのみはては物おもへとや　行
55 あはれより酬しらるゝ恋の道　賢
56 鷹すゑいたす今日の春山　安
57 折かへるさくらか枝はひとつにて　宗
58 □□□□さく花そ間近き　□ 」
59 真木の戸□《(に)》残れる月のさしむかひ　□
60 外面の野へにうつる秋の日　行
61 遥なる沢の流に霧晴て　順
62 入江の波におつる山風　心
63 千鳥鳴夕の雪に泊舟　宗
64 都の友よわれをわするな　賢
ウ
65 春秋に独なくさむ身を捨て　心
66 草の庵りもすめるかひあり　順
67 猿さけふ声も涙の夜の雨　祇
68 ね覚の空のくらきおく山　頼
69 ありあけの残れる月に時雨して　宗

70　みせはやしほるかへるさの袖　長」
71　いかさまに又とふまては堪てまし　行
72　しらぬいのちをたのむ行末　説
73　世中□（は）さためのなきを便りにて　実
74　たゝあらましにすこす年月　宗
75　古寺に誰みなれ木の嶺の松　心
76　ふもとの杉にかよふ秋風　祇
77　露分て三輪の市ちに行かへり　賢
78　霧もふる野の里やたつね《ら》ん　行
名 79　かりあくる田つらの庵は人すまて　長
80　月はかりこそ軒にもりくれ　宗
81　さゆるよの雪の玉水声もなし　心
82　しつかにねむる埋火の本　順」
83　年たけて春の心もおもほえす　行
84　なく鶯そおりもたかへぬ　長
85　朝ことに風にまたれし梅咲て　頼
86　散とき花をよそにやはせん　順
87　つらしとて思ふ人をはへたてめや　安
88　又こそやらめかへす玉札　祇
89　中立の心もしらす頼みきて　説
90　いふことのはの末ははつかし　実
91　あらましはたゝ偽の山のおく　賢
92　捨ぬうき身も御法をそきく　宗
ウ 93　おろかなる人を佛のあはれみて　祇
94　神のたすけを猶や憑まん　長」
95　□うくる恵の末の広き代に　順
96　おほ野の露そ草にあまれる　安
97　秋の霜あたなる花と又きえて　説
98　いろうすくなる松虫の声　行
99　風寒みくもれる月の更る夜に　宗
100　都のやとの鐘そしつけき　心

勝元十二　元説七　光長一
専順十一　宗祇十
心敬十三　盛長八
実中六　常安六
通賢七　頼宣六
行助十一　宗怡二」

【備考】

各句に番号を付し、番号の上に折とその表裏も示した。判読し難い文字は□とし、推定される字がある時には右脇に括弧付きで示している。七八句は「ね」右傍に「ら」と傍書。

【「撫子の」百韻】

早稲田大学中央図書館伊地知鐵男文庫蔵『集連』内に、細川勝元が発句を詠んだ『「撫子の」百韻』が集録されている。この百韻は、張行年次は不明であるが、専順、心敬、行助、宗祇、宗怡ら連歌師が参加し、細川勝元とその廷臣たちが張行した百韻で、多くの連衆が『熊野千句』の連衆と重なる。心敬が在京時に密接な関係を結んだ細川右京兆家とその廷臣が連衆に入っており、その文化圏と心敬との関わりを考える上でも重要な百韻である。この百韻の注釈を示す。

【凡例】

一、底本は早稲田大学中央図書館伊地知鐵男文庫蔵『集連』内に存する某年張行の賦初何百韻（『「撫子の」百韻』）である。該本は他に伝本を聞かないいわゆる孤本であるため、対校本はない。

一、注釈本文は、読解の便をはかるため、底本を歴史的仮名遣い表記にあらためて清濁を付した。翻字本文は百韻の形で示してあるので、適宜参照されたい。原文の表記の誤りと考えられる箇所は改め、あて字、異体字、送り仮名は標準的な表記に直して示した。漢字表記が自然である語句に関しては、全体の統一を考えて漢字に直し、難読語句には、校注者が括弧書きで振り仮名を付し、踊り字はすべて開いている。校注者による改訂部分のうち、特記すべきものは、注釈内に付記したが、底本は虫損によって、欠字及び判読しがたい部分が若干存するため、本文を推定の上考察した句が存する。

一、各句には、折の表示とその折内の番号、百韻全体の通し番号を頭に示し、前句を添えた。

一、【語釈】にあげる和歌、連歌例は、後述引用文献による。百韻の読解に有効な際には、先例のみならず後代の作品も例示する場合がある。私に清濁を付し、片仮名など読解に不便な文字は必要に応じ平仮名に改めた。

一、各句には、【式目】【作者】【語釈】【現代語訳】の説明項目を設けると共に、二句一連の連歌の中で句がどのように作用するか、及び独立した一句ではどんな意味を持つかに配慮し【現代語訳】の他に【付合】【一句立】の項目を設けた。さらに必要な場合には、【考察】【補説】の項目も設けた。

※『「撫子の」百韻』の調査にあたり貴重な典籍の閲覧を御許可くださり、また本書への翻刻・写真掲載を御許可くださった早稲田大学中央図書館に厚く御礼を申し上げる。

ii 「撫子の」百韻 訳注

（初折 表 一）

一 **撫子の花の兄かも梅の雨** **勝元**

【式目】 夏（梅の雨）「夏の心、梅雨」（連珠合璧集） 参考「夏の末の心、なでしこ常夏」（連珠合璧集） 賦物は「初花」「初何 …花」（野坂本賦物集、連歌初学抄） 撫子（植物） 梅の雨（降物） 兄（人倫）

【作者】 細川勝元（永享二年（一四三〇）～文明五年（一四七三））。父は細川持之。文安二年（一四四五）、十六歳で管領となってから、以後三度、二十三年間にわたり管領をつとめ、幕府に大きな影響力を持った。山名宗全と応仁の乱で戦う。正徹を和歌の師匠と仰ぎ（『東野州聞書』宝徳二年十一月七日条）、正徹（後に正広）出題の月次歌会を自邸で開催している（『松下集』六〇一詞書）。連歌は、『新撰菟玖波集』に三句入集。文安年間から毎年北野社奉納の『細川千句』を興行、『熊野千句』に主客として参加。寛正年間の事跡としては、主催した『寛正四年三月二十七日何船百韻』や、発句を与えた『寛正五年十二月九日何路百韻』、『寛正六年十二月十四日何船百韻』、脇を詠む『寛正四年六月二十三日唐何百韻』などの百韻が残る。

【語釈】 ○**撫子**―ナデシコ科の多年草で、夏から初秋にかけて淡紅色の花を開く。撫でかわいがる子供の意も含むことから、発句内に親族を表わす点で「子」と縁のある「兄」を入れている。春から秋まで長く咲き続ける性質があり、それにより常夏という異名を持つ。常夏の名の場合は、「塵をだにするゑじとぞ思ふ咲きしより妹と我が寝る床夏の花」（古今集・夏・一六七・凡河内躬恒）の歌から、「床」すなわち恋の印象が強く、「撫子」が「子」の印象を強く持つのとイメージが違ってくる。常夏は藤原定家の詠花鳥和歌において、六月の花とされ、こうした意識から、撫子も連歌においては六月の花とされる。「おほかたの日影にいとふ水無月の空さへをしき常夏の花」（拾遺愚草・詠花鳥和歌・六月常夏・一九八九）。「六月物　…撫子　常夏」（初学用捨抄）。「六月渡の発句には、…撫子のおひさきをたのむ体」（梅春抄）。○**花の兄**―梅のことを言う。「花の兄と申は、梅の異名也。初春也。発句□《に》花の兄とすべし。」（梵灯庵袖下集（西高辻家本））。「それ大方の春の花　木々の盛りは多かれども　花の中にも初めなれば、梅花を花の兄とも言へり。」（謡曲「難波」）。「名もしるしこの神の木の花の兄」（宗砌発句並付句抜書・一八〇一）。○**梅の雨**―五月頃に降る長雨。五月雨。「夏の季の詞　…梅の雨」（宗祇袖下）。「梅雨」は、はやく『和漢朗詠集』の、李嘉祐の漢詩にある。「千峰の鳥路は梅雨を含めり　五月の蟬の声は麦秋を送る」（和漢朗詠集・蟬・一九三・李嘉祐）。和歌では、「梅雨」題は『秋風和歌集』（ただし「杜梅雨」）、『亀山院御集』に見られるのが早く、『沙玉集』を経て正徹、正広の家集にわずかに見られる。「梅の雨」を歌中に詠みこむ歌は、『宝治元年院御歌合』「五月郭公」題に二例見られて以降は、『松下集』に二例のみで、いずれも陰暦五月の詠（長享三年五月十日詠、延徳二年五月八日詠）。なお、「梅雨」題は正徹も詠んでいるが、歌の語句は「五月雨」を用いている。後の山科言継の詠草でも、公宴題は「梅雨」ではあるが、歌内の語句は「五月雨」であり（権大納言言継卿集四六九詠（永禄十一年））、やはり「梅の雨」は歌の中では使いにくい語句であった。「庭にちる花橘の梅の雨に声はしをれぬ時鳥かな」（宝治元年院御歌合・五月郭公・七七・越前）。「わくら葉もともに千しほの梅の雨時雨となりて紅葉しぬらん」（松下集・梅雨・一四二四）。連歌においては、応永期に、奈良県山辺郡の豪族による染田天神連歌内に集中的に見られ、また『九州問答』発句にも例がある。しかし、心敬的な内容を有するとされ、兼載の著作かとも目される連歌学書『初学用捨抄』には好まれない言葉であることが記された。漢語をやわらげた俗語として使われ、十五世紀前半の連歌に一時的に流行した語句であったか。「くれなゐの花の露こそ梅の雨」（行助句集・夏・一四二八）。「はれにけり花のなき名の梅の雨」（九州問答・「安楽寺法楽に」）。「五月物　五月雨　梅の雨今の時分好まぬ詞也」（初学用捨抄）。

【現代語訳】撫子の花に梅雨が降りそそいでいる。梅は花の兄というから、さしずめ梅雨も撫子の花を慈しむ兄なのだろうよ。

【考察】この発句の詠出時期については、「撫子」「梅の雨」を同時に詠む点、判定が難しい。しかし、「撫子」は夏の終わりになっても咲き続けるのに対し、時期が限定される「梅の雨」を詠むことから、「梅の雨」を詠み込んだ和歌の用例も傍証として、陰暦五月の発句と認定してよいであろう。

この句は、「常夏」「五月雨」を、「撫子」「梅の雨」と言い換えている点、くだけた遊びを感じさせる句であり、これをいかに受けるかが脇句の作者の力量の見せ所である。

（初折　表　二）撫子の花の兄かも梅の雨

二　枝をつらぬる木々の夏陰　　専順

【式目】夏（夏陰）　木々（植物）

【作者】専順（応永十八年（一四一一）〜文明八年（一四七六））。六角堂柳本坊法眼。当時の都の連歌界の第一人者であり、将軍義政の連歌会に出座している。『新撰菟玖波集』には百十一句入集。いわゆる連歌七賢の一人。

【語釈】○枝をつらぬる—枝をさしかわして並べている。貴人の兄弟のことを「連枝」と言い、親を同じくする兄弟の意味も示す。「兄弟トアラバ、枝をつらぬる」（連珠合璧集）。「いにしへもたぐひもあらじ我が宿に枝をつらぬるかしは木のかげ」（玉葉集・賀・一〇九一・前大納言光頼）。「花に風雨にすむともいかならむ／枝をつらぬる松の藤波」（宗祇以前「桐の葉に」何船百韻・六九／七〇）。○**夏陰**―夏の物陰の涼しい場所をいう。『了俊日記』には「世俗言」として定家歌（『拾遺愚草員外』三三一番歌）が証歌に挙げられている。「一、世俗言、只言をよめる証哥、点合たる只（言）世俗言也…竜田山一葉おち散夏影もおもひそめして《ママ》色はみへりけり　定家」（了俊日記）。すなわち、歌言葉とは認められない言葉であり、連歌における使用例も、『俊頼髄脳』での「夏鹿毛」と掛けた付合など、俳諧的な要素を持つ語句として詠み入れた感がある。「夏影のつま屋の下に衣裁つ我妹　裏設けて　我がため裁たば　やや大きに裁て」（万葉集・旋頭歌・一二七八）。「雪ふればあしげに見ゆる生駒山／いつなつかげにならむとすらむ」（俊頼髄脳・重之／かうぶんた）。「鬼籠る安達がおくはさもとほし／しげるまゆみの青き夏かげ」（文安雪千句第四百韻・八一／八二・聖阿／日晟）。

【付合】　発句に「兄」とあるのを受け、脇では、「枝をつらぬる」と根を同じくする木の様を詠んだ。細川勝元の一族の繁栄を祝する意を込め、一座の連衆の忠実な結束を見せるか。細川一族は幕府の中枢にあり、分家七家が宗家（京兆家）を盛り立てる体制をとっていた。また『ひとりごと』に「永享年中の比までは、歌連歌の名匠先達世に残りて、きら〳〵しき会席所々に侍しなり。～武家には、京兆亭・同典厩亭・同阿波守」とあり、細川一族の各邸で和歌、連歌の会が頻繁に行なわれていたことがわかる。

【一句立】　枝をさしかわし繁る木々の下は、夏の暑さをさえぎる陰となっているよ。

【現代語訳】（前句　撫子の花に梅雨がふりそそいでいる。梅は花の兄というから、さしずめ梅雨も撫子の花を慈しむ兄なのだろうよ。）そう思ってみれば、まるで兄弟が育つ様子のように、一つの根から多くの枝をさしかわす木が並ぶその下は、夏の暑さをさえぎる陰となっているよ。（勝元様のお力でご兄弟が繁栄なさっている、

その大きな庇護のもとに私たちはいることだ）

（初折　表　三）　枝をつらぬる木々の夏陰

三　**山深み涼しき水に鳥おりて**　　**心敬**

【式目】　夏（涼しき）　山（山類・体）　水（水辺・用）　鳥（動物）「夏の末の心、すゞしき〈夕すゞみ朝すゞみ〉」（連珠合璧集）　鳥只一　春一　水鳥、村鳥等之間一、鳥獣と云て一、狩場鳥、浮寝鳥、夜鳥等は各別物也（一座四句物（新式今案））

【作者】　心敬（応永十三年（一四〇六）〜文明七年（一四七五））。細川勝元邸での連歌張行にあたっては、心敬が宗匠としてとりしきっている（所々返答第二状）。この百韻においても宗匠として十三句出詠。『新撰菟玖波集』には集中第一位の百二十四句入集。

【語釈】　○**山深み**―奥深い山なので。「山深み岩間を伝ふ水の音に思ひしよりも澄む心かな」（尊円親王五十首・山家・四三）。○**涼しき水**―心敬は「水ほど感情深く清涼なる物なし」（ひとりごと）と、水を好んだ。「夏は清水のもと、泉の辺、また冷え寒し。」（ひとりごと）。「繁る木ながらみな松の風／山陰は涼しき水の流れにて」（文和千句第一百韻・二／三・良基／永運）。○**鳥おりて**―鳥が下りてきて。和歌では、鳥は苔に降りると表現され、水に降りる場合は水鳥と詠まれるようであり、連歌でも水に降りる「鳥」は管見に入らない。「夏ふかき園の植木ぞしづかなる梢の鳥や苔に降るらん」（夫木抄・夏雑・三三〇一・九条基家）。「こてふとびかふ岸の山吹／蛙鳴く春の水田に鳥おりて」（文安月千句第七百韻・六四／六五・日晟／生阿）。「人をも知らぬ世の外の山／なれぬれば袖のこけにも鳥おりて」（芝草内連歌合・一六一）。

【付合】　前句の情景を敷衍した句だが、発句、脇句が俗語を入れくだけた中に細川家の隆盛をひとまとまりで示す感があるところ、宗匠心敬は、うってかわった印象の第三を詠み入れている。前句の植物（木々）に代えて動物（鳥）を入れ、動的な内容に句を変えている。一句の中に山類と水辺を配し、動物を添えるところなどは、本格的に句境を広げて行く第四句で行様の変化を出しやすいようにとの行き届いた配慮でもある。

【一句立】 山が深いゆえ涼しく冷たい水には、鳥が涼を求めて降りてきて。

【現代語訳】（前句 枝をさしかわし繁る木々の下は、夏の暑さをさえぎる陰となっているよ。） 山が深いゆえ涼しく冷たい水には、鳥が涼を求めて降りてきて。

（初折 表 四） 山深み涼しき水に鳥おりて

四 岩間の月にかかる白波 実中

【式目】 秋（月） 波（水辺・用） 月（夜分・光物） 月与月（可隔七句物）

【作者】 実中。摂津国高槻にある臨済宗景瑞庵の住持。『寛正六年正月十六日何人百韻』の主催者。『新撰菟玖波集』に二句入集しているが、いずれも詠み人知らずとしての扱いである。

【語釈】 ○**岩間の月**―岩と岩の間の水面に映る月。「山川のはやくもあくる夏の夜に岩間の月は影もよどまず」（嘉元百首・夏月・一九二五・二条為藤）。「洩る水や岩間の月をたたくらむ／流れ流れにながめある秋」（文明年間「したつゆは」百韻・六七／六八）。○**かかる白波**―かかって見える白波。「大井川さやかにうつる秋の夜の月のこほりにかかる白波」（新千載集・秋上・四三八・二条為世）。「浦深潮未落／松のしづえにかゝるしらなみ」（菟玖波集・貞和五年六月家の和漢聯句に・二〇〇七・左兵衛督直義）。

【付合】 鳥が降りる際に立てたしぶきが、水面の月にかかるように見えるとした。「池水にむれておりゐる水鳥の羽風に波やたちさわぐらん」(堀河百首・水鳥・一〇二二・肥後)。

【一句立】岩と岩の間の水面に映って見える月には、白い波がかかっている。

【現代語訳】(前句　深山ゆえに涼しく冷たい、その水には鳥が降りてきて、)岩と岩の間の水面に映って見える月に、波しぶきがかかる。

(初折　表　五)岩間の月にかかる白波

五　露払ふ風に夢なき旅枕　　通賢

【式目】秋(露)　羇旅(旅枕)　露(降物)　風(吹物)　露如此降物(可隔三句物)　夢(夜分(連珠合璧集))
【作者】通賢　越智氏。『細川満元三十三回忌品経和歌』に詠出。『寛正四年三月二十七日何船百韻』、『寛正四年六月二十三日唐何百韻』、『熊野千句』に参加、『熊野千句』では第八百韻の発句を詠んでいる。
【語釈】○露払ふ風—露を吹き払う風。「露払ふ風もてひらく蓮葉は月にたとへぬ扇なりけり」(正治初度百首・夏・一二三六・中納言得業信広)。「露払ふ草の枕に聞きわびぬこよひかりねの床の山かぜ」(新後拾遺集・羇旅・八八八・法印顕詮)。「齢をも驚く夢に秋ふけて／身の露払ふ風なよはりそ」(下草・雑上・七五九／七六〇)。○夢なき—夢もみえず。風で露が落ち、体にかかるその水滴の冷たさに目覚める。「風吹けば露こそ落つれ荻の葉にむすばぬ夢のいかでさむらん」(新続古今集・雑上・一七〇〇・前参議通敏)。○旅枕—旅に出て仮寝をすること。「野辺のいほ磯のとまやの旅枕ならはぬ夢はむすぶともなし」(玉葉集・旅・一一九一・山階入道前左大臣)。「旅枕山里人は聞なれて寝る夜訪ふさをしかの声」(心敬集・鹿声友夜・一四一)。
【付合】白波が立つ夜分の水辺の情景の前句から、旅泊の様であるとした。白波が立つのは、強い風が吹いているからであり、その風は露をも払い、旅人の夢をさます。

【一句立】 露を払って風が吹き、落ちかかる露の冷たさに夢見ることもできない、旅の仮寝であることよ。

【現代語訳】（前句　岩と岩の間の水面に映って見える月には、白い波しぶきがかかっている。）強い風は露をも払い、雫がかかって夢もさめてしまう海辺の泊まりであることよ。

【考察】 第三句は、原本では「破枕」と読めるが、句意にふさわしいのは「旅枕」であり、「旅枕」と句を改めた。

（初折　表　六）　露払ふ風に夢なき旅枕

六　床も定めぬ秋のかりふし　　行助

【式目】 秋（秋）　旅（かりふし）「旅トアラバ、～かりねかり枕」（連珠合璧集）　床（居所・体）　床（夜分（連珠合璧集））

【作者】 行助（応永十二年（一四〇五）～応仁三年（一四六九））。山名氏の家臣であり、出家後は延暦寺東塔の惣持坊に住み、法印権大僧都に至った。いわゆる連歌七賢の一人。『新撰菟玖波集』に三四句入集。

【語釈】 **○床も定めぬ**―眠る場所も定まらない。「山河のこほる夜ごとにすみかへて床もさだめぬをしのひとりね」（洞院摂政家百首・冬・八七一・藤原隆祐）。「嘆きつつ床も定めぬうたたねはうたても夢の程もなきかな」（久安百首・恋・四七七・藤原季通）。**○かりふし**―仮の寝床に伏すこと。「寝られぬ床は野辺の仮ふし／旅枕夢さへとひやたえつらむ」（宗祇以前「桐の葉に」何船百韻・四／五・元国／政宣）。「夢おどろかす秋のかりふし／おきまさる露ややどりにふけぬらむ」（応仁元年夏心敬独吟山何百韻・四／五）。「うかれつつところさだめぬ月の頃／君待つ宵の秋のかりふし」（心玉集・一二五八／一二五九）。

【付合】旅寝の様を付ける。「床も定めぬ」には恋の面影がある。

【一句立】寝る場所も定まらない、秋の旅の仮寝。

【現代語訳】（前句　露を払って風が吹き、おちかかる露の冷たさに夢見ることもできない、旅の仮寝であることよ。）寝る場所も定まらない、秋の旅の仮寝。


（初折　表　七）　床も定めぬ秋のかりふし

七　衣うつかたを里かと分る野に　　元説

【式目】秋（衣うつ）　羇旅（分る野）「旅トアラバ、～野を分衣」（連珠合璧集）　里（居所・体）

【作者】元説　『熊野千句』に参加。また『寛正四年六月二十三日唐何百韻』、『寛正六年正月十六日何人百韻』（野坂本による。大阪天満宮文庫本では「元䑸」である。）にも出座。

【語釈】○**衣うつかた**―衣を打っているあたり。「里わかぬ秋のつきよみ名もしるく／すみわたりけり衣うつかた」（顕証院会千句第三百韻・七五／七六・宗砌／俊喬）。○**分る野に**―わけて進んでいく野に。「分く」に見分ける、判別するの意味も掛けている。「もと立つ道を誰かおこさむ／分くる野にねぬる小萩の露も惜し」（吾妻辺云捨・二七一／二七二）。「旅トアラバ、草枕、…かりねかり枕、…野を分け衣」（連珠合璧集）。

【付合】仮寝をしている前句に、衣を打つ音が聞こえてきた方角を里かなとあたりをつけ進んだのだがと、その理由を付けて続ける。

【一句立】衣を打っている音が響いてくるそのあたりが里であろうかとあたりをつけて、分け進んでいく野原に。

【現代語訳】（前句　寝る場所も定まらないような、秋の旅の仮寝をすることよ。）衣を打っている音が響いてくるそのあたりが里であろうかとあたりをつけて、分け進んで来た野原だが、（里までゆきつけず）野辺に仮寝をしていることよ。

（初折　表　八）　衣うつかたを里かと分る野に

八　日も夕霧の空ぞ寒けき　　宗祇

【式目】秋（霧）　日（光物）　霧（聳物）　空空だのめなど云ては此外也（一座四句物）

【作者】宗祇（応永二十八年（一四二一）〜文亀二年（一五〇二））。三十歳頃より連歌の道に入り、宗砌に師事した後、寛正年間には専順に師事した。この連歌も専順の弟子としての参加である。応仁の乱後、東国にて心敬に親炙し、強い影響を受け、『竹林抄』、『新撰菟玖波集』という大きな撰集に心敬の句を最も多く入れている。

【語釈】○**日も夕霧**—日も夕日となり、あたりに霧が立ちこめてきて。『古今集』五一五番歌の表現「日も夕暮れ」（夕暮れ時になって）が本来の形であったが、ここは「夕霧」につないだもの。和歌では「日も夕潮」「日も夕顔」といった言い方が詠まれているが、「夕霧」は管見に入らず、連歌も一例のみしか見つからない。「唐衣日も夕暮れになる時は返す返すぞ人は恋しき」（古今集・恋一・五一五・詠人しらず）。「都さへ日も夕霧やまよふらむ／所々の道の初霜」（那智籠（北野天満宮本）・五九七／五九八）。○**空ぞ寒けき**—空の様子が寒々しいことよ。「すさまじきものにして、見る人もなき月の寒けく澄める二十日あまりの空こそ、心ぼそきものなれ」（徒然草第一九段）。「風をいたみこほれる雲に影もりて月も雪げの空ぞさむけき」（嘉元百首・冬月・一八五四・冷泉為相）。「さやかなり霜と夕べの鐘の音／雪にやならむ空ぞ寒けき」（因幡千句第十百韻・八七／八八・紹永／宗春）。

【付合】「衣」の縁から「ひもゆふ（紐結ふ）」を出している。また、「衣うつ」夜寒のイメージから「寒けき」を使った。「衣打トアラバ、夜寒秋寒」（連珠合璧集）。

【一句立】夕霧がたちこめてきて、空は寒々しい様子を見せていることよ。

【現代語訳】（前句 衣を打っている音が響いてくるそのあたりが里であろうかとあたりをつけて、分け進んでいく野原には）、夕霧がたちこめてきて、空は寒々しい様子を見せていることよ。

（初折 裏 一） 日も夕霧の空ぞ寒けき

九 時雨ふる冬の田面に鴈鳴きて 盛長

【式目】冬（冬）「冬の始の心ナラバ、時雨」（連珠合璧集）。鴈（動物） 鴈春一秋一（一座二句物） 時雨（降物） 時雨秋冬各一（一座二句物（新式今案））

【作者】盛長 安富氏。細川勝元の重臣。『熊野千句』の興行者。この百韻では初折裏第十四句（初折裏末尾）、名残折表第一句という重要な位置の句を詠んでいる。

【語釈】○冬の田面―冬の田の表面。「冬深き田面のかりの音にぞしる霜より後もかくて見よとは」（雪玉集・田残鴈・一六四九）。「鴈トアラバ、〈初鴈 とぶ鴈 たのものかり 衣かりがね〉…田」（連珠合璧集）。「人は千里に衣打つらむ／くれそむる田面を寒み鴈鳴きて」（染田天神法楽千句（文明十一年閏九月十二日）第三百韻・脇／第三）。「かりがねは雪のうづまぬ夕べかな／冬の田面に日こそさしぬれ」（染田天神法楽千句（文明十四年十一月十日）第七百韻・発句／脇）。「一、田に雁がねはよし。雁に田は好むべからず。」（心敬法印庭訓）。

【付合】第四句目から秋の句が五句連続しているので、ここで冬に変化させた。

【一句立】 時雨が降っている冬の田に降りた鴈が鳴いていて。

【現代語訳】（前句 夕霧がたちこめてきて、空は寒々しい様子を見せていることよ。）時雨が降っている冬の田に降りた鴈が鳴いていて。

（初折 裏 二） 時雨ふる冬の田面に鴈鳴きて

一〇 嶺より続く岡のかよひぢ　　常安

【式目】 恋（かよひぢ） 嶺・岡（山類・体）

【作者】 常安 大館氏。『細川持之十三回忌品経和歌』、『細川満元三十三回忌品経和歌』に参加。『熊野千句』、『寛正四年三月二十七日何船百韻』、『寛正四年六月二十三日唐何百韻』に参加。

【語釈】 ○嶺より続く―「我が宿は立田の麓しぐれして嶺よりつづく庭の紅葉ば」（隣女集・庭紅葉・二一六三）。○岡のかよひぢ―岡を通って通う道。「よひよひに篠わくる袖は露落ちて誰かしのびの岡のかよひぢ」（宝治百首・岡篠・三四四一・藤原基家）。「霞み行く入日に雪の跡見へ《ママ》て／通路しるき岡の辺の春」（熊野千句第二百韻・二七／二八・宗祇／行助）。

【付合】「田」に「岡」を付け、岡にある田の情景とした。「田トアラバ、…岡」（連珠合璧集）。また、「岡のかよひぢ」は、『源氏物語』明石巻で、光源氏が明石の上の家に通うイメージを彷彿とさせることからも、恋の印象のある語であろう。「岡辺の宿、この言葉明石に付くべし。この岡辺の宿は入道の娘をすませし所也。〜むまにてもかよゐ給ふ。」（光源氏一部連歌寄合之事）。

【一句立】 嶺から続いている、岡を通って通う道。

【現代語訳】（前句　時雨が降っている冬の田に降りた鴈が鳴いていて。）田のそばには嶺から岡を通って通う道が続いている。

（初折　裏　三）嶺より続く岡のかよひぢ

一一　**うちしげり風も音せぬ真葛原**　　宗怡

【式目】秋（真葛原）　恋（音せぬ）　葛（植物）

【作者】宗怡。名前の二文字目は、原本でわずかに部首の一部が見え、それにより「怡」と推定している。また句上の句数からも宗怡があてはまる。宗怡は、寛正から文明にかけての連歌に出詠している連歌師。『熊野千句』に参加。

【語釈】○**うちしげり**―繁茂して。「（明石の浦は）緑の松の年深くて、浜風になびきなれたる枝に、手向草うち繁りつつ、村々並み立てり」（道ゆきぶり）。「ことしなき名となれるあはれさ／いろいろの秋の草みなうち茂り」（基佐集（斑山文庫本）・夏・二五七／二五八）。「風の音もならのはかしはうち茂り行過がてに涼しかりけり」（権大納言言継卿集・納涼・四七〇）。○**風も音せぬ**―風も音をたてない。「荻の葉に風も音せぬさ夜ふけて月に千草の露重る也」（草根集・深夜閑月・五八八三・宝徳元年（一四四九）八月十六日詠）。「とく咲きて散る日の遅き花もがな／風も音せぬ春雨のくれ」（宝徳四年千句第七百韻・発句／脇・金阿／栄心）。○**真葛原**―葛の生えている原。「我が恋は松を時雨のそめかねてまくずが原に風騒ぐなり」（新古今集・恋一・一〇三〇・慈円）。葛は、蔓を広範囲に伸ばして繁茂する蔓草であり、その葉は秋風に吹かれ、白い裏を見せて裏返る。「我が片岡のまつとだに聞け／人しれぬうらみにしげる真葛原」（表佐千句第七百韻・七八／七九・甚昭／宗祇）。「むねあくばかりいつかうらみむ／しげりけり野となる里の真葛原」（親当句集（赤木文庫本）・二七九／二八〇）。

【付合】　前句の「岡」「嶺」から「葛」を出した。「くずトアラバ、まくず　くず花　くずかつら　…岡…嶺　秋風」（連珠合璧集）。嶺から岡に続いている道は、その周辺に目を転ずれば繁茂した葛の草原となっていると付ける。葛は秋に裏葉を見せることで、恋人に飽きられ、恨む風情の表現となるが、ここでは、道も見えなくなるほど繁る葛に、恋人が通ってこない恋の悲しみを含ませてもいるか。「秋風のふきしくをののまくず原うらむる外のことのはもなし」（隣女集・寄葛恋・二三七五）。「真葛原夏野の草はしげれども君が御代にはみちぞおほかる」（秋風集・賀・六六八・大納言たかちか）。

【一句立】　一面に繁茂して、葉が風にひるがえる音もしない、葛の野原。

【現代語訳】（前句　嶺から岡を通って通う道が続いている。）あたり一面、生い茂った葛の野原で、葉が風にひるがえる音もしないことだ。

【考察】　虫損箇所を推定し、一句を作成した。

（初折　裏　四）うちしげり風も音せぬ真葛原

二一　小松が末《うれ》ぞ草にまじれる　　頼宣

【式目】　雑　草与草（可隔五句物）　小松（植物）

【作者】　頼宣　明智氏。「明智兵庫頼宣」（諸家月並連歌抄）。『寛正四年三月二十七日何船百韻』、『寛正四年六月二十三日唐何百韻』、『熊野千句』に参加。

【語釈】　○**小松が末**《うれ》―小さな松の先端。「巻向の檜原もいまだ雲ゐねば小松が末《うれ》ゆ沫雪《あわゆき》流る」（万葉集・冬雑歌・

二三一四、古今和歌六帖七五四に赤人歌として、夫木抄一三九三三に家持歌として入集)。この歌は『新古今集』には「巻向の檜原のいまだ曇らねば小松が原に淡雪ぞ降る」(新古今集・春上・二〇・大伴家持)の形で入り、『家持集』一四一は第四句「小松がさきに」であるが、後掲『玉葉集』、『専順独吟何路百韻』の例からも「末」は「末《うれ》」と詠んでおきたい。「後見むと君がむすべる岩代の小松がうれをまた見つるかも」(玉葉集・雑五・二四三六・柿本人麿、万葉集一四六歌を再録)。「花の散る比良の嶺おろし激しくて/小松がうれも匂ふ春風」(寛正三年二月二十五日専順独吟何路百韻・三五/三六)。○**草にまじれる**―草の中から先端が見えている様。松の先が草から見える様は、次にあげた定家歌からも、夏の趣も感じられるか。「夏山の草葉のたけぞ知られぬる春見し小松人しひかずは」(六百番歌合・夏草・二〇一・藤原定家)。「里ありて一人ふりぬる野は広し/千草にまじる菊のひともと」(園塵第四・秋・五五九/五六〇)。

【付合】 葛が一面に生い茂り、風の音もしない野原、その茂った草の中から、松の先が見えていると付けた。また草と草とは可隔五句物であり、この法則にのっとり、第十八句に「むら草」が詠まれている。

【一句立】 小さな松の先が草にまじって顔を出している。

【現代語訳】 (前句　葛が一面に生い茂り、その葉が風にひるがえる音もしない野原。)そんな野原の盛んな草の中からは、小さな松の先が草にまじって顔を出している。

(初折　裏　五)小松が末《うれ》ぞ草にまじれる

一三　つれなくてなびく色をも見えぬ世に　専順

【式目】 恋(つれなくて・なびく)　世只一、浮世〻中の間に一　恋世一　前世後世などに一(一座五句物)

【作者】 専順
【語釈】 ○つれなくて―変らぬさまで。薄情で。「つれなくてあはれこの世の波の上にたてるやたれもうきしまの松」（宗祇集・雑・一二三四）。「霜夜の今朝の草ぞ枯れたる／有明の入野の松はつれなくて」（連歌愚句・秋・三四二／三四三）。○なびく色―「なびく」は、風などに動かされて、先端が横に伏す形になることで、前句との付合では、その様をいう。一句では、女性が男性の恋情を受け入れる様子。「舟遠き春の朝川日のさして／柳に高く風なびく色」（寛正六年正月十六日何人百韻・六七／六八・宗祇／宗怡）。「春や涙にまかせざるらむ／初草にうちなびく色を待つもうし」（下草（金子本）・恋・六一一／六一二）。
【付合】 「松」から「待つ」を想起し、「小松」の常緑であるさまから、「つれなくて」と付け、付句を恋の句に転換している。「高砂の松の緑はつれなくて尾上の花の色ぞうつろふ」（新千載集・春下・一三二・京極為兼）。
【一句立】 薄情にも知らないふうで、こちらに心をよせてくれる様子も見えないあの人との仲では。
【現代語訳】 （前句　小さな松の先が草にまじって見えている。）その松のように待っているのに、薄情にもこちらに心を寄せてくれる気配も見えないあの人との仲。

（初折　裏　六） つれなくてなびく色をも見えぬ世に

一四　**むなしき暮を誰にうらみん**　**心敬**

【式目】 恋（うらみ） 誰（人倫） 暮与暮（可隔五句物） 暮（夜分）
【作者】 心敬
【語釈】 ○**むなしき暮**―恋人の訪れがないので、むなしい気持ちでいる夕暮れ時。「たえはてばいかにせんとかうつせみのむなしき暮は音をのみぞ泣く」（宝治百首・寄虫恋・二八八二・衣笠家良）。「むなしき暮をいかがすぐさむ／人は来で猿鳴く山の奥の庵」（諸家月次連歌抄・四九／五〇・無記名）。○**誰にうらみん**―誰に恨みを言おうか。「契りしももし思ひ寝の夢ならば待つ夜明けぬと誰にうらみん」（草根集・契待恋・四三九五）。「寂しとも言ふべき頃の夜半の月／老いの心を誰にうらみん」（専順独吟年次不詳何袋百韻・七一／七二）。

【付合】 前句の「世」は「夜」とも解せ、そこから「暮」と時刻の言葉の縁が出る。「つれなくてけふもすぎぬと思ふには暮るる空さへうらめしきかな」（六百番歌合・夕恋・八一七・藤原季経）。

【一句立】 むなしい気持ちで迎える夕暮れ時を、いったい誰のせいといって恨むことができようか。あの人は訪れてくれず、恨みを言う機会もない。

【現代語訳】（前句 私に対して冷たく薄情なままで、心を寄せてくれる様子も見えないあの人との仲では）、訪れてもらえない、むなしい気持ちで迎える夕暮れ時を誰のせいといってうらみに思うことができよう。

（初折 裏 七） むなしき暮を誰にうらみん

一五　**憂き心我となぐさむかたもなし**　**勝元**

【式目】 雑 我（人倫） 人倫与人倫（可嫌打越物）

【作者】 勝元 百韻では以後「宗」の一字名で出る。「宗」は細川宗家を示すものか。

【語釈】 ○**憂き心**―つらい気持ち。「身の程は我が身ながらも知るものをうき心とは思はずや君」（寂蓮法師集・六一）。「憂心たがいにしへを残すらん／花散里は世々の松風」（竹林抄・春・一八二・宗砌）。○**我と**―自然に。「日をいたむ一葉はおとす風もなし 病葉などとて、夏より色こき葉は、われと風より先に落侍ればなり」（芝草句内岩橋上）。○**なぐさむかたもなし**―（気持ちが）晴れることもない。「慰む」（四段活用）は、心が晴れる。「恋しさの慰むかたぞなかりけるあはぬ昔は身をもうらみき」（言葉集・会不会恋・一〇三・阿闍梨長覚）。

【付合】 恋人のせいにしてうらむこともできないつらさを、とはいえ自分の中でも処理できないつらさだと「誰」「我」の対比を入れて句作した。

【一句立】 こんなつらい気持ちは、自然と晴れることもない。

【現代語訳】（前句　訪れてもらえない、空虚な気持ちで迎える夕暮れ時を誰のせいといってうらみに思うことができよう。）そしてこのつらい気持ちは、おのずと慰められることもないのだ。

（初折　裏　八）　憂き心我となぐさむかたもなし

一六　秋より外の里を知らばや　　通賢

【式目】 秋（秋）　里（居所・体）

【作者】 通賢

【語釈】 ○**秋より外の**―秋ではない時期の。「いかにしてもの思ふ人のすみかには秋より外の里を求めむ」（相模集・虫の声々を聞きて・七六、新勅撰集二二五に採録（第五句「里をたずねむ」））。「秋より外の恋のかなしさ／あふことを何にいのらむ神無月」（園塵第三・恋・九八五／九八六）。

【付合】 前句のぼんやりと物思いにふける様を秋ゆえの物思いとし、そのつらさゆえ、もの思いを誘う秋の景物のない、別の時期の里を知りたいと付けた。**【語釈】** に掲出した相模歌が強く影響する。

【一句立】 秋という季節でない里の様子を知りたいものだ。

【現代語訳】（前句　つらい気持ちになってしまい、自然と心が晴れることもない。）そんな物思いに私を誘う秋はつらいから、秋の景物のない時期の里の様子を知りたいものだ。

（初折　裏　九）秋より外の里を知らばや

一七　詠め侘びぬふりにしままの宿の月　宗祇

【式目】秋（月）　宿只一旅一（一座二句物）　月（夜分・光物）　月与月（可隔七句物）

【作者】宗祇

【語釈】○詠め侘びぬ―物思いに沈んでいることに堪えられなくなってしまった。「ながめわびぬ秋より外の宿もがな野にも山にも月やすむらん」（新古今集・秋上・三八〇・式子内親王）。「雲のかかれる空ぞさびしき／ながめ侘ぬとは人も知れ月も見よ」（竹林抄・恋下・八五四・宗砌）。「ながめわびぬる遠山の秋／紀の海や玉津島松霧こめて」（専順五百句・秋・六四八／六四九）。「思ひかねつと恨やらばや／ながめ侘ぬいたづら臥の朝ぼらけ」（老葉（毛利本）・恋上・八四五／八四六）。○ふりにしままの―古くなるにまかせた。「日をかさね雪も昔の友まつやふりにしままの高砂の松」（草根集・松上雪・七一七一・宝徳三年十月二十四日詠）。「古りにしままの文の一筆／玉笹にまだ朝霜の落ちやらで」（新撰菟玖波集・冬・一一三四／一一三五・兼載）。○宿の月―宿を照らす月。「宿トアラバ、月」（連珠合璧集）。「陰もの深く散るや藤が枝／見つつとへたそがれ過る宿の月」（竹林抄・恋下・八五六・能阿）。

【付合】『新古今集』三八〇、式子内親王詠による本歌取。前句の「秋より外の」に「ながめわびぬ」「宿」「月」を付ける。

【一句立】もう物思いに沈んで眺めていることがつらく堪えがたくなってしまったのだ。古くなっていくままの宿を昔通りに照らしているこの月を眺めることが。
【現代語訳】（前句　秋の季節でない里の様子を知りたいものだ。）物思いに沈んで眺めているのに堪えられなくなってしまったのだ、古くなるままに打ち捨ててある宿を昔通りに照らしている月を。

（初折　裏　十）詠め侘びぬふりにしままの宿の月

一八　露も干がたき庭のむら草　　行助

【式目】秋（露）露（降物・可隔三句物）庭（居所・用）庭只一　庭の教など云て一（一座二句物）むら草（植物）草与草（可隔五句物）
【作者】行助
【語釈】○露も干がたき―露も乾きにくい。「袖に置く露も干がたき夕べとや雲井の雁も音をば添ふらん」（平親清五女集・夕雁・二二四）。「消ゆる間あれや山里の霧／すさまじき滝の下道露も干ず」（小鴨千句第四百韻・四八／四九・之好／心敬）。○むら草―むらがって生えている草。「誰分けん誰か手慣れぬ駒ならん八重茂り行く庭の村草」（和泉式部集・草のいとあをやかなるを、遠くいにし人を思ふ・七〇四）。「野原の小松庭の村草／今朝の朝け霜か雪かと降りそめて」（園塵第四・冬・六八一／六八二）。
【付合】前句の「宿」から「庭」「露」と連想し、古びていくままにまかせた宿ということから、手入れもされていない草の茂った庭とした。「詠め詫ぬ」から「露」を涙と見うる。
【一句立】露もかわきにくいほどに、むらがり繁茂した庭の草。

【現代語訳】（前句　誰も訪ねてくれず、古くなるにまかせた宿を照らしている月を眺めて物思いすることが、もう堪えがたくつらくなってしまったのだ。）袖に置く涙の露が乾く暇もないのと同様、びっしりと繁り、草に置く露も乾きがたい、そんな庭の草々。

（初折　裏　十二）露も干がたき庭のむら草

一九　柴運ぶ山下道のかきくもり　光長

【式目】雑　柴（植物）　山下道（山類・用↑「梯」などについて「已上如此類山用也、他准之」（応安新式）とあるのにより推定）

【作者】光長。経歴不明。執筆であるので、この一句しか出詠していない。

【語釈】○**柴運ぶ**―薪にするため刈り取った柴を運ぶ。「我が庵の煙ぞほそき朝市にはこぶやしげき峰の椎柴」（心敬集・山家煙・三四四）。「柴運ぶ尾上の道の松がもと／梯遠く向かふ山里」（応仁二年十月二十二日白何百韻・九／十・穆翁／宗祇）。「細くぞ見ゆる柴運ぶ道／山の名の斧の響きはかすかにて」（新撰菟玖波集・雑二・二七二六／二七二七・足利義政）。○**山下道**―山から降りてくる道。山すその道。「松繁き山下道はまだくらしあくるも待たず急ぐ旅人」（徽安門院一条集・八四）。「分過ぐる山下道の追風にはるかにおくる蟬の諸声」（新後拾遺集・夏・二七一・藤原実泰）。「さびしさは荻吹く風の夕間暮／山下道はあふ人もなし」（寛正三年二月二十七日何人百韻・二五／二六・光能／宗江）。○**かきくもり**―暗くなり物の見分けがつかなくなる。急に暗くなるニュアンスがある。日暮れ近くまで柴を刈ってから、刈り取った分を背負って山を下ってくるので、すぐにあたりは暗くなり、足元が見えなくなるのである。「かきくもり」は和歌でも連歌でも雨や雪が降る際の空の様子に使われ、ここでの用法は珍しい。「満ち来る潮ぞ音荒くなる／かき曇り夕立つ波に風落ちて」（新撰菟玖波集・夏・五五三／五五四・足利義政）。

【付合】露が庭草に降りている前句を夕暮れの情景ととり、山から柴を運び庵の庭に帰るさまとした。

【一句立】柴を運んで山から降りてくる道は、どんどん暗くなっていって。

【現代語訳】（前句　夕露も乾くことなく、むらがり繁っている庭の草。）柴を運んで降りてくる山すその道は、急に暗くなって。

（初折　裏　十二）柴運ぶ山下道のかきくもり

二〇　夕を急ぐ松ぞ木高き　実中

【式目】雑　夕字懐紙替て四　夕与夕時分（可隔五句物）　松（植物）　松与松（七句可隔物）　木与草（可隔三句物）　木与木（可隔五句物）　夕（時分）

【作者】実中

【語釈】○夕を急ぐ―夕暮れ時になるのを恐れ、道を急ぐ。「おくれじと夕をいそぐ旅人のこえてくるしきあしがらの山」（宝治百首・雑・三七七八・源顕氏）。または、早く夕暮れ時になること。「神無月嶺に朝日はさしながら夕べを急ぐ村時雨かな」（道助法親王家五十首・朝時雨・七〇二・藤原孝継）。○松ぞ木高き―元来は、松が丈高くなることに長寿の意をこめた、祝意を持つ語句。ただ、ここは祝意を感じさせない。「緑添ふ若葉をこめて開く藤の花のませゆふ松ぞ木高き」（草根集・藤花繞松・八四八四・享徳三年三月二十六日詠）。「年越えて雪降る神の井垣かな／緑立ちそふ松ぞ木高き」（永享五年北野社法楽万句第十一座第四百韻・発句／脇）。

【付合】　前句の「柴」から「夕」を付ける。「柴トアラバ、夕」（連珠合璧集）。また「かきくもり」が「夕を急ぐ」を引き出しているか。
【一句立】　早々に日が暮れ暗くなっていく中に、目印の松が高くそびえている。
【現代語訳】（前句　柴を運んで降りてくる山すその道は、急に暗くなってきて。）夕暮れの中、家路を急げば、目印の松が高くそびえているのが見える。

（初折　裏　十三）　夕を急ぐ松ぞ木高き

二一　**照す日のかげのみいとふ夏たけて**　元説

【式目】　秋（夏たけて）　日（光物）
【作者】　元説
【語釈】　○**照す日**―照りつける太陽。「秋と吹く風もかくれて照す日のかたふく空をまつの下陰」（氏真集Ⅱ・残暑・四〇三）。「波より出でて照す日の影／紅のうきて流るる竜田川」（園塵第四・秋・六〇三／六〇四）。○**夏たけて**―夏が終わって。「風にほふ池のはちすに夏たけて夕暮れ竹の色ぞ涼しき」（拾玉集・「池晩蓮芳謝、窓秋竹意深」・一九一五）。「かくて夏たけ秋も過ぎ、東国の兵ことごとく帰りしかば、南国はしずかになりにけり」（『太平記』巻三十四諸軍勢退散の事）。「おほかたは秋になりぬと夏たけて／むすびすてずは何忘れ水」（宗長追善千句第二百韻・九五／九六・荒木田守武）。
【付合】　前句の「夕を急ぐ」を日が暮れて暗くなるのが早くなると取り、日が長い夏が終わり秋になったからと説明を付けた。また、前句「松ぞ木高き」は、元来は祝意を感じさせる句であった。付句でも、同様に元来は祝意を表わす語句「照す日」を詠み込んでいる。「春きなば心のどけく照す日にいかなる霜か露も残らん」（法門百首・「衆罪如霜露」・四〇・寂然）。

【一句立】照りつける日の光だけをいやがっていた夏が終わって。

【現代語訳】（前句　夕暮れ時、暗くなるのが早くなった中に、松が高くそびえている。）照りつける日の光だけを嫌っていた夏が終わって。

（初折　裏　十四）照す日のかげのみいとふ夏たけて

二一　すくなき水□《を》小田にせく声　盛長

【式目】雑　水（水辺・用）
【作者】盛長
【語釈】○**せく**―水の流れをふさいで止めること。例えば、冬の間休んでいた田には、春、水を入れ、稲が成長し実るまで水が干上がることのないように保つ。「春は先あらすきかへす小山田のすくなき水に蛙鳴くなり」（草根集・春虫・一六九四・永享四年二月二日詠）。「いでわれも水洩らさじとおりたちてかたみにせくや小田の苗代」（雪玉集・苗代・七二八五）。水がせかれることを題材にした句は、宗祇がよく詠んでいる。「よはくもおつる春雨の音／せく水もはやふる跡のあらを田に」（葉守千句第三百韻・四六／四七・重阿／宗祇）。「せく水を氷にゆづる朽葉かな」（萱草（伊地知本）・六三三）。ここは、「せく」のみで、川の水をせきとめ、それを田に導き入れる事を示しているのであろう。○**声**―せきいれる、水の音。「谷深き岩間に夏をせく水の声より奥は秋風ぞ吹く」（下葉集・澗底泉・一八八）。

【付合】前句の「いとふ」気持ちの理由を、水がかれるゆえとした。

【一句立】少ない水を小田にせきとめ入れる、その音がする。

【現代語訳】（前句　照りつける日の光だけを嫌っていた夏が終わって。）夏がれで少なくなった水を、川から小田にせきいれている、その音がする。

【考察】虫損による欠字を「を」と類推し、補って考察している。


（二折　表　一）すくなき水□《（を）》小田にせく声

二三　人ぞ行く湊は塩やかれぬらん　心敬

【式目】雑　人（人倫）　湊（水辺・体）　塩（水辺・用）　人倫与人倫（可嫌打越物）
【作者】心敬
【語釈】○**人ぞ行く**―人が行くよ。人が歩いていけなかったはずの場所に人がいるのを見つけた驚きである。○**湊**―船の停泊する所。また、水の出入り口をいう。『連珠合璧集』には「海と河の行あひ也」と注する。「舟をもよをすうらの朝あけ／塩かなふみなとは風やくもるらん」（文安雪千句第七百韻・八／九・有春／聖阿）。○**塩**―満ちたり引いたりする海水の流れ。潮。塩がかれるとは、潮が引くこと。干潟ができ、地面が姿をあらわす。「しほがれのひがたの磯の波間よりあらはれ出づる離れ岩かな」（宝治百首・雑・三三七七・蓮性）。「汐がれの入江のぬなは根を深み／心の底ぞ結ぼほれ行く」（熊野千句第六百韻・四一／四二・道賢／心敬）。「潮干の方に急ぐ旅人／玉津島みにゆくほどやかすむらむ」（那智籠・九七二／九七三）。
【付合】前句の小田を河口近くにある湊田とし、潮が引いた海辺の情景を付けた。「湊トアラバ、田　鹽むかふ」

（連珠合璧集）。また、湊田の光景は正徹や正広がよく詠んでいる。

【一句立】人が歩いて行くよ。湊は潮が引いて、道ができたのであろうか。

【現代語訳】（前句　少ない水を小田にせき入れる音がする。）人が歩いていくよ。湊は潮が引いて、道ができたのであろうか。

【考察】虫損部分を推定して句を再現した。推定を是とした時、「湊」「塩」という語を詠み入れ、水辺の体・用を同時に入れていることが注目される。「塩」は、享徳元年（一四五二）制定の『新式今案』でも『応安新式』で「用」とされた定めから変化はない。本書収録の『寛正六年正月十六日何人百韻』の三三句目においても、心敬は、「塩」を水辺の体の事物と同時に詠みいれている。やはり「塩」に関しては、体用の外として扱っていたのであろう。この点に関しては第Ⅱ章第4節ii「『落葉百韻』における宗匠心敬」でも指摘した。


（二折　表　二）人ぞ行く湊は塩やかれぬらん

二四　舟のあらはに葦そよぐ音　専順

【式目】雑　舟（水辺・体用之外（新式今案））　葦（水辺・用）　葦（植物）
【作者】専順
【語釈】**○舟のあらはに**―舟があらわに見えて。葦が繁ると舟の姿がみえにくくなる。「夏深み玉江に繁る葦の葉のそよぐや船のかよふなるらん」（千載集・夏・水草隔船・二〇四・藤原忠通）。**○葦**―葦は水辺に生えるイネ科の多年草。二メートル以上に伸び、秋には穂を出す。「葦そよぐ潮瀬の浪のいつまでか憂き世の中にうかびわたらむ」（新古今集・釈教・一九一九・行基菩薩）。「夕風荒き川つらの里／葦そよぐ陰に小舟やとまるらむ」（応仁二年正月朔日宗祇独吟何人百韻・五／六）。「水寒き江に飛ぶ鷺の猶降りて／よる浪ならし葦そよぐ音」（葉守千句第二百韻・四五／四六・宗友／宗悦）。

【付合】「湊」に「舟」を付ける。葦間から見える舟の姿はよく見られる実景であるが、この景は、「さはる」という言葉を媒介にして、述懐、恋、釈教等の句に転ずることが可能であり、専順は釈教の句を出すお膳立ての句として詠みいれている。「さわ《ママ》るトアラバ、蘆わけ舟」（連珠合璧集）。

一句では、葦に隠されていた舟が、葦が風にゆらいだことで姿をあらわにしている様子。「我がごとやかなしかるらんさはり多み葦間分けゆく舟の心地は」（一条摂政御集・一七四）。

【一句立】舟があらわに見えるほどに、葦が風にそよいでいる、その音がする。

【現代語訳】（前句　人が歩いていくよ。湊は潮が引いて、道ができたのであろうか。）風も出て、舟があらわに見えるほど、葦がそよいで音を立てている。

（二折　表　三）舟のあらはに葦そよぐ音

二五　心にはさはる事なき世を捨て　常安

【式目】釈教（世を捨てて）　世只一　浮世々中の間に一　恋世一　前世後世などに一　（一座五句物）

【作者】常安

【語釈】○**さはる**―差し支える。「をのづからをはりに向かふ夕暮れや日頃の法もさはりならまし」（寛正百首・釈教・九九）。「難波女が舟さす春の袖のへに／さはる心のよしあしぞうき」（宝徳四年千句第八百韻・七五／七六・忍誓／専順）。「あふ事はかたわれ舟の法の道／心の月のさはるよしあし」（親当句集・雑・七七三／七七四）。

○**世を捨てて**―出家をして。「葦トアラバ、世」(連珠合璧集)。

【**付合**】　前句の「舟」、「葦」に「さはる」、「世」を付ける。葦の間を分けて進む舟には、葦が障害物となる。「みなといりの葦分け小舟さはり多みわが思ふ人にあはぬころかな」(拾遺集・恋四・八五三・柿本人麻呂)。

【**一句立**】　心中には、妨げとなる思いがないので、世の中を思い捨てて出家をして。

【**現代語訳**】　(前句　舟があらわに見えるほどに、葦が風にそよいで音を立てている。)　進む舟には葦が障害物になるが、私の心には障害物はなく、何も出家の妨げとなる事はない。それで、浮世をふり捨てて出家していることよ。

(二折　表　四) 心にはさはる事なき世を捨てて

二六　住まれば住まん仮の山里　　宗祇

【**式目**】　雑　山里(居所・体)

【**作者**】　宗祇

【**語釈**】　○**住まれば住まん**―住む事ができるなら、住もう。「世のうさをおもひすててや住まるると心のとまる山［欠］」(文保百首・雑・三三八九・少将内侍)。「忘れ草老いの心を種なれや／住まればこの世憂きにまかせむ」(文安五年二月五日山何百韻「花は紐」・二三／二四・親当／忍誓)。○**仮の山里**―かりそめに分け入る山里。この語句は和歌、連歌共に管見に入らない。似た語句としては「仮の山路」がある。宗祇は、第八句においても、珍しい語法(「日も夕霧」)で句作りをしているが、ここも、宗祇の造語か。また、その造語を許し採用する宗匠心敬の采配にも注目される。「捨てやらで子を思ふ鹿のしるべより仮の山路は厭ひ出でにき」(壬二集・三一九四)。

【付合】前句の世を捨てた人が、山に入るとして付けた。「世」と「仮」は寄合。「世を捨ててすまれぬ身こそ悲しけれかかるみやまのあとを見ながら」（続古今集・釈教・七九六・入道前太政大臣）。

【一句立】住む事ができるなら、住んでみよう。かりそめに分けいる山里に。

【現代語訳】（前句　私の心には、何も出家の妨げとなる事はない、世をきっぱりとふり捨て、）住む事ができるなら、かりそめに分け入る山里だとは思うが、住んでみよう。

（二折　表　五）住まれば住まん仮の山里

二七　かこはじな風に傾く柴の門　　盛長

【式目】雑　門（居所・体）

【作者】盛長

【語釈】○**かこはじな**―囲わないつもりだよ。山に隠れ住む隠者は、この世が仮の世であり、住まいも仮のものにすぎないとわかっているから、庵を守るために周囲を囲うようなこともしないのである。「賤が屋にかこふや柴の仮の世は住みうしとてもあはれいつまで」（続千載集・雑下・一九九四・院御製）。○**風に傾く**―吹く風に、傾いている。「武隈の松も一本かれにけり風に傾く声のさびしさ」（重之集・一九九）。「人は離れぬる蓬生のかげ／八重葎かたぶく門をひきとぢて」（宗長独吟長享二年太神宮法楽千句第八百韻・九二／九三）。○**柴の門**―柴を編んで作った粗末な門、またそのような門のある家。「柴の門」は、山中にあり、山家の風情を示すものとされる。「かよひこし柴の門たち見えぬまで卯の花咲けるみ山辺の里」（六条修理大夫集・山家卯花・九三）。「音する風ぞ人だのめなる／里遠き太山隠れの柴の門」（竹林抄・雑上・一二七九・行助）。

【付合】前句の「山里」に「柴の門」を付けた。また、「日暮らしの鳴く山里の夕暮れは風よりほかに訪ふ人もなし」（古今集・秋上・二〇五・詠み人しらず）から、人里離れた「山里」には、「風」以外は誰も訪れてこないという連想がある。

【一句立】囲わないつもりだよ。訪れてくる風に傾いてしまうような、柴で作った粗末な門の家だが。

【現代語訳】（前句　住む事ができるなら、住んでみよう。かりそめに分け入る山里に。）その時には、この世は仮の世なのだから、囲ったりしたくはないのだよ。風に傾いてしまうような、柴で作った粗末な門の家であっても。

【考察】『徒然草』第一一段には、庭の柑子の木を厳重に囲った山里の庵の様に興ざめしたことが語られ、山里に隠れ住みながらも、執着心をなくすことができない隠者が描かれている。この句はそうした章段とも連想を持っているか。「かくてもあられけるよと、あはれに見る程に、かなたの庭に、大きなる柑子の木の、枝もたわわになりたるがまはりをきびしく囲ひたりしこそ、少しことさめて、この木なからましかばと覚えしか。」（徒然草第一一段）。

（二折　表　六）かこはじな風に傾く柴の門

二八　**袖にぞうつる明方の月**　　**行助**

【式目】秋（月）袖（衣類）明方（時分）月（光物）月与月（可隔七句物）

【作者】行助

【語釈】○**袖にぞうつる**―袖に涙がたまり、月が映じる。恋の風情のある表現。「深山路の木の下露にぬれゆけば袖にぞうつる有明の月」（元久詩歌合・山路秋行・一〇〇・藤原業清）。○**明方の月**―明け方になってもまだ出ている月。「ながむれば松より西になりにけり影はるかなる明け方の月」（拾遺愚草・花月百首・六七五）。「流れての後やうき名となりぬらん／秋の最中の明方の月」（竹林抄・秋・四七五・心敬）。「住みがたき山にはなどか入りぬらん／峰の柴屋の明方の月」（老葉・秋・四三九／四四〇）。

【付合】 前句の「かたぶく」から、月が沈みかけた様子を連想して、「明方の月」を付けた。庵の周りを囲っていないからさえぎられることなく、沈みかけた低い位置の月でも見えるとする。

【一句立】 夜通し思い悩んで流した涙が濡らした袖に、明け方になってもまだ出ている月が映っている。

【現代語訳】 （前句 囲ったりしたくないのだよ。強い風に傾いてしまうような、柴で作った粗末な門の家であっても。）だからこそ、涙のたまった私の袖には、明け方になって傾き沈みかけた月が映るのだ。

（二折 表 七）袖にぞうつる明方の月

二九 色をしむ秋の縹の薄衣　専順

【式目】 秋（秋） 薄衣（衣類）

【作者】 専順

【語釈】 ○**色をしむ**―色を惜しむ。ここは、月草で染めた縹色がうつろいやすいのを惜しむことである。「月草の縹の帯の色もうしこなたかなたのうつりやすさに」（新撰和歌六帖・月草・二〇五九・藤原信実）。○**縹**―露草（月草）の花で染めた、薄青い色を言う。「花田帯トアラバ、夏衣」（連珠合璧集）。「初雪をおびたる松や薄縹」（行助句集・一四八三）。○**薄衣**―地の薄い衣服。薄衣（うすぎぬ）。夏の衣服である。「涼しさは時しも同じ蟬の羽にあつらへてける薄衣かな」（新撰和歌六帖・なつごろも・一七二四・藤原信実）。「あふぎをおけど風ぞ身にしむ／やぶれけり広き芭蕉葉うす衣」（小鴨千句第三百韻・三四／三五・日晟／心恵）。

【付合】「袖」の縁から「衣」を付け、また「月」から「月草」を連想し、「月草」で染めた「縹」を呼びこんでいる。さらに、二八句同様、二九句も「秋（飽き）」との掛詞、「薄衣」により恋の風情がある。「月草の縹の帯はとけそめぬかへらぬ色を誰にとはまし」（続拾遺集・恋三・九二二・衣笠家良）。

【一句立】季節は夏から秋にうつろい、薄衣のうつろいやすい縹色を惜しむ。

【現代語訳】（前句　涙のたまった私の袖には、明け方になってもまだ出ている月が映っている。）その薄い月の色を惜しんでいることよ。秋になっても縹色の薄衣をまといながら。

【考察】従来、和歌では「縹の帯」を詠むものであるが、わずかな「縹の衣」の作例として、「月草の花田の衣うつたへに秋ぞうつろふ蓬生の宿」（草根集・擣衣・九九六八・長禄元年（一四五七）九月廿日詠、正徹千首四三八に再録）、「月草の縹の衣うつ声もうつろひ弱る有明の空」（宗祇集・聞擣衣・一三一）があり、「縹の衣」が正徹にとりあげられ詠まれていたことがわかる。宗祇には「はかなき露を片敷の袖／朝顔の縹の衣うちわびて」（萱草（伊地知本）・五六八／五六九）という句例もある。空色の「帯」ではなく、空色の涼しげな着物である「衣」になることにより、印象もかなり違ったものになろう。二九句「縹の薄衣」は専順の工夫であり、正徹の周辺、特に連歌師たちの間では、「縹」という語の使い方に関して、連歌の付合における語句の個別対応の中から、従来詠まれていた語句の結びつき（「縹の帯」）を微妙にずらし、結び変えて、歌語ではない新たな語句（「縹の衣」）をつくり出していくような、自由な雰囲気があったのであろう。二六句の場合と同様、宗匠心敬はそうしたずらしを許しながら、百韻を張行しているのも注目される。

（二折　表　八）色をしむ秋の縹の薄衣

三〇　**帯たる露の野に結ぶ比**　　　　　　**心敬**

【式目】　秋（露）　露（降物）

【作者】　心敬

【語釈】　○**帯たる**―「帯たる」の内、「帯」には名詞の「帯」を掛けている。「帯トアラバ、むすぶ　花田」（連珠合璧集）。「仲絶えばかごとや負ふとあやふさに花田の帯を取りてだに見ず」（源氏物語・紅葉賀・光源氏）。「月草の一花ぞめのころもへず／空におびたる雲ぞ棚引く」（顕証院会千句第九百韻・七五／七六・宗砌／竜忠）。○**野に結ぶ**―露が野原に置く。和歌にはこの語句はなく、連歌でも、この語句を露に対して用いた用例は管見に入らないが、「蟬の羽の衣おりたつ泉かな／袂涼しく結ぶ朝露」（寛正四年六月二十三日唐何百韻「蟬の羽の」・発句／脇・道賢／勝元）等、「露」が「結ぶ」という形で心敬参加百韻の用例はある。「結トアラバ、帯　露」（連珠合璧集）。

【付合】　前句の「花田」に「帯」を付け、付句内には「帯」と「露」の両方の縁語として「結ぶ」を入れている。また、前句の「衣」の縁からも「帯」が入る。掛詞を核として縁語をちりばめ、句境転換を促した句である。

【一句立】　草が帯びた露が野に玉となって置く頃。

【現代語訳】　（前句　季節は夏から秋にうつろい、うつろいやすい色が惜しまれる、縹色の薄衣。）涼しさに、草が帯びている露が野に玉と置くようになる頃だ。

（二折　表　九）帯たる露の野に結ぶ比

三一 真萩原いづくあれども朝にて　　　実中

【式目】 秋（真萩原）　朝（時分）　萩（植物）

【作者】 実中

【語釈】 ○**真萩原**―萩原。「真萩」は萩の美称。「真萩原露にうつろふ月の色も花になり行く曙の原」（玉葉集・秋上・五〇五・西園寺実兼）。「真萩原露のしろ地をおりかへて紫深き唐錦かな」（為重集・萩如錦・二四八）。「今宵や野辺の露のかりふし／庵しめむ夕風にほふ真萩原」（宗祇独吟寛正年間何船百韻「はらふべき」・五〇／五一）。萩の花は秋の代表的な花である。「秋の野は花の色々おほかれど萩の錦にしくものぞなき」（新続古今集・秋上・三九七・藤原頼輔）。○**いづくあれども**―「いづくはあれども」の略で、どこでもそうだがの意であろう。「みちのくはいづくはあれど塩竈の浦こぐ舟のつなでかなしも」（古今集・東歌・一〇八八）。○**朝にて**―朝の様子であって。「朝にて（こそよし）」の意か。萩の花は暁の露にぬれて花開く。「暁の露に鹿鳴いて花始めて発《ひら》く」（和漢朗詠集・萩・二八二）。「高円の野辺の秋萩このごろの暁露に咲きにけるかも」（万葉集・秋雑・一六〇五・大伴家持、玉葉集四九四に再録）。

【付合】 前句の「露」に「萩」を付けた。「萩の露玉にぬかむととればけぬよし見む人は枝ながら見よ」（古今集・秋上・二二二・詠み人しらず）。

【一句立】 萩原は、どこであっても、暁露にぬれて花を開く朝の様が一番すばらしいのであって。

【現代語訳】（前句　涼しさに、草が帯びた露が野に玉となって置く頃、）萩の野原は、どこの原でもそうだが、そんな涼しい朝の様子が一番すばらしいのだ。

【考察】 萩の花は、春の桜の花を「花の錦」と賞讃するのに対して、「萩の錦」と表現され対比されて、その美しさを詠まれる（【語釈】に挙げた藤原頼輔歌など）。歌題にも「萩如錦」が十四世紀から現れている。さらに、正徹、心敬らには、漢語「夜の錦」を使って、夜見てもその美しさがわからないことが詠まれている。例えば、正徹は「とはれねば庭に日影はさしながら萩の錦ぞ暗き夜の闇」（草根集・閑庭萩・八一六〇・享徳二年七月廿日詠）と、誰にも見てもらえない萩は「夜の錦」（暗くて見えないので、かいのないこと）と同じと詠み、心敬も「宮城野や夜の錦の色ならぬ小萩が露にやどる月かな」（心敬集・四六八）と詠む。こうした形容の仕方と、【語釈】の例に出した、『和漢朗詠集』二八二の漢詩例から、萩の花は、暁の露に開き初めたみずみずしい美しさを最もよしとされたと思われる。

（二折　表　十）真萩原いづくあれども朝にて

三二　夕ぞつらき花のうつろふ　　宗

【式目】春（花）　夕（時分）

【作者】勝元

【語釈】○夕ぞつらき―夕暮れ時がつらい気持ちなのだ。「吹きしをり身にしむ色の風よりも夕ぞつらき秋の思ひは」（建保元年七月内裏歌合・暮恋・三六・藤原忠定）。「朝顔はほどなきかげを盛りにて／ただ夕暮はうくつらき頃」（文安月千句第八百韻・九五／九六・聖阿／良珍）。○花のうつろふ―花が色あせ、散る。「萩原や下葉色づく夕露に散りがた見せて花ぞうつろふ」（嘉元百首・萩・一一三〇・小倉実教）。

【付合】前句の「朝」に相対させて「夕」を付ける。恋人の来ないのを悲しむ意として使われる語句「夕ぞつらき」を、花に用いた。付合ではうつろう花は萩の花であり、前句の【考察】で見たように、せっかくの萩の花も見えなくなっては何の甲斐もないのである。

【一句立】夕暮れ時はうらめしいことよ。暗くなるにつれて、花は色あせ見えなくなってしまうのだ。

【現代語訳】（前句　秋萩の野原は、どこの野原であっても、花が露に咲き始める朝が最も輝かしく見えることだ。）それに対して、夕暮れ時はうらめしいことよ。暗くなるにつれて、花は色あせ見えなくなってしまうのだ。


（二折　表　十二）夕ぞつらき花のうつろふ

三三　**明日までを春の日数と思はばや　頼宣**

【式目】春（春）
【作者】頼宣
【語釈】○**明日まで**―一日余分に明日まで。「明日までもちらで見るべき花ならば暮れ行く日をば嘆かざらまし」（重家集・花下日暮・五八三）。○**日数**―一定の日数。「春の日数」は春の季節の日数。「くれて行く春の日数も花の色もうつりはてぬる夕暮れの空」（紫禁和歌集・九三八）。「とどめんかたも長き別れ路／花の散る春の日数の今日つきて」（美濃千句第四百韻・五四／五五・圭祐／専順）。
【付合】前句の「夕」を春の最終日の夕暮れととらえ、春を惜しむ心情を詠んだ。付句の第一句の「明日まで」も恋の語句として使われる事が多く、前句の「夕ぞつらき」との間に、恋情のイメージのつながりを漂わせる。「生きてよも明日まで人もつらからじこの夕暮をとはばとへかし」（新古今集・恋四・一三二九・式子内親王）。
【一句立】せめて明日までをまだ春の日数だと思いたいものだ。
【現代語訳】（前句　夕暮れ時はうらめしいことよ。暗くなるに従い、花は色あせて散っていってしまう。）だが、今日で春が終わりだと思わず、せめて明日までをまだ春の日数だと思いたいものだ。

（二折　表　十二）明日までを春の日数と思はばや

三四　過こし□《か》たはかすむ老が身　　心敬

【式目】 述懐（過こし・老が身）　身（人倫）　人倫与人倫（可嫌打越物）

【作者】 心敬

【語釈】 ○**過こし□《か》た**―過ぎて来た過去。自分が過ごして来た昔。「身のうさの過ぎこしかたにかはらずは今ゆく末もいかになげかん」（続千載集・述懐・一八七四・昭慶門院一条）。「ただ幾度も身をかへりみよ／老いてこそ過ぎこし方もくやしけれ」（永正年間何路百韻「ひとはいさ」・二〇／二一）。○**かすむ**―霞んでいる。和歌では、年をとり、そのつらさに流す涙によって月が霞んだような状態に見えると詠まれる。ここは、長く生きてきたゆえに、己が人生の記憶が遠く霞んでいること。「よなよなの月こそあらめ老いてみる花も涙にかすむ春かな」（続草庵集・見花・八六）。「かすむ夜をならひときけば老が身のなぐさむ月は春のみや見ん」（宗祇集・春月・二三）。○**老が身**―年をとった身。心敬は、『心玉集』一四七九、一五四七、一六三七や『吾妻辺云捨』四一〇など、非常に多くこの語を使用する。「老が身の心の花は友もなし／さまざまに世はなりてかはれる」（顕証院会千句第六百韻・十一／十二・宗砌／超心）。「うき世の岸を別るると知れ／老が身は根を離れたる草葉にて」（心玉集・一四七八／一四七九）。

【付合】「春」に「霞む」を付ける。「霞む」は、言葉としては春を受けているが、おぼろになった過去の記憶を表わすのに用い、述懐の句に転じた。前句が「三月尽」の句となったことから、もはや春の句を続けることはしにくく、ここで宗匠心敬が句境を転換したもの。また、万人共通の思いである、明日も春であればよいのにという未来の希望を詠んだ句に対して、老いた自分が過去をふりかえる形の句をだし、そうはいっても老いた自分は、とやや皮肉をまじえて転換した。この百韻の張行年月日は明らかではないが、仮に『熊野千句』（寛正五年の張行と推定される）の翌年とすれば、心敬は六十歳であった。

【一句立】 過ごしてきた過去の思い出は、今はもう遠くおぼろに霞んでいる、そんな年老いた我が身。

【現代語訳】（前句　せめて明日まで、まだ私の命の春の日数と思いたいものだ。） 過ごしてきた過去の思い出は、今はもう遠くおぼろに霞んでいる、そんな年老いた我が身。

（二折　表　十三） 過こし□《か》たはかすむ老が身

三五　□《古》郷は□□《路カ》もかよはず成にけり　□

【式目】 雑

【作者】 不明。作者がわからないのは、この句と、五八句、五九句の三句であり、句上と百韻内で判明する各作者の詠数を比較すると、作者として考えられるのは、心敬、行助、頼宣の三名である。三三句、三四句（前句）と、頼宣、心敬の句が続いていること、五九句に付く六〇句が行助の句であることも念頭に置くと、この句の作者は行助である確率が最も高く、五八句は心敬、五九句は頼宣の句とする推定が妥当であろう。

【語釈】 ○**かよはず**―通らない。「咲こる《ママ》花の雪重き枝／はらふべき風もかよはず霞む日に」（河越千句第二百韻・七四／七五・心敬／印孝）。

【付合】 老いを表現した前句に、時の経過を示す故郷に関連する句を付けたようである。

【一句立】　故郷は□□も通わないようになってしまったことよ。
【現代語訳】（前句　過ごしてきた過去の思い出は、今はもう遠くおぼろに霞んでいる、そんな年老いた我が身。）
故郷は□□も通わないようになってしまったことよ。
【考察】　この句は破損がはなはだしく、作者名もわからない。この和歌の破損箇所に推定される語句としては、「故郷」に「かよふ」ものゆえ、「人」「心」「夢」「風」「直路」「夢路」などの歌語があるが、次句が「夢」を詠みこんでいるため「夢」関係の歌語は除外されよう。

（二折　表　十四）□《（古）》郷は□□《（路カ）》もかよはず成にけり

三六　いかなる夢を面影にせん　　宗祇

【式目】　恋（面影）　夢（夜分（連珠合璧集））
【作者】　宗祇
【語釈】　○いかなる夢を―どんな夢を。つめたい振舞いをする恋人が夢に見えるか、それともやさしく接してくれる恋人が夢に見えるかは、非常に気にかかる所である。「とはばやないかなる夢を見つる夜のなごりの袖のかくは濡るると」（物語二百番歌合・二九〇・『参河にさける』前関白）。「面影のうきにかはらで見えもせばいかにせんとか夢をまつらむ」（新後撰集・恋二・八七三・法印長舜）。○面影にせん―あなたの面影として心に見よう。「花もがな面影にせん道の辺のまののかやはら夏深き頃」（雅世集・夏草深・七四三）。
【付合】　前句の「かよふ」に「夢」を付ける。「夢かよふ路さへたえぬ呉竹の伏見の里の雪の下折れ」（新古今集・冬・伏見里雪・六七三・藤原有家）。「空蝉のわが世むなしきから泊さてぞはかなき夢通ふらん」（松下集・旅泊夢・三三一一二）。もはやまったく訪れの途絶えた故郷の現状に、せめて夢だけでも通えば、面影にする夢も選べるのにという気持ちを付けた。

【一句立】一体どんな夢の様をあの人の面影として心に浮かべようか。

【現代語訳】（前句　故郷はもう□□も通わないほどになってしまった。）（あの人も今では夢の中でその姿を見ることができるだけなのだが、せめて夢だけでもかよえば、面影にするような慕わしい夢も得られるのに、）一体どんな夢の様をあの人の面影として心に浮かべようか。

（二折　裏　一）いかなる夢を面影にせん

三七　**恨み侘びぬるもねられぬ小夜更けて　元説**

【式目】恋（恨み侘び）　小夜（夜分）　ぬる（夜分）

【作者】元説

【語釈】○**恨み侘び**―自分の気持ちに答えてくれないあの人を恨み嘆いて。「恨み侘びほさぬ袖だにあるものを恋に朽ちなん名こそ惜しけれ」（後拾遺集・恋四・八一五・相模）。「みはてぬ夢ぞ行方はかなき／恨みわびぬれば松風おとづれて」（小鴨千句第五百韻・二六／二七・心敬／宗砌、竹林抄九一九に再録）。○**ぬるもねられぬ**―寝るにも寝られない。「思ひわびぬるもねられぬ我が恋は伏見の里に住む甲斐ぞなき」（小侍従集・伏見里・一八〇）。○**小夜更けて**―夜がふけて。「雨の音のきこゆる窓は小夜ふけてぬれぬにしめる灯のかげ」（玉葉集・雨中燈・二一六九・伏見院）。

【付合】「夢」に「寝る」、「小夜」を付ける。「夢トアラバ、面影…凡夜之詞可付之。」（連珠合璧集）。「夜分　ぬるといふ詞」（連珠合璧集）。煩悶する余りに寝られず、夢など見られようもない様。

【一句立】　つれないあの人を恨み嘆いて、寝ようとしても寝られないうちに夜が更けて。

【現代語訳】（前句　一体どんな夢の様をあの人の面影として心に浮かべようか。）つれないあの人を恨み嘆いて、寝ようとしても寝られないうちに夜が更けていくのだから。


（二折　裏　二）恨み侘びぬるもねられぬ小夜更けて

三八　涙やくもる残るともし火　　宗

【式目】　恋（涙）　ともし火（夜分）
【作者】　勝元
【語釈】　○**涙やくもる**—涙で目の前がくもるのであろうか。「わが袖の涙やくもる春の夜の月やかすむとたれに問はまし」（平親清五女集・七）。「昼間さへとへど涙やくもるらん／まばゆからじなさのみしのぶな」（三島千句第九百韻・三九／四〇）。○**残るともし火**—まだ消え残っている灯。「まちふけて今はとはじのひとりねに心ぼそくも残るともしび」（沙玉集・寄灯恋・六〇七）。「花散りし野寺を訪へば春暮れて／のどけき風に残るともしび」（三島千句第十百韻・一五／一六）。
【付合】　来ない恋人を待つ夜更けの情景を付けた。
【一句立】　涙で目の前がくもるのであろうか。残っているともし火がぼんやりと見えている。
【現代語訳】（前句　つれないあの人を恨み嘆いて、寝ようとしても寝られないうちに夜が更けて。）涙で目の前がくもるのであろうか。残っているともし火がぼんやりと見えている。

（二折　裏　三）涙やくもる残るともし火

三九　降らぬ間も心に聞くは雨の音　　行助

【式目】 雑

【作者】 行助

【語釈】 **○降らぬ間も**―雨が降らないうちも。「降らぬ間も雲の行き来はとだえねば月影うとき五月雨の頃」（等持院殿百首・夏・二六）。**○心に聞く**―和歌や連歌には珍しい表現でほとんど見えない。実際に遠く隔たった場所を眺めながら聞えてこないその場所の音声を想像する歌が正広に見られるが、ここはそうした眺望の句ではない。「夕日さす雲まの峰の寺をみて音せぬ鐘を心にぞ聞く」（松下集・遠寺晩鐘・八三〇）。「舟のうちにこのよの岸を漕ぎはなれ／心にきくな騒ぐ松風」（文明六年一月五日何木両吟百韻・二三／二四・宗祇／元盛）。**○心に聞くは雨の音**―『伊勢物語』第一〇七段及び『古今集』七〇五番の逸話のイメージを持つ表現。雨が降るとそれほど熱心でもない恋人はわざわざ訪ねてはこない。それゆえ、雨の音によって（恋人が来ないから）、我が身が愛されていないことがわかってしまう。「藤原敏行朝臣のなりひらの朝臣の家なりける女をあひしりて文つかはせりけることばに、いままうでく、雨の降りけるをなむ見わづらひ侍るといへりけるを聞きて、かの女にかはりて詠めりける　　かずかずに思ひ思はず問ひがたみ身を知る雨は降りぞまされる」（古今集・恋四・七〇五・在原業平）。

【付合】 前句の「残るともし火」は「耿耿残灯背壁影　蕭蕭暗雨打窓声」（和漢朗詠集・秋夜・二三三・上陽人・白居易）からの語句であり、そこから「ともしび」に「雨」を付けている。この白居易の詩句「耿耿残灯背壁影」からは、新古今歌人が多く想を得、「消えやらで残る影こそあはれなれ我が世ふけそふ窓の灯」（道助法親王家五十首・閑中灯・九九七・藤原家隆）のように心情を添わせて表現する和歌が生まれ、さらに、京極派歌人たちにより象徴性を持った和歌が詠まれていく。

付句は、一句では雑の句だが、【語釈】で述べたように恋のイメージがあり、付合でははっきりと冷たい恋人を待つ女性の姿をえがきだす。

【一句立】降っていない間も、心に聞いているのは、雨の音なのだ。

【現代語訳】（前句　来ない人を待って流す涙で目の前がくもるのか、夜更けて残っているともし火がぼんやりとしか見えない。）雨が降らない時でも、あの人に愛されていないことをはっきりと感じる私の心が聞いているのは、降れば恋人が来なくなるその雨の音なのだ。

（二折　裏　四）降らぬ間も心に聞くは雨の音

四〇　住める太山ぞ瀧のもとなる　頼宣

【式目】雑　瀧（山類・用）滝只一、名所一、滝津瀬一、花の滝・泪の滝等、此外なるべし。（一座四句物）太山（山類・体と類推）

【作者】頼宣

【語釈】○住める太山―自分が住んでいる深い山奥。「しづかなれ住めるみやまの滝つ浪／松吹く風の近き暁」（三島千句第七百韻・九一／九二）。○瀧のもと―滝のあるそのあたり。滝は深い山の中にある。「岩かくれ浪こす山の滝のもとよりこぬ夏をはらふ白玉」（草根集・深山泉・三一九六）。「川は底なる峰のかけはし／猿さけぶ声さへ寒き滝の本」（顕証院会千句第九百韻・四／五・原秀／専順）。「み山の里はたゞ滝の本／行月は水のいづくに流るらん」（小鴨千句第六百韻・五八／五九・心敬／賢盛）。

【付合】「雨」に「瀧」を付け、情景を一新し、雨の音のように心に響いていたのは瀧の音であったと種明かしをした付合。「瀧トアラバ、～雨」（連珠合璧集）。「木の間洩る月に雨聞く奥山の滝の岩屋に猿叫ぶ声」（草根集・故山猿叫・五八一八・宝徳元年七月二十三日詠）。

【一句立】私が住んでいる山奥は、ちょうど滝の落ちる近くなのだ。

【現代語訳】（前句　雨が降っていなくても、雨音を心に聞いているかのように思える。）なぜなら、私が住んでいる深い山奥は、ちょうど滝のある所で、いつも滝の水音がしているのだ。

（二折　裏　五）住める太山ぞ瀧のもとなる

四一　石《いし》ばしる水は軒ばに遠からで　常安

【式目】雑　水（水辺・用）軒（居所・体）

【作者】常安

【語釈】○石《いし》ばしる―水が岩にあたり、しぶきをあげて流れること。「滝」にかかる枕詞として機能する。「いしばしる滝なくもがな桜花手折りてもこむ見ぬ人のため」（古今集・春上・五四・詠み人しらず）。「いしばしる水の白玉数見えて清滝川に澄める月影」（千載集・秋上・二八四・藤原俊成）。「上代の枕詞「いはばしる」（石走）の「石」字を「いし」と訓じて「いしばしる」の語が生じたらしい」（古語大鑑）とされる。平安から鎌倉の歌人は好んで「いしばしる」を使用した。例えば「石走る垂水の上の早蕨のもえいづる春になりにけるかも」（万葉集・一四二二・志貴皇子）は、『類聚古集』の読みでは「いしはしる」である。なお、同歌は仙覚の『萬葉集註釈』では「岩そそぐ」であり、宗祇注とされる『万葉抄』も同様。四一句は「石」が漢字であるため、読みはわからないが「いしばしる」か。同時代の歌人正徹にも「石ばしる」を用いた歌は多いが、同時に全て「滝」を詠みこんでおり、古今集歌の影響下にあると考えられる。「石ばしる滝のしら淡わきかへり水の心や五月雨の空」（草根集・夏滝・三一二一、三三七一（重出））。「霧のぼる滝つ河音ふくる夜に／月さへ早し石ばしる水」（三島千句第四百韻・五五／五六）。

【付合】前句の「瀧」に、前掲『古今集』五四番歌、『千載集』二八四番歌などから「石ばしる」「水」と付けた。

【一句立】しぶきをあげて流れる水は家の軒端から遠くない所にあって。

【現代語訳】（前句　私が住んでいる深い山奥は、ちょうど滝の落ちる近くなのだ。）しぶきをあげて流れる水は家の軒端から遠くはなくて。

（二折　裏　六）石《いし》ばしる水は軒ばに遠からで

四二　苔の雫の落つる甍屋　元説

【式目】雑　雫（水辺・用と推定）　甍（居所・体）

【作者】元説

【語釈】○苔の雫―苔につたう雫。「苔トアラバ、しづく」（連珠合璧集）。「山深み苔のしづくの声ぞ添ふ梢の雪や春になるらむ」（心敬集・残雪・四）。「苔のしづくにのこる春雨／瓦樋《かはらひ》の軒のつらゝのうちとけて」（文安雪千句第三百韻・三四／三五・救信／智蘊）。「柴の戸に夜焼く妻木出でてほせ／苔のしづくの深きふる里」（河越千句第六百韻・二七／二八・長敏／義藤）。「苔」は、山深い地を想像させ、また同時に既に経過した長い年月を示唆するゆえ、以下のように、古寺と詠まれる例もある。「苔のしづくの落る立石／難波なる寺の鳥居の年をへて」（行助句集・一九七／一九八）。○**甍屋**―瓦葺きの屋根の建物。この語は、瓦を焼く小屋の意味で、煙と共に恋歌に詠まれてきたが、この時代には、正徹と正広が新たにこの語句を瓦葺きの建物として詠んでいる。「かはら屋はふるとも知らで落葉しく庭に霰をきく嵐かな」（松下集・屋上霰・二一八七）。「楸散る木の下露に袖濡れて／月は夕べも清き甍屋」（親当句集・三六一／三六二）。

【付合】　正徹の和歌には、「甍屋」で瓦葺の寺院を詠むものがある。この付合においても、寺院のイメージを呼び込めば、長い年月の間、信仰が守られてきている静かな山寺の情景となる。「寺トアラバ、軒のかはら」（連珠合璧集）。「秋の花を軒端の棚に折り散らしあかざらならすかはら屋の奥」（草根集・秋寺・五九五二）。「奥深き軒のかはらに松ふりて花にかすめる春の灯」（正徹千首・古寺花・一一二）。「寺ふりて軒のかはらの色もなし苔より落つる露の月影」（柏玉集・古寺月・八六四）。「聞やたれ軒のかはらにむす苔のしづくも法の声ならんとを」（為和集・古寺苔・三八九）。

【一句立】　苔につたう雫がしたたる瓦葺きの屋。

【現代語訳】　（前句　しぶきをあげる水は、軒端からほど遠くないところを流れ、）苔むした瓦からは雫がしたたる、瓦葺きの屋。

【考察】　「苔の雫」は、和歌において、正徹、心敬、正広に集中的に使われており、正徹周辺で歌に取り上げられたということができる。中でも正徹には、深山に住む隠者の生活に密着する景物ととらえる視点からの歌が見られる。「竹の樋にうけてぞ結ぶ山岸の苔のしづくのつもる流れを」（草根集・山家水・九九八・春日社宝前詠百首和歌・宝徳三年四月廿一日〜廿五日詠）。「岩がねの苔のしづくも木隠て音に心をすます宿かな」（草根集・閑居・二九四・応永廿七年二月十七日聖廟法楽詠百首和詞）。

（二折　裏　七）　苔の雫の落つる甍屋

四三　生ひいでぬ朽葉が下の松の種　　専順

【式目】　冬（朽葉）　松与松（可隔七句物）　松（植物）

【作者】　専順

【語釈】　○生ひいでぬ―芽を出し育って来たこと。「年ふとも我忘れめや逢坂のしののをすすきおひ出でぬらん」（夫木和歌抄・薄・四四一二・詠み人しらず）。○朽葉―散り落ちた後に腐り朽ちた葉。「落ちつもる朽ち葉が下をかきかへし誰がため拾ふ木の実とかしる」（基俊集・九六）。○松の種―この語も和歌では細川道賢、正徹、正広の詠のみしか見られない。正徹周辺で和歌に使われた語句である。「たれ恋ひん梢に根ざす松の種生行後の風の夕暮れ」（草根集・寄宿木恋・七四九一・享徳元年四月七日詠）。「空にまけ月を心の松の種／いはほはつたに紅葉する比」（小鴨千句第十百韻・発句／脇・之基／宗砌）。「種をたれまくずのかかる岩ね松」（宗砌連歌愚句・発句部・二五一・宝徳元年八月十九日忍誓得業坊の千句に）。

【付合】　すでに経過した長い年月を示唆する「苔」を受けて、この先の悠久の時を表現する「松」を、その芽生えの形で表わして付けた。「苔トアラバ、松がね」（連珠合璧集）。「瓦トアラバ、松　寺」（連珠合璧集）。苔からしづくが落ちるじめじめした地では、落ち葉は朽ちてしまう。「山陰や軒端の苔の下朽ちてかはらの上に松風ぞ吹く」（玉葉集・山家歌の中に・後京極摂政良経・二二一〇）。

【一句立】　芽をだしたことよ。湿った朽ち葉の下にあった松の種は。

【現代語訳】　（前句　苔むした軒からは雫がしたたる、瓦葺きの屋）。雫に湿った朽葉の下からは松の種が芽を出したことだ。

（二折　裏　八）　生ひいでぬ朽葉が下の松の種

四四　思へば千代の末ぞ久しき　　**通賢**

【式目】　賀（千代）

【作者】　通賢

【語釈】　**○千代の末**―長い年月の先。「行末を思ふも久し姫子松いまより君が千代をちぎりて」（新拾遺集・賀・六九五・藤原忠季）。「身の盛二度なきを恨にて／思へば千代も一時の夢」（初瀬千句第六百韻・九三／九四・宗砌／梁心）。

【付合】　前句の「松」に「千代」を付ける。「立ちかへる美濃小山の松の種なほ栄ふべき千代の行末」（堯孝法印日記・一二・文安二年（一四四五）十二月三十日の細川右馬助入道道賢よりの詠）。「人は猶梢に根ざす松の種思ひをつきて千代なかさねそ」（草根集・寄宿木恋・四七三七）。

【一句立】　思えば千年ものその先の年月は実に長いことだ。

【現代語訳】　（前句　芽をだしたことよ。湿った朽ち葉の下にあった松の種は。）思えばこの松が育ち緑を保っていく、千年もの先の年月とは、長い時間であることよ。

（二折　裏　九）　思へば千代の末ぞ久しき

四五　思ひこしはじめも知らぬ秋の月　**心敬**

【式目】　秋（秋の月）　月如此光物（可隔三句物）　月与月（可隔七句物）　月（夜分）

【作者】　心敬

【語釈】　○思ひこし―ずっと物思いにふけってきた。月をながめて物思いにふけることは、心敬の時代よりはるか昔からなされてきた。「老いぬれば今年ばかりと思ひこしまた秋の夜の月を見るかな」（新勅撰集・雑一・一〇八六・藤原家隆）。「思ひこしあはれそこらの年月を今言ふばかりはや語らなん」（新撰和歌六帖・「人づて」・一四九二・藤原為家）。○はじめも知らぬ―輝きはじめたその始まりの時もわからないほど遠い昔の。「忘れずやはじめもしらぬ空の月かへらぬ秋の数はふりつつ」（拾遺愚草・対月問昔（建久五年八月十五夜左大将家詠）・二二九〇）。

【付合】　「末」に「はじめ」を相対させ、遠い未来の世を思う前句から、はるかな過去をふりかえる付句に句境をはっきり変化させた。前句に「思へば」、付句に「思ひこし」と「思ふ」があえて重ねて用いられている。四二句から四四句まで、今昔、幼長の対比で句が作られてきたが、心敬はその流れを受け継ぎつつ、巧みに秋の季の句に変えていった。

【一句立】　物思いの対象とされたその初めがいつのことかもわからないほど、古くから輝いている秋の月よ。

【現代語訳】　（前句　思えば千年先までもずっと輝いていることだろう。）美しさにひかれ、はるか昔から人々がながめて物思いにふけった月。物思いの対象とされたその初めがいつのことかもわからないほど、古くから輝いている秋の月よ。

（二折　裏　十）　思ひこしはじめも知らぬ秋の月

四六　夜もあかつき□よりは冷じ　　　宗怡

【式目】秋（冷じ）　夜（夜分）

【作者】宗怡

【語釈】○**夜もあかつき**―夜も暁頃になって。「ほととぎすよも暁に鳴きすてて／亡き人恋ふる袖ぞひがたき」（称名院追善千句第一百韻・八三／八四・紹巴）。○**冷じ**―冷え冷え、寒々とした様。「大方秋の寒きを言へるなり」（分葉）。「秋の心、すさまじ」（連珠合璧集）。「すさまじや閨の埋火みなつきて灰もぬるさぬ《ママ》暁の袖」（草根集・暁爐火・四一四八）。「あらしのみ吹く大原の秋／川音も冷じき夜の月ふけて」（熊野千句第五百韻・八八／八九・心敬／宗祇）。「すさまじき細江の水につりたれて／あかつき月の舟の秋風」（心敬僧都百句・二二一／二二二）。

【付合】引続き夜分の句を付けている。

【一句立】虫食いによる欠字があり、句意不明。

【現代語訳】（前句　物思いの対象とされたその初めがいつのことかもわからないほど、古くから輝いている秋の月よ。）

（二折　裏　十一）　夜もあかつき□よりは冷じ

四七　山陰の垣□に鹿や来鳴きたつ　宗

【式目】秋（鹿）　山かげ（山類・体）　鹿只一　鹿の子一　すがる一（一座三句物）

【作者】勝元

【語釈】○**山陰**―山の陰になっている場所。ふもとのあたり。「山陰」と「鹿」の組み合わせは看聞日記紙背連歌に多く見られる。「山陰のことさらすごく鹿鳴きて／捨てし身にさへ秋ぞ苦しき」（看聞日記紙背応永二十九年三月十五日何路百韻・九／十・蔭蔵主／庭田重有）。「里には見えぬ鹿の通ひ路／山陰は急ぐか木々の初紅葉」（看聞日記紙背応永三十一年三月十八日山何百韻・一四／一五・庭田重有／無記名）。○**垣□**―「垣根」もしくは「垣ほ」か。和歌を見ると、「山陰」には「垣根」が結びつくが、くずし字は「根」ではない。「山陰のかきねを宿とさだめてや竹をはなれずうぐひすのなく」（伏見院御集・鶯・一八二五）。「山陰にいまはかきねやしめおかん身を卯の花の咲くにまかせて」（前摂政家歌合（嘉吉三年）・初夏・一〇八・畠山持純）。○**来鳴きたつ**―来てしきりに鳴く。「来鳴き立つ」は和歌、連歌共管見に入らない。「来鳴く」もしくは「来鳴きとよむ」「来鳴きとよます」の形であれば、万葉語として雁、ホトトギスなどの鳥に使われ、「来鳴く」は平安から中世にかけて少数ではあるが用例が続く。ただ、「来鳴く」の例として、鹿に使われるのは他の用例がない。「初雁のきなくときはの杜の露そめぬしづくも秋は見えけり」（新後拾遺集・秋上・三四一・前中納言定家）。「橘の散るは色音を惜しむ也きなきし物を山ほととぎす」（草根集・郭公・五七三五・宝徳元年五月廿六日詠）。「くひなの来鳴く川上の里／鶯の根芹をつみてあらふ日に」（行助句集・四八一／四八二）。また、通常「鳴き立つ」の形では、鳥に使われており、ここでの鹿を主語とする「来鳴き立つ」はやはり異例の使い方であろう。

【付合】　秋の前句に、やはり秋の景物である鹿を付けている。

【一句立】　山のふもとの庵の垣のあたりには、鹿がやって来てしきりに鳴いているのだろうか。

【現代語訳】　（前句　句意不明）山のふもとの庵の垣のあたりには、鹿がやって来てしきりに鳴いているのだろうか。

（二折　裏　十二）　山陰の垣□に鹿や来鳴きたつ

四八　小野てふ里ぞ谷をかけたる　宗祇

【式目】雑　名所（小野）　里（居所・体）　谷（山類・体）

【作者】宗祇

【語釈】○**小野てふ里**─現在の京都市左京区の一乗寺北のあたりから八瀬大原一帯をいう。小野という里。『源氏物語』において、浮舟が入水失踪の後、横川の僧都に見つけられ連れて行かれた里。「比叡、坂本に、小野といふ所にぞ住みたまひける」（源氏物語・浮舟）。「立ちまどふ夕の霧に鹿ぞなく昔よいかに小野の山里」（松下集・鹿・五〇五）。「小野てふ里に近き大比叡／たづねつる人の行末を今聞きて」（因幡千句第七百韻・九八／九九・専順／紹永）。「露や寒けき小野の山里／夕まぐれうれへ顔にも鹿鳴て」（園塵第三・秋・六三三／六三四）。○**谷をかけたる**─谷に連なっている。『源氏物語』夢浮橋巻で、小野の浮舟の住まいからは「例の、遥かに見やる谷」との描写がある。「谷かけて岩根きびしき奥山に遅く桜を見る人やたれ」（拾玉集・春・二三一五）。

【付合】鹿が間近にまで降りてきて鳴いているような山の庵の様を詠む前句に、山裾であり谷にも連なる小野の里のことであると具体的に付けた。「鹿の音を聞くにつけても住む人の心知らるる小野の山里」（新後撰集・秋上・三二〇・西行）。「小野てふ里」とわざわざ「てふ」と表現している点は、次の句で「斧」と掛ける形で生かされるか。「薪こるをのてふ里や炭竈にたえぬを焼くの煙たつらん」（通勝集・炭竈煙・一六八）。

【一句立】小野という名前の里は、谷に連なっているのだ。

【現代語訳】（前句　山のふもとの庵の垣のあたりには、鹿がやって来てしきりに鳴いているのだろうか。）そんな光景が普通に見られるのは、この小野という名の里が、山にも谷にも連なっているからなのだ。

（二折　裏　十三）　小野てふ里ぞ谷をかけたる

四九　冬ごもるけしきもしるく木を切りて　盛長

【式目】　冬（冬ごもる）　木（植物）

【作者】　盛長

【語釈】　○**冬ごもる**―冬の寒い時期に室内に閉じこもること。「風寒しつま木こりつつ今日よりや小野の里人冬ごもるらん」（教長集・初冬・五二九）。○**けしきもしるく**―様子もあきらかで。「あめのしたけしきもしるくとる苗は水を心にまづぞまかする」（文治六年女御入内和歌・九五・藤原定家）。「春のけしきもしるき曙／面影の花に向かはぬ山もなし」（新撰菟玖波集・春上・一四一／一四二・藤原政行）。○**木を切りて**―冬、小野の里では、山人が薪にするための小枝（爪木）を集め、炭を焼く。「つくりなすあまたの杣木墨をうて／冬のかまへにこもる山人」（初瀬千句第四百韻・六三／六四・宗砌／超心）。「名のみなりけり小野の山里／たが宿もねやに炭焼く冬の夜に」（心玉集・一二三〇／一二三一）。

【付合】　前句の「小野」を「斧」に取り、木を切るさまを付けた。

【一句立】　いかにも冬ごもりに向かうといった様子で、山里人は木を切っていて。

【現代語訳】　（前句　小野という名の里は、谷に連なっている。）そんな斧の名を持つ里で、いかにも冬ごもりに向かうといった様子で、里人は木を切っていて。

（二折　裏　十四）　冬ごもるけしきもしるく木を切りて

五〇　麻のたもとの雪払ふ見ゆ　　実中

【式目】冬（雪）　たもと（衣類）　雪（一座四句物）　雪（降物）
【作者】実中
【語釈】○麻のたもと―麻の袖。麻は庶民の衣服に使われる繊維。「露時雨ひとつにしほる山人の麻の袂もかくはぬれじを」（正治初度百首・恋・一九八〇・二条院讃岐）。「うき世は秋の風にまかせて／やつれそふ麻のたもとの露霜に」（浜宮千句第三百韻・五〇／五一・宗因）。
【付合】前句の山人の様子に、山人の麻衣とそこに降る雪を付け、情景を詳しくした。
【一句立】麻の袂に降りかかる雪を払っているのが見える。
【現代語訳】（前句　いかにも冬ごもりのしたくをする様子と見えて、山人は木を切っているが、）着ている麻の衣の袂に降りかかる雪を払っているのが見える。

（三折　表　一）麻のたもとの雪払ふ見ゆ

五一　置く露はこほりて落つる小篠原　心敬

【式目】冬（こほり）　植物（小篠）　露（降物）　露如此降物（可隔三句物）
【作者】心敬
【語釈】○こほりて落つる―凍って、その結果落ちる。和歌、連歌共に例はごくわずかだが、「こほりて落つる」露を詠む歌として、「雪消ゆるまがきの竹の春風に氷りて落つる庭の朝露」（建長八年百首歌合・右近中将経家・

五三、夫木抄一三二一、新続古今集三九にも採録）があり、また正徹にも「夕時雨降るやゆづきが下露も氷りて落つる冬の山風」（草根集・冬雨・一八五七・永享四年一一月一五日詠）がある。心敬の句には、正徹の形象が影響していようか。「山里は軒端の岡を吹く風に氷りて落つる松の白雪」（千五百番歌合・冬・藤原良平・一九四四）。「露氷り河音寒き茅原かな」（竹林抄・発句・一八〇二・専順）。「我もとて散るか葉守の神無月／こほりてのこる柏木の露」（葉守千句第一百韻・発句／脇・宗祇／肖柏）。○**小篠原**―小さい笹の生えている野原。「露」と結ぶ場合には、「小篠が原」であることも多い。「篠トアラバ、小ざゝ　玉ざゝ　をざゝが原　さゝのくまなどいふ。あられ」（連珠合璧集）。「をざさ原風まつ露の消えやらずこのひとふしを思ひおくかな」（新古今集・雑下・一八二二・藤原俊成）。「小篠原かりなる夢の中道も絶えてふるのの夜半の秋風」（心敬集・寄夢恋・三五〇）。「露落つるこの山本の小篠原／霧にぬれたる峰の椎柴」（園塵第三・秋・六六八／六六九）。

【付合】　前句の「雪」から「篠」を出した。「篠の葉のさえつるなへに足引の山には雪ぞ降りつみにける」（玉葉集・冬・九六七・紀貫之）。また、前句の「たもと」から、涙のイメージが湧き、「置く」「露」が導かれる。

付合の景としては、小さな氷の粒が落ちる点で共通するが、前句は遠景（あるいは大きな景）、付句は近景（あるいは小さな景）で、同一現象をマクロとミクロの二つの視点で対照させたか。

【一句立】　小さい篠に置く露が凍っては落ちている、そんな凍てつく寒さの野原。

【現代語訳】　（前句　麻の袂に降りかかる雪を払っているのが見える。）　小さい篠に置く露が凍っては落ちている、そんな凍てついた篠の野原で。

三折から心機一転

連歌も五〇句をすぎ、後半に入ってくると、連衆の気持ちもゆるみがちになってくる。それゆえ、三折に入ったら、起承転結の転にあたる懐紙にうつったとして、宗匠は一座の空気を一新し、あらたな展開を心するところである。三折早々の宗匠心敬の工夫は、五一句目に、真冬の句であるにもかかわらず「露」を詠みこんだところ。情景としては、露が氷って落ちるという不可思議なものになるが、これは次から露の縁で「むすぶ」や「とく」という恋の意味を持つ言葉を呼びこむための伏線である。心敬の気持ちを解した宗祇が「とく」という言葉をさっそく使い、練達の連歌師専順が「憂く」「つらく」「人心」と、句意をはっきり恋に移し据えた。付句での句境の変化を意図するならば、前句の中に、例えば水辺と山類の言葉を一緒に入れるなどできるだけ多くの材料を用意するのが常套手段。心敬はいつもそうしているのだが、ここでは、恋に縁のある言葉につながる語句を用意して使わせようとしている。

（三折　表　二）置く露はこほりて落つる小篠原

五二　たまさかにだにいつかとけまし　宗祇

【式目】雑　恋（たまさかに・とけ）

【作者】宗祇

【語釈】○**たまさかに**―ひょっとして、万が一に。「紀の国やゆらの港にひろふてふたまさかにだに逢ひみてしがな」（新古今集・恋一・一〇七五・藤原長方）。「たまさかにとひくる夜半は下紐のとけてもとけぬ心なりけり」

（後土御門院御集・稀逢恋・四四三）。「たまさかにだにまた逢はんかは／契りしは大宮人になるも憂し」（園塵第二・恋・五九〇／五九一）。○**いつかとけまし**―いつかとけるのかしら。「心もやいつかとけまし我がなかにむすぼほれたる下紐の関」（為村集・寄関恋・一六八六）。「氷トアラバ、…むすぶ　とく」（連珠合璧集）。

【付合】「露」から「玉」を連想し、「たまさか」と「玉」を掛けて付けている。本来、「篠原」は「霰」と関係が深く、その「霰」の「玉」から同音を持つ「たまさか」が導き出されてくる。「なほざりのそのおとづれもたえはてぬふるや霰のたまさかにだに」（俊光集・寄霰恋・四八五）。宗祇は「霰」ではなく、「露」を詠み込んできた心敬の前句でも、縁語の関係から「玉」を導きだしてみせた。西行の次の歌も影響するか。「小篠原末葉の露は玉に似て石なき山を行く心地する」（山家集・雑・九七二）。「篠」にも「玉篠」という美称があり、そちらからも連想されよう。また、前句の「こほり」から「とく」が導かれるが、「露」も「こほり」同様「結ぶ」という語も連想させるゆえに、そこからも「結ぶ」の反対語の「とく」につながっていく。なお、この句には「たまさかに」「とく」と恋の風情を持つ表現があり、「心」という言葉はないが、一句内には恋の思いが感じられる。

【一句立】万が一にもいつか解けるのだろうか。

【現代語訳】（前句　小さい篠に置く露が凍っては落ちている、そんな凍てついた篠原。）ひょっとして、いつか氷が解けることがあるだろうか。

（三折　表　三）たまさかにだにいつかとけまし

五三　憂くつらくたぐひはあらじ人心　専順

【式目】恋（憂く・つらく）「恋の心、…うき人、…つらし、…」（連珠合璧集）。

【作者】　専順

【語釈】　○**憂くつらく**―あの人が冷たい様子であることが、私にとってはいとわしく、つらく。「憂くつらく思ひとりにし年月は我がいつはりに猶や恋ひまし」（洞院摂政家百首・恋・一四一六・藤原為家）。○**たぐひはあらじ**―比類ないであろう。「色も香もたぐひはあらじ咲きみちて軒端にあまる梅の下風」（新続古今集・春上・梅盛開・七六・後花園天皇）。「たぐひはあらじ人の恋しさ／面影の似たるにせめて忘ればや」（壁草（書陵部本）・一六七一／一六七二）。○**人心**―移ろいやすく、当てにならないものとしていう。ここでは、恋しい人の気持ち。「人心うしみつ今はたのまじよ／夢に見ゆやとねぞすぎにける」（拾遺集・雑賀・一一八四・良岑宗貞）。「人心うきも我が身のとがぞとも思ふにすぎてつらき君かな」（正治初度百首・恋・一七七六・生蓮（源師光））。「つらきをばさらにもいはず人心あはれなるにも物をこそおもへ」（玉葉集・恋三・題しらず・一五六〇・永福門院）。「我袖の別にたどる人心／うらめしつらしかへりだに見よ」（熊野千句第六百韻・八一／八二・行助／心敬）。「人心」は和歌においては好ましくない詞。「人心　貞永哥合、定家卿判云、「人心」といふ五文字、いまはこのみよむまじきよし沙汰あり」（近来風体抄・一向不レ可レ用詞）。

【付合】　容易に解けないことで、私をつらくさせるものは、恋しい人の心であると解いた付合。

【一句立】　苦しくつらく思われるのは、他にくらべようもないように思われる、恋人の冷たい心であることよ。

【現代語訳】　（前句　万が一にも、いつか気持ちがとけることがあるだろうか。）苦しくもつらくも思われ、比類がなく冷たいと感じられる、あの人の心。

（三折　表　四）憂くつらくたぐひはあらじ人心

五四　**我のみはては物思へとや**　　　　**行助**

【式目】恋（物思へ）　我（人倫）　人倫与人倫（可嫌打越物）

【作者】行助

【語釈】○**我のみ**―私の方だけが。「とへかしと我のみ思ふあらましにたのめぬ夜半も人ぞ待たるる」（文保百首・恋・一九七七・源有忠）。「したへどもうつろひかはる袖の露／我のみ物をなを思ひ草」（表佐千句第八百韻・九三／九四・氏忠／甚昭）。○**物思へとや**―恋の物思いをしろというのだろうか。「物思へとやつれなかるらむ／心にもあらず六十路の春をへて」（老葉（吉川本）・一八一五／一八一六）。「物思へとや露の降る空／干しがたき袖をば誰にかこたまし」（新撰菟玖波集・恋中・一七三五／一七三六・式部卿邦高親王）。

【一句立】ついには私だけに物思いをしろというのだろうか。

【付合】「人」に「我」を付け、相対させている。

【現代語訳】（前句　苦しくもつらくも思われ、そのつれない様子は類がないと感じられる、あの人の心。）ついには私だけに物思いをしろというのであろうか。

（三折　表　五）我のみはては物思へとや

五五　**あはれより酬《むくひ》知らるる恋の道**　**通賢**

【式目】恋（恋の道）

【作者】　通賢

【語釈】　○**あはれより**―愛情よりも。「恋は高きもあはれとや思ふ／誰が胸にかはりて富士の燃えぬらむ」（園塵第二・恋・六〇二／六〇三）。○**酬**《むくひ》―相応の返し。過去の自分の行為が原因で生じた結果であることを言う。ここは前世で恋人に冷たい振舞いをしたことが、現世に報い、今度は自らが恋人によってつらい思いをしていることを指す。「先の世に人の心をつくしける身のむくひこそ思ひ知らるれ」（玉葉集・恋一・不逢恋・一三二一・藤原親方）。「知らずいかなるうらみをかせん／けふまではむくひと思ふ恋の道」（明応九年七月七日何人百韻・六四／六五・匡久／基佐）。「罪トアラバ、むくひ」（連珠合璧集）。○**恋の道**―恋の行末。ただし、この言葉の使用に関して心敬は難色を示している。「由良の戸を渡る舟人楫をたえ行方も知らぬ恋の道かな」（新古今集・恋一・一〇七一・曽祢好忠）。「恋の道憂しや憂とのみ嘆くかな」（井蛙抄第六・五二四・藤原為氏）。「旅の道・恋の道、ひたたけたる言葉也。好みたまふな。」（心敬法印庭訓）。

【付合】　恋人から与えられる愛情は感じられず、ただ冷たくされて、前世の自分のなした行為の報いが返って来たと感じる様子で付句にした。

【一句立】　愛情よりも、先の世の報いが思い知られる私の恋の行末であることよ。

【現代語訳】　（前句　ついには私だけに物思いをしろというのか。）冷たいあの人の態度からは愛情などより、先の世の報いが思い知られて、ひどくつらい思いをする私の恋の行末であることよ。

（三折　表　六）あはれより酬《むくひ》知らるる恋の道

五六　鷹据ゑいだす今日の春山　　常安

【式目】 春（春山）　狩鷹一　鶉一　獣一（一座三句物）　山（山類・体（梅春抄））

【作者】 常安

【語釈】 ○**鷹**―鷹狩りに用いる鷹。鷹狩には、大鷹を使って主として冬期にする鷹狩と、小鷹を使って秋にする小鷹狩がある。ここは大鷹か。○**据ゑいだす**―鷹匠が鷹を腕にとまらせて放つ。「鷹据ゑて野辺にといふは我がためにかりの心を知らずなりせば」（宇津保物語・国譲下・九一〇・女一宮）。「家づとにあまたの花も折るべきにねたくも鷹を据ゑてけるかな」（拾遺集・雑秋・一一〇一・平兼盛）。「はし鷹を据ゑいだす朝け夕暮の野べの帰るさいづれまされる」（春夢草・冬・鷹狩・一四一八）。「心のみのどかにあらぬ仕へ人／鷹据ゑいだす君が御狩は」（因幡千句第九百韻・六五／六六・氏忠／承世）。「据ゑ」は「関」を「据う」ことから「恋の道」の縁語である。「いかにせむ恋路の末に関すゑて行けども遠き逢坂の山」（新勅撰集・恋二・七五五・中宮少将）。○**春山**―ここはこの語句を詠みいれることで、春の句とはっきり句意を定めたことになる。「聞くもうし残る一木の花の風／茂り隠せる末の春山」（連歌五百句（赤木文庫本）・四五四／四五五）。

【付合】 前句の「恋」を「木居」と取り、鷹狩りの情景に転じた。この取りなし方は、『俊頼髄脳』では「似物」の技法の一つとして出されている。「また、歌には似物といふ事あり。さくらを白雲によせ、～恋をば、ひとりのこに思ひよそへ、鷹のこゐにかけ～」（俊頼髄脳）。「はし鷹のこひてふことをよそにみし老の波こそ立かへりけれ」（拾玉集・老後初恋・八七〇）。「木居」は、鷹狩りの鷹が木の枝にとまっていること。「はしたかの木居にかかりて暮らす日は我も家路に帰りかねつつ」（兼好法師集・鷹狩・二〇四）。「箸鷹の木居の下水波もなし／狩場はいづこさかの古郷」（熊野千句第六百韻・六五／六六・勝元／道賢）。
なお、付合において前句は「木居の道」と意味を取ると、殺生をなす生業に生まれつき、鷹を育てて殺生に使う我が身のあり方が前世の報いとなる。「箸鷹の巣より育てし人ぞある殺す心をなに教ふらん」（心敬集・鷹狩・六五）。

【一句立】 鷹を腕にとまらせて、狩に出す、この今日の春の山の様子よ。

【現代語訳】（前句　しみじみした情趣を感じるよりも、前世の報いが思い知られる、鷹を使う我が身であることよ。）鷹を腕にとまらせて、狩に放つ、この今日の春の山。

【考察】 勝元は宝徳元年十月十五日に、正徹に鷹百首の題を所望しており、これに対して正徹は「朝鷹狩」「鷹狩衣」「狩場獣」「寄鷹恋」「寄鷹雑」等を含む新作題を献上していることが知られている（草根集六〇〇八〜六〇一二詞書）。

（三折　表　七）　鷹据ゑいだす今日の春山

五七　折りかへる桜が枝は一つにて　宗

【式目】 春（桜）　桜只一　山桜、遅桜など云て一　紅葉一　（一座三句物）

【作者】 勝元

【語釈】 ○**折りかへる**―折って帰る。山で桜の枝を折り帰るのは風雅な振舞いであった。「見てのみや人にかたらむ桜花手ごとに折りて家づとにせむ」（古今集・春上・五五・素性法師）。「折りかへる木に花ぞうつろふ／飛鳥や山に古巣を残すらん」（桜井基佐句集（斑山文庫本）・二〇五／二〇六）。○**桜が枝**―桜の枝。「花の香のたよりえならぬこのあした／桜が枝に露のたまづさ」（東山千句第七百韻・七五／七六・宗長／宗碩）。○一つにて―「一枝」の意で用いている。

【付合】五六句【語釈】に出した「家づとにあまたの花も折るべきにねたくも鷹を据ゑてけるかな」（拾遺集・雑秋・一一〇一・平兼盛）を意識しているか。兼盛のこの歌は、『拾遺集』の詞書によれば、秋の風景を描いた屏風歌として詠まれている（「円融院の御屏風に、秋の野に色々の花咲きみだれたる所に鷹据ゑたる人あり」）から、季を変えて歌意を詠みいれたことになろうか。謎解きのような、俳諧風の句である。

【一句立】折り帰る桜の枝は一本のみであって。

【現代語訳】（前句　鷹を腕にとまらせて、狩に放つ、この今日の春の山の様子よ。）片手がふさがっているので、手に折り持って帰る桜の枝は、一本のみであって。

（三折　表　八）折りかへる桜が枝は一つにて

五八　□□□□□さく花ぞ間近き　□

【式目】春（花）

【作者】不明。句上と百韻内の作者の句数の比較から、心敬と推定。三五句作者欄参照。

【語釈】不明。

【付合】不明。「桜」を詠む前句に「花」を続けている。

【一句立】不明。

【現代語訳】（前句　折り帰る桜の枝は一本のみであって。）

（三折　表　九）□□□□□さく花ぞ間近き

五九　真木の戸□《（に）》残れる月のさしむかひ　□

【式目】秋（月）戸（居所・体）月（光物・夜分）月如此光物（可隔三句物）月与月（可隔七句物）

【作者】不明。句上と百韻内の作者の句数の比較から、頼宣と推定。第三五句作者欄参照。

【語釈】○**真木の戸**―杉や檜で作った、建物内部の部屋の出入り口の戸。恋人を待ったり、あるいは月そのものを愛でたりと、真木の戸から月をながめることは多い。「月見ばといひしばかりの人はこで真木の戸たたく庭の松風」（新古今集・雑上・一五一九・藤原良経）。「真木の戸をささでいく夜になりぬらん見れどもあかぬ月を眺めて」（続後拾遺集・秋上・三二六・弁乳母）。「戸トアラバ、さす」（連珠合璧集）。○**さしむかひ**―相対して。向かい合って。「宵々にさしむかひても忘れじの月の行方をたどる空かな」（春夢草・寄月恋・一六四）。

【付合】（おそらく庭に）咲く間近い花と、空にかかる月を対比する。

【一句立】真木の戸口から見上げれば、遠い空に残っている月がさしてきて、その月とちょうど向かい合う形になって。

【現代語訳】（前句　不明）真木の戸口から見上げれば、遠い空に残っている月がさしてきて、その月とちょうど向かい合う形になって。

【備考】虫損により読めない一文字を推定して読解している。

（三折　表　十）　真木の戸□《に》残れる月のさしむかひ

六〇　外面の野べにうつる秋の日　　行助

【式目】秋（秋の日）　日（光物）　日如此光物（可隔三句物）
【作者】行助
【語釈】○外面の野べ―家の外の野原。「里人のなれぬる道もたどるらし外面の野辺は深き霞に」（新明題和歌集・野霞・一五四・頼孝）。○うつる秋の日―映ずる秋の日の光。「むらすずめ声する竹に映る日の影こそ秋の色になりぬれ」（風雅集・秋上・四五九・永福門院）。「朝日かげうつる木ずゑは露おちて外面の竹にのこるうす霧」（風雅集・秋下・六五九・前太宰大弐俊兼）。
【付合】家の中と外、「月」と「日」を対比して付ける。さらに、月が明け方の空に残っていることと、日があらたにさしそめてくる、時間の推移の中での双方の動きも対比である。
【一句立】家の外の野原には秋の日が映じている。
【現代語訳】（前句　真木の戸口から見上げれば、空に有明の月が残り、その月と向かい合うかのように見えていて。）目を転ずれば、家の外の野原には秋の日の光がさしそめ、映じている。

（三折　表　十一）　外面の野べにうつる秋の日

六一　遥かなる沢の流れに霧晴れて　　専順

【式目】秋（霧）　沢（水辺・体（連珠合璧集））　霧（聳物）「秋の心、霧」（連珠合璧集）

【作者】　専順

【語釈】　○沢―低湿地。沼沢地。「沢トアラバ、野」(連珠合璧集)。「田の面の原の荒れわたる末／はるかなる野沢の水のたえはてて」(天正年間百韻「おきかへる」・一八／一九)。「浦かと思ふ野辺の行末／五月雨は沢の流れも波こえて」(園塵第四(早大本)・二八一／二八二)。

【一句立】　遥かに遠い沢の水の流れのあたりで霧が晴れて。

【現代語訳】　(前句　家の外の野原には秋の日の光が映じている。)遥かに遠い沢の水の流れのあたりで霧が晴れて。

(三折　表　十二)　遥かなる沢の流れに霧晴れて

六二　入江の波に落つる山風　心敬

【式目】　雑　入江(水辺・体)　波(水辺・用)　山風(吹物)

【作者】　心敬

【語釈】　○**入江の波**―入江に寄せる波。「下閉づる氷に沢の水越えて／入江の波にかよふ鳰鳥」(熊野千句第七百韻・五／六・盛長／元説)。○**落つる山風**―吹き落ちてくる山風。「高からぬ声もすさまじ草の原霜の枯葉に落つる山風」(草根集・寒草・六四八六・宝徳二年七月十一日詠)。「嶺の松心のかたもくれはてて夜ぶかき袖に落つる山風」(松下集・待恋・三〇七五)。「たなびく雲に落つる山風／春霞はれまに花はあらはれて」(顕証院会千句第四百韻・五／六・竜忠／忍誓)。「旅立つ袖に落つる山風／雁の鳴く暁月に霜降りて」(新撰菟玖波集・秋下・一〇三六／一〇三七・祝部友弘)。

【付合】 霧が晴れているのは、山風が吹き落ちてきて散らしたからと付けた。水辺の情景にも山類の情景にも次句で移れるようにと意図して語句を詰め込んだ、宗匠としての気配りの句。
【一句立】 川の入江に寄せる波の上に吹き落ちている山風。
【現代語訳】 （前句　遥かに遠い沢の水の流れのあたりで霧が晴れていて、）それは川の入江に寄せる波の上に吹き落ちている山風があるからなのだ。

（三折　表　十三）　入江の波に落つる山風

六三　千鳥鳴く夕べの雪に泊り舟　　宗

【式目】 冬（雪・千鳥）　千鳥（水辺・体用外（連珠合璧集・新式今案））　舟（水辺・体用外（連珠合璧集・新式今案））　雪（降物）
【作者】 勝元
【語釈】 ○**千鳥**―小型で灰褐色の鳥で、水辺に群れる。「千鳥トアラバ、夕浪」（連珠合璧集）。○**夕べの雪**―夕暮れに降る雪。「降りすさむ夕べの雪の空晴れて竹の葉白き軒の月影」（風雅集・冬・八四九・前大僧正覚実）。「忘れじな春の曙月の秋／夕べの雪に向かふ遠山」（新撰菟玖波集・冬・一一九六／一一九七・藤原為続）。○**泊り舟**―停泊している船。「入江さへ夕波荒るる泊船／湊の里ぞ川かけて住む」（初瀬千句第三百韻・七三／七四・宰相／忠貞）。
【付合】 前句の「波」に「千鳥」を付けた。
【一句立】 千鳥が鳴く夕暮れ時に、雪の降る中に停泊している船がある。

【現代語訳】（前句　川の入江に寄せる波の上には山風が吹き落ち、）千鳥が鳴く夕暮れ時、雪の降る中、停泊している船がある。

（三折　表　十四）千鳥鳴く夕べの雪に泊り舟

六四　都の友よ我を忘るな　　通賢

【式目】羇旅（都の友）都只一　名所一此内に有べし　旅一（一座三句物）「旅の心、都」（連珠合璧集）友（人倫）我（人倫）人倫与人倫（可嫌打越物）

【作者】通賢

【語釈】○**都の友**―都を旅立った際に、都に残してきた友人。「あひぬうれしと言ふもいつまで／夢かとよ都の友のかりまくら」（三島千句第七百韻・一四／一五）。○**我を忘るな**―私のことを忘れてくれるな。「存命て春にぞあはん年の末／ちぎれる花も我を忘るな」（熊野千句第五百韻・三三／三四・盛長／心敬）。「又も来んことを知らねばうきものを／我を忘るな松島の春」（心玉集（静嘉堂文庫本）・雑・一六〇八／一六〇九）。

【付合】「千鳥」に「友」を付けた。「友トアラバ、千鳥　雪　舟」（連珠合璧集）。鄙で都を恋しく思うというモチーフの歌には、寂しい鄙の景物として千鳥が詠まれることがある。「千鳥鳴く海辺に月を一人見て都のほかに年の暮れぬる」（能因法師集・詠月・二二六）。「浜千鳥跡は都へ通へども身は松山に音をのみぞ鳴く」（源平盛衰記・三六・崇徳院）。ここも前句を、寂しくうらぶれた地方を旅する様と見て、都を思う気持ちを詠み出して付けている。

【一句立】都の友人よ、私のことを忘れてくれるな。

【現代語訳】（前句　千鳥が鳴く夕暮れ時になり、降る雪に進むことをもうあきらめて停泊している船。）都にいる友よ、旅行く私のことを忘れてくれるな。

（三折　裏　一）都の友よ我を忘るな

六五　春秋に独りなぐさむ身を捨て　心敬

【式目】述懐（身を捨てて）「述懐の詞　…身を捨る」（梅春抄）　身（人倫）

【作者】心敬

【語釈】○**春秋**―春と秋（の代表的な景物）に。「春秋に思ひ乱れてわきかねつ時につけつつうつる心は」（拾遺集・雑下・五〇九・紀貫之）。○**身を捨てて**―出家して。「をしむとてをしまれぬべきこの世かは身をすててこそ身をもたすけめ」（玉葉集・雑五・「鳥羽院に出家のいとま申し侍るとてよめる」・二四六七・西行法師）。「うき世よりすみうくとても身をすてて後は出づべき山のおくかは」（新後拾遺集・雑上・一三四五・蓮道法師）。「ゆく跡遠し空の浮雲／入ぬべき山やいづくと身を捨て」（竹林抄・雑下・一三三五・専順）。

【付合】前句の「友」から「琴詩酒の友皆我を抛つ　雪月花の時に最も君を憶ふ」（和漢朗詠集・交友・七三四・白居易）を思い浮かべて、付句で「独り」と詠み、さらに「身を捨てて」を詠みこむことで、述懐に句境を転換した。

【一句立】春の花、秋の月に独りぼっちで心を慰めている私は、今ではさらに俗世を捨てた身の上となったのだ。

【現代語訳】（前句　都にいた頃に共に語らった友よ、私を忘れてくれるな。）春の花、秋の月に独りぼっちで心を慰めていた私は、今はさらに俗世を捨てた身の上となったのだ。

（三折　裏　二）　春秋に独りなぐさむ身を捨てて

六六　草の庵も住める甲斐あり　　**専順**

【式目】　雑　庵（居所・体）
【作者】　専順
【語釈】　○**草の庵**―草葺きの粗末な住居。草庵。「尋ねきてみるもはかなきすまひかな岩ねにむすぶ草の庵りは」（続千載集・雑中・山家・一八四二・後宇多院）。「昔思ふ袖にかほれる梅花／草の庵も春は忘れず」（寛正七年二月四日何人百韻・八九／九〇・心敬／元用）。「庵トアラバ、草」（連珠合璧集）。
【付合】　出家者として草庵に住んでいると句を付けた。
【一句立】　草の庵も、住んでいる甲斐がある。
【現代語訳】（前句　春の花、秋の月に独りぼっちで心を慰めていた私は、今は俗世を捨てた身の上であり、）粗末な草の庵に住むが、そんな庵であっても、折々のよさがあり、住んでいる甲斐がある。

（三折　裏　三）　草の庵も住める甲斐あり

六七　猿叫ぶ声も涙の夜の雨　　**宗祇**

【式目】　雑　動物（猿）　猿只一　ましら一（一座二句物）　夜（夜分）　雨（可隔三句物・降物）
【作者】　宗祇
【語釈】　○**猿叫ぶ声**―猿が哀しげに鳴く声。「猿叫ぶ声」という表現は正徹が多く詠んでいる。「巴猿三叫　暁行人の裳を霑ほす」（和漢朗詠集・猿・四五七・大江澄明）。「猿叫ぶ夕べの山の峡うづむ雲に雨聞く木の下の宿」（草根集・猿叫峡・二五〇三・文安四年六月二十四日詠）。「岩を踏む道のかたはら水落ちて／夜深き月に猿叫ぶ声」（竹林抄・雑上・一二一一・賢盛）。「猿トアラバ、叫ぶ」（連珠合璧集）。○**夜の雨**―この語句は「廬山の雨の夜の草の庵の中」（和漢朗詠集・山家・五五五・白居易）からの連想である。「露もりあかす草のかりいほ／いにしへを忘れぬ山の夜の雨」（心玉集・一五五八／一五五九）。

【付合】　**【語釈】**「夜の雨」に出した白居易の句による本説取。「草の庵」に「夜の雨」を付ける。また、前句の「甲斐」を「峡《かひ》」ととりなしている。

【一句立】　奥山で猿が哀しげに鳴く声に涙が落ち、外は雨も降っている、そんな寂しい夜。

【現代語訳】（前句　草の庵にも住んでいる甲斐がある。）奥山の峡では猿が哀しげに鳴く声に涙が落ち、外は雨も降っている中、哀切な思いにかられ胸がいたむ、そんな夜を過ごすのだ。

（三折　裏　四）　猿叫ぶ声も涙の夜の雨

六八　寝覚めの空の暗き奥山　　頼宣

【式目】雑　奥山（山類・体（「山」が体であることから推定））　寝覚め（夜分（連珠合璧集））　空 空だのめなど云ては此外也（一座四句物）

【作者】頼宣

【語釈】○**寝覚めの空**―眠りから覚めて見る空。この句では夜中に目覚めた体。「暁の寝覚めの空のほどばかり憂きもつらきも思ふものかは」（範宗集・暁更恋・五八二）。「その昔寝覚めの空にしのばれて／花の香遠き夜半の松風」（専順五百句・春・四三二／四三三）。○**奥山**―山の奥。隠者は奥山に独り住むものとされている。「しをりせで独わけこし奥山に誰まつ風の庭に吹くらん」（正治初度百首・山家・四九〇・藤原良経）。「かきくもり日かげも見えぬ奥山に心をくらす頃にもあるかな」（源氏物語・総角・六七八・薫）。「心深きも袖は濡れけり／世を厭ふ奥山住みの秋の暮」（竹林抄・秋・五六四・宗砌）。

【付合】 猿に山を付け、時分も夜から明け方に進めた。

【一句立】 眠りから覚めて見る空はまだ暗く、あたりも漆黒の闇である、深山の奥。

【現代語訳】（前句　奥山で猿が哀しげに鳴く声に涙が落ち、外は雨も降っている、そんな寂しい夜。）目覚めて見る空はまだ暗く、私の住む山奥もまたいっそう暗く闇に沈んでいる。

（三折　裏　五）　寝覚めの空の暗き奥山

六九　有明の残れる月に時雨して　宗

【式目】 秋（月・時雨）　雨（可隔三句物）　時雨秋冬各一（一座二句物・新式今案）「時雨トアラバ、～又秋の詞を入ては秋になる也」（連珠合璧集）　月（光物）　残れる月（夜分）　時雨（降物）

【作者】 勝元

【語釈】 ○**有明の残れる月**―明け方になってもまだ残っている月。「有明の残れる月の影よりも我が世にすまん程ぞはかなき」（風葉和歌集・雑二・だいしらず・一二八七・しのぶの源大納言）。「あくるまで残れる月の朧にて／夜毎にしたふ君が面影」（熊野千句第五百韻・一五／一六・通賢／頼暹）。○**時雨して**―時雨が降って。「ながめつつ幾度袖にくもるらむ時雨にふくる有明の月」（新古今集・冬・五九五・藤原家隆）。「小倉山もろき木の葉の秋風に時雨れて残る有明の月」（新千載集・秋下・山中秋興・五六三・二条為氏）。

【付合】前句の「空」の情景として残月、「奥山」の情景として時雨を付けている。「時雨トアラバ、ね覚」（連珠合璧集）。

なお、雨は可隔三句物であり、第六七句に「雨」があることから、この句で「時雨」を詠むことは、式目違反である。勝元の句ゆえに見逃されたか。

【一句立】空には有明まで残っている月があり、あたりは時雨が降りそそいでいて。

【現代語訳】（前句 目覚めて見る空はまだ暗く、私の住む山奥もまたいっそう暗く闇に沈んでいる。）空には有明まで残っている月があるが、あたりは時雨が降りそそいでいて。

（三折 裏 六）有明の残れる月に時雨して

七〇　見せばやしほる帰るさの袖　盛長

【式目】恋（袖）　袖（衣類）

【作者】盛長

【語釈】**○見せばや**―（涙にぬれた袖を）見せたいものだ。「涙に染むる袖を見せばや／たまづさの薄墨なるをよみかねて」（菟玖波集・恋下・九四六・救済法師）。**○しほる**―涙に濡れてしめる。「時雨トアラバ、涙」（連珠合璧集）。**○帰るさ**―帰り道。帰路。「なほぞ濡れそふ帰るさの袖／思ひわび行けども人は逢はぬ夜に」（竹林抄・恋上・六九八・宗砌）。

【付合】付合では、帰り道の途中、折悪しく降ってきた時雨に濡れた姿を詠む。

【一句立】　恋しさで涙に濡れている、あなたの家からの帰り道の私の袖を見せたいものだ。
【現代語訳】（前句　空には有明まで残っている月があるが、あたりは時雨が降りそそいでいる。）その時雨で濡れた、帰り道の私の袖を見せたいものだ。

（三折　裏　七）見せばやしほる帰るさの袖

七一　いかさまに又とふまでは堪へてまし　行助

【式目】　恋（とふ・堪）
【作者】　行助
【語釈】　○いかさまに―どのように。「思ひそむる心にやがて深き色をいかさまにして人にみせまし」（院六首歌合・恋始・七二・左大臣（洞院公賢か））。「もろこしまではるかなる道／いかさまにかよひ来ぬらんよるの夢」（行助句集・一八六七／一八六八）。「見るはいろいろかはる人の身／この後はわれいかさまに生まれまし」（専順五百句・恋・一一六四／一一六五）。○又とふ―もう一度訪れる。再び訪れる。「思ひ出でて又とふまではかたくとも忘られし身といかで知らせん」（続千載集・恋五・一五九〇・後醍醐天皇）。「夢はまたとふまつがねの床／磯なるる枕も悲し波の音」（壁草（大阪天満宮文庫本）・旅・一〇五九／一〇六〇）。
【付合】　前句は、男性が明け方に女性と別れて帰る帰り道の心情を詠むもの。後朝の男性側のつらく悲しい心情を、涙に濡れる袖で表現している。これに呼応するものとして、夕方に再び男性が訪れるのを待ちわびる女性側の恋の感情を付句で詠んでいる。
【一句立】　再度訪ねてもらうまでは、いったいどのようにこの切ない気持ちを耐えればよいのかしら。

【現代語訳】（前句　あなたと別れて帰るつらい思いに涙で袖も濡れている、この後朝の帰り道の私の袖を、あなたに見せたいものだ。）私の方は、あなたがまた訪ねてくださって逢うことができる夜が来るまで、いったいどのようにしてこの切ない気持ちに耐えたらよいのでしょうか。

（三折　裏　八）いかさまに又とふまでは堪へてまし

七二　知らぬ命をたのむ行末　元説

【式目】述懐（命）「述懐の詞　…いのち」（梅春抄）

【作者】元説

【語釈】○知らぬ命―明日をも知れぬ命。「きりぎりす浅茅がもとにながらへて／知らぬ命を露にかけつつ」（宝徳四年千句第六百韻・三七／三八・日晟／忍誓）。「知らぬ命を祈る行末／帰りこん旅を手向けの神も待て」（宗砌発句並付句抜書・二四六三／二四六四）。○行末―遠い将来。「神や知る年へてかけし我が願ひかなふにも猶頼む行末」（続亜槐集・神祇・五〇八）。

【付合】一句では述懐の句だが、前句とのつながりからは恋の句になる。「逢ふことはいつともなくてあはれわが知らぬ命に年をふるかな」（金葉集（二度本）・恋下・女のもとへつかはしける・四六六・源経信）。

【一句立】明日をも知れぬはかないものが人の命なのに、それをたのみにして将来のことを考えていることよ。

【現代語訳】（前句　あなたがまた訪ねてくださるまでは、いったいどのようにしてこの切ない気持ちに耐えたらよいのでしょうか。）我が身は明日をも知れぬはかない命であるのに、それが永らえることをあてにして、あの人との恋の行末をあきらめられないでいることよ。

（三折　裏　九）知らぬ命をたのむ行末

七三　世中□《は》さだめのなきを便りにて　実中

【式目】述懐（世中）「述懐の詞　…世の中」（梅春抄）

【作者】実中

【語釈】○**さだめのなき**―変りやすい。無常である。「袖の上は必ず濡るる寝覚めにもさだめのなきや時雨なるらん」（拾塵集・雑上・時雨・八七三）。「さだめのなきは人の世の中／いつはりや思ひかへすをたのむらん」（心玉集・一二七七／一二七八）。○**便り**―よりどころ。「松植ゑおかむ故郷の庭／夢誘ふ風を月見んたよりにて」（ささめごと・六五）。

【付合】命のはかなさを思わないで将来をあてにしているという、我が身の愚かしさを詠む前句に、世の中はすべて定めないことを頼りにしているものだという道理で応じた。

【一句立】この世の中は、すべて何事もさだめなく移り変わるということが根本のありさまなのだ。

【現代語訳】（前句　明日をも知れぬはかない命なのにそれをたのみにして将来のことを考えている愚かしさよ。）この世は定めがないことを道理としている無常の世界なのだからそれも無理からぬ事だ。

【備考】読解困難な文字を推定して訳注を付している。

（三折　裏　十）世中□《は》さだめのなきを便りにて

七四　ただあらましにすごす年月　　宗

【式目】述懐（あらまし）「述懐の心　有増」（連珠合璧集）。

【作者】勝元

【語釈】○**あらまし**—こうありたい。出家をして、清らかな心で暮らすという願望を実現したい心持ちを指す。「あらまし」は第九一句にも出る。「年月のあらましごとのかひもなしそむきもはてぬ心弱さは」（拾藻鈔・雑中・四〇五）。「さりともと行末たのむあらましにつれなく過ぎし身のむかしかな」（新後拾遺集・雑下・一三八九・小倉実教）。「住みもはてぬは露の仮庵／あらましはさだめのなきをたのみにて」（看聞日記紙背応永二十七年閏一月十三日何人百韻・四四／四五・正永／行光）。「有増ニハ　すてばやと　…　世中」（連歌付合事）。○**すごす年月**—「すごす」は「すぐす」の転。「ただ今日のみとすぐす年月／いつ聞くか入相の鐘もはてならむ」（壁草（大阪天満宮文庫本）・雑下・二〇六三／二〇六四）。

【付合】「世中」に「あらまし」を付け、無常の世を説く句に出家の願いの句を続ける。

【一句立】ただ出家して暮らして行きたいと思いながらかなわず、無為に過ごしている年月。

【現代語訳】（前句　この世の中というのは、無常にも定まっていないということを本来道理としているのであって。）そんな中で、ただ出家して暮らしたいと思いながらも漫然と年月を過ごしている。

（三折　裏　十一）ただあらましにすごす年月

七五　古寺に誰みなれ木の嶺の松　　心敬

【式目】釈教（古寺）　松（植物）　峰（山類・体）　「釈教の詞。…古寺・峯の寺」（梅春抄）

【作者】心敬

【語釈】○古寺―古寺には松がとりあわされることが多い。「風かよふ瓦《ママ》の松はほの見えて夕霧ふかし嶺の古寺」（雅世集・古寺霧・八二二）。「人影も今はあらしの声ばかり松に残れる峯の古寺」（雪玉集・古寺松・六九五六）。「すまばや秋の峯の古寺／樒摘むたもとを露になしはてて」（河越千句第九百韻・八四／八五・宗祇／満助）。○みなれ木―見慣れている木。常になじんでいる木。「見慣れき」を掛けている。「二葉より花咲くまでにみなれ木のよとせの春や霞へだてん」（清輔朝臣集・四三七）。「みなれ木の梢に生る松のはのつれなやこれもおもひかけきや」（草根集・寄宿木恋・六四七四）。「傾く程に松ぞ年ふる／みなれ木のなれも知るらむ我齢」（行助句集・二〇二七／二〇二八）。

【付合】情景を盛り込み、素材を多くした付句で、思い切った句境の転換をはかる宗匠心敬らしい付句である。出家したい願望をかかえながらもそうできず、無為にすごしている自身を詠む前句に、その同じ時間、古寺に存在し続けてきた松の姿を付け、現実の様に句を変えている。

【一句立】古寺に一人立つ峰の松は、一体誰がなじんで見慣れただろうか。そのようなことのない、孤高の存在なのだ。

【現代語訳】（前句　ただ出家して暮らしたいと思いながら漫然と過ごしている年月。）そのような無駄な時間とは無縁に、その間誰にも見慣れられないままの松の木は、峰の古寺で孤高の姿を保っているではないか。

（三折　裏　十二）古寺に誰みなれ木の嶺の松

七六　ふもとの杉に通ふ秋風　　宗祇

【式目】秋（秋風）　ふもと（山類・体）　杉（植物）　風（吹物）

【作者】宗祇

【語釈】○ふもとの杉―山の麓に生えている杉。「霧間に深き嶺のもみぢ葉／秋山のふもとの杉に風吹きて」（宝徳四年千句第八百韻・八／九・専順／忍誓）。○通ふ秋風―吹きかよってくる秋風。「身を知れば思ひもよらで杉の庵に猶さりともと松風ぞ吹く」（水無瀬恋十五首歌合・山家恋・七五・後鳥羽院）。「朝床になをこそはらへ夜の霜／古りぬる里にかよふ秋風」（宝徳四年千句第一百韻・九／十・竜忠／与阿）。

【付合】前句の「峰」に「ふもと」、「松」に「杉」を付けている。相対付で場面を転換した。付句の「杉」「かよふ」「秋」から恋のニュアンスがある。松から杉へ風が通う様である。

【一句立】麓の杉に吹きかよう秋の風。

【現代語訳】（前句　古寺に一人立つ峰の松は、一体誰がなじんで見慣れただろうか。そのようなことのない孤高の存在なのだ。）そのような松でも、心を通わすように麓の杉に秋風を送ってくる。

（三折　裏　十三）ふもとの杉に通ふ秋風

七七　露分けて三輪の市路に行きかへり　通賢

【式目】秋（露）　名所（三輪）　露（降物）　露如此降物（可隔三句物）

【作者】　通賢

【語釈】　○**露分けて**―露に濡れた草を分けて。「ふくるまで君があたりの露分けて／伊駒おろしの袖しほる道」（河越千句第四百韻・八五／八六・宗祇／心敬）。○**三輪の市路**―三輪の市へ行く道。三輪の市は、大和国三輪（現在の奈良県桜井市）にあった市。「行かへり三輪の市にはまじはれど名をうる道のほどは知られず」（言国詠草・延徳三年十一月二十四日禁裏内々月次御会・行路市・六〇〇）。「三輪ニハ、杉　門　市」（連歌付合事）。

【付合】　「我が庵は三輪の山本恋しくはとぶらひきませ杉立てる門」（古今集・雑下・題知らず・九八二・詠み人しらず）により、前句の「杉」に「三輪」を付けたので、この句にもやはり恋のニュアンスが漂う。また、三輪は杉と取り合わされることが多い。「杉トアラバ、三輪の山」（連珠合璧集）。

【一句立】　露に濡れた草を分けて、三輪の市に続く道を行ったり来たりして。

【現代語訳】　（前句　峰から麓の杉に吹いてくる秋風は、）露に濡れた草を分け、三輪の市路を吹きおろし通っていく。

（三折　裏　十四）　露分けて三輪の市路に行きかへり

七八　霧もふる野の里やたづねん　　**行助**

【式目】　秋（霧）　霧（聳物）　名所（ふる野）　里（居所・体）　霧如此聳物（可隔三句物）

【作者】　行助

【語釈】　○**霧もふる**―（「露」が置くのに加え、）霧までも降る。あたりに霧がたちこめ満ちている様子。霧が降るという表現は、和歌には非常に珍しい。霧が降る場所も、平安期の「霧降る空」（赤染衛門集）から、わずかに「霧降る山」(柳葉集一八三)一首を経て、正徹の時期に「霧降る沢」「霧降る野辺」(草根集)、「霧降る谷」(松下集)と様々に詠まれるようになる。なお、心敬には「雲くだり霧ふる天の竜のなださながら舟をまける波かな」(心敬集・古渡秋霧・一四三)がある。「いとどしく霧ふる空にひぐらしの鳴くやをぐらのわたりなるらん」(赤染衛門集・二〇)。「秋萩の露も雫もわきて見ず霧降る野辺に遠の山風」(草根集・萩露・三五一〇)。○**ふる野の里**―布留野は、大和国山辺郡石上(奈良県天理市布留町)にある野。山の辺の道として知られる、奈良から初瀬まで奈良盆地の東縁を縫って行く古代からの道に沿って布留も三輪もある。「布留」と「降る」を掛ける。「いそのかみふるのの里を来てみればひとり菫の花咲きにけり」(千五百番歌合・春・五二六・小侍従)。「のぼる道聞くこの位山/いそのかみ布留野の跡を花に見て」(老葉(吉川本)・雑上・一二九九/一三〇〇)。

【付合】「三輪」に同じ山の辺の道沿いの「布留」を付け、三輪から布留へと視点を移動させた。「三輪川の水せきいれて大和なる布留の早稲田はさなへとるなり」(風雅集・夏・三五一・藤原行家)。

【一句立】 霧も降る、古びた布留野の里を訪ねようか。

【現代語訳】(前句 露に濡れた草を分けて、三輪の市に続く道を行き来して。)さらに今度は、露が置くだけでなく霧も降るという、布留野の里を訪ねようか。

【備考】「ね」の文字の右横にやや小さく「ら」と傍記がある。この百韻内に他に傍記はない。本文と同筆とすれば、他本と校合した結果の注記であろうか。「ら」ならば、霧が「立つ」という表現になる。「そめびとは露と消えしを唐錦峰の秋霧おのれ立つらむ」(夫木和歌抄・秋・六〇九三・恵慶法師)。

(名残折 表 一) 霧もふる野の里やたづね《ら》ん

七九　刈り上ぐる田づらの庵は人住まで　盛長

【式目】 秋（刈り上ぐる田）　庵（居所・体）　人（人倫）　人倫与人倫（可嫌打越物）

【作者】 盛長

【語釈】 ○**刈り上ぐる**―すっかり刈り取った。「刈り上ぐる門田のおもは霜がれて垣ほに残る竹の一むら」（夫木和歌抄・雑・貞応三年百首・藤原為家・一四四九九）。「刈り上ぐる布留の早稲田は庵もなし／誰かゆくらんかはる中道」（諸家月並連歌抄・五五三／五五四・貞秀）。○**田づら**―田のおもてが原義であろうが、ほとり、中などを指すともいい明確な定義は得難い。ここでは田のほとり程度の意か。「ただひたぶるに夜をこそ待て／一人住む田づらの庵の月の頃」（菟玖波集・秋下・四一八・六条有忠）。○**人住まで**―人が住んでいなくて。稲が実る頃には、田に仮庵をこしらえて稲の番をする。「すさまじ今は鹿の鳴く山／晩稲《をしね》刈る後の庵は人住まで」（連歌五百句（専順五百句）・秋・六六〇／六六一）。

【付合】 里の晩秋の風景として、田中の庵を付けた。布留の野は早生の稲を作る田が詠まれる（七八句付合例歌参照）。それゆえ、はや刈り取りが終わった田の情景が連想されたのであろう。

【一句立】 すっかり刈り取ってしまった田の中の庵には、もう人は住んでいなくて。

【現代語訳】（前句　霧も降るという布留野の里を訪ねようか。）　その里の、すっかり刈り取ってしまった田の中の庵には、もう人は住んでいなくて。

（名残折　表　二）刈り上ぐる田づらの庵は人住まで

八〇　月ばかりこそ軒にもりくれ　　**宗**

【式目】秋（月）軒（居所・体）月（光物）月（夜分）月与月（可隔七句物）

【作者】勝元

【語釈】○**月ばかりこそ**―「月だけ」というのを強調した表現。「有明の月ばかりこそかよひけれくる人なしの宿の庭にも」（新古今集・雑上・題しらず・一五二八・伊勢大輔）。「月ばかりこそ友となりけれ／長夜を老のね覚になし《ママ》ひきて」（百番連歌・三〇〇一／三〇〇二・救済）。○**軒にもりくれ**―軒のあたりに光が洩れさし入ること。「梅の花匂ひをうつす袖の上に軒もる月の影ぞあらそふ」（新古今集・春上・四四・藤原定家）。

【付合】不用になり人も住まない庵に、ただ月だけがさしこむ情景を詠む。「刈りはてて人はいなばの小山田に残る庵を月のみぞ洩る」（永享百首・田家・九二六・伏見宮貞成親王）。

【一句立】月の光だけが軒からもれてさし入ってくることよ。

【現代語訳】（前句　すっかり刈り取ってしまった田のほとりの庵には、もう人は住んでいなくて。）ただ月の光だけが軒からもれてくることだ。

（名残折　表　三）月ばかりこそ軒にもりくれ

八一　さゆる夜の雪の玉水声もなし　　**心敬**

【式目】冬（さゆる）夜（夜分）冴与寒（可嫌打越物・新式今案）玉水（水辺・用）雪（降物）

【作者】　心敬

【語釈】　○さゆる夜―いてついた寒い夜。「さゆる夜の雪ふりつもるまきのやは霰になれど音せざりけり」（文保百首・冬・道順・二九六四）。「冴ゆる夜の月は尾上に影更けて／雪散り迷ふ山風の末」（新撰菟玖波集・雑一・二六九〇／二六九一・法眼禅予）。○雪の玉水―滴り落ちる清らかな雪解けの水。春になり気温があがると屋根の雪が解け、庵の軒にしたたる。それゆえ、元来は春の詞。「山深み春とも知らぬ松の戸にたえだえかかる雪の玉水」（新古今集・春上・式子内親王・三）。「春立ちてあらはれそむるまきのやの軒ばに落つる雪の玉水」（隣女集・山家立春・一七一六）。○声もなし―音もしない。春の訪れを告げる雪解けの水は、したたり落ちる音が聞こえるものだが、すべて凍り付くような寒さの夜は氷ったままの雪は音も立てないのである。

【付合】　「軒」からは「雪の玉水」が連想されるが、凍てつく寒さの中では、軒から解けてしたたる水音はしない。月の光のみが存している軒の情景の前句に、音もしない景色を詠み、寒さ、寂しさをさらに加えた。心敬が好みよく使用した「もなし」止めである。

【一句立】　冷え込み凍てつく夜には、雪も解けないので、雪解の水のしたたる音もしない。

【現代語訳】　（前句　ただ月の光だけが軒からもれ、さしてくることだ。）冷え込み凍てつく夜は、雪も解けないので、雪解の水のもれしたたる音もしない。

【備考】　心敬は、八一句以降、挙句まで句を詠んでいない。百韻の進行を見ると、八二句から、名残折の表が終了する九二句の間であらためて連衆全員（執筆は除く）に句を詠ませている。このあたり、連衆がそれぞれ句を詠み残したという不満を持たず、一定の充足感を抱くように仕向けるための、細かい配慮であろう。名残折の裏となる九三句からは、連歌師と有力廷臣が詠み、勝元と心敬の両者で百韻を高揚させつつ終結させるように座を盛り上げていく運びとなる。

連歌師の連携プレー

第八一句には、「雪の玉水」という言葉がある。この言葉は、元来は春の雪融け時に氷が融けてしたたる、その光輝く水滴を表わし、暖かく輝かしいイメージを持ちあわせているため、「さゆる夜」のような暗く凍てついた状況にはふさわしくない。だが、実は心敬は意図して、このような場違いな語を選んでいる。ここの連歌の進行は、七六句から八〇句まで五句連続秋、心敬が冬に句を変えると、次の句を詠んだ専順も埋火の燃える室内の様子で冬を表現している。そして、八三句を担当した行助が「埋火」からあたたかな「春の心」を詠み出して、八四句から春へと本格的に移行する。心敬、専順、行助の三人が、秋から冬、そして真冬の寒さから春の暖かさへと、三句かけて語句を注意深く選びながら、無理なく季をずらし少しずつ句境を進めたのである。「雪の玉水」は、次句を詠む専順への、句境を冬でとどめるなというサイン。サインを理解した専順から行助へ、心敬主導下の連歌師三人の息のあった連携プレーにより、ゆるやかに句境をすすめ、うまく百韻の舵を切りおおせたのであった。

（名残折　表　四）　さゆる夜の雪の玉水声もなし

八二　しづかにねむる埋火の本　　専順

【式目】　冬（埋火）

【作者】　専順

【語釈】　○**しづかにねむる**―人が静かに眠っている。「しづかにねむる夜の山里／埋火を帰る木こりやたのむらん」（下草（金子本）・冬・四八九／四九〇）。〇**埋火**―灰に埋めた炭火。「埋火トアラバ、寒夜」（連珠合璧集）。「埋火のあたりは春の心地して散りくる雪を花とこそ見れ」（後拾遺集・冬・素意法師・四〇二）。「埋火のあたりにちかきうたたねに春の花こそ夢に見えけれ」（千五百番歌合・冬三・藤原俊成・二〇三七）。

【付合】 前句は、戸外の凍てつくような寒さと静寂を景ではなく、無音の世界としてとらえたもの。それに同じく無音だが対照的に暖かい室内の光景を付けている。「埋」という語句がさらに内へと印象をこもらせる。

【一句立】 人は静かに眠っている埋火のそば。

【現代語訳】（前句　冷え込み凍てつく夜、家の外では、雪解の水も凍り付いたままで雫の音も聞えない。）そんな屋外とは対照的に、家の中は暖かく、埋火のそばで人は静かに眠っている。

（名残折　表　五）しづかにねむる埋火の本

八三　年たけて春の心もおもほえず　　行助

【式目】 述懐（年たけて）　春（春の心）「述懐の心、…年たけてとしたけ」（連珠合璧集）。

【作者】 行助

【語釈】 〇**年たけて**―年をとって。「年たけてまた越ゆべしと思ひきや命なりけり佐夜の中山」（新古今集・羇旅・九八七・西行法師）。「おぼろにも昔のかげはなかりけり年たけてみる春の夜の月」（風雅集・雑上・藤原家隆・一四八八）。〇**春の心**―春らしさ。また、春らしさを感じる気持ち。「世の中にたえて桜のなかりせば春の心はのどけからまし」（古今集・春上・在原業平・五三）。「花見ても春の心ののどけきは老いて世にふるすみかなりけり」（続古今集・春下・衣笠前内大臣・一一四）。「身のうさもながむるからに忘られて春の心ぞ花にのどけき」

（新拾遺集・春下・花・法守法親王・一〇九）。八二句の例歌も示すように、埋火のそばはぽかぽかと暖かく、春のような心地がする。「鶯の鳴かぬかぎりの春の色もまづ知りそむる埋火のもと」（雪玉集・炉火似春・七〇三六）。

【付合】　埋火のそばのうたたねを老人の性《さが》ゆえととりなした。

【一句立】　年をとってしまい、明るい春の気分などは、自分には感じられないよ。

【現代語訳】（前句　埋火のそばで静かに眠っている。）年をとってしまい、暖かい埋火のそばであっても、明るい春の気分などは、今の自分には感じられないのだ。

（名残折　表　六）　年たけて春の心もおもほえず

八四　鳴く鶯ぞ折りも違へぬ　盛長

【式目】　春（鶯）　鶯（一座一句物）

【作者】　盛長

【語釈】　○鶯―春の代表的な風物。「春の心、…鶯、…梅紅の梅、」（連珠合璧集）。○折りも違へぬ―時節を間違えない。あるべきその時期に盛りを迎えること。「人はいさをりもたがへず桜花／霞がくれに匂ふ榊葉」（文安四年五月二十九日何船百韻「川の瀬の」・六一／六二・□／孝）。「をりにあふ花鶯を友として／おぼろ月夜の曙はをし」（寛正二年一月一日何人独吟百韻「あまのとを」・一九／二〇・宗祇）。

【付合】　人は年老いて春の気配に気がつかなくなっていても、春の代表的な風物である鶯は、いつもの年と変らず鳴き始めるとつないだ。付句は鶯で詠んでいるが、梅を詠む古今集歌「人はいさ心も知らずふるさとは花ぞ昔の香ににほひける」（古今集・春上・四二・紀貫之）の意を汲んでいる。

【一句立】　鳴く鶯は、まさに時節を違えることなく鳴き出すのだ。
【現代語訳】（前句　年をとってしまい、今の自分は明るい春らしさも感じにくい。）だが、鶯は、時節を間違えることなく、ちゃんともう鳴き始め、春を告げているのだ。

（名残折　表　七）鳴く鶯ぞ折りも違へぬ

八五　朝ごとに風にまたれし梅咲きて　頼宣

【式目】春（梅咲て）　梅只一、紅葉一、紅梅一、冬梅一、青梅一（一座五句物・植物）
【作者】頼宣
【語釈】○風にまたれし—風にその匂いが運ばれるのが待たれた。「朝戸明くる風のにほひに驚けば夜のまに梅の花咲きにけり」（続後拾遺集・春上・梅始開・よみ人しらず）。「咲きそむる花の春雨ふりはれて／さだかに匂ふ梅の朝風」（小鴨千句第四百韻・四三／四四・日晟／心敬）。
【付合】「鶯」に「梅」を付け、春の風物を並べた。梅が咲き、鶯がその枝に来て鳴いている光景。
【一句立】　朝がくるごとに、風によってその匂いが運ばれてこないかと待たれた梅も、とうとう咲いて。
【現代語訳】（前句　鳴いている鶯は、鳴くべき時をたがえずに、春になった今こそ、鳴いているのだ。）　朝がくるごとに、風によってその匂いが運ばれてこないかと待たれた梅も、とうとう咲いたので。

（名残折　表　八）朝ごとに風にまたれし梅咲きて

八六　散るとき花をよそにやはせん　専順

【式目】春（花）花（一座三句物）

【作者】専順

【語釈】○**散るとき**―散る際。「風吹けばいかにせよとて散る時のつらさもしらず花になれけん」（瓊玉和歌集・春下・落花を・七六）。○**よそにやはせん**―よそごととするだろうか、いやしない。

【付合】待ちかねた梅の花なのだから、散る時に粗略に扱うはずがないと、梅に対する愛着を表現している。

【一句立】散る際には、花だけを関係のないものとするだろうか、いやしない。

【現代語訳】（前句　朝ごとに吹いてくる風が、そのかおりを運んで来ることが待たれた梅の花も、とうとう咲いて。）その風は梅の花のかおりを運んで来たのだから、花が散る際に、花を自分と無縁のものとして散らしてしまうはずはないだろう。

（名残折　表　九）散るとき花をよそにやはせん

八七　つらしとて思ふ人をばへだてめや　常安

【式目】恋（つらし・思ふ）「恋の心、…つらし」（連珠合璧集）人（人倫）人倫与人倫（可嫌打越物）

【作者】常安

【語釈】○**つらし**―薄情である。知らん顔をしている。また、（相手がつれないことが）堪え難い。「つらしとていはばうらみのはてもなし／せめてはいまのつらさともがな」（下草（群書類従本）・八二二／八二三）。○**へだてめや**―隔てるのだろうか。「霞つる春の名残もへだてめや霧立つ空の秋の別れは」（為広集Ⅱ・惜秋・一三八）。

【付合】 花の様を人の思い・振る舞いにとりなした。前句では散るのが早い桜ゆえに、一段と人は惜しむと示唆し、思うようにならない点を共通点として、恋の句に転じた。「春の心のどけしとてもなにかせむたえて桜のなき世なりせば」（風雅集・春下・千五百番歌合に・前大僧正慈鎮・二一四）。

【一句立】 つれないからといって、心に思うその人に隔てを置こうとするだろうか。

【現代語訳】（前句　散ってしまうのが早い桜の花だけを、意にそわないから自分に無関係なものとしてめでないことがあるだろうか、いやない。）同じように、つれないからといって、心に思うその人に隔てを置こうとするだろうか。そんなことはできるはずがない。

（名残折　表　十）つらしとて思ふ人をばへだてめや

八八　又こそやらめかへす玉札　　宗祇

【式目】 恋（玉札）「恋の心、…文玉づさ」（連珠合璧集）

【作者】 宗祇

【語釈】 ○**又こそやらめ**―また必ず（手紙を）お送りしよう。「又かへすともふみをやらばや／はてはただ此身にとまる名の立て」（宗砌句集・八一五／八一六）。○**玉札**―手紙。「玉章《タマヅサ》或云玉札」（文明本節用集）。「Guiocusat ギョクサツ（玉札）Tamano fuda.（玉の札）すなわち、書状の意で、その書状の主に対して敬意をこめて言う」（日葡辞書）。「「うらみのふしは返す玉章／独り寝の月の手枕あけやらで」（看聞日記紙背応永二十六年三月二十九日山何百韻・十／十一・無記名／庭田重有）。「恋の心　文玉づさ」（連珠合璧集）。
【付合】　前句に表現した気持ちの具体的な行動としての付句。
【一句立】　必ずまた、手紙をお送りしましょう。あなたは無情にも私の手紙を返してきましたが。
【現代語訳】　（前句　あの人がつれないからといって、心に思うその人に自分から隔てを置くことができるだろうか。そんなことはできない。）だから、あの人が返してきた手紙であるけれど、もう一度送ろう。

（名残折　表　十一）　又こそやらめかへす玉札

八九　中立の心も知らず頼みきて　　元説

【式目】　恋（中立・たのみ）「恋の心、たのむ」（連珠合璧集）
【作者】　元説
【語釈】　○中立―男女の間に立って、世話をして関係を取り結ぶ人。「よとともに頼む甲斐ある君ならば逢坂山へはやしるべせよ」（為忠家初度百首・憑媒恋・五八四・藤原忠成）。「面影を我が身に添へていりもむをけしからずとや中立の見ん」（松下集・待不堪恋・一三五二）。「逢までの知らぬ命と恨みつつまづ中立につくすことのは」（蒲生智閑和歌集・人伝恨恋・六二二）。「せめて今一ふでを見るってもがな／なかだちさへに（も）うとくなる比」（河越千句第九百韻・六三／六四・長剥・心敬）。「いひあはせても世は定なし／あだ人を中立さへやうらむらむ」（萱草・恋連歌・千句の連歌の中に・九八九／九九〇）。
【付合】　二人の仲を取り持つ役目の私の内心もわからぬままに頼りにして、相手から返された手紙をまた届けさせられる、という付合。冷淡な相手側に心情的に近い中立は、もう仲介を止めたいのであろう。

【一句立】　仲をとりもつ人の気も知らないで頼んできて。

【現代語訳】（前句　返して来た手紙であるけれど、もう一度送ろう。）仲をとりもつ人の気持ちも知らないで、また頼んできて。

【考察】「中立」は恋の歌にわずかに見られる詞である。歌題「憑媒恋」は、「為忠家初度百首」に出題された題であり、その後、この題の和歌は、長く正徹千首まで見られない。正徹、正広から実隆、後柏原院らの時代に和歌に新たに取り上げられ詠まれた題である。例えば、宝徳元年九月二十七日に、備前入道浄元家の月次会で出題されており（草根集）、この時期の武家等の家での歌会の題として見いだされ取り上げられていた。『正徹物語』には「「憑媒恋」も難題也」とある。連歌では多く見られ、和歌で取り上げられたモチーフが連歌に流入したのであろうが、心敬、宗祇の例句には、中立がどちらかの側に心情的に加担する様子が詠まれており、この句の理解に利する。

意に染まぬ役目を負わされる仲立ちのなかばふてくされた気持ちをユーモラスに詠んだものか。

（名残折　表　十二）　中立の心も知らず頼みきて

九〇　言ふ言の葉の末ははづかし　　実中

【式目】　恋（言の葉）

【作者】　実中

【語釈】　○言の葉の末―言葉を言い終えたその後。「夜深きに問こそ忍ぶ情なれ／別れんと云ふ言の葉の末」（初瀬千句第四百韻・四九／五〇・道三／宰相）。「共に消えむの言の葉の末／かたがたに生れん後の世を知らで」

（河越千句第十百韻・三九／四〇・宗祇／心敬）。○**はづかし**―自分の方がきまり悪い。「思ふことはづかしながら言ひ出でむ／新手枕のふけゆくは惜し」（行助連歌・二二六一／二二六二）。

【付合】 恋の四句目であり、そろそろ恋を離れるために「言の葉の末」と状況を進めている。一句は、打越になってしまうが、返された手紙を再び届けなければならないし、そのときになにがしかの言い訳や説明をしなければならない恥ずかしさきまり悪さを詠んだものか。

【一句立】 口にした言葉のそのはては、恋がかなうでもなく、きまりが悪いことだ。

【現代語訳】 （前句　仲をとりもつ人の気持ちも知らずに、恋の仲介を頼んできて。）頼む言葉のその結果は、かなえられそうもなくて、中立の方がきまり悪いことだ。

（名残折　表　十三）言ふ言の葉の末ははづかし

九一　あらましはただ偽の山の奥　　通賢

【式目】 述懐（あらまし）「述懐の心　有増」（連珠合璧集）　山（山類・体）

【作者】 通賢

【語釈】 ○**あらまし**―原義は、将来の計画。あらかじめこうありたいと思うことだが、特に出家の志を指すのが詩歌では一般的である。七四句にもある語。「をりをりのうさを慰むあらましは深山の奥に墨染の袖」（俊光集・黒・五三五）。「山深く猶も入るべきあらましはとほらで老のさかぞこえぬる」（続草庵集・述懐・四六〇）。「うき世へだつる心ともがな／人や住むわがあらましの山の奥」（寛正五年二月二十九日何水百韻「おるひとを」・八六／八七）。「あらましの身をおかばやの山の奥／馴れてもいさや松風の庵」（新撰菟玖波集・雑二・二八五六／

二八五七・玄宣法師）。○**ただ偽の**―ただもう偽りとなった。「よしなしやただいつはりの言の葉はまことの道のさはりなりけり」（安撰集・不妄語戒・権律師幸範・四〇七）。○**山の奥**―遁世を願って入る山奥。「捨てしより山の奥にと思ふ身のすまれぬものは心なりけり」（続古今集・雑中・一六九三・藤原基氏）。「隠家トアラバ、山の奥」（連珠合璧集）。

【付合】 前句の「言の葉」を自らの発言とし、意志弱くも実現の伴わない願望を述べてしまったと付けた。

【一句立】 こうありたいと願ったことなのに、俗世を逃れて山の奥に住む計画、それがただもう偽りになってしまったことよ。

【現代語訳】（前句　口にした言葉のその先がどうなったかと見れば、恥かしい気持ちになることだ。）こうありたいと願ったことなのに、俗世を逃れて山の奥に住む計画、それがただもう偽りになってしまったことよ。

（名残折　表　十四）あらましはただ偽の山の奥

九二　捨てぬうき身も御法をぞ聞く　宗

【式目】 釈教（御法）　うき身（人倫）「述懐の心　うき身」（連珠合璧集）

【作者】 勝元

【語釈】 ○**捨てぬうき身**―出家をせずに俗世にあって、つらいことの多いこの身。「むすびつつ日数をおくる草の庵／捨てぬうき身は何か思ひて」（顕証院会千句第六百韻・二二／二三・忍誓／満綱）。○**御法**―仏法の教え。「たぐひなき御法をきくの花なればつもれる罪は露も残らじ」（玉葉集・釈教・二七二〇・藤原忠通）。「偽りのなきは涙にあらはれて／教への御法聞くもたのもし」（小鴨千句第一百韻・九七／九八・心恵／之基）。

【付合】希望が偽りとなっている、現実のありさまを付けるが、世俗にあっても仏の教えは誠実に聞いているという強がりのような雰囲気も感じられる。

【一句立】出家をしていないこの身も、仏の教えを聞くことだ。

【現代語訳】（前句 こうありたいと願ったことなのに、俗世を逃れて山の奥に住む計画、それがただもう偽りになってしまったことよ。）そんなふうにうき世を捨てられない我が身でも、せめて仏法の教えなりとも聞くのだ。

（名残折 裏 一）捨てぬうき身も御法をぞ聞く

九三 おろかなる人を仏のあはれみて 宗祇

【式目】釈教（仏） 人（人倫）
【作者】宗祇
【語釈】○**おろかなる人**―愚かな人間。「諫め知らぬはおろかなる人／身のとがを心とわくやまれならむ」（園塵第四（早大本）・一八三九／一八四〇）。○**仏のあはれみて**―み仏があわれにお思いになられて。「二親にをくれて我は跡とへば／神と仏の深きあはれみ」（菟玖波集（広大本）・神祇連歌・五九八・藤原親秀）。「恵みあまねき神はたのもし／無き名をもさすが祈ればあはれみて」（看聞日記紙背応永二十九年三月二十八日何人百韻・八六／八七・無記名／源宰相）。
【付合】「身」から「人」、「御法」から「仏」と言い換えて句をつなぐ。
【一句立】おろかな人間だからこそ仏があわれみをかけてくださるのだ。
【現代語訳】（前句 出家をしていないこの身も、仏の教えを聞くことだ。） おろかな人間だからこそ、仏はあわれみをかけてくださって、その教えを聞く事ができるのだ。

（名残折　裏　二）おろかなる人を仏のあはれみて

九四　神の助けを猶や憑まん　　盛長

【式目】神祇（神）

【作者】盛長

【語釈】○**神の助け**―神のご加護。「神の助けは猶ありつべし／道かはる塩の八百会の興津舟」（老耳・二八四六／二八四七）。○**猶や憑まん**―さらにたよりにしようか。「心叶はば猶や頼まん／君は唯愚かなるをも憐みて」（竹林抄・雑下・一五四〇・賢盛）。

【付合】前句の「仏」に「神」を付けた相対付。仏のあわれみをいただくのをいいことに、その上神の加護も得ようという欲張りを多少諧謔的に表現したものか。

【一句立】神の助けをさらに頼みとしようか。

【現代語訳】（前句　おろかな人間を仏があわれんでくださるのだから、）ついでに神の助けをもさらに頼みとしたいものだ。

（名残折　裏　三）神の助けを猶や憑まん

九五　□うくる恵の末の広き代に　　専順

【式目】雑

【作者】専順

【語釈】○□うくる―□は虫損により不明。□をうけている。○広き代に―あまねく恵みが広がった代に。「ながれての末広き代にしのぶかなその源の深き心を」（大江戸倭歌集・雑・一九一八・源直方）。

【付合】神の加護を頼みとしているものとして、正しき御代を詠んだ。

【一句立】□を受けている、その恵みがあまねく広がっていく御代に。

【現代語訳】（前句　神の助けをもやはりさらに頼みとしよう。）□を受けている、その恵みがあまねく広がっていく御代だから。

【補説】虫損部分は「受ける恵み」に先行する語であるから、推定として、例えば、恵みを受ける主体として、「我が」とか「皆」など、また、付け句から、「受ける」行為の対象として、「身に」などが考えられるが、決定しがたい。

（名残折　裏　四）□うくる恵の末の広き代に

九六　おほ野の露ぞ草にあまれる　　常安

【式目】秋（露）露（降物）露如此降物（可隔三句物）草与草（可隔五句物）

【作者】　常安

【語釈】　○おほ野―大野。三笠山のある大和国の地名か。「思はぬを思ふと言はば大野なる三笠の社の神し知らさむ」（万葉集・巻一・五六一・大伴百代）。「旅寝する大野の原の夜の夢／見果てぬ月の曙の春」（顕証院会千句第三百韻・一七／一八・原秀／宗砌）。○草にあまれる―露がこぼれんばかりに、草に多く置いていること。「秋の月いくたびばかり時雨らむ／草葉にあまる露みだるめり」（伊庭千句第一百韻・一五／一六・宗長／宗碩）。

【付合】　「恵」に「露」を付けた。このあたり百韻の完尾に向けて、内輪の祝儀に句の流れを運ぼうという雰囲気が察せられる。「恵み」は為政者の、「大野」はそれに関連ある土地柄を示しているのではないだろうか。「時しあれば民の草葉をもらさじと恵の露を君やかくらん」（年中行事歌合・賑給・三二・藤原嗣長）。

【一句立】　大野では、露も草にあまるほどしとどに置いていることよ。

【現代語訳】　（前句　□を受けている、その恵みがあまねく広がっていく御代であるから、）ゆかりの大野には、恵みの露も草に余るほどしとどに置いていることよ。

（名残折　裏　五）おほ野の露ぞ草にあまれる

九七　秋の霜あだなる花と又きえて　　元説

【式目】　秋（秋の霜）　霜（降物）　霜如此降物（可隔三句物）

【作者】　元説

【語釈】　○秋の霜―その季節ではない秋なのに置いた霜。霜は冬に詠まれるのが普通であって、消えることを前提とした表現。「秋の霜うつろふ花の名ばかりもかけずよ虫の鳴く音ならでは」（拾遺愚草・聞声忍恋・一五六二）。

「しめゆふかひをいつか見てまし／花に咲け浅茅が原の秋の霜」（法眼専順連詞・九七／九八）。○**あだなる花**―はかなくもろい花。「み吉野も同じうき世の山なればあだなる色に花ぞ咲きける」（新後拾遺集・山花・六〇六・宗尊親王）。

【付合】「露」に「霜」を付け、「草」と「花」を対比させた。恵の露に対してはかないあだなる霜を付けたか。

【一句立】 秋に降りた霜は、はかない花が散るかのようにまた消えてしまい。

【現代語訳】（前句 大野には、露も草にあまるほどしとどに置いていることよ。） 秋に降りた霜は、はかない花が散るかのように速やかに、又消えてしまった。

（名残折 裏 六） 秋の霜あだなる花と又きえて

九八 色うすくなる松虫の声　行助

【式目】 秋（松虫の声） 松虫（一座一句物） 虫与虫（可隔五句物）

【作者】 行助

【語釈】 ○**色うすくなる**―虫の声についていうのは珍しいが、声が弱っていくのを色彩に置き換えて表現したのであろう。「野辺ははや花の錦をおりはへて色なる声に虫も鳴くなり」（文安三年詩歌合・野外秋望・冷泉為富・一六）。「消えゆくもかすむもわかず峰の雪色うすくなる春雨の空」（卑懐集・春雨・四二）。○**松虫**―鈴虫の古称。「野辺の色も枯れのみまさる浅茅生に残るともなき松虫の声」（風雅集・秋中・藤原内実・五六〇）。「秋の露山路をいかに染めつらん／野べには枯るゝ松虫の声」（宝徳四年千句第六百韻・七九／八〇・金阿／竜忠）。「秋の心、～松虫」（連珠合璧集）。

【付合】　冬間近の「秋の霜」に弱り行く虫の声を付けた。「霜トアラバ、虫のこゑかるゝ」（連珠合璧集）。
【一句立】　音色がかぼそくなり消えそうな松虫の声。
【現代語訳】（前句　秋に降りた霜は、ほんのひと時美しい花を咲かせるかのように見えているが、その花もはかなく消えてしまう。）そして、音色もかぼそくなって消えそうな松虫の声が聞えている。

（名残折　裏　七）色うすくなる松虫の声

九九　風寒みくもれる月の更くる夜に　宗

【式目】　秋（月）　夜分（夜）　月与月（七句可隔物）　月（光物）　風（吹物）
【作者】　勝元
【語釈】　○**風寒み**―古語の表現としては、語尾の「み」によって、風が寒いので、と原因・理由をいうのが本来だが、中世においては「み」は古典的な表現の語尾にすぎなくなっている場合が多い。ここでもそれか。「あまをとめ袖ふる夜半の風寒み月を雲井に思ひやるかな」（続千載集・雑上・一七九三・永福門院）。○**くもれる月**―空が曇っていて見えない月。「うき思ひはらふは夜の扇にて／くもれる月ぞ人だのめなる」（永禄石山千句第六百韻・三九／四〇・元理／弥阿）。○**更くる夜に**―ふかまっていく夜に。「旅は一人と寝られざりけり／月に行く人もしづまり更る夜に」（河越千句第八百韻・六／七・永祥／修茂）。
【付合】　「松虫」の「松」に「風」をつけ、「色」に「月」を付けている。前句の光景が低く地面のあたりであるのに対し、付句は上空はるか高くを詠む。
【一句立】　風が寒く、雲に隠れたままの月が更けて行く夜に。

【現代語訳】（前句　音色がかぼそくなり消えそうな松虫の声）。風が寒く吹き、空の月は雲に隠れて夜は更けていき。

【備考】挙句の一つ手前であり、宗匠心敬に勝元が挙句をうながすための句として詠んだのであろう。寒く月も出ていないという余り好ましくない局面を心敬がどのようにまとめるかを期待しているのではないか。なお、一句に関して、風が寒く感じられるほど強い夜は、雲も流れ空の景色も移り変っていくのが通常であるが、ここは曇天としている。勝元が寒々とした雰囲気を出さんと試みたか。

（名残折　裏　八）風寒みくもれる月の更くる夜に

一〇〇　都の宿の鐘ぞしづけき　心敬

【式目】雑　宿（居所・体）　都只一、名所一此内に有べし、旅一（一座三句物）　鐘只一、入逢一、尺教一、異名一（一座四句物）

【作者】心敬

【語釈】○**都の宿**―都の内にある家。「都の宿をいでぞかねたる／しのぶればあらぬ旅寝を思ふ夜に」（芝草句内岩橋上・付句・一六八／一六九）。○**鐘ぞしづけき**―鐘の音が静かに聞える。「跡たえてしづけき宿に咲く花の散りはつるまで見る人ぞなき」（続千載集・春下・一七七・大江千里）。「旅人をやどすもかなし秋の庵／しづけき物をたたく柴の戸」（河越千句第一百韻・三三／三四・宗祇／心敬）。「谷の心ぞ我に静けき／暁を知るや高野の秋の月」（竹林抄・秋・四四〇・行助）。

【付合】前句の「月」に「都」を付ける。「月トアラバ、都　秋の夜」（連珠合璧集）。「鐘トアラバ、凡夜分を付くべし」（連珠合璧集）。都の家はここでは勝元の洛中の館を指すかと思われる。

【一句立】 都の家では、穏やかな鐘の音が聞こえてくる。

【現代語訳】（前句 風が寒く、雲に隠れたままの月が更けて行く夜、）都の家では、静かな鐘の音が聞こえてくる。

【備考】 宗匠心敬の句で穏やかに百韻をとじる。

訳注引用文献典拠一覧・訳注参考文献・式目照合表

【訳注引用文献典拠一覧】

式目の引用は京大本『連歌初学抄』（『京都大学蔵貴重連歌資料集1』（平成一三・臨川書店）による。『連歌新式追加並新式今案等』を参考として挙げる場合には、木藤才蔵『連歌新式の研究』（平成一一・三弥井書店）所収太宰府天満宮文庫本によった。

【語釈】等における和歌の引用は、『新編国歌大観』『新編私家集大成』CD―ROM版を使用し、本文は断らない限り『新編国歌大観』CD―ROMによる。『草根集』は日次本（『新編私家集大成』所収書陵部蔵御所本）を使用し、詠歌年時がわかる場合には付記した。歌の理解に必要な場合には、『新編国歌大観』所収の類題本（ノートルダム清心女子大本）の表現も付記している。また、万葉集の歌番号は西本願寺本の番号によった。連歌等の引用は、以下に示す諸本による。

【あ】
吾妻辺云捨……貴重古典籍叢刊五『心敬作品集』（昭和四七・角川書店）所収天理図書館本

【い】
飯盛千句……古典文庫『千句連歌集八』（昭和六三）所収大阪天満宮文庫本
石山四吟千句…石山寺蔵本（『石山千句』（文学第二部四））
伊勢物語奥秘書…『伊勢物語古注釈大成第一巻』（平成一六・笠間書院）所収鉄心斎文庫蔵本
井筒……日本古典文学全集『謡曲集（1）』（昭和四八・小学館）所収本
因幡千句……古典文庫『千句連歌集四』（昭和五七）所収木藤才蔵氏蔵本
伊庭千句……古典文庫『千句連歌集七』（昭和六〇）所収松井明之氏蔵本

【う】
氏真集Ⅱ……『新編私家集大成』所収本
産衣……『連歌法式綱要』（昭和一一・岩波書店）

【え】

永享五年北野社法楽万句…日文研連歌データベース所収本

永正年間何路百韻「ひとはいさ」…日文研連歌データベース所収本

延徳二年九月二十日山何百韻…日文研連歌データベース所収大阪天満宮文庫本

【お】

老耳…………古典文庫『老耳〈宗長第三句集〉』（昭和五一）所収天理図書館蔵本

応仁元年夏心敬独吟「ほととぎす」山何百韻…金子金治郎『心敬の生活と作品』（昭和五七・桜楓社）所収本

応仁二年十月二十二日白河百韻…『続群書類従』第十八輯下『白河紀行』附載本

応仁二年正月朔日宗祇独吟何人百韻…江藤保定『宗祇の研究』（昭和四二・風間書房）所収中村俊定本

小鴨千句………古典文庫『千句連歌集三』（昭和五六）小松天満宮本

小鴨千句追加…古典文庫『千句連歌集三』（昭和五六）所収静嘉堂文庫蔵本

表佐千句………古典文庫『千句連歌集四』（昭和五七）所収大東急記念文庫蔵本

【か】

蜻蛉日記………新日本古典文学大系『土佐日記　蜻蛉日記　紫式部日記　更級日記』（平成元・岩波書店）所収宮内庁書陵部本

かたはし………『中世の文学連歌論集三』（昭和六〇・三弥井書店）

壁草（大阪天満宮文庫本）…古典文庫『壁草〈大阪天満宮文庫本〉』（昭和五四）

壁草注…………古典文庫『壁草注・壁草〈三手文庫本〉』（昭和五七）

河越千句………古典文庫『千句連歌集五』（昭和五九）所収内閣文庫本

寛正五年二月二十九日何水百韻「をるひとを」…日文研データベース所収本

寛正三年二月二十五日専順独吟何路百韻…日文研連歌データベース所収本

寛正三年二月二十七日何人百韻…『心敬作品集』（昭和四七・角川書店）所収野坂元定氏蔵本

寛正七年二月四日何人百韻…新潮日本古典集成『連歌集』（昭和五四・新潮社）
寛正二年一月一日何人独吟百韻…『宗祇の研究』（昭和四二・風間書房）所収天理図書館本
寛正年間何船百韻「はらふべき」…日文研連歌データベース所収本
寛正百首……新日本古典文学大系『中世和歌集室町編』（平成二・岩波書店）
寛正四年六月廿三日唐何百韻…貴重古典籍叢刊五『心敬作品集』（昭和四七・角川書店）所収太田武夫氏本
寛正六年正月十六日何人百韻…天満宮文庫長松本
寛正六年十二月十四日何船百韻…貴重古典籍叢刊五『心敬作品集』（昭和四七・角川書店）所収野坂元定氏本
看聞日記紙背連歌…図書寮叢刊『看聞日記紙背文書・別記』（昭和四〇・養徳社）

【き】

九州問答……『連歌論集上』（昭和二八・岩波書店）所収高野山正智院本
行助句……貴重古典籍叢刊十一『七賢時代連歌句集』（昭和五〇・角川書店）所収伊地知本
行助句集……貴重古典籍叢刊十一『七賢時代連歌句集』（昭和五〇・角川書店）所収大阪天満宮蔵本
行助連歌……貴重古典籍叢刊十一『七賢時代連歌句集』（昭和五〇・角川書店）所収天理本
享徳二年三月十五日何路百韻…古典研究会叢書第二期『連歌百韻集』（昭和五〇・汲古書院）内静嘉堂文庫連歌集書連衆
　百韻第十六冊所収本
享徳二年二月四日何人百韻…広大附属図書館蔵『さくらかひ』所収本
近来風体抄……『歌論歌学集成第十巻』（平成十一・三弥井書店）所収押小路家本

【く】

熊野千句……古典文庫『千句連歌集五』（昭和五九）所収静嘉堂文庫本

【け】

顕証院会千句…古典文庫『千句連歌集二』（昭和五五）所収内閣文庫蔵本

【こ】

言塵集………『言塵集―本文と研究―』（平成二〇・汲古書院）所収松平文庫蔵本
権大納言言継卿集…『新編私家集大成』所収群書類従本

【し】

下草（金子本）…『宗祇句集』（昭和五二・角川書店）所収金子金治郎氏蔵本
芝草句内岩橋…『連歌貴重文献集成第五集』（昭和五四・勉誠社）所収本能寺本影印
芝草句内岩橋上・下…『心敬集　論集』（昭和二一・吉昌社）所収本能寺本
芝草句内発句…貴重古典籍叢刊五『心敬作品集』（昭和四七・角川書店）所収本能寺本
至宝抄…岩波文庫『連歌論集下』（昭和三二・岩波書店）
袖中抄………『歌論歌学集成第五巻』（平成一二・三弥井書店）所収高松宮本
私用抄………『連歌論集三』（昭和六〇・三弥井書店）所収京大附属図書館蔵本
正徹物語………『歌論歌学集成第十一巻』（平成一三・三弥井書店）所収国文学研究資料館寄託久松国男氏蔵本
初学用捨抄……『連歌論集二』（昭和五七・三弥井書店）所収筑波大学附属図書館蔵本
諸家月次聯歌抄…『七賢時代連歌句集』（昭和五〇・角川書店）所収尊経閣文庫蔵本
心玉集・心玉集拾遺…貴重古典籍叢刊五『心敬作品集』（昭和四七・角川書店）所収静嘉堂文庫蔵本
心敬句集苔筵…貴重古典籍叢刊五『心敬作品集』（昭和四七・角川書店）所収赤木文庫本
心敬僧都十体和歌…湯浅清『心敬の研究』（昭和五二・風間書房）所収神宮文庫本
心敬僧都百句…貴重古典籍叢刊五『心敬作品集』（昭和四七・角川書店）所収岩瀬文庫本
新古今集聞書（東常縁原撰本）…『新古今集古注集成　中世古注編1』（平成九・笠間書院）所収黒田家旧蔵本
新古今抜書抄…『新古今集古注集成　中世古注編1』（平成九・笠間書院）所収松平文庫本
新撰菟玖波集…『新撰菟玖波集全釈』第一〜第八巻（平成一一〜一九・三弥井書店）所収筑波大学蔵本

【せ】

井蛙抄………『歌論歌学集成第十巻』（平成一一・三弥井書店）所収尊経閣文庫蔵徳大寺公維筆本

聖廟法楽千句…『兼載独吟聖廟千句―第一百韻を読む―』（平成一九・和泉書院）
成立不詳心敬以前「したみづに」朝何百韻…日文研連歌データベース所収天理図書館綿屋文庫本
専順五百句……『七賢時代連歌句集』（昭和五〇・角川書店）所収赤木文庫蔵本
専順独吟年次不詳何袋百韻…日文研連歌データベース所収本

【そ】

宗祇以前「桐の葉に」何船百韻…日本女子大学蔵本（佐野典子「翻刻　日本女子大学蔵　賦何船連歌」（『国文目白第二二号』・昭和五八））
宗祇袖下………『連歌論集二』（昭和五七・三弥井書店）所収九大附属図書館本
宗砌句集………貴重古典籍叢刊十一『七賢時代連歌句集』（昭和五〇・角川書店）所収大阪天満宮文庫本
宗砌発句並付句抜書…『七賢時代連歌句集』（昭和五〇・角川書店）所収小松天満宮蔵本
園塵第一～第三…続群書類従所収本
園塵第四………『早稲田大学蔵資料影印叢書　連歌集（二）』（一九九三・早稲田大学出版部）

【た】

太平記…………小学館日本古典文学全集所収彰考館蔵天正本

【ち】

親当句集………貴重古典籍叢刊十一『七賢時代連歌句集』（昭和五〇・角川書店）所収赤木文庫蔵本
竹聞……………貴重古典籍叢刊二『竹林抄古注』（昭和四四・角川書店）所収名古屋大学附属図書館本
竹林抄…………新日本古典文学大系『竹林抄』（平成三・岩波書店）所収厳島神社宮司野坂元良氏蔵本
長享二年太神宮法楽千句…日文研連歌データベース所収本
長六文…………『中世の文学　連歌論集二』（昭和五七・三弥井書店）所収大阪天満宮文庫蔵「一紙品定」合綴本

【つ】

菟玖波集………金子金治郎『菟玖波集の研究』（昭和四〇・風間書房）

徒然草…………新日本古典文学大系『方丈記　徒然草』（平成元・岩波書店）
【て】
天正年間百韻「おきかへる」…日文研DB
【と】
所々返答………『中世の文学　連歌論集三』（昭和六〇・三弥井書店）所収本能寺蔵本
【な】
永原千句………古典文庫『千句連歌集七』（昭和六〇）所収菅原神社蔵本
那智籠…………古典文庫『那智籠〈北野天満宮本〉』（昭和五二）
難波……………新潮日本古典集成『謡曲集下』（昭和六三・新潮社）所収光悦本
難波田千句……日文研連歌データベース所収本
【に】
日葡辞書………『邦訳日葡辞書』（昭和五五・岩波書店）
【ね】
年次不詳何船百韻「散しえぬ」…貴重古典籍叢刊五『心敬作品集』（昭和四七・角川書店）所収野坂元定氏本
年次不詳何路百韻「白妙の」…貴重古典籍叢刊五『心敬作品集』（昭和四七・角川書店）所収天満宮文庫本
【は】
梅春抄…………『連歌論集四』（平成二・三弥井書店）所収木藤才蔵氏蔵本
白氏文集………『新釈漢文大系』（明治書院）
浜宮千句………西日本国語国文学翻刻双書『浜宮千句　賦初何連歌百韻』（昭和三八・西日本国語国文学翻刻双書刊行会）所収本
葉守千句………古典文庫『千句連歌集六』（昭和五九）所収北野天満宮文庫本

【ひ】

東山千句……古典文庫『千句連歌集六』(昭和六〇)所収内閣文庫本

光源氏一部連歌寄合…古典文庫『良基連歌論集三』(昭和三〇)

ひとりごと……『連歌論集三』(昭和六〇・三弥井書店)所収国会図書館蔵本

氷室…………新潮日本古典集成『謡曲集下』(昭和六三・新潮社)

【ふ】

文安月千句……古典文庫『千句連歌集二』(昭和五五)所収静嘉堂文庫本

文安年間「山何」百韻…日文研連歌データベース所収本

文安雪千句……古典文庫『千句連歌集二』(昭和五五)所収東大寺図書館本

文安四年五月廿九日何船百韻…貴重古典籍叢刊五『心敬作品集』(昭和四七・角川書店)所収高野山大学附属図書館本

文安四年八月十九日賦何人百韻…新日本古典文学大系『竹林抄』(平成三・岩波書店)

文和千句……古典文庫『千句連歌集』(昭和五三)所収小鳥居寛二郎氏本

文明本節用集…『改訂新版文明本節用集研究並びに索引(影印篇)』(平成一八・勉誠出版)

文明六年一月五日何木両吟百韻…『宗祇の研究』(昭和四二・風間書房)所収中村俊定本

【ほ】

法眼専順連謌…貴重古典籍叢刊十一『七賢時代連歌句集』(昭和五〇・角川書店)所収赤木文庫本

宝徳四年千句…古典文庫『千句連歌集三』(昭和五六)所収城崎温泉寺蔵本

梵灯庵袖下……島津忠夫著作集第五巻『連歌俳諧―資料と研究―』(平成一六・和泉書院)所収西高辻家蔵本

【ま】

万葉集…………小学館日本古典文学全集所収西本願寺本

萬葉集註釈……京都大学国語国文叢書別巻二『仁和寺蔵萬葉集註釈仙覚抄』(昭和五六・臨川書店)

【み】

三島千句……古典文庫『千句連歌集五』（昭和五九）所収鶴見大学蔵本
道行きぶり……新編日本古典文学全集『中世日記紀行集』（平成六・小学館）所収桂宮本
美濃千句……古典文庫『千句連歌集四』（昭和五七）所収大阪天満宮本

【む】

紫野千句……古典文庫『千句連歌集一』（昭和五二）所収静嘉堂文庫本　なお第二百韻は国際日本文化研究センター連歌データベースによる。

【め】

明応九年七月七日何人百韻…江藤保定『宗祇の研究』（昭和四二・風間書房）所収天理図書館蔵本

【も】

基佐句集……静嘉堂文庫蔵連歌集書本・古典文庫『桜井基佐集』（平成七）所収斑山文庫本

【や】

八雲御抄……『八雲御抄の研究　枝葉部言語部』（平成四・和泉書院）所収国会図書館本

【り】

両山歴譜……『本能寺史料　古記録編』（平成一四・思文閣出版）所収日唱本

【る】

類聚古集……龍谷大学善本叢書『類聚古集影印・翻刻篇上』（平成一二・思文閣出版）

【れ】

連歌愚句……『七賢時代連歌句集』（昭和五〇・角川書店）所収大阪天満宮蔵本
連歌詞……湯浅清『心敬の研究』（昭和五二・風間書房）所収国会図書館本
連歌付合事……『連歌論集一』（昭和六〇・三弥井書店）所収京大文学部国語学国文学研究室蔵本
連歌百句付……貴重古典籍叢刊五『心敬作品集』（昭和四七・角川書店）所収天理図書館本
連歌寄合……未刊国文資料『連歌寄合集と研究（上）』（昭和五三・未刊国文資料刊行会）所収中川文庫本

連珠合璧集……『中世の文学連歌論集一』(昭和六〇・三弥井書店)

【わ】

老葉(吉川本)…『宗祇句集』(昭和五二・角川書店)所収吉川氏蔵本

老葉(毛利本)…『宗祇句集』(昭和五二・角川書店)所収明大図書館蔵旧毛利家本

萱草(伊地知本)…『宗祇句集』(昭和五二・角川書店)所収伊地知本

【訳注参考文献】

荒木良雄『心敬』(昭和二三・創元社)

伊藤敬『室町時代和歌史論』(平成一七・新典社)第四章「一条兼良――勅撰集の終焉――」

糸久宝賢「本興寺・本能寺両山六世金剛院日与とその周辺」(『京都日蓮教団門流史の研究』(平成二・平楽寺書店))

稲田利徳「「法華経序品和歌」と「武家歌合」」(『正徹の研究』(昭和五三・笠間書院))

井上宗雄「武家歌合(康正三年)解説」(『未刊国文資料中世歌合集と研究(下)』(昭和四五・未刊国文資料刊行会))

岩佐美代子「「春かけて」考――中世同種表現詠の解釈に及ぶ――」(『和歌文学研究』第八十四号・平成一四)

小野恭靖「「朝川」考――『宗安小歌集』一五二番歌をめぐって――」(『学大国文』第四〇号・平成九・二)

金子金治郎「落葉百韻解説」(『連歌貴重文献集成第四集』(昭和五五・勉誠社)

神作光一・長谷川哲夫『新勅撰和歌集全釈二』(平成一〇・風間書房)

黒田日出男「中世の「畠」と「畑」」(『日本中世開発史の研究』(昭和五九・校倉書房)所収)

酒井茂幸「文安・宝徳期の武家歌壇　能登守護畠山義忠と正徹」(『国立歴史民俗博物館研究報告』第一三六集・平成一九)

佐藤智広「〈夜寒〉考――中世和歌における質的転換を中心に――」(『中世文学』第四十五号・平成一二・八)

島津忠夫著作集第五巻『連歌・誹諧　資料と研究』(平成一六・和泉書院)「紹芳連歌」解説

高木豊「法華要文連歌小考――法華経和歌との関連と対比――」(『浅井円道先生古希記念論文集　日蓮教学の諸問題』(平成九・平楽寺書店))

野本寛一『焼畑民族文化論』(昭和五九・雄山閣)
松岡心平「西行の「ふるはた」の歌」(平成元・日本古典文学会会報No.一一五)
桃井観城「金剛院日與上人について」(『桂林学叢』第一号・昭和三五・四)
柳澤良一「きりぎりす考——虫の文学史の試み——」(『国語と国文学』七四巻一一号・平成九・一一)
山本登朗「「千尋あるかげ」——伊勢物語七十九段をめぐって——」(「礫」一八〇号・平成一三・一〇)
湯浅清『心敬の研究』(昭和五二・風間書房)、『心敬の研究 校文篇』(昭和六一・風間書房)
米原正義『戦国武士と文芸の研究』(昭和五一・桜楓社)

落葉百韻式目照合表

	句番号・作者	春	夏	秋	冬	恋・衣類	雑(述懐)	羇旅名所	神祇釈教	山類水辺	居所人倫	動物植物	光物時分	聳物降物	花月
初折・表	1 兼良				冬					水・体		植			
	2 日明				冬						居・用				
	3 心敬				冬									降	
	4 三位			秋										聳	
	5 隆蓮			秋				旅					光・夜		月
	6 毘親			秋								動(鳥)			
	7 利在			秋						山・体			時		
	8 円秀			秋										聳	
初折・裏	9 有実	春									居・体			降	
	10忠英	春										植			
	11貞興	春													花
	12伝芳						雑					動(鳥)			
	13承成						雑			山・体	人				
	14立承						述懐								
	15正頼								釈						
	16心敬						述懐						時		
	17利在			秋		恋							時・光		月
	18隆蓮			秋		恋									
	19三位			秋		恋							夜		
	20円秀						雑					植			
	21伝芳						雑					植			
	22毘親				冬		述懐							降	
二折・表	23心敬				冬										
	24日明						雑							聳	
	25貞興		夏											降	
	26有実		夏										光	降	
	27忠英		夏							水・用					
	28利在						雑	名			居・体				
	29立承							旅・名							
	30隆蓮					恋・衣				水・体					
	31伝芳					恋									
	32心敬						雑					植			
	33三位			秋								植	時		
	34円秀			秋									光		
	35毘親			秋		衣									
	36正頼			秋							居・体			降	
二折・裏	37心敬						述懐						夜	降	
	38立承	春										植		聳	
	39日明	春													花
	40貞興	春										動(鳥)			
	41三位					恋						動(鳥)			
	42隆蓮					恋									
	43有実					恋					人				
	44毘親			秋		恋							光・夜		月
	45利在			秋									夜	降	
	46心敬			秋										降	
	47伝芳						雑					植			
	48立承		夏							水・用					
	49忠英		夏			衣									
	50貞興						雑			山・用・体					

	句番号・作者	春	夏	秋	冬	恋・衣類	雑(述懐)	羇旅名所	神祇釈教	山類水辺	居所人倫	動物植物	光物時分	聳物降物	花月
三折・表	51心敬				冬					山・体		動(鳥)植			
	52円秀				冬							植		聳・降	
	53利在				冬							植	光・夜		月
	54伝芳						雑			水・体					
	55隆蓮					恋					人		夜		
	56有実					恋					人・居・体				
	57心敬	春								山・体	居・体	植			花
	58忠英	春						名		山・体					
	59円秀	春										動(鳥)			
	60三位						述懐				人				
	61正頼			秋								植		降	
	62有実			秋									光・夜		月
	63隆蓮			秋				旅			居・体		時		
	64毘親			秋				旅		水・外・用			夜		
三折・裏	65利在					衣	雑			水・外	人				
	66心敬					恋									
	67忠英					恋									
	68句欠					(恋)									
	69日明					恋							時		
	70心敬						雑			山・体		動・植			
	71毘親						述懐								
	72伝芳			秋						水・用			光・夜		月
	73利在			秋						水・体					
	74立承			秋				名						聳	
	75隆蓮				冬	衣								降	
	76円秀				冬						人				
	77伝芳				冬							植			
	78有実						雑								
名残折・表	79立承					恋									
	80心敬	春				恋							光・夜		月
	81伝芳	春													
	82毘親	春									人				
	83心敬						述懐								
	84有実						雑						光		
	85隆蓮		夏								居・体		時		
	86利在			秋								植			
	87三位			秋							居・用	植			
	88正頼			秋										降	
	89貞興			秋						山・体		動			
	90毘親			秋									光・時		月
	91心敬						雑			水・体・外	人		時		
	92伝芳						雑			水・用	人				
名残折・裏	93円秀						雑				居・体				
	94三位	春									居・体	動(鳥)植			
	95利在	春										植			
	96伝芳	春												聳	
	97隆蓮	春								水・用					
	98忠英			秋						水・体			光・時		月
	99心敬			秋											
	100日明			秋										降	

外…体用之外

寛正六年正月十六日何人百韻式目照合表

	句番号・作者	春	夏	秋	冬	恋・衣類	雑(述懐)	羇旅名所	神祇釈教	山類水辺	居所人倫	動物植物	光物時分	聳物降物	花月
初折・表	1心敬	春										植			
	2実中	春										動(鳥)			
	3行助	春													
	4元靦	春												降	
	5専順	春								山・体	居・体		光・夜	聳	月
	6幸綱						雑				人				
	7大況						雑					植			
	8宗祇						雑			水・外		植			
初折・裏	9宗怡		夏							水・用					
	10公範						雑			水・外			時		
	11心敬			秋		衣		旅						聳	
	12行助			秋							人				
	13実中			秋									光・夜		月
	14専順			秋								動(鳥)			
	15元靦			秋										降	
	16幸綱					恋					人				
	17宗怡					恋					人				
	18大況					恋									
	19宗祇						雑			山・体					
	20心敬						雑				居・体				
	21行助	春					述懐				人				花
	22専順	春											光	降	
二折・表	23大況	春												聳	
	24宗怡			秋						水・用		動(鳥)			
	25実中						雑			水・体・外					
	26専順						雑	名		水・外					
	27元靦							旅・名		山・体			時		
	28心敬			秋								植	光		月
	29専順			秋					神						
	30行助			秋									時	聳	
	31宗祇			秋							居・体				
	32幸綱						雑			水・体・用					
	33心敬		夏					名		水・体・用					
	34行助					衣	雑			水・外	人				
	35専順					恋								聳	
	36元靦					恋									
二折・裏	37心敬	春											夜		花
	38行助	春													
	39専順	春				恋					人				
	40宗祇			秋						山・体			時		月
	41大況			秋						居・体		動			
	42実中			秋											
	43宗怡			秋		衣	述懐				人			降	
	44元靦		夏									植		降	
	45宗祇						雑					植			
	46専順								釈	山・体				聳	
	47幸綱						雑			山・体		動(鳥)			
	48心敬				冬							植		降	
	49行助				冬						居・用	植			
	50実中						雑				居・体				

	句番号・作者	春	夏	秋	冬	恋・衣類	雑(述懐)	羇旅名所	神祇釈教	山類水辺	居所人倫	動物植物	光物時分	聳物降物	花月
三折・表	51元craft								釈		人				
	52専順					恋									
	53幸綱					恋									
	54行助					恋									
	55宗祇							旅		水・体・外				降	
	56大況						雑			水・体・用		植			
	57心敬						雑	名					光		
	58専順								釈						
	59行助						述懐				人				
	60心敬			秋								植		降	
	61専順			秋											
	62宗祇			秋		恋									
	63実中			秋		恋・衣					人		光		月
	64心敬						雑				居・用				
三折・裏	65行助	春									居・体	動(鳥)			
	66元craft	春								山・体				聳	
	67宗祇	春								水・体・外			光		
	68宗怡	春										植			
	69実中			秋								植			
	70心敬			秋									時	降	
	71専順			秋							居・体				
	72専順			秋							居・体		夜		
	73心敬			秋		恋					人				月
	74行助					恋								聳	
	75宗祇							旅							
	76幸綱							旅							
	77専順	春										植			花
	78大況	春										植			
名残折・表	79心敬	春				恋									
	80元craft	春				恋									
	81宗祇			秋			述懐							降	
	82宗怡			秋								植	夜		
	83行助			秋				旅					光		月
	84専順			秋				旅							
	85大況			秋							人				
	86心敬						雑	名		水・体・用			時		
	87元craft						雑			水・体					
	88幸綱						雑								
	89心敬				冬							植			
	90専順								釈						月
	91実中								釈						
	92行助								釈						
名残折・裏	93専順					恋					人		夜		
	94宗怡						雑	名				動(鳥)			
	95利在						雑			水・体		動(鳥)			
	96宗祇			秋						水・体			時		
	97大況			秋						水・用			光・時		月
	98実中			秋								植		降	
	99心敬			秋								植	時	降	
	100行助						雑				居・用				

外…体用之外

「撫子の」百韻式目照合表

	句番号・作者	春	夏	秋	冬	恋・衣類	雑(述懐)	羇旅名所	神祇釈教	山類水辺	居所人倫	動物植物	光物時分	聳物降物	花月
初折表	1 勝元		夏								人	植		降	
	2 専順		夏									植			
	3 心敬		夏							山・体・水・用		動(鳥)			
	4 実中			秋						水・用			光・夜		月
	5 通賢			秋				旅					夜	降	
	6 行助			秋				旅			居・体		夜		
	7 元説			秋				旅			居・体				
	8 宗祇			秋									光	聳	
初折裏一巡終了	9 盛長				冬							動(鳥)		降	
	10常安					恋				山・体					
	11宗怡			秋		恋						植			
	12頼宣						雑					植			
	13専順					恋									
	14心敬					恋					人		夜		
	15勝元						雑				人				
	16通賢			秋							居・体				
	17宗祇			秋									光・夜		月
	18行助			秋							居・用	植		降	
	19光長						雑			山・用		植			
	20実中						雑					植	時		
	21元説			秋									光		
	22盛長						雑			水・用					
二折表	23心敬						雑			水・体・用	人				
	24専順						雑			水・用・外		植			
	25常安								釈						
	26宗祇						雑				居・体				
	27盛長						雑				居・体				
	28行助			秋		衣							時・光		月
	29専順			秋		衣									
	30心敬			秋										降	
	31実中			秋								植	時		
	32勝元	春										植	時		花
	33頼宣	春													
	34心敬						述懐				人				
	35？(行助か)						雑								
	36宗祇					恋							夜		
二折裏	37元説					恋							夜		
	38勝元					恋							夜		
	39行助						雑								
	40頼宣						雑			山・体・用					
	41常安						雑			水・用	居・体				
	42元説						雑			水・用	居・体				
	43専順				冬							植			
	44通賢						賀								
	45心敬			秋									光・夜		月
	46宗怡			秋									夜		
	47勝元			秋						山・体		動			
	48宗祇						雑	名		山・体	居・体				
	49盛長				冬							植			
	50実中				冬	衣								降	

	句番号・作者	春	夏	秋	冬	恋・衣類	雑(述懐)	羇旅名所	神祇釈教	山類水辺	居所人倫	動物植物	光物時分	聳物降物	花月
三折表	51心敬				冬							植		降	
	52宗祇					恋	雑								
	53専順					恋									
	54行助					恋					人				
	55通賢					恋									
	56常安	春								山・体		動(鳥)			
	57勝元	春										植			
	58?(心敬か)	春										植			花
	59?(頼宣か)			秋							居		光・夜		月
	60行助			秋									光		
	61専順			秋						水・体				聳	
	62心敬						雑			水・体・用					
	63勝元				冬					水・外		動(鳥)		降	
	64通賢							旅			人				
三折裏	65心敬						述懐				人				
	66専順						雑				居・体				
	67宗祇						雑					動	夜	降	
	68頼宣						雑			山・体			夜		
	69勝元			秋									夜・光	降	月
	70盛長					恋・衣									
	71行助					恋									
	72元説						述懐								
	73実中						述懐								
	74勝元						述懐								
	75心敬								釈	山・体		植			
	76宗祇			秋						山・体		植			
	77通賢			秋				名						降	
	78行助			秋				名			居・体			降	
名残折表	79盛長			秋							居・体・人				
	80宗祇			秋							居・体		夜・光		月
	81心敬				冬					水・用			夜	降	
	82専順				冬										
	83行助	春					述懐								
	84盛長	春										動(鳥)			
	85頼宣	春										植			
	86専順	春													花
	87常安					恋					人				
	88宗祇					恋									
	89元説					恋									
	90実中					恋									
	91通賢						述懐			山・体					
	92勝元								釈		人				
名残折裏	93宗祇								釈		人				
	94盛長								神						
	95専順						雑								
	96常安			秋								植		降	
	97元説			秋										降	
	98行助			秋											
	99勝元			秋									夜・光		月
	100心敬						雑				居・体				

Ⅱ　連歌宗匠心敬論

1　心敬の詩学――『寛正六年正月十六日何人百韻』の宗祇付句評から

一　『寛正六年正月十六日何人百韻』

寛正六年（一四六五）正月十六日、心敬は宗匠として、細川氏と関係の深い実中が主催した連歌（『寛正六年正月十六日何人百韻』）の一座を指導した。この一座は、実中（摂津国高槻の臨済宗景瑞庵の住侍）、心敬、専順、行助、宗祇、宗怡、元艫、幸綱、大況、公範の十名が出詠している。当時の実力派連歌師専順、行助がおり、さらに宗祇も専順の門下の連歌師として参加した。有力連歌師の出句数も、宗匠心敬が十六句、専順が十七句、行助が十四句、宗祇が十一句と多い百韻である。(1)

現存資料によれば、宗祇と心敬の同座は、寛正五年（一四六四）興行と推定される(2)『熊野千句』を嚆矢とし、百韻においてはこの百韻が最初のものとなる。さらに宗祇は、文明二年（一四七〇）に、関東に滞在中の心敬に自句を示して教えを乞い、心敬の指導を得ていることが『所々返答』第三状からわかるが、その際に心敬が指導に用いた宗祇の句が、この百韻から採られている。張行の流れの中での句作が、時をおいて二句一連で取り上げられ指導されており、心敬の連歌論の理解につながる百韻でもあるのである。

さて、心敬は、本百韻を張行するにあたり、宗匠として全体の句の進行に細やかな心配りをしている。例えば、十名の句が一巡した後、十一句目に再度出句し座をひきしめたり、二折裏の第一句目、三折表最終句、名残折表第一句目、と折や折の表裏の変る場面で、句境が変わり気分が一新するように気をくばって出句したりしている。さらに、節目節目に座を牽引するのみならず、句境の進展も促す。例えば、百韻中、心敬の句の前句の作者を見ると、実中が三回、幸綱が三回、大況三回、元觚二回、公範（執筆）、専順、行助、宗祇が各一回であった。これを見ると、心敬は、素人衆の句に付けて句境を進展させ、次の句につなぐための手助けに多く入っていることがわかる。加えて、心敬の句には誰が付けているのかを見ると、実中一回、元觚二回、行助八回、専順五回と、心敬の句をさらに展開させる役割を行助、専順の両連歌師が負っている。特に初折裏の最後の三句（第二〇句心敬・二一　行助・二二　専順）、二折表の三句二組（二八　心敬・二九　専順・三〇　行助、三三　心敬・三四　行助・三五　専順）、二折裏最初の三句（三七　心敬・三八　行助・三九　専順）、三折表の三句（五七　心敬・五八　専順・五九　行助）など、この三人で句の展開を決め、支えていることが読み取れよう。

こうした連衆の出句の並びから、素人衆と、彼らの句をうまく手助けし百韻をすすめていく手慣れた連歌師たちの姿が浮かび上がってくるが、既に嘉吉・文安年間より活躍していた重鎮専順、行助に比して、宗祇は百韻内での立場が明らかに軽い。ここでの宗祇は、心敬の句に一度も付けおおせていない。宗匠の句に四つに組むだけの立場にはなりえていないのであった。

だが、心敬とは格が違う立場ではあったが、宗祇はこの百韻で独自に興味深い句作りをしている。宗祇は出句十一句において数多く万葉詞を詠み入れ、第五五句「風まぜに長雨ふる江のとまり舟」や第六七句「舟遠き春の朝川日のさして」など、「風まぜに」「朝川」といった万葉歌に由来する言葉をあえて使う句作りをしているのである。(3) こうした詠みぶりから見て、意欲的に百韻に参加したであろう宗祇の句は、心敬からどう思われたであろうか。宗祇の句に、心敬はいかなる句境を求めたのか、その姿勢を考えたい。

二　「花橘」の付合と『所々返答』における作句指導

百韻中、第四三・四四・四五句は次のような流れの付合であった。

四三　袖くたす露も昔をしのぶ身に　　宗怡
四四　花橘の落つる雨の日　　元緐
四五　松高き影ふむ道に風吹きて　　宗祇

四三から四四の付合は、「昔」に「橘」を付け、「橘の花散る軒のしのぶ草昔をかけて露ぞこぼるる」（新古今集・夏・二四一・近衛忠良）を背景にしている。有名な『古今集』一三九番歌「五月まつ花橘の香をかげば昔の人の袖の香ぞする」（古今集・夏・一三九・よみ人しらず）及び伊勢物語第六〇段を思い出させ充分意識させる付合であろう。この四四句に付けるにあたり、宗祇の四五句は、「橘」にあらたに「影ふむ道」を寄合として付けている。これは万葉歌「橘の影踏む道の八衢に物をぞ思ふ妹に逢はずして」（万葉集・巻二・一二五・三方沙弥、玉葉集・恋一・一三二七にも入る）による。この歌から詠み出だす連歌の語句として、はやく『萬葉詞』[4]に「橘のかげふむ道」ととりあげられており、『連珠合璧集』[5]にも「橘トアラバ、かげふむ道」と載るものであった。

ところが、連歌においてこの歌から「橘」と「かげふむ」を用いる先行例は少なく、管見では、『菟玖波集』に一例あった後、宗砌の句集『宗砌発句竝付句抜書』、『宗砌句抜書』（早大本）に見えるのみである。

　　　御はしのもとの人の沓音
　袖にほふ花橘の影ふみて（宗砌発句竝付句抜書[6]・二〇六七／二〇六八）

「袖にほふ」の句の付合は、『古今集』一三九番歌と『万葉集』一二五番歌から共に想を得たものであり、前句の「御はし」に付けたことより、付句の「花橘」は右近の橘を意味し、宮中の橘ということになる。これは『拾遺采葉抄[7]』の『万葉集』一二五番歌注にある一説「筑後入道寂《孝行》意勘テ申《仙覚嫡男也》、右近《光行子》橘陰也云々。」同様、一二五番歌の橘を右近の橘とみなすものであり、宗砌の『万葉集』の勉学の知識が跡づけられよう。この説による付合はまた、『下草[8]』に、

　　みはしのもとにとしをふる道

　橘にかはらぬかげをふみなれて

と見られ、宗祇に継承されている。宗祇は宗砌に師事し、宗砌の句集『宗砌句』（静嘉堂文庫本）の奥書から、宗砌の句集の編纂に携わっていたようであり[9]、宗祇に対する宗砌の影響力は大きい。宗祇の『万葉集』一二五番歌の理解も、師宗砌の理解を踏襲していたことがわかるのである。

四五句の「松高きかげ」も、「かげふむ」と同様、和歌や連歌における用例が非常に少ない。松が高くのびた様子は、次に挙げた例のように、神代からの悠久の年月を表わし、祝意にも通じるさまである。

　　松高き梢や猶も霞むらん

　野に道みゆる神垣の春（紫野千句第六百韻[10]・九七／九八・春松丸／禅巌）

　松高き雪の白木綿かすむなり神の御山に春やたつらん

　　　　　　　　（草根集・立春・七二四七・宝徳三年（一四五一）十二月七日詠）

従って、宗祇の句は、初句によって、松が木高くなるまでの長い時間の流れを感じさせる句であるが、しかし「松高き陰」と「影ふむ」とが掛詞によって重なることにより、「橘」の薫る道が重ねられ、二種の植物の間でイメージが転換された句であった。

心敬自身も、専順、行助、宗祇、宗怡らこの何人百韻と同じ顔ぶれが参集した翌寛正七年二月四日の何人百韻[11]で、「松高きかげ」を使っている。

露もはらはじ苔の小筵

松高き陰の砌りは秋を経て（寛正七年二月四日何人百韻・九六／九七・行助／心敬）

心敬のこの句は、前年詠まれた宗祇の句が「橘」につなぐ「陰」と「影」の掛詞を用いるのに比して、そうした技巧をなさず、「松高き」の悠久さをそのまま生かすことにより、幾星霜を経た秋の寂しい庭を表現しており、両者の付け方の相違がうかがわれよう。

さて、宗祇は、文明二年に心敬に句作の指導を依頼した際、自句の一覧に四四・四五句の付合を入れ、心敬に見せた。[12] しかし、この付合は、『所々返答』第三状[13]（文明二年五月）においては、次のように心敬に批判されている。

おなじき御句に

花たちばなのおつる雨の日

松たかき陰ふむみちは風吹て

とあそばしつる、橘にかげふむ、雨に松風を寄せ給し、とがなく侍ども、此前句ひとへに余情こぼれ落たる物にて候歟。大かた、

橘　郭公　鹿　鳫　鐘　擣衣　老　花　桜

などのたぐひ、付合とやらんなどにては、うるはしくは寄るべからず哉。ただ、前句の風体・感情ばかりにて、時により事にふれて寄せ（ある）べく侍る哉。

心敬は「橘」に「かげふむ」、「雨」に「松風」の寄合をこの付合に見いだしている。「雨」に「松風」の寄合は、「雨降ると吹く松風は聞こゆれど池のみぎははまさらざりけり」（拾遺集・雑上・四五四・紀貫之）のような、雨音とまがう松籟の音という所からつくられてきており、「雨」「松風」を寄合と見なすことにより、前句一句では

雨の情景であったが、付合では松風の音が雨かと思われるように響いている情景ととることになる。こうした形で句を読み取る心敬は、宗祇の句を、「松」は「風」の種類を示して前句の「雨」と、「陰ふむみち」は「花たちばな」と寄り、「風吹て」は前句の花橘が「おつる」理由となると、前句と寄合で緊密に付けた句ととらえたのであった。

そして、心敬は宗祇の句の寄合に納得しつつも、前句の余情を受けた形での付け方ではないと批判している。「橘」は寄合で通り一遍に付ける語句ではないと考えており、掛詞及び万葉歌による寄合も賞賛はされない。心敬はこの句にははなはだ不満であった。

三　「橘」の景

それでは、「橘」の句は、どのように付けるのがよいと心敬は考えていたのであろうか。四四句（「花橘の落つる雨の日」）の情景は、一句では橘の花に雨が降るものであり、こうした情景は「雨そそく花たちばなに風すぎて山時鳥雲になくなり」（新古今集・夏・二〇二・藤原俊成）の大きな影響を受けながら、

わがこころ恋しき方にかへれとやはな橘に雨のゆふかぜ（拾玉集・二二五〇）

風かよふ花たちばなに雨過ぎて猶ふることを身にのこすかな（宗良親王千首・雨中盧橘・二四四）

雨そそく花たちばなにいにしへをとふにつらさの涙おつとや（草根集・対橘問昔・八五七一・享徳三年（一四五四）六月四日詠）

のように、雨に濡れ、風にのって一段と薫る橘の花によって、なつかしい昔を思い起こすものとして詠まれてきた。特に、『草根集』八五七一番歌は、正徹が享徳三年（一四五四）六月四日に、畠山賢良家での月次歌会に出席し、当座に詠んだ和歌。心敬は文安三年（一四四六）正月二十日から畠山賢良家の歌会に加わっており（『尭孝法印日記』）、

この歌会の一員である縁で正徹の和歌の弟子である畠山氏被官の武士らに連歌を指導するなど[14]、この歌の詠まれた環境に深く関わっている。それゆえ、心敬の、雨の日の花橘の情景に対する理解は、雨の日の橘の落花に昔をせつなく思い返すという、この正徹歌の状況が参考となろう。

さらに、花橘を詠む心敬の和歌では、『芝草句内岩橋下』[15]に、次のような自注が付いた歌がある[16]。

故郷橘

なき玉やふりにし宿に帰るらん花たちばなに夕風ぞふく

あれたる宿のたそがれふかき比、古木のかたみの橘に、風のうちかほれる感情は、さながら花に心をのこし侍る玉しゐ、帰りきたるかと也。慈鎮和尚の、しでに風ふく夕やみのこゝろをぬすみ侍り。

心敬の自注は「手向にもをりから神やなびくらむしでに風まくゆふやみの空」（拾玉集・日吉百首・二〇九一）を引用し、夕闇の中の橘の香に、風と共に亡き人の魂の訪れるさまを夢想している。前掲の『拾玉集』二二五〇歌も併せ見れば、夕暮れ時の風により、古びた宿に橘の香のみが満ちる暗い空間は、なつかしい亡き人の想い出によって満たされており、現実の人の姿が見えるわけではない古い家に、かつての時がよみがえる。暗く広がる空間は、何もないように見えて、過去の想い出の時もあわせもつ、満たされた空間になっているのである。

また、正徹歌（『草根集』八五七一）の用いた「対橘問昔」という題も、管見では『北野宝前和歌』（元徳二年）、『師兼千首』に一例ずつ見えた後、『草根集』に二例、『下葉集』に一例、『孝範集』に一例と少なく、後の『柏玉集』、『雪玉集』が拾い上げたのみの題であり、正徹周辺の歌人に意識され一時期わずかに使われただけの題であった。

心敬法師の遠忌に、対橘問昔

墨染の袖の形見の夕風に今日の昔をさそへ橘（孝範集・二一〇）

心敬が晩年に判者をつとめた『武州江戸歌合』に参加した木戸孝範が、心敬の遠忌に際してこの題を用いて和歌を詠み、夕風に薫ることで、既に亡くなった心敬との思い出をもたらしてくれと橘に呼びかけるのも、後の和歌ではあるが、『草根集』八五七一番同様注意される。橘に夕暮れの風吹く空間は、今は帰らない過去を呼びかえす空間であった(17)。

ところで、心敬は、『寛正六年正月十六日何人百韻』から一年あまりの後、文正元年（一四六六）三月廿三日付の『所々返答』第一状で、「橘」の前句に「花散里」を付けた宗砌の付合を例にだして意見を述べている(18)。

宗砌法師風体事うけ給候。まことにてだり巧みに強力なる処、ならぶ作者見え侍らず。されば、其世にはことのほか誉れを得侍り。しかはあれども、ねんごろに見給べく哉。（中略）てだりのみにて、句どもに面影・余情・不便のかた侍らず哉。恋句など、一向正しくはしたなき句のみにて、有心幽玄の物、ひとへに見え侍らず哉。此事、たび〳〵清岩和尚も語り給ひし事なり。先年、わが句をあつめて、清岩和尚に進覧し侍る句に

たち花にほふ軒のした草
春かへり花ちる里は野となりて(19)

此句も、初め終りあら〳〵しくて不庶幾哉。救済など申侍らば、

ゆふ風に花ちる里は人もなし

（など可申也）。

宗砌の作風に関して、正徹の言葉も借りて、句に面影・余情・不便の風情がないと手厳しい批判をなしているが、その中で、とりわけ目についたものとして、「橘」の詠みこまれた前句に付けた宗砌の自讃の付句を挙げている。ここでは「救済など申侍らば」として付句の代案も示されている。心敬は、同じ『所々返答』第一状で、「九十

五の頽齢まで世にのこりて二条大閤など門流になり給へば、ならぶ好士なかりし。げにも今の世までの先達には第一とこそ見え侍れ。」と救済を賞賛し、幾度も宗砌の句と救済の句を比較し、救済句を高く評価している。代案は、宗砌以前の時代の指導者である救済に宗砌の句を直させる形をとり、その実自分ならこうするという案を示したのである。

さて、心敬の批判は、付句の内「春かへり」「野となりて」という語句は「荒々しく」不適切であるというものので、初句と三句の部分の無骨さに焦点が当てられていた。さらに代替案を見ると、「春帰り」という季節の移り変わりを示す語句、「野となりて」という年月の移り変わりを示す語句を入れず、「ゆふ風に」により、光薄れる夕暮れの風に、「花散る」、即ち橘の花が散り、その香が運ばれる様子が表現され、「人もなし」と、光もなく、加えて人の姿もない、広がる夕闇が表現されている。[20]心敬の代替案は、空白を満たしていることによって、今はなき物がかつて存在した時からの、流れた時の経過を示す「ゆふ風」という語句が置かれる。心敬は、そうした表現の仕方が、「橘」という語にふさわしい余情を漂わせる表現になると考えていたのである。

四 「松風」の景

さらに、心敬は『所々返答』第一状で宗砌の句の批評を続ける。

身をばいづくに捨ててをくべき
世はつらく峯の庵はさびしくて
此句も、さびしくて無下に覚侍る歟。侍公など申侍らば、
世はつらく峯のいほりは松の風
（などや侍らん。）

こちらの添削においても、心敬は第三句「さびしくて」が耳障りであり、その代わり「松の風」を入れるように提唱している。「さびしくて」を置き変えたのが、「松の風」であり、これは「松」と「待つ」が掛かる。我が身をどこに捨てておいておくのがよいのかという前句に、俗世にいればつらく、世俗を離れた峰の庵に住めば、ただ松風が吹くばかりであり、人待つ思いにも誰も訪ねてはくれずひたすらに寂しい、と付けたことになろう。

「松風」は、元来身にしむ思いをさせる風の中でも、待つ思いによって、より一層身にしむものと詠まれてきた。心敬自身、夕暮れ時の松風を、

夕暮は身にしむ色の松の風誰に憂かれと秋を添ふらん（心敬集・松風秋近・三七三）

と表現した。この歌では「松風」が吹き満たした、期待して待つという心情に満たされた空間は、待つ時が流れても、現実の訪問者の姿によって満たされることがない空間であることが示唆されている。ここでも、心敬は「松の風」を用いることにより、時間の経過を示し、心情のみに満たされていった空虚な空間を表現しているのである。例えば、心敬は後に、

三十路よりこの世の夢は破れけり松吹く風やよその夕暮（心敬集（応仁元年百首）・薄暮松風・一八二）

と詠んでいるが、三十代からの夢が破れた、絶望的な思いをかかえた夕暮れ時、期待して待つという思いとはもはや無縁となっていることを「松吹く風やよそ」と表現する。

余所に吹け見し世の夢は跡もなしとはずがたりの小夜の松風（心敬集（応仁二年百首）・懐旧・二七〇）

この歌においても、夢かなうことのなかった状況を松風が思い知らせる形となっている。心敬にとって、「松風」は「待つ」思いが実現することのない、喪失感で満たされた空間を吹き満たすもので、かつて待っていた時から、もはやあきらめた今までの時の流れを重ねて表現する役割をになっていった。

そして、さらに『心敬集』には次のような和歌も存した。

桜狩かり寝の夢も見し花もまぎれて明る野辺の松風（春夢・三四〇）

仮寝の夢もさまし、目にした花も散らして運び去る「野辺の松風」が詠まれているが、やはり松風が吹き過ぎた後の野辺には、喪失の感情が満ちていよう。「野辺の松風」は、和歌、連歌においてほとんど管見に入らず、心敬独特の語句ともいうべき語句であって、この語句も『寛正六年正月十六日何人百韻』の第二〇句に使われていた。

一九　住まばただ心の奥の山もがな　　宗祇
二〇　草の戸あらす野辺の松風　　心敬
二一　古郷は見る人なしに花散りて[21]　　行助

宗祇の一九句は、俗世に住みながら、俗世を離れた境地をのぞむ句であり、この句の「山」に「松風」を付けたのが心敬の句。奥山ではない野辺にあってもやはり松風が吹くさまである。心敬がこの二〇句で表現しようとしていた、松風が吹きぬける野辺、その中で荒れていく粗末な庵の景を受け、二一句では、行助が、見る人もなくむなしく花が散るという、故郷には今はもう何もない、そんな時の経過と空間の広がりを感じさせる説明の句を付ける。行助はこの付合を文正元年自撰の『行助句集』（書陵部本）に入れており、行助の句は、心敬流の指導にかなった、心敬の句の理解を示す。

また、この百韻の心敬の発句は「梅送る風は匂ひのあるじかな」であった。梅の香をふくんだ風が満ちる高雅な亭主宅に招かれた心敬の喜びを表わす家ぼめの句である。風の吹き来る前には薫っていなかった梅の香が、風によりもたらされ景に満ちる、祝意ある句であり、「あるじ」という言葉が示すように、新たな香でその場を満たす風の存在は重い。

さらにこの句に唯一似た表現を持つ和歌が、正徹によって詠まれている。

梅が枝の月を匂ひのあるじにてかすむ色とふ花の春風
（草根集・梅風・九六七七・康正三年（一四五七）一月二十三日詠）

「梅風」題で、おぼろな月の光の下、匂い立つ梅の花に、春風が訪れるさまを描く。康正三年には、心敬は正徹判の『武家歌合』に加わっており、両者の関係は言うまでもなく深く、心敬による正徹詠の学習を考えうるであろう。また、心敬句「草の戸あらす野辺の松風」に関しても、月の光の下、松風があたりを吹き荒らすという光景への関心が、やはり正徹の次の一首のみにはやく詠まれていた。

うかれきて峯にぞあかす松風も人なき月の宿をあらすな
（草根集・山家月・一七九七・永享四年（一四三二）八月十五日詠）

こうした正徹の詠歌から、月の光の存在を取り去り、風のみを残し、また風にあらたに焦点を合わせて表現したのが心敬の句であるといえるであろう。心敬は、正徹のとらえた「月」と「風」との光景から要素を減らし、さらに焦点をしぼって「風」の支配する光景を再構築する傾向があったのである。

五 「松が枝」の付合と『所々返答』における作句指導

心敬は、『所々返答』第三状でまた、一つの語によって情景をつくり、それによって詠み込みたいイメージを深く追求して浮かび上がらせる作句を強く宗祇に指導している[22]。

拙者ごときの好士、一にて作りたて侍るべき句に、かならず二、三の物をとりこみぬる病侍る歟。此所をいかにも守りて、ただ物一色にてしたてたく哉。おなじく已前御句に、

山ふかみ木の下みちはかすかにて
松がえおほふ苔のふるはし

と御付候つるも、松が枝は前句の木をあひしらひ給候歟。松が枝・苔などをもうち捨て給て、ただ橋一すぢにて、山深き木の下路はすごく侍るべき哉。愚句に、

篠かしげ橋に霜ふる山ぢ哉

これも、させるふしなく侍ども、五文字（の）すゑに橋の縁語を申さず（し）て、ひとへに山路の木の根・岩がねに、おろそかにうちかけたる風体、水辺の物を申ざるを、作者（の）粉骨と存侍る歟。

心敬によれば、宗祇が以前になした付合「山ふかみ木の下みちはかすかにて／松がえおほふ苔のふるはし」は、「松が枝」「苔」といった前句の説明となる語句を捨て、橋のみで仕立てても、もの寂しい深山路は表せるのであった。

引用部分は、いくつかの百韻からの付合例を出しながら指導をしている部分であり、ここの付合例は、同一の句形ではないが、『寛正六年正月十六日何人百韻』の第七・八句の付合であろう[23]。

七　木の本に隠るる道は幽にて　　大況
八　苔むす橋におほふ松が枝　　宗祇

前句、付句共に含む要素（「木の下」「道」「幽」・「松が枝」「苔」「橋」）は同じであり、引用部分に続く箇所には「おなじき御句に」として、この百韻の四四・四五の橋の付合例が出されている。第四四・四五句は正確に引用され、第七・八句は句形が相違するが、四四・四五句は宗祇が指導を受けるために書き抜いて送ってきた自讃の句の内にあり、そこから七・八句の方にも心敬の連想が及び、記憶をたよりに書いたということではないか[24]。また、心敬の引く付句の語句も、正徹の和歌に

大井川月のわたるを待ち見ばや木の葉色なる苔の古橋

（草根集・橋上苔・一二五五二・文安四年（一四四七）十月六日詠）

松が枝をおつるも苔のみだれ橋風のみわたるそはの谷川

（草根集・谷橋・六六〇八・宝徳二年（一四五〇）十月二十六日詠）

と、傍線部のような同一語句、語句群を含む歌があり、他にはこうした語句をこれほどまで含む歌は見受けられないところも、正徹和歌の影響を強く受けていた心敬の脳裏で変えられた句であることを思わせる。

百韻の宗祇の句は、木の下に隠れている道はよく見えないとする前句に、苔が生えている古びた橋の上に松の枝が差し出て覆っているので、と付けた。前句の「木」が松であり、「道」は実は「苔むす橋」であったという謎解きのおもしろさをねらった句。だが、前句の「かすか」という状況をいかに描きだすかに意識を集中した心敬の意図は、『所々返答』の付合の形にも巧まずして現れており、『所々返答』での前句は「山ふかみ」と既に理由付けされた形で発想されている。心敬の意識の中では、深山にあり、心ふるえるほどの物寂しさをたたえた木の下路という情景の前句なのであった。その物寂しい「すごさ」を付句で的確に描写することを求めた際に、宗祇の付句では前句との寄合がごちゃごちゃと目につき、句境が深まっておらず不満な形であるというのである。

さらに、心敬が例に出した発句は、『心玉集』や『芝草句内発句』、『芝草内連歌合』などに入れた彼の自信作であり、『芝草句内岩橋上』(25)にも自注が存する。

篠かしげ橋に霜ふる山路哉

まことに山路のさまを申たて侍り、木のね、岩のはざまに、小篠はかしげて、一すぢの朽木の橋にのみ、霜こほり侍ると也、此句に水辺などまぜ侍らば、無下に感情をくれ侍るべく哉。

『所々返答』での記述と同様に、山路の様子を描写するにあたり、橋のみを詠み、その橋に関係する縁語を使わず、水辺の詞も入れないところに自分の工夫があるとあかしている。橋から当然に想像される水辺の情景への広がりを無くし、句境を深くしぼりこんでいくやり方を例示したのである。そして、山路にかかる朽ち木の橋に霜が降りる情景は、やはり正徹に次の和歌がある。

山川や朽て板なき橋げたにたえだえかかる冬の朝霜

（草根集・橋霜・八二九四・享徳二年（一四五三）十月三日詠）

心敬の発句は、一句の中に「山」と「川」という相反するイメージを持たせないために、正徹の和歌に存したような、水辺も表わす「山川」といった言葉を使わずに取り除き、イメージの収束、集中を意図した形となっている。ここにも「風」の場合と同じく、景を選択し切り捨てていくことで、句境を深めていこうとする心敬の意図が感じられよう。

六　心敬の詩学

心敬は、『所々返答』第三状において、この百韻の宗祇の句二例について、複数の寄合で付けた点から批判し、独自の指導を加えていった。

「橋」に対する付句を形づくるにあたっては、かつてあったものが失われたことを示すために「風」を効果的な素材として用いることを求めた。心敬の連歌の素材として「風」が多用され、付合の中で、「風」表現に抒情的な語句のイメージをになわせていることは、指摘されているが[26]、句作の面から見た場合、心敬は、「風」の語句を用い、今ではなくなってしまった物たちの不在に対する愛惜の念のこもった時の流れを、空白の場を満たす「風」の存在で示すという句作りをなしたといえるであろう。

また、物寂しい山路の情景の句を付けるにあたっては、心敬は、山路の「橋」一つに焦点を定め、水辺への連想の広がりを排した自讃の発句を例として出すことで、「橋」の様子により山路のうら寂しさを極めることができると示している。「橋」の発句は、他者による撰集に選ばれておらず、心敬の意図は一般の理解を得るには至らなかったようであるが、ここでも、一つの物に集中することで、その物に付随する「時の流れ」を描きだし、句境を深めていくことが、心敬の目標であったのではなかろうか。

こうした句作は、一首内の素材豊かな正徹の和歌を学び、そこから独自に素材の選択をなすことから生み出されたのであろう。心敬は、三十年にわたり正徹に師事したと回想し、少なくとも文安三年からは畠山賢良家の月次歌会に参加している事がわかっている。そうした長いつながりの中でも、やはり宝徳・享徳・康正・長禄年間、正徹晩年の十年ほどの和歌に対する勉学が、心敬の都における連歌師としての全盛期、寛正年間の連歌の句作に強く影響を与えていると見通しが持てるように思われる。

ひるがえって宗祇は、寛正六年の百韻張行の段階では、まだ心敬と句を付け合うことのできるような立場の連歌師ではなかった。彼が唯一、心敬によって句を付けられたのは、述懐の意を詠んだ第十九句のみである。宗祇の出句は、多く万葉詞を意識的に使用し、工夫をこらしたものであったが、それはまた、言葉の選択に試行錯誤している程度の技量と見られよう。『所々返答』の指導は万葉詞の寄合も一顧だにせず、心敬は宗祇の句に容赦ない批判を加えている。

しかし、この論で検討した宗祇の付句は、百韻中では、行様を意識した妥当な付け方の句であり[27]、それはもちろん宗匠心敬の指導するところでもあった。時を経て、行様を考慮せずになされた心敬の指導論の根底には、宗砌の句作への批判があった。宗祇は、文正元年（一四六六）の著作『長六文』を見ても、明らかに宗砌の影響を強く受けている。心敬と、宗砌に深く学んだ宗祇との句作意識の隔たりは、文明二年（一四七〇）の段階でもいまだ大きかった。だが、後に宗祇は、『竹林抄』、『新撰菟玖波集』に宗砌の句から、

憂き心誰がいにしへを残すらん
花散里は世々の松風　　宗砌

を入れ、文明十一年（一四七九）の著作『老のすさみ』においては、自分が理想とする姿と述べた。宗砌の句ではあるが、遠い昔から今に至るまでの、恋しい人をむなしく待つ、そんな思いの重なりを表現し、「松風」が空しく過ぎた多くの時をあらわす、心敬が乞い願ったような深みのある句である。心敬の詩学は宗祇に受け止められたのであった。

＊論中に使用した『寛正六年正月十六日何人百韻』の底本は、大阪天満宮文庫蔵長松本である。底本を歴史的仮名遣い表記にあらためて清濁を付した。
また、和歌の引用は『新編国歌大観』により、適宜漢字をあて、草根集は『新編私家集大成』により、適宜漢字をあて、また詠歌年月日がわかる場合には記している。なお、万葉集の歌番号は西本願寺本の番号によった。

【注】

（1）出句数は大阪天満宮蔵長松本に従う。
（2）金子金治郎『心敬の生活と作品』（昭和五七・桜楓社）に論じられた。
（3）この点に関しては、『寛正六年正月十六日何人百韻』訳注において、各句の箇所で詳しく触れているので参照を願いたい。
（4）引用は『陽明叢書国書編第十四輯　中世国語資料』（昭和五一・思文閣出版）による。
（5）引用は中世の文学『連歌論集一』（昭和六〇・三弥井書店）による。
（6）引用は貴重古典籍叢刊11『七賢時代連歌句集』（昭和五〇・角川書店）。またもう一例、「橘」と「かげふむ」の寄合を使った宗砌の作句として、「雪のした葉のにほふ橘／ふかき夜の影ふむ月に庭寒て」（宗砌句抜書早大本・二六）（引用は早稲田大学資料影印叢書『中世歌書集二』（平成元・早稲田大学出版部）。岩下紀之『連歌史の諸相』（一九九七・汲古書院）参照。）も存する。こちらは『源氏物語』末摘花の巻、雪に埋もれた末摘花邸の庭の橘の木の様子「松の雪のみあたたかげに降りつめる、〜橘の木の埋もれたる、御随身召して払はせたまふ」も使って前句に付けたものである。この「かげふむ」は「たちよらば影ふむばかりちかけれど誰かなこその関をすゑけん」（後撰集・恋二・六八二・小八条御息所）から、すぐ近くにあるような印象をもいうのであろう。『草根集』に、同様に末摘花の巻の同場面を意識し、「かげふむ」も使った和歌（「木の本のかげふむ月は橘のちりしきけりな匂ふ白雪」（草根集・盧橘・九八〇一・康正三年五月二十六日詠））があり、宗砌の正徹歌の学習も見てとれ、源氏物語の学習環境も思われる。

（7）引用は『萬葉学叢刊　中世篇』（昭和三・古今書院）による。

（8）引用は貴重古典籍叢刊12『宗祇句集』（昭和五二・角川書店）所収金子本（初編本）。なお再編本である東山御文庫本にも同句は存する。

（9）金子金治郎『宗祇の生活と作品』（昭和五八・桜楓社）第三章「師資相承」で論じられている。

（10）引用は古典文庫『千句連歌集一』（昭和五三）による。

（11）引用は新潮日本古典集成『連歌集』（昭和五四・新潮社）所収国会図書館本による。なお、「松たかきかげ」の同時代での用例は、寛正四年三月の宗祇の独吟百韻と、四五句、そして心敬の句しかなく、印象にすぎないが、宗祇の使用に触発されて心敬も独自に使用したように思われる。

（12）『所々返答』第三状には「此程（の）御句どもいづれも面白覚候」と心敬が宗祇に述べており、宗祇の提出した句の一覧を見ての指導とわかる。

（13）『所々返答』の引用は中世の文学『連歌論集三』（昭和六〇・三弥井書店）による。

（14）例えば本能寺に蔵されている『落葉百韻』では、畠山氏の被官の武士たちと法華宗の僧らを連衆に、心敬が宗匠として百韻を張行している。

（15）引用は『連歌貴重文献集成第五集』（昭和五四・勉誠社）所収本能寺本による。私に清濁を付した。

（16）寛正四年（一四六三）に詠じた『寛正百首』、「故郷橘」においては次のように詠み自注を付けている（引用は『連歌貴重文献集成第五集』（昭和五四・勉誠社）所収京大本による。）

なき人や古りにし宿にかへるらんはなたちばなに夕風ぞふく

物の色もわかぬ昏黒に、古木の花たちばなの荒庭にうちかほりたるは、花を思ひをき侍し魂霊や只今きたり侍りぬると、すゞろに誤たれ侍る心也。（後略）此歌に作者心すこしとゞめ侍り。

（17）『源氏物語』幻の巻に、花橘の香る雨の夜、光源氏と夕霧が亡き紫の上をしのぶ場面があり、橘の香につけても亡き人が思い出されることが表現されている。また、『堀河百首』に「昔見し人の形見と折りつれば花たち花に袖ぞしみぬる」（盧橘・四五九・藤原基俊）が見られ、『万葉集』一九六六番歌も「風にちる花橘を袖にうけて君がかたみと思ひけるかな」（『万葉集』では下の句「君がみ跡と偲ひつるかも」）と『桐火桶』で変化しており、形見というイメージは強くあったであろう。

（18）木藤才蔵『連歌史論考上　増補改定版』（平成五・明治書院）第七章一の3「宗砌の句風」、島津忠夫著作集第三巻『連歌史』（平成一五・和泉書院）第八章「宗砌の作風」等で『所々返答』第一状を検討し、宗砌の作風に及び論じている。

（19）この宗砌の付合は、『宗砌句集』に「下草かほる《ママ》軒のたちばな／春帰り花ちる里は野となりて」の形で入るものである。『宗砌句集』の引用は貴重古典籍叢刊11『七賢時代連歌句集』（昭和五〇・角川書店）による。

（20）心敬の句において、「もなし」という語句は、早く荒木良雄『心敬』（昭和二三・創元社）により、「心敬が好んで使駆した否定的表現は、その否定の奥に強調しているもののあることに着眼すべきである」と論じられている。

（21）『行助句集』（書陵部本）においては、「ふる里は見る人なしと花散て」の形（引用は貴重古典籍叢刊11『七賢時代連歌句集』（昭和五〇・角川書店）による。）で入る。

（22）『所々返答』第三状に関する論としては、島津忠夫著作集第四巻『心敬と宗祇』（平成一六・和泉書院）第二章三「宗祇と心敬」等がある。

（23）この点に関しては、『寛正六年正月十六日何人百韻』訳注においても言及している。

（24）『所々返答』第三状は百韻張行から五年の後の著作であり、当時陸奥を旅行中の心敬の手元には懐紙など百韻全てをふりかえることのできる資料はなかったであろう。

（25）『芝草句内岩橋上』の引用は、『連歌貴重文献集成第五集』（昭和五四・勉誠社）所収本能寺本による。私に清濁を付した。

（26）金子金治郎『新撰菟玖波集の研究』（昭和四四・風間書房）、『心敬の生活と作品』（昭和五七・桜楓社）等に論じられている。

（27）四三句から四五句の流れでは、「軒ちかきはなたちばなに雨すぎて露も昔の香ににほひけり」（嘉元百首・盧橘・一〇二三・藤原公顕）の歌例に見られるように、四三・四四の付合が「昔」から「花橘」の流れを使っていた。四四・四五句は打越から離れねばならず、「橘」に目新しい「影踏む」を付け転換した宗祇の創意は、百韻の進行から は妥当であり責められるべきものではない。六句（「明け行く方をかよふ山人」）から八句の行様も、宗祇の句で同様に妥当である。

2 心敬と本歌取――『落葉百韻』の「古畑山」の付句から

一 はじめに

康正二年（一四五六）から寛正六年（一四六五）の間に張行されたと推定される『落葉百韻』は、本能寺第四世日明のもと、心敬が宗匠として臨んだ連歌である。この中に、次のような付合がある。(1)

やすきかたなきそはのかけはし　　貞興
鳥も居ぬ古畑山の木は枯れて　　心敬

この付合は、百韻の中では、二折裏最終句（第五〇句）と三折表第一句（第五一句）にあたっている。心敬の句は、百韻の後半の始発の句であり、宗匠として連衆の句作の新たな展開を促すために配慮を見せるべき位置で詠まれた句なのである。それゆえ、心敬の句は、細く続く崖ぞいの道を詠んだ前句の情景に付けて、山の情景を詠み出して詩境を広げ、鳥、畑、木といった次句の作句のきっかけとなる素材を巧みに加えたものとなっている。

さらに、心敬が、山の情景で付けるにあたって用いた「古畑（山）」「鳥」「木」の語句は、前句「そは」と合わせて、有名な西行歌「古畑のそはの立木にゐる鳩の友呼ぶ声のすごき夕暮」（新古今集・雑中・一六七六）を意識させる。『連珠合璧集』には、この西行歌からつくられた寄合「鳩トアラバ、…友よぶ　そわのたつき」「そわトアラバ、かけ路かけはし　はた　たつ木」があり、[2]そこから考えても、心敬の付句は、西行の歌を本歌として付けていると考えることができる。心敬の句と同様に、西行歌の語句を使用した付合としては、やや遅れて、宗祇の『三島千句』第四百韻、三折表の第二、三句[3]、

　　みやまがくれに鳩の鳴くこゑ

　庵むすぶ岨の古畑秋暮て

があるのだが、この宗祇の付合と、心敬の付句とは、同一歌を背景とした作句ではあるが、性質が相違するように思われる。

この論では、『落葉百韻』第五一句をきっかけとして、心敬の連歌における本歌取に対する考え方を検討し、第五一句の具体的な手法から、心敬の句作が目指していたものを考えたい。

二　「古畑山」の付合

まず、『落葉百韻』の付合を検討する。貞興の前句にある「そは（岨）」は、山の急斜面。『日葡辞書』で「Soua ソワ（岨）山の横斜面」[4]と注し、また「Souano caqegiuo tçutai yuqu.（岨の桟路を伝ひ行く）絶壁に沿って険しい所や道を通って行く」と例文をあげている。「かけはし（梯）」とは、板をさしかけて作った斜面の道であり、「そはのかけはし（岨の梯）」は、けわしい斜面に沿って、通行用に板を棚のようにさしかけて作った道をいう。それゆえ、この句一句では「簡単にすすめるようなところのない、急斜面の梯の道」という意味となる。

続いて、心敬の句であるが、先に述べたように、前句の「そは」から西行歌「古畑のそはの立木にゐる鳩の友呼ぶ声のすごき夕暮」（新古今集・雑中・一六七六）にある語句「古畑」「木」を呼びこんでおり、明らかに西行歌を意識して句をつくっていることがわかる。

西行の歌の「古畑」とは、『新古今集』の古注では「久シク作リナドモセヌ、畑ナルベシ。ハタトハ、山ヲ打返シテ、物ヲツクルヲイフ也」（京大図書館本新古今注[5]）、「つくりあらしたるはた也」（甲南女子大学図書館本九代集抄[6]）などと説明される、現在は耕されず放置されている山畑である。「畑」とは、屋敷や垣内に近接した「畠」とは意味が相違し[7]、原生林を焼き払った後、灰を肥料にしてそこを畑とし、数年間耕作した後に、また木々が生えそろうまで十数年から数十年も放置する、そのような作業でつくられる焼畑を意味すると考えられる。

なお、焼畑を作る際には、小灌木は切り倒しても、巨木は倒さず枝のみを打ち払い、焼き払うゆえ、黒こげとなった幹のみの枯れ木がそこここに残るという[8]。その際には、西行の見た「立木」には、「急斜面の一区画「ふるはた」に林立する焼け焦げの木々[9]」が混じる場合も想像され、一段と荒涼たるイメージを持つであろう。急斜面に放置され荒れたままの古畑に、残されて立っている木。その木に、焼畑の作物を荒らす害鳥である山鳩[10]も今は所在なげにとまっており、友を呼ぶかのように真に寂しげに鳴いている、そんな夕暮れ時の光景であった。

さて、「古畑」という語は、連歌にはそれほど多くはない。が、文安年間から見いだせ、畑で作られる作物、実景を詠み込み、耕作をする意の「打つ」を入れる作例が見られる。「よもぎもあさもふかき夏草／さとゝを《ママ》き山のふるはたよもうたじ」（文安雪千句第八百韻・八八／八九・日晟／行助[11]）や、「おりゐるとりのあさるふる畑／身のうへをうち忘るればおどろかで」（行助句集・一八八九／一八九〇[12]）、心敬にも「風うちそよぐ山のかたはら／ふる畑にたてるかれ柴散やらで」（吾妻辺云捨・五五五／五五六[13]）等がある。が、『太閤周阿百番連歌合』の第五二番右の前句「鳩ふく声の近き古畑」がやや西行歌を意識したかと思われる[14]以外、西行歌に依ったと思われる「古畑」の作例は、心敬のこの句まで管見に入らない。

さらに、「古畑山」は、和歌、連歌を通じて管見に入ったのは、心敬の詠むこの一例のみであるが、焼畑の様を表わす「畑焼く山」には「もみぢ葉を畑焼く山とながむらん土佐のとわたる秋の舟人」（草根集・渡紅葉・三七三〇）、「嵐吹く松を煙にあらはして畑焼く山や蔦のもみぢ葉」（松下集・蔦風・二一三五）と、正徹や正広に、紅葉を畑を焼く火にたとえる歌例があった。連歌においても宗祇に「おく山ずみの春のあはれさ／そことなく峯に畑やく火は見えて」（下草（金子本）・八九五／八九六）[15]という句がある。春に山に火を放って焼き、畑とする様、また焼かれてつくられた畑の様は、いずれも山中で多く見られる光景であり、「古畑山」は、一旦畑とされ耕作された斜面の土地に、再び柴や茅、灌木などがおおいはじめ荒れた様を見せている山、放置された畑によって、遠目にも荒れた山であろう。

従って、この付合は、「気もゆるめられない、けわしい斜面の梯の道。あたりはしばらく耕されていない古畑で、その古畑が斜面に開かれた山は、木は枯れはてた姿をさらしていて、鳥もいないのだ。」といった意味となる。

この時、心敬の句は、西行歌の「古畑」から、「古畑山」と情景を大きく広げている。西行歌の「鳩」を明らかに思わせる「鳥」を出しながらも、「鳥」と一般化し、さらに鳥の姿が今は見えないという状況にしている。また西行歌の「立木」を思わせる「木」を出しながらも、その木に関しては「木は枯れて」と既に葉を落として枯れ木となってしまっていることを詠み入れている。もとの光景から大きく広げ、俯瞰した景と、その情景に至るまでにそこに流れた長い時間を思わせる鳥や木の様。喪失や不在という、本歌に起こった新たな状況を感じさせる句を心敬はつくりだしているのである。

この時期の付合で、『落葉百韻』の心敬句以外に、明らかに西行の『新古今集』一六七六歌からの本歌取をしたと見られるのは、管見の及ぶ範囲では、『熊野千句』第四百韻第八八、八九句[16]

古はた作る木曽の山里　鶴丸
五月雨に岨の桟朽そひぬ　宗怡

と、先に出した宗祇の『三島千句』第四百韻第五二、五三句

みやまがくれに鳩の鳴くこゑ

庵むすぶ岨の古畑秋暮て

のみである。『熊野千句』は、「古畑」と「岨」の寄合と、やはり西行の和歌「波と見ゆる雪をわけてぞこぎ渡るきそのかけはしそこも見えねば」（山家集・雑・一四三二）から寄合となった、「木曽」と「かけはし」の二組の語句で付けており、付合としては、西行の古畑の歌の情景からは離れていく。また、宗祇の場合、「鳩の鳴くこゑ」に、「岨」「古畑」「暮れ」と、西行歌の内容から語句を素直にちりばめた形である。心敬以外の同時期の連歌作者たちは、「鳥も居ぬ」「木は枯れて」と、西行歌の様子をさらにつき進めたような状況を句の情景にしていくという発想はなかったのである。

三　心敬の教え

喪失、不在といった、本歌に起こった新たな状況を感じさせる心敬の句作は、どのような思想からもたらされるのであろうか。

心敬は、連歌の勉学にあたり、和歌を同時に学ぶことを強く求めた。心敬の考えを、彼が門人たちにあてた連歌指導書から見てみよう。

まず、『所々返答』第二状では、次のように和歌を学ぶことの利点を述べる。

歌には、歌はだとて、此事肝要至極の用心なる歟。連歌師は心にさのみかけ侍らずや。いか計おもしろく利根の好士も、さめはだにふしくれだちて、くどきたてたる結構物、おほく見え侍歟。はだ美しくて、常の句のしみ〴〵としたる、大切の好士にや。其上に、文曲冷えやせたるは、いはぬ最尊の事なるや。古賢の秀逸

といへるは、みな一ふしに言ひ流したる物也。結構の物、杣山の手斧目の残りたるはあるべからず。大むね、世間の先達になり給はん好士は、歌をならべて修行稽古あるべき事か。歌の方欠け侍ては、かたくなる事おほく、たけ・しなのかたをくれ侍るべく哉。されば、救済法師は藤谷黄門の為相卿の弟子といへり。梵灯庵主、為秀卿弟子となり。

和歌には独特のなめらかな表現があり、その特有な肌合いをマスターすることが大切であること、肌合いがきめこまかくなめらかで、普通に詠んだ句でしみじみした味わいがある句を詠むのが、上手な連歌作者であり、さらに引き締まって深い情趣をたたえた句ならば、言うまでもなく最高の句である。昔の作者の優れた句とは、(いろいろなことをつめこんでうるさくせず)一つのことだけで引き締まった詠み方の句であり、そうした秀句は歌の修行によって生まれるといったことを丁寧に説いている。その際、著名な連歌師の和歌の師として冷泉家の歌人をあげており、和歌を正徹に学んだ心敬の立場が理解しうる。

また、『所々返答』第一状に、学ぶべき歌、歌書を弟子に示している。

古人秀歌ども、古今集・新古今集などの内の名歌の姿、自讃・三体など、言葉面影を日夜むねに工夫なくては、まことの歌連歌のことはり・姿・眼をば悟りがたく哉。これらの庭訓、清岩和尚毎々申給へる事也。

正徹の教えとして、『古今集』、『新古今集』、『自讃歌』、『三体和歌』などにおさめられた名歌を学ばねば、和歌も連歌もその筋道や姿、眼目の理解がかなわないことを説いており、冷泉流の依った歌書を伝えていよう。

ところが、『所々返答』第二状では、頓阿の言葉を引用する形で、万葉集から三代集までの勅撰集に関しては、「聖人の糟粕」との理解を示している。

清岩和尚、尤冷泉家の随一末葉なれども、「われはいづれもうるさく侍り。くだりはてたる家をば尊まず。ただ俊成・定家のむねのうちを学び侍る」とつねに語り給へる、かしこくありがたくこそ覚侍れ。頓阿法師などもねんごろに注し残て云、「万葉三代集は聖人の糟粕なり。いたづらに心を尽くすべからず。ただ歌は節物の雲風草木にむかひ、眼前の心を動かさば、かならず道にいたるべし」といへる、おなじ心にこそ。了俊注しをき侍るにも、「此道は、いかさまにも人をへつらひ侍らん心のあらん好士は、生々世々にもいたるべからず。人丸・赤人にも越べしと心をばもち侍べしと。努々古人のかすはきをなむることなかれ」などいひ給へり。此三賢たちの心ざし、まことに衆鳥同林にあそぶ心にひとし。

心敬は、正徹・頓阿・了俊を「三賢」とくくって持ち出し、その中で『万葉集』と三代集を低く評価している。正徹の独自の歌道に対する姿勢、了俊の自覚的な作歌姿勢（『落書露顕』の言葉による）を前後に語り、正徹と同一の姿勢を頓阿も持っていると語るのである。

同様に、『私用抄』でも、連歌の学習に関し「ひとへに、眼をとぢ頭をかたぶけ、胸のうちの工夫の上なるべし」と述べ、頓阿の言葉として次のように引用する。

頓阿法師、愚問賢注とやらんにも、万葉・三代集は古人の糟粕、努々心をつやすべからず。ただ、節物にむかひて心ひとつにて作侍るものといへる、かしこくはづかしく哉。げにも、作を案じ侍るに、他人の才智一塵もむねに残りては、出でこぬ道也。

だが、これらの頓阿の言葉、万葉から三代集が「聖人の糟粕」「古人の糟粕」であるという見解は、『愚問賢注』では、二条良基から発せられた第一番目の問いで、「或人云」「難云」と対比して述べられた、和歌に関する二つの態度のうちの一つに見られたものであった。(17)

或人云、哥は人物いまださだまらざるさきより其旨存せりといへども、二儀あひわかれて六義又おこれり。情、中にうごき、言、外にあらはる。されば花になく鴬、水にすむ蛙のこゑまでも哥謡にあらずといふことなし。物にふれて情性を吟詠する外に別の事あるべからず。万葉三代集以下みな聖人の糟粕なり。たゞ風雲草木に対して眼前の風景をありのまゝに詠ずれば、をのづから発明の期あるべし。いたづらに古語をかり旧典を学事なかれ。万葉猶軌範とするにたらず。いはむや三代集以下、其実おちて其花のみのこれり。真実胸中よりあたらしき風情をめぐらしてありのまゝに詠ずべき也。

「難云」の方は、和歌は「たゞ中にうごく情をいひ出せるにはあらず」とし、「万葉の古語も三代集の艶言もひろく学て俗言俗態をさるべきなり」との意見であり、「此両篇、いづれを是とすべきをや」と問われた頓阿は、『愚問賢注』の答えでは、「難の心尤正義にかなへるにや」と「或人云」の考えをしりぞけ、万葉、三代集の言葉を学び使うことを主張している。[18] にもかかわらず、心敬は、『新古今集』の歌人、和歌を高く評価する正徹の教えにひきつけて、「或人云」の見解を頓阿の意見として肯定して使い、万葉、三代集に「心をつやすべからず」との主張につなげてためらわない。『愚問賢注』を「愚問賢注とやらん」と軽く扱い、その一部を意識的に正徹の主張の補強に使う態度に、心敬の立場を見る。『愚問賢注』の「或人云」「難云」という二つの態度は、後にはそれぞれ冷泉家の考えと二条家の考えを代表すると読み取られていったようであるが、[19] はやく心敬は「或人云」の主張を冷泉派の正徹の考えと同様と見なしていた。

また、心敬は、『私用抄』でも、

定家云、「三代集に（き）はめてゐせ歌おほし」との給へり。八雲抄などにも、其代々の名匠を出だし給へるに、一人二人ばかりなり。

と記し、藤原定家（定家の発言の部分はおそらく『桐火桶』の記述による）[20] も順徳院も三代集を評価しておらず、三代集によい歌、よい歌人は少ないと述べることで、三代集を低く見る考えを補強している。

そもそも歌の詠み方に関しては、「心は新しきを先とす。人の未だ詠ぜざる心を求めて、これを詠ず。詞は古きを求めて用ゐるべし。詞は三代集を出づべからず。」（『詠歌大概』[21]）との考えがとりわけ二条派に尊重されたが、心敬は、無批判に撰集の歌言葉を取ることに対し、独自の立場に立っており、[22]きびしい批判をなしている。例えば、『ひとりごと』では、次のように、『古今集』などの代々の集の歌が必ずしも優れているわけではないと戒め、それゆえに、上古の歌から考えもなく言葉を取り、取捨選択もせず学ぼうとする風潮に対して警鐘を鳴らし、はっきりと否定している。

かたへの好士たち、いかばかり拙き言葉をも、代々集にあり、古人の本歌とて、用心なくあら〳〵敷こと（ど）も云ひ散らし侍る、いささか用捨有べくや。代々集にも、ゐせ歌ども入侍らではかなはぬならひ也。ことに上臈・権門たち、数を知らず入給へば、其内によろしからぬ、なま〳〵しくあら〳〵しき歌もおほかるべく哉。古今集などさへ秀歌のみにはあらずといへり。いにしへより、代々つぎさまの歌ども入れ侍り。撰者の越度には有べからずと也。又、証歌などにはいかばかりの歌ども（も）たつべく哉。偏（に）学ばん事は、用捨なくては無念の事侍るべしと也。神代・万葉集などの歌ども、注ことはり先達に尋ねあきらめて学ぶべしと也。上古は代もあがり人の心もすなほにて、今の世のくだり果てたるには合はぬことのみ多かるべし。

「上古は」以下の一文は、「萬葉はげに世も上り、人の心もまして此世には学ぶとも及べからず」（『毎月抄』）による。[23]心敬は『ささめごと』において、見るべき歌書として、『八雲御抄』[24]から「万葉集、三代集、伊勢物語」を、俊成の言から「源氏・狭衣」をあげた。さらに『万葉集』に関しては、「寛平已往の歌に心をかけ侍らば、なでう道にいたらざらん」との『近代秀歌』の定家の発言をあげ、この「寛平已往の歌」は「万葉集のこと也」と言う。[25]歌書としての『万葉集』自体は評価すべき書と考えていたのであり、学習者側に歌の選択を強く求めるのである。

そして、こうした万葉、三代集を盲信することを警戒する姿勢から、古歌を発想の原点とすることが求められる本歌取において、使用できる本歌を峻別する姿勢も生み出されてくる。

加えて、一般に本歌取は「われとめづらしうよみたらんには、猶おとるべくや」（『八雲御抄』）とされるものであり、本歌取の詳細な説明で一章（巻二「取本歌事」）を立てる『井蛙抄』[26]でも、『八雲御抄』にならい、その言葉を引いて「わざとめかしくみゝに立て、是をとりたるをせんにて、我心も詞もなき、返ゝ此道の魔なり。」と、本歌を取ってくることだけに終始し、自分の思いも言葉もない歌を厳しく戒めていた。まして「無常遷変のことはり身にとをり、何の上にも忘ざらん人の作ならでは、まことには感情あるべからず。詞は心の使といへり。げにも只今消え侍らん此身の不思儀を忘れて、有相道理の上のみの作にては、ふとり結構なるも理ならずや。」（『岩橋跋文』）と歌道について述べる心敬の立場では、まず自らの心の思いがあるべきであり、本歌取は推奨されるべき手法とはなりえない。

『私用抄』もまた、「胸のうちの工夫」を重視する態度から、

又、人ごとにあまりに上古を怖ぢおそれ侍る程に、をのが智を失へる事侍る歟。已往の古人に、きはめて仏道にも諸道にも悟りのよこしまなるおほかるべし。（中略）大むね、あまりに上代の歌などをば、本歌・支証の才智に稽古と覚悟すべく哉。

と述べる。心敬は『岩橋跋文』で「三代集の比まではいまだ上代」と考えており、『私用抄』では、この頃までの時代の歌は本歌・支証に用いるために覚えるべきものだと限定さえする。これは、上古の歌を自らの独創でつくりだした歌よりも低く見、悪い歌も多いからこそ、上古の歌は単に本歌取を為す時の知識として覚えておけばよいと言っていると見ることができる。本歌取の際には使うけれども、すべての歌を盲信するには及ばないとの姿勢である。

さらに『所々返答』第三状でも、

定家卿云、「堀川院辺好士、言葉心ったなくいやしく侍る」との給へり。

と定家の言葉を使い、『堀河百首』の頃の歌人の歌を批判した。万葉、三代集のみならず、源俊頼[27]に代表される『堀河百首』の頃の時代まで、良い歌ばかりではないと広く批判していることになる。

ここで、和歌における本歌取の範囲を見ると、『愚問賢注』の頓阿の答えでは、勅撰集は『後拾遺集』まで、有名な古歌なら『堀河百首』も取ってよいとしている。ただ、『井蛙抄』で「近代、俊頼歌などはやう〳〵とる事になりにたり。それも猶ちかき歌を取ににたり。歌をとらむには、なをふるき歌をとるべきなり」と『八雲御抄』の発言を引き、『堀河百首』作者以降への範囲の拡張は考えていない。これに対して、二条良基の態度はより自由であり、『近来風躰』[28]では「本歌には堀河院百首の作者までをとるなり」としながらも、「いまは金葉・詞花・千載・新古今などをとりたらむはなにかくるしかるべき」と、『新古今集』まで取ってよいと考えており、連歌もやはり『新古今集』まで取ってよいと示した。だが、『正徹物語』[29]によれば、正徹は、和歌には「堀河院百首の作者の外も、其時の人の哥をば、皆本歌に取べき也」とし、西行も堀河院の時代からの歌人と考え、西行の歌も本歌に取ってよいという形での、『堀河百首』の時点を意識した線引きをしている。やはり、本歌取とは、『堀河百首』までの古歌を本歌に取るべきという前提のある技法であった。しかも、二条派の意識の中では、より古い時代の歌が本歌にふさわしいとされる技法である。これまで見て来た心敬の指導書の記述は、上古の歌一辺倒に盲信する姿勢を一貫して批判するものであり、それを思えば、本歌取を連歌に適用するとしても、心敬は積極的に推奨、指導するという立場になりえないのである。

実際、心敬は、連歌の本歌取に関し、ほとんど記述を残していない。そして、それが本歌取という手法に否定的な意識からであったことは、『心敬法印庭訓』で、心敬の教えとして兼載が述べた次のような記述からはっきりとわかる。

一、歌にも連歌にも本歌をとる事好むべからず。かなはぬ也。又をのづからよく寄り来たる所にてはよろし。その歌の面影うかぶはいかにもおもしろし。いづれにも世にあるほどの事、歌にても古事にても、又万葉・伊勢物語・源氏・狭衣などをもよく〳〵見心得べし。さて、それを毎々取り出だすことは見ぐるし。見ぐるしとて知らぬは無下也。俊成卿六百番にも、「源氏見ざらむ歌人無下のことなるべし」と申されし。

心敬は、和歌においても連歌においても、本歌取は効果が得られないとして否定的である。「かなはぬ也」には、一般の連歌作者風情では、どうせうまく取れはしないのだという厳しい口吻すら感じられるように思われる。彼の基本的な立場は本歌取には賛成しかねるというものであった。が、自然と境地が似通い、本歌の面影が新たな歌や句に添うて浮かぶような創意であるならば、それはおもしろいと評価している。『ささめごと』での言及同様、『万葉集』も「面影うかぶ」歌や句を作るために学ぶのは結構と考えている。だが本歌取の手法をマスターするための基本的な勉学は推奨しつつも、決して手法としては好んで勧めてはいない様子が見てとれよう。

四 「すごし」によるイメージの造型

それでは、『落葉百韻』の第五一句は、どのような発想から付けられていったものであろうか。

西行の歌には「すごし」という形容詞が使われている。この語は、急斜面の古畑にある立木に止まっている鳩が、友を呼んで鳴いている声、そしてその声が聞える夕暮れ時の雰囲気全体を表現する、一首内で重要な役割を果たす語であるが、「すごし」は、西行の歌に五例見られる以外には、和泉式部の歌「秋風はすごく吹くとも葛の葉のうらみがほにはみえじとぞおもふ」（新古今集・雑下・一八二一）と、慈円の歌に二例見られる程度の、和歌に使用されることが非常に稀な語である。

「すごし」は、はやく平安期から、風情ある風の音や、楽器や虫の音、鳥や鹿の声、読経の声、水の音、人里はなれた住居や空の様子などに使われてきており、季節は秋もしくは冬、時刻は明け方や夕暮れに使用される語句であった。[30] 心敬と同時期においても、正徹の『源氏一滴集』が、「言はん方なきすごき言の葉」という帚木の巻の「すごし」の用例に対し、「すごき　寂寞心ホソキコトヲ云也」と注しており、[31] この語の主たる意味合いは言いようもないほどの寂しさであると理解されていた。

連歌においては、『看聞日記』紙背に書き留められた伏見宮家の連歌[32]に集中的に使われており、例えば、「秋のかごとかすごき夕ぐれ／もるころの山田にとをき鹿なきて」（応永廿年二月一日唐何百韻・一四／一五・庭田重有／無記名）、「旧里の庭も野らなる萩ちりて／山かげすごき秋のくれかた」（同百韻・四一／四二・綾小路資興／治仁王）のように、同一の百韻で二度用いられた用例や、「所がら月もうき世に須間の里／あかしのうらもすごき秋風」（応永二八年二月廿五日何船百韻・四一／四二・無記名／禅啓）、「罪なくは心の月の晴やせん／高野の寺のすごき松風」（応永三二年一二月一一日何路百韻・五九／六〇・善喜／庭田重有）などの用例がある。詠み方としては、秋の夕暮れ、秋の風、鹿の音などに「すごき」を用い、心細い、ひどく寂しい様を表現していた。

続いては、心敬と行助の句の前句に見られるが、中でも、『竹林抄』に二例、いずれも心敬の句の前句として、この語が同一の形（「すごき秋風」）で入り、荒涼たる寂しさを表現しているものがある。[33]

吹きとし吹くはすごき秋風
枯るゝ野の一むら薄ひとつ松　　心敬（竹林抄・五八九）
とふかひなしやすごき秋風
暮ぬとて陰たのむ野のひとつ松　　心敬（竹林抄・一〇四八）

加えて、『心敬法印庭訓』には、次のように記されている。

一、下手の好むものども、松の落葉　さびしき　すごき　鳥羽田もる、（後略）

一、心持ち肝要にて候。（中略）心はふとく欲心をかまへ、あたたかなるあてがひにて、詞ばかりにうく・つらき・かなしき・あぢきなき・世をいとふ・身を捨つるとのみいへども、かたはらいたくこそ候へ。しみこほりもせず候。あはれなる事をあはれといひ、さびしきことをさびしきといひ、しづかなることをしづかといふ、曲なき事也。心にふくむべきにて候。

「すごき」が誰にでも手軽に使われやすい流行の詞であったこと、「うく」とか「つらき」とかいった感情をそのまま詠み出す詞を生半可な気持ちで使うことは、見苦しく、透徹したきびしい句境にならないことが述べられている。先の『看聞日記』紙背連歌の例からも、「すごき」が伏見宮家の連歌会、すなわち専門連歌師を交えない連歌の場で頻繁に使われた語であったことがわかり、心敬はそうした傾向を「下手の好むもの」と切り捨てている。『心敬法印庭訓』の言い方からも、「さびしきことをさびしきといひ」うことは、何の工夫もなく苦々しいやり方である。その点を考えれば、『竹林抄』に取られた付合は、心敬が、「すごき」という語句を持った、いわば欠点のある前句をいかに付けたかが焦点となる。

そして、『竹林抄』のいずれの心敬の付句も、前句に表現された寂しさを、野中にただ一本だけ生えている孤独な古木の松の姿に転じて付ける。その句には、松が耐えてきた長い孤独な時間も表現されてくることになる。さらにまた、「一叢薄」は古今集歌「君が植ゑしひとむらすすき虫の音のしげき野辺ともなりにけるかな」（古今集・哀傷・八五三・御春有助）から、今は亡き人をしのばせる。心敬は、冷え冷えとした寂しさを表わす語句を安易に使用したよくあるイメージの前句を、付句に具体的な事象を用いて、ただ一人抱える孤独な時間の経過を感じさせる付合につくりあげていたのである。

心敬の説を伝えていると推測される(34)『新古今抜書』、『新古今抜書抄』には、西行の「古畑」の歌の注は見られない。だが、「すごき」を持つ前句に対する付合例から、心敬は、西行の「古畑」の歌が用いた歌句「すごき」からも、心が細るような寂しさを読み取り、その詩情をふくらませていかんとしていたであろう。『落葉百韻』第五一句にも、そうした心敬の手法が込められていると考えられよう。

五 「古畑山」の句と時の流れ

あらためて『落葉百韻』第五一句を見よう。詠まれているのは、「鳥も居ぬ」、即ち鳥の声のしない、静まりかえった古畑山の光景であるが、「鳥の声」は、どのようなイメージを持つ表現であったのか。

和歌では、鳥は山に住みさえずる、山家の身近な生き物として、その生態を景に詠まれている。例えば、『風雅集』に、次のような歌例がある。

　　山家鳥　　　　　　　　　　伏見院
　山陰や竹のあなたに入日落ちて林の鳥の声ぞあらそふ（風雅集・雑中・一七八〇）

人里離れた山では、都では聞かれない鳥たちの盛んな鳴き声が近々とする。そして、さらに山奥に分け入れば、鳥の音もしなくなる。

　　　　　　　　　　　　　　詠み人しらず
　とぶ鳥の声も聞こえぬ奥山の深き心を人は知らなむ（古今集・恋一・五三五）
　　　　　　　　　　　　　　前左兵衛督惟方
　ふかき山里に人のたづねくるもなくて、なにとなくものあはれなるに
　人はいはじ鳥も声せぬ山路にもあればあらるる身にこそありけれ（風雅集・雑中・一七八四）
　　山家鳥

ここもただ人はとひこず鳥の音のきこえぬほどの太山ならねど（亜槐集・一〇三八）

山家鳥

あはれをもしらでぞ過る鳥の音も聞えぬ山の奥のすまゐは（草根集・二一〇〇・応永廿六年十月一夜百首）

連歌においても、「鳥の声」とは山の景を彩るものであって、その声が聞えることは人跡まれであることを示し、次の『文安月千句』(35)、『小鴨千句』(36)の例のように、寂しさの表現であった。

空に又立もわかれず霧ふりて　正信

山陰さびし色鳥の声　専順（文安月千句第六百韻・五五／五六）

とりのこゑ〳〵聞ぞさびしき　量阿

すむさとも竹よりおくはかすかにて　心敬（小鴨千句第九百韻・七四／七五）

専順の句は、秋の景物である「色鳥」の声にあわせて山陰の寂しさを詠み、量阿の句も鳥の「こゑ〳〵」、複数の鳥の声が聞えるにもかかわらず「さびしき」境地が読まれていた。その寂しさは、定家の和歌「さとびたる犬の声にぞしられける竹より奥の人の家居は」（玉葉集・雑・二二五七・藤原定家）の一節を使用した心敬の句により、田舎の、人家まばらな里の寂しさとなる。

だが、前章において見たように、「さびしき」も、「すごき」と同じく、「下手の好むもの」であり、あからさまに句に詠み込むものではないと心敬が考えていた語句であった。おそらく、心敬は、あからさまな量阿の句の表現を、定家の雑歌の一節を使用して、『源氏物語』浮舟の巻の情景をも響かせ、「かすか」という表現で田舎の、人家まばらな里の様子を表現することで事物の中に包み込んで消していかんとしたのであろう。

そして、心敬は、堪え難いほどの寂しさを次の歌のように表現した。

閑中雪

思ひ絶え待たじとすれば鳥だにも声せぬ雪の夕暮れの山（権大僧都心敬集・六九）

『芝草句内岩橋下』[37]では、この歌（歌題は「閑山雪」となっている）に、

さしも、山居にはとふ人のおもひをたえ侍るに、ふりくるゝ雪のゆふべは、鳥だにも、一こゑせねば、さびしさにたへかね、とはぬ人の、いまさらまたれ侍る、たゞ雪の底の夕にたへかねたる感情をいへり。

と注する。雪に降り込められ、物音一つしない夕暮れ時の山の庵の寂しさが、「鳥の声」がないことにより、こらえがたいものとなる。深山に本来あるはずの音がない、そのいぶかしさを詠む「鳥の音もきこえぬ山のさびしきは雪にこもれる宿の夕暮」（嘉元百首・雪・一一五四・小倉実教）、「鳥の声松の嵐の音もせず山しづかなる雪の夕ぐれ」（風雅集・「百番歌合に、山雪を」・八二六・永福門院）のような類歌があるが、永福門院歌の「しづかなる」、実教歌の「さびしき」、こうした語句がない心敬の和歌こそは、自注で述べるように、堪え難い寂しさのきわみを表現せんとしたものである。心敬は究極の寂しさの表現として、「鳥だにも声せぬ」雪に埋もれた山の庵の様子を表現した。とすれば、「古畑山」の句の「鳥も居ぬ」も、心敬にとっては、「人も居ぬ」ことを示唆する、「鳥の声」を使って表現できる限りの寂しさの表現であった。

続いて、「木は枯れて」という語句はどうであろうか。この語は、管見では『菟玖波集』の「鶴の林」を詠んだ一例をのぞき、すべて心敬、宗祇の時期の連歌に見られる。

しぐれの雲ゐ見るも冷じ
雄鹿鳴峯よりつゞく木は枯て
のこる落ばのくつる山かげ　（「春はまた」宗祇独吟何船百韻・八／九／一〇）[38]
花たちばなのうつろへるくれ　印孝
程もなく枝に霜をく木は枯て　宗祇（河越千句第五百韻・二二／二三）[39]

かへり水無瀬の宿の古道

山もとの滝もあらはに木は枯れて　能阿（竹林抄・冬・五八三）

あとなき雪の橋のたえぐ\

山川のみなかみあさく木は枯て（園塵第二・冬・四五二／四五三）[40]

いずれの例も、葉をすべて落とした冬場の落葉樹の様を表現していることがわかろう。中でも、『竹林抄』の能阿の句は、『老いのすさみ』で「落葉しはてて、宿のかよひも古みちとなりて、枯木の中に滝のすさまじく落ちたるさま」と注される。[41]『「春はまた」宗祇独吟何船百韻』第八句の「冷じ」とあわせ見れば、「木は枯れて」という情景が与える荒れ果てた印象がはっきりする。『園塵第二』には「明がたの霜の夜がらす立うかれ／枯木にみれば月もすさまじ」（冬・四四六／四四七）という、枯木寒鴉の景もあり、「枯木」にやはり「すさまじ」という語句が導かれ、「冬枯れのすさまじげなる山里に月のすむこそあはれなりけれ」（玉葉集・冬・九〇四・西行）の影響も思われる。それゆえ、心敬が用いた「木は枯れて」という語句は、ひどく寒々とした冬の物寂しさ、「すさまじき」さまを表現しているのである。

このように見てくると、『落葉百韻』第五一句において、心敬の用いた語句は、「すごし」「さびし」「すさまじ」といった言葉で形容される荒涼たる状況を思わせるものばかりであり、そうした詞の重なりによって、西行歌の持つイメージがさらにとぎすまされ、深まっていく。鳥がいなくなる、木が枯れるといった語句が表現している過ぎ去った時の流れも、本歌の面影を背後に持つことで感じられ、西行歌の持つ寂しさをさらに強めて伝える役割を果たしている。心敬は、本歌のイメージを一段と強く句に示すために、時の経過を詠み込んで、新たな景にこまをすすめたのであった。

六　本歌から句へ

二条派の主要な歌論書『愚問賢注』や『井蛙抄』は、本歌取の技法の整理に意を用いた。例えば『愚問賢注』は、「本哥の詞をあらぬものにとりなして上下に置けり」「本哥の心をとりて風情をかへたる哥」「本哥に贈答したる躰」「本哥の心になりかへりて、しかも本哥をへつらはずして、あたらしき心をよめる躰」「たゞ詞一をとりたる哥」と分類している。だが、心敬は、先に見たように『愚問賢注』の文言を正確に引用しておらず、『愚問賢注』に全くとらわれていない。二条派のように類型化された本歌取の方法に従い、本歌取をなすのは心敬の望む所ではなかった。『心敬法印庭訓』に記された、本歌取に対する発言を見ても、「をのづからよく寄り来たる所にてはよろし」と消極的である。心敬は、結果的に本歌取と分類されるような、いわば心敬流の本歌取をなしていたのである。

これに対して、宗祇は連歌論書で積極的に弟子に本歌取を指導し、初期の連歌論『長六文』においては、次のような趣旨を述べる。(42)

一、本歌取様之事

くやしくぞ汲初てける浅ければ袖のみぬるる山の井の水

此歌をとりて付候はんに、浅ければには山の井、又袖ぬるるに山の井をくむ（などは、）能心にあひ候。くやしきと云句に山の井難付候哉。其故は、此歌は恋の心にてしたてたる歌にて候間、くやしきは恋によりたる詞に候間、山の井は相違候。

宗祇は、歌意をきちんと把握して、正しく寄り合う詞を付けろと言い、付け方の細部を教えようとする。このような宗祇と心敬との態度の違いは、やはり宗祇と心敬の古畑の句の相違につながってこよう。

さらに、心敬は「もなし」という語句を頻用していることが、先学の研究により明らかであるが、[43] 彼の句は、この語句が示す様な消失の思いが加えられることで、句境に深みが増していると考えることができる。また、付合において「風」を素材とする句を多く詠み込むことも指摘されており、[44] その心敬の手法には、今ではなくなってしまった物たちの不在に対する、愛惜の念のこもった時の流れを、空白の場を満たす「風」の存在で示すという句作りの技法を含んでいたと言える。[45] そうした試み同様、古畑山の付句も、本歌から時が流れた後の状況を句にすることで、本歌と句の間に連続するもはやかえらぬ時間の流れを感じ取らせ、『心敬法印庭訓』の言う「その歌の面影うかぶはいかにもおもしろし」という状況を創り出している。古畑山の句の本歌取は、本歌から心敬が読み取った心情、西行歌の眼目である「すごし」という状況をいかに十全にとらえうるかという、心敬の思いのかかった手法であったのである。

※論中に引用した和歌は『新編国歌大観』により、『草根集』は『新編私家集大成』によった。心敬関係の連歌論書は、中世の文学『連歌論集三』（昭和六〇・三弥井書店）による。また、資料引用の際には、必要に応じ、清濁、句読点を私に付し、表記を改めた場合がある。

【注】

（1）『落葉百韻』の引用は『連歌貴重文献集成　第四集』（昭和五五・勉誠社）所収本能寺本により、私に清濁を付し漢字を当てている。
（2）引用は中世の文学『連歌論集一』（昭和六〇・三弥井書店）による。
（3）引用は古典文庫『千句連歌集　五』（昭和五九）所収鶴見大学蔵本による。なお、書陵部本『三島千句注』（金子金治郎『連歌古注釈の研究』（昭和四九・角川書店）所収）は、三折表第三句に「〽古畑の岨のたつ木にゐるはとの友よぶこゑのすごき夕ぐれ、と云哥の心也。」と注している。

（4）引用は『邦訳日葡辞書』（昭和五五・岩波書店）による。

（5）引用は『新古今集古注集成 中世古注編1』（平成九・笠間書院）による。

（6）引用は『新古今集古注集成 中世古注編1』（平成九・笠間書院）による。

（7）黒田日出男「中世の「畠」と「畑」」（『日本中世開発史の研究』（昭和五九・校倉書房）所収）。

（8）野本寛一『焼畑民俗文化論』（昭和五九・雄山閣出版）。

（9）松岡心平「西行の「ふるはた」の歌」（平成二・日本古典文学会会報No.一一五）。

（10）注八書参照。

（11）引用は古典文庫『千句連歌集 二』（昭和五五）所収東大寺図書館本による。

（12）引用は貴重古典籍叢刊11『七賢時代連歌句集』（昭和五〇・角川書店）による。

（13）引用は貴重古典籍叢刊5『心敬作品集』（昭和四七・角川書店）による。

（14）引用は『連歌百韻集』（昭和五〇・汲古書院）所収静嘉堂文庫蔵連歌集書本による。ただ、この付合は「鳩ふく声の近き古畑／はかりなくますえの鷹を手に居て（周阿）」であり、西行歌のイメージで付けていくものではない。

（15）引用は貴重古典籍叢刊12『宗祇句集』（昭和五二・角川書店）所収金子金治郎氏蔵本による。

（16）引用は古典文庫『千句連歌集 五』（昭和五九）所収静嘉堂文庫本による。

（17）引用は『歌論歌学集成 第十巻』（平成一一・三弥井書店）による。

（18）『愚問賢注』において、頓阿が、心敬が頓阿の言葉とする意見を非難する立場であったことは、『連歌論集三』所収『所々返答』『私用抄』当該箇所の頭注（木藤才蔵氏）で指摘されている。

（19）ソウル大学蔵『愚問賢注聞書』、中京大学蔵『愚問賢注抄出』は、「或云」に関し「冷泉家意地をいへり」と注する。（鈴木元『室町の歌学と連歌』（平成九・新典社）第四章、翻刻）

（20）木藤才蔵『ささめごとの研究』（平成二一・臨川書店）第三部5「定家関係の歌論書の影響」に「桐火桶に依って

記した可能性の相当強いものである」との指摘がある。
(21) 引用は中世の文学『歌論集一』(昭和四六・三弥井書店)による。
(22) 例えば、『ささめごと』には、二条派の尊崇する『詠歌大概』からの引用が見られない(注(20)書第三部4「依拠した歌論書について」で指摘されている)。
(23) 引用は、中世の文学『歌論集一』(昭和四六・三弥井書店)による。注(20)書第三部5「定家関係の歌論書の影響」に『毎月抄』からの引用との指摘がある。なお、和歌の時代区分において心敬の言う「上古」は、万葉集の時代のみならず、本文中に引用した『岩橋跋文』『所々返答』第三状での用法から、堀河百首の時代までも含む広範な時代のイメージであると考えられる。
(24) 引用は『日本歌学大系別巻三』(昭和三九・風間書房)による。
(25) 注(20)書に指摘がある。
(26) 引用は『歌論歌学集成　第十巻』(平成一一・三弥井書店)による。
(27) 心敬は、『所々返答』第一状、第三状、『ひとりごと』で、俊成による俊頼批判の逸話を語っており、俊成の口を借りて、俊頼の詠作態度は心敬のめざす句作態度と相違することを強く述べている。
(28) 引用は『歌論歌学集成　第十巻』(平成一一・三弥井書店)による。
(29) 引用は『歌論歌学集成　第十一巻』(平成一三・三弥井書店)による。
(30) 梅野きみ子「『すごし』考——平安朝の用例をめぐって——」(『平安文学研究』46号・昭和四六・六)参照。後に「すごし」関係の諸論文をまとめて同氏『えんとその周辺　平安文学の美的語彙の研究』(昭和五四・笠間書院)所収。
(31) 引用は『未刊国文古注釈大系第十一冊』(昭和一一・帝国教育会出版部)による。
(32) 引用は図書寮叢刊『看聞日記紙背文書・別記』(昭和四〇・養徳社)による。
(33) 引用は新日本古典文学大系『竹林抄』(平成三・岩波書店)による。
(34) 『新古今集古注集成　中世古注編1』(平成九・笠間書院)所収解説参照。
(35) 引用は古典文庫『千句連歌集　二』(昭和五五)所収静嘉堂文庫本による。

(36) 引用は古典文庫『千句連歌集 三』（昭和五六）所収小松天満宮蔵本による。
(37) 引用は『連歌貴重文献集成 第五集』（昭和五四・勉誠社）所収本能寺本による。
(38) 「春はまた」百韻の引用は、『連歌百韻集』（昭和五〇・汲古書院）による。
(39) 『河越千句』の引用は、古典文庫『千句連歌集 五』（昭和五九）による。
(40) 『園塵第二』の引用は続群書類従本による。
(41) 引用は中世の文学『連歌論集二』（昭和五七・三弥井書店）による。
(42) 引用は中世の文学『連歌論集二』（昭和五七・三弥井書店）による。
(43) 荒木良雄『心敬』（昭和二三・創元社）、湯浅清『心敬の研究』（昭和五二・風間書房）、山根清隆『心敬の表現論』（昭和五八・桜楓社）などに言及されている。
(44) 金子金治郎『新撰菟玖波集の研究』（昭和四四・風間書房）第三編第五章二「風素材句の付合」に言及がある。
(45) この点に関しては前節「心敬の詩学――『寛正六年正月十六日何人百韻』の宗祇付句評から――」参照。

3　心敬における「夕べの鐘」

一　はじめに

連歌師心敬が宗匠として参加した、京都本能寺で張行された『落葉百韻』(1)には、初折裏七・八句目に次のような付合が見られる。

　　あらましにさそはれそむる墨の袖　　正頼
　夕べの鐘の涙とふ聲　　心敬

心敬が詠んだ「夕べの鐘」とは、寺院において時を知らせるために鳴らした鐘のうち、夕暮れ時につかれた鐘。夕暮れ時の薄暗さを「墨染」とも表現することから、『連珠合璧集』には「墨染トアラバ、夕べ」とあり(2)、『落葉百韻』では、前句の「墨の袖」(「墨染の袖」と同意である)(3)と付句の「夕べ」は寄合となっている。

前句の「あらまし」とは、よりのぞましい生き方である出家の道に進む望み。「世をのがれたい気持ちに心が動かされ、墨染の僧衣をまとう身となっていったのだ」という前句に、夕暮れ時の鐘の、涙にくれる我身を訪れてくる声が聞こえてくると付けたものである。

日没頃に、時を知らせるためにつく鐘を指す表現としては、「入相の鐘」が既に存する。この表現は和歌、連

歌共に「夕べの鐘」よりもはるかに多用されており、例えば、心敬の用例としても、

　　積りし暮は数も覚えず
罪を消つ入相の鐘の声〳〵に　　心敬（竹林抄・雑下・一四九〇）

　昨日より風さへよはる年こへて　　永祥
入相の鐘のかすむ明ぼの　　心敬（河越千句第三百韻・五二）

などがある。(4)「入相の鐘」は、七音であり、助詞が必要な場合には字余りになる。だが、「山寺の入あひのかねのこゑごとにけふもくれぬときくぞかなしき」（拾遺集・哀傷・よみ人しらず・一三二九）、「山ざとのはるの夕暮きて見ればいりあひの鐘に花ぞちりける」（新古今集・春下・能因・一一六）等、著名な和歌の「入相の鐘」を含む句の部分は字余りであり、この語句に関わる字余りは創作において全く問題にされてきていない。勿論、「夕べの鐘」の方が助詞を用いた時に、字余りにならずすんなりと句になじむことはあるであろう。また、『落葉百韻』の付合では「墨の袖」との言葉の縁から「夕べ」が選択されてもいる。そうした関係も考えられるのだが、なぜ心敬は「夕べの鐘」を「入相の鐘」以外に、意識的に採用し、さまざまな句に用いているのであろうか。「夕べの鐘」「涙とふ聲」といった言い回しには、心敬の創作における表現の特徴の一つがやはり色濃く現れているように思われる。この論では、「夕べの鐘」の句を手がかりとして、心敬の連歌、和歌表現の特性を論じていきたい。(5)

二　和歌・連歌の「夕べの鐘」

さて、「夕べの鐘」に関して、和歌の用例を探すと、勅撰集においては『玉葉集』に一例、「山ふかみゆふべのかねのこゑつきて残る嵐の音ぞさびしき」（雑三・二二〇〇・前大僧正慈順）が存するのみで、その他も『延文

百首』に一例（寄鐘恋・二四九〇・源有光）、『頓阿勝負付歌合』に一例、『草根集』に十例、『常縁集』に一例、時代が下り『柏玉集』に三例（うち二例は同一歌）、『邦高親王御集』に一例、『雪玉集』に一例見られるのが主な出現例となる。なお、「夕べの鐘」という表現は、心敬の現存する和歌には用いられていない。だが、こうした乏しい用例の中、正徹の『草根集』の用例が十例と多いのは注目されよう。

加えて、「夕べの鐘」という表現は歌題にも存するが、歌題「夕鐘」の使用傾向を見ると、勅撰集では『風雅集』（雑中・「夕鐘を」・伏見院・一六六一）、私家集では『実兼集』に各一例、「嵐」と「鐘」を組み合わせた京極派的な詠風の和歌の題として出現する。その後、わずかに『草庵集』に一例見られた後は、やはり『草根集』に六例使われ、「夕鐘」「雪夕鐘」「古寺夕鐘」「山寺夕鐘」「関路夕鐘」「旅行夕鐘」と、各所の夕暮れに鐘を添えた、より詳細な情景を表現する題としても展開される。ついで弟子の正広の『松下集』に「夕鐘」（二例）「行路夕鐘」と三例使われるが、さらにその後は『雪玉集』に「古寺夕鐘」の形で一例と、また使用されなくなっていく。

これらの状況から見て、和歌における「夕べの鐘」のモチーフは、正徹が、特に関心を持って詠んだものであるととらえることができる。

『草根集』の「夕べの鐘」の語句を含む歌十例は、日次本で見れば、永享元年（一四二九）に二例、文安四年（一四四七）に一例、宝徳元年（一四四九）に三例、享徳二年（一四五三）に一例、長禄元年（一四五七）に一例、その他巻四、巻六の年次不詳の巻に各一例あり、現存詠草を見ても幅広い年代にかけて分布しており、おそらく生涯にわたり詠みおいていよう。正徹の歌と、その詠歌状況を見ると、次のようになる。(6)

嵐ふく夕の鐘の声おちて松につれなき峯の白雪

（永享元年一月十日・畠山持純家人丸法楽・雪夕鐘・一一六八）

嵐ふく夕の鐘も行秋をしたふかたにや声なびくらん

（永享元年九月廿二日・畠山義忠家月次・鐘声送秋・一三二〇）

しづかにて夕の鐘のことはりをきゝいるゝ人や涙おつらん

（文安四年八月廿七日・小笠原浄元家月次・晩鐘・二五四五）

待人もたのめすつるにあらざりし夕の鐘をさだかにぞ聞

（宝徳元年三月十三日・隠岐入道素珍家月次・契待恋・五五四六）

山本の夕の鐘も霞消て寺の前田にかはづなくこゑ

（宝徳元年三月十八日・武田信賢家月次・夕田蛙・五五六〇）

野べの風軒の草ばを吹まよふ夕の鐘もこゑかろくして

（宝徳元年九月廿六日・武田信賢家月次・野亭聞鐘・五九五九）

はつせ山江にこもらずはみわ川に夕のかねのこゑや聞えん

（享徳二年二月廿八日・赤松教貞家月次・古寺夕鐘・七九六三）

鳥鳴て後にあふよの別路を夕のかねになさばうらみじ

（長禄元年四月十三日・畠山賢良家続歌・暁逢恋・九七五二）

うかりけり誰が待里を契とて夕のかねに春の行らん

（巻四・暮春鐘・二六七三）

そことなきゆふべの鐘のとをきにも先昔よと思ひいでつゝ

（巻六・夕鐘・四八六〇）

さらに、『草根集』には、巻六に四八六〇から四八六二の「夕鐘」題歌、

そことなきゆふべの鐘のとをきにも先昔よと思ひいでつゝ
夕暮の心の色をそめぞをくつきはつる鐘の声の匂ひに
うしや今嶺の雲きえ鐘たえてゆふべの奥のくらき山里
すむ人の衣におちて墨染の色をふかむる夕暮のかね
(宝徳元年五月八日・永泉庵法楽続歌・夕鐘・五七〇八)

がまとめて置かれており、日次の巻にも、歌の中に「夕べの鐘」という表現はないものの、「夕鐘」題歌、があり、

夕まぐれ鐘つきとむる山陰に声うちいだす法ぞ聞ゆる
(康正元年二月廿六日・清水平等坊円秀月次・山寺夕鐘・八七九九)

夕日さす杉村おほふ逢坂の関寺くらき鐘のこゑかな
(宝徳三年一月十七日・於渋川義鏡家・関路夕鐘・六七六四)

峯こゆる袖の下よりつき出す鐘や千里の暮おほふらん
(長禄元年十二月十七日・山名政清家月次・旅行夕鐘・一〇一一五)

と夕べの鐘の鳴る状況をより細かく規定した題を持つ和歌も存した。これらの彼の和歌は、京極派和歌による嵐の音と響き合う鐘の音の描写を受け、「嵐吹く夕の鐘」というような表現をなしたり、鐘の音の様を「かろく」、「なびく」と見たり、また鐘を受けとめ聞く自らの心象風景へと観察を広げて行ったりしている。正徹は鐘の音に強い関心があり、鐘を詠む和歌が非常に多いのだが、「夕べの鐘」を詠んだ和歌においても、独自にさまざまな表現を試みているのであった。

続いて連歌における「夕べの鐘」の用例を見ると、こちらも多くはなく、『紫野千句』、『菟玖波集』に一例ず

つ存した後、『竹林抄』、『新撰菟玖波集』ととりあげられていく。この時、『竹林抄』の例は、

あらましの身に送る哀さ

聞き果てぬ夕の鐘に寝覚して　　心敬（雑上・一二四〇）

夕の鐘に帰る山本

鳥の行雪の杉むらかすかにて　　心敬（冬・六五〇、新撰菟玖波集五二六）

と、心敬自身の句と、心敬の句の前句（作者不明）の二例であり、[7]『新撰菟玖波集』も三例中一例が『竹林抄』に見られた心敬の句であった。こうした状況は、正徹の詠歌に学んだ心敬が連歌にこの表現を使用し、かつ心敬周辺の連歌師らも連歌にこの語句を頻用したことを思わせる。心敬が正徹に師事しはじめたのは、『ひとりごと』や『所々返答第一状』の記述から、[8]永享元年（一四二九）あたりとされ、文安、宝徳年間からは交渉も頻繁となり、[9]長禄三年（一四五九）の正徹没まで師弟関係は続いている。彼は、直弟子といった扱いではなかったようであるが、[10]正徹やその門下の僧、和歌を正徹に学ぶ畠山氏の被官の武士たちと行動範囲、交友範囲が重なっている。[11]『ひとりごと』には、都における在々所々の月次の会、また歌連歌の作者として、畠山匠作（賢良）、武田大膳大夫（信賢）、小笠原備前（浄元）といった、『草根集』に見える正徹が参加した歌会の主催者の名が記されているし、同集八七九九歌の詠まれた会を催した僧円秀は『落葉百韻』に参加している。心敬と正徹との間で、作歌、作句表現の影響関係は充分考えられよう。

三　「涙とふ聲」

ここで、心敬句における「涙とふ聲」という表現を考える。「涙とふ」は、鐘の声が泣き濡れている私の袖の涙を訪れてくるという意である。鐘が「とふ」という表現は、例えば「ひとりねのこよひの霜はいかにとも鐘よ

りほかのとふ人もがな」（壬二集・冬暁・一四〇七）のように詠まれているが、「涙とふ」という語句の従来の用法は、「まちわびて深けゆく月の影のみやねぬ夜の袖の涙とふらむ」（新後撰集・恋三・法眼兼誉・九八六）のように、月光が袖の涙を訪れる形容であり、鐘と結ばれた和歌や連歌の例は非常に珍しい。心敬の句は、鐘音が「とふ」以前に涙にくれていることを示唆しているのであり、これはなぜなのであろうか。

あらためて当該付合をみると、

あらましにさそはれそむる墨の袖　正頼
ゆふべの鐘の涙とふ聲　心敬

であった。類似の付合として、

あらましの身に送る哀さ
聞き果てぬ夕の鐘に寝覚して　心敬（竹林抄・雑上・一二四〇）

あらましのみにとをき山のは　修茂
けふも聞うき身を鐘にはぢもせで　心敬（河越千句第二百韻・三七）

があげられる。「聞き果てぬ〜」の句は、「聞き果てぬ夕の鐘」、そして「鐘に寝覚して」と、夕べの鐘と暁の鐘の意を重ねて使用する事により、夕暮れから次の朝までの夜の時間を示す。出家がかなわないままに、鐘から鐘までの夜の時間を無為に過ごしているそのなさけなさを「哀さ」とするのである。「けふも聞〜」の句は、やはり仏道に入りたいと志してはいてもかなわず、仏の教えには遠く隔たっている自分を「うき身」とし、そんな身のままでうかうかとすごしている時の経過を「けふも」で表現している。この句では、「はぢもせで」鐘を聞いているとしながらも、その実、内省し強く恥じていることを示唆している。こうした付句の表現から、鐘を聞く身の側に、俗身のままに時の流れの中ですごす自らの歩みを思う悔恨の気持ちがあるとしていることがわかろう。

当該付合では、正頼の句は、「出家せねばという思いに動かされて僧となる」と、本懐が遂げられるように詠んでいる。正頼の句にある「墨の袖」とは、出家の身の中で、特に僧位僧官などに関係のない僧としてのありさまをさすと思われる[12]。だが、たとえ出家している状況を詠む句を受けたとしても、僧であれ俗人であれ、仏道を慕う人としておのれの人生の時間を悔やみながらふりかえっている、その思いが心敬の句表現の根底に存している。鐘の音は、既にあるそうした心の内の思いに対して新たに訪れてきて、自らに付随する仏教的な要素を示し、さらなる思いをかき立てて加えるという働きをしているものなのであった。

このように考えてくると、心敬の句には、鐘の音を受け止めた時にそれに応じる心の内面の存在が感得される。鐘の音の「とふ」様子に、「とふ」を受けて応じる思いの存在をはっきりと表現した和歌として、管見では、正徹に、長禄二年（一四五八）二月八日に詠まれた次の一首がある。

枕とふ暁のかねの声たえてこたへん方もなき思かな（草根集・暁鐘・一〇二四七）

この時、正徹の和歌からは、次のような西行の和歌が思い出される。

あかつきのあらしにたぐふかねのおとを心のそこにこたへてぞきく
（千載集・雑中・題不知・一一四九）

この歌は西行が『御裳濯河歌合』三十一番左に自撰しており、俊成も「殊に甘心す」と勝たせた歌。心の底から鐘の音に感応していく姿勢は、「とふ」鐘の声には、自らの思いが「こたふ」ることを前提として詠む正徹の姿勢に重なる。さらに正徹は「とふ」と鐘の音を表現し、「とふ」「こたふ」という鐘の音との交流を明らかにしているのである。なお、夕暮れ時の鐘の和歌に用いられた「とふ」「こたふ」の対比表現は、

暮れはつるあらしのそこにこたふなり宿とふ山の入相の鐘（続千載集・羇旅・題しらず・八一一・永福門院）

に既に見られる。京極派和歌は、「ゆきくれて宿とふ山の遠かたにしるべうれしきいりあひの鐘（玉葉集・旅・

一二〇一・前大僧正道昭)」、「ひびきくるいりあひのかねをしるべにてけふのやどとふみねのふるてら(伏見院御集・寺・一六二五)」のように、入相の鐘が、夕暮れ時に一夜の宿を求める(「宿とふ」)旅人が人家の在処の見当を付けるよすがとなるというモチーフを詠んでいた。永福門院歌は、このモチーフの中にさらに「とふ」「こたふ」の相対を組み入れ、鐘を「こたふ」と感じ受け止める人と鐘との相互交流を表現した巧みさを持っていた。正徹の歌は、永福門院歌同様、鐘の音と人との相互の交流を詠みながら、永福門院歌とは相違して鐘音の「とふ」状況を詠むものであり、この点は、暁の鐘ではあるが、心敬の句の状況と共通する。それゆえ、ここにもやはり正徹の詠歌表現から心敬への影響を考えることができよう。(13)

四 心敬の詠みいだす鐘のモチーフ

それでは、心敬自身の「鐘」を表現した和歌や連歌からは、どのような思いがうけとめられるだろうか。

おぼつかないづちより来ていづくにか行らん鐘の夕暮の声
(心敬集・応仁二年百首・無常・二七三)

『心敬集』二七三歌は、空間に広がっていく、夕暮れ時の鐘の音のとらえどころのなさを「無常」題にて詠む。(14)『徒然草』第二二〇段にも「凡、鐘の声は黄鐘調なるべし。是、無常の調子、祇園精舎の無常院の声なり」(15)とあった。夕暮れ時の鐘の音のゆらめき、消長を詠む歌は、京極派和歌に「たえだえにかねのひびきもまじるなりあらしのまつのゆふぐれのこゑ」(伏見院御集・鐘疎・二二〇五)、正徹に「淡と消ぬ興津しほあひによび出づる鐘のみさきの夕暮の声」(草根集・鐘声何方・七三六五)(16)など先例がある。正徹歌は「和歌の浦や沖つ潮合に浮かび出づるあはれ我身のよるべ知らせよ」(新古今集・一七六一・藤原家隆)を本歌としており、家隆の歌では泡沫の様子に我身のよるべない様が重ねられていたが、正徹歌では夕暮れの鐘の音が重ねられている。これはそのまま、「無常」題で示された心敬の意識につながってくるものであろう。

さらに連歌では、鐘の響きを次のように詠む。

うき身に今日もくらすはかなさ

世中を思へば鐘のひゞきにて

此世の幻化まぼろしの、きたりしかた、される所もしらぬは、さながら鐘よりいでたるひゞきの、ゆくゑもしらぬに似たると也、十縁生六喩経などの心を、一句のうちに、申しあらはし侍る歟。（芝草句内岩橋上）[17]

はてしらぬ旅をおもへる暮ごとに

きのふの鐘やひとの世の中

これも、万法のしばしもとどまることのなきを、昨日のかねのこゑのごとしと也、まことに諸法は昨日のかねのごとく、二たびかへる事侍らず哉。（芝草句内岩橋上）

このように鐘の音をとらえる姿勢は、例句（「世中を思へば鐘のひゞきにて」）の自注により、この世の出来事の、生起しまた過ぎ去るありさまを、鐘の響きにたとえて考えることがふさわしいとする思いから来ていることがわかる[18]。自注に言う「十縁生」とは、『大日経』住心品の十縁生句、幻・陽焔・夢・影・乾闥婆城・響・水月・浮泡・虚空華・旋火輪の譬喩であり、「六喩」は『金剛般若波羅蜜多経』の六喩「一切有為法　如夢幻泡影　如露亦如電　應作如是観[19]」にある夢・幻・泡・影・露・雷であり、世のさまを表す鐘の音は、「幻」にたとえられているわけである[20]。

こうした、鐘の音の消長に無常を感ずる心敬の思いは、他にも『熊野千句』第二百韻の次のような付合、

黄昏にそこともわかぬ鐘なりて　　行助

時うつり行世こそ夢なれ　　　　　　　　　心敬

にも見てとることができる。(21) 即ち、心敬は時のうつり行く世のありさまを夢のようと思い、それを黄昏の暗さの中でどこから聞こえてきたともわからない鐘の音に感じたとして、付けているのである。寛正三年二月二十七日張行の何人百韻における付合、

はや長月は冬のおもかげ　　　　　　　　　行助

一とせの夢や鐘にも覚ぬらむ　　　　　　　心敬

も、(22) 早くも過ぎた一年の月日を鐘により「夢」にたとえて思い返す。心敬にとって鐘の音は、おぼつかないもの、行方のわからないものであり、その響きの特性が、幻とも夢とも思われる、年月と共に変わりゆく世の無常なさまを想起させるのであった。

さらに考えて行くと、彼にとって、鐘の音はどのようなメッセージを内包し伝えんとしているのであろうか。聞いた時に、意味を持ち、心情に訴えかけてくるように思われる音を「声」と表現するのだが、鐘の音は当然のことながら、一般に仏道の教えを表現する音とされる。例えば、「のりのこゑにきゝぞわかれぬながき夜のねぶりをさますあか月のかね」(23)(玉葉集・釈教・二七三六・高弁上人) 等があり、連歌では『新撰菟玖波集』に次の付合がある。

聞き知らぬ耳にも触れよ法の声

夕べの鐘に帰る釣舟　　　　　　　　(雑二・二七六一・権大納言実隆)

さらに、先に見た『竹林抄』に採られた心敬の付合、

積りし暮は数も覚えず

罪を消つ入相の鐘の声〴〵に

も、西行の「たのもしなよひあかつきのかねのおとものおもふつみもつきざらめやは」（山家集・恋・七一一）を意識し、恋の前句から句境を釈教へと転換しており、恋のもの思いの罪を消し、釈教の道に誘う鐘の声を詠んでいる。

そして、こうした中、『心敬集』には次のように詠まれた和歌があった。

おのづからむなしき法を唱ふらし夜深き鐘の遠近の声

（心敬集・夜釈教・三五八）

「むなしき法」とは、『般若波羅蜜多経』のことであり[24]、心敬は、応仁二年百首でも「大空をたゞ我物と思ふ哉むなしき法を占むる心は」と詠み、やはり「むなしき法」で空観を表現していた。彼は、鐘の声は、仏道の中でもとりわけ空の教えを唱えているととらえているのである[25]。

これは、心敬独吟何路百韻[26]（成立年次不詳・発句「心あらば今をながめよ冬の山」・東北大学附属図書館蔵）にも、

鐘ひゞく日影や更に過ぬらん
けふをもしらず空し世中
果もなく我あらましを急ぐ旅

との句の連続があり、鐘の響きに世のむなしさが想起され、むなしい世を生きる自らの生をたどって出家への思いを詠むことからも確認できよう。

心敬が、「世中を思へば鐘のひゞきにて」の自注で引いていた『大日経』の十縁生も、先に成立した『般若波羅蜜多経』の内容を受け継いだものであり[27]、心敬が鐘の声に感ずる仏道思想は、とりわけ『般若波羅蜜多経』の示した空の思想なのであった。

五　心敬の「夕暮時」

夕暮時そのものも、光がかげり薄暗くなる時間帯であり、それによって触発される物思いにふける時とされているが、心敬の作品においてはどのような時として表現されたのか。

例えば、寛正四年六月廿三日張行の唐何百韻[28]に次のような付合がある。

あらましにのみ年はへにけり　道賢

おもひつゝたゞながむるは夕にて　心敬

この付合では、前句の出家をしたいという長年の願望のモチーフを受け、夕暮れ時に、すべなく物思いにふけるさまが詠まれている。この時、付句は、仏道の教えに遠い自らのありさまを思い返し悔恨の念にとらわれる様子となる。

また、成立年次不詳何木百韻[29]（発句「雪の折かやが末野は道もなし」）天満宮文庫蔵）には、

心無人の夕はむなしくて　宗悦

すゝむる鐘を哀ともきけ　心敬

とあり、「こころなき身にもあはれはしられけりしぎたつ沢の秋の夕暮」（新古今集・秋上・三六二・西行）により、前句の「心無」と「夕」に、「哀」を付けている。西行歌の影響の下、「ひたすらに心なき身の秋ならばゆふべの空に物はおもはじ」（新続古今集・秋上・四二六・中納言為藤）等の数多くの和歌に、秋の夕は特別に感深い時と意識されているのは論をまたない。心敬は、西行歌のイメージの色濃い夕べを詠む前句に、仏の教えを伝える鐘の音を付け、仏道へといなざうのである。心敬も秋の夕べのすばらしさを評価していたことは、『心敬有伯への返事』で、

幽玄体は心にも云ひ顕はし難く、秋の夕の俤の色もなく声も無が如し。しかはあれど、あはれ知人の心にはしみとをり侍る如し。

と述べ、幽玄体の連歌について説明する際に具体的な様相としてとりあげていることでわかる。これは、無名抄の「幽玄の体」の説明の例示部分「たとへば、秋の夕暮れ空の景色は、色もなく声もなし。いづくにいかなる故あるべしとも覚えねど、すゞろに涙こぼるゝごとし」を念頭に置いたのであろうと推定されているが、そうした先行の歌論を咀嚼し、それに賛同した、目にはっきり見える景物もなく、物音もない秋の夕べのさまこそが、あはれを知る人に感動を与えるとする考えが示されている。また、この「色もなく声も無が如し」という形容は、『金剛般若波羅蜜多経』の、

若以色見我　以音声求我　是人行邪道　不能見如来

という、仏の姿、形をもって仏とみなしてはならないとの教えの表現から来ている。心敬は、形容し難くも存する夕闇の世界に、空観による世の実相の把握を重ね観じており、それが最もよく感じられる時が秋の夕べと感じていたのである。

世の無常のありさまを思うという心敬の姿勢は、文明二年（一四七〇）七月に兼載に与えた『岩橋』の跋文で、

此世の無常遷変のことはり身にとをり、何の上にも忘ざらん人の作ならでは、まことには感情《かんせい》あるべからず。詞は心の使といへり。げにも只今消え侍らん此身の不思議を忘れて、有相道理の上のみの作にては、ふとり結構なるも理ならずや。

と述べることで、句作の根本に存するものであることがわかる。寛正四年の著作である『ささめごと』（草案本系統）においても、「尊宿の語り侍りし。いづれの道もおなじ事に侍れども、特に此の道は、感情・面影・余情をむねとして、いかにも言い残し理なき所に幽玄・哀れはあるべしとなり。」と「感情《かんせい》」を句のめざすべき姿の

条件にあげると共に、言葉では説明しえない秀歌の様子を次のように表現する。

定家卿詠

秋の日のうすき衣に風たちて行く人待たぬすゑのしら雲

清岩和尚歌

秋の日は糸よりよわきさゝがにの雲のはたてに荻の上風

これらの秀歌、まことに法身の體、無師自悟の歌なるべし。言葉にはことわりがたかるべし。巫山の仙神女の姿、五湖の煙水の面影は、言葉にはあらはすべからず。

若以色見我　以音声求我　是人行邪道　不能見如来

我覚本不生　出過語言道　（諸過得解脱）遠離於因縁　知空等虚空

ここでは、すばらしいけれども、言葉では説明できない秀歌の様を、秋の夕の説明と同じ『金剛般若波羅蜜多経』の偈と、『大日経』の偈とで表現せんとしている。両経は「世中を思へば鐘のひゞきにて」の句の自注にも引かれていた。秀歌の理解を偈によって示す姿勢は、歌道・連歌道と仏道とを同一視する心敬の考え方の根源を示そう。(33)『金剛般若波羅蜜多経』『大日経』が教える、無常を理解し、空観による世界把握をなす姿勢は、心敬の創作の根源に存し、「夕べの鐘」の句を生み出していたのであった。

六　おわりに

『落葉百韻』の心敬の句には、「夕べ」という時にあって、自らの内面を仏道思想に照らし見つめ返している心に、鐘の音のもたらす仏の教えの内容が、あらためて響いてくることが表現されていた。

心敬は、鐘の音が響く前、夕暮れ時になった世界を意識している。心敬には、夕暮れであることの、心への影響への関心が強くある。それは彼が夕暮れ時を、最も仏の教えによりそうことのできる、それゆえに幽玄な思いに心を染めることのできる時と考えていたからであった。夕暮れ時にわきいづる心性の世界に新たに働きかける要素として、鐘の音を迎えいれ、その響きが心の中に起こす波紋を見つめ詠みいだしたのである。

【注】

論中の和歌の引用は特に断らない限り『新編国歌大観』による。

(1)『連歌貴重文献集成　第四集』(昭和五五・勉誠社)所収。
(2)『連珠合璧集』の引用は『連歌論集一』(昭和六〇・三弥井書店)による。
(3)『連珠合璧集』の「墨染」の項に、「衣袖などにいふべし。又只墨の袖　墨の衣ともいふ。」と説明される。
(4)『河越千句』の引用は古典文庫『千句連歌集五』(昭和五九)所収内閣文庫本による。私に清濁を付した。
(5) 心敬の和歌・連歌の実作における「鐘」の用例に関しては、菅基久子氏の論と、それを受けた稲田利徳氏の先行研究がある。菅基久子『心敬　宗教と芸術』(平成一二・創文社)、稲田利徳「心敬――仏教思想と作品――」(仏教文学講座第四巻『和歌・連歌・俳諧』(平成七・勉誠社)。
(6)『草根集』の引用は『私家集大成』第五巻所収日次本系統の書陵部蔵御所本による。私に清濁を付した。
(7)『竹林抄』の引用は新日本古典文学大系『竹林抄』(平成三・岩波書店)所収野坂元良氏本による。
(8)「清岩和尚に、卅年は日夜の事に侍しかども、一の事をも耳にとゞめず、いさゝかの悟を得侍らざりし。今は、千たび悔ひ、足摺をして侍るばかりなり」(『ひとりごと』)、また「三十年の庭訓」(『所々返答第一状』)との記述による。
(9) 稲田利徳『正徹の研究』(昭和五三・笠間書院)第一篇第三章第五節「正徹と心敬」。稲田氏は、この論において、『草根集』における心敬の名の登場は宝徳二年であることを指摘し、心敬が『所々返答第二状』で述べる三井寺仏地院での十四ヶ度の歌合も宝徳年間ではなかったかと推定され、両者の交渉が文安・宝徳年間頃から頻繁になったであろうと推定されている。

(10) 稲田氏は注9論で、例えば『草根集』での心敬に関する表現「権律師心恵といふ聖」等から、正徹側の心敬に対する意識が疎遠なものであったことを述べる。

(11) 文安三年正月二十日には、畠山修理大夫入道賢良の月次歌会があり、『尭孝法印日記』によって正徹と心敬の同席がわかる。また『ひとりごと』は歌連歌の作者先達として「畠山匠作・同名阿波守・同名左衛門佐・一色左京大夫・武田大膳大夫・小笠原備前入道」と述べ、心敬とこうした人々の近さが類推される。さらに『落葉百韻』の連衆には、正徹と懇意であった清水寺の僧円秀や、和歌を正徹に学び、連歌では心敬に指導をあおいだ僧伝芳、畠山氏の被官井上忠英らがおり、正徹と心敬の属した文化圏が現実に重なっていることがわかる。

(12) 『草根集』永享二年十二月三日詠の詞書に「海印寺の僧正、弟子の持宝禅師に華厳宗管首などゆづりて、ひたすら墨の袖のやうになりて、萱ぶきの所作てかたはらにこもりゐられたるよし聞き侍りて、まかりとぶらひし」とあり、「墨の袖」は僧綱と関係がない遁世のありさまをさすかと推定される。

(13) 正徹には「月のとふ霜夜の夢をさめねとや枕うごかす暁の鐘」(草根集・巻五・寒夜月・四〇三九)という、月が訪れることと鐘が音をたてて訪れることを同時に詠む和歌もあった。光と音(音波の振動)を共に訪れるものととらえている、こうした点も、「涙とふ」を鐘のなすわざとした心敬の表現に近く、注意すべき類似の詠歌表現かと思われる。

(14) 『心敬集』の引用は和歌文学大系『草根集 権大僧都心敬集 再昌』(平成一七・明治書院)による。

(15) 『徒然草』の引用は新日本古典文学大系『方丈記 徒然草』(平成元・岩波書店)による。

(16) 第三句は類題本では「うかび出づる」である。

(17) 『芝草句内岩橋上』の引用は、『心敬集 論集』(昭和二一・吉昌社)による。私に清濁を付した。

(18) 稲田氏注3論文。また湯浅清『心敬の研究』(昭和五二・風間書房)第二章第四節「無常」にも引かれる。

(19) 『金剛般若波羅蜜多経』の引用は岩波文庫『般若心経 金剛般若経』(昭和三五・岩波書店)による。

(20) この点について、稲田氏は、注5論文において二七三歌は「無常は鐘の音だけでなく、自身をも含めたあらゆる存在を「幻化」と認識し、その来し方、行く末を知らぬ不定を詠嘆しているとみてとれる」とする。聞くべき見解であろう。

(21)『熊野千句』の引用は古典文庫『千句連歌集五』(昭和五九)所収静嘉堂文庫本による。

(22)当該百韻の引用は貴重古典籍叢刊5『心敬作品集』(昭和四七・角川書店)による。私に清濁を付した。

(23)『新撰菟玖波集』の引用は、『新撰菟玖波集全釈』底本である筑波大学蔵本(ル二一二〇―三四)による。

(24)例えば、寂然の『法門百首』九四歌注に「般若には空の理をあかせば、むなしき法とは云ふなり」とある。

(25)稲田氏注5論文にも言及される。

(26)当該百韻の引用は貴重古典籍叢刊5『心敬作品集』(昭和四七・角川書店)による。私に清濁を付した。

(27)櫻岡寛「般若経」(『岩波講座日本文学と仏教第六巻　教典』(平成六・岩波書店)参照。なお、櫻岡氏は、中世の文学作品においては、空観を説く『金剛般若波羅蜜多経』の喩が無常を表すものとして混同されて使用されることが多くあると述べられる。心敬作品もその一例か。

(28)当該百韻の引用は貴重古典籍叢刊5『心敬作品集』(昭和四七・角川書店)による。私に清濁を付した。

(29)当該百韻の引用は貴重古典籍叢刊5『心敬作品集』(昭和四七・角川書店)による。

(30)『心敬有伯への返事』の引用は木藤才蔵校注『連歌論集三』(昭和六〇・三弥井書店)所収大阪天満宮蔵長松写本による。

(31)木藤才蔵氏による『連歌論集三』(昭和六〇・三弥井書店)頭注。

(32)岩橋跋文の引用は、木藤才蔵校注『連歌論集三』(昭和六〇・三弥井書店)所収本能寺本による。

(33)木藤才蔵氏は、「姿言葉づかひの幽遠の句」の説明を、これらの偈文でしめくくったのは、真にすぐれた和歌連歌は、感覚や思量では把握し切れない如来の本体、それは言語の表現を超えた不生不滅で空の境地を体感させるようなものでなくてはならない。ということを説きたかったのであろう。」と述べる。(同氏「数奇と道心――正徹と心敬の場合――」(『佛教文学』第20巻・平成八・三))

4 連歌の張行

i 本能寺と連歌――『落葉百韻』について

一 『落葉百韻』

『落葉百韻』は、某年十月廿五日に、本能寺第四世日明のもとで、心敬を宗匠に迎え、一条兼良の発句を拝領して張行された連歌である。この百韻は、後人の書写である巻子本仕立ての写本が本能寺に存在する。この巻子本は、『本能寺宝物古器物古文書取調帳』(明治十二年)[1]の記録には、「発句 紙地 一巻 一条大閣[閤]十月廿五日筆、元和六庚申三月十五日 寄附主日嘉」と記されており、元和六年(一六二〇)に日嘉上人により寄附されたと伝えられてきている。該本は孤本であり、昭和三五年、桃井観城氏の論文「金剛院日與上人について」(『桂林学叢』第一号・昭和三五・四)によって、はじめて考察がなされている。さらに同氏の監修による『本能寺』(昭和四六・本能寺)に写真が掲載されたことが契機となって、昭和五五年に影印が、収載に際して調査にあたった金子金治郎氏の解説と共に『連歌貴重文献集成 第四集』(昭和五五・勉誠社)に収められ、現在に至っている。百韻の名称に関しては、桃井氏論文で、巻子本が本能寺において「落葉集」と称されていることが述べられており、この名は一条兼良の発句「木の本能寺《もとのてら》井にたまる落葉かな」にちなんだものという(『本能寺』(昭和四六・本能寺))。この名を受け、百韻形式であることから、金子氏が『連歌貴重文献集成 第四集』解説において「落葉百韻」と呼び、以来こう称されている。この百韻に関する書誌的な解説は、『落葉百韻訳注』の該当箇所に記しており、翻刻と共に適宜参照を願うこととして、ここでは、『落葉百韻』をめぐる文化的な状況に目を向けつつ、百韻の検討をしてみたい。

二 『落葉百韻』連衆

『落葉百韻』の連衆は十五人であり、以下に各人の紹介を記す（括弧内には出句数を示す）。

一条兼良（発句のみ）応永九年（一四〇二）～文明十三年（一四八一）。永享四年（一四三二）摂政・氏長者、文安三年（一四四六）太政大臣、文安四年（一四四七）関白、享徳三年（一四五三）准三宮となり、文明五年（一四七三）に出家。位人臣を極めたのみならず、当代一流の文化人として諸学に通じるとともに、『新続古今集』の両序、『草根集』、『竹林抄』などの家集、句集の序文を草し、連歌論書『連歌初学抄』、寄合書『連珠合璧集』も著す等和歌・連歌の碩学でもあった。

日明（亭主・五句）生年未詳～文明六年（一四七四）。本能寺四世。康正二年（一四五六）に本能寺貫主となる。日与と共に『本妙寺本能寺両寺法度』などを定め、門流の組織化に尽力した。本百韻では脇と挙句を詠む。日明の連歌等の文学的な事蹟は、この百韻の他には管見に入らない。

心敬（宗匠・一四句）応永三年（一四〇六）～文明七年（一四七五）。京都東山の清水坂南に存した十住心院住侍。権大僧都。十住心院は室町幕府の祈願寺であり、管領畠山氏の氏寺ともいうべき位置にある寺（真言宗）であった。心敬自身は比叡山横川で修行している。和歌を正徹に学んだ冷泉派歌人であり、畠山の一族である能登守護畠山賢良の歌会にしばしば参加。連歌作者としても活躍。応仁の乱以降、晩年は関東に下向し、都には戻らなかった。

三位（半井と句上に注記・七句）半井明茂。応永九年（一四〇二）～文明十五年（一四八三）。宝徳三年（一四五一）従三位、享徳三年（一四五四）正三位、応仁元年（一四六七）には従二位。歌人の堯孝、正徹らが半井家に出入りしており、和歌に熱心である。また宗伊の『諸家月次連歌抄』（文明十一年から十三年の諸所の連歌会での記録）を見ると、しばしば宗伊らと同席しており、連歌の好士でもあった。

隆蓮（本能寺日与と句上に注記・九句）注記によれば、本能寺六世日与。日号を名乗る前の名であろう。→**日与**

毘親（八句）伊丹領主摂津氏の一族か。正徹、心敬、正広らと同席。正広と親しい。

利在（九句）『文明九年正月廿二日何船百韻』で、日与、日顕らと同席。

円秀（七句）清水寺平等坊僧。正徹と懇意。

有実（七句）未詳。

忠英（六句）畠山氏の被官、井上氏か。井上統英の父、総英の祖父かとされる(2)。能登守護一族畠山賢良の主催する和歌会に出詠。正徹の弟子。

貞興（六句）未詳。

伝芳（一〇句）後に紹芳と改名。正徹門弟、東福寺禅僧。自句に心敬の加点を依頼し、連歌指導を受けている。

承成（一句、執筆）未詳。

立承（六句）畠山氏の被官、能登での畠山義統主催歌合、連歌などに参加。『文明九年正月廿二日何船百韻』で、日与、日顕らと同席。

正頼（四句）享徳、康正年間に正徹、心敬、正広らと和歌、連歌に同席している。正徹周辺の人物、あるいは僧か。

※日与　本能寺六世権大僧都日与。応永三十三年（一四二六）出生、延徳三年（一四九一）没。寛正六年（一四六五）本興寺に入山、文明六年（一四七四）には本能寺に入山して、両山を兼務した。「博学多才」な「両山中興」と称され

た（『両山歴譜　日唱本』）人物であった。和歌や連歌をよくし、『新撰莵玖波集』に十二句入集。参加の判明している百韻に、文明九年（一四七七）正月廿二日、杉美作守重道陣所にての何路百韻（日与と日顕参加）、文明十五年（一四八三）三月二日、本能寺にての何路百韻（日与と日顕参加）があり、延徳二年（一四九〇）には、本能寺の自坊で、同一の前句に肖柏、基佐、宗長、玄清、宗作と自らの六人が付けた付句の優劣を論じ、後に宗祇に加点、注を依頼し、宗祇句も加えた『七人付句判詞』を作らせている。また、『落葉百韻』の兼良の発句を立句として、法華要文連歌を独吟し（年時不明）、延徳二年（一四九〇）には『法華和語記』を著作している。この『法華和語記』は「法華経をテーマとする釈教歌作成の手引書としての性格を強く有する」(4)とされており、日与においては、信仰と作歌、作句の融合がなされており、それゆえに連歌師を招いての歌会の開催や連歌の張行も盛んになしたであろうことがうかがわれる。

連衆の中には、経歴未詳の者も存在するが、正徹と関係の深い畠山氏の被官の武士たちや僧の集まりとみなしてよいであろう。本能寺住持日明の主催で、何らかの祝言の意を込めて一条兼良の発句を拝受した格式のある会で、畠山氏、正徹に関係の深い心敬が宗匠に招かれ、連歌に心を寄せる隆蓮（日与）も参加を許された会であった。

三　『落葉百韻』成立時期

現存するこの百韻の巻子本には、「十月廿五日」との記載はあるが張行年がなく、成立時期に関しては、先行研究で推定がなされている。はやく桃井観城氏によって、文正元年（一四六六）十月廿五日と推定がなされた(5)。平成十四年に他見不許可の貴重書であった『両山歴譜　日唱本』が『本能寺史料　古記録篇』に収載され、その文正元年の項を見ると、「十月十五日」の記述に続いて、

一条太閣［閤］兼良公於当寺発句
木《コ》ノ本能寺《モトノテラ》イニタマル落葉哉
脇　フリヌル底《(ママ)》ニサユル松風　本能寺第四世日明

と記述がある。それゆえ、桃井氏の推定は『両山歴譜　日唱本』の記述からと思われ、以後の本能寺の出版物もまたこの推定に依っている。(6) だが、『両山歴譜　日唱本』では、続いて「又円光院坊ニテ宗祇発句　ノボル水アリテヤ氷ル空ノ月」と記されており、この句は、宗祇が文明十八年十二月二十二日の本能寺での連歌のために作った発句であることが、宗祇連歌研究の進展により現在判明している。(7) このことから、おそらく文正元年の箇所の記述は、その年になされた連歌を載せたというものではなく、前年に本興寺第五世日禎上人が亡くなって日与が第六世となり、日与の事蹟の記述が続いて行く中で、特にとりあげておきたい重要な連歌の発句を書き留めておいたものではないかと思われる。また、『落葉百韻』の中で、心敬が詠んだ「櫛のはに風も音する冬の空」「いにしへを忘れぬ山の夜の雨」の二句が、文正元年四月の成立である『心玉集』に入れられている。(8) 従って、『落葉百韻』の張行時期は、文正元年の前年の寛正六年十月二十五日が下限となる。

続いて、金子金治郎氏が、『連歌貴重文献集成　第四集』の解説において張行時期の推定をなしており、『法華宗年表』(9) の以下の事項、

康正二年（一四五六）　日明、本能寺貫主となる。
寛正五年（一四六四）　二月　日隆、入滅。
寛正六年（一四六五）　二月　日禎、入滅、日与が本興寺貫主となる。

により、宗門の大事を勘案して、百韻興行の下限を「寛正三年（一四六二）まで遡るべきかと思う」と考えられている。さらに、氏は、「上限を康正二年から二、三年下げて長禄二年（一四五八）とすれば、百韻興行の時期は、一四

五八～一四六二の五年の間の、いずれかの年となろう」とされる。加えて、長禄四年の一条兼良の法華経講説に対する感状の存在を、百韻の発句を請う機縁と考えられ、それによって長禄四年（改元し寛正元年となる）を「百韻成立の可能性のもっとも濃い年」と、「推測である」と断られながらも、論じられた。氏の言う兼良の感状とは、『本能寺宝物古器物古文書取調帳』に「書状　一通　一条兼良公長禄龍集上章執徐壮月日書、当山日定ニ贈ラル」と記録された書状であり、その内容は左記の通りである。

本能教寺苾蒭日定講説法華要品最以本門之所詮為宗、以末世之弘通為先、厥利寔莫大焉、其志寧不嘉耶

長禄竜集上章執除壮月　日　　　桃叟　朱印

兼良は、本能寺の僧日定の法華経の講説を賞賛しており、この書状の日定は、『両山歴譜』で日与と推定されている。例えば、日唱本では全六冊のうち第一冊に、

寛正元年改元庚辰、師七十六
日与上人未入院、金剛院ノ時三十一歳ト見タリ為一条太閤〔閤〕兼良、講談法華経之内要品、其称題曰

本能教寺苾蒭日■定本𠫤爾也講説法華要品最以本門之所證、為宗以末世弘通、為先厥利、寔莫大焉、其志寧不嘉耶
長禄四年也龍集上章庚■名吳執除執除辰吳名
壮月　日　　　桃叟朱印

蓋初日定ト云歟、未審　　　　　　（■は、原本通り）

という記述があり、感状を写し、「日定」の部分、「本𠫤爾也」と書き添える。「蓋初日定ト云歟、未審」からも日唱が「日定」が「日与」であるという確証がもてなかったことがわかる。日唱本第二冊の長禄三年の項には「本能寺比丘金剛院日定後改与受ヽ為一条禅閤請、講要品、即桃叟公之称美記有本能寺」とあり、日唱本とほぼ同時期に本

興寺で記された日心本[10]には「第六祖日与上人、為本興寺貫首、金剛院ト号ス始ハ云日定歟、一条兼良公称美ノ書ニ見ヘタリ」とある。やや確信が持てないながら『両山歴譜』を記述する中で、日定が日与の前名とされていったのであろう。兼良に法華経の講説をするのであるから、日定は本能寺の中でも学識の高い僧であろう。それゆえ、「博学多才兼作文、好和歌」である日与と重なる部分は多く、以後日与と受け取られてきたのも納得できる部分があるが、やはりこれだけからは、日定が日与の前名とは断定はできかね、『法華宗年表』で長禄三年の法華経講説[11]、同四年の兼良感状と列挙される事項と『落葉百韻』張行の関連もつけにくく思われる。新たな史料の発見がのぞまれるところである。また、日定と名のる日与が、兼良の感状をもらった後に『落葉百韻』に参加したならば、日号を名乗る以前の隆蓮という名で出詠はしないのではなかろうか。

なお、日与は、『落葉百韻』の兼良の発句を立句として、法華要文連歌を詠んでいる[12]。兼良の句に自句を九十九句つける様から見て、『落葉百韻』と関連が深いと思われるが、その成立年時は不明であり、『落葉百韻』張行時期と関係づけることはできない。

このように見てくるとやはり、史料の少なさから、『落葉百韻』の成立年時を決定するには至らず、成立時期は、日明上人が本能寺貫主となる康正二年（一四五六）以後、寛正六年（一四六五）までの時期と、十年の幅を取っての推定になる。ただ、こうした結論に至るに際しては、『両山歴譜』を活字史料として読み、考究しえたことが大きく、それは故赤田日崇猊下のご決断による『本能寺史料』への『両山歴譜』（日唱本、日心本）の収載に依るものである。寺外の研究者への史料公開が、中世日本の文化史上、法華宗寺院の果たした役割の解明の糸口となるゆえ、『両山歴譜』の収載は実に意義あることであった。

四　『落葉百韻』と本能寺

それでは、この百韻の興行趣旨はどのようなものが考えられるのであろうか。

まず、兼良の発句の存在であるが、前関白（享徳二年（一四五三）に関白を辞している）一条兼良の発句をもらうことは、本能寺にとりおそらくめったにない機会であったことは、この百韻がわざわざ『両山歴譜』に記され、かつ現代に至るまで保存されえていること、また、日与が、兼良の発句を用いて法華要文連歌をつくっていることからもわかろう。さらに、この句「木の本能寺井にたまる落葉哉」には、「本能寺」が詠みこまれている。発句に込められた祝意は、しばしば名称に表現されるものであり、例えば、『文明八年四月二十三日何船百韻』の発句「ことの葉の種や玉さくふかみぐさ」（管領畠山政長作）は、宗祇の草庵「種玉庵」が詠みこまれており、新造した草庵開きの祝いの発句である。こうした例からも、兼良の発句に「本能寺」を入れていることは、当事者にはわかる何らかの本能寺発展のさまが祝われているのではあるまいか。さらに発句には「本能寺」に「井」が詠まれ、本能寺の井戸における冬の情景となっている。発句には眼前の情景をという約束事を鑑みれば、新しい井戸の完成といったような行事を推定できようか。(13)

ここで、本能寺の所在地に目を向ければ、本能寺は、応永二十二年（一四一五）、高辻油小路と五条坊門（現仏光寺通）の間に日隆が建立した本応寺に始まる。応永二十五年（一四一八）、日隆は妙本寺の月明と争い、本応寺を破却されて河内に移り、応永二十七年（一四二〇）に尼崎に本興寺をひらいた。その後、永享元年（一四二九）に本応寺を再建し、永享五年（一四三三）に信徒如意王丸が寄進した地に移り、名を本能寺と改めた。その所在地は「自六角以南、四条坊門以北、櫛司以東、大宮以西」の方四町の敷地（ただし六角大宮の非人風呂の地は除く）であり、(14)落葉百韻が張行された時期の本能寺の所在地は、この地と考えられる。（図1「中昔京師地図」(15)（故実叢書）内

「初本能寺ノ舊地」）

『本能寺文書』によれば、この土地は、西坊城言長が康暦元年（一三七九）に妙峯寺に寄進し[16]、その後、東岩蔵寺に所有が移った[17]ものを、永享五年四月二日に如意王丸という人物が買い取り[18]、日隆に寄進したものである。もともとは西坊城家の土地であったため、文安年間には西坊城家と本能寺の間で所有権をめぐる争いが起こり、享徳二年（一四五三）から長禄四年（一四六〇）までは西坊城家に押領され、寛正六年（一四六五）に本能寺に敷地安堵がなされた。文明十八年（一四八六）にも西坊城家との紛争が再発するが、これも本能寺に安堵がなされた。

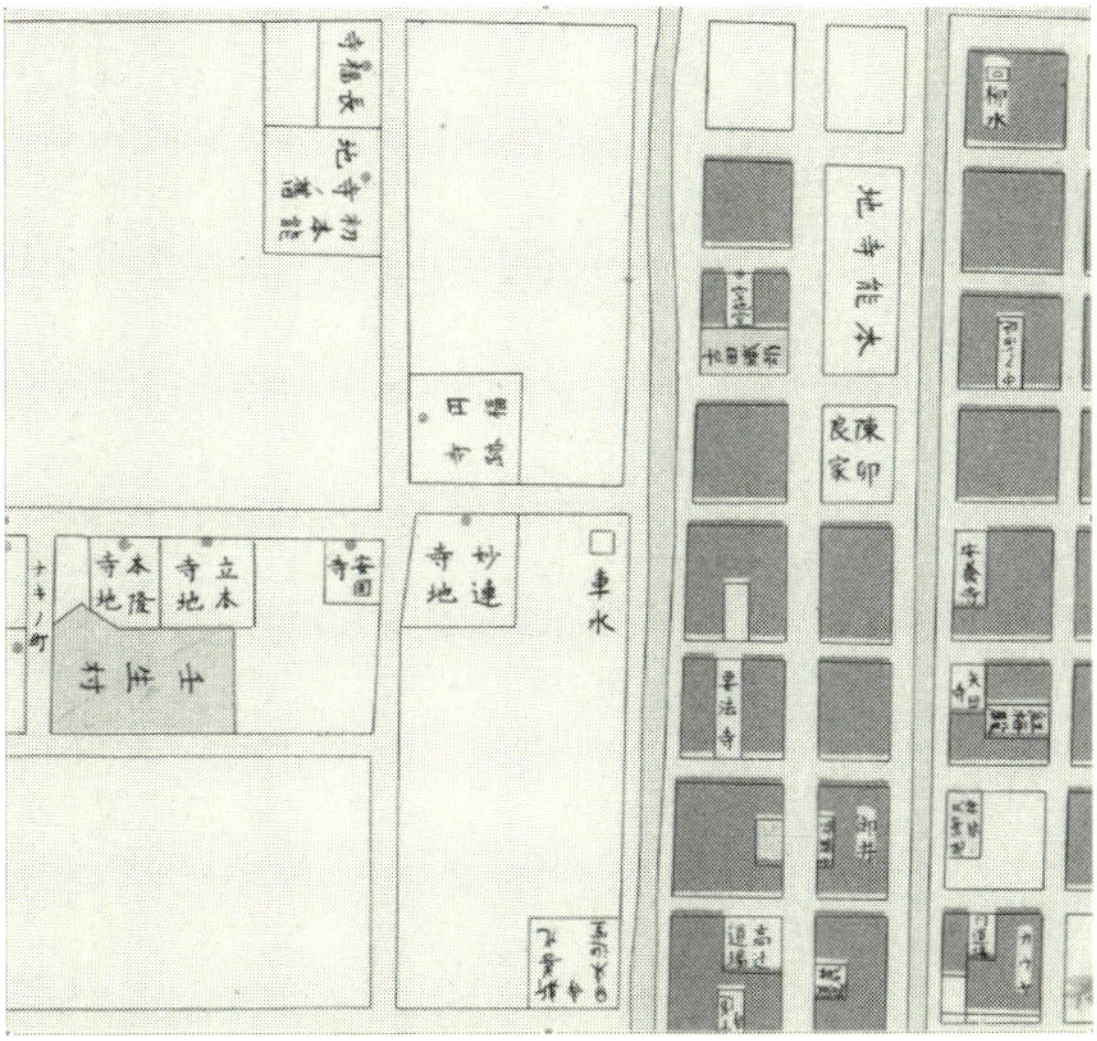

図１　中昔京師地図（部分）中央を堀川が流れ、右上に柳水が見える。（故実叢書）

後に、天文五年（一五三六）の天文法華の乱により、本能寺は京を逃れて堺に移り、天文十一年閏三月十六日以前に帰洛している。その際には、「六角以南、四条坊門以北、櫛司以東、大宮以西の方四町の敷地」である旧領を安堵し、「六角与四条坊門、油小路西洞院中間、方四町」を新たに得た。（図１内「本能寺地」）。京都市埋蔵文化財研究所による二〇〇三年の調査で北が六角、西が油小路、東が西洞院、南が四条坊門に囲まれた一町規模に寺が存在したと推定されている。この地に再建された本能寺は、元亀元年（一五七〇）十二月から織田信長の定宿となり、天正十年（一五八二）六月二日の本能寺の変により焼失した。後、天正十七年（一五八九）までに同地に再建されたが、秀吉の寺社移転政策により、天正十八年（一五九〇）に、京極通東、押小路より姉小路に至る南北百四十五間、東西七十間の地に移転し、現在に至る。

さて、以上見てきたように、本能寺の前身本応寺の最初の所在地は、五条坊門西洞院南西頬にあった法華信徒柳酒屋の近傍であり、良質の湧水の存在が考えられる。天文法華の乱後に本能寺が帰洛した「六角与四条坊門、油小路西洞院中間、方四町」の地も、本応寺のあった場所のまっすぐ北方に位置し、後に『雍州府志』が述べるように、柳の水が有名であった。すなわち両寺は北から南へと伏流する水脈の上に位置しており、『落葉百韻』張行時の本能寺もまた近隣に存在する。さらに、『落葉百韻』張行時の本能寺の方四町の敷地「自六角以南、四条坊門以北、櫛司以東、大宮以西」の一角（敷地には含めない）には非人風呂があったことがわかっており[19]、湧水の存在が想定できる。寺の土地を定める場合に井戸の重要性は論を待たないことからも、本能寺はよい水の湧く名水の井戸を持っていたのであろう。

なお、後に文明十八年（一四八六）十二月二十二日、本能寺円光院での連歌会開催にあたって、宗祇が発句「のぼる水ありてやこほる空の月」を詠み送っている。この句は、「さくら花ちりぬる風のなごりには水なきそらに浪ぞたちける」（古今集・春下・八九・紀貫之）[20]で有名な「水なき空」の語を使って冬の月の様を詠む「冬の夜の深《ママ》けてさえたる月影ぞ水なき空の氷なりける」（嘉元百首・冬月・一七五〇・法性寺為信）[21]の発想から詠まれていよう。宗祇は、水なき空にも「のぼる水」と奇抜な表現を使った句作を「五文字以外左道なりといへども、ありてやと則うけたる所にてゆるさるべきにや」（『実隆公記』）と説明している。こうした発句の表現も、関係者ならよく知る著名な湧き水があった可能性を思わせよう。

五　法華宗寺院における文芸

最後に、法華宗寺院と、『落葉百韻』で宗匠をつとめた心敬、また心敬周辺の歌人、連歌師の関わりを見ておく。心敬その人に関しては、在京時の法華宗寺院での和歌、連歌の記録は、この『落葉百韻』以外は管見に入らないが、彼が応仁元年（一四六七）に東国に下向した際、武蔵国品川での旅宿は、日蓮宗妙満寺の末寺である、太田氏被官鈴木長敏一族ゆかりの品川妙国寺にあったのではないかとされている(22)。『落葉百韻』では、畠山氏との関係から本能寺に宗匠として招かれたのであろうが、そうしたつながりが、関東下向に際しての、法華宗の有力な檀那の一族の者からの庇護を生んでいったことになろう。なお、永青文庫本『手鑑』中の、心敬の句集の切と推定される一葉では、発句「朝しほは楸風ふく浜辺かな」に「同於妙国寺」と詞書が記されており(23)、関東の法華宗寺院での連歌参加が思われる。

心敬の和歌の師、正徹は、妙行寺の日宝上人、後には宝舜上人との交流があるほか、妙蓮寺にも訪れている。妙行寺の法華談義は応永末年から著名であったようだが(24)、長年にわたり上人の坊で正徹も参加して歌会が行なわれ、そこで畠山賢良と同席していた。畠山氏が妙行寺とも交流があり、法華宗寺院の複数と関わっていたことがわかる。以下、『草根集』日次本等の詞書の記述を挙げておく（人名には必要に応じ私に注を付した）(25)。

永享二年一月五日	年ごとの事にて、妙行寺日宝上人草庵にきたられしに
永享六年一月四日	妙行寺（ママ）まかるとて人のありきを見るに
同　五月十二日	妙行寺にて、阿波守（畠山義忠、法名賢良）、大膳大夫入道（赤松性具）など十五首の歌よまれしに、まかりあひて、短冊をたびたりしにかきつけし

宝徳元年七月廿二日	招月庵、妙行寺辺に暫旅所有しに、たづねまかりて（『東野州聞書』[26]）
宝徳二年二月十八日	妙行寺に修理大夫入道（畠山賢良）などをはせし次とて、続歌ありし中に
同　三月十五日	妙行寺にて続歌ありしに
同　九月二十五日	妙蓮寺といふ所にて続歌ありしに
宝徳三年八月十一日	妙行寺日宝上人の坊にて、人々歌よみしに
享徳二年二月廿七日	妙行寺日宝上人の坊にて続歌有しに
享徳三年三月廿七日	妙行寺にて続歌有しに
康正二年三月十五日	妙行寺住持宝舜、修理大夫（畠山賢良）おはして一続ありし中に
長禄元年四月八日	妙行寺住持宝舜、修理大夫（畠山賢良）請待ありし次に、一座ありしに
長禄二年四月四日	妙行寺に修理大夫入道（畠山賢良）おはして、続歌ありし中に
長禄三年三月二十四日	妙行寺に修理大夫入道（畠山賢良）おはして、続歌ありしに

正徹の後を継ぎ、招月庵を継承した正広になると、本能寺日顕、日与の坊で歌合を行なっているのをはじめ、和歌の才を買われて、多くの法華宗寺院での歌会、歌合に出かけている。以下、『松下集』の詞書の記述を示す。[27]

文明十三年	同秋ごろ、本能寺の円蔵坊日顕の坊にて三首歌合ありしに
長享二年五月廿九日	本国寺住持日円、堺の末寺成就寺へ下られ侍るに見参し、短冊を出し、一首所望有るに
長享三年三月二日	六条堀川に本国寺といふ法花堂（ママ）行き侍るに、三十首続歌中に
同　三日	同寺にて続歌ありしに（中略）むかし伊豆の海にて、網士の釈迦仏を引きい

	だし日蓮にいだす、その尺迦彼本国寺にまします、御戸開拝したてまつるに、短冊を出し一首と有るに、いなみがたくてよみ侍る
同　九日	頂妙寺日祝住持のすすめにて一座ありしに
同　廿二日	壬生念仏に人人さそはれてまゐり、帰るさに妙蓮寺住持の坊にて一座中に
同　九月六日	妙蓮寺住持坊にて三首歌合に
同　廿八日	本能寺住持日与の坊にて三首歌合に
同　九月尽	頂妙寺住持日祝の坊にて歌合に
延徳二年七月二九日	妙満寺末寺顕本寺とて一乗にあり、其住僧観行房、もとみし福富実増法師と云ふ者の孫なり、いにしへなれにし事などかたり出し侍る次に、一続すすめし中に
延徳三年五月九日	頂妙寺日祝より題目経一部短冊に歌を書きて、追善とておくられしに（注　正徹三十三回忌追善）
明応二年四月六日	浦上美作守則宗、是も御動座につき、泉州堺正法寺と云ふ寺にありし草庵へ尋ね侍るに、杯の次に一首と所望あるに、任筆はべる
同　九日	美作守則宗正法寺にて一座興行ありし中に

次いで、宗祇となると、百韻その他現存資料により判明する事蹟は多くはないが、本能寺における和歌、連歌それぞれの会に参加している。参加を示す資料等を挙げる。

— 文明九年正月廿二日 — 何船百韻（「杉美作入道もとにて侍し会に」（『宇良葉』[28]））。発句「風ふかぬ世

	になまたれそ春の花」（宗祇）。連衆日与、日顕、大内政弘、利在、立承等（天理本その他）。
同十八年十二月廿二日	今日於本能寺有連哥、宗祇法師発句遣之「のぼる水ありてやこほる空の月」（『実隆公記』）
延徳二年閏八月	本能寺日与坊にて、日与、肖柏、基佐、宗長、玄清、宗作の句を批評、日与に頼まれ、この頃に加点。後に自句を加え「七人付句判詞」に注した（『七人付句判詞』跋文より[29]）
某年	本能寺日誉法印坊にて、同じ心（暁雁）を（『宗祇集』[30]）
某年	本能寺にて、宗匠わたり給ひし時の会に、旅宿（『宗祇集』）

宗伊においても、宗祇同様、本能寺等で連歌をしていることがわかっており、彼の『諸家月次連歌抄』には、妙蓮寺の日応僧正の名が見える。

文明十二年四月六日	今日、於妙蓮寺五条坊門、大宮法華堂有連歌会（『長興宿禰記』[31]）
文明十五年三月二日	何路百韻（於本能寺）。発句「山かぜに花の音する匂かな」（宗伊）。連衆日与、日顕等（天理本その他）。

こうした交際の様子から、本国寺、妙蓮寺、本能寺のような京都における有力な法華宗寺院において、しばしば歌会、連歌会がもたれ、著名な歌人、連歌師が参集したさまがうかがえる。さらに、応仁の乱前後の京都の法華宗寺院は、公家との関係も急速に深めている[32]。例えば、妙蓮寺には庭田重有の子である日応が住持として入寺

したが、これによって、妙蓮寺へは、皇族、公家、武家の往来が頻繁となり、談義の聴聞、歌合の開催等の記録が残っている[33]。また、近衛房嗣・政家父子、花山院政長などが法華宗に入信しはじめ、頂妙寺の住持日祝や、本国寺住持日暁を近衛政家が訪れている。そうした中、本能寺は、文芸に積極的な住持日与の下、武家との関わりも強め、将軍家祈祷所ともなっていった[34]。法華宗寺院には、住持たちを中心とし、貴顕や武士らが歌会、連歌会につどう文芸サロンが寺ごとに発達し、本能寺もその一翼を担っていたのであった。

『落葉百韻』は、本能寺の文化史においては、日与の文芸サロンの萌芽が見える時期の催しであり、いわばその揺籃期を告げる催しであった。そして、心敬研究の観点からは、張行場所、連衆から、応仁の乱以前の京都で、心敬がつながりを持った法華宗寺院文化圏の一端が見えてくる、貴重な百韻と言えよう。

【注】

(1) 藤井学・波多野郁夫編『本能寺史料　古記録編』(平成一四・思文閣出版)
(2) 米原正義『戦国武士と文芸の研究』(昭和五一・桜楓社)
(3) 注(1)に同じ。
(4) 糸久宝賢「本興寺・本能寺両山六世金剛院日与とその周辺」(初出昭和五九『大崎学報』、『京都日蓮教団門流史の研究』(平成二一・平楽寺書店))
(5) 桃井観城「金剛院日與上人について」(『桂林学叢』第一号・昭和三五・四)。
(6) 桃井氏の見解は、桃井観城監修『本能寺』(昭和四六・本能寺)、藤井学・波多野郁夫監修『法華宗　大本山　本能寺』(平成一四・本能寺)にも受け継がれている。また、『法華宗　大本山　本能寺』は、解説で成立の月日を「十月十五日」としており、この点で明らかに『両山歴譜』に依っていることがわかる。
(7) 『実隆公記』文明十八年十二月廿二日条に「宗祇法師来話〜又今日於本能寺有連哥、宗祇法師発句遣之、のぼる

水ありてやこほる空の月」とある。『実隆公記』の引用は『実隆公記 巻一下』（昭和五四・続群書類従完成会）により、必要に応じ清濁を付した。

（8）金子金治郎編『連歌貴重文献集成 第四巻』（昭和五五・勉誠社）金子氏による解説で指摘されている。

（9）『法華宗年表』（昭和四七・法華宗（本門流）宗務院）。

（10）注一に同じ。

（11）『法華宗年表』で長禄三年に「金剛院日与（初日定）関白一条兼良公の為に法華経要品を講ず（両譜）」とあるのは、『両山歴譜』この部分からか。『両山歴譜』日唱本は、手稿本であり、浄書されていないため、たいそう難解だが、『本能寺史料』の翻刻を見ると、この項目に関しては、頭右上におそらく項目の順序を示す「四」の文字があり（「二」は、長禄三年の年号、「二」は同年六月十八日の日登上人遷化の記事、「三」は寛正元年の年号に付されている）、それに従えば寛正元年に入るべき項目となる。

（12）和歌山市和中文庫に日与の法華要文連歌が所蔵されており、高木豊氏による本文の翻刻がなされている。高木豊「法華要文連歌小考――法華経和歌との関連と対比――」（『浅井円道先生古希記念論文集 日蓮教学の諸問題』（平成九・平楽寺書店））。

（13）金子金治郎氏は、『連歌貴重文献集成　第四集』解説において、巻首、巻尾の発句、脇、九十九句目、挙句を検討され「おそらく本能寺の基礎が固まり、さらに発展することを願ったもので、増改築のごとき事業に際しての祈祷連歌であったろう。」と考えられている。

（14）例えば『日蓮宗宗学全書第二十巻』（昭和三五・日蓮宗宗学全書刊行会）におさめられた『本能寺文書一』に存する「宝徳二年十一月廿八日付畠山持国奉書」には、「六角大宮本能寺敷地六角以南四条坊門以北櫛笥以東大宮以西四町々但除六角面非人風呂敷地」とある。なお、本能寺の敷地に関しては、糸久宝賢『京都日蓮教団門流史の研究』（平成二・平楽寺書店）に詳しい。

（15）引用は『故実叢書』第38巻（平成五・故実叢書編集部）による。

（16）『本能寺文書一』所収「康暦元年十二月廿三日付西坊城言長寄進状」に「寄進妙峯寺　六角以南　四条坊門以北

櫛笥以東　大宮以西　方四町敷地事　右敷地永代奉レ寄二当寺道的上人一、且被レ成二勅裁一之上者不レ可レ有二相違一之状、如レ件」と記されている。

（17）『本能寺文書一』所収「康永十四年正月十八日付因幡堂執行覚勝売券」に「売渡申新《シ》定《ニル》二券文一事　六角以南　四条坊門以北　櫛笥以東　大宮以西　方四町敷地事　右敷地者、依レ有二所用一直銭参拾肆貫文《ニ》本券文二通相副、限二永代一東岩蔵寺売渡申所也（以下略）」とある。

（18）『本能寺文書一』所収「永享五年卯月二日付中明院賢鎮売券」に「永代売放申敷地之事　合四町々者　在所京四至境自二六角以南一四条坊門以北櫛笥以東大宮以西在レ之　右件敷地者、東岩蔵寺買得相伝之私領也、雖レ然為二一寺興行一如意王丸所望之間、相二副本券文勅裁等三通枹日并仁売券一通一、限二永代一直銭弐佰陸拾貫文所二売渡一実正也（以下略）」とある。

（19）注（14）に引用した「宝徳二年十一月廿八日付畠山持国奉書」に記載がある。

（20）引用は『新編国歌大観』による。

（21）引用は『新編国歌大観』による。

（22）金子金治郎『心敬の生活と作品』前編第四章「東国時代」（昭和五七・桜楓社）。

（23）『細川家永青文庫叢刊別巻　手鑑』（昭和六〇・汲古書院）内、通し番号二八一の室町時代書写連歌切による。この点に関しては、岩下紀之氏の論がある（「永青文庫本「手鑑」中の連歌作品について」（『愛知淑徳大学論集第十一号』・昭和六一・三）。

（24）中尾堯「近衛政家の日蓮宗信仰」（『豊田武博士古希記念日本中世の政治と文化』（昭和五五・吉川弘文館））。

（25）『草根集』（日次本）の引用は『私家集大成5』（昭和四九・明治書院）、永享六年分は『永享六年詠草』（『私家集大成7』（昭和五一・明治書院）により、私に清濁を付した。なお、長禄三年三月二十四日条は、『新編私家集大成』CD—ROMでは、「知行寺」となっているが、書籍版の「妙行寺」に従っておく。

（26）『東野州聞書』の引用は、『歌論歌学集成第十二巻』（平成一五・三弥井書店）による。

（27）『松下集』の引用は『新編国歌大観』による。

(28)『宇良葉』の引用は貴重古典籍叢刊12『宗祇句集』(昭和五二・角川書店)による。
(29)『七人付句判詞』の成立事情は、『中世の文学　連歌論集(二)』(昭和五七・三弥井書店)所収、太田武夫氏蔵本『七人付句判詞』の木藤才蔵氏解説に従う。
(30)『宗祇集』の引用は『新編国歌大観』による。
(31)『長興宿禰記』の引用は『史料纂集　古記録篇一一五』(平成一〇・続群書類従完成会)による。
(32)注二四に同じ。
(33)辻善之助『日本仏教史　中世篇之四』(昭和二五・岩波書店)。
(34)『本能寺文書』に長享元年十二月廿日の日付の足利義尚御教書「天下安全祈祷事、近日殊可抽懇丹之状如件」が存する(『日蓮宗宗学全書第二十巻』(昭和三五・日蓮宗宗学全書刊行会))。

※本論は、立正大学名誉教授中尾堯氏に参加をいただいた研究会議(平成二一年一二月一〇日、於学士会館本館)での討議もふまえたものである。

ii 『落葉百韻』における宗匠心敬

『落葉百韻』の連衆（発句のみを与えたと思われる一条兼良を除き、連歌の場に会したのは十四人）は、心敬の和歌の師正徹と関係の深い畠山氏の被官の武士たちや、僧たちである。連衆のうちに、心敬以外連歌師はおらず、心敬の指導が強くゆきわたる一座であった。この場において、連歌はどのように進行し、宗匠心敬はどのように百韻を導いていたか。考察の便宜のため、句の進行に重要な項目を抽出した式目照合表を作成し、心敬の他に有力連歌師の参加した『寛正六年正月十六日何人百韻』も参照しながら、心敬の句さばきの特徴を考えたい。

まず、式目照合表（三六一～三六三頁参照）から、『落葉百韻』の流れを概観する。代表的な景物である花と月との詠まれ方を見ると、花が三句、月が九句詠まれている。花は『応安新式』で「一座三句物」と規定されたが、宗砌が文安五年（一四四八）から制定していった『北野会所連歌新法』の「余花」の規定中に「正花四本内に可被用之」とあり、花は四句に増えている。享徳元年（一四五二）制定の『新式今案』では、「花近年或為四本之物、然而余花は可在其中」と、三句または四句を示唆する形で取り入れられ[1]、『私用抄』にも「花三本と侍るも、ちか比あやまり侍る哉」とある。後に『連歌新式追加並新式今案等（肖柏追加）』では「花」の項で「近年為四句之物」と定められていった。ただ、現存する実際の寛正から文明頃の百韻については、花の数が三句であるものが多い事が調査されており[2]、この百韻も三句（第九五句に「山桜」と併用された「花」は除く）詠まれ、『寛正六年正月十六日何人百韻』も三句であった。月は、「月」そのものでは『応安新式』に数の規定がないが、「七句可隔物」に「月与月」があり、この制限からは百韻に最大十三句詠みこむことができる。『応安新式』では、個別規定として

「春月」「夏月」「冬月」が「一座二句物」とされ、「又追加」で「春月只一　有明一　三日月一　夏　冬同前」と三日月が加わり、「一座三句物」となっている。それに対し、この百韻内では、月が七、春月一、冬月一であり、秋季以外の月がやや少ない。だが、心敬が参加する『寛正六年正月十六日何人百韻』では、月八（うち似物月一）、春月一、その他『寛正七年二月四日何人百韻』(3)でも、月が八、春月一であって、同時期の百韻の中で特に偏っているというわけではない。

また、連衆それぞれの出句数は、宗匠の心敬が一四句、伝芳一〇句、隆蓮九句、利在九句、毘親八句、三位七句、有実七句、円秀七句、忠英六句、立承六句、貞興六句、日明五句、正頼四句であった。連衆に関しては出自未詳の者も多く、力量等がよくわからない場合も多いが、花と月の詠者を見ると、花の詠者は、貞興（第一一句）、日明（第三九句）、心敬（第五七句）である。亭主日明の花の詠は、まさに主催者に花を持たせて詠ませたというわけであろう。月の詠者も、只の月が、隆蓮（第五句）、利在（第一七句）、毘親（第四四句、第九〇句）、有実（第六二句）、伝芳（第七二句）、忠英（第九八句）の六名、春の月が心敬（第八〇句）、冬の月が利在（第五三句）である。これを見ると、総句数の多い連衆からほぼ順当に月を詠んでいるようであり、月を二句詠む毘親が連衆の中では力量を評価されていたものであろうと推測できる。

さて、『落葉百韻』では、宗匠心敬は、第三、第一六句、第二三句、第三一、第三七句、第四六句、第五一句、第五七句、第六六句、第七〇句、第八〇句、第八三句、第九一句、第九九句の十四句を詠み入れている。貴人兼良の発句、亭主日明の脇に続き第三に入り、一巡の後に改めて先鞭を付けて入る（第一六句）振舞いや、挙句の一つ前に入る（第九九句）振舞いは宗匠として当然であるが、その他の句を見ても、二折表第一句（二三句）、二折裏第一句（第三七句）、三折表第一句（第五一句）、三折裏第一句（第六六句）、名残折表第一句（第八〇句）と、各折の始めや終わりには必ず句を詠み入れている。三折裏第二句、名残折表第二句などは、それぞれ利在、立承に句を譲り、進行を支えるために次の句に入ったと思われ、連歌熟練の徒のいないこの百韻の基本の形としては、各折の表裏最初の句は宗匠心敬が作句することが予定され、その都度体勢を整えての再出発が図られていたことがわかる。宗匠が各折表裏の最初、末尾の句を詠み、百韻を支えるのが、連衆の未熟さゆえはっきりと見てとれるのであり、この点は、心敬以外に年長の連歌師行助、専順が顔をそろえ、専順弟子宗祇も参加を許された『寛正六年正月十六日何人百韻』（式目照合表参照）が、必ずしも宗匠心敬が各折表裏始め終わりに入る形では進行していないこと、しかし子細に見れば、行助、専順という先輩格の連歌師がその役割を分担しつつ百韻が進行する形になっていることからも、得心が行く。『寛正六年正月十六日何人百韻』では、心敬は発句、一巡後の最初の句、挙句の一つ前の句を詠み、二折裏第一句、三折表末尾の句、名残折表第一句に入るが、行助は、三折裏第一句、名残折表末尾の句に入り、専順は、初折裏末尾の句、名残折裏第一句を詠む。行助は、第三と挙句も詠んでおり、心敬が行助に譲る所が多く、専順にも配慮しているのである。『落葉百韻』にはこうした実力派の連歌師がいない分、はっきりと心敬の独擅場であることがわかろう。

また、宗匠は、その熟達した技巧ゆえに、句の流れの重要な位置で句を詠み入れ、行様を決めるはずであり、心敬も第三二、三七、五七、六六、九一句と詠み入れることにより、句境を変化させ、百韻の流れの舵取りをしている。また心敬は句境が変化する直前の句（第四六句、第五一句、第七〇句）も詠んでおり、その中に多くの素材を詠み入れ、連衆が心敬の句によって句移りをスムーズになせるように助けに入ってもいる。心敬は折の変わり目と句境の変わり目に登場し、連衆を強力に導いていているのであった。

続いて、心敬の細かな句さばきとして、季の句の連続と、体用に関して見られる特徴をいくらか挙げておく。『落葉百韻』は、某年十月二十五日の張行ゆえに、冬の季から始まる。その後に四季・雑の句が詠み重ねられて行くが、その中で、例えば八三句は、八〇句で心敬がはじめた春の句が三句続いた後、あえて心敬がまた入り、雑へと句境を変化させている。式目の規定では春の句は五句まで続けることが可能なのであるが、こうした句さばきは、実は春の句があまり長く続くのを避けるという宗匠としての考えによると思われる。

心敬の式目に関する意見が述べられた伝書には、『私用抄』『心敬法印庭訓』等がある。このうち、例えば、『私用抄』(4)では、

一、春秋を面に五句めまで沙汰候。春の句などの五句めまで侍れば、ことのほかくたびれたる句ども見え侍て、恥ぢがましく哉。春句はあたたかにて付けにくき物歟。三句めまでなれば、うらの季もはやく移りてあそばしよく侍る歟。

と述べられている。また、『心敬法印庭訓』(5)にも、

一、花の連歌のほかに、よしもなき所にて、春をとり出だすことなかれ。春は季すくなき物也。秋はなになく淋しきものにて、よき道具春よりはいますこしおほし。すべて、春はあたたかなる也。もろこしには春をほめたりといへども、もつぱら詩にも秋冬を作れり。瀟湘の八景の題に春のなきにて、おほかた心得べし。

とある。『落葉百韻』での心敬は、秋の句が四句つづいたあとに入る三七句、同じく秋が五句続いた後に入る九一句のふるまいと比較して、春は早めに止めているのである。また、『寛正六年正月十六日何人百韻』においても、春の句の連続は、発句から第五句まで五句連続一回の外は、三句または四句の連続(各二回)であり、秋の句の連続は四句または五句の連続(四句四回、五句三回)であるのと比較して短い。この時、心敬は、例えば第七三句で秋の五句目を詠む。また、第八六句では八五句(大況)が秋の五句目を詠んだのに続いて入り、雑に句境を変えている。このあたりは秋をぎりぎりまで続ける形をとらせているということができるし、第六四句でも、秋の句が四句続くまで待ち、雑に変えている。これに対し、春の句の連続は、心敬が特に句を詠みいれずとも短く終わっている。このように、秋の句と比較した場合、春の句の連続は短く止められていた。連歌の原則からは、

常に句境が移り変わるのが望ましく、心敬はむしろ秋の句に関して、三句で止めず、自らの作句意識にてらしてより長く続けることを許したというべきであろう。

また、体用に関する規定との関係で目を引く特徴として、体と用の言葉を同一の句に詠みこんだ事例が見られることがある。

『落葉百韻』では、山類の体用で、第五〇句の「やすきかたなきそはのかけはし」（貞興）に「岨」と「かけはし」が同時に見られる。『応安新式』では「そは」は山類の体、「梯」は山類の用であった。後の『梅春抄』[6]においても、「山類の体。～岨」「山類用。～梯」とあり、この規定はずっと変わっていない。だが、「そはのかけはし」は、『落葉百韻』とほぼ同時期の『熊野千句』[7]にも「古はた作る木曽の山里／五月雨に岨の桟朽そひぬ」（熊野千句第四百韻・八八／八九・鶴丸／宗怡）と詠みこまれ、「くちてあやう《ママ》きそはのかけはし／旅人もこま引かへす太山路に（心敬）」（『連歌百句付』[8]）と、心敬自身の句の前句にもみられる。「そは」と「かけはし」とは一体として考えられ、意味の上では「かけはし」に重点が置かれるから、梯と同様のものとして心敬は受け入れていたのであろうか。

水辺の体用に関しては、『新式今案』により改訂された「舟」の規定が使われている。『応安新式』では、「湊」は水辺の体、「舟」は水辺の用であったのが、『新式今案』では「舟」が体用之外となり、「湊」と「舟」とを同一の句の中で使っても、体と用がかちあうことがなくなり、明らかに句作が自由になった。第九一句「さ夜ふかき湊の舟に人はねて」（心敬）はその規定を利用した句である。『寛正六年正月十六日何人百韻』でも、同様に水辺の体の事物と「舟」を同時に詠みこんだ例として第二五句「浦づたひゆくゆく舟の遠ざかり」（実中）、第五五句「風まぜに長雨ふる江の泊り舟」（宗祇）、第六七句「舟遠き春の朝川日のさして」（宗祇）の三句があり、舟を詠み込めることで、表現できる水辺の情景がより豊かになっている。

しかし、同じく『新式今案』で定められた「波」の規定は、『寛正六年正月十六日何人百韻』では、用いられていない。即ち、『寛正六年正月十六日何人百韻』には、第三二句「湊を深み波ぞ荒れぬる」（幸綱）、第三三句「五月雨を満つ汐なれや比良の海」（心敬）、第五六句「みぎはの松は浪にうかべる」（大況）、第八六句「袖の浦わによする夕浪」（心敬）があり、『応安新式』で水辺の用と規定され、『新式今案』でも用とされている「波」「汐」を水辺の体の事物と共に詠みこんでいる。これらの句に見られる「波」「汐」に関しては、後に『心敬法印庭訓』にも、

海・浦などといふ句に、水辺の物にて、しかも体にても用にてもなき、舟・橋・蘆・あまなどやうの物の付たるに、今度用はよきとて、波・塩・水などしたる、などやらむ心よからず、中と絶えたるやう也。

と述べる際に、用の例としてのっていた。また『梅春抄』でも水辺の用には「波」があげられ、以後も体用之外となった様子はない。式目を見ると、『応安新式』の水辺の用の規定と、『新式今案』の水辺の用の規定では、次のように変化している。

応安新式

浮木　舟　流　浪　水　氷　水鳥類　蝦　千鳥　葦　蓮　真薦　海松　和布　藻塩草　海人　塩　塩屋　塩干　萍　閼伽結　魚　網　釣垂　懸樋　氷室　下樋　手洗水已上如此類水辺用之

新式今案

浪　水　氷　塩水辺之用也　浮木　船　流　塩焼等　水辺躰用之外也

以上新式中両所詞有相違、得其意可分別也

『新式今案』で、浪、水、氷、塩の四項目のみを用と規定し、浮木、船、流、塩焼等は体用の外と規定するのは、『応安新式』の項目のうち、浪以下の四項目以外の項目は体用の外でよいとする考えであり(9)、さらに迷う場

合は意味を考えて判断せよとの但し書きもついている。『新式今案』は、句の文学的な解釈に従って体用のしばりをゆるやかなものにしており、これが既に宗砌が宗匠であった時代（文安五年（一四四八）～享徳三年（一四五四））の風潮であったことがわかる。そして、『落葉百韻』等を見る限り、心敬やその周辺の連歌師たちは、『新式今案』制定後に一段と、語句の体用の別に関する制限をゆるめていったのではないか。そして、水辺の事物を入れた句の多い『寛正六年正月十六日何人百韻』の頃には、「波」や「汐」を暗黙のうちに体用の外として扱っていたか。(10)この百韻は心敬以外に七賢の中から複数の作家が入っている百韻であり、その張行の場での句作は、百韻の行様において情景の移り変わりを巧みに進めていくために水辺の句を多く使うものであった。さらに、詠まれた水辺の句を一層文学的な描写を持つ句に磨きあげようとするならば、体用の制限をもっとゆるくすることが必要であり、「波」や「汐」を体用の外とすれば、一句中に水辺の景物を重ねて詠みこみやすく、水辺の描写が詳細になる。心敬が指導力を発揮できるような私的な連歌会や、志を同じくする連歌師との連歌ゆえに、句作の指向が式目の運用の仕方に現れたのであろう。

【注】

『応安新式』及び『新式今案』の引用は京大本『連歌初学抄』（『京都大学蔵貴重連歌資料集1』（平成一三・臨川書店））による。『連歌新式追加並新式今案等（肖柏追加）』の引用は木藤才蔵『連歌新式の研究』（平成一一・三弥井書店）所収太宰府天満宮本による。

（1） 宗砌の北野連歌会所新法が新式今案に取り入れられていることについては、金子金治郎『連歌総論』（昭和六二・桜楓社）、『伊地知鉄男著作集Ⅱ〈連歌・連歌史〉』（平成八・汲古書院）内「連歌新式出典系攷」、木藤才蔵『連歌新式の研究』（平成一一・三弥井書店）などに触れられている。

（2）勢田勝郭『連歌の新研究　論考編』（平成四・桜楓社）第三章第二節。
（3）『寛正七年二月四日何人百韻』は『新潮日本古典集成　連歌集』所収国会図書館本による。
（4）引用は『連歌論集三』（昭和六〇・三弥井書店）所収京大附属図書館本による。
（5）引用は『連歌論集三』（昭和六〇・三弥井書店）所収太田武夫氏蔵本による。
（6）引用は『連歌論集四』（平成二・三弥井書店）所収木藤才蔵氏蔵本による。
（7）引用は古典文庫『千句連歌集五』（昭和五九）所収静嘉堂文庫本による。
（8）引用は貴重古典籍叢刊五『心敬作品集』（昭和四七・角川書店）所収天理図書館本による。
（9）木藤才蔵『連歌新式の研究』（平成一一・三弥井書店）第三章一「新式今案の制定」で言及されている。
（10）『寛正七年二月四日何人百韻』には第一三句「木々の葉や入江の水に浮ぶらん」（英仲）があり、やはり水辺の体である「入江」と水辺の用である「水」を同時に用いている。

iii 『「撫子の」百韻』の考察

一 はじめに

早大図書館蔵『「撫子の」百韻』は、専順、心敬、行助、宗祇らの有力連歌師が参加し、細川勝元とその家臣らが張行した百韻である。(1) 連衆は勝元、専順、心敬、実中、通賢、行助、元説、宗祇、盛長、常安、宗怡、頼宣、光長。この百韻は孤本で、他の伝本は現在のところ管見に入らない。早大本には張行年次が記されておらず、成立時期は不明であるが、(2) 参加した宗祇が文正元年(一四六六)の夏から秋にかけ、東国に下向しており、そこから少なくとも文正元年の夏以前の成立と推定できる。さらにこの百韻は、寛正五年(一四六四)三月に興行されたと推定される(3)『熊野千句』と多くの連衆が重なっており、『熊野千句』に近い時期の張行が推察される。また、発句に「梅雨」が詠まれており、陰暦五月の張行であろうことはいえる。そして、寛正四年(一四六三)五月から寛正五年五月にかけては、心敬の主著『ささめごと』の本・末が著されているが、その贈呈先に、細川管領家とその周辺が推定されていることもあり、(4)『「撫子の」百韻』は、細川家の文化圏と心敬との関わりの詳細を考える上で重要な百韻である。ここでは、百韻の連衆や、その張行の特徴について述べたい。

二 細川勝元と細川連歌圏

『「撫子の」百韻』の発句を詠んでいる細川勝元は、永享二年(一四三〇)に管領細川持之の子として生まれ、父の死により十三歳で細川宗家を継ぎ、摂津・丹波・讃岐・土佐四カ国の守護を兼ねた。細川宗家は、代々右京大夫にのぼり、京兆家と呼ばれる家柄であるが、細川一族には、その他に右馬頭をつとめる典厩家などがあり、計九カ国の守護をつとめる強い結束を誇った一族であった。勝元は文安二年（一四四五）に管領になり、以後三度、二十三年間にわたり管領をつとめ、幕府に大きな影響力を持った。山名宗全と争い応仁の乱を起こすが、乱途中の文明五年（一四七三）、山名宗全の死に続き、和議を待たず自らも四十四歳で急死した。

勝元は、和歌を学ぶことに熱心であり、冷泉派歌人正徹との交流が見られる。正徹は、文安三年（一四四六）頃より勝元の叔父にあたる細川道賢（細川右馬頭入道）邸の月次歌会にかかさず出席しはじめ、毎年道賢邸の桜見物をするなど道賢と親しく関係を持ちはじめていたが、宝徳元年（一四四九）閏十月十五日には、勝元の依頼で鷹百首の新作題を正徹から送っており（『草根集』六〇〇七詞書）[5]、勝元がこの頃より正徹に非公式に指導を仰いでいた事が知られる。勝元は、宝徳二年（一四五〇）十一月には正徹に和歌の師匠を頼み（『草根集』六六一九詞書、『東野州聞書』宝徳二年十一月七日条）、正徹も承諾、彼は以後勝元邸の月次会に出席するようになった。正徹は道賢邸、勝元邸以外にも、細川頼久、氏久邸の和歌の催しに参加しており、細川一族と強い結びつきがあった。

また、勝元は二条派歌人堯孝も自邸の月次歌会に招いており、勝元が享徳三年（一四五四）八月四日に父持之の忌にあわせて勧進、奉納した『細川持之十三回忌品経和歌』[6]には、正徹、堯孝が参加している。また、長禄二年（一四五八）十月十六日に細川道賢が勧進した『細川満元三十三回忌品経和歌』[7]には、勝元も参加し法華経信解品を詠んでいるが、この品経和歌にも正徹、また堯憲（堯孝は康正元年（一四五五）に死去）が参加している。正徹の後を継いだ正広も、享徳頃に勝元家の五十首探題和歌で当座に詠んだ二首が面目をほどこしたことを記しており（『松下集』六〇一詞書）、勝元邸に出入りを続けている。勝元は享徳二年（一四五三）に『飛鳥井雅世一回忌品経和歌』も勧進しており、道賢と並んで当代歌人と広く交流を持っている。心敬の『ささめごと』[8]で「きらきらしき会所所々に侍りしなり。公家には、一条太閤・飛鳥井家・冷泉両家、武家には、京兆亭・同典厩亭・〳〵、在々所々月次の会、当座褒貶などとて、さまざまの会席、数を知らず。」と述べられているごとく、勝元邸、道賢邸は都の歌人がつどう歌会の開催場所であった。

続いて、勝元の連歌の事蹟を見る。まず『新撰菟玖波集』には二句入集している。さらに例えば宝徳元年（一四九）二月二十五日には、自邸にて五座一日千句を開催しており（『宗砌連歌愚句』二四一詞書「同廿五日細川右京大夫勝元の家の五座一日千句に」）、これは北野天満宮に奉納する細川千句であった。すなわち彼は既に文安年間から[9]、寛正初年にかけて毎年千句（細川千句）を北野天満宮に奉納し、宝徳二年以降毎年初卯連歌を石清水社で張行しており、連歌にも深く関わっていた。

勝元参加が現在判明する、『「撫子の」百韻』以外の連歌百韻を以下列挙してみる。

○寛正四年（一四三）三月二十七日何船百韻「神松や」発句行助、脇勝元、連歌師として専順、行助、賢盛が参加、家臣通賢、常安、頼宣らがおり、歌人として正広、正般、その他実中がいる。

○寛正四年六月二十三日唐何百韻「蟬のはの」発句道賢、脇勝元、連歌師として心敬、行助、専順、紹永、家臣として通賢、常安、頼宣らが参加している。

○寛正五年十二月九日何路百韻「一とせに」発句勝元、脇元説、連歌師として心敬、能阿、専順が参加、家臣として常安、頼宣らが参加している。

○寛正六年極月十四日何船百韻「鳥ねぶる」発句勝元、連歌師として心敬、賢盛、専順、行助、宗祇、臣下として通賢、常安、頼宣、具忠、光信らが参加している。

○応仁二年（一四六八）一月二十八日山何百韻「花や星」発句桐（義政）、脇日、冷泉為広、飛鳥井雅親、勝元、連歌師として専順、行助、賢盛が参加している。

これらの現存する百韻から、この時期、勝元周辺で百韻の張行のために参加させる連歌師は、専順、行助、賢盛、能阿、心敬らである。

心敬は、『所々返答第二状』[10]において、寛正六年春[11]に、管領畠山政長、前管領細川勝元の両者が同じ日に催した花見の会の連歌で、両方の発句を詠んだことを述べ、寛正五年九月以前[12]に、管領勝元が自邸で連歌合の会をはじめたこと、そこには勝元の伯父道賢をはじめ、都の名手がつどったことを言い、自らが判の勝ち負けを決めたことを誇らしいこととして述べている。ここから、少なくとも連歌合の会の開始時期以来、勝元邸での連歌張行にあたっては心敬が宗匠としてつとめていることがわかる。しかし、寛正から応仁にかけては、将軍足利義政主催の連歌会には、現在判明する限り、心敬は招かれておらず、能阿、行助、専順が招かれており、専順が宗砌亡き後の都の連歌の第一人者であったと見られている[13]。この時期の都の連歌師の序列としては専順が上であった。ただ、細川家関係の連歌の取り仕切りは、専順よりも心敬が手がけていたと考えられ[14]、『「撫子の」百韻』でも、脇を専順がつとめているが、第三、二折表第一句、三折表第一句、三折裏第一句、挙句は心敬が詠んでおり、折の変わりなどの重要な句を多く詠むところから、明らかに宗匠は心敬である。『「撫子の」百韻』では、心敬が同座する専順に配慮しつつ座を進行させていたのである。

なお、心敬は、寛正三年から四年五月にかけては紀州に赴き、また応仁元年に都を離れ東国に渡っている。応仁二年（一四六八）五月下旬成立の『専順百句付』（京大文学部国語国文学研究室蔵本）は、「藤京兆」が専順に「後学の用心なとにも」と所望したと述べる奥書がある[15]が、この「藤京兆」は「藤」が不審とされつつも勝元の可能性が指摘される[16]。「藤」を誤写と見なして「藤京兆」を勝元と考えるならば、応仁二年は心敬が京都を離れた後のことであるから、心敬でなく専順に所望したということであろう。

勝元に加え、『「撫子の」百韻』に参加した細川廷臣その他の連衆はどのような事蹟を残しているのであろうか。主だった者につき、わかる範囲で述べておく[17]。第四句を詠んだ実中は、摂津国高槻の臨済宗景瑞庵の住侍である。

先に見た『寛正四年三月二十七日何船百韻』に参加し、『寛正六年正月十六日何人百韻』を自坊にて開催している。第五句を詠んだ通賢は、越智氏で、『細川満元三十三回忌品経和歌』に参加している。第九句を詠む盛長は『熊野千句』を張行した安富民部丞盛長であり、文安句年（一四四九）までに十万句連歌を詠み北野天満宮に奉納している。(18) その他の連衆では、常安は、大館氏で、『細川持之十三回忌品経和歌』『細川満元三十三回忌品経和歌』両作品を詠んでいる。頼宣は明智頼宣。実中以外の連衆は『熊野千句』の連衆でもあった。

三　百韻の様相―『熊野千句』との比較を通して―

『「撫子の」百韻』の各連衆の句数を検討する。この百韻は唯一伝本で、破損箇所もあるため、伝本間、また句上と百韻本文間のつきあわせが不可能で、百韻内での句数との整合性を完全に確認することはできないが、句上に従えば、

勝元十二	元説七	光長一
専順十一	宗祇十	
心敬十三	盛長八	
実中六	常安六	
通賢七	頼宣六	
行助十一	宗怡二	

である。光長は執筆ゆえ一句のみの詠出で、その他の連衆は、例えば発句のみ勝元の句をいただくといった形で

はなく、全員通して百韻に参加していた。

主たる連歌師の句数は心敬十三、専順十一、行助十一、宗祇十であった。句数は張行時点の連歌師の序列を示すものであるが、心敬と専順、行助がほぼ同一の句数であり、宗祇が少し減る。比較のため、以上四人が『熊野千句』の各百韻の連衆となった際の句数を見る。(19) 目安として勝元の句数を括弧内に示す。

第一百韻	心敬十一	行助十	専順十	宗祇七	(勝元十)
第二百韻	心敬十一	行助十一	専順十	宗祇七	(勝元十)
第三百韻	心敬十	行助十	専順十	宗祇七	(勝元九)
第四百韻	心敬十一	行助八	専順十一	宗祇八	(勝元八)
第五百韻	心敬十	行助九	専順十	宗祇八	(勝元八)
第六百韻	心敬十二	行助九	専順十二	宗祇七	(勝元九)
第七百韻	心敬十一	行助八	専順十	宗祇七	(勝元九)
第八百韻	心敬十二	行助十	専順十二	宗祇八	(勝元七)
第九百韻	心敬十一	行助八	専順十二	宗祇八	(勝元十一)
第十百韻	心敬十一	行助十	専順九	宗祇八	(勝元九)

『熊野千句』では、第九百韻のみ、専順が心敬の句数を上回り、第一、第二、第七、第十百韻で心敬の句数が専順を上回る。行助が少し下回り、宗祇がさらに減るという傾向は『「撫子の」百韻』と同じであろう。

では、心敬と専順の、それぞれの百韻内での力関係はどのようであったのであろうか。両者の句が、百韻の内で、発句、脇句、挙句、また折の変わり目といった重要な位置にあるかどうかを、『「撫子の」百韻』と『熊野千句』とで比較して見る。

『「撫子の」百韻』では次のようである（式目照合表参照）。

（発句勝元）心敬…二折表第一句、三折表第一句、三折裏第一句、挙句

専順…脇

心敬が各折の変わり目という特別な位置の句を多く担当しているのに対して、専順は、脇を詠んだ後は、例えば二折表第二句、三折裏第二句などを詠み、むしろ心敬の句を展開させる役割をになう。

これに対して、『熊野千句』では次のようになった。

第一百韻（発句勝元）心敬…第三、二折裏第一句、三折表第一句、名残折表第十四句（名残折表末尾）

専順…二折表第十四句（二折表末尾）、挙句

第二百韻（発句道賢）心敬…二折表第十四句（二折表末尾）、名残折表第十四句（名残折表末尾）

専順…二折表第一句、二折裏第十四句（二折裏末尾）、三折裏第一句

第三百韻（発句盛長）心敬…第九十九句（興行者盛長が発句、二折表第一句、三折表第一句を詠む）

第四百韻（発句頼暹）心敬…二折表第十四句（二折表末尾）、名残折裏第一句

専順…三折表第十四句（三折表末尾）、名残折表第十四句（名残折表末尾）

第五百韻（発句賢秀）心敬…初折裏第一句　二折裏第十四句（二折裏末尾）名残折表第一句

専順…第三、二折表第十四句（二折表末尾）、第九十九句

第六百韻（発句元綱）心敬…初折裏第十四句（初折裏末尾）、三折表第十四句（三折表末尾）、名残折表第十

四句（名残折表末尾）、挙句
専順…二折表第十四句（二折表末尾）、名残折表第一句、第九十九句

第七百韻（発句行助）心敬…二折裏第十四句（二折裏末尾）、名残折裏第一句
専順…二折表第一句、三折裏第一句

第八百韻（発句通賢）心敬…脇、初折裏第十四句（初折裏末尾）、名残折裏第一句
専順…二折表第一句

第九百韻（発句専順）心敬…初折表第八句（初折表末尾）
専順…発句、二折表第一句、二折裏第十四句（二折裏末尾）、名残折表第一句

第十百韻（発句心敬）心敬…発句、二折裏第一句、挙句
専順…二折表第一句、名残折表第一句

心敬、専順は、第九、第十百韻のような、それぞれが発句を詠んで主導していく百韻の場合には、互いに相手を立てて地味に句を詠むことに徹しつつ、必要な際には他者の助けに入り百韻の流れを円滑にしている。このような作業を千句全体を通して両者共にしているが、全体としては心敬が多く重要な位置の句を詠んで百韻の流れを進めており、とりわけ第一百韻の勝元発句の一座を強く支えている。また、第十百韻で発句、挙句を詠み、宗匠として千句を閉じている。専順は重要な連歌師として立てられつつ、少し軽い立場で心敬と共存しており、その点で『「撫子の」百韻』と同じである。

『「撫子の」百韻』の他の作者の内では、盛長が、初折裏第十四句（初折裏末尾）、名残折表第一句を詠み、折の初め終わりを詠むだけの優れた力量を持つ作者として遇されていた。『熊野千句』第三百韻における盛長の活

躍ぶりも、彼が『「撫子の」百韻』で重要な位置の句を詠むことと同様、連歌作者としての評価が高いことに起因しよう。盛長が『熊野千句』の興行主であったということは、社会的・政治的な立場からの要因が大きいものであろうが、十万句連歌を詠んだ事蹟からも知られるように、細川家臣の中では連歌に熱心であり句の水準が高い連歌作者という評価を得ていたのであろう。

また『熊野千句』では、三つの百韻で宗怡の出句数が一〜二句と少なくなり、彼の句数はまだ一定しない。だが、こうしたことも含め、概観した時に、『熊野千句』と『「撫子の」百韻』とは、連歌師、有力作者の立ち位置に関しては、ほぼ同じような傾向を示しているといえよう。

なお、この宗怡の句数に関しては、『寛正六年正月十六日何人百韻』[20]、『寛正七年二月四日何人百韻』[21]では、『「撫子の」百韻』よりもいずれも出句数が増加している。例えば、連衆数が十名の『寛正六年正月十六日何人百韻』での出句数は、心敬十六、専順十六、行助十三、宗祇十二、実中十、元楖九、大況八、幸綱八、宗怡七、公範一である。また、連衆数が十八名の『寛正七年二月四日何人百韻』での出句数は、心敬十一、行助十一、専順十、英仲四、元用六、弘仲三、宗祇六、量阿七、清林四、宗怡七、紹永六、士沅六、能通三、慶俊六、政泰二、与阿五、弘真三、常広一であった。心敬、専順、行助、宗祇の句数の相互関係は変らないが、宗怡のみが増加している。宗怡は伝未詳であり、出句している百韻の現存数もわずかで比較しにくいが、ここは年と共に句数が増えたものか。そうであるならば、『「撫子の」百韻』は、先学の推定通り寛正六年頃の張行の可能性が最も大きいと思われるが、寛正年間でも五年頃までの百韻という可能性も出てくるであろう。

四　一巡出句の特徴—『熊野千句』との比較を通して—

それでは、『「撫子の」百韻』から看取される幾つかの特徴を考える。十三名の連衆はまず一巡で句を出し合っていくが、この一巡の句はどのように作られたのであろうか。詳細は訳注で検討しているが、ここでは句の流れの創出に着目して考えたい。一巡の句の部立と、出句者名は次のようになる（執筆光長は⑲番目に一句出している）。

①夏（勝元）②夏（専順）③夏（心敬）④秋（月）（実中）⑤秋・羇旅（通賢）⑥秋・羇旅（行助）⑦秋・羇旅（元説）⑧秋（宗祇）⑨冬（盛長）⑩恋（常安）⑪恋・秋（宗怡）⑫雑（頼宣）

発句の季節は夏であり、脇は発句を受け、第三から変化の兆しを見せていくが、第三までは季節を変えていない。第四句からは秋の景物とされる「月」を詠み入れることで秋に移っている。その後、第八句まで秋が連続している（秋は最大五句まで連続できる）。第九句は冬、第十句は恋、第十一句は恋（秋の句意もある）、第十二句は雑であった（式目照合表参照）。

この句の進行を主たる連衆が重なる『熊野千句』の各百韻と比較してみよう。『熊野千句』は連衆が『「撫子の」百韻』より多いが、まず発句から第十二句までを比較してみることとする。

第一百韻

①春（勝元）②春（盛長）③春（心敬）④春（道賢）⑤春（行助）⑥羇旅（頼暹）⑦秋・羇旅（賢秀）

⑧秋（専順）⑨秋（常安）⑩秋（通賢）⑪秋（元説）⑫雑（宗祇）

第二百韻

①春（道賢）②春（元綱）③春（勝元）④春（盛長）⑤春（心敬）⑥秋（月）（専順）⑦秋（行助）

⑧秋（宗祇）⑨秋（頼暹）⑩秋（通賢）⑪雑（宗怡）⑫雑（常安）

第三百韻

①春（盛長）②春（道賢）③春（賢秀）④春（勝元）⑤秋（月）（専順）⑥秋（心敬）⑦秋（常安）

⑧秋（行助）⑨秋（宗祇）⑩冬（元綱）⑪冬（通賢）⑫冬（宗怡）

第四百韻
①春（頼暹）②春（元次）③春（行助）④雑（心敬）⑤雑（勝元）⑥秋（月）（道賢）⑦秋（宗祇）
⑧秋（通賢）⑨雑（盛長）⑩夏（宗怡）⑪夏（常安）⑫恋（賢秀）
第五百韻
①春（賢秀）②春（元説）③春（専順）④冬（月）（宗祇）⑤冬（道賢）⑥冬（行助）⑦雑（勝元）
⑧雑（盛長）⑨秋（心敬）⑩秋（常安）⑪秋（宗怡）⑫雑（幸綱）
第六百韻
①春（元綱）②春（通賢）③春（宗祇）④秋（月）（専順）⑤秋（道賢）⑥秋（勝元）⑦秋（盛長）
⑧羇旅（行助）⑨羇旅（元説）⑩恋（心敬）⑪恋（賢秀）⑫雑（勝元）
第七百韻
①春（行助）②春（常安）③春（宗怡）④冬（通賢）⑤冬（盛長）⑥冬（元説）⑦雑（心敬）
⑧羇旅（専順）⑨羇旅（勝元）⑩雑（頼宣）⑪雑（通賢）⑫秋（元説）
第八百韻
①春（通賢）②春（心敬）③春（盛長）④春（行助）⑤春（宗祇）⑥秋（宗怡）⑦秋（月）・羇旅（頼暹）
⑧秋・羇旅（常安）⑨秋（盛長）⑩雑（勝元）⑪冬（専順）⑫冬（賢秀）
第九百韻
①春（専順）②春（頼宣）③春（幸綱）④羇旅（元説）⑤秋・羇旅（賢秀）⑥秋（宗祇）
⑦秋（月）（常安）⑧夏（心敬）⑨雑（道賢）⑩雑（宗怡）⑪春（元綱）⑫春（行助）
第十百韻

①春（心敬）②春（勝元）③春（盛長）④秋（月）・羇旅（道賢）⑤秋（通賢）⑥秋（宗祇）⑦秋（専順）⑧秋（宗怡）⑨冬（賢秀）⑩冬（幸綱）⑪冬（行助）⑫雑（元綱）

『熊野千句』の各百韻の句の進行を見ると、発句の季節はすべて春であるが、その春の句が三句目もしくは五句まで続き、情景に詠みこみやすい「月」を用いて「秋」に句を移し、そこから季を表わす語句のない「雑」「羇旅」へ、またはその他の季節へという大きな傾向が読み取れよう。第二、第三、第八、第十百韻などがそうである。例えば第二百韻は、春が第五句まで、秋が第六句から五句続いた後、雑の句がつけられている。第三百韻は発句から春が四句続いたところで、専順が「月」を入れることで第五句を秋に変え、秋が五句続く展開になっている。第八百韻も春が五句続き、秋へと展開し、第十百韻も、春が三句続いた後に、「月」を詠む秋（羇旅の意も同時に含む）の句が出され、秋が五句続いた後に冬へと至る。

春から秋という定番の進行をなさず、句の進行が変化している例としては、例えば第四百韻では、冒頭から春が三句続いたところで、連歌師（心敬）が雑の句とする。これはおそらく自分が春を続けてしまうと、次の句（勝元）では春から別の部立の句にスムーズに移れるような句は詠めないであろうこと、春が五句続くのは実は好ましくないと心敬自身は考えていたことからのリードであろう。[22] 第五百韻では、脇句が冬に近い初春の情景を詠む句であったため、第三（専順）でも初春を詠み、第四句（宗祇）で冬へといわば逆回りの形で季節を変えていく。第七百韻は、春の句三句の後、冬に季節を戻した句が出、それによって三句冬が続き、七句目に心敬が雑になして羇旅、雑と進んで行く。

『「撫子の」百韻』でも、発句の季節「夏」が第三句まで続き、「月」を用いた第四句で「秋」の句となっていた。発句の季節が春秋の場合（最大五句まで続けられる）と、夏冬の場合（最大三句まで続けられる）とでは季の連続数が違ってくるが、連続の途切れる所から秋の句にというのがオーソドックスな進行手順であり、『「撫子の」百韻』はそれを踏襲していると言うことができよう。

ところで、『「撫子の」百韻』の十二句までの進行のうち、第四句と第五句

四　岩間の月にかかる白波　　実中

五　露払ふ風に夢なき旅枕　　通賢

は、付合に関係が見いだしにくい。水辺の情景の句に、旅の印象が強くかろうじて「露」で秋を保っている句が付けられており、前句の水辺の情景が生かされていない。前句に付けるだけならば、秋の二句目であるから、羇旅のイメージの語句は必要ない。ここはあらかじめ羇旅の句を予定して作ってあったためにその句の原形が「旅」に残ったのではないか。

このように考えた時、第六句と第七句の付合

六　床も定めぬ秋のかりふし　　行助

七　衣うつかたを里かと分る野に　　元説

では、行助の句は、羇旅のイメージをも持つ前句にスムーズに続けるために羇旅を意味する語句を入れ、かつ秋のイメージを強めるため「秋の」とあえて詠み込んだ感がある。練達の連歌師であるから、その場での句作はもちろん可能であり、通賢の句から付けていったのであろう。秋の三句目であるから、次からは別の部立に移ってもよく、雑か秋かまた別か等の複数の選択肢を次の句に与えてもいるが、次の元説の句は秋と羇旅の意を含んだままであった。

百韻を張行する場合、百韻の一巡の順番は、連衆の身分などから張行前に定まっていると考えられ、当然ながら各人は自らが何番目に出詠するかわかっているであろう。とすれば、自分の番がくれば必ず句を出さねばならないのであるから、発句は勿論のこと、他の句を出句する場合も腹案を持ってその場に臨むであろう。自在にそ

の場で句を作る事ができる連歌師ほどの技量を持たない細川家の臣下らは、長句短句の別もあり、なおさら自分の句のイメージを強く持って場にのぞんでいると考えられる。その際、特に初折表までの八句は、発句の季がほぼ第三句まで続き、その次に別の季（『熊野千句』の例を見れば秋の可能性が高い）が五句まで続くであろうこと、さらに八句目までかそれ以降には羇旅の句も来るという経験則に従って、それぞれ句のイメージを作ったであろう。こうした理由から、第五句や第七句の付合の不整合は説明できよう。これらは、前句にきちんと付けて作ったのではなく、前々から作っていた自分の句を（その場で多少の手直しをしたかもしれないが）出したものであり、それゆえに前句とのつながりがスムーズではない印象を与えるのである。

『熊野千句』においては、連衆の人数が十の百韻で一定しておらず、すべての百韻での各人の出句の順番がきちんと決まっていたかは不明である。ただ、少なくとも宗匠の心敬は、一巡の中でどこに句を詠むかということを見た場合、発句から第十句までをランダムに十の百韻で担当し出句している[23]。勝元も、発句から第十句までを担当する予定であったようだが、第九百韻に至り、まだ担当していない句が第八句で心敬の未担当句とかちあってしまったため、心敬に第八句をゆずり、第十三句を担当している。第十百韻での心敬発句、勝元脇は動かせなかったための措置であろうと思われる。このかちあいがなければ、勝元も発句から第十句までを十の百韻でランダムに担当できた。こうした各人の一巡での出句順の変更が『熊野千句』にはあり、勝元の例から、順に百韻をこなしていく途中で出句順を決めていったとおぼしいため、連衆各人は自分の出句順を十回分、把握しており、それぞれに対して句を作っていったわけではなかろう。

ただ、第一百韻では、発句を勝元が、脇を興行主の盛長が、第三を連歌を指導する心敬が詠む。この百韻は第一百韻ゆえに連衆の並び順は当然張行前にわかっており、連衆たちも、各自句を用意してきている確率が最も高いであろう。それゆえ、この百韻を見ると、春が発句から第五句まで続いたのち、いったん羇旅の句が付けられ、次いで秋の句（第七句）となる。この第七句から五句秋が続いた後、宗祇によって雑の句がつけられ句境が変えられている。この時、第五句、第六句、第七句の付合は、

五　寒からぬ風にや雪も消ぬらん　　行助
六　　たく火に旅のやどりとふ暮れ　　頼暹
七　分る野の草は（の）むらむら紅葉して　賢秀

であり、第五句まで続いた春に第六句で羇旅が付けられ、第七句では羇旅の意を持ちつつ秋の意も加えて句を付けている。続く第八句で専順が「梢に遠くかかる秋の日」と秋の句に意を限定して続けたため、以後は秋となる。この時、第六句に「旅」、第八句に「秋」とはっきりと部立てを決定する語句が入るのは、句の変化をはっきりさせるためであり、これもあらかじめ作ってきた句が前句にあわなくなるのを防ぎ、目立たせないためであると考えられよう。

『熊野千句』第一百韻のような、発句の季から羇旅へ、そして羇旅・秋の部立に共通する寂しいイメージから、句を変化させていくのが容易な秋へと、句の移りを進めて行くやり方もあり、発句の季の連続が短い場合にはその形が取られやすい。『「撫子の」百韻』の発句は夏で、三句までしか連続させられない。そこから第五句作者の通賢は秋への変化を予測して句作をしてきていたのではないか。もしくは、羇旅に変ってもよいようにも考えていたのかもしれない。『「撫子の」百韻』の第七句にも『熊野千句』第一百韻の第七句にも「わくる野」という同じ表現が見られることは、句の順番で展開が或る程度予想されており、第七句の位置ならばこの形といった一つの句形が、各人に共有されていて、用意されたことを示すのではなかろうか。

このように見てくると、『「撫子の」百韻』からは、連衆と連歌師の関係、連衆の技能などから、張行の場での句の特定に至るまでの様々な過程が見えてくるように思われるのである。

【注】

和歌の引用は断らない限り『新編国歌大観』による。

（1）『「撫子の」百韻』は、早稲田大学中央図書館蔵伊地知鐵男文庫蔵『集連』に収められている。『集連』は、早稲田大学資料影印叢書第三十五巻『連歌集（一）』（平成四年十二月・早稲田大学出版部）に写真掲載があり、またインターネット上でも、早稲田大学中央図書館のホームページに画像が公開されている。

（2）島津忠夫氏は「連衆の顔触れや、正月十六日に何人百韻を張行している実中が加わっていることなどから」寛正六年五月の張行と推定される（『島津忠夫著作集第四巻　心敬と宗祇』（平成一六・和泉書院）第一章一「心敬年譜考証」）。

（3）金子金治郎『心敬の生活と作品』（昭和五七・桜楓社）。

（4）金子金治郎『心敬の生活と作品』（昭和五七・桜楓社）。

（5）『草根集』の引用は、『新編私家集大成』所収日次本（書陵部蔵御所本）による。

（6）『釈教歌詠全集第四巻』（昭和五三復刻版・東方出版）所収。

（7）『釈教歌詠全集第三巻』（昭和五三復刻版・東方出版）所収。

（8）引用は『連歌論集三』（昭和六〇・三弥井書店）による。

（9）『親当句集』（『七賢時代連歌句集』（昭和五〇・角川書店）所収赤木文庫本）「二月廿五日細川殿の御千句に」（六三番句詞書）とある。なお、『細川千句』については鶴崎裕雄『戦国の権力と寄合の文芸』第三章第一節「「細川千句」と管領細川氏」（昭和六三・和泉書院）がある。

（10）引用は『連歌論集三』（昭和六〇・三弥井書店）による。

（11）『所々返答』は年次不記であるが、金子金治郎『心敬の生活と作品』（昭和五七・桜楓社）は、勝元から政長へ管領移譲が行なわれた寛正五年九月の翌春の話と見て、寛正六年春としており、それに従う。

(12)『連歌論集三』(昭和六〇・三弥井書店)木藤氏頭注による。「管領勝元」と書かれているところから、勝元が管領の職にあった寛正五年九月以前のことと推定されている。
(13)木藤才蔵『連歌史論考上 増補改訂版』(平成五・明治書院)第七章二の3「専順」四一六頁に推定されている。
(14)金子金治郎氏は「連歌界における心敬の位置について、「将軍家などの晴れの会に加わることは、きわめて少なく、畠山・細川の両管領家をめぐる会を主とし、これに行助・専順らの地下連歌師と交るごときが、主要な舞台であったようである」(『心敬の生活と作品』(昭和五七・桜楓社)とされている。
(15)引用は『京都大学蔵貴重連歌資料集2』(平成一五・臨川書店)による。
(16)『連歌貴重文献集成第三集』(昭和五六・勉誠社)所収「百一連珠(専順宗祇百句付)」解説(湯之上早苗氏)には、「「京兆」ならば細川勝元あたりが有力者であるが、これは「源」姓である。~しばらく「不審」としておく」とある。
(17)細川氏の家臣たちの経歴等については、廣木一人「讃州安富氏の文芸――「熊野法楽千句」のことなど――」(『文化財協会報』特別号・平成一一・三)、鶴崎裕雄「寛正四年三月廿七日賦何船連歌と管領細川勝元」(中世文学第五十号・平成一七)などに述べられている。
(18)宗砌『北野会所連歌始以来発句』(『七賢時代連歌句集』(昭和五〇・角川書店)の文安六年八月七日条(第三三句詞書)。
(19)『熊野千句』の伝本は古典文庫『千句連歌集五』(昭和五九)所収静嘉堂文庫本による。百韻内部の句数と句上の数が相違する場合は、作者名の脱落もあるので、便宜上句上に従った。内部の句数では、第一百韻心敬十二・宗祇八、第三百韻宗祇六、第四百韻専順十、第七百韻勝元十、第十百韻心敬十・専順八である。
(20)『寛正六年正月十六日何人百韻』の伝本は、大阪天満宮文庫蔵長松本による。
(21)『寛正七年二月四日何人百韻』の伝本は、大阪天満宮文庫蔵長松本による。
(22)心敬の『私用抄』に、

一、春秋を面に五句めまで沙汰候。春の句などの五句めまで侍れば、ことのほかくたびれたる句ども見え侍て、恥ぢがましく哉。春句はあたたかにて付けにくき物歟。三句目までなれば、うらの季もはやく移りてあそばしよく侍る歟。

と述べている。この点についての考察は前節「『落葉百韻』における宗匠心敬」でなした。

(23) 心敬、勝元、専順、行助、宗祇及び、比較として第六百韻で発句を詠む元綱の各百韻での出句順をあげておく。例えば③は、第三句目に初めて出句したことを示す。専順や行助が初折表の末尾である第八句に何度も入っていることは、彼らが滞る出句を助けるために句の流れの変化しそうな部分で助けていることを示そう。また、それゆえ、この千句では全ての百韻での出句順が厳密に決まっていたとは考えられず、後の方の百韻になると発句からせいぜい第三あたりまでしか決まっていなかったのではなかろうか。

百韻	一	二	三	四	五	六	七	八	九	十
心敬	③	⑤	⑥	④	⑨	⑩	⑦	②	⑧	①
勝元	①	③	④	⑤	⑦	⑥	⑨	⑩	⑬	②
専順	⑧	⑥	⑤	⑲	③	④	⑧	⑪	①	⑦
行助	⑤	⑦	⑧	③	⑥	⑧	①	④	⑫	⑪
宗祇	⑫	⑧	⑨	⑦	④	③	⑭	⑤	⑥	⑥
元綱	⑮	②	⑩	⑬	⑲	①	無	⑱	⑪	⑫

iv　心敬の詞――「尾上の宮」の転生

一　端緒

『河越千句』（文明二年〈一四七〇〉）第一百韻に次の三句の連なりがある。

折りて見る花だに惜しきまはぎ原　古（道真）
尾上の宮の爪木とる道　敬（心敬）
変りゆく跡に昔の袖濡れて　雅（中雅）
（第五五～五七句）

ここで、心敬が付けた句にある「尾上の宮」について、この所在はどこなのかという疑問を持ったのがこの考察の端緒である。というのは、筆者はかねて「尾上」という、和歌に多用される語の意味するものが何であるかに関心を抱き、折々に考えていたからである。なぜ「尾」の上なのか、が出発点で、では「尾」はどのような形状の山のどの部分を指す語であるか、など不分明な点が多いにもかかわらず、和歌に愛好されて、歌語としての位置を得ていることである。

この語は、一般的には、「峰（を）の上（へ）」の転で、山の峰、あるいは、山や丘のいただきの意と説明される。

「尾上」の有名な用例として、

高砂の尾上の桜咲きにけり　外山の霞立たずもあらなむ（後拾遺和歌集・一二〇・大江匡房）

があり、一般的な解で特に問題は感じられない。しかし、ひるがえって、「峰」が「尾」に転じて固定する理由や経緯も明らかではない。さらに、「尾上の宮」となった時にはどのような内実を持つようになるか注意する必要があるだろう。

二　心敬の言説

『河越千句』には、古注の如きものは存在しないし、前引の句について言及している文献は管見に入らなかったが、心敬の著作の一つから次の言説を得た。

　　涙は袖にふる宮のうち

　爪木とる尾上となれる里は荒れて

　ひとへに、後鳥羽院の水無瀬の御跡のあはれを申し侍るなり、皇居のほかのはるかの嶺に、尾上の宮と名付けて、かたじけなく住ませ給ひし所も、遠島に御うつりの後は、ほどなく民のしづ屋どもの爪木の道となれる、かなしさの心なり、「里は荒れて」と申し侍る、御製に、

　　　里は荒れて尾上の宮のをのづから待ちこし宵も昔なりけり

（芝草句内岩橋／文明二年〈一四七〇〉、傍線私意）

来ぬ人を待ちわびて古宮の内で涙を流している女人の姿を写した前句に、荒れ果てて今は爪木を求めて賤の男が山に入るだけになった尾上の宮も、もとは姫君が帝の来訪を待っていた離宮だったのだ、と物語世界を構成した付合に仕立てている。これに付した心敬の解説によれば、「尾上の宮」は後鳥羽院が住んだ水無瀬の離宮で、山上に構えられていたことになる。

『芝草内岩橋』は兼載（当時宗春）の依頼に応じ、東国に下っていた心敬が句集「芝草」から抄出した句に自

注を加えて与えたものである。そこには、若年の兼載を厳しくかつ温かく指導しようという心敬の意思が顕れているように思われる。

ところで、注の末尾に掲げられた和歌は、建仁二年（一二〇二）の恋十五首撰歌合の後鳥羽院詠である（ただし、初句「里は荒れぬ」）。これについては後述する。

三　尾上の宮関連和歌抄（＊印は後鳥羽院詠）

「尾上の宮」を詠み込んだ和歌は少ない数ではないが、議論の進行上必要な範囲で、若干を列挙してみる。

1　高円の峰の上の宮は荒れぬとも立たしし君の御名忘れめや（万葉集四五三一／大原今城真人）

2　萩が花ま袖にかけて高円の尾上の宮にひれ振るやたれ（新古今集三三一／顕昭）

3　萩原と見るぞかなしき高円の尾上の宮の昔ならねど（忠度集二八五九一）

4　高円の尾上の宮の秋萩をたれきてみよと松虫の声（秋篠月清集一八七八）

＊5　高円の尾上の宮は荒れぬとも知らでやひとり松虫の声（建仁元年〈一二〇一〉外宮百首）

＊6　里は荒れぬ尾上の宮のおのづから待ちこし宵も昔なりけり（建仁二年〈一二〇二〉恋十五首撰歌合）

＊7　たれ見よと露の染むらん高円の尾上の宮の秋萩の花（元久元年〈一二〇四〉八幡三十首御会）

＊8　水無瀬山木の葉あらはになるままに尾上の鐘の音ぞちかづく（承元元年〈一二〇七〉最勝四天王院障子和歌）

＊9　水無瀬山入相の鐘に年をへてみそぢあまりの冬ぞちかづく（承元四年〈一二一〇〉粟田宮御歌合）

これらの内、1〜5、7の尾上の宮に「高円の」が冠されているのは、聖武天皇が奈良の高円山に造営した離宮を「高円の尾上の宮」と呼ぶ習慣が万葉時代にすでに成立していたことによる。本来、万葉集巻二十の高円山歌群によって成立した歌枕であろうが、平安時代の奈良朝回顧の意識とともに歌語として愛用されたものと思われれる。中世にもその伝統は受け継がれて、高円を冠していなくても、萩や薄などを取り合わせることによって尾上の宮を示唆するケースが多い。しかし、6の後鳥羽院詠は前述のように、水無瀬に後鳥羽院の尾上の宮があったとする心敬の解説に引用されている。心敬が解説本体とどのようなかかわりを持つものとして引用したのかは明らかではないが、奈良の高円を離れて、水無瀬の地に意識が移行しているとしてもよいかもしれない。その仮定が正しければ、心敬は明らかに水無瀬に尾上の宮を構想していたことになる。

四　宗祇圏の句と言説

さらに材料を求める。心敬とほぼ同時代であるが、独自の世界を形成した宗祇には、次のような例がある。

A　花薄君が植えしを忍ぶらん
　　尾上の宮のあとのかなしさ
　　山深み雪を鹿のみ踏みわけて　（宗祇）

（文明八年〈一四七六〉正月十一日春日左抛御前法楽独吟百韻五四〜六、老葉ほか）

これは、宗祇の独吟百韻の一部であるが、この二句目と三句目の付合は、宗祇の句集『老葉』に収録され、さらに注が加えられている。

【愚句老葉】（宗長注は永正十七年〈一五二〇〉）

（自注）尾上の宮の跡を鹿の跡にとりなせり、鹿のみにて誰も住み絶えぬとは聞え侍らんや、

（宗長注）尾上の宮の跡を鹿の跡にとりなせり、

【老葉注頴原文庫本】（金子説／宗牧注か）

この尾上の宮、後鳥羽院の御跡なり、さても（後）鳥羽院の後は、尾上の宮、鹿の臥しどになることのか

なしさよと見る心なり。

『愚句老葉』は尾上の宮の場所を特定していないから、聖武帝の離宮を指しているといえないことはない。しかし、顕原文庫本注は明確に後鳥羽院の旧跡としている。

B　うつろふ菊に霜迷ふ空　宗祇
跡遠き水無瀬の宮の秋もなし　宗観（宗祇弟子）
（文明十二年〈一四八〇〉宗祇筑前博多下向時於竜宮寺興行百韻）

これは、水無瀬の宮の旧跡だが、尾上の宮とは限定できない。

C　昔恋しき秋風ぞ吹く
人住まぬ尾上の宮のむらすすき　（宗祇）
（老葉吉川本）

これは逆に、尾上の宮の例だが、高円であってもおかしくない仕立てである。

D　立ちかへりいつか水無瀬の春の暮
尾上の宮の桜散るころ　（宗祇）
（老葉／萱草）

【愚句老葉】
（自注）この心は、花見に行きて、古郷の物哀れなるを見て、またいつかこの花を見侍るべきなど思ふ心なり、
　　里は荒れぬ尾上の宮のおのづから待ちこしかひも昔なりけり
といふ俤なり、

（宗長注）水無瀬に尾上の宮あり、

【老葉注頴原文庫本】

この句、（後）鳥羽院の水無瀬殿に、尾上の宮とて後鳥羽院の御隠居所あり、その宮隠岐の国御うつりの後、桜ばかり残りけるを見て、いつか院の御還御なりて御覧ぜんと思ひし心なり、

最後にあげるのは、宗祇圏で極めて明確な証跡を残した例である。句自体、「水無瀬の春の暮」に「尾上の宮」と付けているもので、間断するいとまない上に、特に頴原文庫本注は極めて具体的に後鳥羽院の隠居所と規定し、隠岐配流後の荒廃の記述にまで及んでいる。

五 『竹林抄』（文明八年〈一四七六〉）の古注

次は解釈の揺れを見せる例である。挙例は『竹林抄』に収録された心敬の句である。

小萩うつろひ牡鹿鳴く道

すすき散る尾上の宮の跡古りて　　心敬

【竹林抄古注】

◎『竹林抄之注』（宗祇作）

萩を専らに詠めるは、高円の尾上の宮なり、水無瀬にも尾上の宮あり、

◎『竹聞』（兼載作、文亀三年〈一五〇三〉）

尾上の宮、高円にも水無瀬にも詠む、尾上の宮、在所定まらず、

◎『竹林抄聞書』（宗祇注の系統）

これは高円の尾上の宮なり、水無瀬にも後鳥羽院尾上の宮あり、

里は荒れて尾上の宮のをのづから待こし宵も昔なりけり

『竹林抄』の価値のひとつは、同時代注（古注）が豊富に残されていることである。しかも、その注の著者は、宗祇・兼載などが擬せられており、当時の読みが追跡できる格好の資料とされる。それらによれば、思いがけず尾上の宮は水無瀬「にも」あるという共通の認識である。兼載に至っては「在所定まらず」と述べている。尾上の宮を水無瀬の地に遷移させた心敬の『芝草句内岩橋』の意見は相対化され、批判されているかに聞こえる。疑問を呈していた兼載は、著作とされる『景感道』で、

【景感道】（心敬の言説の集成とされる、永正七年〈一五一〇〉）

小萩うつろひをじか鳴く道

薄散る尾上の宮の跡ふりて　敬

有心の体なり、野を付くべきを古宮を付けたる、後心ともいひつべし、高円の尾上の宮の秋萩をたれ来て見よと松虫の鳴く（秋篠月清集、但し末句「松虫の声」）と句を高く評価しつつも、宮の在所には全く触れず、例歌には「高円の尾上の宮」を挙げる始末である。

六　水無瀬離宮の造営の記録

水無瀬にはたして「尾上の宮」は実在したのか。この問題は明確にはしがたい。が、『明月記』の次の記述におおよそのことが知られる。

Ａ『明月記』建保五年二月八日の条

亜相又水無瀬山上造営新御所〈為眺望耳〉、此前後土木、惣尽海内之財力、又引北白川白砂云々〈遼遠驚耳、振件白砂運之云々〉、

B　同　建保五年二月二十四日の条

亜相被造営新御所、山上有池、池之上被構滝、塞河掘山、一両日引水、又件滝為立大石、兼遣取材木、為引石云々、国家之費只在此事歟、

これによれば、建保五年（一二一八）に、水無瀬の「山上」に新しい御所が造営されたことになる。これが「国家の費え」であるかどうか措いて、この時以前は水無瀬に「尾上の宮」はなかったことになる。先に引いた後鳥羽院詠の、6〜9すべてそれ以前の成立ということになる。6は前述のように、心敬が水無瀬の尾上の宮を説いた時に引用しているし、7は高円の尾上の宮と明示している。また8、9は水無瀬と明示しながら、鐘の音を詠んでいる。これらの諸条件を明快に解く方法はないように思われる。ただ、流れとして、後鳥羽院が聖武帝の高円の尾上の宮の荒廃に思いを寄せ、やがてみずからを古代の帝王になぞらえて、高円ならぬ水無瀬に己が尾上の宮を構想するようになって、それにまつわる詠歌が先行し、それが現実を動かし、建保の造営になったという想定もあながち荒唐無稽ではないかもしれない。

七　結論とこれからの展望

以上見てきたように、聖武天皇の離宮「高円の尾上の宮」によって形成された歌語（歌枕）「尾上の宮」は、後鳥羽院の意識の中でさらに醸成され、心敬乃至その周辺の連歌師が歌枕として現実化し後鳥羽院の水無瀬の地によみがえり、一時期はその位置をかなり強固なものにした感がある。しかし、やがてその趣向は心敬の周辺から崩れ、やがて顧みられなくなる。一過性の歌枕とでもいうべき現象である。

なぜそのようなことが起こったか、特に当事者の発言があるわけではない。しかし、歌枕に新しい形と意味を与えようとした意図はある程度想定できるのではないだろうか。

連歌が座によって成立することを考えれば、ある表現をめぐってさまざまな理解や解釈が出現し意見が交わされることは自然である。そのような経過の中で、先例や定説を守るよりも、その変換・変更や否定がその座を維持するのに適切と判断されることがあり得たと思う。その最終的な判断は捌き手、即ち宗匠に委ねられたであろう。ここに取り上げた「水無瀬の尾上の宮」もそのような環境で生まれたのではないか。この観点を連歌を作品として読み、理解しようとする時に活かす用意が必要なのではなかろうか。連歌作者たちの誤解や曲解によるものではなく、新しい局面の生成への努力の証跡だったのではないかと再考することである。

【関連略年譜】

正治元年（一一九九）水無瀬離宮新営
建仁元年（一二〇一）外宮百首「高円の尾上の宮」の詠
建仁二年（一二〇二）水無瀬恋十五首歌合「里は荒れて」の詠（新古今集／後鳥羽院御集）
元久元年（一二〇四）八幡三十首御会「たれ見よと」の詠
承元元年（一二〇七）最勝四天王院障子和歌「水無瀬山木の葉あらはに」の詠
承元四年（一二一〇）粟田宮御歌合「水無瀬山入相の鐘」の詠
建保四年（一二一六）水無瀬離宮、水害により流失（百錬抄）
建保五年（一二一七）水無瀬離宮、百山麓に新営（明月記）
文明二年（一四七〇）　河越千句
文明二年（一四七〇）　芝草句内岩橋

文明八年（一四七六）　連珠合璧集
文明八年（一四七六）　竹林抄
文明八年（一四七六）　春日左抛御前法楽独吟百韻
文明十三年（一四八一）　老葉
文亀三年（一五〇三）　竹聞
永正七年（一五一〇）　景感道
永正十七年（一五二〇）『愚句老葉』宗長注
明暦二年（一六五六）　竹馬集「水無瀬　付合ニハ　……尾上の鐘」
寛文六年（一六六六）　宗祇名所方角抄「山城国の部　水無瀬　尾上、里、河、……」

初出一覧

Ⅰ　心敬百韻訳注―心敬参加百韻三種の注釈と研究

1　落葉百韻

「本能寺蔵『落葉百韻』訳注（一）〜（六）」（『愛知県立大学日本文化学部論集国語国文学科編』第一号、第二号、第三号、『愛知県立大学大学院国際文化研究科論集』第十一号、第十三号、『愛知県立大学　説林』第六十号）の原稿をもとにしている。

2　寛正六年正月十六日何人百韻

「大阪天満宮文庫蔵長松本『寛正六年正月十六日何人百韻』訳注（一）、（二）」（『愛知県立大学大学院国際文化研究科論集』第十二号、『愛知県立大学　説林』第五十九号）の原稿をもとにしている。

3　「撫子の」百韻

「早大蔵『撫子の』百韻」訳注（一）〜（三）」（『愛知県立大学日本文化学部論集』第四号、『愛知県立大学国際文化研究科論集』第十四号、『愛知県立大学　説林』第六十一号）の原稿をもとにしている。

Ⅱ　連歌宗匠心敬論

1　心敬の詩学―『寛正六年正月十六日何人百韻』の宗祇付句評から

伊藤伸江　原題同じ。『国語と国文学』第八十九巻三号　平成二十四年三月

2　心敬と本歌取―『落葉百韻』の古畑山の付句から

伊藤伸江　原題同じ。『国語国文』第八十巻十一号　平成二十三年十一月

3　心敬における「夕べの鐘」

伊藤伸江　原題同じ。『愛知県立大学　説林』第五十八号　平成二十二年三月

4　i本能寺と連歌─『落葉百韻』について

伊藤伸江「本能寺蔵『落葉百韻』訳注（一）付、『落葉百韻』翻刻及び解説（『落葉百韻』について）」の解説部分を採録した。『愛知県立大学日本文化学部論集国語国文学科編第一号』　平成二十二年三月

ii『落葉百韻』における宗匠心敬

伊藤伸江「本能寺蔵『落葉百韻』訳注（六）付、式目表及び考察」の考察部分をもとにしている。『愛知県立大学　説林』第六十号　平成二十四年三月

iii『「撫子の」百韻』の考察

伊藤伸江「『早大蔵「撫子の」百韻』の考察（一）」をもとにしている。『文字文化財研究所年報』第六号　平成二十五年三月

iv心敬の詞─「尾上の宮」の転生

奥田勲　書き下ろし。

＊全体にわたって表記などを統一し、また初出から大幅な改稿をほどこした部分がある。

あとがき

「和歌・連歌」と呼ばれ「連歌・俳諧」と呼ばれ、和歌から派生した詩、俳諧に席を譲った詩、という定位置を得た詩が連歌であるという、日本文学史の「常識」があった。今でもあるかもしれない、「発展・進化」を文学の歴史に安易に導入してできたこの常識の呪縛から脱して、豊かな多様性という文脈の中で連歌を読むという営為が一般化したのは近年のことである。さらに、連歌研究にはもう一つの誘惑があった。「連歌論」である。文章化された連歌の常識・作法や理論は、特定の連歌愛好者の質問に応える形で書かれていることで、問題意識が明確で、かつ具体的記述によって、解読しやすいだけではなく実作の例示を多く伴うことで連歌の同時代的理解に格好の資料として重宝がられた。それ自体は好ましいことであるし、中には詩論としての高い完成度を持つものも少なくない。本書の中心的な連歌作家心敬の手になる「ささめごと」はその代表的な作品で、伊藤さんが、本書あとがきでいうように「きれいな」詩論としての魅力を十分にたたえている。

したがって、連歌論を中心に展開した「連歌研究」はかなりの成果を上げた事は周知の通りである。しかし、連歌は作品として、「百韻」であり「千句」である。それが読まれなければという思いは若年の私を突き動かして、「連歌作品年表稿」（「連歌」ではなくて「連歌作品」としたのにはそれなりの思いがあってのことだとご理解頂きたい）という無謀な試みをなさしめた。もちろん、連歌研究の大先達福井久蔵の『連歌の史的研究』という先導者があってのことだが、「連歌作品」資料の所在と様態のリストの試作は、あらためて連歌研究のあり方を自覚させてくれた機会であった。

以後、この意識は変わらず持ち続けて、各時期の連歌研究の末席を汚してきた。そして、連歌作品を読むという機会は次第に多くなり、それと呼応するように、連歌作品の紹介も盛んになって、良質な連歌のテキストを求めて苦労することも少なくなった。私もその驥尾に付して連歌作品を読んで、楽しみつつ連歌の本質を考えることができるようになったと思う。これは撰集であるが、『新撰莵玖波集』を多数の人々と輪講し訳注を試みる、長期の大きなプロジェクトに参加したことはきわめて有意義だったが、この場で、複数の読者の様々な見解や解釈が、それぞれに有益であるとともにいかに示唆的かつ刺激的であるかを痛切に感じた。連歌の実作の場もこのようなものではなかったかと想像する。あらためて連歌の注釈は個人ではなく、複数の読み手が必要だという思いは深くなっていった。

今回、伊藤さんに、二人で心敬連歌を解読する機会を提案されて非力ながらお受けしたのは、如上の経験を生かした試みをより深化させた形で実現できると考えたからである。不十分ながら、連歌の作り手の肉声が訳注の行間から聞こえてくることを祈念しつつあとがきとしたい。

奥田　勳

本書は、連歌作者心敬が張行した百韻の訳注と、心敬の連歌に関係する論考から成っている。第Ⅰ章に置いた三種類の百韻の訳注は、いずれも、私と奥田勳先生との共同研究の成果であり、両者の意見を合わせ検討し吟味した結果をまとめた。そして、第Ⅱ章には、共同研究を続けていく中で、それぞれが考察を深め、まとめた論考をおさめた。

本書を編むきっかけとなった、心敬の連歌百韻の訳注を奥田勳先生と共に始めたのは、平成二十一年のことである。

かつて卒論で和歌、修論で連歌を扱った私は、連歌に対する関心を持ちながら、その性格の多様性ゆえにどのように論じていくべきか考えあぐね、いつしか和歌の方面の研究に力を注ぐようになっていた。ただ、和歌研究の奥深さにはまりこみながらも、連歌に関して中途半端にしてしまった思いが残り、いつかは何とかしたいという気持ちを心の底にずっと持っていた。

そんな思いは、私の中では、学生時代に大学の図書館で初めて『ささめごと』を読み、「なんてきれいなのだろう」と感じた、その感動にいつも戻っていった。心敬の連歌論から受けた感銘は大きく、やはり心敬の連歌に取り組んでみたい、それも、百韻の流れの中で句をつかんでみたいという思いから、平成二十年の夏、明恵の夢記調査のために名古屋市博物館にいらしていた奥田先生をお尋ねし、心敬の百韻の注釈をやってみたいと、注釈へのご参加をお願いしたのであった。先生はこころよくご了承くださり、また平成二十一年春から、科研費基盤研究（C）を得ることもでき、『落葉百韻』の訳注を開始することになった。

いざ注釈を開始してみると、一語であっても重層的な意味を持つ連歌語句の理解はむずかしく、緊密にはりめぐらされた寄合や、はさみこまれた連歌特有の言葉に意識を向けての注釈は難渋することも多かった。だが、奥田先生の鋭い言語感覚に裏打ちされた語句の解釈に多くを学び、句移りの動的な魅力や、宗匠の手綱さばきがより実感されるようになり、百韻の持つ魅力を再確認した。奥田先生に訳注をご覧いただき、討議する研究会は、苦しくも楽しい、喜ばしい場であった。

それゆえ、最初に取り組んだ『落葉百韻』は、この三種の百韻の中でも特に思い出深い百韻である。中尾堯先生のご紹介をいただき、本能寺にてこの百韻を閲覧させていただいたのも忘れがたい。心敬と本能寺との深い関わりをさらに明らかにしていきたい、そうした思いを強く心に刻んだ。まことに記念碑的な百韻であった。

平成二十一年から二十四年にかけて行なった『落葉百韻』の訳注に少し遅れ、平成二十二年には『寛正六年正月十六日何人百韻』、同二十四年には『「撫子の」百韻』と、法華宗僧侶、畠山、細川氏とその被官らといった、応仁の乱前夜の京都の文化を支える人々との張行百韻の訳注を行なった。これらの訳注三種からは、京都在住の心敬の詩歌、詩学の精神が、宗祇ら同時代を生きた連歌師の作風や動向と共に浮かび上がってくる。百韻をさばいていく連歌師と一座の人々の一句ごとの息づかいを楽しむ、そんな至福の時をも持ち得た百韻の訳注であった。『落葉百韻』は、法華宗大本山本能寺にて閲覧させていただき、『寛正六年正月十六日何人百韻』は、大阪天満宮で、『「撫子の」百韻』は早稲田大学図書館にてそれぞれ閲覧させていただき、多くの知見を得ることができた。また、本書にも翻刻・写真掲載の御許可をいただいた。心からのお礼を申し上げるものである。

本書を計画してから、笠間書院にお引き受けいただき、橋本孝編集長からはお励ましをいただき、また大久保康雄氏には実務面で多くのお骨折りをいただいた。にもかかわらず、校正段階で本務校の校務に追われ遅延に遅延を重ね、大変ご迷惑をおかけしてしまった。お詫び申し上げる次第である。

また、常日頃の研究会運営の手際の悪さ、未熟さを我慢し、訳注内容を共に突き詰め、検討してくださった奥田先生にも、感謝と遅延のおわびを申し上げるものである。

伊藤伸江

二〇一五年七月

＊本書は、JSPS科研費基盤研究（C）「心敬の文学作品における創造と新撰菟玖波文学圏への影響についての総合的研究」（21520197）、「中世歌学の享受から見た心敬の文学作品の創造と新撰菟玖波文学圏への影響に関する研究」（24520222）による成果である。

●著者紹介

伊藤伸江（いとう・のぶえ）

愛知県立大学日本文化学部国語国文学科教授。

1962年生。東京大学大学院人文科学研究科国語国文学専攻第一種博士課程修了。博士（文学）。京極派を中心とする中世の和歌、また連歌を研究している。著書に『中世和歌連歌の研究』（単著・2002・笠間書院）、『和歌文学大系　草根集　権大僧都心敬集　再昌』（共著・2005・明治書院）、コレクション日本歌人選『正徹と心敬』（単著・2012・笠間書院）。

奥田　勲（おくだ・いさお）

聖心女子大学文学部名誉教授。

1936年生。東京大学大学院博士課程を経て、東京大学助手、宇都宮大学教授、聖心女子大学教授、コロンビア大学客員教授を歴任。宗祇・紹巴らの連歌研究、明恵『夢記』の研究、醍醐寺、高山寺などの寺院聖教、典籍資料の研究を行なっている。近著に『宗祇』（単著・2008・吉川弘文館）、『新撰菟玖波集全釈』（全8巻共編・2013・三弥井書店）、『明恵上人夢記訳注』（共編・2015・勉誠出版）など。

心敬連歌《しんけいれんが》　訳注《やくちゅう》と研究《けんきゅう》

2015年10月15日　初版第1刷発行

著　者　伊　藤　伸　江
奥　田　　　勲

装　幀　笠間書院装幀室
発行者　池　田　圭　子
発行所　有限会社 **笠間書院**
東京都千代田区猿楽町2-2-3
NSビル302　〒101-0064
電話　03（3295）1331
fax　03（3294）0996

NDC分類：911.2

ISBN978-4-305-70775-8
落丁・乱丁本はお取り替えいたします。
出版目録は上記住所までご請求下さい。
http://kasamashoin.jp/

印刷／製本：モリモト印刷

【事項・人名索引】

Ⅰ　心敬百韻訳注
（翻刻部分を除く）

＊古典文学作品名、歌論・歌学用語名・百韻に関連する主要な人名、地名等を項目とし、旧仮名での読みのアイウエオ順で配列し、その掲出頁を示す。
＊一頁に複数回出る項目も、一度の掲出とした。
＊人名は、近代の研究者を除き、調査報告や訳注に言上げしたもののみを採用して例歌や例句の作者名は省いた。
＊心敬やその他各百韻の連衆は、調査報告と各百韻の導入部分の文章を除き、訳注内では句の作者としてあげられた場合のみを数え、各句の式目で必ず言及される連珠合璧集はその旨を含み索引項目に採用していない。

【あ行】

【か行】

【さ行】

【た行】

【な行】

【は行】

【ま行】

【や行】

【ら行】

【わ行】

【語釈見出し索引】

I　心敬百韻訳注
（翻刻部分を除く）

＊訳注内の語釈に掲出した太字項目を、旧仮名での読みのアイウエオ順で配列し、掲出頁を示す。

【あ行】

【か行】

【さ行】

【た行】

【な行】

【は行】

【ま行】

【や行】

【わ行】

【事項・人名索引】

Ⅱ　連歌宗匠心敬論

＊論考内の古典文学作品名、歌論・歌学用語名、人名、地名等を項目とし、旧仮名での読みのアイウエオ順で配列し、その掲出頁を示す。一頁に複数回出る項目も、一度の掲出とした。また、本文中で言及せず例歌・例句に付したのみの和歌・連歌作者名は採っていない。

【あ行】

【か行】

【さ行】

【た行】

【な行】

【は行】

【ま行】

【や行】

【ら行】

【わ行】

【和歌・連歌初句索引】

Ⅱ　連歌宗匠心敬論

＊論考内の和歌、連歌の初句を、旧仮名での読みのアイウエオ順で配列し、掲出頁を示す。和歌の初句には◇を付した。また、初句が同一の和歌・連歌は、括弧内に第二句目以降を示し区別した。踊り字は開いた。

【あ行】

【な行】

【は行】

【ま行】

【や行】

【わ行】